BASTEI
LÜBBE

Weitere Titel der Autoren:

15 242 Der Schatten Gottes
15 458 Luzifers Erbe
15 748 Das letzte Gebet

Über die Autoren:

W. Michael Gear studierte Anthropologie und ist Mitglied der American Association of Physical Anthropology. Er führte zahlreiche Studien in den Bereichen menschliche Osteologie (Knochenkunde), Paläontologie, Forensik und Evolution von Primaten durch.
Kathleen O'Neal Gear war Referentin für Geschichte und Archäologie im US-Innenministerium. Für ihre herausragende Arbeit wurde sie zweimal mit einem Regierungspreis für besondere kulturelle Verdienste ausgezeichnet.

Gear & Gear

DAS ENDE ALLER TAGE

Thriller

Aus dem Englischen von
Rainer Schumacher

BASTEI
LÜBBE

BASTEI LÜBBE TASCHENBUCH
Band 16 290

1. Auflage: Juli 2009

Vollständige Taschenbuchausgabe

Bastei Lübbe Taschenbücher in der Verlagsgruppe Lübbe

Deutsche Erstausgabe

Titel der Originalausgabe: »Comes a Green Sky«

Lektorat: Wolfgang Neuhaus/Jan Wielpütz
Umschlaggestaltung: Bettina Reubelt
Satz: Urban SatzKonzept, Düsseldorf
Gesetzt aus der Garamond
Druck und Verarbeitung: Norhaven A/S
Printed in Denmark
ISBN 978-3-404-16290-1

Für unseren langjährigen Agenten
Matt Bialer.

Wir wissen die vielen Jahre harter Arbeit,
die du für uns geleistet hast,
mehr als zu schätzen.

Danke, Matt!

Danksagungen

Unser Dank geht an unseren Agenten, Matt Bialer, und seine Assistentin, Lindsay Ribar. Beide haben die Rohfassung des Romans gelesen und uns dabei geholfen, ein sehr langes Manuskript zu kürzen.

Dank auch an unseren internationalen Agenten, Teri Tobias, der intensiv am Manuskript gearbeitet und uns eine der besten Redaktionen geschenkt hat, die wir je gehabt haben. Gott segne dich, Teri.

Und dann wäre da noch Jan Wielpütz, unser Lektor bei der Verlagsgruppe Lübbe in Deutschland. Seine kenntnisreichen Anmerkungen waren hervorragend, stets präzise und außerordentlich hilfreich. Ich hoffe, Jan, Ihr Sonnenbrand verheilt. Passen Sie auf den Klimawandel und das Ozonloch auf – Maureen könnte Ihnen einen sehr ernsten Vortrag darüber halten.

Am Anfang …

Die Antarktis ist ein einsamer, riesiger Kontinent, größer als die Vereinigten Staaten, auf dem jedoch nur eine Hand voll Menschen lebt. Monatelang versinkt dieser Südkontinent in Dunkelheit. Im Winterhalbjahr wurden dort schon Temperaturen von minus 90 Grad Celsius gemessen. Im Sommer ist die Antarktis die Heimat von Pinguinen und Zugvögeln, die in den Randgebieten nisten. In den nährstoffreichen Meeren gibt es eine schier unglaubliche Vielfalt an Plankton und Krill, die wiederum riesige Fischschwärme, Vögel und Wale ernähren.

Die Antarktis ist den größten Teil des Jahres ein stiller Ort. Dann ist nur das Rauschen des Windes zu hören und das leise Zischen der Eiskristalle, die über die Schneewehen streichen.

An diesem Mittsommertag schien die Sonne von einem kristallblauen Himmel. Der beständige Wind nagte an den Türmen aus Eis, trank vom Wasser der großen blauen Seen, in denen sich die Sonnenwärme konzentrierte, und zauberte Wellenmuster auf die weiten Flächen aus Schmelzwasser. Je mehr Eis schmolz, desto mehr Wasser wurde in Spalten und Risse gedrückt, wo es sich wie riesige Keile festsetzte.

Dann brach das Eis unterhalb des Filchner-Ronne-Schelfeises, und ein dumpfes Donnern mischte sich in das Flüstern des Windes. Das Geräusch trug unfassbar weit, stieg und fiel mit den Bewegungen des Gletschers. Oberflächenseen leerten sich, und erwärmtes Wasser drückte hinunter in die eisigen Tiefen.

Gedämpfte Schläge und dumpfes Krachen erklangen aus dem Innern des Eises, begleitet von leichten Beben. Dann wurden die Geräusche bedrohlicher, drängender. Schwache Vibrationen ließen die überfluteten Spalten zittern.

Und der einzige Zeuge war der Wind. Er kam vom fernen Meer, angetrieben von der Kraft der Sonne in der Troposphäre. Warme Böen spielten auf den schier unendlichen Schneefeldern und trieben den schmelzenden Schnee auseinander. Wärmefinger griffen dem abfließenden Oberflächenwasser hinterher. Der warme Wind trieb durch die Tunnellabyrinthe und folgte den feinen Mustern, die das herabsickernde Wasser in die unregelmäßigen Eiswände fraß. Strudel wirbelten in Bächen, die rauschend und gurgelnd durch die lichtlosen Stollen und Gänge flossen.

Dann, in nur einem Augenblick, gab die äonenalte Eismasse mit ohrenbetäubendem Brüllen nach. Als würde der riesige Gletscher ausatmen, wechselte der Luftstrom unvermittelt die Richtung und schoss durch die Labyrinthe zurück. Pfeifend und heulend erreichte der Sturm die Oberfläche. Schnee schoss explosionsartig in die Höhe und wurde vom Orkan davongerissen, gefolgt von einem urgewaltigen Brüllen. Gänge füllten sich mit tosendem Wasser. Eis stöhnte und kreischte, begleitet von einem Stakkato aus dumpfen Schlägen, aus Bersten und Krachen.

Das Brüllen wurde lauter. Wasser schoss in Richtung Meer – schneidend kalt und tödlich. Die Oberfläche des gewaltigen Gletschers senkte sich.

1.

Weit draussen auf dem Atlantik, an Bord des Kreuzfahrtschiffes *White Star*, trat Justin Mills aus dem Aufzug und ging durch die schimmernden Chrombögen, die zur Astral Lounge führten. Seit sie in Miami abgelegt hatten, kam Mills aus dem Staunen nicht heraus. Noch nie war er auf einem Kreuzfahrtsschiff gewesen, und so viel sündigen Luxus wie hier auf der *White Star* hatte er sein Lebtag noch nicht gesehen. Nun stand er auf dem höchsten Deck, mehr als dreißig Meter über der Wasseroberfläche. Dass das riesige Schiff in den meterhohen Wellen kaum schwankte, war ein weiteres Wunder der Technik. Die Kunst der Stabilisierung eines solchen Ungetüms mittels Flutkammern und Thrustern faszinierte Justin, seit er den Fuß an Bord gesetzt hatte.

Justin betrat die üppig ausgestattete Lounge und ließ den Blick schweifen. Wenige Tische waren besetzt; nur hier und da saßen Gäste in den dick gepolsterten Sesseln, unterhielten sich oder lasen. Der Barkeeper hinter dem hufeisenförmigen Tresen nickte Mills zu; dabei war dem Mann durchaus klar, dass eine Schiffsladung frommer Christen allenfalls Soda bestellte, wenn überhaupt.

Mills entdeckte das Objekt seiner Suche unmittelbar an den großen Panoramafenstern. Sein Chef, Reverend Bobby Box, hatte sich in eine Bar zurückgezogen – ein nachhaltiger Beweis dafür, dass der Mann unter gewaltigem Stress stand. Nur hier, in diesem Sündenpfuhl, wie viele Anhänger des

Crusade of Liberation, des Kreuzzugs der Befreiung, es bezeichnen würden, konnte Box für ein paar Augenblicke Frieden finden.

Einen Frieden, dem ich nun ein Ende machen werde.

Mills warf einen Blick auf die Nachrichtentexte, die er im Computerraum des Schiffes ausgedruckt hatte. Dann hob er eine Augenbraue ob der protzigen Ausstattung der Bar; die Ironie erheiterte ihn.

Bobby Box, Führer des Kreuzzugs der Befreiung, war schon immer vor zu großer Bequemlichkeit oder gar Luxus zurückgeschreckt; für ihn war so etwas eine Ablenkung von seiner wahren Mission als einflussreichster christlicher Führer Amerikas. Sein ernstes Gesicht hatte im Laufe der Jahre schon dreimal das Cover des *Time*-Magazins geziert. Insider behaupteten, dass mindestens zwei amerikanische Präsidenten ihr Amt seiner Unterstützung zu verdanken hätten. Die Gemeinde, die Box in der Nähe von Richmond, Virginia, gegründet hatte, galt als eine der progressivsten und erfolgreichsten *Megachurches* des Landes. Sonntagmorgens erzielten seine im Fernsehen übertragenen Predigten höhere Einschaltquoten als die seiner Mitbewerber.

Einem Mann, der nicht so fromm war wie Reverend Box, wären Ruhm, Geld und Einfluss vermutlich zu Kopf gestiegen und hätten zu jener selbstzerstörerischen Hybris geführt, die schon der Untergang vieler Evangelisten gewesen war.

Doch im Gegensatz zu anderen christlichen Führern, die vom Scheinwerferlicht und ihrer eigenen Berühmtheit verführt worden waren, richtete Bobby Box sein Leben tatsächlich nach den Lehren Christi aus, seines Herrn und Erlösers. Box war ein nachdenklicher und bescheidener Mann geblieben, der noch immer in dem baufälligen Bauernhaus wohnte, in das er vor dreißig Jahren mit seiner damaligen Braut gezogen war. Und noch heute verpachteten er und seine Frau Angie dem Nachbarn ihre fünfzehn Morgen Weizenfelder.

Mills ging zu Box hinüber und rief: »Eine Schande! Dass ausgerechnet Sie sich hinter einer Bar verstecken ...«

»Nach all den Jahren haben Sie mich also endlich durchschaut, Justin«, sagte Box und hob eine Augenbraue, was seine leise Belustigung verriet, während er den Blick über die schimmernden Chromtische um sich herum schweifen ließ.

Mills schaute erneut zum Tresen, wo es die teuersten Whiskeys, Champagner und erlesene Weine gab. Dann deutete er auf das halb leere Glas, das rechts neben Box auf dem Tisch stand. »Ertränken Sie Ihre Sorgen, Reverend?«

»Ich bin wahrlich tief gesunken. Das ist Klubsoda mit einem Schuss Limone.« Box deutete auf den Barkeeper. »Er hat versucht, hilfreich zu sein und mir etwas zu verkaufen. Ich nehme an, die Schiffsbars werden auf dieser Reise nicht allzu viel Umsatz machen.«

Für einen Mittfünfziger sah der gut eins achtzig große Bobby Box fit und gesund aus. Seit Kurzem trug er eine Lesebrille, die ihm ein väterliches Aussehen verlieh. Seine Schläfen waren weiß, und auf dem Scheitel lichtete sich das braune Haar.

Durch die hohen Fenster vor ihm konnte Mills die gesamte Länge der *White Star* entlang bis zum Bug schauen. Das Schiff war der Stolz der Ocean-Star-Reederei: neu, schnell, elegant. Die Reederei hatte dem Crusade of Liberation einen großzügigen Rabatt für den Transport von mehr als viertausend seiner Anhänger nach Israel gegeben. Allerdings wäre das Schiff anderenfalls leer von Miami ins Mittelmeer verlegt worden.

Auf den unteren Decks lagen und saßen die Leute am langen Pool oder versammelten sich an den Bars, während einige wenige Tapfere auf dem Oberdeck joggten. Hinter dem Schiff konnte Mills den Atlantik sehen und die weißen Schaumkronen des Kielwassers, das sich in der Ferne verlor. Weit im Norden markierte eine düstere Wolkenbank die Grenzen des Hurrikans »Itrice«, der den Horizont verdunkelte.

Sie alle hatten sich Sorgen gemacht, als die *White Star* den Kurs geändert hatte, um den nach Norden ziehenden Hurrikan südlich zu umfahren. Dann hatte der Sturm der Kategorie 5 sich auf mysteriöse Weise zur Kategorie 1 abgeschwächt, als hätte Gott persönlich die Wellen geglättet, um Reverend Box eine sichere Überfahrt ins Heilige Land zu gewähren.

Mills betete stumm: *O gütiger Gott, glätte auch die Wogen der Leidenschaft, die sich um unsertwillen erhoben haben.*

Fünf Jahre hatten Box und seine Gemeinde auf diese Reise hingearbeitet und dabei jedes Hindernis überwunden. Box hatte Skeptiker, Politiker, Bürokraten und Regierungen davon überzeugt, ihn seinen Kreuzzug ins Heilige Land führen zu lassen.

Wenn wir jetzt auch noch die Muslime überzeugen können ...

Mills verstärkte den Griff um die Papiere in seiner Hand. Überall auf der Welt wuchs der Zorn der Mohammedaner.

Bobby Box und seine Schar würden wahrlich Gottes Hilfe benötigen, wenn sie auf den Tempelberg wollten. Wie die Muslime immer wieder betonten, war der Ausgang des Kreuzzugs ungewiss. Doch wenn sie Erfolg hatten, wenn Box die Kreuzfahrer tatsächlich zum Gebet an den heiligsten aller Orte führen konnte, würden er und seine Anhänger die Welt verändern.

»Reverend?«

Die Veränderung in Mills' Stimme ließ Box zusammenzucken. Dann deutete er auf den Stuhl neben sich. »Setzen Sie sich. Was gibt es Neues?«

»In Jerusalem ist es zu Unruhen gekommen. Bei einer Demonstration gegen unser Vorhaben gab es gewalttätige Ausschreitungen. Das israelische Militär hat den Aufruhr mit Tränengas und Gummigeschossen niedergeschlagen. Fünf Muslime sind tot, drei Soldaten verwundet.«

Box überflog die Berichte und schüttelte den Kopf. »Das sieht nicht gut für uns aus.«

»Nein.«

Sorgfältig faltete Box die Papiere wieder zusammen. Besorgnis spiegelte sich in seinen müden Augen. »Wissen Sie, Justin, wenn Gott einen Sturm besänftigen kann, vermag er auch die härtesten Herzen zu erweichen. Unsere Pilgerfahrt dient Christen, Muslimen und Juden gleichermaßen. Wir wollen Arm in Arm die Stufen hinaufsteigen, das Tor durchschreiten und im Gebet an Gott niederknien – ob man ihn Allah, Adonai oder Christus nennt.«

»Aber das wollen die Muslime nicht verstehen, Reverend, und wenn wir ihnen noch so oft sagen, dass wir im Namen des Friedens und der Brüderlichkeit beten wollen.« Mills strich sich nervös mit der Hand übers Gesicht. »Die Imame schwören, dass wir eher im eigenen Blut ertrinken, als dass auch nur einer von uns den Fuß auf den Tempelberg setzt.«

»Dann werden sie uns in den Straßen niederschießen müssen«, erwiderte der Reverend. »Wir sind die letzte Hoffnung der Menschheit. Wir haben nur noch diese eine Chance. Wenn wir scheitern, stirbt unsere Welt. Die Letzten Tage, Armageddon … Es steht kurz bevor.«

»Der Weltuntergang? Seit zweitausend Jahren warten die Menschen darauf, Reverend. Die Apostel waren sogar überzeugt, dass es noch zu ihren Lebzeiten geschehen würde.«

Gedankenverloren starrte Bobby Box in die Ferne. »Ja. Stattdessen wird es nun in unserer Zeit geschehen. So sagt es mir meine Vision. Die Bibel lässt keinen Zweifel.«

»Keinen Zweifel?«, entgegnete Mills. »Was ist mit Ihrem Sohn? Ambrose argumentiert stichhaltig, dass die Genesis eine Allegorie für die fünf Milliarden Jahre sei, die die Erde bereits existiert. So vermischt er Wissenschaft und Glauben.«

Belustigung funkelte in Box' Augen. »Sind Sie jetzt auf seiner Seite, Justin? Dabei waren Sie es doch, der zum Apologeten wurde, als ich meine Predigten geändert habe, um Wissenschaft und Glauben zusammenzuführen. Und waren Sie nicht der Erste, der die Stimme erhoben hat, als ich die Evolutionstheorie in meine Vorlesungen eingearbeitet habe?«

Mills lächelte. »Das Thema bleibt ja auch kontrovers.«

»Ambrose ist ein kluger junger Mann, und er hält an seinem Glauben fest. Außerdem hat er recht: Gott hat uns den Verstand gegeben, damit wir ihn zum Nachdenken benutzen und dazu, Fragen zu stellen. Wissenschaft kann man nicht leugnen, nicht für die Evolution und sicherlich nicht um der bevorstehenden Apokalypse willen. Unsere Welt steht auf Messers Schneide. Erderwärmung, Klimawandel ...« Er schaute zu Mills. »Haben Sie den Artikel gelesen, den ich Ihnen geschickt habe?«

»Über den Zusammenbruch der Eisschicht in der Antarktis? Ja. Und in der Arktis ist das Meer nun schon mehrere Sommer offen. Heutzutage fahren die Schiffe auf direktem Weg von Norwegen zur Beringstraße.«

»Und Europa schmilzt unter einer Rekordhitzewelle förmlich dahin. Es hat bereits fünfzigtausend Tote gegeben.«

»Die Menschheit hat solche Probleme auch in der Vergangenheit schon überwunden.«

»Diesmal ist es anders. Überall brechen Epidemien wie SARS oder die Vogelgrippe aus. Es entwickeln sich Tuberkuloseviren und Staphylokokken, die gegen sämtliche Medikamente resistent sind. Die Erde vermag ihre sechseinhalb Milliarden Bewohner kaum noch zu ernähren. Die meisten Ozeane sind *vierfach* überfischt. Indien und Südostasien sind nur noch ein Dürrejahr von der Katastrophe entfernt. Und die Menschen beten Götzen an: Autos, Fernseher, Computer und andere Konsumgüter, die wir zu unseren Göttern gemacht haben. Die Medien interessieren sich nur noch für Teeniestars, die gerade schwanger sind oder wegen Drogenkonsums vor Gericht stehen. Wen oder was könnte man wohl besser als ›Die Hure Babylon‹ bezeichnen?« Er hielt kurz inne. »Man könnte meinen, der Glaube sei tot.«

Als Justin schwieg, fügte Box hinzu: »Es ist eine grandiose Vision, Justin. Als ich den Traum zum ersten Mal hatte, war das Gefühl wunderbar. Ich kniete auf dem Tempelberg, Schulter an Schulter mit tausend anderen ... Christen, Juden, Muslime. Sie alle senkten den Kopf zum Gebet. Unsere Stimmen, all die verschiedenen Sprachen ... Sie klangen wie Musik. Die Luft schien vor Gottes Liebe zu pulsieren. Und dann geschah das Wunder. Ein goldenes Licht ergoss sich aus dem Himmel, und als ich den Blick hob, sah ich den wiedererrichteten Tempel in all seinem Glanz.«

»Wir brauchen tatsächlich ein Wunder.« Mills deutete auf die Papiere in Box' Hand. »Die islamische Welt schwört, sich *nie* darauf einzulassen. Die islamische Verwaltung des Tempelbergs hat erklärt, uns bis zum Tod zu bekämpfen. Unsere Ankunft in Jerusalem wird wie ein Streichholz an einem Pulverfass sein.« Mills schüttelte den Kopf. »Die Fundamentalisten werden *alles* versuchen, uns davon abzuhalten, auf dem Tempelberg zu beten.«

Box nickte und senkte den Kopf. »Gnädiger Gott, hilf uns. Erweiche das Herz der Muslime. Auch sie sind dein Volk. Wir gehen nicht, um Streit zu schüren, sondern um alle Menschen zusammenzuführen. Lass sie sich uns anschließen – Juden, Christen und Muslime. Lass sie mit uns gehen. Lass uns gemeinsam den Tempelberg erklimmen und zu deinen Ehren niederknien. Amen.«

Er zögerte einen Moment. »Und vielleicht, o Herr, wenn wir unsere Differenzen beiseitelegen und gemeinsam aus tiefster Seele beten, vielleicht wirst du es dann für angemessen erachten, uns noch eine Chance zu geben.«

»Amen«, flüsterte Mills und schaute durch die Fenster nach achtern, den Blick aufs Meer gerichtet. Plötzlich runzelte er die Stirn. Irgendetwas stimmte da nicht.

»Was ist?«, fragte der Reverend.

»Da.« Mills deutete zum Heck.

Box folgte Mills' Finger und sah die seltsamen Wellen und Blasen auf der Meeresoberfläche rechts vom Kielwasser des Keuzfahrtschiffes.

»Sieht aus, als würde dort ein riesiges U-Boot auftauchen«, sagte Mills, beugte sich vor und kniff die Augen zusammen.

Und dann begannen die Menschen auf den Unterdecks zu husten und hielten sich die Münder zu.

Von seinem hohen Aussichtspunkt konnte Mills die entsetzten Gesichter sehen, als die Leute sich Handtücher und Kleidungsstücke vor Mund und Nase pressten. Viele von ihnen rannten zu den Türen.

»Gott sei uns gnädig«, flüsterte Box.

Dann erreichte der unheilige Gestank auch ihn und Mills, und beide Männer husteten …

2.

Ambrose Powell Box, kurz A. P. genannt, stand am Pult und beobachtete seine Klasse, wie sie in der Bibel die Offenbarung des Johannes aufblätterte. A. P. war ein großer Mann mit sandfarbenem Haar. Obwohl erst Ende zwanzig, war er nicht wegen seines Vaters, Reverend Bobby Box, zum Präsidenten der Box School of Divinity aufgestiegen, sondern dank harter Arbeit, einem brillanten Verstand und bemerkenswerter Hartnäckigkeit. Zwar wurde hier und da vom »goldenen Sohn« gemunkelt, der von Vetternwirtschaft profitiert habe, doch wirklich dieser Meinung war kaum jemand.

A. P. schaute hinauf zu den fluoreszierenden Lampen; dann richtete er den Blick wieder auf die Gesichter der jungen Männer vor ihm. »Sie haben den Bericht über den Zusammenbruch der Eisschicht in der Antarktis gelesen. Die Klimaveränderung zerstört unsere Erde. Somit stellt sich die Frage: Naht die Apokalypse, oder ist das nur Wunschdenken?«

Randy Thorpe hob die Hand. »Ich würde sagen, es ist Wunschdenken.«

»Die Antarktis stirbt. Die Gletscher sind geschmolzen. Flutwellen und Dürrekatastrophen vernichten weltweit riesige Flächen Ackerland.«

»Solche Dinge geschehen nun mal«, warf Mario Rodriguez ein, ein Kriegsveteran aus dem Irak. »Und wer kann einem Wissenschaftler schon vertrauen? Wenn es nach denen ginge, müsste ich glauben, dass meine Großmutter ein Affe war.«

Rodriguez lächelte nicht. Stattdessen waren seine dunklen Augen von einer seltsamen Klarheit erfüllt.

A. P. schaute auf die Uhr. »Damit wollen wir es für heute bewenden lassen. Während ich in Jerusalem bin, wird es Ihre Aufgabe sein, eine Hausarbeit über die Offenbarungen des Johannes zu schreiben. Arbeiten Sie heraus, ob die Erderwärmung Ihrer Ansicht nach ein Beweis für die nahende Apokalypse ist oder nicht.«

Seine Studenten erhoben sich, klappten ihre Bibeln zu und suchten ihre Notizen zusammen.

»Es ist auch unser Tempel«, sagte Mario Rodriguez, als er zum Pult hinaufging. »Und was Ihre Aufgabenstellung angeht, würde ich sagen: Nach dem zu urteilen, was ich gesehen habe, steht das Ende der Welt unmittelbar bevor. Ich wünschte nur, ich könnte mit Ihrem Vater auf der *White Star* sein, so wie meine Frau und meine beiden Kinder. Ich habe leider keinen Urlaub bekommen, sonst wäre ich bei ihnen.«

A. P. stützte sich mit den Ellbogen auf das Pult und rief sich ins Gedächtnis, was geschehen war, als der israelische Premier Sharon versucht hatte, auf dem Tempelberg zu beten: Die Unruhen, die daraufhin losgebrochen waren, hatten im Jahre 2000 zur 2. Intifada geführt.

»Wir glauben«, fuhr Mario leise fort. »Aber wenn wir uns aufhalten lassen, werden die Muslime sich in ihrer Intoleranz nur bestätigt fühlen. Sollen wir, die wir Christus in unsere Herzen aufgenommen haben, uns wirklich den Zugang zu jenem Ort verbieten lassen, wo Jesus dem Herrgott die Ehre erwiesen hat?«

Gütiger Gott, bewahre uns vor dem Bösen. Das stumme Gebet erfüllte A. P.s Seele.

»Ich muss jetzt gehen«, sagte er. »In meinem Büro wartet ein alter Freund auf mich.«

»Vergessen Sie nicht, dass wir im Krieg sind, Reverend«, rief Mario ihm hinterher.

Im Krieg? Als A. P. auf den Gang hinaustrat, verdüsterten sich seine Gedanken. Was würde die islamische Verwaltung des Tempelbergs tun?

Als A. P. sein Büro betrat, sah er einen großen Mann auf einem der Stühle sitzen. A. P. grinste und streckte die Hand aus. »Hallo, Tom. Schön, dich zu sehen.«

Tom Stone trug ein weißes Hemd und eine dunkelblaue Krawatte. Sein Mantel mit den drei goldenen Streifen auf den Ärmeln lag über der Stuhllehne. Stones Händedruck war fest. »Ich freue mich, dass du noch Zeit für mich gefunden hast. Um halb fünf geht mein Flug von Dulles.«

»Du hast immer noch nicht mehr als drei Streifen? Und ich hätte gedacht, dass du inzwischen für das ACC fliegst. Was ist los? Erkennen die ein Talent nicht mehr, wenn sie es sehen?« A. P. schenkte einen Becher Kaffee ein – es stand immer eine Kanne auf dem Regal –, doch Stone lehnte ab. A. P. ließ sich müde in den Ledersessel hinter seinem Schreibtisch sinken. »Wie geht es Amy und den Mädchen?«

»Gut. Sie lassen dich herzlich grüßen.« Stone lehnte sich auf seinem Stuhl zurück.

A. P. nickte. Er und Stone waren zusammen aufgewachsen, waren Mannschaftskameraden im Footballteam gewesen und hatten gemeinsam die Leiden des Erwachsenwerdens ertragen. Stone war stets der Wildere von beiden gewesen, der nichts ausgelassen und sich überall herumgetrieben hatte. Als A. P. nach Harvard gegangen war, hatte Stone sich für das Militär entschieden. Er hatte im Irak und in Afghanistan gedient, hatte Transportmaschinen vom Typ C-130 Hercules geflogen und sich in einen jener typischen, trinkfesten Kämpfer verwandelt, wie man sie in jeder Armee der Welt fand. Dann hatte er Amy kennen gelernt, und sein Leben hatte sich verändert. A. P. persönlich hatte das Paar getraut und die beiden Töchter getauft.

»Du siehst ziemlich fertig aus«, bemerkte Stone nachdenklich. »Alles in Ordnung?«

»Freitag fliege ich nach Tel Aviv. Samstag treffe ich mich mit Dad und allen anderen in Jerusalem. Dad glaubt, er könne die Welt verändern.«

Stone runzelte die Stirn und schaute auf seine Hände. »A. P., wie oft in der Geschichte hat *ein* Mann die Welt verändert? Ich weiß, was ihr vorhabt, aber verdammt ... Die Chancen stehen schlecht.« Wieder hob er den Blick. »Ich kenne diese muslimischen Hitzköpfe. Radikalen Islamisten kannst du nicht mit Vernunft kommen.«

»Wir müssen es wenigstens versuchen«, erwiderte A. P., doch ihm drehte sich der Magen um.

Stone schüttelte den Kopf. »Und du hast immer gesagt, *ich* sei der mit der Todessehnsucht.«

»Das haben Amy und die Kinder geändert, nicht wahr?«

Stone lächelte. »Ja. Ohne sie hätte ich gar nichts. Aber du, A. P., hast die Zukunft noch vor dir. Warum willst du unbedingt in die Welt hinaus und dich von irgendwelchen Turbanträgern in die Luft jagen, erschießen oder zu Tode prügeln lassen?«

»Der Kreuzzug besteht aus Familien. Wir alle dienen demselben Gott.«

Wieder schüttelte Stone den Kopf. »Ich fliege oft nach Riad. Du weißt nicht, wie es da unter der Oberfläche aussieht.

Diese Leute werden vor nichts Halt machen, um euch den Zutritt zum Tempelberg zu verwehren. Ich habe in Riad Plakate mit dem Bild von deinem Vater gesehen – sie haben ihn als den Leibhaftigen dargestellt. Fatwas wurden verkündet. Ich bin vorbeigekommen, weil ich wissen wollte, ob du diesen Wahnsinn tatsächlich durchziehen willst.«

»Das ist die Vision meines Vaters, Tom.« A. P. starrte in seinen Kaffee. »Nur Gott kann uns retten.«

»Du verschweigst mir doch irgendetwas.«

A. P. zuckte mit den Schultern und gab nach. »Ich war derjenige, der Dad davon überzeugt hat, dass die ökologische Katastrophe aufgrund der Erderwärmung und des Klimawandels nicht mehr fern ist. Ich habe ihn zu einem Gläubigen gemacht. Und was seine Vision betrifft … Vielleicht hat Gott in ihm ein williges Werkzeug gefunden.«

»Willst du damit sagen, es sei *deine* Schuld, wenn etwas schiefgeht?«, fragte Stone.

»Meine Schuld … und die Gottes.«

Stones Gesicht nahm einen gequälten Ausdruck an. »Vielleicht ist die Menschheit ja unvollkommen. Selbst wenn es mal gut läuft – wir haben die Begabung, alles wieder kaputtzumachen.«

»Du nicht. Du hast Amy gefunden.«

Stone senkte den Blick. »Ich weiß nicht, was ich getan hätte, wäre ich ihr nicht begegnet.«

»Vermutlich hättest du dein Flugzeug irgendwo gegen geflogen.«

Stone lachte. »Ja, wahrscheinlich. Und sei es nur, um zu hören, wie laut der Knall ist.«

Vorsichtig fragte A. P.: »Hast du in letzter Zeit noch einmal an Selbstmord gedacht?«

Stone schüttelte den Kopf. »Darüber bin ich hinweg.« Sein Gesicht verdunkelte sich. »Und Gott sei Dank weiß außer dir niemand etwas davon. Sollte es je bekannt werden, nehmen sie mir meine Lizenz weg.«

»Keine Angst.« A. P. winkte ab.

»Dann willst du das wirklich durchziehen?«

A. P. stand auf. »Ich bringe dich zur Tür.«

Schweigend gingen sie den Gang hinunter, jeder in seine eigenen Gedanken versunken. Dann sagte A. P.: »Wir wollen nur in Frieden beten, für die gesamte Menschheit.«

Stones Gesicht nahm einen seltsamen Ausdruck an. »*Ein* Mann kann die Welt nicht verändern, A. P. Ich weiß, dass dein Dad nur das Gute im Menschen sieht, aber wenn es um islamische Extremisten geht ... Ich war da, ich habe es selbst gesehen.« Seine Stimme wurde weicher. »Wir sind im Krieg.«

»Das hat mir heute schon jemand gesagt«, erwiderte A. P. »Aber das ist jetzt egal. Wir alle sind in Gottes Hand.«

»Jaja, pass nur auf, dass er euch nicht fallen lässt.«

An der Tür trat die Empfangsdame, Samantha Graves, aus ihrem Büro. Sie schaute besorgt drein. »A. P.? Wenn Sie einen Moment Zeit hätten ... Da sind ein paar Leute in Konferenzraum Eins.«

»Ich bin gleich da.« A. P. schüttelte Tom die Hand. »Pass auf dich auf, mein Freund.«

»Und du auf dich.« Stone schlug ihm auf die Schulter, drehte sich um und ging durch die Glastür in die Nachmittagshitze hinaus. Es war Anfang Oktober, aber so warm wie sonst im Juli.

A. P. folgte Samantha den Gang zum Konferenzraum hinunter. Immer wieder schaute er zurück. Tom Stones Warnung wollte ihm nicht aus dem Kopf gehen.

Ein Krieg, Tom? Vielleicht. Aber wir kämpfen auf der Seite des Guten.

A. P. öffnete die Tür zum Konferenzraum. Zwei Männer in Anzügen und eine Frau in elegantem Baumwollkleid standen neben dem Tisch. Einer der Männer trat vor und streckte die Hand aus. »Ambrose Box? Stan Richards.«

»Der stellvertretende Direktor des Heimatschutzministeriums, nicht wahr?« Ambrose ordnete Name und Gesicht richtig zu. »Was kann ich für Sie tun?«

Richards schaute ihn finster an. »Reverend, ich fürchte, wir haben schlechte Nachrichten für Sie.«

»Und wer einen Gläubigen vorsätzlich tötet,
dessen Lohn ist die Hölle, worin er bleiben soll.
Allah wird ihm zürnen und ihn von Sich weisen und
ihm schwere Strafe bereiten.«

Koran, 4:93

3.

Die Hitze, die aus der irakischen Wüste kam, war brutal. Für Dr. Maureen Cole, eine Kanadierin, die ihre Jugend in den kühlen Wäldern Ontarios verbracht hatte, war der Glutofen der Provinz Anbar umso schlimmer. Sie nahm sich einen Moment Zeit, spürte Schweiß in ihr schmutziges Hemd laufen und starrte in die Weite der Wüste hinaus. Der Horizont schimmerte und tanzte in der silbrigen Ferne. Hitze ließ die Luft wabern und in Wellen über dem kochenden Blech der weißen Toyota-Jeeps aufsteigen. Zusammen mit zwei Humvees parkten sie in einer Reihe hinter den von der Army zur Verfügung gestellten Zelten. Letztere waren im harten Boden verankert und boten den Ausgräbern Schutz sowie Labor- und Lagerraum.

Hinter den Fahrzeugen schwitzten ein paar irakische Wachen mit umgehängten Waffen. Auch sie starrten in die endlose Wüste hinaus. Dann und wann warfen sie einen nervösen Blick zum Bergungszelt, wo Leichen in Plastiksäcken darauf warteten, von einem Truck zum Labor in Bagdad transportiert zu werden. Rechts von ihnen – von der Ausgrabung gesehen gegen den Wind – saßen zwei amerikanische Militärberater auf Klappstühlen hinter einem klapprigen Tisch und taten so, als würden sie im Schatten einer Zeltbahn Papierkram erledigen. Einen Steinwurf von ihrem Tisch entfernt hatten sich kleine Dünen und Sandwehen um flache Wadis geformt, die sich in den harten Untergrund gegraben hatten.

Maureen schaute zur Ausgrabungsstätte zurück. Dreißig der insgesamt fünfzig Meter breiten Grube waren bereits ausgehoben, der Abraum auf der dem Wind abgewandten Seite aufgehäuft. Zwanzig Arbeiter plagten sich mit gekrümmten Rücken ab, um Sand von den irakischen Leichen zu schaufeln.

Links von Maureen spie ein Bagger schwarzen Rauch in den messingfarbenen Himmel. Sie beobachtete, wie Achmed, der Fahrer, die Schaufel senkte. Unter den aufmerksamen Blicken zweier Beobachter schälte der kleine Bagger den Sandboden weg, wobei er nie mehr als zehn Zentimeter auf einmal nahm.

»Dr. Cole?«, rief Assawi aus dem Graben rechts von Maureen. »Könnten Sie sich das mal anschauen?«

Maureen trank den letzten Schluck von ihrem Wasser und warf die leere Flasche in ein altes Ölfass, das dem Lager als Mülleimer diente. Dann ging sie an den Abraumhaufen vorbei zu Assawi. Unten im Graben sah sie die sorgfältig freigelegten Leichen.

Assawi beugte sich über eine Gruppe ineinander verschlungener Leiber, vorsichtig darauf bedacht, die Toten nicht zu stören. Mit äußerster Sorgfalt hatte er gerade den Körper eines Mannes freigelegt, der über dem einer Frau lag. Es reichte nicht, die Leichen einfach nur auszugraben und ihren Familien zurückzugeben, damit diese sie anständig bestatten konnten. Jeder Tote musste sorgfältig gesäubert und katalogisiert werden, um eine Identifizierung zu ermöglichen. Natürlich wurden auch körperliche Merkmale notiert, die bei der Identifizierung helfen konnten.

Später, im Labor, wurde jede Leiche auf Alter, Geschlecht, Statur, Zahnstatus und anderes untersucht. Viele Tote – vor allem Kinder – hatten ohnehin keine anderen Identifizierungsmerkmale. Schließlich wurden DNA- und Blutproben genommen, und der langwierige Prozess der Zuordnung zu den Namen auf den Vermisstenlisten begann.

Ebenso wichtig war die Untersuchung, *wie* die Leichen in das Massengrab gelangt waren, da dieser Umstand als Beweismittel in zukünftigen Prozessen dienen konnte. Bis jetzt hatte Maureen verifizieren können, dass dieser Graben bei mindestens drei Massenhinrichtungen benutzt worden war. Drei Mal waren Menschen auf Lastwagen hierhergebracht worden; dann hatte man die Opfer am Rand der Grube aufgereiht und erschossen. Überall in der Wüste lagen Patronenhülsen vom Kaliber 7.62.

Es sind so viele … Warum nur habe ich mich freiwillig hierfür gemeldet?

Doch Maureen kannte die Antwort. Diese Aufgabe war eine Flucht für sie, eine Chance, von Nutzen zu sein. Im Augenblick musste sie etwas anderes tun als an der Hochschule zu lehren. Seit sie New Mexico verlassen hatte – und eine Beziehung, die nicht funktioniert hatte –, war ihr Leben ein einziges Chaos.

Maureen hockte sich hin und spähte über Assawis Schulter. Das männliche Opfer lag mit dem Gesicht nach unten, den Leib teilweise um die Frau zu seiner Rechten und ein Mädchen im Teenageralter zu seiner Linken geschlungen. Unter den dreien war die Leiche einer weiteren Frau zu sehen, die Assawi bereits zum Teil wieder ausgegraben hatte. Rechts von ihr hatte er ein orangefarbenes Handtuch ausgelegt, das irgendetwas verdeckte, das noch tiefer vergraben war.

»Ich denke, wir haben den Grabungshorizont erreicht«, erklärte Assawi auf Englisch, aber mit starkem Akzent. »Hier, dieser Sand unter dem Arm ...«

Er deutete mit seiner Kelle. Eine dünne Schicht dunklerer Erde, voller Flecken von der organischen Flüssigkeit verrottender Leiber, markierte eine Ebene, die den Mann von der Frau darunter trennte. Nach jeder Hinrichtung war ein wenig Erde auf die Toten geworfen worden. Diese Schicht war dünn genug gewesen, dass die nächsten Opfer voller Entsetzen hatten sehen können, wo auch sie enden würden.

»Ja, das ist er.« Maureen beobachtete, wie Assawi nach seinem Klemmbrett und einem Maßband griff, um die genaue Lage der Leichen aufzuzeichnen. Von einem Messpunkt an einem Datumsstab maß er die Tiefe des dunklen Sandbodens, der die Leichen voneinander trennte.

»Können wir die oben Liegenden schon wegnehmen?«, fragte er.

»Ja, ich denke, wir haben genug Informationen.«

Wo Assawi arbeitete, hatte der Wind den Sand verweht, sodass es schwierig gewesen war festzustellen, wie genau die Opfer gefallen waren. Die Ausgräber hatten die Reihenfolge nur ermitteln können, indem sie sich anschauten, auf welche Weise die Gliedmaßen ineinander verschlungen waren. In anderen Fällen hatten sie Spuren gefunden, beispielsweise Patronenhülsen vom Kaliber 7.62. Eine AK47 warf die Hülsen nach vorne rechts aus. Gnadenschüsse für Verwundete waren vom Rand der Grube aus abgefeuert worden, kurz bevor wieder Sand hineingeschaufelt worden war.

Assawi rief irgendetwas auf Arabisch, und zwei Arbeiter brachten die schwarzen Leichensäcke. Assawi hatte die Herkunftskarten ausgefüllt und sie an Arm- oder Fußgelenken befestigt. Geschützt mit Handschuhen und Gesichtsmasken hoben die Arbeiter vorsichtig die halb verfaulten Toten heraus und verstauten sie in den Leichensäcken. Dann wurden die Leichen eine nach der anderen zum Zelt getragen, wo sie auf den Abtransport warteten.

Der Wind drehte sich und trug den Gestank in Maureens Nase. Der widerliche Geruch ließ sie nur leicht die Lippen schürzen. Sie lehnte sich zurück, um besser atmen zu können und ihren Hut zu richten. Schweiß lief ihr über die Wangen und zog eine weitere Spur durch den Dreck, der ihre Haut bedeckte.

»Sie sollten sich auch das hier mal ansehen.« Assawi streckte den Arm aus und zog das Handtuch weg. Er hatte noch tiefer gegraben und ein dreieckiges Loch neben Unterarm und Hüfte der toten Frau ausgehoben. Dort konnte Maureen den teilweise freigelegten Schädel eines kleinen Mädchens erkennen. Erde füllte die Augenhöhlen und klebte an einem hellblauen Kleid.

Assawi machte sich daran, mit der Kelle noch mehr von dem kleinen Leichnam freizulegen. Obwohl die Ausgrabung noch nicht abgeschlossen war, sah Maureen, dass das Mädchen einen Arm um das Bein der toten Frau geschlungen hatte; in dem anderen hielt sie einen schmutzigen grauen Teddybären.

»Mein Gott!«, stieß Maureen hervor. Ihr Blick war auf den Schädel des kleinen Mädchens gerichtet, während Assawi mit einem Pinsel den Sand entfernte. Zwar waren ein Teil der Kopfhaut und fast das gesamte lange schwarze Haar erhalten geblieben, doch auch ein Stück des Stirnknochens lag frei. In diesem Knochenstück konnte Maureen ein sauberes, rundes Loch erkennen. Sie musste nicht nachmessen: Kaliber 7.62, eindeutig. Das Geschoss stammte also von derselben Art Waffe, die auch die anderen getötet hatte.

»Sie hat sich zusammengekauert«, erklärte Assawi leise. »Sie hat also noch gelebt, als sie hier reingeworfen wurde.«

»Und sie hat sich ans Bein ihrer toten Mutter geklammert.« Maureen atmete tief durch; den Gestank bemerkte sie kaum noch. »Sehen Sie sich das Einschussloch an, Assawi. Mitten in die Stirn. Sie hat nach oben geschaut ... genau in die Augen des Mannes, der sie erschossen hat.«

»Das habe ich mir auch gerade gedacht.« Assawi wischte sich den Dreck von seinem verschwitzten braunen Gesicht.

»Machen Sie Fotos.«

»Geht klar.«

Maureen musste sich zusammenreißen, als leichte Übelkeit sie überkam. *Was für ein Ungeheuer kann einem kleinen Mädchen in die Augen schauen, wenn er es erschießt?* Obwohl sie so etwas schon so oft gesehen hatte, überkam sie eine schwarze Woge der Verzweiflung. Galle sammelte sich in ihrer Kehle.

»Nach all den Mädchen und Frauen in *Mazar-e-Sharif* ... Warum geht dir ausgerechnet dieses Kind so nahe?«, murmelte Maureen leise vor sich hin. Sie schaute wieder in die Grube, als stünde dort der Geist des Mädchens und starre sie mit großen braunen Augen an. Maureen sah das blaue Baumwollkleid im Wind flattern und stellte sich vor, wie das kleine Mädchen sich den Teddybären an die Brust drückte. Es war, als wolle das Kind sie zu irgendetwas auffordern.

Zu was?

Maureen schüttelte sich und wandte sich zum Gehen, um sich einen Becher Wasser zu holen, drehte sich dann aber noch einmal um und starrte erneut auf die zerknüllten Kleider und die halb verfaulten Leichen. Wie viele Menschen konnte ein eins achtzig mal zwei Meter großer Graben enthalten? Wie tief war er? Wieder erfasste sie tiefe Verzweiflung.

Du musst darüber hinwegkommen. Das hier ist nicht deine erste Show.

»Fühlen Sie sich nicht gut, Dr. Cole?« Assawi blinzelte im grellen Sonnenlicht.

»Nach den Tausenden von Toten, die ich in den letzten Jahren ausgegraben habe ... Warum ausgerechnet sie, Assawi? Warum sehe ich ausgerechnet ihren Geist, wie er mich anstarrt? Warum verlangt ausgerechnet sie irgendetwas von mir, das ich nicht verstehe?«

»Vielleicht liegt es daran, dass Ihre Seele sich noch immer ihr Mitgefühl und ihren Sinn für Gerechtigkeit bewahrt hat. Für Menschen wie Sie hält Allah im Paradies einen besonderen Platz zu seiner Rechten bereit.«

»Ich dachte, das gelte nur für männliche Märtyrer, Assawi.«

»Offenbar haben Sie Ihren Koran nicht gelesen, Dr. Cole. Allah segnet die Gerechten und Barmherzigen. Sie sind beides.« Assawi schaute zu dem kleinen Mädchen hinunter. »Diejenigen aber, die das getan haben, werden vor Allah keine Gnade finden, sondern tausendfach leiden.«

»Inshallah«, flüsterte Maureen.

Das Knattern eines Helikopters in der Ferne riss sie aus ihren Gedanken. Sie drehte sich um. »Was ist denn jetzt?«

Die beiden amerikanischen Beobachter standen auf, traten aus dem Schatten und beobachteten den sich nähernden Blackhawk-Helikopter.

Da sie viel im Irak umherreisen musste, war Maureen so etwas wie eine Expertin in Sachen Hubschrauber geworden. Selbst mit Sicherheitskräften an ihrer Seite waren die Straßen noch schlimm genug; ständig musste man sich vor einem Hinterhalt fürchten. Trotzdem traute Maureen den Hubschraubern noch immer nicht.

Der Blackhawk wurde langsamer und wirbelte eine Staubwolke auf, die mit dem Wind nach Westen davontrieb. Zwei Männer sprangen aus dem Helikopter und duckten sich unter dem schwirrenden Rotor. Die Amerikaner waren bereits auf dem Weg, wobei sie die interessiert dreinschauenden irakischen Wachen mit ihren Kalaschnikows geflissentlich ignorierten.

Maureen ging zum Versorgungszelt, holte sich eine weitere Wasserflasche von der mit Plastik umwickelten Palette und schraubte sie auf. Sie trank noch immer von dem warmen Wasser, als ein Major in Uniform um das Zelt kam. Er blieb stehen und musterte Maureen. Die Neugier in seinem Blick war nicht zu übersehen.

»Dr. Cole?«, fragte er.

»Höchstpersönlich. Und Sie sind?«

»Major Hansen, Ma'am.«

Dass er sie anstarrte wie ein Pin-up, schien ihm nicht einmal bewusst zu sein. Normalerweise schauten Männer stets zweimal hin, wenn Maureen vorbeiging; doch dann trug sie für gewöhnlich Kleidung, die ihren vollen Busen, ihre schmale Taille und die schlanken Beine betonte. Und in der normalen Welt trug sie ihr langes schwarzes Haar offen, wobei ihr die paar grauen Strähnen egal waren: Sie hatte für jede einzelne davon bezahlt. Hinzu kam, dass die breiten Wangenknochen und die leicht dunkle Haut ihrer indianischen Mutter mit dem kräftigen Kinn und der geraden Nase ihres schottischen Vaters harmonierten. Warum Major Hansen jedoch ausgerechnet unter diesen Umständen so hingerissen von ihr war, entzog sich ihrem Verständnis. Maureen hatte ihr Haar, in dem Sandkörner funkelten, zu einem straffen Zopf geflochten, und ihr verschwitztes Gesicht war dreckverschmiert. Das weite Hemd und die Jeans schmeichelten ihr auch nicht gerade; außerdem waren auch sie voller Schweiß und Staub. Zudem stank sie zweifellos so unangenehm wie die Leichen, die sie den ganzen Tag über ausgegraben hatte.

»Kann ich Ihnen helfen, Major? Oder sind Sie nur hierhergekommen, um mich anzugaffen?«

Er grinste. »Tut mir leid, aber Sie sind nicht gerade das, was ich erwartet habe.«

»Und was haben Sie erwartet? Oder sind Sie vielleicht schon ein bisschen zu lange in der Wüste?«

»Nun, ich habe Sie mir kleiner und älter vorgestellt, mit dicken Brillengläsern, einem Laborkittel und ...« Er lachte leise. »Tut mir leid ... Es ist etwas passiert. Man hat mich geschickt, um Sie zurückzuholen. Man will Sie so schnell wie möglich in Bagdad sehen.«

»Bin ich in Schwierigkeiten?«

Major Hansen zögerte kurz. »Sollten Sie?«

»So was soll schon vorgekommen sein. Ich neige dazu, mich mit der Regierungspolitik zu überwerfen, sowohl mit der US-amerikanischen als auch mit der kanadischen, nur damit alles schön im Gleichgewicht bleibt.«

»Ich habe Befehl, Sie nach Bagdad zu bringen«, wiederholte Major Hansen und fügte in strengem Tonfall hinzu: »Sofort.«

»Ich bin hier gerade ziemlich beschäftigt.« Maureen konnte

nicht anders, als zu dem langen Graben zurückzublicken. Aus diesem Blickwinkel waren die Leichen nicht zu sehen. Die Erinnerung an das Einschussloch im Kopf des kleinen Mädchens, das seinen Teddybären umklammert hielt, ließ sie bis tief in die Seele schaudern.

»Ja, Ma'am, das sehe ich. Aber Sie müssen jetzt mitkommen. Befehl ist Befehl.«

»Ich habe einen Privatvertrag.«

»Dessen ist man sich bewusst, da bin ich sicher.«

Maureen drehte sich um. »Assawi? Sie und Charles haben das Kommando.« Sie ging zu ihrer Werkzeugkiste, nahm die Kelle aus der Gesäßtasche und warf sie zu den Plastikbändern, Pappschildern, Bambusstöcken und ihrer Kamera. »Ich nehme an, das brauche ich nicht, oder?«

Neugierig warf der Major einen Blick in die Kiste und schüttelte den Kopf.

»Neugierig – neugieriger – Major Hansen.«

»Befehle, Ma'am«, erklärte er.

Maureen sah ihm an, dass er nicht nachgeben würde. »Wissen Sie eigentlich, was wir hier tun?«

»Ja, Ma'am, und ich segne Sie dafür.« Er schaute zu dem Graben. »Das erinnert uns daran, dass unsere Truppen nicht umsonst im Irak sind.«

Maureen nickte. Sie war seltsam erleichtert bei dem Gedanken, von hier wegzugehen. Die Schuldgefühle würden später kommen.

Bitte, Gott. Keine toten Kinder mehr.

A. P. studierte die Mienen der beiden Männer und der einen Frau. Der Konferenzraum wurde von einem großen Furniertisch beherrscht, um den herum Bürostühle standen. Die Wände waren mit verschiedenen Bibelzitaten geschmückt, die meisten davon aus der Offenbarung des Johannes, wobei es um das Öffnen der Schriftrolle mit den sieben Siegeln ging.

A. P. blieb in der Tür stehen. Sein Magen rumorte, und ihm war der kalte Schweiß ausgebrochen. Was immer Stan Richards und dessen Kollegen von ihm wollten, es war nichts Gutes.

Stan Richards war um die fünfzig Jahre alt, wirkte ausgesprochen gesund und besaß perfekt frisiertes Haar, das den Teint seines feinknochigen Gesichts betonte. Er nickte, als er vortrat, um A. P. die Hand zu schütteln.

A. P. schloss die Tür und setzte sich an den Kopf des Tisches. Die anderen nahmen ebenfalls Platz.

»Das ist Ralph Manning«, stellte Richards die anderen vor. »Sein Spezialgebiet sind die arabischen Länder. Und dies ist Susan Fields, eine unserer Verbindungsleute zur CIA.«

A. P. rang sich ein Lächeln ab und schüttelte Hände. »Was kann ich für Sie tun?«

Richards atmete tief durch, als müsse er sich zusammenreißen. Fields und Manning legten die Hände auf den Tisch, die Blicke gesenkt.

»Ihre gesamte Familie befindet sich auf diesem Schiff, nicht wahr?«, fragte Richards in sanftem Tonfall.

»Meine Eltern, meine Schwester Ang und meine Brüder Robby und Sewell. Dazu kommt fast die gesamte Leitung unserer Gemeinde sowie viertausend unserer Mitglieder. Mr. Richards, wir alle glauben an den Frieden. Mit unserem Auftreten wollen wir der Welt zeigen, dass wir alle im selben Boot sitzen. Wir alle lieben und verehren Gott. Die Zeit ist gekommen, da wir aufhören müssen, uns in seinem Namen gegenseitig umzubringen.«

Wieder atmete Stan Richards tief durch. »Es geht hier nicht um die Ziele der Mission Ihres Vaters.«

A. P. glaubte, einen Hauch Feindseligkeit wahrzunehmen, und so fügte er hinzu: »Schauen Sie – Dad ist überzeugt, dass wir auf eine globale Umweltkatastrophe zusteuern.«

»Wir sind nicht hier, um mit Ihnen zu debattieren, Reverend«, sagte Richards. »Vor vier Tagen hat die Ocean-Star-Reederei den Kontakt zum Schiff Ihres Vaters verloren. Als die *White Star* den Hurrikan Itrice südlich umfahren hat, ist sie mit einem Mal verschwunden. Über kaltem Wasser hatte der Hurrikan sich von einem Sturm der Kategorie fünf zur Kategorie eins abgeschwächt. Im letzten Funkspruch hieß es, die *White Star* fahre durch raue See. Man habe Probleme mit seekranken Passagieren, käme ansonsten aber gut voran. Dann kam nichts mehr.«

»Wollen Sie damit sagen, das Schiff ist *gesunken?*«, platzte A. P. heraus.

Manning meldete sich zu Wort. Er schüttelte den Kopf. »Das Schiff hat über GPS weiter seine Position gefunkt. Es gab nur keinen direkten Kontakt mehr.«

Richards schaute A. P. mitfühlend an. »Die Leute von Ocean Star haben die Küstenwache um Hilfe gebeten. Task Force Spear, die Trägergruppe der *Ronald Reagan*, war in dem Gebiet. Sie haben einen Hubschrauber losgeschickt, der die *White Star* dann auch gefunden hat. Erste Berichte wurden von einer Landung auf dem Schiff selbst bestätigt. Alle an Bord sind tot.«

A. P. lief ein kalter Schauder über den Rücken. »Was meinen Sie damit? Tot?«

»Derzeit kennen wir noch nicht den Grund dafür«, sagte Susan Fields. »Es gibt keinerlei Spuren von Gewalt. Die Menschen scheinen einfach zusammengebrochen zu sein.«

A. P. wurde übel. Er blinzelte ungläubig. *Tot?* »Das ... Das kann nicht sein.«

»Es tut mir wirklich sehr leid«, sagte Richards leise, den Blick auf eines der Zitate aus der Offenbarung gerichtet. »Die Navy hat erste Untersuchungen eingeleitet. Die *White Star* wird nach England gebracht. Sobald sie dort ist, wird ein Expertenteam jeden Zoll untersuchen. Wir werden schon herausfinden, was passiert ist. Bis dahin ...« Er seufzte.

»Ich weiß, es ist nicht fair«, sagte Susan Fields, »aber Sie werden sich bald im Zentrum eines Mediensturms wiederfinden. Sobald die Welt herausfindet, was geschehen ist, wird es niemanden mehr kümmern, dass Sie gerade Ihre gesamte Familie verloren haben oder viele enge Freunde. Die Presse wird Interviews wollen – je emotionaler, desto besser.«

»Diese dreckigen Geier«, murmelte Manning und wandte sich ab.

»Lass es, Ralph«, knurrte Richards.

A. P. schüttelte den Kopf. *Nicht alle. Das kann nicht sein! Sie waren doch mitten auf See.*

»Das ... Das ist unmöglich«, flüsterte er. Bilder erschienen vor seinem geistigen Auge: Mom, wie sie lächelte; Dad, wie er ihn auf seine typische Art amüsiert anschaute, mit einer gehobenen Augenbraue; Robby, wie er mit seinem neuen Pontiac-Cabrio vorfuhr, das Verdeck offen; Sewell bei seiner Highschoolabschlussfeier, wie er unter seinem quadratischen Barett strahlte ...

Tot?

»Reverend«, riss Susan Fields ihn aus seinen Gedanken,

»wir müssen uns der Möglichkeit stellen, dass jemand Ihren Vater davon abhalten wollte, das Heilige Land zu erreichen.«

»Reverend?« Richards beugte sich über den Tisch und schob sich so in A. P.s Blickfeld. »Alles in Ordnung mit Ihnen?«

Wir sind im Krieg. Die Worte der Offenbarung sprudelten aus A. P.s Seele hervor: »Und ich sah: Ein Tier stieg aus dem Meer, mit zehn Hörnern und sieben Köpfen. Auf seinen Hörnern trug es zehn Diademe und auf seinen Köpfen Namen, die eine Gotteslästerung waren.«

4.

Die Iron Butt Association hatte strenge Regeln, über die Langstreckenfahrer manchmal fluchten, doch nach all dem Papierkram, mit dem Skip sich bei unterschiedlichen Operationen hatte herumschlagen müssen, waren ein Fahrtenbuch, eine Liste von Empfangsbestätigungen und ein paar Tachoscheiben die reinste Erleichterung.

Der Morgen färbte Montanas Horizont rosa, als Skip die Lichter seiner BMW 115 0RT abblendete. Der Trucker auf der Gegenfahrbahn nach Westen tat das Gleiche. Auf den Interstates im Westen kam man gut voran, besonders nachts. Der Trick war: Man brauchte gutes Licht. Dann und wann ein Hirsch, seltener ein Elch, ganz zu schweigen von einer verirrten Kuh waren schon gefährlich genug. Traf so ein Tier auf ein Auto, war es der Beginn eines ziemlich üblen Tages; traf es ein Motorrad, konnte der Fahrer sich von diesem Leben verabschieden. Mit guten Scheinwerfern jedoch konnte man Tiere früh genug sehen und ihnen ausweichen. Lag aber eine Palette oder andere heruntergefallene Ladung quer auf der Straße, machte ein Motorradfahrer einen Abflug, ehe er wusste, wie ihm geschah.

Skip rutschte auf seinem Schafsledersitz hin und her. Dann verriegelte er das Gas und machte Fingerübungen mit der rechten Hand, um die Krämpfe zu lösen. Mann, was würde er für einen Tempomat geben, wie die neueren Modelle ihn hatten! Trotzdem fühlte er sich alles in allem ziemlich gut.

Das Lämpchen an der Tankanzeige sagte ihm, dass er nicht einmal mehr drei Liter Sprit im Tank hatte. Zum letzten Mal hatte er kurz nach ein Uhr morgens in Missoula getankt. Dabei hatte er sich auch Zeit für ein Sandwich aus der Mikrowelle genommen, eine Tasse Kaffee getrunken und sich noch einen Energydrink eingeworfen.

Columbus, Montana, lag unmittelbar vor ihm. Dort gab es eine große, bei Truckern beliebte Raststätte an der Ausfahrt. Da konnte er tanken, aufs Klo und noch einmal etwas trinken, ehe er sich auf das letzte Wegstück nach Billings machte. Laut Plan sollte er im Billings Holiday Inn neben der Interstate einchecken und acht Stunden schlafen. Nach dem Weckanruf würde er dann der I-94 nach Minneapolis folgen und anschließend nach Madison in Wisconsin weiterfahren, das noch einmal gut tausendeinhundert Meilen entfernt lag. Wenn er eine Durchschnittsgeschwindigkeit von siebzig Meilen die Stunde beibehielt, würde er genau rechtzeitig eintreffen, um im Marriott einzuchecken, seine Ankunft vom Empfangschef bestätigen zu lassen und anschließend so lange zu schlafen, wie er wollte.

Bis jetzt hatte er viertausend Meilen in vier Tagen hinter sich gebracht. Er war jeweils sechzehn Stunden gefahren, und acht hatte er geschlafen. Tagein, tagaus. Schon seit Jahren hatte er diese Fahrt machen wollen und Monate mit der Planung verbracht. Viele Fahrer rissen mal eben tausend Meilen am Tag ab, aber fünftausend in fünf Tagen? Da gehörte man schon zu einem Eliteklub. Skips Name würde in die Annalen jener Hand voll Männer eingehen, die zu solch einer Ausdauerleistung fähig waren.

Um ihn herum schälte sich allmählich Montana aus der Dunkelheit. Skip konnte Bäume, Hügel, Sandsteinklippen und den Yellowstone River zu seiner Rechten sehen. Das hier war gutes Land; nur gelegentlich waren in der Ferne die Lichter einer Ranch zu sehen.

Als das Ausfahrtsschild sich aus dem trüben Zwielicht des Morgengrauens schälte, bremste Skip, blieb kurz stehen und bog in die Zufahrt der Raststätte ein.

Er seufzte, als er neben einer Zapfsäule hielt und den Stecker aus seiner elektrisch beheizten Weste zog. Steif stieg er vom Sattel, bockte sein Bike auf und öffnete den Tank.

Während bleifreies Super in die Maschine strömte, griff Skip in seine Tasche und überprüfte seinen BlackBerry. Es dauerte einen Moment, bis er im grellen Licht der Tankstellenbeleuchtung das Display sehen konnte. Laut Anzeige warteten fünfzehn Nachrichten auf ihn.

Fünfzehn? Als er in Missoula losgefahren war, hatte er noch keine einzige gehabt. Und er war die ganze verdammte Nacht durchgefahren.

Skip füllte den Tank bis obenhin, zog den Beleg aus der Zapfsäule und überprüfte, ob Datum, Zeit und Füllmenge stimmten. Den Beleg legte er zu dem wachsenden Stapel Quittungen in einem kleinen Fach an seinem Tank. Jeden dieser Belege würde er fotokopieren und zusammen mit dem Fahrtenbuch an die Iron Butt Association schicken müssen, damit die Fahrt registriert wurde.

Skip nahm den Helm ab und hing ihn über den Lenker, ehe er in den Laden ging. Ein gelangweilt dreinblickendes blondes Mädchen saß hinter dem Tresen; sie verschwendete kaum einen Blick an Skip.

Auf der Toilette leerte Skip seine Blase, wusch sich die Hände und rief die Nachrichten auf seinem BlackBerry ab.

Zuerst die Textnachrichten: *Skip, ich weiß! Es ist mitten in der Nacht. Ruf mich an, sobald du das hier bekommst. Je eher, desto besser. Du wirst gebraucht. Ich werde es weiter versuchen, bis du antwortest. Nancy.*

Auf dem Weg hinaus kam Skip wieder an der gelangweilten Bedienung vorbei und trat hinaus ins Morgengrauen. Er drückte die Schnellwahltaste. Nancy, seine Sekretärin, nahm nach dem ersten Klingeln ab.

»Skip?«

»Ja. Was ist denn?«

»Kennst du Bill Reeves? Vom Außenministerium?«

»Wenn Bastard-Bill etwas damit zu tun hat, bin ich nicht interessiert.« Skip hatte schon früher mit Reeves gearbeitet. Sie verabscheuten einander wie Mungo und Kobra – und das schon seit der Zeit *vor* dem Debakel im Iran.

»Er will, dass du ihn anrufst, bevor du mit jemandem namens Jupiter Adams sprichst.«

»Mit wem?«

»Hast du schon mal von der Ocean-Star-Reederei gehört?«

»Sicher.« Die Ocean Star war noch verhältnismäßig neu in der Welt der Kreuzfahrtveranstalter. Sie hatten für ziemlich viel Aufhebens gesorgt, als sie zwei europäische Reedereien aufgekauft und Unsummen für Werbung ausgegeben hatten. »Eine niederländische Reederei, stimmt's?«

»Ja. Sie haben das ausgefallenste Kreuzfahrtschiff in der ganzen Branche gebaut. Jetzt ist irgendwas damit passiert.«

»Und was?«

»Ich weiß es nicht. Aber in den letzten vier Stunden hat dieser Jupiter Dingens fünfmal hier angerufen. Ich hab im Internet nach ihm gesucht. Er ist der Geschäftsführer von Ocean Star. Der erste Anruf von Bill Reeves kam kurz vor Mitternacht auf der Notfallleitung. Er hat gesagt, Jupiter würde anrufen, aber er wolle zuerst mit dir reden. Reeves war ziemlich hartnäckig. Du sollst unter gar keinen Umständen mit Jupiter sprechen, bevor du ihn nicht angerufen hast. Er hat gesagt, er wolle dich zuerst briefen.«

Skip seufzte. »Ein Grund mehr, Jupiter anzurufen, *bevor* ich mit Bastard-Bill spreche.«

»Reeves hat sich schon gedacht, dass du das sagen würdest. Deshalb soll ich dir ausrichten, die Sache sei wichtig genug, dass du ihn *bitte* zuerst anrufst.«

»Was? Bist du sicher, dass wir über denselben Reeves sprechen? Dieses schleimige Arschloch, das inzwischen Unterstaatssekretär im Außenministerium ist?« Skip hob eine Augenbraue und schaute zum klaren Horizont Montanas. Die Hügel waren voller Pinien und schimmerten sanft im purpurfarbenen Licht des frühen Morgens. In der Ferne hatten die Beartooth Mountains einen rubinfarbenen Ton angenommen, und ihre felsigen Gipfel funkelten.

»Ja, genau der«, bestätigte Nancy.

»Bastard-Bill sagt nicht *bitte*. Dieses Wort kann er gar nicht mit den Lippen formen.«

»Und das heißt?«

»Entweder hat er eine Scheißangst, oder er hat einen Weg gefunden, mich zu verarschen.«

Skip ging zu seinem Motorrad zurück und zog sein Notizbuch aus der Gesäßtasche der Kombi. Dann beugte er sich über den Sitz der BMW und schrieb sich die Telefonnummern von Reeves und Jupiter Adams auf, die Nancy ihm vorlas.

Reeves' Nummer hatte eine Vorwahl von Washington D. C., was bedeutete, dass er nicht in seinem Haus im ländlichen Virginia war. Er musste die ganze Nacht durchgearbeitet haben. Das – verbunden mit dem »Bitte« – bereitete Skip nun doch Sorgen.

Reeves' Sekretärin nahm den Anruf entgegen, ließ sich Skips Namen nennen und legte ihn in eine Warteschleife. Es dauerte nicht lange.

»Skip?«

»Hallo, Bill. Was ist los?«

»Ist das eine sichere Verbindung?«

»Zum Teufel, nein! Ich stehe an einer Raststätte in Columbus, Montana.«

»Ha, ha, ha. Lass die blöden Scherze! Ich bin heute Morgen nicht in der Stimmung für so einen Stuss.«

»Ich bin in Urlaub«, erklärte Skip. »Das ist auch so ein Wort, das nicht zu deinem Vokabular gehört. Also, was ist los?«

»Ein Kreuzfahrtschiff ...«, begann Reeves. Er klang angespannt. »Alle an Bord sind tot. Die Navy ist zum Glück als Erste dort eingetroffen. Sie schleppen das Schiff nach England, um es dort vor der Küste ankern zu lassen, während die Forensiker ihre Arbeit machen. Die Medien werden die Story irgendwann heute Morgen bringen.«

»Die üblichen Verdächtigen?« Damit meinte er Al Kaida, die Hamas, die Hisbollah oder irgendeine neue Mischung aus iranischen, wahabbitischen oder schiitischen Extremisten.

»Vermutlich«, bestätigte Reeves zurückhaltend, »aber wir wissen es nicht genau. Bis jetzt hat noch niemand die Verantwortung übernommen.«

»Verstehe. Und dieser Jupiter Adams?«

»Ist der Chef von Ocean Star. Sie wollen ihre eigene Untersuchung durchführen. Der übliche Tanz, um etwaigen Forderungen vorzubeugen und zu beweisen, dass sie die Guten sind. Du weißt schon: Wie ist das passiert? Wie kann man verhindern, dass es noch einmal geschieht? Irgendwie ist dein Name als Sicherheitsberater ins Gespräch gekommen. Ich habe denen gesagt, was für ein Penner du bist; aber sie wollen dich trotzdem.«

»Hach, was haben wir für eine innige Beziehung«, spottete Skip.

»Sei nicht so ein Arsch. Tatsache ist: Du kannst Dinge tun, die wir nicht tun können. Wir stecken bis zum Hals im Dreck. Mann, das tut weh, aber ich muss dich um einen Gefallen bitten, Skip. Würdest du mich auf dem Laufenden halten?«

Reeves' Tonfall ließ Skip heftiger schaudern, als selbst die größte Kälte in Montana es vermocht hätte. »Was genau ist mit dem Schiff passiert, Bill?«

»Mehr als viertausend Menschen sind tot. Vielleicht Gas. Vielleicht Gift. Was nun die Frage betrifft, wie die Angreifer das mitten auf dem Atlantik angestellt haben ... Nun, die Techniker werden es schon herausfinden. Oh ... und fast alle Opfer gehören zu Bobby Box' Crusade of Liberation. Erinnerst du dich, worum es dabei ging?«

»Ja, er wollte nach Jerusalem, um auf dem Tempelberg zu beten. Es war ein ziemlicher Aufstand, all die Visa zu bekommen und für entsprechende Sicherheitsmaßnahmen zu sorgen. Israel hat sich widerspenstig gezeigt, und die Muslime haben gedroht ...« Skip schluckte. »Verdammt.« Hier, in der Stille dieses wunderschönen Morgens in Montana, wirkte das alles unwirklich.

»Meine Mitarbeiter haben Columbus, Montana, gefunden«, sagte Bill. »Ich würde ja ein Flugzeug schicken, aber es geht schneller, wenn du eine reguläre Maschine nimmst. Wir haben für acht Uhr fünfundvierzig ein Ticket für dich von Billings gebucht. Wenn du Gas gibst, kannst du es schaffen. Um fünfzehn Uhr fünfundvierzig, bei der Landung in Dulles, wird jemand dich abholen. Solltest du Jupiter anrufen, sag ihm, dass du unterwegs bist.«

»Hey, ich hab den Job noch gar nicht angenommen. Und was ist mit meinem Bike? Glaubst du etwa, ich würde es einfach mitten in Montana stehen lassen?«

»Verfüttere es an einen Bären – was weiß ich. Das ist mir scheißegal. Du magst ein Arschloch sein, Skip, aber ich kenne dich. Das hier *willst* du nicht verpassen.«

Sie hatten Maureen direkt zum Bagdad International Airport geflogen und zweihundert Meter von einer mächtigen braunen C-130 Hercules entfernt geparkt.

»Das ist der erste Flug nach England, den wir buchen konnten.« Hansen hatte gegrinst. »Ihr Gepäck ist bereits abgeholt worden und unterwegs. Sollte es nicht rechtzeitig hier sein, wird man es Ihnen nachschicken.«

»England?«, hatte Maureen unsicher gefragt. »Worum geht es hier eigentlich? Was ist denn in England passiert?« Bilder von zerfetzten Bussen und U-Bahnwagen nahmen vor ihren Augen Gestalt an. Aber nein, die Briten hatten jede Menge Erfahrung mit Bombenanschlägen. Hier musste es um etwas anderes gehen – etwas viel Größeres.

Hansen zuckte nur mit den Schultern, als sie über das glühend heiße Rollfeld gingen. »Ich bin nicht sicher, Dr. Cole. Ich habe nur Befehl, Sie zu finden und so schnell wie möglich herzubringen. So ist die Army. Wir bekommen einen Auftrag, und den erfüllen wir.«

Maureen schaute auf die Schweißflecken, den Staub und die Salzringe auf ihren Kleidern. »Ich muss wenigstens erst mal duschen und mich umziehen.«

»Tut mir leid, Ma'am. Meine Befehle lauten, Sie an Bord der Maschine zu bringen. Beschweren Sie sich bei Ihrem Kongressabgeordneten.«

»Ich bin Kanadierin.«

»Dann wenden Sie sich an Ihren Premierminister.«

Sie erreichten die offene Laderampe. Ein Airman, muskulös, schwarz, Anfang zwanzig, kam die Rampe hinunter. Er trug seinen Fliegeranzug und salutierte vor Hansen.

»Ist das Dr. Cole?«, fragte der Mann mit starkem Brooklynakzent.

»So ist es, Corporal. Sie gehört Ihnen.«

»Wenn Sie bitte an Bord kommen würden, Ma'am.« Der Corporal bot Maureen die Hand an, um ihr auf die Rampe zu helfen. »Ich bin Corporal Sanders, der Lademeister von diesem Monster. Willkommen an Bord.«

Maureen schaute sich im dunklen Innern des Flugzeugs um; sie sah Aluminiumstreben und elektrische Leitungen. Der vernarbte Boden war voll mit zugedeckten Containern, Maschinenteilen, deren Zweck Maureen nicht einmal erahnen konnte, und länglichen Kisten, die verdächtig nach Särgen aussahen. Alles war mit Netzen, Riemen und Haken gesichert und sah sehr militärisch aus. »Worum geht es hier eigentlich, Corporal?«

»Ich weiß es nicht, Ma'am. Wir sind nur für den Transport verantwortlich. Aber wenn Sie mir nach vorne folgen würden, werde ich Ihnen einen Sitzplatz besorgen. Das hier ist vielleicht nicht die Delta Airlines, aber wir werden Sie rechtzeitig ans Ziel bringen.«

Maureen versuchte, sich auf der engen, stählernen Toilette zu waschen, wenigstens Hände und Gesicht. Sonst gab es nicht viel, was sie tun konnte. Sie war gerade erst fertig, als

Corporal Sanders zurückkehrte, um sicherzustellen, dass sie sich korrekt angeschnallt hatte.

Und mein Gepäck?, fragte sie sich, als die Motoren losdröhnten und die sechsblättrigen Propeller antrieben. Dann rumpelte das große Transportflugzeug über die Bahn und wurde wieder langsamer. Maureen spürte, wie die Maschine wendete und zu zögern schien, ehe das Motorengeräusch zu einem Donnern anwuchs. Die Hercules stürmte buckelnd voran, und Maureen wurde von den Beschleunigungskräften in den Sitz gedrückt.

Sie verbrachte den langen und eintönigen Flug damit, sich zu fragen, was in England wohl Schreckliches geschehen sei. Dann wurde sie unvermittelt aus dem Schlaf gerissen, als das große Flugzeug aufsetzte. Maureen war erstaunt, dass sie überhaupt hatte schlafen können. Und die ganze Zeit hatten sie Albträume von einem kleinen, toten, irakischen Mädchen gequält.

Gott, sag mir, dass es nicht wieder so etwas ist wie am 11. September. Ich verliere einen Teil meiner Seele, töte meine eigene Menschlichkeit …

Sie landeten im Dunkeln. Als die Hercules zum Stehen gekommen war, öffnete Corporal Sanders die Seitenluke und half Maureen, die steifbeinig zum wartenden Range Rover hinunterkletterte. Mit sichtlicher Erleichterung sog sie die kühlen, feuchten Gerüche Englands ein. Der Fahrer, ein lächelnder Brite in Zivilkleidung, öffnete die Beifahrertür. Als Maureen saß, fuhren sie los, durch die Sicherheitskontrollen, vorbei an einem Maschendrahtzaun und auf die linke Fahrbahn.

»Sind Sie das erste Mal in England?«, fragte der Fahrer, ein schlaksiger Mann mit beginnender Glatze und hüpfendem Adamsapfel.

»Ich war schon mal in London. Wo sind wir?«

»In Bournemouth, Mum.« Der Fahrer schaute Maureen mit blassblauen Augen an. »Tut mir leid wegen der verdammten Hitze. Ganz Europa wird regelrecht gegrillt. Über fünfzigtausend Menschen sind schon gestorben. Hat mit der Erderwärmung zu tun, nehme ich an.«

»Glauben Sie mir, im Vergleich zum Irak ist es hier kühl.«

»Sie sind wegen dem Schiff hier, stimmt's?«

»Was für ein Schiff?« Trotz ihrer Müdigkeit war Maureens Interesse geweckt.

»Das in den Nachrichten natürlich. Das Kreuzfahrtschiff. Draußen auf See. Allesamt tot – dieser Yankee-Prediger und seine ganze Herde.«

»Tot? Wie?«

»Das weiß ich nicht, Mum. Ziemlich mysteriös das Ganze. Einige sagen, die Araber stecken dahinter.«

Der Mann fuhr Maureen durch die nächtlichen Straßen, vorbei an schmucken Reihenhäusern, Tankstellen und geschlossenen Läden. Schließlich erreichten sie die Marinebasis von Poole Harbor. Der Fahrer zeigte dem Wachmann einen Ausweis vor und fuhr dann an Lagerhäusern und Büros vorbei zu einem erleuchteten Gebäudekomplex. Auf dem Schild davor stand »Nachrichtendienst«.

Ein uniformierter Soldat der Royal Marines trat an den Wagen und bat Maureen höflich, ihm zu folgen. Er führte sie über einen Bürgersteig, der von gelblichen Natriumdampflampen erhellt wurde, zu einem Ziegelgebäude mit Giebeldach. Drinnen schritten sie durch einen Gang zu einem Raum, der mit »Konferenz« beschriftet war.

Was denn jetzt? Es ist mitten in der Nacht.

Hundemüde betrat Maureen den vielleicht sechs mal sechs

Meter großen Raum, der von einem zerkratzten Holztisch beherrscht wurde. Ein Amerikaner, Captain Marcy, US Navy, kam zu ihr und fragte: »Dr. Cole, nehme ich an?«

»In ihrer ganzen stinkenden Pracht.«

Mit skeptischem Blick musterte Marcy Maureens verdreckte Kleidung. Er schniefte, als würde er einen ungewöhnlichen Geruch wahrnehmen, und verzog das Gesicht. Dann hakte er Maureens Namen auf einer Liste ab. »Bitte nehmen Sie Platz, Dr. Cole.«

Maureen zählte fünfzehn Männer und zwei Frauen am Tisch. Auch die musterten sie interessiert. Die meisten trugen zivile Freizeitkleidung. Zwei Männer trugen Anzüge. Doch keiner, bemerkte Maureen säuerlich, war voller Dreck, getrocknetem Schweiß oder stank nach verwesenden Leichen.

Maureen ließ sich der Reihe nach vorstellen, wobei die Reaktionen sie ein wenig erheiterten, während sie Hände schüttelte und versuchte, sich trotz ihrer Müdigkeit die Namen zu merken.

»Gut«, sagte Captain Marcy schließlich und trat an den Kopf des Tisches. »Das wäre dann also unser vorläufiges Team. Zunächst einmal muss ich Sie um Ihre Handys, Kameras und Notebooks bitten. Für diese Operation gilt die höchste Sicherheitsstufe. Die meisten von Ihnen kennen das ja bereits. Die Geräte werden gut verwahrt und am Ende des Einsatzes zurückgegeben. Über einen sicheren Computer können Sie Ihre E-Mails abrufen.« Er lächelte. »Aber ein Sicherheitsmann wird alles überprüfen, was Sie schreiben, bevor es abgeschickt werden kann. Telefongespräche können ebenfalls über eine sichere Leitung geführt werden. Allerdings werden die Gespräche aufgezeichnet.«

Leises Murren begleitete das Rascheln, als die Leute ihre

Handys, BlackBerrys und PDAs hervorholten. Aus Aktentaschen und Rucksäcken kamen Laptops zum Vorschein. Alles wurde in zuvor gekennzeichneten Plastikbeuteln verstaut und von uniformierten Marines hinausgebracht.

»Tut mir leid, meine Sachen sind in meinem Gepäck.« Maureen zuckte mit den Schultern, als sich ihr ein junger Mann mit einem Plastikbeutel näherte, auf dem ihr Name stand.

Captain Marcy klatschte in die Hände. »Auf dem Tisch vor Ihnen finden Sie die übliche Vertraulichkeitserklärung auf Ihren Aktenmappen. Sobald Sie die gelesen, verstanden und unterschrieben haben, dürfen Sie die Mappe öffnen.«

Maureen setzte sich, nahm das Formblatt und las sich das Juristenkauderwelsch durch. Kurz gesagt unterlag ihre Arbeit hier der Geheimhaltung und fiel in die Verantwortung der amerikanischen Regierung. Maureen hakte die entsprechenden Kästchen ab und erklärte damit, dass sie alles verstanden habe und keinerlei Informationen weitergeben würde, es sei denn, sie habe vorher schriftlich die Erlaubnis erhalten. Dann klickte sie den Sand aus ihrem Kugelschreiber, bis er wieder funktionierte, und unterschrieb.

Als die letzte Erklärung unterzeichnet war, nickte Marcy und sagte: »Sie dürfen die Aktenmappen jetzt öffnen. Sie enthalten erste Informationen, die das Team der Task Force Spear hat sammeln können. Bitte lassen Sie sich ein paar Minuten Zeit, um sich alles genau anzusehen.«

Maureen fiel auf, dass die Plätze links und rechts von ihr frei geblieben waren. Sie schnüffelte; auch sie selbst konnte nicht umhin, ihr gewöhnungsbedürftiges Aroma zu bemerken.

Ein Kreuzfahrtschiff? Maureen öffnete die Aktenmappe und sah als Erstes eine Luftaufnahme der *White Star*, wie sie den Ozean durchpflügte. Das Bild wirkte wie aus einem Reiseprospekt. In der Fußzeile stand zu lesen: *White Star. Erstes Foto. 13.24 Uhr, 28. September.*

Maureen blätterte weiter und runzelte die Stirn. Das zweite Bild war aus geringerer Entfernung aufgenommen. Sie konnte Leute an Deck erkennen. Man brauchte keinen Doktortitel und jahrelange Erfahrung, um zu sehen, dass die Menschen entweder tot oder bewusstlos waren.

Maureen blätterte weiter die Fotos und Kurzberichte durch. Sie las vom Abbruch der Kommunikation und den Ereignissen, die schließlich dazu geführt hatten, dass ein Navyhelikopter zur *White Star* geschickt worden war und ein Aufklärungsteam abgesetzt hatte. Es gab Fotos, die Marinepersonal in voller ABC-Schutzkleidung zwischen den Toten zeigten. Sie nahmen Luft- und Wasserproben, überprüften elektrische Geräte und fühlten nach dem Puls der Opfer.

Maureen richtete ihre Aufmerksamkeit auf die Toten. Die Leichen waren aufgequollen, die Haut blass. Dann schaute sie sich die Nahaufnahmen an und fand vornehmlich Menschen kaukasischen Ursprungs, während die Mannschaft orientalischer, lateinamerikanischer oder auch philippinischer Herkunft zu sein schien. Durchschnittsalter der Passagiere: schätzungsweise Mitte fünfzig. Maureen fand keinerlei Hinweis auf äußere Gewalteinwirkung. Die Flecken unter den Toten waren auf Ausscheidungen post mortem zurückzuführen, nicht auf Blutungen.

Aber was ist die Todesursache? Maureen schaute die anderen Berichte durch. In den meisten wurde angemerkt, dass das Schiff einwandfrei funktioniere. Die Marinesoldaten hatten keinerlei Störung im Belüftungssystem feststellen können; in einem weiteren Bericht hieß es, dass man auch keine verdächtigen Gaszylinder oder dergleichen gefunden habe.

Auf dem nächsten Blatt fand sich eine vorläufige, als »Streng Geheim« gekennzeichnete Analyse des US-amerikanischen Heimatschutzministeriums. Die gesamte Passagierliste war durch den Computer gejagt worden. Keines der Opfer hatte eine Warnung ausgelöst – mit Ausnahme von Reverend Bobby Box, dem Prediger, der auf den Tempelberg hatte pilgern wollen. Sieben Seiten waren allein ihm gewidmet. Maureen überflog sie. Andere Passagiere, die vom Heimatschutzministerium als Risiko erachtet wurden – aus welchen Gründen auch immer –, waren gar nicht erst an Bord gelassen worden.

»Nun denn«, rief Captain Marcy. »Fangen wir an. Zunächst einmal möchte ich Ihnen allen danken, dass Sie so kurzfristig gekommen sind. Andere sind noch auf dem Weg; also werden Sie in den kommenden Tagen ein paar neue Gesichter sehen.«

Er verschränkte die Hände und ging vor dem Tisch auf und ab. »Bis jetzt wissen wir Folgendes: Die *White Star* hat bis zum Abend des dreiundzwanzigsten September keinerlei Probleme gemeldet. Um siebzehn Uhr fünfundzwanzig Schiffszeit hat das Büro der Ocean-Star-Reederei via Satellitentelefon einen Anruf von der *White Star* erhalten. Es war ein junger Mann, der Zweite Offizier Svenson Olins. Er befand sich zu dem Zeitpunkt auf der Brücke. Er berichtete, dass die Leute Atemnot hätten, und er vermutete, dass irgendeine Art Gas dafür verantwortlich sei. Als man ihn bat, dies genauer zu erklären, rief er, es gebe einen Notfall, und er würde zurückrufen.« Marcy zuckte mit den Schultern. »Das hat er nie getan, und auch sonst hat niemand mehr auf die aufgeregten Versuche der Reederei reagiert, das Schiff zu kontaktieren.

Zu diesem Zeitpunkt befand sich die *White Star* auf Position 33 Grad, 22 Minuten und 17 Sekunden Nord und 51 Grad, 48 Minuten, 19 Sekunden West. In den Aufzeichnungen der

Bordinstrumente finden sich keinerlei Hinweise auf andere Fahrzeuge in der Nähe, und es gab auch keinen Radarkontakt von Flugzeugen.« Er seufzte. »Aber es wird sogar noch verwirrender. Bis siebzehn Uhr einundzwanzig an diesem Abend verzeichnen die Kreditkartenleser kein ungewöhnliches Verhalten, und ...«

»Bitte, entschuldigen Sie«, unterbrach ihn ein kahlköpfiger Mann in weißem Anzug. »Warum interessieren uns Kreditkartenleser?«

Captain Marcy schaute den Mann an. »Kreuzfahrtschiffe geben ihre eigenen Kreditkarten aus. Diese dienen den Passagieren als Ausweis und verzeichnen alle Einkäufe, die auf dem Schiff getätigt werden. Auf diese Weise soll unter anderem vermieden werden, dass Bargeld durch die Hände der Crew geht, aber wichtiger noch ist, dass die Leute auf diese Art oft keinen Überblick mehr haben, wie viel sie eigentlich ausgeben. Diese Aufzeichnungen verraten uns nun, dass bis siebzehn Uhr einundzwanzig normaler Geschäftsbetrieb geherrscht hat. Innerhalb weniger Minuten kam er dann vollständig zum Erliegen.«

Maureen runzelte die Stirn und hob die Hand. Marcy nickte ihr zu.

»Das ist schnell«, sagte sie. »Diesen Fotos nach zu urteilen, ist niemand in Panik geraten. Haben die Navyleute irgendwo anders Hinweise auf eine Panik gefunden? Verstopfte Durchgänge, totgetrampelte Menschen?«

»Nein, Dr. Cole. Ich habe im Gegenteil gehört, dass man in den Saunen und Massagesalons auf den Unterdecks sogar noch Leute mit Handtüchern auf dem Gesicht gefunden hat.«

»Irgendwelche Anzeichen, dass es Krämpfe gegeben hat?«

Marcys Gesicht verspannte sich. »Das ist der Grund, warum

Sie hier sind, Dr. Cole. Wir wollen, dass Sie einen genauen Plan anfertigen, wie die Leichen liegen.«

Maureen nickte. Plötzlich fühlte sie sich zutiefst erschöpft. Es war genau wie im Irak.

Es folgte ein wahrer Sturm von Fragen.

Captain Marcy hob die Hände und rief: »Einer nach dem anderen, bitte! Ich habe Ihnen an Informationen gegeben, so viel mir im Augenblick möglich ist. Man hat beschlossen, die *White Star* vor Swange Point vor Anker gehen zu lassen. Dank der freundlichen Unterstützung der Royal Navy werden wir von dieser Basis hier aus operieren. Bis wir herausgefunden haben, was diese Menschen getötet hat, gelten strengste ABC-Schutzvorschriften. Was immer es gewesen ist – wir wollen es nicht an Land bringen.«

»Wie steht es um Unterkunft?«, fragte einer der Chemiker.

»Sie werden hier in der Basis bleiben, bis Ihre Spezialkenntnisse nicht mehr vonnöten sind.«

»Gibt es auch eine Bar?«, fragte einer der Sicherheitsberater.

»Wir sind hier in England«, antwortete Marcy. »Wir werden uns schon um Ihre Bedürfnisse kümmern.«

»Sagen Sie mir einfach nur, dass es auch eine Dusche gibt«, murmelte Maureen. Andere hörten sie und klatschten. Einer pfiff sogar anerkennend.

»Mein Weg, wie ich ihn euch aufgezeigt habe,
ist gerade, und ihr sollt nur ihm folgen.
Betretet nicht die falschen Pfade, sonst werdet ihr
von Gottes Weg abkommen und in zerstrittene
Gruppen auseinanderfallen!
Das sind Gottes Gebote und Verbote,
die Er euch vorschreibt,
auf dass ihr gottesfürchtig werdet.«

Koran, 6:153

5.

Ali Hassan studierte Informatik an der Universität Amsterdam. An Vorlesungstagen fuhr er mit der Straßenbahn ins Altstadtzentrum. Wenn die Bahn über Bogenbrücken und an den Kanälen entlangrumpelte, pflegte Ali immer auf das braune Wasser hinabzustarren und die Boote zu bewundern, die an den steinernen Kanaleinfassungen vertäut waren. Wasser ließ ihn noch immer staunen. Während seiner Kindheit in den Slums von Islamabad hatte er nur wenig davon gesehen.

Selbst die Holländer, die schier endlos auf ihren Fahrrädern oder in ihren glänzenden Autos an ihm vorbeiströmten, faszinierten ihn nach wie vor. Von dem Moment an, da Ali Hassan zum ersten Mal einen Fuß auf niederländischen Boden gesetzt hatte, hatte er das Gefühl gehabt, ein Stück Paradies auf Erden gefunden zu haben: saubere Straßen, endlose

Reihen von Geschäften, schöne, vielstöckige Gebäude, sanfter Regen, Bäume und Wohlstand ... so viel Wohlstand.

Und all das ist Dschahiliyya*: ein Land der Dunkelheit, in dem niemand etwas von den Gesetzen und der Wahrheit weiß, die Allah uns lehrt.*

Die Holländer waren bestenfalls *Dhimmis*: dem Islam unterlegene Christen und Juden. Schlimmstenfalls waren sie gottlose Götzendiener, von Allah verflucht. Aber wenn sie doch so sehr in *Dschahiliyya* verhaftet waren, in Unwissenheit und Unfrömmigkeit, wie hatten sie dann so viel erreichen können? Ihre vielen christlichen Kirchen waren voller Götzenbilder. Vor allem durch ihre drei Götter – Vater, Sohn und Heiliger Geist – fühlte der wahre Muslim sich verhöhnt. Sie hatten sogar einen Schrein für ein jüdisches Mädchen namens Anne Frank errichtet. Die Holländer tolerierten offen die Entwürdigung von Allahs heiligster Schöpfung: des Menschen. Überall herrschte Gottlosigkeit, sei es in Form von Homosexualität, Atheismus, Trunkenheit oder Drogenhandel. Ihre Frauen zeigten sich weder bescheiden noch keusch. Doch am schlimmsten war, dass diese Menschen mehr an die Wissenschaft und ihre weltlichen Gesetze glaubten als an Allah.

Sie alle sind verloren. Alle! Verführt vom Bösen und ihrem Dschahiliyya-*Wohlstand.*

Auf dem Weg zum Seminarraum ignorierte Ali die anderen Studenten. Dort angekommen, nahm er den Rucksack von der Schulter und holte seinen Laptop heraus. Soweit es seine Kommilitonen betraf, hätte er genauso gut unsichtbar sein können. Nach drei Jahren hatte er die Veränderungen bei ihnen gesehen. Während die jungen Niederländer ihm einst höflich zugenickt hatten, mieden sie nun seinen Blick.

Solche Dinge hatten ihn einst gestört, doch dann hatte der Imam, Abu Salassi, ihn während der Koranstunde beiseite genommen.

»Du bist so niedergeschlagen. Was bekümmert dich, Ali Hassan?«

»Nichts.«

»Allah in seiner Weisheit entgeht nichts, und mir auch nicht. Auch dir sollte nichts entgehen. Und doch sehe ich, wie dieses ›nichts‹ dich umtreibt. Nun sagt mir die Logik, dass ›nichts‹ ›etwas‹ ist, und da du das ›nichts‹ ja zugibst, muss es ›etwas‹ sein.«

Da hatte Ali gelächelt. »Imam, die Dinge haben sich verändert. Menschen, die einst im Seminar mit mir gesprochen haben, schauen nun einfach durch mich hindurch. Es ist, als wäre ich gar nicht da.«

»Ah, ja.« Abu Salassi hatte genickt. »Damit ist zu rechnen gewesen. Erinnerst du dich an diesen Filmemacher? Theo van Gogh?«

»Der diese Blasphemie produziert und den man mitten auf der Straße erschossen hat?«

»Genau der. Das war das erste Zeichen für die Holländer. Holland ist erwacht. So manch einer hat inzwischen erkannt, dass es uns gibt. Bist du dir der politischen Bewegungen bewusst? Den Gesetzen, uns zu unterdrücken und unsere Kleidung und Sitten unter Strafe zu stellen? Sie beginnen, uns zu fürchten.«

»Warum?«

»Eines Tages musst du die Schriften von Abd al-Rahman Ibn Khaldun studieren. Geschichte wiederholt sich. Der Islam kommt, und wir werden ihn hierherbringen, so wie der Prophet – Friede sei mit ihm – ihn nach Mekka gebracht hat. Zum

Pech für die Holländer liegt ihr Medina genau hier, in ihren Herzen.«

»Ich verstehe.«

Abu Salassi hielt kurz inne und fingerte an seinem langen grauen Bart herum. »Hast du Sayyid Qutb gelesen?«

»Sein Buch *Zeichen auf dem Weg*? Ja.«

»In seinen Schriften stellt Qutb klar, dass Menschen, die die Muslime davon abhalten wollen, Allahs Gesetze zu befolgen, sich damit zu ihren Feinden erklären. Und was lehrt uns der Koran, sollen wir mit jenen tun, die sich offen als unsere Feinde erklären?«

»Wir sollen all jene vernichten, die sich nicht Allah und seinen Gesetzen unterwerfen.«

»Bitte, tu mir einen Gefallen. Ich möchte, dass du dich einmal im Monat nach der Uni nach Walletjes begibst, in der Nähe der Oude Kerk. Geh dort durch die Straßen, und sieh dir die Prostituierten in ihren Fenstern an. Geh so unauffällig an ihnen entlang, wie du kannst.«

»Imam, ist das ein Scherz?«

»Ich scherze nicht.« Abu Salassi schaute zu den anderen jungen Männern zurück, die im Gebetsraum auf ihren bunten Teppichen knieten und Koranverse auswendig lernten. »Ich denke, auf diese Art wirst du nach und nach erkennen, wie schwer es sein wird.« Er hob eine buschige graue Augenbraue. »Nachdem du das getan hast, werden wir wieder reden.«

Ali hatte die Anweisungen befolgt. Er war durch die schmalen Gassen gegangen und dem Strom älterer Männer gefolgt; dann und wann hatte sich auch ein gaffender Tourist unter die Menge gemischt. Die nur spärlich bekleideten Huren standen hinter ihren Fenstern. Viele posierten verführerisch im scharlachroten Licht. Sie zwinkerten Ali zu. Andere warfen ihm

Kusshände zu, und er eilte rasch weiter. Wenn er sich dann umschaute, sah er mehr als eine hinter seinem Rücken lachen. Viele von ihnen waren noch so jung wie seine Schwester; trotzdem streichelten sie sich schamlos selbst und ließen die Hüften kreisen.

Mit pochendem Herzen war Ali geflohen, und Schweiß war ihm über die Stirn gelaufen. Als er diesmal mit der Straßenbahn gefahren war, war alles anders gewesen. Die hübschen Häuser und die niederländischen Schilder wirkten mit einem Mal bedrohlich, und selbst die geparkten Autos in den Seitenstraßen hatten plötzlich etwas Unreines an sich. Der Effekt war mehr als *Dschahiliyya*: Es stank nach Schmutz und dem Bösem.

Nach dem ersten Mal war Ali wieder zu Abu Salassi gegangen. »Ich habe getan, was du gesagt hast.«

»Aaah.« Die dunklen Augen des alten Mannes hatten gefunkelt. »Jetzt hast du den Westen als das gesehen, was er ist, Ali: eine verführerische Hure. Du hast gesehen, was sie mit Frauen machen, und wie sie über Anstand denken. Wir sind Allahs Schöpfung, und so vergelten sie ihm seine Gnade.«

Sanft legte Abu Salassi ihm die Hand auf die Schulter. »Wenn man hier lebt, Ali, können Seele und Geist abstumpfen. Auf Schildern, im Fernsehen, in Zeitschriften ... Überall werden wir mit Sex und Werbung für Alkohol bombardiert. Sie schüren das Verlangen nach neuen Luxusautos und überfluten uns mit Versuchungen aller Art. All dies dient dazu, dich abzulenken und davon abzuhalten, dich Allah vollends zu unterwerfen. Doch im Namen des Propheten – Friede sei mit ihm – wirst du dem widerstehen. Ich bete, dass du die Abscheu in deinem Herzen bewahren und dich daran erinnern wirst, wie du dich im Nest der Huren gefühlt hast.«

»Ja, Imam.«

»Wenn die Holländer dich also nicht als Freund betrachten, ist das ein Segen. Der Koran ermahnt uns, dass ein Muslim nie mit *Dhimmis* befreundet sein kann. Was Atheisten und Götzendiener betrifft, so herrscht auf ewig Krieg mit ihnen. Du bist hier, um die *Umma* zu beschützen, für Allah zu kämpfen und dieser *Dschahiliyya* ein Ende zu bereiten.«

Und so ging Ali fortan einmal im Monat an den Fenstern in Walletjes vorbei und wagte es sogar, den Huren und Freiern in die Augen zu blicken, denn er wusste, dass sie der Feind waren. Dass seine Kommilitonen ihm weiter auswichen, störte ihn nicht mehr.

Als Ali nach der Uni aus der Straßenbahn stieg, nickte er Hussein Amat zu. Der einarmige Mann stand in der Tür seines Lebensmittelladens. Es hieß, Amat habe seinen Arm in Afghanistan verloren. Die Leute respektierten ihn, und beim Gebet war niemand so fromm wie er. Oft weigerte er sich, Armen und Witwen etwas für seine Waren zu berechnen. Das trieb er so weit, dass er trotz seines florierenden Geschäfts ein armer Mann geblieben war. Es hieß, Amat würde jedem helfen, der in Schwierigkeiten steckte. Doch irgendwie war Amat auch ein Außenseiter – ein Teil der Gemeinde zwar, aber dennoch allein.

Dreistöckige Gebäude erhoben sich zu beiden Seiten der Straße, die zum Haus von Alis Mutter führte, und an den Bordsteinen standen alte, verbeulte Autos. Es roch nach Brot, Linsen und Kuskus.

Normalerweise gingen verschleierte Frauen über die Bürgersteige, und Männer lehnten an den Wänden ihrer Häuser, plauderten miteinander und warfen immer wieder Blicke zu dem endlosen Fußballspiel, das hinter den alten Autos stattfand. An diesem Tag jedoch fehlten die Frauen, und das Fußballspiel war unterbrochen. In weiße Hemden und dunkle Hosen gekleidete Männer sprachen erregt miteinander, und viele gestikulierten heftig.

»Was ist denn los?«, fragte Ali, als er sich Faisal Hamadi näherte. Faisal, der fast zwanzig war, arbeitete als Kfz-Mechaniker. Wie immer waren seine Fingernägel schwarz vom Schmierfett, und ein ELF-T-Shirt hing ihm von den breiten Schultern. Seine schwarzen Augen funkelten, und er hatte ein Bein aggressiv nach vorne gestellt. Sein Lebensziel war es, ein *Mujahid* zu werden, ein Gotteskrieger.

»Du blöder Computerfreak, hast du es denn noch nicht gehört? Allah hat die Ungläubigen bestraft! Der Kreuzfahrer, dieser Box. Er ist tot. Allah – gesegnet sei er für seine Gnade – hat alle erschlagen.«

Der *Kreuzzug der Befreiung*, wie die Ungläubigen ihn genannt hatten, war schon seit Wochen ein Streitthema. In ganz Amsterdam waren die Muslime deswegen aufgebracht, und die jungen Männer hatten düstere Drohungen ausgestoßen, als könnten sie im weit entfernten Jerusalem etwas damit bewirken.

»Tot? Woher weißt du das?«

»Die Nachrichten sind voll davon. Es ist das Schiff, auf dem sie waren. Man hat sie dort allesamt tot gefunden!«

»Ali!« Mohammed Batari löste sich aus einer Gruppe junger Männer. »Der Imam will dich sehen. Er sagt, es sei dringend.«

Ali zögerte und beäugte Batari in seinem weiten weißen Hemd und der grauen Hose. Batari war ein dünner, belesener Saudi, doch er schien es nie lange in einem Job auszuhalten. Im Augenblick arbeitete er in einem Bekleidungsgeschäft.

»Dringend?«, fragte Ali, der am liebsten in die Hände geklatscht und vor Freude getanzt hätte. Irgendjemand sang, und ein paar von Alis Freunden nahmen sich in die Arme und riefen: »Der Ungläubige ist tot! Gesegnet sei Allah!«

Doch anstatt mitzufeiern, eilte Ali weiter, den Rucksack fest an seine Seite gedrückt. Schließlich betrat er die Koranschule, zog die Schuhe aus und wusch sich Hände und Gesicht. Dann schritt er den Gang hinunter und schaute in den Hauptraum. Die Teppiche waren leer. Er drehte sich gerade wieder um, als Abu Salassi sich aus der Tür lehnte, die nach oben führte.

»Ali! Da bist du ja. Hast du die Neuigkeit schon gehört?«

»Gerade eben, Imam.«

»Komm. Bring deine Sachen mit. Es ist an der Zeit, dass du deine Fähigkeiten für uns zum Einsatz bringst.«

»Aber meine Mutter ...«

»Sie wird es verstehen.«

Ali folgte Abu Salassi wieder den Gang hinunter. An der Tür zog er sich die Schuhe an und nahm den Rucksack vom Haken. Der alte Mann hatte sich einen Mantel übergeworfen und stöhnte, als er sich ebenfalls die Schuhe anzog. Dann führte er Ali hinaus. Ein verbeulter Citroën suchte sich einen Weg durch die Menschenmassen und stoppte vor der Koranschule. Abu Salassi hielt Ali die Tür auf. Ali stieg auf den Rücksitz, während Abu Salassi auf dem Beifahrersitz Platz nahm. Ali kannte den Fahrer nur als Haram, einen dunkelhaarigen, grimmig dreinblickenden Mann mit glänzendem schwarzem Bart. Ali hatte ihn noch nie sprechen hören. Haram stand einfach immer nur da, schwieg und beobachtete alles auf bedrohliche Art. Da er dabei stets rote Hemden trug, fühlte Ali sich bei seinem Anblick jedes Mal an ein Bündel Dynamit erinnert.

Haram fuhr schweigend los. Sie bogen auf die S 105 ein und fuhren in Richtung Westen. Ali starrte aus dem Fenster auf die vorbeifahrenden Autos, Bikes und Fahrräder. Auf der A 10 fuhren sie in Richtung Süden, auf der A4 wieder nach Westen. Kurz vor dem Tunnel nahm Haram eine Ausfahrt und wandte sich nach rechts. Schließlich fuhr er auf einen Parkplatz vor einem bescheidenen, vierstöckigen Apartmenthaus: mit Stuck verzierte graue Wände voller Fenster, von denen viele geputzt werden mussten.

»Du darfst mit niemandem darüber sprechen, was du hier siehst.« Abu Salassi legte den Finger auf die Lippen, als er Ali zum Hintereingang führte.

Nervös ging Ali auf die Tür zu und schaute an Abu Salassi vorbei zu der Betontreppe, die Allah weiß wohin führte. Abu Salassi winkte Ali, als Erster hinaufzugehen. Ali nahm all seinen Mut zusammen und stieg an dem Imam vorbei die Stufen hinauf. Wie alle holländischen Treppen war auch diese hier bedrückend schmal und steil. Vier Stockwerke später war Ali oben angekommen und fand sich in einem schlecht beleuchteten Gang wieder, der nach abgestandenem Zigarettenrauch roch.

»Zimmer 402«, keuchte der Imam, als er die Tür eines kleinen Apartments mit durchgesessener Couch, ausgefransten Teppichen und einer kleinen Küchennische aufschloss. Der Raum bebte, als ein Flugzeug darüber hinwegdonnerte, das zur Landung in Schiphol ansetzte.

»Da drin.« Abu Salassi deutete auf die Tür eines kleinen Nebenraums.

Ali öffnete und sah einen Sony Computer ähnlich dem, den er daheim hatte. Tastatur und Maus lagen auf einem kleinen Holztisch, dahinter leuchtete ein großes TFT. Den Desktophintergrund bildete ein Bild des Felsendoms, dessen goldene

Kuppel vor der Kulisse Jerusalems leuchtete. An den Wänden des Raums hingen Notizzettel mit arabischer Schrift. Seltsame Sprüche standen darauf zu lesen wie: »Der Hase beherrscht seinen eigenen Teich« und »Der Tourist hat von den Juwelen Besitz ergriffen«. Das Meiste war schlicht Unsinn. Auf einigen Zetteln jedoch standen Zitate aus dem Koran. Ali las.

»Ali«, tadelte ihn der Imam, »die Notizen sind ohne Bedeutung. Wie dieser Ort existieren sie nicht.«

»Ja, Imam.«

»Wir haben deine Studien aufmerksam beobachtet. Du hast hervorragende Noten in Informatik.« Abu Salassi schaute Ali über die Schulter. »Wir sind sehr zufrieden mit dir. Dein Onkel, Patan, hegt große Hoffnung für dich. Aus Respekt vor deinem Vater und seinem Opfer für den Islam haben wir deine Familie hierhergebracht. Seit Jahren bezahlen wir schon deine Ausbildung. Wir haben dich, deine Mutter und deine Schwester unterstützt. Allah belohnt die Gottesfürchtigen. Wir wollen, dass du uns eine Website entwirfst. Es heißt doch Website, oder?«

Misstrauisch schaute Ali zu Abu Salassi hinauf. Der alte Mann wusste die Antwort sehr genau. Er verstand sehr viel von Computern. Es war kein Geheimnis, das er verschlüsselt mit Gelehrten und *Mujaheddin* auf der ganzen Welt kommunizierte.

»Was genau hast du im Sinn, Imam?«

Der alte Mann kratzte sich die Nase. »Ich denke, wir sollten diese Website ›Die Faust des Islam‹ nennen. Wir müssen etwas verkünden. Wir müssen der Welt sagen, dass die Faust des Islam den Ungläubigen Gottes Gerechtigkeit zugeführt hat. Zur Verteidigung des Islam haben wir diese gottlosen Kreuzfahrer aufgehalten.«

Ali runzelte die Stirn und versuchte zu verstehen.

Abu Salassi lächelte. »Was wir mit der verfluchten *White Star* gemacht haben, beweist, dass niemand sich unserem Zorn entziehen kann. Nicht einmal mitten auf dem Meer. Wir, die Faust des Islam, haben diesen Prediger und seine dämonischen Anhänger vernichtet, bevor sie auch nur einen Quadratzentimeter heiligen islamischen Bodens entweihen konnten.«

»Aber Imam ...«

Abu Salassi blinzelte. »Frag mich nicht, wie wir das vollbracht haben, Ali, auch wenn wir ihre Städte sprengen und Flugzeuge in ihre Häuser lenken. Sie halten uns für zurückgebliebene Barbaren. So Allah will, werden sie das auch weiterhin tun.«

»Ja, Imam.« Ali hatte das Gefühl, als würde seine Brust platzen. Dass solch ein mächtiger und großer Mann wie Abu Salassi sich ihm anvertraute, machte ihn benommen vor Stolz.

»Sobald du die Website entworfen hast, sollst du der Star deines eigenen Videos werden. Wir werden dir ein Skript und eine Kalaschnikow geben, und du wirst es der Welt erzählen.« Der alte Mann lächelte, zögerte kurz und fügte dann hinzu: »Oh, und Ali ... Was immer du tust, du musst dafür sorgen, dass niemand die Website zu uns zurückverfolgen kann. Verstehst du, warum?«

»Weil sie sonst kommen würden, uns zu töten.«

6.

Noch immer in seiner schwarzen, gepanzerten Motorradhose, schlief Skip Murphy auf dem Rücksitz des anonymen schwarzen Crown Victoria, der ihn in Dulles abgeholt hatte. Seine schwere Lederjacke hatte er zu einem behelfsmäßigen Kissen zusammengerollt und versucht, sie trotz der dicken Polypropylenpanzerung in eine angenehme Form zu bringen. Das Ding war so widerspenstig wie ein kugelsichere Weste.

Der Fahrer verkündete: »Wir sind da, Sir.«

Skip schnappte sich seine Jacke, stieg aus, reckte sich und versuchte, die Krämpfe zu lösen.

»Bitte rufen Sie diese Nummer an, Sir, dann werde ich Sie hier wieder abholen.«

»Ah ja … danke.« Skip nahm die Karte des Fahrers entgegen und ließ sie in einer der Jackentaschen verschwinden.

Köpfe drehten sich in seine Richtung, als er das Foyer betrat und sich am Empfang meldete. Die Frau hinter dem Tresen sandte pflichtbewusst eine Nachricht an Unterstaatssekretär Reeves, und prompt erschien eine professionell gekleidete junge Dame, sah Skip und legte fragend den Kopf zur Seite.

Die junge Frau war ein echter Hingucker. Sie trug einen grauen Wollanzug mit einem eng geschnittenen Jackett, das ihre Taille betonte, während es der gekräuselten weißen Bluse gelang, das herunterzuspielen, was anderenfalls ein auf äußerst angenehme Art ablenkender Busen gewesen wäre. Skip grinste vor sich hin und bewunderte die Raffinesse der Frau.

Dann schaute er ihr in die Augen. Sie waren von einem seltsamen Sandbraun, fast lohfarben. Die Frau musterte Skip und versuchte, ihre Belustigung hinter weichen Lippen, einer feinen, geraden Nase, wohlgeformten Wangenknochen und einer hohen Stirn zu verbergen. Hellbraunes Haar schimmerte im Licht und wurde von Messingklammern zurückgehalten.

Die Frau richtete ihre Aufmerksamkeit auf Skips hellgelbe Jacke und die reflektierende Hose. Nun konnte sie ihre Belustigung nicht mehr verbergen. Skip gefiel, dass plötzlich kleine Grübchen auf ihren Wangen erschienen.

»Sean Murphy? Ich bin Jenn Royce, eine Mitarbeiterin von Mr. Reeves.« Sie schüttelte ihm fest die Hand. Ihre Haut war glatt und kühl, die Finger lang und weiblich.

»Nennen Sie mich Skip.«

Sie führte ihn zum Aufzug, drückte einen Knopf und schaute wieder auf seine Jacke.

»Ich war mitten in Montana«, erklärte Skip, »auf einem Motorrad.«

»Auf was für einem?«

»Eine BMW RT.«

»Ich fahre eine Harley Springer.« Sie beobachtete die Lichter am Aufzug, die sich langsam nach unten bewegten. »Ich wollte mit meinem Freund schon immer mal nach Sturgis fahren, aber irgendwie finde ich nie die Zeit dafür.«

»Wie ich gehört habe, ist das 'ne ziemliche Party.«

Oben angekommen verließen sie den Fahrstuhl, und Skip folgte Jenn einen erleuchteten Gang hinunter, vorbei an Büros und zu dem unvermeidlichen Konferenzraum. Hohe Beamte veranstalteten nur selten Meetings in ihren Büros: Dort lagen zu viele sensible Dokumente herum.

»Kaffee?«, fragte Royce.

»Ja. Schwarz bitte ... und eine ganze Gallone davon.«

Nachdem Royce gegangen war, ließ Skip sich auf einen Stuhl fallen und schaute sich um.

Royce kehrte zurück und stellte einen großen, dampfenden Becher vor Skip. Die Front zierte ein großes, orange-schwarzes Harley-Logo. »Das ist mein Privatbecher«, erklärte Royce. »Natürlich habe ich ihn vorher gespült.«

»Oh, vielen Dank.«

»Wie ist das so? Nach Westen zu fahren, meine ich.«

»Tolle Straßen. Es würden Ihnen gefallen.«

Bastard-Bill betrat den Raum wie ein gequälter König. Sein Anzug war zerknittert, und er sah aus, als hätte er nicht geschlafen. Zwei seiner Mitarbeiter trugen ihm Akten hinterher.

»Hallo, Bill.«

Bastard-Bill blieb sofort stehen und starrte Skip über den Rand seiner Brille hinweg an. Er wurde allmählich kahl, und sein Bauch war gewachsen, seit Skip ihn zum letzten Mal gesehen hatte. Bastard-Bill hatte ein rundes Gesicht, eine Mopsnase und müde blaue Augen. Ein leichter Schatten auf seinen Wangen legte nahe, dass er sich mal rasieren sollte.

»Meine Güte, Skip. Was trägst du denn da?«

»Das nennt man einen Motorradanzug. Mein Ziel waren fünftausend Meilen in fünf Tagen.«

Bastard-Bill schüttelte den Kopf. »Du warst schon immer verrückt.«

»Iron Butt?«, fragte Jenn Royce. Das Interesse war ihr deutlich anzusehen.

Skip nickte und beugte sich über seinen Kaffee, um ein Lächeln zu verbergen.

»Danke, dass du zuerst zu mir gekommen bist«, begann Bill. »Das ist ...«

»Das ›Bitte‹ hat den Ausschlag gegeben. Ich war so beeindruckt davon, dass ich ganz vergessen habe, Nancy zu bitten, dir zu sagen, dass du dich ins Knie ficken sollst.«

Die Beamten versteiften sich, einschließlich Royce, und schauten entsetzt zu Bastard-Bill.

Bastard-Bill seufzte und schob die Brille hoch. »Lassen wir den kindischen Mist erst einmal, ja? Das ist der Deal: Ich habe dir ja von der *White Star* erzählt. Die Presse beginnt zu graben. Die Story über Bobby Box und seinen Kreuzzug macht schon die Runde, über die Proteste und was es bedeutet, dass ein Christ versucht, auf den Tempelberg vorzudringen. CNN zeigt tanzende Muslime auf den Straßen, die mit ihren Kalaschnikows wedeln und ›Tod Amerika!‹ schreien. Während die offizielle Aussage des State Departments zu dem Thema ›kein Kommentar‹ lautet, sprechen wir den Hinterbliebenen zuckersüß unser Beileid aus. Gleichzeitig seufzt hier jeder vor Erleichterung.«

»Himmel, Bill! Ein ganzes Schiff voll toter Leute macht euch glücklich?«

»Ja, verdammt. Tatsache ist, Box' Kreuzzug hätte ein böses Ende genommen. Für alle. Wir haben ihnen jeden erdenklichen Stein in den Weg gelegt, um sie aufzuhalten. Gleiches gilt für Israel. Doch es ist Box irgendwie gelungen, ausreichend Unterstützung bei den Religiös-Konservativen in den Staaten zu mobilisieren. Indem er jüdische Hardliner umschmeichelt hat, bekam er die Visa.« Er hielt kurz inne. »Und wir sind nicht die Einzigen, die erleichtert sind. Die israelischen Sicherheitsbehörden hatten sich schon auf ein Blutbad vorbereitet.«

»Dann herrscht jetzt also überall eitel Freude.«

»Sei nicht so ein Arsch. Matt?« Bastard-Bill schaute zu

einem der jungen Männer, der daraufhin nach einer Fernbedienung griff. Ein Fernseher erwachte zum Leben. »Das ist der Erste von vielen.«

Das körnige Bild eines jungen Mannes mit funkelnden dunklen Augen erschien. Das Gesicht war hinter einer Kufiya verborgen, dem typischen, karierten Kopftuch, das Stirn, den Großteil der Nase und den Mund bedeckte. Er trug eine weiße Robe und hielt ungelenk eine AK47 in den Händen.

»Die Faust des Islam hat den Kreuzfahrer auf See vernichtet! Allah sei gepriesen! Der westliche Dämon, Box, und all der Schmutz, der ihm gefolgt ist, sind in Blut ertrunken. Die Feinde des Islam zittern!

Die Armeen des Islam sind auf jeden vorbereitet, der dem Kreuzfahrer Box folgt. Der Tempelberg und die Omar-Moschee werden nicht entweiht. So Allah will, werden alle Heuchler und Götzendiener, die das versuchen, unseren Zorn zu spüren bekommen. Ihr Blut wird die Steine röten.«

Das Band endete. Bastard-Bill sagte: »Wir haben das von einer neuen Website, deren Betreiber sich ›Faust des Islam‹ nennen. Der Kerl ist unbekannt. Die CIA analysiert gerade seine Stimme, aber er scheint ein neuer Spieler zu sein – vermutlich irgendein verblendetes Kind, dem andere den Kopf verdreht haben.«

»Lässt sich die Website zurückverfolgen?«, fragte Skip.

Bill grinste ihn fröhlich an. »Wir arbeiten daran. Die meisten anderen Bekennererklärungen sind auf die übliche Weise eingegangen, als Schreiben oder Anruf bei irgendeiner Radio- oder Fernsehstation im Nahen Osten. Fünf davon allein in Kairo.«

»Die üblichen Verdächtigen, nehme ich an.«

Bill zuckte mit den Schultern. »Nichts Konkretes. Du

warst in Pakistan. Du weißt, wie lange es dauert, ein Band per Kamelexpress zu verschicken.«

Skip dachte nach. »Wie haben sie mitten auf dem Meer ein so großes Schiff angegriffen und so viele Menschen getötet?«

»Das wissen wir bis jetzt noch nicht. Ich glaube, dass man Gift im Wasser oder vielleicht Gaskanister finden wird, die irgendwie mit der Belüftungsanlage gekoppelt sind.« Bill schaute auf seine Uhr. »Bevor sie das nicht wissen, liegt das Schiff bei England vor Anker. Das Heimatschutzministerium ist erst einmal die Passagierliste durchgegangen. Dabei haben sie zweiundvierzig Leute mit Kontakten in den Nahen Osten gefunden, die meisten davon Mannschaftsmitglieder. Keiner von ihnen stand unter Beobachtung. Wie du siehst, gibt es viel zu tun.«

»Das riecht nach massenhaft bezahlten Überstunden. Die Jungs haben Glück.«

»Die Öffentlichkeit steht noch immer unter Schock, aber die Ersten spielen schon die Terrorkarte aus. Die Leute kleben förmlich vor den Fernsehern.«

»Ja, das habe ich schon in Minneapolis und Dulles gesehen. Ihr Jungs werdet einen Heidenspaß haben. Das Land wird von euch verlangen, dass ihr was tut. Für viele Amerikaner war Bobby Box ein Symbol, von wegen Gottesmann und so. Habt ihr einen Plan, wie ihr dagegen ankommen wollt? Hatte er irgendwelche perversen Neigungen? Hat er gespielt? Hat er nach der Predigt kleine Jungs empfangen?«

Bill funkelte Skip über seine Brille hinweg an. »Das wird jetzt ein richtiger Schock für dich sein ...«

»Du hast heute schon einmal ›Bitte‹ gesagt.«

»... aber zumindest für Reverend Box war Religion mehr als nur eine Möglichkeit, schnell an Geld zu kommen und sich bauchpinseln zu lassen. Der Mann scheint seinen Glauben wirklich gelebt zu haben. Das Justizministerium hat seine Konten überprüft. Der Kerl hat nur dreißigtausend im Jahr gemacht. Ist das zu glauben? Er hat einen alten Wagen gefahren und in einem bescheidenen Haus mit winzigem Garten bei Richmond gewohnt.«

»Muss ziemlich hart für dich sein.«

»Was?«

»Herauszufinden, dass es tatsächlich integre Menschen gibt.« Skip glaubte, Royces Augen würden gleich aus den Höhlen quellen. Die anderen beiden Beamten gafften nur dümmlich und warteten darauf, dass Reeves explodierte.

Doch Bastard-Bill ignorierte weiterhin die Sticheleien. »Das wird eine Lawine lostreten. Für viele Menschen ist Box ein Märtyrer. Sie werden Taten verlangen.« Er nahm die Brille ab und rieb sich nervös übers Gesicht. »Himmel! Bis jetzt wissen wir ja noch nicht einmal, ob es wirklich ein Anschlag war! Doch hinterher werden sich alle nur noch an tanzende Muslime auf den Straßen erinnern, während mehr als viertausend Amerikaner tot auf einem Schiff liegen. Das sind in etwa so viel wie am 11. September.«

»In jedem Fall werden die Kreuzfahrtunternehmen in nächster Zeit große Gewinneinbußen zu verzeichnen haben. Ob ich auf einem von den richtig großen Kähnen wohl ein Schnäppchen machen könnte?«

»Ich habe Jupiter Adams schon gesagt, was für ein Arschloch du bist. Er will dich trotzdem haben. Sie beten für ein Wunder.« Bill setzte die Brille wieder auf. »Wann wirst du ihn treffen?«

»Sobald ich von deinem Spielplatz verschwunden bin. Er ist im Mayflower und wartet dort auf mich.«

Bastard-Bill zog erneut die Brille von der Nase, ließ einen Bügel aber hinter dem Ohr, sodass sie ihm vor dem Gesicht baumelte. »Skip, du weißt ja, was ich von dir halte.«

»Ja, all die Küsse und Umarmungen machen mich schon ganz schwindelig.«

»Zwischen uns ist es nun mal so, wie es ist. Solltest du da draußen aber das Arschloch geben ... Du weißt, was auf dem Spiel steht. Mehr als viertausend Menschen sind tot. Das ist politisches Dynamit, und die Lunte brennt. Gott allein weiß, ob wir sie rechtzeitig löschen können. Wenn dieses Fass in die Luft fliegt, werden viele Unschuldige leiden.«

Skip nickte. »Ja, Bill. Ich weiß.«

»Ich bitte dich also noch einmal: *Bitte*, halte mich auf dem Laufenden.«

Skip starrte ihn bloß an; dann sagte er: »Du hast doch immer was in der Hinterhand, Bill. Aber jetzt frage ich dich: Wie willst du einen Vorteil aus einem Schiff voller toter Amerikaner ziehen?«

»Fick dich.« Bills Blick wurde hart. »Du kannst mit ... mit Jenn hier reden. Sie ist deine Kontaktperson. Natürlich kannst du mich auch direkt anrufen, wenn du es schaffst, mal vernünftig zu reden. Es ist mir egal. Nur dieses *eine* Mal. Ich *muss* wissen, was los ist.«

Skip atmete tief durch. »Ich weiß zwar nicht, warum ich das sage, aber ja, ich werde es tun.«

»Danke.« Bastard-Bill seufzte erleichtert und schaute auf seine Uhr. »In fünfzehn Minuten muss ich den Minister informieren. Die Details kannst du ja mit Jenn besprechen.«

Bill stand auf. Die beiden jungen Männer folgten ihm pflichtbewusst. Kurz bevor sie hinausgingen, schauten sie noch einmal ungläubig zu Skip zurück.

Nachdem die Tür sich wieder geschlossen hatte, zuckten Jenn Royces Mundwinkel amüsiert; gleichzeitig schaute sie misstrauisch drein.

»Also, kann ich Sie unter Bills Nummer erreichen?«, fragte Skip.

Royce zögerte; dann holte sie eine Visitenkarte mit ihrer Büronummer heraus. Sie nahm einen Stift und schrieb etwas darauf. »Hier haben Sie auch noch meine Privat- und meine Handynummer. Ob Tag oder Nacht – lassen Sie mich wissen, wenn ich Ihnen helfen kann.«

Skip nahm die Karte und steckte sie in die Innentasche seiner schweren Motorradjacke. Kurz dachte Skip über Bastard-Bill nach und was es ihn gekostet haben musste, derart cool zu bleiben.

Hier geht es um mehr als nur um ein Kreuzfahrtschiff.

»Mr. Murphy?«, fragte Jenn zögernd. »Gibt es einen Grund, weshalb Sie Unterstaatssekretär Reeves so behandelt haben?«

»Oh ja.« Skip hielt kurz inne. »Ich habe Gott einmal versprochen, alles dafür zu geben, Ihren Chef tot zu sehen … aber das ist eine andere Geschichte.«

7.

Jupiter Adams machte seinem Namen alle Ehre. Der Mann, der die Tür der Suite im fünften Stock des Mayflower Hotels öffnete, war groß, breitschultrig, blond, tief gebräunt und mit stechenden blauen Augen. Er trug einen schlichten, aber elegant geschnittenen Straßenanzug aus feiner brauner Wolle; es war jene Art von Anzug, wie man sie in Mailand an leitende Angestellte verkaufte.

»Jupiter Adams? Ich bin Sean Murphy. Die Leute nennen mich Skip.«

Adams trat einen Schritt zurück und musterte ihn eingehend in seiner verdreckten, gelb-grauen Motorradjacke, der schweren Lederhose mit den dicken Knieschützern und den zerkratzten Stiefeln.

»Sie sind nicht gerade das, was ich erwartet habe.«

»Bei meiner Geburt hat meine Mutter genau das Gleiche gesagt. Ich glaube, deshalb bin ich Einzelkind.«

Nicht einmal der Hauch eines Lächelns erschien auf den Lippen des Mannes, doch seine Augen nahmen einen freundlicheren Ausdruck an. »Als ich heute Morgen mit Ihnen gesprochen habe, sagten Sie, Sie seien in Montana.«

»Ich war auf einer Langstreckenmotorradtour.«

»Was fahren Sie?«

»Eine BMW RT. Eine der alten 1150er.«

Nun lächelte Adams doch. »Ich fahre eine 999R Ducati. Limited Edition.« Er hielt kurz inne. »Aber kein Helm?«

»Die BMW ist noch immer in Montana. Ein Freund kümmert sich um sie. Er hat mir eine Nachricht zukommen lassen, dass er sie am Flughafen abholen will.«

»Das muss ein sehr guter Freund sein.«

»Ein alter Kamerad aus meiner Armyzeit. Jetzt verdient er sein Geld mit Elchjagden und dem Herumfliegen von Anglern. Er mag das Leben in der Natur – und im Gegensatz zu seiner Zeit in der Wüste schießen die Elche nicht zurück.«

»Kommen Sie rein.«

Wie Skip feststellte, waren die Suiten im Mayflower hervorragend möbliert. Adams deutete auf einen Stuhl. »Kann ich Ihnen etwas anbieten? Einen Drink vielleicht?«

»Irgendetwas mit viel Kalorien wäre nicht schlecht. Es war ein langer Tag, und im Flugzeug wird man nicht mehr gefüttert.« Skip ließ sich auf einem Stuhl nieder, und Adams ging zur Minibar.

»Hier ist was zu essen: Nüsse, Schoko- und Energieriegel.«

»Bringen Sie mir eine Auswahl. Gibt's da auch Red Bull?«

»Ja.«

»Und ein Soda, um alles runterzuspülen, wenn es Ihnen nichts ausmacht.«

Adams beugte sich zur Minibar hinunter, und Skip bemerkte die dicken Muskeln unter dem Anzug. Adams wirkte angespannt.

»Haben Sie schon von der *White Star* gehört?« Adams deutete auf den Fernseher, wo Araber durch eine schmale Straße paradierten. Sie trugen eine Strohpuppe vor sich her, der sie ein christliches Kreuz auf die Brust gebunden hatten, und auf Schildern im Hintergrund war »TOD DEM TEUFEL BOX« auf Englisch und Arabisch zu lesen.

»Wie hat Ihr Aufsichtsrat es aufgenommen?«

»Wir sind am Boden zerstört. Die Tragödie an sich ist schon schlimm genug. Insgesamt 4250 Menschen sind tot. Egal welche Auswirkungen das auf uns als Reederei haben wird, wir alle haben Freunde und geschätzte Mitarbeiter verloren, ganz zu schweigen von unseren Passagieren. Im Augenblick sind wir wie erstarrt. Dabei kommt der ganze Rest erst noch – Versicherungsansprüche, Anwälte, Stornierungen und dergleichen. Wir haben die Reederei auf den Kopf gestellt, zusätzliches Sicherheitspersonal eingestellt und Fahrten gestrichen. Die Zukunft sieht nicht allzu rosig aus, Mr. Murphy.«

Skip nahm die Mischung verschiedener Getränkedosen, die Flasche Wasser und mehrere Energieriegel, die Adams ihm reichte. »Sie wussten doch, dass Box' Kreuzzug eine ziemlich heiße Sache war«, sagte er. »Warum haben Sie ihn überhaupt an Bord genommen?«

Adams setzte sich auf die Bettkante, einen müden Ausdruck auf dem Gesicht. »Wir verlagern häufig Schiffe in einen anderen Hafen, je nach Saison und Markt. Manchmal ist es ziemlich schwer, Schiffe auf diesen Fahrten auszubuchen. Die Passagiere müssen genug Zeit für die Überfahrt haben und dann wieder zurückfliegen. Im Gegensatz zu einer typischen Kreuzfahrt gibt es außer Wasser nichts dabei zu sehen. Das Kasino, die Restaurants und so weiter sind natürlich in Betrieb, aber nach einer Woche auf See sind sie nicht mehr sonderlich attraktiv. Box und seine Pilger haben unser neuestes und innovativstes Schiff bis auf den letzten Platz gefüllt.«

Adams seufzte. »Natürlich haben wir für zusätzliche Sicherheit gesorgt, und Ihr Heimatschutzministerium hat das Passagiermanifest eingehend überprüft. Sechsundvierzig Namen sind ihnen dabei aufgefallen, von denen fünf wiederum mit Rot markiert waren. Um die hat sich Ihre Regierung gekümmert. Die anderen Reservierungen sind wegen ›Überbuchung‹ gestrichen worden, und den Betroffenen hat man einen Rabatt für spätere Kreuzfahrten eingeräumt. Das gesamte Schiff ist vom Bug bis zum Heck nach verdächtigen Paketen durchsucht worden, und selbstverständlich wurden auch die Mannschaftsquartiere überprüft.«

Skip runzelte die Stirn. »Aber Sie haben trotzdem etwas übersehen.«

Adams gestikulierte hilflos. »Es hat Spekulationen gegeben, dass womöglich das Wasser an Bord vergiftet war. Das glauben wir aber nicht. Unsere Mediziner haben uns erklärt, dass ein solches Gift die Opfer nicht auf der Stelle tötet, und nicht jeder an Bord trinkt zur gleichen Zeit. Viele – besonders die Personen auf Deck – neigen überdies dazu, sich Getränke in Flaschen zu kaufen. Für das Essen gilt das Gleiche. Irgendjemand hätte *alles* vergiften müssen: Pizzateig, Steaks, Salate, Pommes frites, Brot, Kuchen, Gemüse … und selbst dann wären die Leute nicht alle gleichzeitig erkrankt.«

Skip nickte. Er war zu dem gleichen Schluss gekommen. Dann gähnte er, kämpfte gegen die Müdigkeit an und kippte einen Red Bull hinunter. »Und wenn es eine Art Nervengas gewesen wäre, würde man mit etwas Ähnlichem rechnen. Die der Quelle am nächsten waren, wären als Erste gestorben, während die unter Deck noch immer frische Luft geatmet hätten. Unterwegs habe ich in den Nachrichten gehört, dass keine anderen Schiffe oder Flugzeuge in der Nähe gewesen sind.«

»Das stimmt.« Adams verschränkte die Finger. »Deshalb ist das ja auch so ein Mysterium.«

»Wie wurde der Anschlag *dann* verübt?«

»Die Antwort auf diese Frage ist Ocean Star mehrere Millionen Dollar wert, Mr. Murphy. Wir müssen es herausfinden, und wir müssen sicherstellen, dass so etwas nie wieder geschieht.«

»Hat Nancy Ihnen eine Übersicht über unsere Preise gegeben?«

»Ja. Wenn Sie wollen, haben Sie den Job.«

Skip konnte nicht umhin, sich an Bastard-Bills hochmütige Bemerkung zu erinnern, dass er den Job schon annehmen würde. *Arschloch.* »Ich bin dabei.«

»Gut. Der Firmenjet steht bereit.«

»Ich muss erst noch mal nach Hause, meine Ausrüstung zusammenpacken, duschen und diese Klamotten loswerden. Außerdem werde ich vielleicht noch die eine oder andere Sache im Büro erledigen müssen.«

»Rufen Sie mich an, sobald Sie bereit sind. Ich schicke Ihnen einen Wagen.«

Skip trank den letzten Rest Wasser, zerknüllte das Einwickelpapier der Energieriegel und warf es in den Mülleimer.

»Ist Ihnen klar, was hier auf dem Spiel steht, Mr. Murphy?«

»Ja. Lassen Sie uns nur hoffen, dass wir die Sache klären, bevor die ganze Welt in die Luft fliegt.«

»Jene, die sagen, der islamische Dschihad diene einzig der Verteidigung der »Heimat des Islam«, missachten die Grösse des Islamischen Wegs und betrachten ihn als weniger wichtig als ihr ›Heimatland‹. Dies ist nicht die islamische Sicht, und ihre Sicht ist eine Schöpfung der modernen Zeit, dem islamischen Bewusstsein vollkommen fremd.«

Sayyid Qutb, *Zeichen auf dem Weg*

8.

Heute bin ich ein Mann geworden.

Die Uhr neben Alis Bett zeigte kurz nach ein Uhr nachts. Jedes Mal, wenn er sich in seinem kleinen Bett herumwarf, knarzten die Federn. Sein kleines Zimmer hatte ein Fenster, durch das man auf die kahle Wand des Gebäudes dahinter schaute. Nur mittags und im Sommer drang Licht durch das verstaubte Glas.

Durch die dünne Wand, die ihre beiden Schlafzimmer voneinander trennte, konnte Ali seine Mutter schnarchen hören. Sie und seine jüngere Schwester, Zainab, teilten sich das größere Schlafzimmer. Unmittelbar hinter Alis Tür befand sich ein kleines Badezimmer, dahinter wiederum der Hauptraum mit einer Kochnische. Für seine Mutter stellte das kleine Dreizimmerapartment im dritten Stock die Welt dar. Sie hatte nie auch nur davon geträumt, so viel zu haben, besonders nicht, nachdem Alis Vater in Afghanistan verschwunden war.

Ali hatte nie verstanden, wie seine Mutter sich diese Wohnung leisten konnte – jedenfalls nicht bis zu Abu Salassis Enthüllung im Unterschlupf. Zu wissen, dass er nun endlich Teil des großen Kampfes gegen den Westen war, ließ Ali nicht mehr schlafen. Egal was nun passierte, für seine Mutter würde gesorgt werden – genau wie der Prophet in seiner Zeit für die Witwen der Kämpfer gesorgt hatte.

Ali ging die Ereignisse im Unterschlupf immer wieder im Geiste durch.

Als er es nicht mehr ertragen konnte, setzte er sich auf und beugte sich zu seinem Computer hinüber. Der Bildschirm erwachte zum Leben, und Ali gab die Adresse der »Faust des Islam« ein. Er schaute zu, wie die Homepage lud. Flammen flackerten auf dem Bildschirm, bis sich in brennenden Buchstaben die Worte »Faust des Islam« auf Arabisch und Englisch herausschälten. Es war dem Imam wichtig gewesen, beide Sprachen zu benutzen.

»Was macht es für einen Sinn, der Welt unsere Taten zu verkünden, wenn sie es nicht lesen kann?«, hatte der alte Mann erklärt.

Bilder von Bobby Box, die von dessen eigener Website stammten, gingen in Bilder der *White Star* über, die sie sich wiederum aus den Nachrichten oder von der Website der Reederei geholt hatten. In den Textspalten – eine auf Englisch, die andere auf Arabisch – stand die Geschichte der Drohungen des Kreuzfahrers Box, auf den Tempelberg vorzudringen.

Ali klickte auf das Icon, das den Kurzfilm startete, in dem er mit der AK47 zu sehen war. Das Video lief perfekt, und seine Stimme drang aus den Lautsprechern. Ali grinste. Als er mit der Waffe in der Hand Abu Salassis Text vorgelesen hatte, war das der stolzeste Moment seines Lebens gewesen. Wenn sein Vater das doch nur gesehen hätte! Doch lediglich Ali, der Imam und Haram waren bei der Aufzeichnung im Raum gewesen. Drei Männer – und natürlich Allah – wussten, wer hinter der Kufiya steckte.

Sei nicht so stolz!, ermahnte Ali sich selbst.

Er beendete das Video und wandte sich wieder dem Text zu. Während er las, runzelte er die Stirn. Das Englische enthielt eine Zahl von Rechtschreibfehlern. Aber er war in Eile gewesen und hatte sich mehr um die Sicherheit als um die Grammatik gesorgt. Und nicht nur das. Es war ihm ausgesprochen schwergefallen, sich zu konzentrieren, während der Imam ihm über die Schulter gestarrt hatte.

»Solche Dinge lassen uns dumm aussehen«, murmelte er. »Sie lassen *mich* dumm aussehen.«

Er biss sich auf die Lippe, schaute auf die Uhr und gab seinen Zugangscode ein.

»Nur du solltest den Code kennen, Ali«, hatte Abu Salassi gesagt. »Schreib ihn nicht auf. Verschließe ihn in deinem Kopf, und verrate ihn niemandem.«

Es würde nur einen Moment dauern. Nur ein paar Rechtschreibkorrekturen, und er war wieder draußen. Danach war die Seite nicht mehr nachzuverfolgen; sie trieb in den Weiten des Cyberspace. Niemand konnte sie ohne seinen Code hacken.

Ali fügte einen Großbuchstaben ein, setzte ein paar Kommata und korrigierte die Schreibweise. Amerika hatte kein »g« in der Mitte, und Prophet sah ohne »h« ziemlich dumm aus. Ali wollte sich gerade wieder ausloggen, als am unteren Bildschirmrand Worte in einem Kästchen erschienen.

»DU BIST IN GEFAHR.«

Ali blinzelte. Plötzlich bekam er vor Furcht einen Kloß im Hals. *Wie?*

»VERTRAUE NIEMANDEM.«

Unmöglich.

»EIN VERRÄTER IST UNTER EUCH.«

Wer?

»UND SIE WUNDERN SICH, DASS EIN WARNER ZU IHNEN GEKOMMEN IST AUS IHRER MITTE, UND DIE UNGLÄUBIGEN SAGEN: DAS IST EIN ZAUBERER, EIN LÜGNER.«

Das ist aus dem Koran. Sure 38, Vers 4.

»ICH BIN AKBAR. KONTAKTIERE MICH UNTER *ZAHRA NENN DICH BAKR.*«

Die Dialogbox verschwand.

Ali loggte sich aus und starrte mit weit aufgerissenen Augen auf die Serverpage.

Zahra@fez.net? Wer kann das sein?

»Du bist in Gefahr. Vertraue niemandem.« Ali ließ sich mit klopfendem Herzen aufs Bett zurückfallen. *Sind meine Sicherheitsmaßnahmen aufgeflogen?*

Aber wenn dem so war, warum hatten sie dann nicht einfach seine Seite sabotiert?

Ali brach der kalte Schweiß aus.

Vom Deck des Leichters aus starrte Maureen zur *White Star* hinauf. Sie war noch nie auf einem Kreuzfahrtschiff gewesen. Das größte Schiff, auf dem sie je gefahren war, war eine Fähre auf den Großen Seen gewesen. Dieses Ungetüm hier ragte über ihr auf wie eine riesige weiße Wand.

Als Leichter diente ein zwanzig Meter langes Patrouillenboot der Royal Navy, ein graues Ding mit jeder Menge Antennen und Radarschüsseln. Maureen und der Rest des Teams drängten sich an der Reling und schauten über die Wellen hinweg zu dem großen weißen Schiff. Sie trugen weiße ABC-Schutzanzüge, unförmige Dinger, die den ganzen Körper einhüllten. Eng anliegende Handschuhe waren an den Handgelenken versiegelt, und an ihren Hälsen baumelten Masken mit Schutzfiltern.

Ein riesiger Schwarm Seemöwen flatterte über dem Deck.

»Na, toll«, knurrte Hand Reynolds, ein Mikrobiologe. »Drecksmöwen! Was zum Teufel interessiert die denn da?«

»Die Leichen an Deck«, erklärte Maureen. »Kostenloses Essen.«

»Mir wird gleich schlecht«, murmelte Tuck Bialer, eine Epidemiologin aus Harvard. Sie hatte Maureen großzügigerweise eine übergroße Hose sowie eine Bluse geliehen, da Maureens Gepäck noch immer nicht angekommen war.

Maureen schaute aufs offene Meer hinaus und sah mehrere Kriegsschiffe und dahinter eine ganze Flottille kleinerer Boote: Medienvertreter und Gaffer, die das berühmte Schiff sehen wollten – wenn auch nur aus gehöriger Entfernung, denn die Royal Navy jagte sie mit ihren schnellen Schiffen immer wieder davon.

Der Wind drehte und trug den nur allzu vertrauten Geruch von verrottendem Fleisch zu Maureen. Mitfühlend schaute sie zu ihren Gefährten. Obwohl sie schon seit Jahren als Forensikerin arbeitete, hatte Maureen sich noch nicht wirklich an den Gestank gewöhnt.

Archäologie ist so viel angenehmer. Menschen auszugraben, die Gott weiß wie lange tot sind, drehte einem nicht den Magen um. Bei ihrem ersten derartigen Auftrag hatte Maureen in Vilnius, Litauen, Tote aus den napoleonischen Kriegen ausgegraben. Sie hatte beweisen können, dass die Toten in dem mit Sand gefüllten Graben entweder an Hunger gestorben oder erfroren waren. Ihren nächsten Triumph hatte Maureen in New Mexico gefeiert, wo sie Kinder untersucht hatte, die im dreizehnten Jahrhundert in einer *Kiva* – einem unterirdischen Versammlungsraum – verbrannt waren.

Kurz wünschte sie sich, sie wäre wieder dort in der frischen Brise New Mexicos, umgeben von Wacholder- und Salbeiduft.

Das wiederum lenkte ihre Gedanken zu Dusty Stewart und der Frage, warum alles so schrecklich schiefgelaufen war.

»Lieber die frischen Toten«, flüsterte sie vor sich hin, als das Patrouillenboot sich der Luke näherte, die sich in der Seite der *White Star* öffnete.

»Masken aufsetzen!«, rief Marcy. Bei seinem Anzug war wie bei den anderen auch der Name auf den Rücken gedruckt.

Maureen zog ihre Maske an und überprüfte den Filter, wie man es ihr an diesem Morgen beigebracht hatte.

Das Boot fuhr an die Luke, und zwei Seeleute in Schutzanzügen vertäuten es dort. Dann wurde eine Planke ausgelegt. Maureen wartete, bis sie an der Reihe war, und wechselte schließlich an Bord des Kreuzfahrtschiffes. Sie kam an einem Metalldetektor vorbei und einem seltsam aussehenden Podium, ehe sie eine Treppe hinaufstieg. Oben angelangt, staunte sie erst einmal über die unerwartete Pracht des Schiffes.

Die erste Leiche lag am Fuß der großen Treppe.

Maureen bückte sich. Weiß, männlich, vielleicht vierzig Jahre alt. Der Mann schien die Treppe heruntergefallen zu sein. Aufgebläht von Gas, war der Bauch so sehr angeschwollen, dass mehrere Knöpfe des hellorangefarbenen Hemdes abgeplatzt waren. Maureen inspizierte den Mund des Toten und die eingesunkenen Augen, fand aber nichts, was nicht durch Verwesung hätte erklärt werden können. Auch gab es keinerlei Hinweise auf Verletzungen, die beim Sturz von der Treppe die Blutzirkulation hätten stoppen können.

Maureen ging in einen Kabinengang und versuchte eine Tür. Abgeschlossen. Sie zog die Masterkeycard, die man ihr gegeben hatte, aus einer Tasche ihres Anzugs und öffnete. Die Kabine, die so aussah, als hätten ihre Bewohner sie gerade erst verlassen, war leer. Fünf Kabinen weiter fand Maureen zwei Leichen, einen Mann und eine Frau. Die Frau lag mit einem Handtuch über dem Gesicht auf dem Bett. Der Mann war auf dem Boden zusammengebrochen, eine Hand ausgestreckt, als wollte er nach etwas greifen.

Maureen zuckte bei dem Anblick unwillkürlich zusammen, als sie sich die letzten Minuten der beiden vorstellte.

Reiß dich zusammen, Dr. Cole. Konzentriere dich auf das Problem.

Eine halbe Stunde später war sie die meisten Kabinen auf der Backbordseite des so genannten Star Decks durchgegangen und hatte nichts gefunden, was auf Traumata oder Kämpfe hingedeutet hätte.

»Es sieht so aus, als wären alle einfach zusammengebrochen.« Maureen schüttelte den Kopf und verbannte das aufkeimende Mitgefühl in die hinterste Ecke ihres Bewusstseins.

Als sie die große Haupttreppe hinaufstieg, fand sie überall auf den Stufen Leichen. Mit ihrer Kamera dokumentierte sie alles und machte sich Notizen. Hier und da lagen vier, fünf Tote in einer Ecke beieinander, als hätten die Menschen versucht, im letzten Moment Schutz zu suchen. Auch hier hatten die meisten Toten sich ihre Kleider vors Gesicht gedrückt, als wollten sie sich vor Gas schützen.

Maureen schloss die Augen und beschwor den analytischen Teil ihres Geistes herauf. *Schau hin, lerne, denk nach. Irgendwo hier MÜSSEN Spuren sein!*

Sie trat aufs Deck hinaus. Der Anblick, der sich ihr dort bot, war sogar noch schlimmer. Sonne und Wind ausgesetzt, ganz zu schweigen von den gierigen Möwen, waren die Leichen in einem furchtbaren Zustand. Und dann entdeckte Maureen ein Muster. Nahe den Türen häuften sich die Toten, als wären die Leute hinausgestürmt, nur um auf der Stelle zusammenzubrechen. An manchen Stellen lagen mehrere Tote aufeinander.

Denk nach, Maureen.

Maureen scheuchte ein paar Möwen von zwei übereinanderliegenden Leichen weg und bückte sich. Ein Mann und eine Frau bedeckten ein kleines, rothaariges Mädchen von vielleicht sechs Jahren. Möwen hatten sich über das frei liegende Fleisch hergemacht. Maureen machte Fotos.

Das war schnell. Hätte es länger gedauert als nur ein paar Minuten, wären die Leichenhaufen größer, die Toten gedrängt an den Durchgängen.

Maureen stieg zum obersten Deck hinauf und schaute auf den Swimmingpool hinunter. Sie hatte auch vorher schon mit Wasserleichen zu tun gehabt. Wie immer trieben sie aufgebläht an der Wasseroberfläche, einige bekleidet, andere in Schwimmkleidung. Um den Pool herum sah Maureen, dass einige der Schwimmer kurz vor dem Zusammenbruch zur Tür gerannt waren. Hier konnte sie die Leichen endlich »lesen«.

Ja, es ging sehr schnell. Sonst wäre keiner der Schwimmer

im Pool geblieben. Aber aus welcher Richtung ist das Gas gekommen?

Maureen ließ sich einen Moment Zeit, um sich zu orientieren. Am Horizont war Land zu erkennen. Der Ring der Kriegsschiffe war mehrere Meilen entfernt. Maureen spürte, wie der Wind an ihrem Schutzanzug zerrte.

Wind! Das Schiff war in Bewegung gewesen. Wie setzte man ein fahrendes Schiff unter Gas? Den Berichten der Task Force Spear zufolge war kein Flugzeug über die *White Star* hinweggeflogen, das Gas hätte versprühen können, und die Navyleute hatten auch keine Kanister gefunden.

Neugierig ging Maureen zum Bug, wobei sie vorsichtig über die Leichen hinwegstieg. Auch hier lagen Tote, doch sie zählte nur fünfzehn Personen. Diese Opfer – zum Beispiel die Frau auf dem Liegestuhl – hätten vorgewarnt sein müssen, wäre das Gas aus dem Innern gekommen; dann wären alle nach vorne zum Bug gestürmt.

Maureen schaute über den Bug hinaus. Hatten die Angreifer es so gemacht? Hatten sie einen Gaskanister vor den Bug des Schiffes geschossen? Vor ihrem geistigen Auge sah Maureen, wie das Projektil abgefeuert wurde und durch die Luft flog. Es musste mit leisem Knall zerplatzt sein. Sie stellte sich vor, wie das Gas sich wie Nebel aufs Schiff gelegt hatte, als dieses mit voller Fahrt in die Wolke hineingefahren war.

Den Berichten zufolge, die Maureen gelesen hatte, war die *White Star* zum Zeitpunkt des Unglücks fast zwanzig Knoten gelaufen. Angesichts des Schiffsvolumens musste die Gaswolke besonders tödlich und dicht gewesen sein. Maureen schaute zur Brücke hinauf. Dort oben musste jemand den Abschuss beobachtet haben – was immer die Mörder benutzt hatten.

Durch ihren Anzug hindurch hörte Maureen die Möwen schreien. Sie lachten spöttisch.

Skip entließ den Fahrer, den Bastard-Bill für ihn abgestellt hatte, und schloss die Tür auf. Er hob die Post auf, trat ein und schaltete die Alarmanlage ab.

Skip besaß dieses Haus seit zwei Jahren. Eine Gärtnerei kümmerte sich um den Rasen im Hof, und für die Innenräume war eine Putzfrau zuständig. Skip fragte sich immer wieder, warum er sich überhaupt die Mühe gemacht hatte, die Plastikschoner von den Wohnzimmermöbeln zu nehmen. In den zwei Jahren, seit er das Haus gekauft hatte, hatte er das Wohnzimmer nicht einmal benutzt.

Im Schlafzimmer suchte er sich ein weißes Baumwollhemd heraus, ein paar hellbraune Dockers und einen dünnen braunen Ledergürtel. Dazu wählte er weiße Laufschuhe.

Schließlich griff er unters Bett und zog einen Koffer aus schwarzem, bruchsicherem Plastik heraus. Dieser Koffer enthielt Skips Feldausrüstung, ein Satellitentelefon, ein stabiles, dehnbares Seil, Dietriche, eine Kopflampe, ein Infrarotmonokular und andere Spielzeuge, die er vermutlich gar nicht brauchen würde.

Aus seinem Büro holte er eine Surefire-Taschenlampe und ein Multifunktionswerkzeug. Die Lampe steckte er sich in die Tasche und das Werkzeug in den Gürtel. Dann zahlte er noch schnell seine Rechnungen online und heftete die Belege ab.

Schließlich schnappte er sich seinen Pass und die Schlüssel und ging mit seinem Gepäck in die Garage. Der leere Platz, wo normalerweise die BMW stand, versetzte ihm einen Stich.

»Ich hoffe, Barney kümmert sich gut um dich«, murmelte er vor sich hin.

Skip ging zu seinem Dodge Charger und warf sein Gepäck auf den Rücksitz. Er überprüfte erst einmal die Außenspiegel, betätigte die Fernbedienung für das Garagentor und fuhr rückwärts hinaus. Von seinem Haus am Rand von Manassas waren es fünfzehn Minuten Fahrt bis zu seinem Büro in Renton.

Die Uhr im Armaturenbrett zeigte 8.53 Uhr an, als er auf den Parkplatz einbog. Das Bürogebäude war ein modern aussehender Bau mit verklinkerten Betonwänden, großen, einteiligen Fenstern und poliertem Aluminium an den Türen. Auf einem bescheidenen Schild stand: *SSM Security Consultants.* Normalerweise war Nancy Gray die einzige Vollzeitangestellte. Wann immer Skip zusätzliche Hilfe benötigte, für was auch immer, ging er sein Adressverzeichnis durch. Jemanden kurzzeitig unter Vertrag zu nehmen war einfacher, als ihn auf die Gehaltsliste zu setzen. Außerdem waren die benötigten Fähigkeiten je nach Kunde unterschiedlich.

Skip stieg gerade aus dem Wagen, als sein BlackBerry sich meldete.

»Skip hier.«

»Hi. Ich bin es, Jenn, aus dem Büro von Unterstaatssekretär Reeves. Wir haben uns heute Nachmittag kennen gelernt.«

»Überprüfen Sie mich *jetzt* schon?«

Es folgte eine kurze Pause. »Sind Sie beschäftigt?«

»Meinen Sie geschäftlich oder persönlich?«

»Vielleicht ein bisschen von beidem. Darf ich Sie zu einem Drink einladen?«

Das ging ja schnell. Skip schaute auf seine Uhr. »Ich bin in meinem Büro. Mir bleiben nur ein paar Stunden, bis Adams mich abholt.«

»Sie sind in Reston. Das ist nicht weit. Kennen Sie *Nick's?*«

»Ja, das ist anderthalb Blocks entfernt von hier. Die haben großartige Burger.«

»In zwanzig Minuten?«

»Einverstanden. Ähm ... Sie bringen doch nicht Ihren Freund mit, oder?«

»Vermutlich nicht. Er arbeitet für die CIA. Aber ich könnte, wenn Sie meinen, er sollte in die Sache mit einbezogen werden.«

»Klugscheißer«, spottete Skip.

»Ich habe von Ihnen gelernt. In zwanzig Minuten also.«

Skip lachte leise, schloss sein Büro auf und schaute auf Nancys Tisch. Auf einem Zettel an ihrem perfekt organisierten Arbeitsplatz stand:

Solltest du herumschnüffeln, ich habe bereits von Jupiter Adams gehört. Er hat den Vertrag unterzeichnet und gefaxt. Ich gehe davon aus, dass du spätestens morgen früh wieder weg bist. Mach dir keine Sorgen wegen der Steuererklärung. Die Quartalsabrechnung liegt bereits beim Steuerberater. Alle Rechnungen sind bezahlt. Pass auf dich auf. N.

Skip ging zu seinem Schreibtisch und holte sein kleines schwarzes Buch mit den Codes und Telefonnummern. Er verfügte über Kontakte in den meisten Ländern der Welt. Viele von denen lebten auch in Europa, sodass er rasch ein Team aufstellen konnte, sollte es notwendig sein.

Löse einfach das Rätsel der White Star.

Zu guter Letzt ging er zum Safe und gab die Kombination ein. Eine Reihe von Umschlägen lagen darin. Skip griff nach dem mit der Aufschrift »Europa« und nahm eine Hand voll Euro heraus, die er bis auf ein paar gegen die Dollar in seiner Tasche austauschte.

Skip schaute auf die Uhr, schloss wieder ab und dachte darüber nach, den Charger zu nehmen. Stattdessen ging er die anderthalb Blocks bis Nick's zu Fuß. Kaum hatte er den Parkplatz dort erreicht, ließ ihn das vertraute Grollen einer Harley den Kopf drehen. Licht spiegelte sich in dem blau lackierten Tank, und Chrom schimmerte, als sie rückwärts in eine freie Parklücke fuhr. Jenn drehte noch einmal kurz am Gas – bei Harleyfahrern war das vermutlich genetisch bedingt –, dann stellte sie den Motor ab und nahm den Helm von ihrem langen Haar.

»Nette Maschine«, bemerkte Skip und ging zu ihr.

Jenn klappte den Ständer herunter, zog den Schlüssel ab, drückte einen Knopf, und die Alarmanlage piepte.

»Nächsten Mai ist sie abbezahlt.« Sie stieg ab, öffnete die schwarze Lederjacke und schüttelte ihr Haar aus. »Sie ist nur fünftausend gelaufen.«

Skip hielt Jenn die Tür auf und bewunderte die enge Jeans, die sie trug. Sein männliches Hirn fragte sich: *Ob sie die wohl nur für mich angezogen hat?*

Kaum hatten sie den Laden betreten, richteten sich alle männlichen Blicke auf Jenn, und von Testosteron befeuert überkam Skip unwillkürlich Stolz, ihr Begleiter zu sein.

Jenn führte ihn zu einer Sitzgruppe im hinteren Teil des Ladens und nahm Platz. Ein Song von Willy Nelson erklang im Hintergrund, gerade laut genug, um ein Gespräch zu überdecken, doch ohne aufdringlich zu sein.

»Sie haben den Job also angenommen, ja?«, begann Jenn, als der Kellner ihnen die Speisekarte brachte. »Für mich ein Sam Adams«, bestellte sie.

Skip schaute auf die Bierliste. »Ich nehme ein Stout.«

»Sie sehen müde aus«, bemerkte Jenn.

»Ich bin viertausend Meilen in vier Tagen gefahren. Wäre die *White Star* nicht dazwischengekommen, wäre ich jetzt ungefähr in Bismarck, North Dakota. Ein Nickerchen im Flugzeug ist nicht wirklich was im Vergleich zu den gut acht Stunden, die ich in Billings gebucht hatte.«

»Irgendwann würde ich das auch mal gern versuchen.«

»Acht Stunden in Billings zu schlafen?«

»Nein, fünftausend Meilen in fünf Tagen.«

»Nicht auf der Springer.«

Sie hob eine Augenbraue.

»Vertrauen Sie mir. Nach acht Stunden hat Ihre Springer Ihnen das Rückgrat durch den Schädel gehämmert, und auf dem winzigen Sitz wird Ihr Hintern sich anfühlen wie ein weichgeklopftes Steak.« Der Kellner brachte die Biere, und Skip sagte: »Einen Cheddarburger mit doppeltem Schinken und Pommes, bitte.«

»Und für mich Chicken Wings. Scharf«, beschloss Jenn und fügte hinzu: »Ich hab schon was gegessen.«

»Warum sind wir dann hier?« Skip beugte sich vor und nippte am Bier.

Nachdenklich drehte Jenn das Glas in den Händen. »Sie haben heute im Büro einen ziemlichen Eindruck hinterlassen. Man wird noch Tage darüber reden – hinter dem Rücken vom Chef natürlich. Die meisten Leute kuschen vor ihm.«

»Ich bin aber nicht ›die meisten Leute‹.«

»Das habe ich auch nie gedacht. Er hat gesagt, hinter seinem Rücken würden Sie ihn Bastard-Bill nennen.«

»Nur wenn jemand mit zarten Ohren von deutlicheren Worten beleidigt wäre.«

Sie schaute ihm in die Augen. »Sie haben gesagt, das sei eine Geschichte für ein andermal. Das ist ein andermal.«

»Suchen Sie was über Ihren Chef, um die Konkurrenz bei der nächsten Beförderung aus dem Weg zu räumen?«

Jenns Augen blitzten auf. »Ja, vielleicht.« Sie runzelte die Stirn. »Bill Reeves ist nicht gerade ein netter Mann. Sie sind allerdings auch nicht der Angenehmste, Sean Murphy. Sagen Sie mal – schlafen Sie nachts gut? Oder wachen Sie manchmal auf und erinnern sich an Orte wie Baidoa, das Tal von Kurram ...«

»Woher, zum Teufel, wissen Sie ...?«

»... al-Mayadin oder Amirabad? Klingelt was bei diesen Namen?«

»Sie werden mir langsam unsympathisch. Sie haben in Geheimakten geschaut.«

»Es ist ziemlich schwer, diese Orte auf einer Landkarte zu finden. Waziristan, Pakistan, Syrien, Iran.« Sie nippte an ihrem Bier und wischte sich den Schaum von den Lippen. »Um die Wahrheit zu sagen: Ich bin auch kein nettes Mädchen, Sean Murphy.«

Skip grunzte. Jenn Royce wusste vermutlich, dass all diese Operationen schiefgelaufen waren. »Sie wagen sich da auf ziemliches Glatteis.«

Jenn nickte, doch das schien sie nicht zu kümmern. »Ich weiß. Als Kind habe ich in Kairo gelebt. Mein Dad war Archäologe. Ich bin mit den Einheimischen aufgewachsen, habe ihre Sprache gesprochen, und dann, als ich älter wurde, hat sich plötzlich alles verändert. Jemand hat meinen Dad niedergestochen, nur weil er Amerikaner war. Es geschah mitten auf der Straße, genau vor meinen Augen. Mutter hat mich nach Hause gebracht.«

»Das mit Ihrem Dad tut mir leid. Soll ich dem entnehmen, dass Sie nun einen gewissen Groll hegen?«

Jenn kniff die Lippen zusammen. »Neunzig Prozent der Muslime wollen einfach nur genug verdienen, um zurechtzukommen, ihre Kinder großziehen und ihr Leben leben.«

»Und die restlichen zehn Prozent?«

»Die wollen das Kalifat wiedererrichten, den Verborgenen Imam zurückbringen, den Rest der Welt bekehren und dabei so viele von uns töten wie möglich.« Sie schaute zu den anderen Gästen und dem Fernseher über der Bar. Gerade lief ein Baseballspiel.

Skip nutzte die Gelegenheit, Jenns Profil zu bewundern. Jenn war attraktiv, so viel stand fest, aber er war nicht sicher, ob er sie mochte.

Jenn nickte in Richtung der Gäste. »Schauen Sie: Die Leute spielen Pool, sind gesellig und scheinen keine Sorgen zu haben ... Sie sind sich gar nicht bewusst, dass es dort draußen Menschen gibt, die sie töten wollen.« Sie richtete ihre Aufmerksamkeit wieder auf Skip. »Sie waren da unten. Was denken Sie? Gewinnen oder verlieren wir?«

»Wir verlieren.« *Worauf willst du hinaus, Jenn Royce?* »Ich sehe das so: Die Amerikaner leben in einer surrealen Seifenblase, vollständig isoliert vom Rest der Welt. Hier gilt es schon als Katastrophe, wenn ein Senator einen minderjährigen Praktikanten befummelt. Die Abendnachrichten widmen volle zehn Minuten dem Privatleben irgendwelcher verdrehter Filmstars.«

»Und 9/11?«

»Der ist schon vergessen. Eine alte Geschichte. Wir haben Osama aus Afghanistan verjagt. Wir glauben, wir hätten gesiegt. Da das nun vorbei ist, widmen wir uns wieder so wichtigen Dingen wie den neuesten Nachrichten aus dem Leben der Stars. Das Leben in einer Seifenblase liberaler Unwirklichkeit ist schön.«

»So wird es aber nicht bleiben«, gab Jenn zu bedenken.

»Nein. Irgendwann werden die Radikalen etwas Unverzeihliches tun. Vielleicht wird es so etwas wie die *White Star* sein. Vielleicht werden sie in einer Stadt eine große Bombe zünden. Wenn genug Amerikaner dort getroffen wurden, wo sie leben, ziehen wir die Glacéhandschuhe aus. Wir werden so außer uns sein vor Zorn über unsere eigenen toten Babys, dass wir die toten Kinder anderer im Fernsehen gar nicht mehr sehen.«

»Und dann was?«

»Böses Juju.«

Jenn nickte. »Haben Sie je Geschichte studiert? Noch nie wurde ein Krieg durch Nettigkeiten gewonnen. Um Deutschland und Japan zu besiegen, haben wir ihre Städte in Schutt und Asche gelegt, ihre Armeen vernichtet und Millionen getötet. Wir haben es so furchtbar für sie gemacht, dass sie es nie wieder versuchen werden.«

Skip grunzte.

Jenn schaute ihn mit ihren faszinierenden braunen Augen an. »Ich habe die Berichte gelesen, Skip. Im Außenministerium machen sich eine Menge Leute große Sorgen. Die Welt gärt. Es gibt sechseinhalb Milliarden Menschen, und alle müssen von der gleichen Menge an Essen, Wasser und Energie leben.«

»Erwähnen Sie nicht die Überbevölkerung. Das ist tabu.«

»Aber das ist der Kern des Problems, nicht wahr? Sie waren in den Dörfern in Pakistan, Syrien und Indonesien. Was verleiht den Koranschulen ihre Macht?«

»Die Armut ... und die Hoffnungslosigkeit. Die Menschen schauen auf den Westen und sehen Nobelkarossen, schicke Restaurants und riesige Breitbildfernseher. Dann schauen sie sich in ihren eigenen Städten um und sehen nur Dreck in den Straßen und Menschen in Lumpen. Wir haben alles. Sie haben ihre Imame, die in den Moscheen und Koranschulen den Heiligen Krieg predigen. Zieh in den Krieg, stirb, und *puff* – bist du im Paradies. Das klingt verdammt gut, wenn die eigene Zukunft nur Armut, Hunger und die Aussicht bereit hält, die eigenen Kinder an Ruhr sterben zu sehen.«

»Was uns wieder zur *White Star* bringt.«

»Und?«

»Bastard-Bill macht sich Sorgen. Seit Beginn des Irakkriegs verlieren die USA beständig an Unterstützung. Es wird Sie wohl nicht überraschen, dass selbst unsere engsten muslimischen Verbündeten uns zwar stets versichern, was wir doch für gute Freunde seien, während sie insgeheim der anderen Seite in die Hände spielen.«

»Wer hätte das gedacht?«

»Sollte die *White Star* Ziel eines Terroranschlags gewesen sein, müssen wir das so schnell wie möglich herausfinden, um den politischen Schaden gering zu halten. Bastard-Bill informiert den Minister zweimal täglich über die internationale Situation. Eine falsche Bewegung, eine falsch formulierte Erklärung, und alles geht den Bach runter.«

»Und Bastard-Bill sieht richtig gut aus, wenn er da den Deckel draufhalten kann, richtig?«

»Er könnte der nächste Außenminister werden.«

»Und Sie der nächste Unterstaatssekretär?«

»Durchaus möglich. Hier ist der Deal: Halten Sie *mich* auf dem Laufenden, und ich werde Ihnen helfen, Sean Murphy – jedenfalls so gut ich es in meiner Position kann. Sollten Sie irgendwelche Informationen, Ressourcen oder meinetwegen auch nur eine Schulter brauchen, an der Sie sich ausheulen können, rufen Sie mich an.« Sie leerte ihr Bier in wenigen Schlucken.

»Jedes Mal, wenn ich daran denke, dass ich Bastard-Bill helfen soll, muss ich unwillkürlich kotzen.«

»Skip, wir haben nur eine Hoffnung, zu gewinnen: Menschen wie Sie, Bastard-Bill und mich, die bereit sind, gegen die Regeln zu verstoßen.« Sie hielt kurz inne. »Ich meine es ernst. Es bedarf nur eines falschen Wortes, einer falschen Handlung, eines winzigen Funkens, und wir stecken alle bis zum Hals in der Scheiße.«

Skips Unbehagen der Frau gegenüber ebbte ein wenig ab. »Ja, ich glaube, Sie sind doch ganz in Ordnung, Jenn – auch wenn Sie nur eine klapprige alte Harley fahren.« Er grinste. »Ich werde wohl so lange mitmachen, wie mein Würgereflex es mir erlaubt.«

Jenn schaute wieder zum Fernseher über der Bar. Das Spiel musste zu Ende sein. Die Nachrichten zeigten Muslime in irgendeiner nahöstlichen Stadt, die ein Kreuz verbrannten.

9.

A. P. LENKTE SEINEN Ford Taurus in die Zufahrt zum Gemeindehaus. Die Fernsehübertragungswagen waren auf den Rasen verlegt worden, und die dort lagernden Nachrichtenteams sprangen sofort heraus, die Kameras bereit. Binnen Sekunden drängten sich Reporter um A. P.s Wagen und riefen ihre Fragen. Es war ihm egal, als ein Reporter aufschrie, weil er ihm mit einem Reifen über den Fuß gerollt war. Am Eingang wartete ein Cop und brüllte die Leute an, sie sollten zurückbleiben.

A. P. fuhr um das Gebäude herum und hielt vor dem Seiteneingang. Er stieg aus, fummelte mit dem Schlüssel am Türschloss und verschwand gerade noch rechtzeitig im Gebäude, als auch schon der erste Reporter um die Ecke gestürmt kam.

Ich bin genauso leer wie dieses Haus. A. P. hatte die ganze Nacht hindurch Nachrichten geschaut. Die unverhohlene Freude in den muslimischen Städten hatte ihm den Magen umgedreht.

A. P. starrte auf den leeren Gang. Eine große Doppeltür führte ins Auditorium. A. P. riss sich zusammen, öffnete eine der Türen und ging in den dunklen Raum. Leere Sitzreihen erstreckten sich vor einer Bühne. A. P. knipste das Licht ein und schaute zu dem Kreuz aus Ahornholz hinauf, das hinter der Bühne hing.

»Ist das die letzte Prüfung, Herr? Hast du mich so tief ins Herz getroffen, um mich auf die letzte Schlacht vorzubereiten?« Er senkte den Kopf. »Gib mir ein Zeichen, o Herr. Schick mir einen Boten.«

Die Stille im Raum lag wie ein schwerer Schleier auf A. P.

»Gib mir *irgendetwas!*«, rief er.

Im hinteren Teil des Raums öffnete sich eine Tür.

A. P. verharrte, lauschte. Er hörte Schritte zwischen den Stühlen hindurch auf sich zu kommen. Wer immer es war – jetzt blieb er stehen und wartete.

A. P. kämpfte mit den Tränen und atmete schließlich tief durch. Ein letztes Mal schaute er zum Kreuz hinauf; dann erhob er sich. War dies das Zeichen?

Als A. P. sich umdrehte, stand dort Mario Rodriguez, der Soldat aus seiner Theologieklasse. Mario hatte den Kopf gesenkt und die Hände vor der Brust gefaltet.

»Reverend«, flüsterte er.

»Mario, Ihre Frau und Ihre zwei Jungen ... sie waren auf der *White Star*. Sie selbst haben keinen Urlaub bekommen. Sie sind in Fort Lee stationiert, nicht wahr?«

Mario bewegte die Lippen. Schmerz und Trauer standen in seinen feuchten Augen. »Ich habe in einem Krankenhauszimmer im Walter Reed gelegen, nachdem sie mich aus dem Irak geholt haben. Sie haben nicht gewusst, ob ich wieder würde laufen können. Ich werde nie den Augenblick vergessen, da Ihr Vater in den Raum gekommen ist. Er hat mich angelächelt und gefragt: ›Wie geht es Ihnen?‹ Ich habe ihm geantwortet, er solle sich ins Knie ficken. Können Sie sich das vorstellen?« Mario senkte den Blick, ehe er fortfuhr:

»Aber Ihr Dad hat nur gegrinst und gesagt: ›Selbst wenn ich es wollte, ich könnte es nicht. Mein Schwanz ist nicht lang genug.‹« Mario scharrte mit dem Fuß. »Es war die Art, *wie* er es sagte, wissen Sie? Zum ersten Mal seit meiner Verwundung habe ich laut gelacht. Ihr Dad hat sich einen Stuhl genommen und sich verkehrt herum daraufgesetzt. Dann hat er das Kinn in die Hände gelegt. ›Sie sind katholisch erzogen, nicht wahr?‹, hat er gefragt. ›Ja‹, habe ich geantwortet. ›Gut‹, sagte er. ›Ich mache es auch katholisch.‹ Und dann hat Ihr Vater mit mir gebetet und mich geheilt. Er hat meine Seele zu mir zurückgeholt. Er hat mein Leben und meine Ehe gerettet. Er hat mich gelehrt, wieder zu lieben.«

A. P. nickte.

»Und nun ist das alles nicht mehr, Reverend. Sie haben mir alles genommen.«

»Aber nicht die Erlösung.«

Mario nickte. »Deshalb will ich mit Ihnen reden.«

»Das Böse herrscht nun über die Welt, Mario.« A. P. schaute wieder zu dem Kreuz.

»Letzte Nacht hatte ich einen Traum.« Marios Augen begannen zu glühen. »Ihr Vater war *der* Vater. Nun ist er der Heilige Geist. Und Sie … Sie sind der Sohn.« Mario schluckte. »In dem Traum war ich ein Krieger des Lamms. Sie saßen auf einem weißen Pferd, und das Schwert Gottes kam aus Ihrem Mund.«

»Es war nur ein Traum.«

»Es war ein Zeichen!« Mario ballte die Faust. »Die zweite Schale wurde ausgegossen, Reverend: ›Und das Meer wurde wie das Blut der Toten, und jede lebende Seele starb in ihm.‹« Er hielt kurz inne. »Unsere Leute … Ihre, meine … alle tot.«

A. P. spürte, wie Kälte sich in seinem Herz ausbreitete. »Das fünfte Siegel?«

»›Als das Lamm das fünfte Siegel öffnete, sah ich unter dem Altar die Seelen aller, die hingeschlachtet worden waren wegen des Wortes Gottes und wegen des Zeugnisses, das sie abgelegt hatten.‹«

A. P. fügte hinzu: »›Da wurde jedem von ihnen ein weißes Gewand gegeben; und ihnen wurde gesagt, sie sollten noch kurze Zeit warten, bis die volle Zahl erreicht sei durch den Tod ihrer Mitknechte und Brüder, die noch sterben müssten wie sie.‹«

»Haben Sie heute Morgen die Nachrichten gesehen?«

A. P. schüttelte den Kopf. »Ich habe ... gesucht, habe versucht zu verstehen.«

»Sie holen unsere Toten von der *White Star* herunter. Die Leichen sind in weiße Säcke gehüllt.«

A. P. atmete tief durch und schaute erneut zu dem riesigen Kreuz. *Ist das ein Zeichen, o Herr?*

»Sie haben bestimmt von der Hitzewelle in Europa gehört. Tausende sind gestorben. Es ist der heißeste Herbst seit Beginn der Wetteraufzeichnung. ›Der vierte Engel goss seine Schale über die Sonne. Da wurde ihr Macht gegeben, mit ihrem Feuer die Menschen zu verbrennen. Und die Menschen verbrannten in der großen Hitze. Dennoch verfluchten sie den Namen Gottes, der die Macht über diese Plagen hat. Sie bekehrten sich nicht dazu, ihm die Ehre zu geben.‹«

»Die globale Erwärmung«, sagte A. P. leise.

»Die Posaunen erschallen, Reverend. Die Erderwärmung lässt nicht nur das Eis in der Antarktis schmelzen. Im Westen, wo ich herkomme, lässt die Dürre die Wälder sterben. Jedes Jahr fallen Millionen von Morgen riesigen Waldbränden zum Opfer. Die Pinien am Haus meiner Eltern in Santa Fe sind tot. Rancher verkaufen ihr Vieh, weil sie sich kein Heu mehr leisten können. Das ist die erste Posaune. Ich erinnere mich, was Sie über die Atmosphäre gesagt haben, über den Anstieg des

Kohlendioxidgehalts. Wenn es sich mit Wasser mischt, wird Kohlensäure daraus. Das Leben im Meer wird sterben. Das, Reverend, ist die zweite Posaune.«

»Sind das wirklich die Siegel, Schalen und Posaunen?«, erwiderte A. P., richtete diese Frage jedoch mehr an sich selbst als an Mario.

»Machen Sie die Augen auf, Reverend.« Wieder senkte Mario den Kopf. »Meine Frau und meine Söhne sind tot. Sie warten auf mich, gehüllt in Weiß.«

»Und das heißt?«

Trotzig und wütend hob Mario den Blick. »›Dann sah ich das Tier und die Könige der Erde und ihre Heere versammelt, um mit dem Reiter und seinem Heer Krieg zu führen.‹ Das ist das Ende aller Tage. Ich bin Ihr erster Freiwilliger, Reverend.«

»Freiwilliger? Für was?«

»Ich bin Soldat, Reverend. Ich habe im Irak Bomben entschärft. Ich weiß alles über Sprengstoffe. Unser Herr rechnet mit Verlusten in der letzten Schlacht.«

A. P. schaute wieder zum Kreuz, erinnerte sich an seine Familie und sah die tanzenden Muslime, die mit Strohpuppen seines Vaters durch die Straßen zogen.

Er wollte nur Frieden und Toleranz predigen. Sie haben es uns mit Schrecken vergolten.

A. P.s Mund war wie ausgetrocknet. Sein Herz schlug heftig, als er sagte: »Ich glaube, ich verstehe, Mario.«

Ali suchte sich ein Internetcafé an der Vijselstraat, mehrere Blocks von der Universität entfernt. Am Tresen bestellte er sich einen Kaffee, ehe er zu einem der öffentlichen Terminals ging, seinen Rucksack unter den Tisch stellte und sich setzte.

Ali schaute sich um und wischte sich nervös die Hände an der Jeans ab. Keiner dieser *Dschahiliyya*-Niederländer schien an ihm interessiert zu sein. Er hatte sorgfältig darauf geachtet, keine unnötige Aufmerksamkeit zu erregen, und trug ein orangefarbenes T-Shirt, eine ausgebleichte Levis und weiße Laufschuhe. Die Leute um ihn herum sprachen auf Holländisch miteinander, manchmal auch Englisch.

Wie selig sie in ihrer Unwissenheit doch sind. Sie ahnen ja nicht, dass Allah kommt.

Draußen war die Hitze erdrückend, und auch im Café war es nicht viel angenehmer. Ali sah sich noch einmal um, und Sorge keimte in ihm auf. Was, wenn es wirklich einen Verräter gab, der gegen den Imam arbeitete? Ein solcher Mann in ihren Reihen könnte großen Schaden verursachen. Nach Verabschiedung der Antiterrorgesetze waren viele Koranschulen in Amsterdam durchsucht worden. Was, wenn jemand der niederländischen Polizei von dem Unterschlupf in der Einflugschneise von Schiphol erzählte? Ali wusste, dass Kämpfer dort wohnten. Was, wenn ein großer Mann wie bin Laden hier durchkam? Nicht nur der Held würde dann verhaftet werden, sondern auch Abu Salassi und viele andere.

Als hätten sie einen eigenen Willen, legten sich Alis Finger auf die Maus und klickten. Der Bildschirm erwachte zum Leben. Ali nutzte eine Universitätsadresse, rief ein Chatprogramm auf und gab *Zahra@fez.net* ein.

Plötzlich überkam ihn Panik, und er sprang auf. *Das ist keine gute Idee.*

Ein Fenster öffnete sich, und in arabischer Schrift stand dort zu lesen: WER DA?

Langsam setzte Ali sich wieder, den Blick fest auf die Worte gerichtet. In die Antwortzeile tippte er: BAKR.

Ein kalter Wind wehte durch seine Seele. Nun war er fest entschlossen.

KANN DIESER COMPUTER ZURÜCKVERFOLGT WERDEN?

NEIN.

GÜTIGER GOTT! MÖGE ER JENE BELOHNEN, DIE GLAUBEN UND GUTES TUN. IHNEN SEI VERGEBUNG UND EIN EHRENHAFTES AUSKOMMEN GEWÄHRT.

Ali schrieb: WER BIST DU?

NENN MICH AKBAR.

WARUM HAST DU MICH KONTAKTIERT?

UM DICH ZU WARNEN. EIN SPION IST IN EURE REIHEN EINGESCHLEUST WORDEN.

WER?

DAS WERDEN WIR HERAUSFINDEN, SO ALLAH WILL.

Ali runzelte die Stirn. WARUM SOLLTE ICH DIR VERTRAUEN?

TU ES NICHT. VERTRAU NIEMANDEM.

NICHT EINMAL DEM IMAM?

JEDER MENSCH HAT SEINE SCHWÄCHEN. KANNST DU VOR ALLAH, DER ALLES WEIß, GUTEN GEWISSENS BEHAUPTEN, DAS HERZ DES IMAM ZU KENNEN? HAST DU NIE SEINE MOTIVE HINTERFRAGT? SELBST ISA IST FÜR EIN PAAR SILBERLINGE VERKAUFT WORDEN. DOCH URTEILE NICHT VORSCHNELL, DENN DAS GEBIERT STOLZ.

Ali nickte zustimmend. WIE SOLL ICH DEN VERRÄTER ERKENNEN?

VERDÄCHTIGE DENJENIGEN, DER ÜBER JEDEN VERDACHT ERHABEN IST. SOLLTEST DU DICH ENTSCHIEDEN HABEN, SO HABE ICH RESSOURCEN ZUR VERFÜGUNG. ABER ENTSCHEIDE DICH WEISE. WIR ARBEITEN FÜR ALLAHS RUHM, NICHT FÜR DIE PERSÖNLICHEN RACHEGELÜSTE EINES MANNES.

Zum ersten Mal entspannte Ali sich.

Weitere Worte erschienen in dem Textfeld. BEOBACHTE, BAKR. HÖR ZU. WIR HABEN NUR DICH, AUF DEN WIR UNS VERLASSEN KÖNNEN. SAG NIEMANDEM, WAS DU VERMUTEST, NICHT EINMAL DEM IMAM. KONTAKTIERE UNS NUR VON SICHEREN COMPUTERN AUS, DIE NICHT ZU DIR ZURÜCKVERFOLGT WERDEN KÖNNEN. UND FASS DICH STETS SO KURZ WIE MÖGLICH.

Ali wollte gerade antworten, als in dem Textfeld erschien: DAS SOLL JETZT ERST EINMAL REICHEN. FRIEDE SEI MIT DIR.

Die Dialogbox schloss sich.

Nachdenklich starrte Ali auf den Bildschirm. Dann schloss er das Programm und rief die Website von H&M auf. Dort klickte er sich weiter in den Online-Shop und ließ den Mauszeiger über »Zum Warenkorb hinzufügen« schweben.

Der Firmenflieger der Ocean-Star-Reederei erwies sich als umgebaute Boeing 727. Wie Jupiter Adams versprochen hatte, gab es Kojen: schicke Dinger, die sich tatsächlich als bequem herausstellten. Nach dem Start und einer Flasche Heineken, ging Skip nach hinten, klappte die Koje herunter und schlief, bis die Maschine in Gatwick landete. Im Traum wurde er von Jenn Royce heimgesucht. Halb nackt schwebte sie vor ihm wie ein ihn verspottender Sukkubus. Mit einer kleineren Gulfstream flog Skip nach Bournemouth weiter.

Sie wurden im Cremona Hotel an der Saint Michael's Road untergebracht. Es war ein Boutique Hotel, drei Stockwerke hoch, grau mit weißen Akzenten. Ein großer Glasvorbau beherrschte die Front.

Skip checkte in sein Zimmer im zweiten Stock ein, machte sich eine Tasse Kaffee und ging hinunter in die kleine Businesslounge, ein gemütlicher Raum mit offenem Kamin. Skip wollte sich gerade ans Fenster setzen, als Adams ihn zu sich winkte und einen Stuhl von einem Nachbartisch holte.

»Skip, ich würde Sie gerne unserem Vorstandsvorsitzenden vorstellen, Jacques Post.«

Post streckte die Hand aus. »Ich habe schon viel von Ihnen gehört, Mr. Murphy. Sie sind uns sehr empfohlen worden.«

»Danke. Tut mir leid, dass wir uns unter diesen Umständen kennen lernen.«

Post war ein untersetzter Mann mit fast kahlem Kopf und rot umränderten Augen. Seinem zerknitterten Anzug nach zu urteilen, lief er schon Tage darin herum.

»Ich möchte Ihnen Eric Pattison vorstellen, unseren technischen Leiter, und Sylvie Baal, unsere Chefjuristin.«

Wieder schüttelte Skip Hände. Eric Pattison war um die sechzig, hatte silberweißes Haar, rötliche Haut und schmale Schultern. Sylvie Baal war Mitte vierzig, makellos gekleidet, mit schmalem Gesicht und viel zu schmaler Nase. Skip fragte sich, wie sie überhaupt Luft bekam. Sie musterte ihn mit scharfem Blick durch ihre kleine Brille.

»Wir haben gerade die neusten Entwicklungen diskutiert«, sagte Adams, als Skip sich setzte. »Angesichts Ihres Hintergrunds, was sensible Sicherheitsfragen betrifft, wissen wir, dass der Inhalt dieses Gesprächs nicht über diesen Tisch hinausdringen wird. Es reicht, wenn ich sage, dass die Dinge nicht allzu gut stehen.«

»Nein, sie stehen ganz und gar nicht gut.« Post sackte auf seinem Stuhl zusammen, als hätte man ihm plötzlich das Rückgrat durchtrennt.

Skip betrachtete die Papierstapel auf dem Tisch, die dicken Aktenbinder und die vollgekritzelten Notizblöcke.

Adams nickte. »Die Versicherungen haben erklärt, dass sie für einen Teil der Hauptkosten aufkommen werden – die Renovierung des Schiffes, neue Teppiche, Betten und so weiter. Gleichzeitig sind die Buchungen für zukünftige Kreuzfahrten um fünfundsiebzig Prozent zurückgegangen. Und wir haben keine Ahnung, welche unmittelbaren Kosten im Zusammenhang mit der *White Star* überhaupt auf uns zukommen. Es ist überwältigend.«

»Mindestens zehn Millionen Euro«, erklärte Post, »vermutlich mehr.«

»Und dann ist da die Klagewelle, die auf uns zurollt.« Baal schob ihre Brille hoch. »Die Passagiere waren zumeist Amerikaner. Die werden alle klagen.«

Skip fragte: »Jupiter, wie lange wird die *White Star* außer Dienst sein?«

»Um sie wieder instand zu setzen? Vielleicht ein Jahr. Aber lassen Sie mich Ihnen mal eine Frage stellen, Mr. Murphy: Würden Sie eine entspannende Kreuzfahrt auf einem Schiff buchen, auf dem über viertausend Menschen auf mysteriöse Art den Tod gefunden haben?«

»Äh … vermutlich nicht.«

»Da haben Sie's«, stimmte Post ihm zu. »Wir hatten großen

Erfolg, aber die *White Star* ist brandneu, revolutionär und das luxuriöseste Kreuzfahrtschiff auf den Weltmeeren. Ohne sie können wir unsere Kredite nicht abbezahlen – nicht einmal, wenn wir all unsere anderen Schiffe ständig bis auf den letzten Platz ausbuchen.«

»Und? Haben Sie sich schon einen Plan zurechtgelegt?«

Adams schaute betrübt drein. »Sie meinen abgesehen davon, einen Teil unseres Vermögens umzuwandeln, so unsere Liquidität zu sichern und zu hoffen, die *White Star* für die Hälfte ihres Werts verkaufen zu können? Nein.«

Himmel! Skip starrte in seinen Kaffee. Er konnte sich noch nicht einmal vorstellen, um wie viel Geld es hier ging. Irgendwo hatte er gehört, die Ocean Star habe achthundertfünfzig Millionen für das Schiff bezahlt.

»Ihrem Gesichtsausdruck nach zu urteilen, würde ich sagen, Sie begreifen allmählich unser Dilemma«, bemerkte Post.

»Was ist mit der Untersuchung? Hat man schon etwas herausgefunden?«, erkundigte sich Skip.

Pattison räusperte sich. »Offenbar hat es sich um Gas gehandelt. Man hat Proben aus sämtlichen Filtern entnommen wie auch von den Toten. Mehrere Nervengase, zum Beispiel Sarin, konnten bereits ausgeschlossen werden. Einer der Chemiker hat mir gesagt, er vermute Schwefelwasserstoff.«

»Und woher sollen sie den bekommen haben?«, fragte Post.

»Aus Ölquellen«, erklärte Skip. »Ich habe entsprechende Warnschilder in der gesamten Golfregion gesehen. Die meisten Quellen, aus denen Schwefelwasserstoff austritt, sind mit Alarmanlagen ausgestattet. Sie können sie an den Windfahnen erkennen. Wenn der Alarm ertönt und Sie mit dem Wind stehen, haben Sie nur eine Chance: rennen wie der Teufel.«

»Und wie viel bräuchte man von diesem Zeug, Skip?«

»Eine Menge.« Er nippte an seinem Kaffee. »Aber wichtiger ist die Frage: Wie haben sie es eingesetzt? Kanister in der Klimaanlage?«

»Wir haben gerade erst mit der Untersuchung begonnen.« Pattison sah verschreckt aus. »Ich habe so etwas noch nie gesehen. Überall Tote. Die Albträume ...«

Post sagte: »Wir werden die Quelle finden. Niemand kann so etwas durchziehen, ohne Spuren zu hinterlassen.«

»Gasmasken?«, dachte Skip laut. »Vielleicht haben sie ja die Kanister geöffnet, gewartet, bis alle tot waren, und sie dann über Bord geworfen.«

»Die US-Navy hat den Kurs der *White Star* zurückverfolgt und dabei auch Strömungen mit einberechnet.« Baal starrte auf den von Papieren überquellenden Tisch. »Sie haben nichts gefunden.«

Skip konterte: »Das Meer ist riesig. Ein paar auf den Wellen hüpfende Kanister könnte man leicht übersehen.«

»Und man darf den Müll nicht vergessen.« Pattison betrachtete seine Fingernägel. »Treibgut von Fischerbooten, Ölbohrinseln oder zerbrochene Frachtcontainer. In der Mitte des Atlantiks sammelt sich der Müll von vier Kontinenten. Da ist es durchaus möglich, dass die Navy ein paar Kanister übersieht.«

»Und wo ist der Täter?«, fragte Skip. »Er hat das Schiff sicher nicht vergast, die Kanister weggeworfen und ist dann selbst über Bord gesprungen. Besteht die Möglichkeit, dass er sich noch an Bord versteckt?«

Einen Augenblick waren alle wie erstarrt.

Dann schüttelte Pattison den Kopf. »Wir haben jeden Quadratzentimeter der *White Star* abgesucht, und vor uns war die

US-Navy da. Jeder wird registriert, wenn er an Bord geht, und dann noch einmal beim Gang durch die Kontaminierung, wenn er das Schiff wieder verlässt. Selbst wenn jemand sich einen der Schutzanzüge schnappt, würde er dabei entdeckt. Und die Royal Navy lässt niemanden auch nur in die Nähe des Schiffes.«

»Und unter Wasser?«, dachte Skip laut.

»Wollen Sie damit etwa sagen …?«, fragte Baal in typischem Juristentonfall.

Skip winkte ab. »Wenn man das Mögliche ausschließen kann, bleibt nur das Unmögliche. Die Leute, die das getan haben, waren keine gewöhnlichen Dschihadisten, die in eine Menschenmenge laufen und auf einen Knopf an ihrem Sprengstoffgürtel drücken.«

»Womöglich sind sie ja an Bord mit den anderen gestorben.« Adams hatte den Kopf zurückgelegt und starrte zur Decke.

Skip kaute auf der Unterlippe und dachte darüber nach. »Okay, sagen wir, es war einer der Passagiere. Jemand, gegen den die Terroristen etwas in der Hand hatten. Vielleicht ein geliebter Mensch, der als Geisel genommen worden ist. Vielleicht eine große Zahlung nach vollbrachter Tat an die Familie des Täters. Vielleicht auch Spielschulden – irgendetwas, das den Ruf desjenigen hätte ruinieren können.« Skip schaute sich um. »Passt das auf jemanden?«

»Das amerikanische Heimatschutzministerium überprüft, ob so jemand unter den Passagieren oder der Crew gewesen ist.« Adams senkte müde den Kopf.

»Was nun Ihre Theorie betrifft, sollten Sie mit der Forensikerin sprechen, Dr. Cole.« Pattison schaute skeptisch drein. »Sie hat die genaue Lage aller Leichen dokumentiert.«

»Na toll, eine Leichenfledderin«, murmelte Skip. »Gibt es schon irgendetwas über die Leute, die die Verantwortung für die Sache übernommen haben?«

Post rieb sich die Nase. »Nein. Sie haben sich ausgeschwiegen, was die Einzelheiten betrifft. Wir hatten gehofft, dass vielleicht eine Regierung sich melden würde, Syrien oder der Iran. Bis jetzt aber waren es nur die üblichen Verdächtigen sowie ein paar Neue, von denen noch nie jemand gehört hat.«

»Manchmal dauert es eine Weile. Vielleicht halten die Täter sich versteckt und wollen erst einmal dafür sorgen, dass niemand sie finden kann, ehe sie ein Video rausschmuggeln.« Skip strich sich über den Bart. »Bis dahin würde ich mir gern mal das Schiff ansehen.«

»Es ist, als wäre das alles einfach so geschehen, aus heiterem Himmel«, sagte Pattison.

10.

A. P. SCHAUTE VON DER Hochkanzel in der Gemeindekathedrale auf die voll besetzten Reihen. Fernsehkameras waren auf die Balkone verbannt worden, von wo aus sie ihn mit Teleobjektiven beobachteten. Auf dem Rasen draußen standen Lautsprecher, damit auch jene, die im Innern keinen Platz mehr gefunden hatten, alles mitbekamen.

Das Raunen der in feierlichem Ernst Versammelten ging durch die große Halle. A. P. hörte, wie die Klimaanlage in der für Oktober ungewöhnlichen Hitze kämpfte, mit Tausenden dicht gedrängt stehenden Leibern zurechtzukommen. In der ersten Reihe, abgesperrt mit einer roten Samtschnur, saßen der Vizepräsident der Vereinigten Staaten, der Außenminister, fünf Senatoren, zweiundzwanzig Kongressabgeordnete, der Botschafter der Niederlande sowie andere ausgewählte VIPs.

Überall hatten sich Beamte des Secret Service und anderer Bundesbehörden unter die Menge gemischt. Hinter den VIPs saßen die überlebenden Familienangehörigen des Crusade for Liberation. Ihnen hatte man die besten Plätze reserviert.

A. P. schaute auf seine Hände, die den Rand der Kanzel umklammert hielten. Dies hier würde die wichtigste Predigt seines Lebens sein, und doch war er vollkommen ruhig. Er fühlte Gottes Willen durch sich hindurchströmen.

Der Countdown auf dem Teleprompter zeigte: 4, 3, 2, 1 …

A. P. schaute auf die Menge und hob die Hände. Schweigen

senkte sich herab, als hielte ein gewaltiges Ungeheuer erwartungsvoll die Luft an.

»Lasset uns beten, wie Christus es uns gelehrt hat.« A. P. senkte den Kopf. »Vater unser, der du bist im Himmel …« Die Gemeinde fiel ins Gebet mit ein. Es strömte durch A. P. hindurch wie eine warme Brandung.

Als die Menge verstummte, hob A. P. den Blick.

»Wir alle fragen uns: Warum? Wir flehen Gott an: Lass es uns verstehen, o Herr. Unsere Brüder und Schwestern, mein Vater, meine Mutter, meine Schwester und meine zwei Brüder wie auch eure geliebten Menschen – sie haben ihr Leben Gott geweiht. Sie haben sich auf den Weg gemacht, nicht als Invasoren, nicht als Eroberer, sondern als von Gottes Liebe beseelte Gläubige auf der Suche nach dem Heiligen Land. Dort angekommen hofften sie von ganzem Herzen, den Tempelberg im heiligen Jerusalem erklimmen zu können, um dort zu beten. Mehr nicht. Ihre Botschaft an die Welt war, dass wir vor Gott, *demselben* Gott, alle Brüder sind.«

Er hob die Stimme. »Es spielt keine Rolle, ob ihr unseren Herrn Gott, Adonai oder Allah nennt. Er ist Gott und herrscht über den Himmel und die Erde. Wir *alle* dienen ihm.«

»Amen«, hallte es durch den Saal.

A. P. legte eine kurze Pause ein, um seine Worte wirken zu lassen. Dann fuhr er fort: »Die Meisten von euch wissen, dass mein Vater zu einer bedeutsamen Einsicht gelangt ist. Er hat sich die Fakten angeschaut und dabei erkannt, dass unsere Welt kurz vor der Katastrophe steht: Die globale Erwärmung ist eine Tatsache, und wir Menschen haben sie verursacht – sei es das Abschmelzen des Eises in der Antarktis, die Hitzewelle in Europa oder das Aussterben der Singvögel.«

Hier und da breitete sich Unruhe in der Gemeinde aus. »Ja,

ich weiß. Viele von euch betrachten das mit Hohn, doch uns bleibt nicht mehr viel Zeit, meine Freunde. Es sind nur noch sechzehn Jahre bis zum Kollaps, während Regenwälder abgeholzt und Kohle, Öl und Gas verbrannt werden und wir weitere fünf Millionen Fahrzeuge auf die Straßen dieser Welt schicken.«

Er legte die Hände zusammen. »Ich will euch nicht mit weiteren Bedrohungen überwältigen – dem Anstieg des Meeresspiegels, Dürren und Flutwellen. Darum geht es mir hier nicht. Wie zuvor meinem Vater so geht es auch mir darum, dass uns die Herrschaft über die Erde und ihre Kreaturen gegeben ist. Dabei ist es egal, ob es sich um einen Wal oder ein winziges Plankton handelt. *Wir* haben die Herrschaft darüber. *Das* ist unser Bund mit Gott.«

Wieder war Stille eingekehrt. »Was sind nun die Folgen unserer Sünden? Ich bitte euch, eure Bibeln bei der Offenbarung, Kapitel sechs, aufzuschlagen.«

Bibeln wurden von den Bänken genommen, Seiten geblättert. A. P. schaute zu, wie die Köpfe sich über die Heilige Schrift senkten. Als die meisten wieder aufschauten, hob A. P. die Hände. »Ich sage euch: Die Siegel sind geöffnet!«

Eine Woge der Unruhe durchlief die Gemeinde.

»Der Krieg hat begonnen. Muss ich all die falschen Propheten noch erwähnen? Jene, die Unschuldige im Namen eines neuen Kalifats ermorden? Unsere Welt steht in Flammen. Ein globaler Krieg gegen den Terrorismus tobt!

Und was ist mit der Bedrohung durch den Hunger? Wie sollen wir sechseinhalb Milliarden Menschen ernähren, wenn der Monsun nicht kommt? Stellt euch eine sechsjährige Dürre im Mittleren Westen vor. Stellt euch vor, was das Gleiche auf asiatischen Reisfeldern bewirkt. Und was ist mit all den Seuchen? SARS, AIDS und neue Tuberkulosestämme wüten unter uns. Gibt es jemanden unter euch, der noch nichts davon gehört hat?«

Wieder hielt er inne und blickte in die ungläubigen Gesichter in der ersten Reihe. Der Vizepräsident wirkte irritiert.

»Das fünfte Siegel!« A. P. schaute zu den trauernden Familien. »›Und ich sah unter dem Altar die Seelen aller, die hingeschlachtet worden waren wegen des Wortes Gottes und wegen des Zeugnisses, das sie abgelegt hatten.‹ Deshalb sind wir heute hier zusammengekommen, nicht wahr, meine Brüder? Wir sind hier, um die Märtyrer der *White Star* zu betrauern. Männer, Frauen und Kinder, die sich auf den Weg gemacht hatten, die Liebe Gottes zu predigen. Es war ein Kreuzzug, der nicht erobern, sondern an einem der heiligsten Orte der Christen, Juden und Muslime *Toleranz* predigen wollte. Doch ihre Stimmen, ihre Hoffnungen und ihre Gebete wurden zum Schweigen gebracht!«

Er senkte den Blick. »Wenn ihr euch jetzt der Offenbarung, Kapitel acht zuwendet, werdet ihr von den sieben Posaunen lesen. Denkt an die Dürren, die sterbenden Meere, die Übersäuerung des Wassers, die brennenden Himmel. Denkt an den Dunst ferner Feuer, der die Sonne aussperrt. Ich bitte euch, an den Krieg zu denken, den wir an den Ufern des großen Euphrat kämpfen, an die gepanzerten Kolonnen von Humvees, Bradleys und Abrams auf den von Bomben gesäumten Straßen. Sind dies keine Pferde mit Brustpanzern aus Feuer und den Köpfen von Löwen? Schießen nicht Feuer, Rauch und Schwefel aus ihren Mäulern?«

Er sah leuchtende Augen zu ihm hinaufschauen. Ja, sie waren bei ihm – alle bis auf die verärgerten Politiker in der ersten Reihe.

»Offenbarung 16,3!«, rief A. P. »Ich habe die Wirkung der Kohlensäure auf die Meere ja schon erwähnt. ›Der zweite Engel goss seine Schale über das Meer. Da wurde es zu Blut, das aussah wie das Blut eines Toten; und alle Lebewesen im Meer starben.‹« Wieder legte er eine kurze Pause ein, um seinen Worten eine größere Wirkung zu verleihen.

Dann beugte er sich vor und deutete auf die vor ihm versammelten Gesichter. »Wahrlich, ich sage euch: *Die Schalen des Zorns sind ausgegossen worden!*«

»Amen!«, rief jemand.

»Halleluja!«, rief ein anderer.

»Was nun die große Hure betrifft, so braucht ihr nur die Abendnachrichten zu schauen.« A. P. hielt ein Exemplar der Zeitschrift *People* hoch. »Hier ist die Teufelsbibel! Voller unverheirateter Berühmtheiten! Voller Berichte, wie viele Kinder sie von wie vielen Partnern bekommen haben! Wollust? Ein Gräuel, sage ich!« Er schlug das Magazin auf. »Seite zweiundzwanzig. Eine hübsche junge Schauspielerin. Sie ist siebzehn Jahre alt und schwanger von einem Basketballstar. Sie hat ihren Ferrari zu Schrott gefahren, weil sie sich nach einer durchzechten Nacht betrunken ans Steuer gesetzt hat. Die Polizei hat Kokain unter dem Sitz des Wagens gefunden. Und die Frau ist Gegenstand des größten und längsten Artikels! *Das* beten wir dieser Tage an!« Er warf das Magazin auf den Boden.

In der einsetzenden Stille schüttelte er den Kopf. »Da sind wir also nun, meine Brüder. Am Ende aller Tage. *Unsere Welt stirbt!* Die Siegel sind zerbrochen, die Posaunen erschallen, und die Schalen des Zorns werden ausgegossen.«

Von verschiedenen Stellen ertönte ein lautes: »Amen!«

A. P. streckte die Hände aus. »Seid meine Zeugen. So wie

mein Herr vor mir, so will auch ich reiten. Wie er schwinge ich ein scharfes Schwert, und aus meinem Mund kommt das Wort Gottes. *Höret meine Worte!* ›Er, der andere in Gefangenschaft führt, soll selbst in Gefangenschaft gehen, und er, der mit dem Schwert tötet, muss durch das Schwert getötet werden.‹ Das Tier, der Drache, hat sich uns zu erkennen gegeben, als es unsere Familien ermordet hat, die nur den Frieden predigen wollten.«

A. P. atmete tief durch: »Und dem Tier sage ich: *Wir kommen, dich zu holen!* Egal was es uns kostet! Armageddon steht kurz bevor, und jenseits davon erwartet uns eine sterbende Welt mit übersäuerten, leblosen Meeren, schmelzenden Eiskappen und dem Geheul aller Völker. Ihr habt das Schwert zu uns gebracht – jetzt werden *wir* es zu *euch* bringen!«

Er atmete tief durch, um sich zu fassen. Dann ließ er den Blick über die Versammelten schweifen und sagte: »Für den Kampf gegen das Tier brauchen wir Krieger. Wenn ihr mit uns seid, so heißen wir euch willkommen. Hegt ihr Zweifel, so zürnen wir euch nicht – doch betet, dass ihr in den kommenden Tagen der Prüfung eure eigene Erlösung finden möget. Seid ihr jedoch mit dem Tier, so findet ihr unsere Antwort in der Offenbarung Kapitel dreizehn, Vers zehn. Gott sei mit euch allen. Amen!«

A. P. drehte sich um und stieg von der Kanzel. Kaum war er in der Sakristei verschwunden, ließ donnernder Applaus die Wände erbeben.

»Was meinen Sie?«, fragte A. P. Mario Rodriguez.

»Ich denke, dass wir Krieger von überall her bekommen werden, Reverend. Und auch sie werden glauben.«

Teams in Schutzanzügen schafften noch immer Leichen beiseite. Zu Anfang hatte Maureen noch gedacht, mit ihren Masken und den riesigen Filtern sähen sie wie seltsam proportionierte Insekten aus. Nun jedoch war ihr Anblick so alltäglich für sie wie der von Passanten in ihrer Heimatstadt Toronto.

Ihre Arbeit ging weiter. Jede Leiche wurde katalogisiert, fotografiert und ihre Bordkarte in einen Sack gesteckt, dessen Nummer wiederum auch an dem entsprechenden Leichensack zu finden war. Dann wurden die Nummern mit dem Schiffscomputer abgeglichen, sodass jedem Opfer ein Name zugeordnet werden konnte. Leichen, die man in Kabinen fand, wurden mit der Passagierliste abgeglichen, um sicherzugehen, dass auch jeder am rechten Ort war. Einige waren es nicht.

Die Arbeit war mühselig, und Maureen und ihr Team hatten schon mehr als eintausend aufgequollene Leichen auf diese Art registriert. Sobald sie fertig war, würde sie anhand jeder Nummer sofort den entsprechenden Namen sowie Position und Körperhaltung der dazugehörigen Leiche feststellen können. Dies diente nicht nur der forensischen Analyse, sondern war auch äußerst hilfreich dabei, einen Toten der richtigen Familie zuzuordnen.

Inzwischen hatte der Fäulnisprozess mit voller Wucht eingesetzt. Die Leichen waren bereits voller Maden. Kurz hatte man darüber diskutiert, die Decks mit Insektiziden einzusprühen, doch die Chemiker hatten Einwände erhoben, weil dies die Suche nach Gasen beeinträchtigt hätte.

»Haben Sie's?«, fragte Maureen einen der beiden Techniker, der gerade die tropfenden Überreste eines Kindes in einen weißen Sack hob und diesen versiegelte.

»Ja, ich hab's«, kam die Antwort gedämpft durch den Filter.

Maureen schaute auf ihre Uhr. »Wir sind jetzt sechs Stunden ohne Unterbrechung dran. Lassen Sie uns nach der hier eine Pause machen. Holen Sie sich etwas zu trinken oder zu essen, wenn Sie können. Ich treffe Sie dann in einer halben Stunde nebenan.«

»Alles klar«, sagte einer der vermummten Männer und bückte sich, um ein Ende des Sacks zu greifen.

Maureen folgte den Männern auf den Gang zum Fahrstuhl hinaus. Sie beobachtete, wie sie den Leichensack in den Lift trugen; dann ging es auf den Leichter weiter. Das Schiff wiederum brachte die Leichen an Land, wo sie in einem Hangar der Royal Navy ausgelegt wurden.

Müde stieg Maureen die Treppe hinauf; ihr Notebook hatte sie unter den Arm geklemmt. Sie ging über Deck zur dem Wind zugewandten Seite. Dort, in der warmen Brise vom Land, nahm sie die Maske ab und sog gierig die feuchte Luft ein.

»Frische Luft tut gut, was?«, bemerkte ein in Weiß gekleideter Mann und trat auf sie zu. Er war ungefähr genauso groß wie Maureen, muskulös und ging festen Schrittes.

Sie schaute ihn sich genauer an. Trotz des Anzugs konnte sie seine breiten Schultern und die schmalen Hüften erkennen. Irgendetwas an seinen braunen, wissenden Augen erregte ihr Interesse. Unter dem Kinnschutz war ein sauber gestutzter schwarzer Bart zu sehen. Rote Linien zeichneten sich auf seinem Gesicht ab, wo die Maske sich in die Haut gedrückt hatte.

»Nachdem ich gerade die Küche sauber gemacht habe, werde ich frische Luft nie wieder als selbstverständlich erachten. Zwischen all dem verrottenden Essen und den Leichen ...

eklig. Wenigstens können wir ab und zu für eine Pause hier rauf.«

»Klingt ziemlich übel.«

»In der ersten Woche war es das auch. Wir haben die ganze Zeit Masken getragen, bis die Mikrobiologen sich sicher waren, dass wir es nicht mit irgendwelchen bösen kleinen Erregern zu tun haben. Und dann mussten die Jungs von der biologischen Kriegführung dem auch noch zustimmen.«

Der Mann lehnte sich auf die Reling und schaute zu den Patrouillenbooten vor Swange Point. »Ich bin Skip Murphy«, stellte er sich vor. »Ich untersuche den Fall für Ocean Star. Ich habe Sie schon gesucht, Dr. Cole.«

»Nun, wer sucht, der findet.«

Skip grinste, und Maureen dachte bei sich: *nettes Lächeln.*

»Okay, lassen wir die Höflichkeiten beiseite. Wie sehen Sie die Sache?«, fragte Skip.

»Ich halte definitiv Gas für die Todesursache. Die Chemie scheint auf Schwefelwasserstoff hinzudeuten, und wenn ich mir die Verteilung der Opfer anschaue, sehe ich nichts, was dem widersprechen würde.«

Skip drehte sich um und musterte sie beiläufig. »Aber wie haben die Angreifer das gemacht? Ich habe mir zusammen mit Ingenieuren das Belüftungssystem angeschaut. Falls jemand einen Gaskanister da reingebracht haben sollte, wissen wir zumindest nicht wie.«

Maureen zuckte mit den Schultern. »Das kann ich Ihnen auch nicht sagen. Vielleicht haben sie das Gas ja im Freien freigesetzt ... eine Gaswolke vor dem Bug, durch die das Schiff gefahren ist.«

Skip bewegte den Kiefer. »Haben Sie sich mal die Wetterdaten angeschaut?«

»Ich hatte andere Prioritäten – 4250 davon.«

»Dr. Cole, die *White Star* hat den Hurrikan Itrice südlich umfahren. Hurrikans drehen sich auf der nördlichen Hemisphäre gegen den Uhrzeigersinn. Die *White Star* hatte den Wind also im Rücken. So hat sie überhaupt erst zwanzig Knoten erreichen können.«

»Demnach muss das Gas von hinten gekommen sein?«

»Das ist zumindest im Augenblick die Hypothese. Und das ergibt auch irgendwie Sinn. Man feuert den Kanister ab, er explodiert, und der Wind treibt das Gas übers Schiff. Die Sprengstoffjungs suchen im Heck jeden Zentimeter nach Hinweisen auf ein solches Geschoss ab. Brandspuren, Antriebsrückstände ... In ein, zwei Tagen wissen wir mehr.«

Maureen nickte. Deshalb hatte auch niemand auf der Brücke etwas von einem Projektil berichtet, das vor dem Bug abgefeuert worden war. Aber vom Heck ...

»Das Ganze hat eine gewisse Finesse«, bemerkte Skip. »Das Ding abfeuern, den Werfer, Mörser oder was auch immer über Bord werfen und auf das Gas warten.« Er schaute sie an. »Sagen Sie mir, Dr. Cole: Sie haben die Leichen am Heck ja bereits katalogisiert. Haben Sie dabei etwas Verdächtiges gesehen? Irgendwas Auffälliges? Zum Beispiel jemanden mit einem Koran in der Hand oder jemanden, der sich ganz bewusst zum Sterben hingelegt hat?«

Maureen runzelte die Stirn. »Einen Koran habe ich nicht gesehen. Auch niemanden im Kaftan oder dergleichen. Es muss sehr kalt gewesen sein. Die meisten trugen langärmlige Sachen und Hosen. Wie ich hörte, lag die Temperatur zum Zeitpunkt des Angriffs bei ungefähr zwanzig Grad minus.« Sie spürte, wie ihr der Schweiß über den Rücken lief. »Meinetwegen könnte es auch hier ein bisschen kälter sein.«

»Ja, in diesen Anzügen ist es wirklich übel.« Skip musterte sie erneut, als versuche er, sich ein Bild von ihr ohne den unförmigen Schutzanzug zu machen. »Ich würde gerne Ihre Aufzeichnungen sehen – die über die Toten am Heck. Ich habe gehört, dass Sie detaillierte Skizzen angefertigt haben.«

»Die sind auf meinem Schreibtisch in der Basis. Ich kann Ihnen so ziemlich alles bieten, was Sie wissen wollen.«

»Und sämtliche Leichen sind identifiziert?«

»Wenn alle die richtigen Bordkarten dabei hatten, ja. Diane Frances Team in der Leichenhalle überprüft das noch einmal. Sie checken Geschlecht, Statur, Zahnstatus und andere Variablen.«

»Ich würde Ihre Daten wirklich gerne sehen.«

»Sicher. Ich bin um sieben zurück. Nach einer Dusche und nachdem ich mich umgezogen habe, muss ich noch etwas essen. Mein Güte – englisches Kantinenessen ist wirklich fad. Erst der Irak und Notrationen, jetzt England und zerkochte Kartoffeln mit grauen Steaks. Was würde ich für eine vernünftige Mahlzeit tun! Aber ich schweife ab. Haben Sie so gegen acht Uhr Zeit?«

Skip lachte leise. »In der Gegend von meinem Hotel gibt es jede Menge Restaurants. Hätten Sie lieber italienisches Rindfleisch oder gepfefferten Schwertfisch mit französischem Brot? Es gibt auch einen deutschen Laden mit bayrischem Essen. Sagen Sie mir einfach, was Ihnen lieber ist.«

Maureen war die Vorfreude deutlich anzusehen. Skip grinste. »Ich komme um halb acht in Ihre Baracke. Dann sehen wir uns kurz die Daten an und gehen essen. Einverstanden?«

»Aus Sicherheitsgründen darf ich die Basis nicht verlassen.«

»Ich kümmere mich schon um Marcy. Ich werde ihm mein

Pfadfinderehrenwort geben, dass Sie nicht auf direktem Weg zur BBC rennen.«

»Nicht dass ich denen viel verraten könnte. Die Sache ist einfach nur frustrierend.«

»Wem sagen Sie das.«

11.

DURCH DIE OFFENEN Fenster des Rover hörte Skip die Reifen kreischen, als er in einer engen Kurve auf den Parkplatz vor der Baracke einbog. Zwei Pathologen standen vor der Tür und rauchten. Das zweistöckige Gebäude war weiß verputzt und hatte ein Giebeldach. Ein kleiner Grasflecken starb neben dem Betonbürgersteig vor sich hin. Dank der Hitzewelle war in England das Wasser größtenteils rationiert.

Skip schloss die Wagentür und nickte den Pathologen zu, bevor er in die kleine Vorhalle ging. Er schaute auf seine Uhr: Punkt 19.30 Uhr.

Skip hob den Blick, als die Frau die Treppe herunterkam, und er schaute genauer hin. Sie war groß; langes schwarzes Haar fiel ihr über den Rücken. Ihr hübsches Gesicht mit den braunen Augen würde jeden Mann zweimal hinschauen lassen, ganz zu schweigen von den festen Brüsten, den langen Beinen und der schmalen Taille, die von einer engen Jeans betont wurde.

»Sie sind sehr pünktlich«, sagte sie.

»Dr. Cole, Sie sind nicht gerade das, was ich erwartet habe.«

Sie grinste ihn bezaubernd an. »Der Letzte, der das gesagt hat, war viel zu lange in der Wüste. Was ist Ihre Entschuldigung?«

»Ich ... äh ...«

»Kommen Sie«, sagte Maureen. »Zum Labor geht's hier entlang.«

Skip ließ ihr den Vortritt und bewunderte die Aussicht. Nur aus nächster Nähe konnte er weiße Strähnen in ihrem glänzenden Haar erkennen.

Sie gingen über den Parkplatz zu einer Wellblechhütte. LABS stand auf einem Schild geschrieben, das an die Tür geklebt worden war. Hinter der Hütte konnte Skip Poole Harbor sehen. Im Innern befanden sich eine Reihe von Arbeitskabinen, viele davon mit Männern besetzt, die konzentriert auf ihre Bildschirme starrten.

Dr. Coles Kabine bot nur wenig Ellbogenfreiheit, doch Skip störte es nicht im Mindesten, dicht an sie heranrücken zu müssen, während sie sich setzte und ein Programm aufrief. Ein Schiffsplan erschien, und Maureen bewegte den Cursor zum Achterdeck mit dem Swimmingpool. Dann klickte sie einmal, um den Ausschnitt zu vergrößern. Die gespenstischen weißen Umrisse menschlicher Leiber bedeckten das gesamte Deck. Skip deutete auf die kleineren Schemen im Pool.

»Kinder«, erklärte Maureen. »Es dürfte schwer sein, sie zu identifizieren. Keines von ihnen hatte eine Bordkarte dabei. Wir werden uns auf die DNA-Analyse verlassen müssen.«

Skip deutete auf die Leichen an der Reling. »Können Sie das mal vergrößern?«

Maureen klickte erneut.

Skip betrachtete die Umrisse eine Zeitlang. »Ihnen ist nichts aufgefallen, nicht wahr? Wenn der Täter dort wäre, würde nichts an seiner Lage auf etwas Ungewöhnliches hindeuten, korrekt?«

»Ja. Ich habe darüber nachgedacht, seit wir heute Nachmittag miteinander geredet haben. Natürlich haben die Möwen an den Leichen gefressen, und sie haben tagelang in der

Sonne gelegen, doch weder Kleidung noch Körpermerkmale haben auf einen Araber unter den Toten hingedeutet.«

»Ja, nun … Lassen Sie sich nicht von Vorurteilen leiten. Es könnte jemand mit einer *Dishdasha* gewesen sein, einer dieser langen weißen Roben. Oder es war jemand von der Crew. Können Sie die von den anderen unterscheiden?«

Maureen tippte etwas ein. Zwei Gestalten wurden rot hervorgehoben. Eine lag hinter der Bar, die andere neben dem Kinderbecken.

»Das ist alles?«, fragte Skip. »Ein Barkeeper und ein Bademeister?«

»Ich nehme es an, ja.«

Skip schaute sich die Position der beiden Schemen genauer an. Wenn einer der beiden ein Geschoss abgefeuert hätte, hätte es sicher jemand bemerkt.

Dann schauten sie sich den Rest von Maureens Lageplänen für das Achterdeck an, Deck für Deck, fanden aber nichts Verdächtiges.

»Okay, das war wohl nichts«, gab Skip zu.

Maureen schaltete den Computer aus und stand auf. Die Kabine war so eng, dass sie sich Nase an Nase gegenüberstanden. Kurz glaubte Skip zu sehen, wie Maureens Pupillen sich weiteten.

»Sie haben etwas von Essen gesagt«, wechselte Maureen ein wenig schüchtern das Thema. »Frühstück ist schon Gott weiß wie lange her, und ich habe das Mittagessen ausgelassen.« Als wolle er diese Aussage unterstreichen, knurrte ihr Magen just in diesem Augenblick.

Skip grinste und wandte sich ab, als Maureen verlegen errötete.

Am Tor zeigte er dem wachhabenden Marine seinen Ausweis und fuhr dann auf die A338 nach Osten. Er war froh, Pool Harbor und seinen feuchten Gestank hinter sich zu lassen.

»Sie haben wohl schon viel Zeit in England verbracht«, bemerkte Maureen.

»Wie kommen Sie darauf?«

»Der Linksverkehr macht Ihnen keine Schwierigkeiten.«

»Ich bin häufig in Ländern, wo links gefahren wird.«

»Was genau machen Sie eigentlich, Skip?«

»Ich arbeite vor allem im Sicherheitsbereich. Ich bin Privatunternehmer. Meine Ausbildung ist militärischer Natur. Jemanden aus Schwierigkeiten herauszuhalten, ist das Gegenteil davon, jemandem welche zu bereiten. Kennt man das eine, kann man auch das andere.«

»Ich verstehe nicht ganz …«

»Nun, früher war es mein Job, Leuten Schwierigkeiten zu machen. Dann habe ich mich darauf konzentriert, die Guten davor zu bewahren.«

»Und Ocean Star?«

»Die wollen wissen, wie das passiert ist. Anschließend soll ich noch herausfinden, wie man das in Zukunft vermeiden kann.«

»Und wie kommen Sie voran?«

»Im Augenblick gar nicht gut. Solange wir nicht wissen, wie der Anschlag verübt wurde, können wir nicht viel tun.«

Schweigend bogen sie um eine Ecke. Maureen dachte nach. »Wir haben irgendetwas übersehen«, sagte sie dann.

»Ach?«

Maureen suchte sich ein Fischrestaurant aus. Skip bat um einen Tisch möglichst nahe an der Küche. »Da sind wir eher unter uns.«

Maureen hob die Augenbrauen, als man sie an ihren Platz führte und ihnen die Speisekarten gab. Skip entschied sich für Hummer, Maureen für eine Seezunge.

»Ich nehme dann noch ein Guinness«, fügte Skip hinzu.

Maureen warf ihm einen seltsamen Blick zu, als würde es ihn irgendwie verdächtig machen, dass er sich ein Guinness bestellte. Sie selbst nahm einen Kaffee.

»Die haben auch eine großartige Weinkarte hier«, erklärte Skip. »Machen Sie sich keine Gedanken über das Geld. Die Rechnung geht auf die Ocean Star.«

»Ich trinke nicht.«

»Oh.« Er hielt kurz inne. »Und der merkwürdige Blick, als ich das Guinness bestellt habe? Haben Sie einfach nur etwas gegen Iren oder gegen das Trinken im Allgemeinen?«

Maureen schaute ihm in die Augen. »Ich habe lange Zeit an der Flasche gehangen, Skip. Ich musste aufhören. Ganz.« Sie griff nach ihrer Gabel und beäugte das Silber. »Was meinen seltsamen Blick betrifft ... Nun, ich war mal mehr oder weniger mit einem Kerl zusammen, der Guinness liebte.«

War? Heißt das, jetzt nicht mehr? Skip nickte. »Wie sind Sie hier hergekommen?«

»Mit einer Hercules. Aus dem Irak. Ich habe da Kriegsverbrechen katalogisiert, Saddams Opfer. Irgendwem hat meine Arbeit offensichtlich gefallen, und so ist man zu dem Schluss gekommen, dass ich auch für die *White Star* geeignet sei.«

»Und was machen Sie, wenn Sie nicht gerade Leichen ausgraben?«

»Lehren. Anthropologie an der McMaster in Hamilton, Ontario. Ich bin allerdings nicht oft dort gewesen – nicht seit Dale mich in den Südwesten geschleppt hat.« Sie hielt kurz inne. »Und das hat übel geendet.«

»Dale ist der Guinnesstrinker?«

»Nein. Dale Robertson war einer meiner Professoren, ein alter Freund und Mentor. Er hat mich für ein paar Ausgrabungen mit Dusty Stewart da runtergeholt. Stewart ist der Guinnesstrinker … noch einer von Dales alten Studenten. Man nennt Dale den ›Irren von New Mexico‹, und das nicht ohne Grund.«

»Und was ist schiefgelaufen?«

»Dale wurde da unten von einer Hexe ermordet.«

»Alles klar«, erwiderte Skip. »Von einer Hexe.«

Maureen musterte ihn mit zusammengekniffenen Augen, als wüsste sie nicht, wie viel sie ihm sagen konnte. »Es gibt da eine seltsame Kultur, wissen Sie …« Verlegen rutschte sie auf ihrem Stuhl. »Ich bin Wissenschaftlerin, und ich habe Dinge gesehen, die … ach, vergessen Sie's.«

»Die unheimlich waren?«

»Oh ja.«

Skip wechselte das Thema. »Und um dem zu entfliehen, haben Sie sich darauf verlegt, Kriegsverbrechen auszugraben?«

Maureen lächelte versonnen. »Forensische Anthropologen lassen die Toten sprechen, nachdem jemand sie zum Schweigen gebracht hat – so wie auf der *White Star*.« Sie schaute ins Leere. »Nur haben die Toten mir in dem Fall noch nicht viel erzählt.«

Skip lehnte sich zurück, damit der Kellner das Guinness auf den Tisch stellen konnte.

»Was ist mit Ihnen?«, fragte Maureen. »Was nennen Sie Ihre Heimat?«

»Das wäre dann wohl Virginia. Nicht weit von D. C. habe ich ein Haus und ein Büro. Größtenteils lebe ich allerdings in Hotels, je nach Job.«

»Frau? Kinder?«

Skip verzog das Gesicht. »Frauen wollen für gewöhnlich, dass man wenigstens ein-, zweimal im Jahr zum Abendessen daheim ist. Was Kinder betrifft, wäre ich ein lausiger Vater.«

»Hört sich nach Einsamkeit an.«

»Das ist es manchmal auch. Aber die Arbeit lässt mir kaum Zeit, darüber nachzudenken. Und an den Orten, an die ich gehe, bietet sich einem nur selten Gelegenheit für eine Beziehung.«

Maureen hob die Augenbraue. »Adrenalinjunkie, ja?«

»Jep.«

Sie spielte erneut mit ihrem Besteck und arrangierte es um. »In welche Richtung geht es nun weiter? Für die Welt, meine ich. Nach dem zu urteilen, was ich gesehen habe, kommen wir vom Regen in die Traufe. Ich habe die letzten drei Monate im Irak verbracht. Amerika zieht sich zurück, und was danach kommt, ist eine Katastrophe.«

»Aus Scheiße kommt eben nur Scheiße. Ich weiß nicht, wie ich das besser beschreiben soll.« Skip schaute ihr in die Augen. »Erwarten Sie keine Wunder, Doktor. Ich war auf den Straßen von Kabul und Peschawar. Eine Menge Leute sind bereit, für Gott zu sterben, denn sie haben nichts anderes. Die meisten träumen davon, das Kalifat wiederzuerrichten und den Islam auf der ganzen Welt zu verbreiten.«

»Was in den Koranschulen gelehrt wird, nennen wir eine nativistische Bewegung.«

»Nativistisch?«

Maureen nickte und nippte an ihrem Kaffee. »Das ist ein Begriff aus einer sozialwissenschaftlichen Theorie. In diesem Fall haben wir eine Welt, der die Ressourcen ausgehen, und in der Fernsehen und Internet die Armen durch die Fenster der Reichen schauen lassen. Aus Verzweiflung wenden die Menschen sich dem zu, was sie für eine goldene Vergangenheit halten – was in Bezug auf die Moslems das Kalifat wäre.« Sie verzog das Gesicht. »Sie sollten mal in ein Geschichtsbuch schauen.«

»Nur die Scheichs und Imame lesen. Die einfachen Mitglieder dieser Bewegungen sind Analphabeten. Die Radikalen filtern sorgfältig aus, was in die Koranschulen kommt und was nicht. Dort lehren die Ignoranten dann die völlig Ahnungslosen.« Skip winkte ab. »Wenn Sie versuchen würden, ihnen die Geschichte des Kalifats nahezubringen, die Massaker und die Religionskriege, würde man Sie eine Lügnerin nennen. Für diese Menschen kommt die Wahrheit nur aus dem Mund ihrer Imame. Sie steht nicht in irgendwelchen gelehrten Büchern.«

Maureen gestikulierte mit ihrer Gabel. »Das Gleiche geschieht auch in fortgeschrittenen und gebildeten Gesellschaften. Nehmen Sie doch nur mal die rechtsgerichteten Fundamentalisten in Ihrem eigenen Land. Nach der sozialen Dysfunktion der Sechziger und Siebziger haben die Menschen sich nach Ozzie und Harriet gesehnt, nach der guten alten Zeit, in der man sich nicht wegen Drogen erschossen hat und als Politiker nicht korrupt, sondern stark und auf der Seite des Guten waren. Sie wollten den alten, amerikanischen Traum ohne vorehelichen Sex, Drogen und Gewalt.«

»Wollen Sie damit sagen, diese Leute sind nicht anders als die in den Koranschulen?«

»Es ist ein und dasselbe«, erklärte Maureen zwischen zwei Bissen. »In Europa können Sie dieses soziologische Phänomen nicht beobachten. Hier hat man den Zweiten Weltkrieg überlebt, und im Osten standen die Sowjets. Welches goldene Zeitalter hätte man sich da zurückwünschen sollen? Das Hitlers oder Stalins?«

»Was ist mit der arabischen Welt im Allgemeinen?«

»Ein Nährboden für soziokulturelle Dysfunktionen«, antwortete Maureen. »Und das nicht nur in gescheiterten Gesellschaften wie Pakistan oder Afghanistan. Weder in Ägypten oder Saudi Arabien, nicht einmal in Jordanien erzielen die Regierungen in den Augen der Menschen irgendwelche Fortschritte.«

»Und was ist mit dem Iran und der Schia?«

»Das Gleiche. Haben Sie schon einmal vom Verborgenen Imam gehört? Für den Mann auf der Straße ist er der prophezeite Erlöser. Der Kult wächst täglich. Sicher, sie haben einen islamischen Staat errichtet, aber was ist passiert? Im Krieg wären sie fast vom Irak besiegt worden. Ihre Ölfelder gehen den Bach runter, weil die Mullahs nicht genug Investoren anlocken können, und die Ingenieure, die sich nicht der Scharia unterwerfen wollten, haben sie entweder getötet oder verjagt. Die Jugend ist unzufrieden, und die Regierung ist nur mit sich selbst beschäftigt. Und in den ärmeren Vierteln der Städte leben die Menschen noch immer von der Hand in den Mund – wie zu Zeiten des Schah.«

Skip spießte ein Stück Hummerfleisch auf. »Ja, ich weiß. Oben sammelt sich der Wohlstand, und die Armen werden noch ärmer.«

»Und das macht sie anfällig für Manipulation durch charismatische Führer.«

»Und was ist der Ausweg, Doktor?«

»Der Ausweg?« Maureen lachte verbittert. »Als Anthropologin kann ich Ihnen sagen, dass die Welt auf einem Pulverfass sitzt. Sie wartet nur noch auf jemanden mit einem Streichholz.«

Das kleine Apartment die Treppe hinauf hätte sich genauso gut in Islamabad wie in Amsterdam befinden können. Die Hitze erinnerte Ali an den Hochsommer in seiner Kindheit. Irgendjemand hatte gesagt, draußen seien es fast 40 Grad Celsius, und nachdem Mutter gekocht hatte, musste es drinnen noch wärmer sein. Doch es war die Hitze wert. Mutter hatte einen Hühnerkuskus mit Safranreis und Rosinen zubereitet.

In der Küche klapperte Mutter beim Spülen mit den Töpfen. Alis jüngere Schwester, Zainab, saß auf der ausgefransten Couch und hatte ihre Näharbeit auf dem Schoß.

Während er aß, sah Ali sich Imam Said auf al-Jazeera an. Said, ein ägyptischer Kleriker, war jeden Montag zu sehen. Manchmal las er aus dem Koran. Heute jedoch spielte er die Predigt des Ungläubigen, Box, noch einmal in voller Länge ab.

»Was wir hier sehen«, erklärte Said, *»ist die wahre Natur des Kreuzfahrers. Er hat den heiligen Koran hochgehoben – dort in seiner verräterischen Hand –, auf dass die ganze Welt ihn sehen möge! Und dann hat er aus ihm zitiert, doch nicht in heiligem Arabisch, sondern in der verderbten Sprache der Eroberer.*

Sollen die Täuscher und Gotteslästerer ihren Kreuzzug nur unternehmen. Sollen sie nur kommen. Wie jene, die vor ihnen kamen, wird Allah sie zerschmettern! Denn Allah ist allmächtig.

Es steht geschrieben: ›Es wird nicht euren eitlen Wünschen entsprechen und auch nicht denen der Völker der Schrift. Wer Böses tut, wird dafür den Preis zahlen und in Allah weder Freund noch Helfer finden.‹

Der Teufel hat die Worte Allahs besudelt! Ihn und alle seine Anhänger erwartet das Feuer der Hölle!«

Ali nickte und schaute sich die Aufzeichnung von Box' Predigt an. Die Augen des Mannes brannten, als er den Koran in die Höhe hielt.

»Ich würde ihn selbst töten!«, rief Ali.

»Sprich nicht so.« Seine Mutter schaute von der Spüle auf. Dann senkte sie die Stimme. »Wenigstens nicht, wenn Ungläubige dich hören können.«

Ein leises Klopfen ertönte an der Tür.

Ali sprang auf und schaltete den Fernseher aus, ehe er öffnete. Abu Salassi stand vor ihm. Er sah alt und grau aus. Hinter ihm stand Haram mit vor der Brust verschränkten Armen und so schweigsam wie immer.

Der Zorn in Alis Herz verebbte. Deutlich erinnerte er sich an Akbars Worte. *Könnte Haram der Verräter sein? Der Mann sagt nie ein Wort. Wäre es nicht geradezu ideal für einen Verräter, seine Gedanken niemals zu enthüllen?*

»Ali«, begrüßte ihn Abu Salassi. »Gesegnet sei Allah. Hast du einen Moment Zeit? Es gibt da etwas, das getan werden muss.«

Ali schaute über die Schulter, ob seine Mutter ihn zu sich winkte. Doch sie hatte den Blick abgewendet, wie es angemessen war, denn hier, in ihrem eigenen Heim, war sie ohne Schleier. Zainab wiederum hatte sich beim Klopfen diskret ins Schlafzimmer zurückgezogen.

»Bis dann«, rief Ali zu seiner Mutter.

»Es kann spät werden«, sagte Abu Salassi und drehte aus Respekt vor Alis Mutter den Kopf weg. »Machen Sie sich keine Sorgen. Wir kümmern uns um Ali.«

Ali schloss die Tür hinter sich und folgte Abu Salassi die schmale, knarrende Treppe hinunter und hinaus auf die Straße. Dort stand der alte Citroën in der zweiten Reihe und mit blinkendem Warnlicht.

Pflichtschuldigst stieg Ali auf die Rückbank. Am Ende der Straße winkte er Hussein Amat, dem einarmigen Kaufmann. Der alte Mann winkte zurück, blieb aber weiter am Türrahmen seines Geschäftes lehnen.

»Hast du von dem Teufel Box gehört, der zu einem Kreuzzug aufgerufen hat?«

»Ja. Ich habe gerade Imam Said geschaut.«

»Das ist nur heiße Luft«, erklärte Abu Salassi. »Saids Worte sind voller Feuer, aber sie brennen nicht.«

»Wie das, Imam?«

»Weil er schon einmal vor echtem Feuer zurückgewichen ist.« Abu Salassi winkte verächtlich ab. »Die Ägypter haben ihn einmal verhaftet. Er hat ihnen alles erzählt, was sie hören wollten. Ich glaube, nur die Muslimbrüder hören ihm heute noch zu. Sein Sohn ist davongelaufen und zur Luftwaffe gegangen. Die Ägypter haben ihm ein hübsches amerikanisches Flugzeug gegeben.«

Und nach kurzer Pause fügte Abu Salassi hinzu: »Das ist das Problem mit dem Islam heute: Der westliche Wohlstand untergräbt den Glauben der Muslime. Der Satan hat die Ungläubigen mit unheiligem Reichtum bedacht, und diesen Reichtum nützen sie, um unsere Leute in Lumpen zu halten. Das ist die Prüfung, die Allah uns auferlegt hat. Werden wir unsere Seelen für all diesen glitzernden Plunder verkaufen? Was haben ihre Universitäten und Städte nicht für die Ungläubigen getan? Für ihre Elektrizität, ihre Flugzeuge und Automobile müssen sie für den Satan arbeiten und gegen Allah.«

Ali nickte. In Gedanken war er bei dem Verräter.

»Was ist mit dir, Ali? Wärst du bereit, den Knopf einer Bombe zu drücken, wenn man dich ruft? Wärst du bereit, die Ungläubigen in einer heiligen Explosion zu töten?«

»Würdest du dann für meine Mutter und Schwester sorgen, Imam?«

»Natürlich. Und nicht nur ich. Kein wahrer Moslem würde es ihnen je an etwas mangeln lassen. Sie würden in deinem Namen geehrt werden. Wir würden dafür sorgen, dass deine Schwester einen guten Mann heiratet.«

Ali nickte erleichtert. Die Menschen würden zu Hunderten kommen und Brot, Geld, Kleidung ... *alles* bringen. Und die Augen seiner Schwester und seiner Mutter würden vor Stolz strahlen ob des Opfers, das er im Kampf gegen die Ungläubigen gebracht hatte. So war es auch gewesen, als sein Vater nach Afghanistan in den Kampf gegen die Amerikaner gezogen war.

»Ist das das Ziel unserer Fahrt?«, fragte Ali plötzlich nervös. »Mir einen Sprengstoffgürtel zu geben?«

»Nein. Du dienst Allah auf andere Art. Im Augenblick sind deine Computerkenntnisse ein wesentlich schärferes Schwert in Allahs Krieg.«

Alis Nervosität legte sich keineswegs. Kurz schaute er auf Haram, als sie auf die S 105 einbogen. Könnte er wirklich der Verräter sein? War es das, was er hinter seinen düsteren Augen verbarg?

Aber der Imam vertraut ihm. Haram ist stets an seiner Seite.

Sie nahmen die Route, die zu dem Unterschlupf in der Einflugschneise von Schiphol führte. Was, wenn der Verräter der niederländischen Polizei davon erzählte? Was, wenn sie den Unterschlupf stürmten und die Kalaschnikow fanden, die unter der alten Couch versteckt war?

»Ali«, sagte Abu Salassi, »wenn wir angekommen sind und die Treppe hinaufgehen, muss ich dir die Augen verbinden.

Es gibt Dinge in dem Raum, du die lieber nicht sehen solltest.«

»Ja, Imam.« Aber würde der Verräter sie sehen?

»Im Computerraum werde ich dir die Binde wieder abnehmen. Wir müssen die Website bearbeiten.«

»Ja, Imam.«

Oben an der Treppe holte Abu Salassi einen Schal heraus, den er fest um Alis Kopf band. Dann, nachdem er viermal in schneller Folge geklopft hatte, gefolgt von einem einzelnen Klopfen, öffnete sich die Tür. Abu Salassi nahm Ali an der Hand und führte ihn hinein.

Das Verlangen, die Hand zu heben und einen verstohlenen Blick zu wagen, war wie ein Brennen in Alis Brust, doch er widerstand. Er hörte nichts, fühlte aber, dass jemand im Zimmer war. Die Tür des Computerraums wurde geöffnet. Als sie wieder geschlossen war, wurde Ali der Schal abgenommen.

Er blinzelte in dem engen, vertrauten Raum.

»Das hier muss auf die Website, Ali.« Abu Salassi reichte ihm ein Blatt Papier. Nur ein Absatz war darauf zu lesen.

Ali setzte sich und sah den vertrauten Desktophintergrund. Die goldene Kuppel des Felsendoms leuchtete im Sonnenlicht.

»Schau nur auf den Bildschirm, wenn ich den Raum verlasse, Ali.«

»Ja, Imam.« Ali starrte auf den Monitor und hörte, wie Abu Salassi die Tür öffnete und ging.

Erst dann las Ali den Text auf dem Papier: *Der Teufel, Reverend Box, hat erklärt, die letzte Schlacht habe begonnen. Wir rufen alle Muslime auf, sich uns in diesem Kampf anzuschließen. Was habt ihr zu verlieren? Wer für Allah kämpft, soll reich belohnt werden. Der westliche Eroberer ist leicht zu töten. Wir, die wir die Anhänger des Satans auf der* White Star *vernichtet haben, haben euch den Weg gezeigt. Selbst jetzt noch sind die Ungläubigen verwirrt. Sie wissen nicht, wie wir die Kreuzfahrer getötet haben! Der heilige Koran und die Hadith lassen keine Zweifel in den Herzen der Gläubigen. Erhebt euch! Jene, die im Kampf gegen die Götzenanbeter sterben, sollen wunderbar belohnt werden. Und wer ist schlimmer als der Täuscher, der Falschheiten gegen Allah verkündet? Sein Los können nur der Tod und das Ewige Feuer sein! Tötet sie in den Straßen, in ihren Häusern und an den Orten, wo sie Handel treiben. Wer jetzt nicht handelt, den verflucht Allah als Apostaten!*

Sorgfältig tippte Ali die Botschaft in die Datei und stellte sie auf die Website. Er war erleichtert, als daraufhin keine Nachricht von Akbar kam.

12.

Der Tag hatte schlecht angefangen. Begraben unter einem Sturm von Telefonanrufen der Staatsoberhäupter der islamischen Welt ließ der Außenminister seine Wut an Unterstaatssekretär Bill Reeves aus. »Bastard-Bill«, wie auch Jenn ihn inzwischen in Gedanken nannte, tat, was jeder Bürokrat in solch einer Situation tun würde: Er richtete seinen Zorn auf den Nächstbesten, der durch die Tür kam, in diesem Fall Jenn.

Bill hatte mit den Fingern auf dem Tisch getrommelt, während sich hinter seinem roten runden Gesicht ein Sturm zusammengebraut hatte. »Fahren Sie da runter«, hatte er befohlen. »Ist mir egal, *wie* Sie das anstellen, aber gießen Sie Wasser auf sein Feuer. Sagen Sie dem kleinen Wichser, dass ich ihm kräftig in den Arsch treten werde!«

Jenn hatte Washington sofort verlassen, nachdem sie für zwei Uhr Nachmittag ein Treffen mit Reverend A. P. Box vereinbart hatte. Dank eines schweren Unfalls südlich von Fredericksburg war der Verkehr auf der I-95 furchtbar gewesen. Jenn hatte noch nicht einmal Zeit gehabt, sich einen Burger zu holen.

Als Jenns Fahrer schließlich vom Highway abbog und auf die Zufahrt zur Gemeinde fuhr, sah Jenn den Gebäudekomplex hinter einem gut gepflegten Rasen. Die Gebäude waren wie ein großes Insekt, das seine Flügel ausbreitet, um die Kathedrale herum angeordnet. Im hinteren Teil stand die Schule für Theologie, während sich rechts das Auditorium befand mit seinem dunkelrot gedeckten Dach über den Ziegelmauern.

Sie wurden von einem Mann in grauer Sportjacke angehalten. Er trug Krawatte, weißes Hemd und Dockers. Jenn ließ ihr Fenster herunter und sah Pistole und Funkgerät im Gürtel des Mannes, als dieser sich zu ihr hinunterbeugte.

»Ja, Ma'am? Kann ich Ihnen helfen?« Der Mann sah völlig erschöpft aus. Schweiß lief ihm übers Gesicht und schimmerte in seinem schwarzen Haar.

»Jenn Royce, Außenministerium«, erklärte Jenn. »Ich bin für zwei Uhr mit Reverend Box verabredet.«

Der Mann richtete sich wieder auf und nahm sein Funkgerät vom Gürtel. Dann trat er ein paar Schritt zurück und schaute Jenn und ihren Fahrer an, während er sprach. Nach kurzer Pause hörte Jenn ihn »Okay« sagen.

Der Mann bückte sich wieder und musterte sorgfältig das Innere des Wagens. »Parken Sie bitte auf dem Hauptparkplatz. Man wartet bereits am Empfang auf Sie.«

»Danke«, erwiderte Jenn argwöhnisch und ließ das Fenster wieder hoch. Der Fahrer legte den Gang ein und fuhr weiter. Der Rasen war frisch gemäht, und die großen Eichen leuchteten dunkelgrün im heißen Sonnenlicht.

An der nächsten Abzweigung, wo eine Seitenstraße zu einem anderen Teil des Komplexes führte, nickte ihnen ein weiterer Mann in Sportjacke zu.

Reverend Box hatte einen Sicherheitsdienst angeheuert.

Kluger Mann. Mit seiner letzten Fernsehübertragung hatte er sich selbst zu einem Hauptziel für den Großteil der muslimischen Welt gemacht.

Jenns Fahrer hielt unter der Markise vor dem Eingang und stieg aus, um Jenn die Tür aufzumachen. Sie nahm ihren Aktenkoffer und trat in den schwülen Virginia-Nachmittag hinaus. Ein weiterer Sicherheitsmann in grauer Jacke nahm sie in Empfang und fragte: »Jenn Royce?«

»Höchstpersönlich.«

Er hielt ihr die Tür auf, und fast hätte sie erleichtert geseufzt, als ihr die kühle Luft der Klimaanlage entgegenschlug. Die Empfangsdame fragte sie nach ihrem Namen, drückte einen Knopf und sprach in ihr Headset.

»Wenn Sie sich einen Moment setzen würden. Es dauert nicht lange.«

Jenn ging zu dem Wartebereich mit seinen Stühlen, Sofas und Kaffeetischen voller Zeitschriften. Jeder Gang, der vom Foyer ins Gebäude führte, war mit einem Metalldetektor gesichert, neben dem ein Sicherheitsmann stand. Hinter den Detektoren wiederum standen weitere Apparaturen, die verdächtig an die Sprengstoffspürgeräte erinnerten, die man früher an Flughäfen eingesetzt hatte.

Anstatt in den kleinen Wartebereich ging Jenn in den Souvenirladen links davon. Die Regale waren mit Postkarten, Bibeln und anderer christlicher Literatur gefüllt. Jenn blieb vor einem der großen Poster von Bobby Box stehen. Er lächelte auf den Betrachter hinunter, in der rechten Hand eine Bibel. Andere Poster mit der *White Star* als Motiv standen ebenfalls zum Verkauf. Darunter stand zu lesen: *Und die See wird unsere Märtyrer zu uns bringen.*

»Mrs. Royce?«, fragte eine vertraute Stimme.

Jenn drehte sich um und sah A. P. Box in der Tür stehen. Er schaute auf die Poster. »Unter der Woche ist hier nicht sonderlich viel los, und seit wir einen Sicherheitsdienst in Anspruch nehmen, ist der Publikumsverkehr noch weiter zurückgegangen. Die meisten Sachen verkaufen wir über unsere Website.«

»Das kann ich mir denken.«

»Wenn man so weit gegangen ist wie wir, muss man eben lernen, mit Metall- und Bombendetektoren zu leben.«

»Ein beeindruckendes Sicherheitssystem.«

»Vermutlich überrascht es Sie nicht, dass die Gemeinde in der vergangenen Woche ein paar unmissverständliche Drohungen bekommen hat.«

»Nein, das überrascht mich nicht im Mindesten.« Jenn hatte ein paar der Mails und Briefe gesehen, die die Gemeinde nach Box' Predigt erreicht hatten – und nicht alle waren aus dem Ausland gekommen.

»Welchem Umstand verdanke ich die Ehre eines Besuchs vom Außenministerium?«, fragte Box und führte Jenn in einen Konferenzraum. Zitate aus der Offenbarung bedeckten die Wände.

»Ihre Predigt hat einen ziemlichen Aufruhr ausgelöst.« Jenn setzte sich auf den ihr angebotenen Stuhl.

»Das war meine Absicht.« A. P. beugte sich vor und kniff die Augen zusammen. »Meine Familie und viele Gemeindemitglieder sind ermordet worden. In der ganzen Welt tanzen die Muslime auf den Straßen und feiern ihren Tod. Ausländische Regierungen haben den Mord an meiner Familie und viertausend Menschen als gerechtfertigt bezeichnet!«

Er atmete tief durch und senkte die Stimme. »Wenn Sie jetzt von mir erwarten, dass ich die andere Wange hinhalte, muss ich Sie enttäuschen.«

»Reverend, wir sind uns der Geschichte der *White Star* durchaus bewusst. Ich bin hier, um ...«

»Um mich davon abzuhalten, weiter Öl ins Feuer zu gießen?« Er lachte leise. »Mrs. Royce, lassen Sie uns auf den Punkt kommen. Der Mord an viertausend Menschen ist unangenehm für die Regierung. Ich bin mir bewusst, wie unbeständig die geopolitische Landschaft im Augenblick ist. Wir alle stehen vor einem Abgrund. Die Letzten Tage sind gekommen. Ich bin sicher, dass Sie meine Predigt gesehen haben, und ich bin mir ebenfalls sicher, dass eine kluge junge Frau wie Sie die Umweltsituation versteht.« Er machte eine abschätzige Geste. »Vergessen wir einmal die vielen Regierungserklärungen, die sich mit der globalen Erwärmung beschäftigen. Wir wissen beide, dass diese Erklärungen nur dazu dienen, die öffentliche Ordnung aufrechtzuerhalten und Chaos zu vermeiden. Die Menschen würden höchst unerfreulich reagieren, wenn man ihnen sagt, dass ihre Welt stirbt und sie nur noch zwanzig Jahre haben.«

»Und?«

Den Blick in eine unbestimmte Ferne gerichtet, zitierte Box: »›Denn die Prophezeiung entsprang nicht des Menschen Willen, sondern heilige Männer Gottes sprachen bewegt vom Heiligen Geist.‹ Wir *wissen*, dass wir am Rande der Apokalypse stehen. Das ist nicht bloß irgendeine Prophezeiung.«

»Reverend, uns liegt nur daran, dass Sie drauf verzichten, die Menschen mit Ihren Predigten weiter aufzuhetzen. Die derzeitige politische Lage ist besonders delikat. Wenn wir zusammenarbeiten, können wir ...«

»Die Situation entschärfen?« Er hob den Blick. »Sie kommen aus dem Außenministerium. Sie kennen die geopolitische Situation. Sagen Sie mir: Werden die Industriestaaten ihren verrückten Marsch in die Umweltkatastrophe stoppen? Werden China und Indien ihren Wettlauf aufgeben, Industrien aufzubauen, die die Umwelt verpesten? Werden die Unwissenden und Armen in der muslimischen Welt dem Dschihad entsagen und nicht versuchen, den Westen in die Knie zu zwingen? Wird Vernunft Einzug in die Herzen und Köpfe der Menschen halten? Werden sie dazu bereit sein, alles für den Frieden zu opfern? Werden Christen, Juden und Muslime Schulter an Schulter auf dem Tempelberg beten können?«

Jenn trommelte mit den Fingern auf ihrem Aktenkoffer. »Kommen Sie schon, Reverend. Die Menschheit ist nun mal so, wie sie ist. Unser Problem ist es, den Deckel draufzuhalten und mehr Zeit zu erkaufen.«

A. P. lächelte wehmütig. »Sie können mir nicht einen Hoffnungsstrahl anbieten, nicht wahr? Jedenfalls nicht ehrlich.«

»Wir arbeiten daran.«

»Natürlich. Das tun Menschen reinen Gewissens überall. Aber der Guten sind nur wenige, der Bösen hingegen sehr viele.« Er hielt kurz inne. »Heute Morgen habe ich eine Fatwa der Faust Allahs gelesen, die zum Mord an allen Ungläubigen aufruft. Da stand: ›Tötet sie in den Straßen, in ihren Häusern und ihren Geschäften.‹ Da stand nichts davon, die Guten und die Gerechten auszusondern, nur: Tötet sie alle. Und damit, so hieß es, würden sie Allahs Werk vollbringen.« Er fuhr mit den Fingern über die Tischkante. »Wie soll man mit Menschen eine gemeinsame Grundlage finden, die tief in ihrem Herzen glauben, dass Mord sie ins Paradies führt?«

»Indem man ihnen rationale Gegenargumente nennt. Nicht jeder in der muslimischen Welt …«

»Rationale Argumente? Das hat man schon das ganze letzte Jahrhundert versucht.« Box umklammerte die Tischkante. »Und das hat ja auch großartig funktioniert, nicht wahr? Amerikaner haben für Muslime gekämpft und sind für sie gestorben – in Somalia, im Kosovo, in Afghanistan, im Irak und in Darfur. Wir haben uns auf die Seite von Pakistan und gegen Indien gestellt. Doch mit jedem unserer Versuche, der muslimischen Welt die Hand zu reichen, hasst man uns nur umso mehr. Nun wird es auf Gottes Art getan werden, fürchte ich.« Erneut hob er den Blick. »Sagen Sie, womit wollen Sie mir drohen?«

»Ihnen drohen?«

»Sie wissen schon, damit ich mich wieder benehme. Um mich zu zwingen, auf die offizielle Regierungslinie einzuschwenken. Ich nehme an, Sie könnten unsere Gemeinde zu einer einheimischen Terrororganisation erklären. Uns schließen, verhaften und unser Eigentum beschlagnahmen. Sie müssten einfach nur irgendeine skandalöse Straftat konstruieren und Zeugen für mein angebliches sexuelles Fehlverhalten auftreiben. Ein kleiner Junge hätte vermutlich die obszönste Wirkung.«

»Wir ziehen es vor, so etwas zu vermeiden.«

Der Blick seiner dunklen Augen schwankte nicht. »Sie müssen sich schon etwas ausdenken, was das amerikanische Volk als besonders abstoßend empfindet, zumal weder mein Vater noch ich zu Selbsterhöhung neigen. Wir haben keinen Kult oder dergleichen um uns herum aufgebaut. In dieser Gemeinde ging es immer nur darum, Gott zu dienen und nicht der Familie Box.«

»Wir haben alle etwas zu verlieren, Reverend. Sie haben noch ein langes Leben vor sich ...«

»Soll das eine Andeutung auf einen möglichen Mordanschlag sein?« Er verschränkte die Finger. »Sollte man mich tot finden, egal aus welchem Grund, würde es die Spekulation schüren, dass die Muslime dafür verantwortlich sind. Sie können sich gerne die Post ansehen, die wir aus sämtlichen Teilen der evangelikalen Welt erhalten. Mein Tod würde sie elektrisieren, mehr noch als der Tod meines Vaters. Das alles stellt das Außenministerium vor die Frage: Ist es besser, wenn Reverend Box lebt, auch wenn er störend ist, oder wenn er stirbt und so zu einem weiteren Märtyrer durch die Hand des Islam wird?«

Irgendwie lief hier alles falsch. »Wir sind keine Mörder.«

»Nein. Natürlich nicht.« A. P. Box beugte sich vor, und ein Funkeln erschien in seinen Augen. »Es ist zu spät, Ms. Royce. Vergessen Sie Ihre Drohungen. Ich habe die Zeichen gesehen und mich entschieden. Ich habe mich Ihm ganz und gar unterworfen und nur Ihm.« Dann fügte er in sanfterem Tonfall hinzu: »Der Herr kommt.«

»Ich habe da noch etwas, woran Sie glauben können. Ehe wir zulassen, dass Sie dieses Land noch tiefer in den Sumpf ziehen, werden wir Sie zu Fall bringen.« Sie schlug mit der Hand auf den Tisch. »Egal wie.«

»Ah, die Glacéhandschuhe werden also doch noch ausgezogen«, bemerkte er.

»Da haben Sie verdammt recht!«

A. P. schaute zu, wie Jenn Royce sich umdrehte und zielstrebig den Gang hinunterschritt; ihre Aktentasche hatte sie nicht einmal geöffnet. Ihrer Haltung nach zu urteilen, kochte sie vor Wut. A. P. hatte die wachsende Verzweiflung in ihren Augen gesehen und es genossen, ihr gleich zu Anfang den Wind aus den Segeln zu nehmen.

Eine Tür öffnete sich hinter A. P., und Mario Rodriguez kam herein. Er zwinkerte A. P. zu und zeigte ihm den erhobenen Daumen.

»Haben Sie alles mitbekommen?«, fragte A. P.

»Jedes Wort. Besonders den Teil, wo sie uns zu Fall bringen wollte – egal wie.« Mario beobachtete, wie Jenn Royce hinter einer fernen Ecke des Gangs verschwand. »Ich werde Unterstaatssekretär Reeves eine Mitschrift schicken und hinzufügen, sollte das Außenministerium sich in irgendeiner Form bei uns einmischen, werden wir es auf unserer Website publik machen.«

»Hervorragend.« A. P. starrte auf seine Hände. »In gewissem Sinne empfinde ich Mitleid für sie. Sie wissen, was auf sie zukommt, nur nicht, welche Form es annehmen wird. Es muss niederschmetternd sein, wenn man weiß, dass man bei aller Macht der Regierung nichts dagegen tun kann, dass die Welt vor die Hunde geht.«

»Es gibt nur den Glauben, Reverend. Und das Wissen, dass Gott am Ende bekommen wird, was ihm zusteht.«

»Sie haben gesagt, dass jemand mich sprechen möchte.«

Rodriguez nickte. »Sein Name ist Benjamin Blankenship. Er hat seinen Vater und seine Mutter auf der *White Star* verloren. Jimmy hat im Irak und Kuwait für Halliburton gearbeitet. Er hat viele Jahre im Nahen Osten verbracht, spricht die Sprache einigermaßen und kennt sich aus. Er hat schon an das bevorstehende Ende geglaubt, ehe seine Eltern auf der *White Star* ermordet wurden. Letzte Woche hat man Bauchspeicheldrüsenkrebs bei ihm diagnostiziert.«

Box runzelte die Stirn. »Das tut mir leid. Aber ich will ihn nicht sprechen, wenn es ihm nur um seine Krankheit geht.«

Rodriguez hob die Hände. »Er hält es für das letzte Zeichen: Gottes Botschaft an ihn, dass er der erste Märtyrer sein solle. Jimmy glaubt von ganzem Herzen. Er weiß, was auf dem Spiel steht, und er hat keine Illusionen, was seine Aufgabe betrifft. Es lasten genug Sünden auf ihm, für die er Buße tun muss.«

»Müssen wir das nicht alle?«, entgegnete A. P. leise.

»Er möchte, dass Sie mit ihm beten.«

»Natürlich.« Box drehte sich zur Kathedrale um. »Es ist mir eine Ehre, mit einem Mann wie Jimmy vor meinem Herrn zu knien.«

13.

Die gleissend hellen weißen Lichter ließen Maureen die Augen zusammenkneifen, als sie sich an den langen Tisch setzte. Augenblicklich spürte sie die Hitze auf ihrer Haut. Sie ließ ihren Blick über den Rest des Teams schweifen. Neben Maureen hatte Marcy einen Chemiker für die Pressekonferenz ausgewählt, einen Ingenieur, einen Pathologen und den gut aussehenden Jupiter Adams. Alle schienen sich genauso unwohl zu fühlen wie Maureen.

Als sie an den Lichtern vorbeischaute, konnte sie die Reporter sehen und dahinter die Kameramänner und Soundtechniker mit ihren langen Mikrofonbäumen. Gespräche erfüllten den Raum, als Captain Marcy hereinkam, aufs Podium stieg und zum Stuhl in der Mitte ging.

Augenblicklich breitete sich Stille aus.

»Als Erstes möchte ich sagen«, begann Marcy, »dass wir sämtliche Aspekte des Vorfalls beleuchten. Ersten Erkenntnissen zufolge sind die Menschen an Bord der *White Star* an Gasvergiftung gestorben. Die Substanz wurde als Schwefelwasserstoff identifiziert. Zum gegenwärtigen Zeitpunkt können wir noch nicht genau sagen, wie das Gas an Bord gelangt ist. Wir haben allerdings keine Hinweise darauf entdeckt, dass das Belüftungssystem des Schiffes manipuliert wurde. An Bord wurden keine Kanister gefunden, und der Navy zufolge trieben auch keine im Kielwasser des Schiffes. Diese Erkenntnisse sind das Ergebnis einer aufwendigen Suche.«

Marcy rieb sich die Nase und schaute auf seine Notizen. »Außerdem haben Untersuchungen des amerikanischen Heimatschutzministeriums, des FBI und des Außenministeriums bis zum heutigen Tag niemanden unter den Passagieren der *White Star* zutage gefördert, der von Interesse gewesen wäre. Diese Untersuchungen werden jedoch fortgesetzt. Selbstverständlich werden Sie informiert, sobald es neue Erkenntnisse gibt.«

Marcy hob den Blick. »Auch haben wir festgestellt, dass die Ocean-Star-Reederei, die Eigentümerin der *White Star*, in keiner Weise fahrlässig war, was die Sicherheit des Schiffes im Hafen oder auf See betraf. Außerdem zeigte sich die Reederei bei den Ermittlungen ausgesprochen kooperativ.«

Jupiter Adams nickte anerkennend.

Marcy ließ den Blick über die Reporter schweifen. »Viele von Ihnen haben Anträge gestellt, das Schiff zu besichtigen. Sobald die *White Star* im Hafen liegt, werden wir uns um diese Anträge kümmern.«

»Wird es irgendwelche Einschränkungen geben, was wir an Bord der *White Star* sehen dürfen und was nicht?«, rief ein Reporter.

»Ja. Aus Sicherheitsgründen werden Ihnen einige Teile des Schiffes versperrt bleiben. Damit entsprechen wir einer Bitte von Ocean Star.«

Maureen hatte den Eindruck, als hätten sich plötzlich sämtliche Schleusen geöffnet. Jeder Reporter im Raum begann zu schreien. Marcy stand einfach da und wartete, bis der Tumult sich gelegt hatte.

»Was die Familien betrifft, die uns um Informationen gebeten haben, so würden wir ihnen gerne mitteilen, dass die letzten Opfer vergangene Nacht von Bord gebracht worden sind. Sobald die Identifizierung abgeschlossen ist, werden wir sie an ihre Familien überstellen.«

Maureen seufzte. Sie erinnerte sich an ihre Erleichterung, als die letzte Leiche geborgen war. Nun musste sie nur noch einen Abschlussbericht verfassen, und ihre Arbeit war getan.

»Was ist mit den Bekennerschreiben?«, rief ein anderer Reporter. »Hat man an Bord der *White Star* Beweise gefunden, die die Behauptungen der Terroristen bestätigen?«

»Kein Kommentar«, erwiderte Marcy barsch.

Wieder brandete eine Flut von Fragen auf. Maureen konnte in dem Durcheinander kaum etwas verstehen.

»Beschreiben Sie uns die letzten Momente der Menschen auf der *White Star!*«, rief eine Frau.

Marcy schaute zu Maureen. »Dr. Cole? Würden Sie die Frage bitte beantworten?«

Maureen durchzuckte ein furchtbarer Schreck, als man das Mikrofon vor sie hinstellte.

»Nun, meinen Untersuchungen zufolge hat das Gas sehr schnell gewirkt. Ich kann Ihnen sagen, dass es zu keiner Panik gekommen ist. An den Durchgängen stapelten sich keine Leichen, wie es vereinzelt in der Presse zu lesen war. Die forensischen Untersuchungen haben diesen Eindruck bestätigt …«

»Dann hat also niemand gelitten?«, unterbrach sie ein Reporter.

»So ist es«, antwortete Maureen.

»Wie fühlen Sie sich jetzt, Dr. Cole, nachdem Sie am Tatort eines solch furchtbaren Verbrechens gearbeitet haben?«

Maureen, geistig und emotional völlig ausgelaugt, antwortete: »Sollte sich herausstellen, dass es sich tatsächlich um einen Anschlag handelt, dann hoffe ich, dass es in der Hölle einen besonderen Platz für Menschen gibt, die sich so etwas ausdenken.«

»Sie sind also nicht der Meinung, dass der radikale Islam das Recht hat, seinem Zorn Ausdruck zu verleihen?«, fragte ein weiterer Reporter und schaute zu seinem Kollegen von al-Jazeera.

Maureen war sich durchaus bewusst, dass Marcy sie scharf ansah. »Seinem Zorn Ausdruck verleihen? Nennen Sie so den Mord an mehr als viertausend Männern, Frauen und Kindern? Ich nenne das eine Barbarei.«

Der Reporter stand auf. »Dr. Cole, selbst Allah gestattet es dem Muslim, sich zu verteidigen, wenn er angegriffen wird.«

»Dr. Cole ...«, murmelte Marcy warnend.

Maureen ignorierte ihn. »Sich zu verteidigen? Vor wem denn? Vor Rentnerehepaaren und Familien mit Kindern? Ich habe dieses Schiff von einem Ende zum anderen durchkämmt. Solange Sie die Dritten Zähne nicht als solche betrachten, habe ich keine Waffen gesehen. Jeder, der an der Ermordung dieser Menschen beteiligt war oder es auch nur *behauptet*, ist ein Monster.«

Fragen wurden gebrüllt, und die Reporter sprangen auf.

Marcy rief so laut er konnte: »Das wäre es erst einmal! Sobald wir etwas Neues wissen, werden wir Sie informieren!«

Maureen saß mit versteinertem Gesicht da, die Hände vor sich auf dem Tisch verschränkt, und beobachtete, wie die Pressekonferenz beendet wurde.

Nachdem die Reporter, die noch immer Fragen riefen, aus dem Raum geführt worden waren, legte Marcy Maureen die Hand auf die Schulter.

»Ich dachte, ich hätte klar gemacht, dass wir uns *nicht* zu politischen Fragen äußern, Dr. Cole.«

Maureen schaute ihn an. Sie war zutiefst erschöpft. »Seit ich hierher gekommen bin, habe ich jede wache Stunde mit den Toten verbracht, Captain. Vielleicht ist es ja schlicht an der Zeit, dass die Welt sich wegen dieser Sache endlich aufregt.«

»Sie sind müde.«

»Ja, allerdings. Schauen Sie ... Wir wissen noch nicht einmal mit Sicherheit, ob es sich wirklich um einen geplanten Anschlag gehandelt hat. Himmel, wir wissen noch nicht einmal, was passiert ist! Trotzdem übernehmen Muslime überall auf der Welt auf ihren Webseiten die Verantwortung dafür.« Sie schaute ihm in die Augen. »Sie können unmöglich *alle* dafür verantwortlich sein. Aber Sie hören nicht, dass Christen, Juden, Hindus, Buddhisten oder sonst wer die Verantwortung übernimmt, oder?«

Marcy kniff die Augen zusammen. »Haben Sie irgendwelche Vorbehalte, wenn es um Muslime geht, Dr. Cole?«

Das Bild eines kleinen, toten Mädchens in einem Massengrab erschien vor ihrem geistigen Auge. »Nein. Mit Muslimen hat das nichts zu tun. Ich fletsche genauso sehr die Zähne, wenn Christen behaupten, Gott habe die Welt vor sechstausend Jahren erschaffen, und die Evolution sei nur eine teuflische Täuschung. Auch indianische Fundamentalisten, die prähistorische Forschungen unterbinden wollen, widern mich an. Wann immer der Fundamentalismus sein hässliches Haupt zeigt, ist es mit meiner Vernunft zu Ende.« Sie hielt kurz inne. »Jede Spezies hat ihre Achillesferse, Captain. Manchmal ist es die Anfälligkeit für einen Virus oder Überspezialisierung in einer ökologischen Nische. Vielleicht ist es bei uns das angezüchtete Verlangen nach Religion.«

»Angezüchtet?«, fragte Macy verwundert.

»Religion ist fest mit unseren Genen verbunden. Nennen Sie mir eine Gesellschaft, irgendwo, egal zu welcher Zeit, die nicht irgendwelche Götter, Geister oder die Sonne angebetet hat. Vielleicht wird sie uns zu guter Letzt genauso umbringen wie unsere superspezialisierten Hirne.«

»Ruhen Sie sich ein wenig aus, Doktor.«

»Oh ja«, murmelte Maureen. »Nur ich und meine Albträume.« Sie ging zur Hintertür hinaus und machte sich auf den Weg zu den Baracken. Durch den Maschendrahtzaun konnte sie Poole Harbor sehen und das Salzwasser riechen, vermischt mit dem Gestank nach Petroleum und Treibgut.

Vielleicht wird die Erde ja erleichtert seufzen, sobald wir uns selbst und den halben Planeten umgebracht haben.

Das Morgenritual lief stets gleich ab. Es war 5.45 Uhr. Bill Reeves trug einen Bademantel, saß in der Küche und nippte an seinem Kaffee. Willy hatte ihm die Zeitungen von heute bereits gebracht, und im Fernsehen lief BBC World. Reeves schaute in die Dunkelheit jenseits des Fensters. Ihm blieben noch fünfzehn Minuten, ehe er duschen und sich anziehen musste, und vierzig Minuten, bis der Fahrer mit seinem Wagen vorfuhr.

Im Büro würde er Jenn Royce erst mal einen Einlauf verpassen müssen – sie hatte die Sache mit Box versaut. Und Box musste neu eingeschätzt werden: Nicht jeder machte aus Royce einen Narren. Box hatte sich in dem Spiel auf eine neue Stufe gestellt. Aber was sollte er, Reeves, mit ihm tun?

Die BBC riss ihn aus seinen Gedanken: *»Dr. Maureen Cole, die forensische Anthropologin, die die Todesfälle an Bord der* White Star *untersucht, hat zusätzlich Öl ins Feuer gegossen,* *indem sie erklärte, die Tragödie der* White Star *sei das Werk von Ungeheuern.«*

Bill hob den Blick und sah eine langhaarige Frau im Fernsehen, die sagte: *»Seinem Zorn Ausdruck verleihen? Ich nenne das eine Barbarei!«*

Die BBC schaltete zu einem muslimischen Kleriker mit schwarzem Turban: *»Wenn Sie über Grausamkeiten reden wollen, dann schauen Sie auf den Westen. Seit Jahrhunderten hat man uns mit Massenvernichtungswaffen ermordet, uns in den Staub getreten, und die ganze Zeit haben wir Widerstand geleistet! Und nun, da wir zurückschlagen, um unsere Würde zu bewahren, nennen Sie uns Tiere.«* Er hielt kurz inne. *»Dieser Hure sollte man es zeigen. Eine Frau muss gehorsam sein. Man sollte sie Respekt lehren. Wenn ihr eigenes Volk das nicht tut, dann gibt es genug unter uns, die das erledigen werden.«*

Bill legte die Hände um den Kaffee und fragte sich laut: »Wer zum Teufel ist Maureen Cole?«

Er stellte den Kaffee beiseite und schrieb Maureens Namen auf einen gelben Notizzettel.

Sein Handy klingelte. »Hallo?«

»Chef? Ich bin es. Royce. Sind Sie schon wach?«

»Ja.« Er ließ seine Stimme kalt und verärgert klingen. »Und Sie stehen auf meiner Arschtrittliste. Sie haben uns verdammt in Verlegenheit gebracht, Royce.«

»Skip Murphy hat mich mitten in der Nacht angerufen. Er glaubt, herausgefunden zu haben, wie der Gasangriff auf die *White Star* verübt worden ist. Aber er wollte am Telefon nicht darüber reden. Er hat gesagt, das ginge nur persönlich ... und es sei eine verdammt große Sache. Wörtlich hat er von ›weitreichenden Auswirkungen‹ gesprochen. Sie kennen den Kerl. Redet er nur Mist?«

»Damit ich das richtig verstehe ... Murphy hat herausgefunden, wie diese Leute umgebracht wurden, und er will es uns sagen? Freiwillig?«, hakte Bill nach.

»Er hat gesagt, er würde sich von Ihnen nur allzu gerne eines Besseren belehren lassen. Können Sie damit etwas anfangen?«

»Das heißt, dass er *keinen* Mist redet.« Bill Reeves sah auf die Uhr und trank den letzten Schluck Kaffee. »Ich werde Sie in den ersten Flieger setzen. Finden Sie heraus, was der Wichser weiß.« Er schaute auf den gelben Notizzettel. »Und wenn Sie schon dabei sind ... Überprüfen Sie diese Maureen Cole. Vielleicht finden Sie etwas, das wir benutzen könnten.«

»Maureen Cole. Verstanden, Chef.«

Bill legte auf. Als er die Küche verließ, berichtete die BBC über den Tod eines Hamasführers im Gazastreifen. Den Israelis war es gelungen, eine Rakete in seinen Wagen zu jagen und ihn sowie vier seiner Leibwächter zu töten. Die Hamas drohte mit Rache.

14.

Während Skip frühstückte, überflog er nachdenklich die *London Times*. Im Hauptartikel ging es um Hungeraufstände in Karachi. Wechselnde Meeresströmungen hatten die Regenfälle so sehr verändert, dass es zu schweren Ernteausfällen gekommen war. Ersten Schätzungen zufolge waren bei den Unruhen bereits fünfhundert Menschen ums Leben gekommen. Radikale hatten mehrere Regierungsgebäude gestürmt, und die wenigen gemäßigten Kleriker, die nicht ermordet worden waren, hatten sich aus Angst versteckt. Inzwischen hatte man die Armee geschickt, um die Ordnung wiederherzustellen, doch eine Reihe von Einheiten war standhaft in ihren Kasernen geblieben. Zwei Einheiten hatten sich auf den Straßen sogar gegeneinander gewandt. Die halbe Stadt stand in Flammen. Die Experten fragten sich bereits, ob die Regierung darüber stürzen würde.

Die Zahl der auf die Hitze zurückzuführenden Todesfälle in Europa war auf sechzigtausend gestiegen. Getreide war auf den Feldern verdorrt, und alles deutete auf eine schlechte Ernte hin. Aber wenigstens war es in Europa zu keinen Aufständen gekommen.

Während Skip durch Rührei und Speck pflügte, blätterte er weiter und entdeckte ein Bild von Maureen Cole. Darunter stand: *Anthropologin erregt den Zorn der Muslime.*

Skip las den Artikel und hob eine Augenbraue. »›Einen speziellen Platz in der Hölle?‹ – ›Ungeheuer?‹ Oh, Maureen.«

Er faltete die Zeitung wieder zusammen und nippte widerwillig an seinem Kaffee. England war nicht der rechte Ort, wenn man guten Kaffee haben wollte.

»He, Mister. Wie wäre es, wenn Sie sich den Stuhl mit einer müden Reisenden teilen würden?«

Er hob den Blick. »Jenn? Sie waren ja schnell.« Sie trug ein graues körperbetontes Baumwollensemble. Jackett und Rock waren zerknittert. Das Haar hatte sie zu einem Pferdeschwanz zurückgebunden. Trotz der Müdigkeit in ihren Augen sah sie ziemlich gut aus, fand Skip ... wenn auch nicht ganz so gut wie der Sukkubus in seinen Träumen. »Setzen Sie sich.«

Jenn zog sich den Stuhl gegenüber heran und ließ sich müde darauf fallen. »Ich werde ein paar Tage lang Jetlag haben.« Sie schaute auf ihre Uhr. »Eigentlich haben wir mitten in der Nacht.«

»Und doch sind Sie hier und nicht gemütlich in Ihrem heimischen Bett, um dort von Harleys zu träumen.«

»Ja, hier bin ich«, erwiderte sie und beäugte die Überreste von Skips Frühstück. »Könnte ich auch so was bekommen?«

»Vermutlich, aber alles hat seinen Preis, Ugarte, alles hat seinen Preis.«

»So parasitisch bin ich nicht«, erwiderte Jenn in einer annehmbaren Imitation von Peter Lorre. »Denken Sie doch nur an all die armen Teufel, die Renaulds Preis nicht bezahlen können. Ich besorge es Ihnen für die Hälfte.«

Skip grinste und winkte dem Kellner. »Würden Sie der Dame bitte auch ein Frühstück servieren. Schreiben Sie es auf meine Rechnung.«

»Und da geht das nächste Vorurteil baden. Skip, Sie verwandeln sich ja schon fast in einen Menschen.«

»Das Zitat stimmt wohl nicht ganz.«

»Für Regierungszwecke reicht es.«

Wehmütig beäugte Jenn Skips Kaffee, bis der Kellner fragte: »Kaffee oder Tee, Mum?«

»Kaffee, bitte. Eine ganze Kanne.« Sie wartete, bis der Mann wieder gegangen war. »*Mum?* Ich bin wirklich in England.«

»Ja, Sie werden die Sprache schon noch lernen. Es wird noch eine Weile dauern, bis Sie aufgeholt haben, aber mit genug amerikanischen Filmen klappt das schon.«

Jenn schaute ihn an und senkte die Stimme. »Also, was gibt es? Am Telefon wollten Sie ja nichts sagen.«

»Wie geht es Ihnen?«, erwiderte Skip. »Schön, Sie zu sehen. Hatten Sie einen guten Flug? Das sind zwar nur Plattitüden, aber das sagt man halt, wenn man sich trifft. Das nennt man Höflichkeit.« Er verzog das Gesicht. »Vermutlich sage ich sie deshalb so selten.«

»Mir geht es toll, danke, und ich freue mich, dass es schön ist, mich zu sehen. Der Flug war lang. Bastard-Bill hat mich in die Economy Class gesetzt. Zur Strafe.«

»Wofür?«

Jenn musterte ihn einen Augenblick und überlegte, wie viel sie ihm sagen konnte. »Ich hatte ein Treffen mit Reverend A. P. Box. Der Wurm hat es aufgezeichnet und eine Abschrift an Bill geschickt mit dem Vermerk, sollte das Außenministerium ihn unter Druck setzen, würde er sie ins Internet stellen.«

»Lassen Sie mich raten.« Skip ahmte Reeves' Stimme nach. »Royce, Sie haben das Ministerium in Verlegenheit gebracht.«

»Mein Gott! Tun Sie das nie wieder!« Jenn verzog das Gesicht und legte den Kopf in die Hände. »Die Sache ist die: Box glaubt wirklich, dass die Offenbarung sich erfüllt.«

»Was für ein Trottel.«

Jenn schüttelte leicht den Kopf. »Zum ersten Mal in meinem Leben weiß ich nicht, ob er nicht vielleicht doch recht hat. Sie sollten mal die Briefings sehen. Pakistan zerfällt. Alte Freunde sind gar nicht mehr so freundlich. Die Saudis haben Angst. Ausländern wird offen gesagt, sie sollten verschwinden, und es hat Zwischenfälle gegeben – viel mehr, als bekannt geworden sind. Westler fliehen in Massen. Und von Kuwait, Jordanien, Ägypten und dem ganzen Rest brauchen wir gar nicht erst zu reden. Vergangene Nacht wäre der König von Marokko fast einem Anschlag zum Opfer gefallen.«

»Oh, Freude.«

»In Nordindien herrscht Dürre. Der Monsun ist viel zu weit im Norden niedergegangen.« Jenn lehnte sich zurück, während der Kellner ihr Kaffee einschenkte. »Sind das jetzt genug Plattitüden?«

»Ein U-Boot«, flüsterte Skip. »Was anderes fällt mir nicht mehr ein. Ich bin das ganze Schiff mit den Ingenieuren durchgegangen und habe mit Spezialisten geredet. Es ist unmöglich, dass Selbstmordattentäter, wie motiviert sie auch gewesen sein mögen, die *White Star* unter Gas gesetzt haben.«

»Wirklich unmöglich?«

»Jedenfalls wüssten weder ich noch die Experten, wie das gehen sollte. Analysen der Luftfilter an Bord haben ergeben, dass das Gas von außen gekommen sein muss. Das Belüftungssystem des Schiffes hat es hereingesaugt und in sämtliche Decks gepumpt. Dr. Coles Analyse der Toten zufolge wurden alle überrascht. Es gibt keinerlei Hinweise auf Panik, Massenflucht und dergleichen. Und es war *viel* Gas – genug, um das ganze Schiff damit zu füllen. Es war überall.«

»Und das heißt?«

»Dass es mehr war, als man in irgendwelchen Kanistern an Bord hätte schmuggeln können.«

»Und deshalb glauben Sie, es kam von einem U-Boot?«, hakte Jenn leise nach.

»Am Tag des Vorfalls ist die *White Star* mit dem Wind gefahren. Ein U-Boot-Kapitän, der den Wind im Auge behalten hat, hätte sich ihrem Kurs anpassen können. Dann musste er nur noch den Schnorchel ausfahren und Kubikmeter auf Kubikmeter Gas in die Luft pumpen. Der Wind hätte es zum Schiff und den ahnungslosen Passagieren getragen.« Er rieb sich das Gesicht. »Das klingt verrückt, ich weiß.«

»Aber der Verband der *Ronald Reagan* hätte das Gebiet doch sicher nach U-Booten abgesucht. Bei so großen Trägern gehen sie keine Risiken ein.«

»Und an dem Punkt, meine liebe Miss Jenn, kommen Sie ins Spiel. Bastard-Bill kann diskret bei der Navy nachfragen. Wenn sie etwas auf dem Sonar hatten, sollten Aufzeichnungen darüber existieren.«

»Sie waren hundertfünfzig Meilen entfernt. Kann man ein U-Boot auf diese Entfernung erfassen?«

»Ich bin tief im Herzen ein Spatenpauli. Ich kann Schützenlöcher buddeln, Streife gehen und im Dunkeln meine Knarre auseinanderbauen. Ich kenne mich nicht mit so was aus. Da werden Sie schon die Navy fragen müssen. Oder Tom Clancy.«

»Nehmen wir mal an, es war ein U-Boot ... aber wessen?«

»Gehen wir mal die üblichen Verdächtigen durch. Den Iran zum Beispiel. Die haben jede Menge Schwefelwasserstoff aus ihren Ölquellen. Außerdem haben sie vor einer Weile drei alte sowjetische Dieselboote gekauft. Damit hätten sie die Waffe und auch ein Trägersystem. Noch einmal … Ich wette, der Marinenachrichtendienst könnte Ihnen sagen, ob eines dieser Boote in letzter Zeit vermisst wurde.«

Jenn starrte in unbestimmte Fernen und dachte nach. »Gott weiß, dass sie Grund genug haben, uns wehzutun. Und indem sie Box und seine Kreuzzügler umbringen, wussten sie, dass sie die Sunniten gegen den Westen aufbringen.«

»Sollte tatsächlich der Iran dahinterstecken, werden eine Menge Leute auf Vergeltung bestehen. Bobby Box galt als guter Kerl. Er wollte nur die westlichen Religionen zusammenbringen. Sein Tod hat schon viele Leute richtig sauer gemacht, und die wissen im Augenblick noch nicht so recht, gegen wen sie ihre Wut richten sollen. Aber sollte jemand auf den Iran zeigen …«

»Der politische Druck wäre unerträglich und die iranische U-Boot-Flotte in weniger als einem Monat nur noch ein Haufen Schrott.« Jenn hielt kurz inne. »Wer weiß noch von Ihrer Theorie?«

»Abgesehen von uns beiden? Niemand.«

Jenn bekam ihr Frühstück und saß nachdenklich da. Skip wartete, während sie aß. Ihre Bewegungen waren mechanisch, als würde sie das Essen gar nicht schmecken.

Schließlich wedelt sie mit ihrer Gabel. »Das Ganze hat irgendwie eine verdrehte Logik. Der iranischen Führung dürften die Konsequenzen vollkommen egal sein. Wenn der Anschlag die sunnitische Welt vom Westen trennt, wächst ihr Einfluss. Wenn die Amerikaner Vergeltung üben und viele Iraner sterben, könnte dies das apokalyptische Ereignis sein, das den Verborgenen Imam zurückbringt.«

»Das würde ich wirklich gerne mal sehen.«

Jenn zuckte mit den Schultern. »Ich weiß nicht mal, wer

dieser Verborgene Imam ist ... oder warum er sich überhaupt versteckt hat.«

»Der Kerl hieß Abu al-Quasim Mohammed und war der Zwölfte Imam. Er war der direkte Erbe Mohammeds und ist der wahre politische Führer der so genannten Zwölferschiiten. Im Jahre 934 hat Allah ihn angeblich in einer Art mystischem Zustand vor den Augen der Welt verborgen. Kurz vor dem Ende der Welt soll er zurückkehren und die schiitischen *Ulema*, die geistigen Führer, in den Letzten Tagen führen.«

»Haben Sie gerade gesagt, im Jahr 934? Und seitdem warten sie?«

»Nun, einige haben geglaubt, Ayatollah Khomeini sei dieser Imam gewesen, doch diese These ist in den letzten Jahrzehnten mehr und mehr verblasst.« Skip atmete kurz durch. »Andererseits warten ganze Kontinente voller Christen schon seit zweitausend Jahren auf Christi Rückkehr. Und die Juden? Die warten schon seit fünftausend Jahren auf ihren Messias.«

»Ich verstehe. Schließlich habe ich erst vor zwei Tagen mit einem Mann zusammengesessen, der glaubt, wir würden mitten in der Offenbarung stecken.«

Skip seufzte. »Ich glaube, ich erkenne hier allmählich ein unheimliches Muster. Sehr viele Leute scheinen das Ganze verdammt ernst zu nehmen.«

»Ja ... aber kommen wir wieder auf dieses U-Boot zurück. Sind Sie da sicher?«

»Himmel, nein! Mir fällt nur nichts anderes ein.«

»Und die anderen Experten an Bord der *White Star*? Hat von denen das keiner erwähnt?«

»Das sind keine Soldaten. Sie denken nicht taktisch. U-Boote kommen in ihrem Denken einfach nicht vor.«

Jenn schaute ihn ernst an. »Ich hoffe wirklich, dass Sie sich irren.«

»Ich auch. Selbst auf die Gefahr hin, dass Bastard-Bill mir das ewig unter die Nase reibt. Irgendwann werde ich dann wohl etwas Unreifes tun müssen, um es ihm heimzuzahlen – in sein Popcorn furzen vielleicht.«

»Was ist mit Ocean Star? Wie denken die darüber?«

»Wie jeder, der gerade herausgefunden hat, dass er bankrott ist. Sie können ein Schiff im Wert von achthundertfünfzig Millionen Dollar abschreiben. Die *White Star* ist unverkäuflich. Auf diesem Schiff wird nie wieder jemand eine Kreuzfahrt machen wollen ... es sei denn, man steht auf Geister und so was.« Skip spielte mit seinem Messer. »Der Vorfall bedeutet einen schweren Schlag für die gesamte Industrie. Jährlich unternehmen sechzehn Millionen Menschen eine Kreuzfahrt und legen dabei in mehr als zweitausend Häfen an. Das ist ein Milliardengeschäft. Woraus wir schließen, dass nicht alle Opfer an Bord des Schiffes zu finden sind.«

»Also ist es so schlimm wie der 11. September.«

»Vermutlich schlimmer.« Skip hob den Blick. »Und das ist noch nicht alles. Niemand weiß, was für emotionale Folgen so etwas haben kann.«

Der Beerdigungszug war schon zu hören, lange bevor man ihn sehen konnte. Der Gesang, das Heulen und gelegentliche Schüsse hallten zwischen den Gebäuden wider wie in einem schmalen Canyon. Hier standen die Häuser dicht beisammen, die Wände in schmutzigem Weiß verputzt. Kleine Türen führten auf immer wieder unterbrochene Bürgersteige aus Zement und Kieseln hinaus. Menschen warteten an den Mauern, sprachen miteinander und schauten zu der Ecke, vierzig Meter die Straße hinunter.

Jimmy Blankenship musterte die Zuschauer. Mehrere waren alte Männer mit dünnen grauen Bärten, die vorwiegend das traditionelle lange Gewand trugen, größtenteils verdreckt. Jüngere Männer und Jungen hingegen trugen weiße Hemden, gelegentlich auch T-Shirts, die allgegenwärtigen Jeans oder Stoffhosen. Die meisten hatten Lederschuhe oder Sandalen an den Füßen; schicke Laufschuhe waren kaum zu sehen.

Er herrschte eine angespannte Atmosphäre, als erwarteten die Menschen, gleich etwas Großes und Schreckliches zu sehen.

Jimmy hob den Blick und sah eine Fernsehkamera auf einem Dach, mehrere Türen die Straße hinunter. Ja, das war schlicht perfekt. Die ganze Welt würde Zeuge des Geschehens hier sein. Viele gute Menschen waren bereit, das Tier während der Letzten Tage im Namen ihres Herrn zu bekämpfen, und Jimmy Blankenship würde im Armageddon den ersten Schlag gegen den Satan führen.

Jimmy kauerte in einer Türöffnung und trug eine graue Windjacke über dem Hemd. Als Hose hatte er seine alten Dockers gewählt, weil er glaubte, die würden weniger auffallen, und an den Füßen trug er verschlissene Sandalen. Außerdem hatte er sich noch eine Kufiya um den Kopf gewickelt, um sein nacktes Kinn zu verbergen.

Die ersten Marschierer kamen um die ferne Ecke; an zwei Stangen trugen sie ein Banner. Jimmy brauchte seine rudimentären Arabischkenntnisse nicht, um zu wissen, dass das Plakat den Märtyrertod von Mahmud Yassin verkündete, eines hiesigen Hamasführers.

Yassin war der Urheber einer Reihe von Raketenangriffen

auf Israel gewesen. Eine dieser Raketen war neben einer Schulbushaltestelle in den Außenbezirken von Sederot gelandet und hatte dreizehn Kinder getötet. Die Israelis hatten Monate gebraucht, doch schließlich war es ihnen gelungen, Yassin eine ihrer eigenen Raketen als Antwort zu schicken. Damit hatten sie dann den Hamasführer erledigt, mehrere seiner Leibwächter und einen schönen schwarzen BMW.

Jimmy zuckte ob des plötzlichen Schmerzes unter seinem rechten Rippenbogen unwillkürlich zusammen. »Ich weiß, Herr«, flüsterte er vor sich hin. »Du hast mir das Zeichen gegeben. In deine Hände empfehle ich meinen Geist.«

Er schluckte, und Furcht legte sich um seine Nerven. Es war eine Sache, sich Gott zu ergeben, doch es war etwas vollkommen anderes, den widerwilligen Leib der heiligen Vereinigung mit Gott zuzuführen – selbst für so eine gerechte Sache wie die Jimmys.

Die ersten Marschierer zogen vorbei, und ihr grün-weißes Banner flatterte im Wind.

Jimmy drückte sich mit dem Rücken gegen die Wand, als sie an ihm vorübergingen, und sog den Geruch von menschlichem Schweiß ein. Er mied jeglichen Augenkontakt aus Furcht, jemand könne ihm seine Angst und seine Fremdartigkeit ansehen. Der Gesang der jungen Männer erfüllte seine Ohren und dröhnte in seiner Seele: heldenhafte Fürbitten an Allah für die Märtyrerseele ihres Anführers und Rufe nach brutaler Rache an den verabscheuten Juden.

Immer wieder wurde Jimmy von den Vorbeiziehenden angerempelt, doch die ungewaschenen Leiber kümmerten ihn nicht, während die enge Straße sich mehr und mehr mit Trauernden füllte. Er legte die Ellbogen an die Seite, damit niemand die Waffe in seinem Gürtel bemerkte.

Und dann kam der Sarg in Sicht, getragen auf den Schultern schreiender Männer, die ihre Gesichter vor den Kameras hinter Balaclavas verborgen hatten.

Doch vor Gott vermögt ihr euch nicht zu verbergen. Jimmy bahnte sich einen Weg mitten in das Gedränge hinein und schrie dabei das einzige muslimische Gebet, das er kannte: *»La ilaha illa 'llah hu Muhammadar rasul Allah!«* Es gibt keinen Gott außer Gott, und Mohammed ist sein Prophet.

Er ließ sich von der Menge mitziehen und näherte sich dabei immer mehr dem Sarg, bis er schließlich Schulter an Schulter mit einem der Sargträger war. In diesem Augenblick erinnerte er sich an seine Eltern. Er sah sie erneut wie damals, als er noch ein junger Mann gewesen war. Er würde nicht dabei sein, wenn ihre Särge in die Erde hinabgelassen wurden, doch er würde sie wiedersehen, würde im Himmel mit ihnen vereint sein.

»Im Namen des Vaters, des Sohnes und des Heiligen Geistes!«, rief er auf Englisch. Als ein vermummtes Gesicht sich zu ihm umdrehte, schaute er in überraschte Augen und drückte den Knopf.

15.

Al-Jazeera hatte nicht die Skrupel des Westens, was die Ausstrahlung »beunruhigenden Materials« betraf. Niemand warnte die Zuschauer davor.

A. P. beugte sich auf der Couch im eilig errichteten Medienraum der Gemeinde vor. Nicht weniger als zehn Fernseher glühten an der gegenüberliegenden Wand; jeder zeigte einen anderen Nachrichtenkanal. Nur al-Jazeera berichtete von Mahmud Yassins Beerdigung in Gaza. Es war eine Liveübertragung; die Kamera schaute von oben auf die sich nähernde Prozession hinab. Der Zug der Hamas quälte sich durch eine Straße, die nicht breiter als zwölf Fuß sein konnte.

»Was glauben Sie, wie viele Menschen da sind?«, fragte Mario, der rechts von A. P. saß.

»Mindestens mehrere hundert.« A. P. deutete auf den Bildschirm. »Da ... die rote Kufiya. Das ist Jimmy.« Sie beobachten, wie die Kufiya sich durch den Menschenstrom bewegte und dabei dem Sarg immer näher kam.

Wird er es tun? A. P.s Herz schlug immer schneller.

Der Arabisch sprechende Kommentator klang gelangweilt.

Im Augenblick der Explosion zuckte A. P. unwillkürlich zusammen, und den Bruchteil einer Sekunde lang sah er Jimmys Kopf, als er in die Höhe geschleudert wurde, die Kufiya zerfetzt. Körperteile flogen durch die Luft, und ein seltsamer Dunst bildete sich in der Mitte des Lochs, das in die Menge gerissen worden war. Die Kamera wurde ebenfalls in die Höhe geworfen, zeigte zunächst den Himmel, dann Gaza und verlosch schließlich, als sie auf dem Dach aufschlug.

Die Stimme des Kommentators überschlug sich, als der Bildschirm grau wurde. Innerhalb weniger Augenblicke brachten sie Archivmaterial von Mahmud Yassin, das ihn beim Abfeuern von Raketen zeigte, dann die Überreste seines BMWs und schließlich den Beerdigungszug.

Gütiger Gott, wir haben es wirklich getan! A. P. atmete tief durch.

Mario schaltete zu einem körnigen Bild auf BBC: Es zeigte den Beerdigungszug, ohne Zweifel von al-Jazeera übernommen. Dann kam der Ton.

»Eilmeldung: In Gaza hat es offenbar einen Bombenanschlag gegeben. Beim Begräbnis des umstrittenen Hamasführers Mahmud Yassin ist es zu einer Explosion gekommen.«

Das Bild verschwand unmittelbar vor der Explosion.

»Ich wiederhole: Während der Beisetzung von Mahmud Yassin ist es offenbar zu einem Bombenanschlag gekommen. Sobald wir Näheres wissen, werden wir Sie umgehend informieren.«

A. P. schloss die Augen. »Gütiger Vater, der du bist im Himmel, schenke Jimmy Blankenship die Erlösung. Er ist der Erste deiner Krieger. Gewähre ihm einen besonderen Platz inmitten deiner Engel und Heiligen, denn er hat in deinem Namen zugeschlagen, im Namen des Friedens und des Lamms. Amen.«

»Amen«, echote Mario.

»Werden Sie und ich genauso tapfer sein, wenn unser Vater uns ruft?«, fragte A. P.

»Daran hege ich nicht den geringsten Zweifel, Reverend. Im Krieg sterben Menschen – gute Menschen. Egal ob an den

Stränden der Normandie, in Afghanistan oder im Irak. Der einzige, wirkliche Unterschied ist der, dass wir diesmal in Gottes Armee kämpfen und unser Feind das wahrhaft Böse ist, das Tier.«

»Amen«, flüsterte A. P. und schaute zu, wie al-Jazeera die Übertragung noch einmal wiederholte. Erst beim zweiten Hinsehen erkannte A. P., dass es sich bei dem seltsamen Dunst im Zentrum der Explosion um sich auflösende menschliche Körper handelte.

Ali befolgte genau die Anweisungen, die man ihm erteilt hatte. Er war nur leicht nervös, als er durch die Tür des Café Americain ging. Dann blieb er unvermittelt stehen und starrte voller Staunen auf die gläsernen Kronleuchter, die Bogendurchgänge und den polierten Boden. Etwas, das wie antike griechische Reliefs aussah, zierte die Wände. Tische standen im Raum. An einigen saßen Gäste, denen Kellner rasch und effektiv Speisen und Getränke servierten. Ali richtete seine Aufmerksamkeit auf die Auslage in der Mitte, wo Desserts zur Auswahl angeboten wurden. Dann hob er den Blick und staunte über die reich verzierte Decke.

Was würde er nicht darum geben, einmal als Gast hierherzukommen, nur einmal, um zu sehen, wie das war?

»Das ist eine äußerst wichtige Aufgabe, Ali.« Die Stimme des Imam zerstörte den Zauber. *»Wir möchten, dass du ins American Hotel gehst. Diesen Ort gewählt zu haben, entbehrt nicht einer gewissen Ironie. Schleich dich so unauffällig wie möglich ins Café. Dann geh in die Lobby weiter und zur Rezeption. Benimm dich, als wärest du ein Gast. Öffne den Beutel, den wir dir geben werden, leg das Paket auf den Tre-*

sen und sag dem Portier, das müsse in die Post. Da das Paket bereits freigemacht ist, wird er einfach nur nicken, und du kannst wieder raus.«

Einer der Kellner war lange genug stehen geblieben, um Ali zu bemerken. Ali lächelte den Mann an, nickte und ging durch den Türbogen in die Lobby. Es kostete ihn all seine Kraft, nicht weiter auf die prachtvolle Innenausstattung zu starren.

»Ich diene Allah«, flüsterte er, während er auf den Empfang zuhielt.

Der Portier hatte gerade mit einem französischen Paar zu tun und kehrte Ali den Rücken zu, während er einen Zimmerschlüssel vom Brett nahm.

»Bitte sehr«, sagte er zu den Franzosen auf Englisch. »Ich wünsche Ihnen eine gute Nacht.«

Als das Paar den Schlüssel entgegengenommen und sich abgewandt hatte, hob Ali den Stoffbeutel. Die Anweisungen des Imam waren sehr genau gewesen: *»Fass das Paket nicht mit den Fingern an, Ali. Solltest du das aus irgendeinem Grund doch tun müssen, bring es wieder zurück, und wir verpacken es neu.«*

So vorsichtig er konnte, ließ Ali das Paket aus dem Beutel auf den Tresen gleiten. In braunes Papier verpackt war es von Größe und Form wie ein Buch. Die mit schwarzem Filzstift geschriebene Anschrift war in Englisch. Ali kannte weder den Namen noch die Adresse in England. In der oberen Ecke befand sich der Absender aus Amsterdam. Bunte Briefmarken zierten die obere, rechte Ecke.

»Das muss in die Post«, sagte Ali, als der Portier sich zu ihm umdrehte.

»Ja, danke«, sagte der Mann, nahm das Paket entgegen und

ließ es unter dem Tresen verschwinden. »Ich wünsche Ihnen noch einen guten Tag.«

Ali drehte sich um, warf den Stoffbeutel über die Schulter, ging durch den großen Haupteingang und trat auf die Leidseplein hinaus. Er überquerte die Straße zur Straßenbahnhaltestelle und nahm die erste Bahn.

Als die Bahn über die Singelgracht rumpelte, schaute Ali noch einmal zur imposanten Fassade des Hotels mit seinen reich geschmückten Fenstern zurück.

»Wer hätte gedacht, dass es so leicht sein würde?«

Der Schlüssel war ein wenig klebrig, als Harry Smythe den Postlagerraum in der Marinebasis von Poole Harbor aufschloss. Er hatte schon seit Jahren Schwierigkeiten mit dem Schloss. Wenn er daran dachte, beschwerte er sich auch manchmal. Allerdings schien die Instandsetzung nie Zeit dafür zu haben. Wie in vielen kleineren Basen der Royal Navy so stammte auch hier noch so einiges aus dem Zweiten Weltkrieg.

Harry Smythe schaltete das Licht ein. Die Postsäcke standen an der Wand und warteten darauf, sortiert zu werden. Harry ging mit seinem Plastikbecher zum Schreibtisch und schaute nach, ob eine Nachricht auf ihn wartete, was aber nicht der Fall war. Gewohnheitsmäßig griff er zu einem Kugelschreiber und hakte das Datum ab. Am Ende jedes Jahres nahm er den Kalender mit nach Hause und legte ihn auf seine Vorgänger. In zwei Jahren würde er in Ruhestand gehen, und für ihn stellten diese Kalender eine Dokumentation seiner Dienstzeit dar.

Mit geübter Leichtigkeit ordnete er die übliche Post den jeweiligen Abteilungen zu und machte sich dann an die, die für das Ermittlerteam bestimmt war. Einen nach dem anderen öffnete er die Umschläge mit einem Brieföffner, prüfte den Inhalt und warf sie dann in den entsprechenden Sack. Diese würden anschließend auf die Baracken verteilt werden.

Das Paket für Maureen Cole hätte ein Buch enthalten können; jedenfalls entsprach es in Größe und Form einem typischen Hardcover. Doch als er sah, dass der Absender aus Amsterdam stammte, hielt Harry kurz inne. Seines Wissens war Dr. Cole Kanadierin. Er schnitt das Paketband auf, zog das Papier beiseite und wollte gerade die weiße Pappschachtel öffnen, die sich darunter verbarg, als die Explosion ihn durch die Luft schleuderte.

Wie alle im Büro hörte auch Maureen die Explosion. Während die anderen zur Tür stürmten, zögerte sie. Sie hatte ihren schriftlichen Bericht halb fertig und fügte gerade Illustrationen und Fotos ein.

Da sie aus dem Irak kam, wusste sie, wie eine schwere Explosion klang. Diese hier war ziemlich zahm. Dennoch folgte sie den anderen in den Nieselregen hinaus und sah ein Sicherheitsteam vorbeilaufen. Die Männer rannten zu einem Gebäude auf der Ostseite der Basis.

Jeder Wunsch, die Sache zu untersuchen, wurde unterdrückt, als ein uniformierter Seemann herbeigerannt kam und brüllte: »Gehen Sie wieder hinein!«

Trotzdem hatten einige von Maureens Kollegen nach nur wenigen Minuten genug herausgefunden, um zu tuscheln: »Im Postzimmer.« – »Was meinen Sie, worum es geht?« – »Die Sicherheitsleute lassen uns nicht näher heran.«

»Kommen Sie!«, klang Marcys Stimme über das Stimmengewirr hinweg. »Lassen Sie uns wieder an die Arbeit gehen. Unser Problem ist die *White Star*. Um alles andere kann sich die Royal Navy kümmern.«

Maureen hatte den Vorfall fast vergessen und war wieder in ihre Zahlen und Fotos vertieft, als zwei Soldaten in der Tür ihrer Kabine erschienen.

»Dr. Cole?«

»Ja.«

»Könnten wir Sie einen Moment sprechen?«

»Sicher.« Maureen speicherte ihre Arbeit ab und legte die Fotos in einen Ordner. Dann nahm sie ihre Börse und folgte den Soldaten in den Regen hinaus. Tatsächlich freute sie sich sogar über das Nieseln, das ihr Haar glitzern ließ. Zum ersten Mal seit ihrer Ankunft in England brannte die Luft nicht vor Hitze.

»Was kann ich für Sie tun?« Die Männer führten Maureen zu einem Verwaltungsgebäude, einem nüchtern aussehenden Ziegelsteinbau mit weißen Akzenten an Tür und Fensterrahmen. Sie wurde in ein kleines, vollgestelltes Büro gebracht, wo ein gequält dreinblickender Mann ein Stück Papier in einer Plastiktüte untersuchte.

Nachdem die Soldaten gegangen waren, deutete der Offizier auf einen Stuhl. Dünnes braunes Haar bedeckte den kahler werdenden, langen Kopf des Mannes.

»Ziemlich harter Tag«, bemerkte der Mann. »Ich bin Commander Finley.« Er streckte die Hand aus. »Zu Ihren Diensten.«

»Was kann ich für Sie tun?«

»Kennen Sie jemanden in den Niederlanden, Dr. Cole?«

»In den Niederlanden? Ein paar der Leute, mit denen ich zusammengearbeitet habe, könnten in Den Haag sein. Ein großer Teil meiner Arbeit hat mit Kriegsverbrecherprozessen zu tun. Ich müsste in meinen Akten nachsehen und vielleicht ein paar Anrufe tätigen.«

Finley lächelte, doch es war kein fröhliches Lächeln. »Wir sind mehr an solchen Leuten in den Niederlanden interessiert, die erst vor Kurzem Kontakt zu Ihnen gehabt haben. Haben Sie vielleicht irgendwelche Drohbriefe bekommen? Warnungen? Anrufe?«

Zum ersten Mal wurde Maureen nervös. »Nein.«

Finley hob die Plastiktüte. Das braune Papier darin war leicht verbrannt, die Adresse jedoch leserlich: *Dr. Maureen Cole. Royal Naval Station, Poole Harbor. Bournemouth, Dorset, BH2 1LU.* Als Nächstes las Maureen den Absender. Die Hoegaardenstraße sagte ihr nichts. Sie runzelte die Stirn, als ihr Blick auf *Amsterdam, Holland* fiel.

»Ich verstehe nicht.«

»Das hier war um eine Bombe gewickelt, Dr. Cole. Zum Glück haben auch wir ein paar Chemiker hier, außerdem ein Labor. Bei dem Sprengstoff handelte es sich um eine kleine Menge Semtex, das an eine Batterie angeschlossen war. Eine Feder, die sich entspannt hat, als das Kästchen herausgenommen wurde, hat den Sprengsatz ausgelöst.«

»Mein Gott! Ist jemand verletzt worden?«

»Der Mann, der in der Poststelle die Briefe sortiert. Wenn ich recht verstanden habe, wird er beide Arme verlieren. Er ist im Krankenhaus.«

Maureens Blick war auf das Stück Papier fixiert, sie konnte es einfach nicht glauben. »Das ist ... das ...«

»Dr. Cole.« Finleys Stimme besaß einen tröstenden Unterton. »Sind Sie sich der Reaktionen auf Ihre Aussagen vom gestrigen Tag bewusst?«

»Meiner was?«

»Ihrer Aussagen auf der Pressekonferenz. Dabei haben Sie gewisse Bemerkungen über den Islam gemacht.«

Maureen starrte ihn ungläubig an. »Ich habe gar nichts über den Islam gesagt. Ich habe gesagt ... Ich kann mich nicht genau erinnern, was ich gesagt habe, außer dass jemand, der Unschuldige ermordet, ein Ungeheuer ist.«

»Ich fürchte, das haben viele Muslime als Beleidigung aufgefasst, und offenbar hat jemand beschlossen, es Ihnen heimzuzahlen.«

»Es mir heimzuzahlen?« Eine unheimliche Furcht keimte in Maureen auf. »Was für Wahnsinnige sind das denn?«

»Wahnsinnige der übelsten Sorte, fürchte ich.« Finley lehnte sich zurück.

»Das ist völlig ... irrational.«

»Dr. Cole, wir leben in einem Zeitalter der Irrationalität.« Finley holte sich den Umschlagrest wieder zurück. »Wir werden das hier natürlich zum MI5 schicken, damit die sich das mal genauer ansehen. Vielleicht finden sie ja noch ein paar andere Fingerabdrücke außer denen vom armen Harry. Es könnte etwas an den Briefmarken sein, der Tinte ... vielleicht sogar ein Haar, wenn wir Glück haben. Heutzutage kann man mittels der Kriminaltechnik die erstaunlichsten Dinge herausfinden.«

»Und der Absender?«

»Die Adresse existiert nicht. Das haben wir bereits mit Hilfe der Amsterdamer Polizei verifiziert. Die Niederländer arbeiten auf ihrer Seite ebenfalls an dem Fall.« Finley rollte seinen Stuhl näher an den Schreibtisch heran. »Unsere Leute werden das Web überwachen und nach jemandem Ausschau halten, der die Verantwortung dafür übernimmt. Vielleicht finden wir so ja einen Anhaltspunkt. Bis dahin aber wird die Nachricht an die Öffentlichkeit dringen. Die Presse wird mit Ihnen reden wollen.«

»Ich will aber nicht mit der Presse reden.«

»Für den Augenblick bestehen wir sogar darauf, dass Sie das nicht tun. Hier ist meine Nummer. Sollten Sie sonst noch irgendwelche Drohungen bekommen, egal wie unbedeutend sie Ihnen erscheinen mögen, rufen Sie mich sofort an.«

»Ich verstehe.« Maureen nahm die Visitenkarte entgegen und starrte mit leerem Blick auf den Schreibtisch und das Stück Papier in dem kleinen Plastikbeutel.

»Dr. Cole, nehmen Sie sich den Rest des Tages frei. Versuchen Sie, sich ein wenig auszuruhen. Ich könnte Ihnen ein Beruhigungsmittel besorgen, wenn Sie wollen.«

»Nein ... Nein, es geht mir gut.«

Maureen wankte wie ein Zombie aus dem Büro. Ihr einziger Gedanke war: *Da draußen will jemand mich umbringen!*

»Dieser Kampf ist nicht vorübergehend, sondern andauernd – ein ewiger Zustand, weil Wahrheit und Lüge auf dieser Erde nicht gemeinsam existieren können. Wann immer der Islam sich erhoben und erklärt hat, Gottes Herrschaft würde sich über den gesamten Erdball ausdehnen und dass kein Mensch einem anderen Untertan sein solle, haben die Usurpatoren von Gottes Macht gegen ihn losgeschlagen, denn sie dulden das nicht. So wurde es zur Pflicht des Islam, zurückzuschlagen und alle Menschen der Welt vom Zugriff dieser Usurpatoren zu befreien. Der ewige Kampf für die Freiheit des Menschen wird anhalten, bis Gott alle Religion gereinigt hat.«

Sayyid Qutb, *Zeichen auf dem Weg*

16.

Auf der Strassenbahnfahrt nach Hause bemerkte Ali kaum die *Dschahiliyya* um ihn herum. Ein seltsames Gefühl, eine Mischung aus Aufregung und Angst, hatte ihn aus dem Gleichgewicht geworfen. Er hatte von der Explosion in England erfahren.

Warum hat der Imam mir nicht gesagt, dass ich eine Bombe transportiert habe?

An der Haltestelle warf er sich den Rucksack über die Schulter und trottete zur Moschee. Fast hätte er vergessen, dem alten

Hussein Amat zu winken. Der einarmige Lebensmittelhändler lehnte wieder an seiner Tür und winkte zurück.

In der Koranschule traf Ali niemanden im Hauptraum an, also kehrte er auf den Gang zurück und ging zu der Tür an dessen Ende. Bisher war er noch nie durch diese Tür gegangen, doch nun stieg er die mit Teppich belegten Stufen dahinter hinauf. Oben angekommen, stand er vor einer weiteren Tür. Er klopfte an.

»Wer ist da?«, rief der Imam von drinnen.

»Friede sei mit dir, Imam. Ich bin es, Ali. Ich habe es gerade erfahren.«

»Und Friede sei mit dir, Ali. Einen Moment, bitte.«

Ali hörte Männer murmeln, dann Bewegung und schließlich das Geräusch, wie eine Tür sich schloss.

Dann rief der Imam: »Herein!«

Ali betrat ein bescheiden eingerichtetes Zimmer mit einem Teppich auf dem Boden sowie mehreren Stühlen und einem Sofa. Zwei Fenster führten auf die Straße hinaus, und die Wände waren mit Bücherregalen zugestellt. In einer Ecke stand ein Fernseher. Im hinteren Teil des Raums konnte Ali eine Küche sehen. Es roch nach Kuskus und gekochten Linsen.

Abu Salassi trat aus der Küche und kam mit ausgestreckten Armen auf Ali zu. »Was führt dich zu mir?«

»Ich habe die Zeitung gesehen, *Het Parole.* Das Paket, das ich ins Hotel gebracht habe...« Er schaute zur Küche und fragte sich, ob man ihn darin wohl hören konnte.

»Es ist schon gut, Ali«, sagte der Imam und schaute ihn mit seinen scharfen braunen Augen freundlich an. »Was du nicht weißt, kannst du auch nicht verraten.«

Ali senkte die Stimme zu einem Flüstern und beugte sich nahe zum Imam vor. »Das Paket war eine Bombe.«

Salassi lächelte und nickte. »Beunruhigt dich das?«

»Ich wünschte, ich hätte es gewusst.«

»Und wie hättest du dann reagiert, hätte irgendein Polizist dich aus einem nichtigen Grund angehalten? Wärst du ganz entspannt gewesen, wenn du gewusst hättest, dass du eine Bombe auf dem Rücken trägst? Hättest du das Paket dann einfach so auf den Empfang legen können?«

»Ich habe gelesen, dass ein Mitarbeiter der Post verletzt worden ist.«

Der alte Mann zuckte mit den Schultern. »Die Bombe war für jemand anderen bestimmt. Allah weiß alles.« Er legte Ali die Hand auf die Schulter. »Komm, setz dich. Lass uns kurz reden.«

Unsicher ging Ali zur Couch und setzte sich neben den alten Mann. Nachdenklich schaute der Imam für einen Augenblick auf den ausgeschalteten Fernseher. Als er schließlich wieder sprach, fragte er: »Warum kämpfen wir, Ali?«

»Weil es Allahs Wille ist. In *Al Baraat*, Kapitel neun, befiehlt uns der Koran in vielen Versen, die Ungläubigen und Götzendiener zu bekämpfen. In 9,10 heißt es, die Götzendiener hätten keinerlei Respekt vor den Muslimen und würden nie ihr Wort halten.« Ali hob den Blick. »Und in 9,29 wird uns befohlen, auch die Christen und Juden zu bekämpfen, die weder an Allah noch an den Letzten Tag glauben. Diese Menschen unterwerfen sich nicht der Überlegenheit des Islam und zahlen nicht den Tribut, den sie den Muslimen schulden.«

»Aber warum, Ali? Warum stehen diese Verse in *Al Baraat?*«

»Weil es so geschrieben steht.«

»Allah kann sich durchaus um sich selbst kümmern, Ali.

Wir kämpfen für die Emanzipation der Menschheit. Wir wollen die Menschen von der Unterdrückung durch die *Dschahiliyya* befreien, denn nur so können sie frei von Dunkelheit, Lüge und Bösem sein. Wir streben danach, die Religion gemäß Allahs Willen zu reinigen, um auf diese Weise dafür zu sorgen, dass die Menschheit sich nach dem großen Kampf von jenen Führern gelöst hat, die als falsche Götter Allahs Platz eingenommen haben.«

Ali saß schweigend da, während eine Woge der Erkenntnis ihn überkam.

Salassi nickte nachdenklich. »Du weißt ja, dass die *Dschahili* von weltlichen Dingen verführt worden sind, von Reichtum und Ansehen, und dass sie Allah ebenso aus dem Blick verloren haben wie Wohltätigkeit und Gnade.«

»Ja, Imam.«

»Sie haben den mildtätigen und gnädigen Allah und seine Scharia durch ihre Gesetze ersetzt, ihre Verfassungen und ihre Parlamente. Das größte Hindernis, dem wir uns gegenübersehen, ist ihr Widerwille, das aufzugeben, was man ihnen seit ihrer Geburt als ihr Recht dargestellt hat.«

Ali nickte. Er verstand die Logik.

»Hast du Qutb gelesen?«

Ali gab ein Zitat von Qutb dem Sinn nach wieder: »Nach der Vernichtung der tyrannischen Macht, sei sie nun politisch oder rassistisch, wird der Islam ein neues soziales, ökonomisches und politisches System errichten, in dem das Konzept der Freiheit des Menschen in die Tat umgesetzt wird.«

»Das stimmt. Qutb sagt weiter, dass die Gesellschaften der *Dschahiliyya* es den Muslimen nie gestatten werden, Institutionen aufzubauen, die keine politische Tyrannei kennen. Daher ist es die Pflicht des Islam, solche Regierungen und

Gesellschaften zu vernichten, bis es keinerlei Unterdrückung mehr gibt. Nur auf diese Weise kann das Leben gänzlich dem Dienst an Allah gewidmet werden. So errichten wir ein göttliches System auf Erden.«

»Ich verstehe.«

»Gut. Dann kennst du das wahre Herz des Dschihad. Wir leben nur für den Dienst an Allah und die Durchsetzung seiner Scharia auf der ganzen Welt.« Salassi machte eine mitfühlende Geste. »Wir werden das vielleicht nicht mehr erleben, Ali, aber so Allah will, wird diese Welt kommen – jedenfalls solange Menschen wie du und ich ihr Leben dem Dschihad widmen. Und jene von uns, die in dem großen Kampf sterben, erwartet eine wahrlich wunderbare Belohnung.«

»Imam, ich bin der Sohn meines Vaters. Die Ehre des Dschihad lastet nun auf meinen Schultern. So Allah will, werde ich meine Pflicht erfüllen und Götzendiener wie die Hure Cole vernichten.«

»Das weiß ich, Ali.«

Kurz dachte Ali an Akbar und die Warnungen, die dieser ihm über das Internet gegeben hatte. Er war versucht, etwas zu sagen, hielt seine Zunge jedoch im Zaum. Nein, irgendwann würde der Verräter schon entdeckt werden.

»Imam?«, fragte Ali. »Angesichts der Versuchungen der *Dschahiliyya* ... Gibt es jemanden unter uns, an dem du zweifelst?«

»Nein, Ali. Besonders nicht an dir.«

Das Viertel in Hamburg sah heruntergekommen aus. Die Straßen waren bei weitem nicht so sauber, wie John Jeffers es in einer deutschen Stadt erwartet hätte – mit Ausnahme von

Ost-Berlin. An sämtlichen Geschäften waren ausschließlich arabische Schilder zu sehen; nur die Straßenschilder blieben strikt auf Deutsch. Jeffers parkte seinen Mietwagen, warf eine Münze in die Parkuhr und spürte ein seltsames Prickeln auf der Haut. Sein Herz schlug heftig, und kalter Schweiß machte seine Hände klamm. Die Parkuhr ließ ihm zehn Minuten Zeit; das war mehr als genug.

Sein weites Hemd mit dem Blumenaufdruck verbarg nur unzureichend den Wulst des Selbstmordgürtels um seinen Leib. Er klopfte darauf, um sich zu vergewissern, dass er sicher war; dann schloss er den Mietwagen ab.

Jeffers schaute in beide Richtungen die Straße hinunter und versuchte, der geschwungenen Schrift irgendeinen Sinn zu entnehmen – einer Schrift, die ihm so fremd war wie die Sandwüsten des Mars. Er rieb sich die Hände an der Hose ab und spürte dabei den Draht, der zum Detonator in seiner Tasche führte.

Der Geruch von frischem Brot wehte aus der Bäckerei, vor der er geparkt hatte. Zwei Frauen, beide verschleiert, mieden seinen Blick, als er an ihnen vorüberging, und murmelten etwas auf Arabisch.

Sie haben meine Familie umgebracht. Jeffers verspürte das Verlangen, den Frauen, die sich zurückzogen, hinterherzuschreien. Weiter die Straße hinunter spielten vier Jungen von zehn, zwölf Jahren Fußball.

Jeffers schaute auf den Verkehr, überquerte die Straße und ging an einem Textilgeschäft vorbei. Lange Kleider waren im Schaufenster zu sehen, größtenteils aus dunklem Stoff, und atonale Musik, die Jeffers unwillkürlich zusammenzucken ließ, dröhnte aus der Ladentür.

Bald werde ich wieder bei meiner Familie sein. Ich bin ein

Sünder, o Herr. Ich bitte dich: Reinige mich durch diese meine Tat.

»Ich bin die Schwertspitze des Herrn«, flüsterte er vor sich hin, während er gleichzeitig versuchte, die aufkeimende Panik in seinen Eingeweiden unter Kontrolle zu bekommen. »Ich kann das. Für Gott kann ich das.« Er wusste, dass er für vieles Buße tun musste.

Das Fleisch ist schwach, o Herr. Vergib mir. Ich habe gesündigt, und nun biete ich dir mich selbst zur Buße an. Seine Eltern hatten es bestimmt gewusst. Sie hatten seine schreckliche Gewohnheit gekannt. Doch noch war Zeit. Wenn er das hier richtig machte, würde man ihn im Himmel willkommen heißen, und sie würden ihn wieder in ihre Arme schließen. Jesus war jenen gegenüber gnädig, die aus tiefstem Herzen nach Vergebung suchten.

Nichtsdestotrotz hatte Jeffers noch nie solche Angst gehabt. Der straffe Gürtel um seine Hüfte zog nach unten, zumal er auch noch mit Schrauben und Eisenkugeln beschwert war.

»Ich werde nichts spüren. Ich kann das.« *Drück den Knopf, und das Nächste, was du siehst, wird der Thron Gottes sein.* »Ich rette meine Seele ... und damit die Welt.«

Jeffers schluckte. Sein Mund war ausgetrocknet. Natürlich würden sie sein Haus durchsuchen. Er hatte keine Zeit mehr gehabt, die Fotos zu beseitigen. Die ganze Welt würde es erfahren. Was würden sein Vater und seine Mutter wohl sagen? Aber sie konnten ja nichts mehr sagen. Ihre Leichen lagen irgendwo in einer Lagerhalle, eingewickelt in Weiß. Wenn er sie im Himmel wiedersah, würde er Buße getan haben.

Die Tür zur al-Uhud-Moschee stand offen. Zum Freitagsgebet war sie mit Sicherheit voller Gläubiger.

Schweiß lief Jeffers über die Schläfen, und sein Körper

stand vor Angst förmlich unter Strom. Wieder schaute er nach beiden Seiten die Straße hinunter. Sicher würde jemand ihn bemerken. Dann würde ein Schrei ertönen, und irgendein Araber würde auf ihn zeigen und rufen, der Ungläubige sei gekommen.

»Gütiger Gott, ich bete zu dir. Gib mir die Kraft, das durchzustehen. Hilf mir, diesen heiligen Akt zu vollbringen.« Doch am liebsten wäre Jeffers einfach zu seinem Mietwagen zurückgerannt, hätte die Bombe entschärft und wäre weggefahren.

Doch was hätte er damit gewonnen? Ewige Schande. Er würde sich für immer schuldig fühlen, Gott gegenüber in den Letzten Tagen versagt zu haben.

»Und am Ende wartet die Verdammnis.«

Jeffers konnte jetzt eine Stimme hören. Sie gehörte dem Imam, der die Gläubigen zum Gebet rief.

Als Jeffers die Moschee betrat, erfüllte ihn ein unwirkliches Gefühl. Es war, als spüre er die Hand Gottes im Rücken. In der Mitte des Gangs trat er sich die Schuhe von den Füßen, stellte sie aber nicht zu den anderen, die ordentlich an der Wand aufgereiht waren. Auch ignorierte er den feuchten Boden und das große Fußwaschbecken.

Durch einen Spitzbogen gelangte er in einen großen Raum. Männer knieten in langen Reihen auf ihren Gebetsteppichen. *Und ob ich schon wanderte im finstern Tal, fürchte ich kein Unglück.* »Und wer auch immer sein Leben um meinetwillen verliert, der wird es finden.«

Jeffers erkannte den Imam, den Presseberichten zufolge ein Mann namens Sheikh Omar Ibn. Die Deutschen hatten gegen ihn ermittelt und versucht, ihn auszuweisen, sich schließlich aber dem muslimischen Zorn gebeugt.

Der Sheikh hatte den Kopf zurückgelegt, die Augen geschlossen und die Arme ausgebreitet. Er war ganz und gar in seine Gebete vertieft, und seine Stimme stieg und fiel in sonorem Arabisch.

Es ist so eine schöne Sprache. Der seltsame Gedanke erfüllte Jeffers Seele.

Jeffers blieb vor dem Mann stehen und atmete zitternd ein. Die rechte Hand, tief in die Hosentasche gesteckt, streichelte den Auslöser. Sein Daumen lag auf dem Knopf.

»Im Namen des Vaters, des Sohnes und des Heiligen Geistes! Ich erkläre euch zu Dienern des Satans! Mörder Unschuldiger! Im Angesicht Gottes *sollt ihr gerichtet werden!*«

Sofort senkte sich Schweigen über den Raum; dann hörte Jeffers ein leises Murmeln hinter sich. Er starrte in die weit aufgerissenen, ungläubigen Augen des Sheikhs. Dann schlang er einem Impuls folgend den linken Arm um den Hals des Sheikhs und zog ihn zu sich heran. Das panische Schreien des Sheikhs hallte von den Wänden wider. Er wehrte sich, trat um sich, krallte nach Jeffers' Arm.

Eine Flut von Leibern – Männer, die ihn verzweifelt von ihrem Sheikh trennen wollten – warf Jeffers zu Boden, doch er hielt den Hals des Sheikhs fest umschlungen.

Jeffers drückte den Knopf …

Bill Reeves schaute sich die Nachrichtendienstberichte auf seinem Schreibtisch an und lehnte sich zurück. Seine Brille baumelte an einem Ohr, und sein Blick wanderte zu den Fotos von John Andrew Jeffers. Das Gesicht wirkte sanft: ein Mann mittleren Alters mit grauem Haar und vollen Lippen. Jeffers hatte wässrige blaue Augen, eine fleischige Nase und eine faltige Stirn. Reeves fühlte sich sofort an einen Buchhalter erinnert.

Jeffers war geschieden gewesen und hatte als Informatiker gearbeitet. Er hatte beide Eltern an Bord der *White Star* verloren. Seine Kollegen kannten ihn als frommen Christen; doch als das FBI sein Haus durchsucht hatte, hatten sie unter seinem Bett einen ganzen Stapel Kinderpornografie gefunden. Auf seinem Computer war noch mehr davon gewesen, einschließlich Links zu thailändischen Websites, die sich auf den Missbrauch von Kindern spezialisiert hatten.

Nun, Mr. Jeffers, warum sind Sie dann nach Hamburg geflogen, um dort eine Moschee in die Luft zu jagen? Diese ganz spezielle Moschee? Und woher hatten Sie den Sprengstoff?

Matt Richardson lugte zur Tür herein. »Sir? Sie sollten sich das mal ansehen. Wir leiten es auf Ihren Monitor.«

Reeves klickte mit der Maus, und Matts Feed erschien auf seinem Bildschirm. Es war CNN International. Reverend Box erschien auf dem Monitor, und Reeves drehte die Lautstärke hoch. *»John Jeffers mag ein Sünder gewesen sein«*, schrie Box, *»doch unser Herr sagt: ›Alle Sünden sollen vergeben werden.‹ So ist es auch mit John Jeffers. Er ist in die Höhle des Tiers gegangen, ein Krieger Gottes in den Letzten Tagen.«*

Reeves stieß sich mit dem Stuhl vom Schreibtisch weg. »Oh, mein lieber Reverend ... Gleich *zwei* aus Ihrer Herde?« Er drückte den Knopf auf seiner Sprechanlage, die ihn mit Matt Richardson verband. »Matt, machen Sie mir einen Termin mit dem guten Reverend. Diskret, vielleicht spät in der Nacht, alles so unauffällig wie möglich.«

»Ja, Sir.«

Reeves' Blick ruhte auf dem Stapel mit den Berichten der Nachrichtendienste. Schockwellen gingen durch die muslimische Welt. Das Undenkbare war geschehen. Und nun war es an Bill Reeves, das Beste daraus zu machen.

17.

Skip fuhr auf den Hotelparkplatz, stellte den Motor ab, blieb einen Moment sitzen und lehnte sich aufs Lenkrad. Eine Briefbombe? Was für Idioten! Dass irgendjemand versuchte, die Ermittler im Fall *White Star* zu entmutigen, würde sie sogar noch mehr motivieren.

Skip war erst fünf Minuten in seinem Zimmer, als es an der Tür klopfte. Er schaute von seinem BlackBerry auf.

»Ja?«

»Ich bin es, Jenn.«

Skip öffnete die Tür und sah Jenn in einem weißen Hemd, das in einer grauen Baumwollhose steckte. Um nicht wie der lüsterne Bastard zu erscheinen, der er war, versuchte Skip nicht auf ihre Brust zu starren, über der sich das Hemd spannte. Ihr seidiges braunes Haar fiel ihr über die Schultern, und in ihren schwarz-braunen Augen lag Neugier.

Skip ignorierte seine brodelnden Hormone und fragte: »Was gibt's?«

»Sind Sie an Essen interessiert?«

»Immer. Besonders wenn jemand anders bezahlt.«

»Sie sind doch schon eine Weile hier. Schon irgendwelche guten Restaurants gefunden?«

»Auf was hätten Sie denn Lust?«

»Auf viele Kalorien. Vielleicht irgendein chicer Pub mit jeder Menge Stout und Porter.«

»So einen gibt's ein Stück die Straße runter. Der ist zwar

nicht chic, aber traditionell. So ein Fish-'n'-Chips-Laden, wo man fettige Fritten kriegt.«

»Perfekt.«

Schweigend stiegen sie die Treppe hinab. Skip schnappte sich einen der Regenschirme in dem Messingständer, bevor sie in den grauen Tag hinausgingen.

»Ich hatte ein Gespräch mit Bastard-Bill«, erklärte Jenn.

»Und?«

»Er hat gesagt, Sie seien ein Klugscheißer und Idiot, der seine Zeit verschwendet. Er hat gefragt: ›Wie kommt es, dass dieses Arschloch der einzige Mensch auf Erden ist, der an ein U-Boot gedacht hat?‹«

»Ich nehme an, weil mir nichts anderes eingefallen ist.«

»Also hat Bill noch ein wenig geknurrt und zugegeben, dass diese Theorie im Augenblick genauso viel Sinn ergibt wie jede andere. Er wollte den Marineminister anrufen, um mit ihm darüber zu reden.«

»Gott segne Bills schwarze Seele.«

Jenn schaute ihn von der Seite an. »Sie wissen doch, dass Bill den Ruhm einheimsen wird, sollte sich das als richtig herausstellen, oder?«

»Wenn er sich entscheiden müsste, seinen Schwanz in eine Steckdose zu stecken oder mir die Ehre zu überlassen, würde er sich für den Schwanz entscheiden.«

»Das alles geht auf den ›Dienst‹ zurück, nicht wahr?«

Skip blieb stehen. »Woher, zum Teufel ...«

»Intelligence Support Activity. Der Nachrichtenunterstützungsdienst, kurz ›Dienst‹ genannt. Eine geheime Aufklärungseinheit der Army, die nach der Mission Desert One aufgestellt wurde, damals in den Siebzigern, als man versucht hat, die Geiseln im Iran zu befreien. Der Dienst wird vor den

Augen der Öffentlichkeit verborgen gehalten, um sich nicht vor den Gutmenschen im Kongress verantworten zu müssen. Er ist eine Spezialeinheit, die nie existiert hat – wie im Film. Nur *dass* sie existiert hat, und dass es sie immer noch gibt.« Belustigt verzog Jenn den Mund. »Inzwischen ist alles bekannt. Es gibt sogar ein Buch darüber: *Die Killer-Elite.*«

»Tatsächlich?«

»Ja. Nichts bleibt für längere Zeit geheim. Ich habe sogar herausgefunden, dass Sie deshalb noch immer in Virginia leben. Die ISA hat ihr Hauptquartier in Fort Belvior. Hat man sie früher nicht ›Die Armee Nord-Virginias‹ genannt?«

»Das tut man immer noch.«

»Und? Warum hat Bastard-Bill die ISA verlassen und ist zum Außenministerium gegangen?«

»Weil jemand wie ich ihm nach dem Fiasko im Iran irgendwann eine Handgranate ins Hemd gesteckt hätte.«

Jenn setzte sich wieder in Bewegung und schaute nachdenklich drein. »Ich sollte mich wohl bemühen, Sie nicht zu verärgern ... oder ich trage nur noch Hemden mit geschlossenem Kragen.«

»Reeves war schon immer ein politisches Tier. Das Außenministerium kann Leute wie ihn gebrauchen.« Skip winkte ab. »Niemand geht zum Dienst, wenn er nicht bereit ist, zurückgelassen zu werden. Das haben wir alle gewusst. Die Regeln waren klar: Wenn die politische Situation sich veränderte, waren wir entbehrlich. Das Problem im Iran war, dass Bill kalte Füße bekommen hat und abgesprungen ist. Der Befehl kam nicht von oben.«

»Aber Sie haben es trotzdem geschafft, rauszukommen.«

»Ja. Wir haben Käfer gefressen, Eidechsen und gelegentlich mal eine Ziege roh, während die Revolutionsgarde die Hügel nach uns durchsucht hat. Ich nehme an, zum Schluss haben sie uns für tot gehalten. Wahrscheinlich konnten sie einfach nicht glauben, dass vier Amerikaner sich da oben so lange verstecken können. Vermutlich haben sie nicht mal geglaubt, dass wir je existiert haben.« Skip grinste. »Sie hätten Bills Gesicht sehen sollen, als man uns quicklebendig vor seiner Bürotür abgesetzt hat. Wir waren seit vier Monaten offiziell tot.«

»Und Sie werden ihm nie vergeben?«

»Och, natürlich werde ich das ... sobald sein Kopf auf einem Spieß in meinem Vorgarten steht. Mir wird ganz warm ums Herz bei der Vorstellung, dass Raben ihm die Augen auspicken.«

»Haben Sie von dem Selbstmordanschlag in Gaza gehört?«

»War das die Hamas oder die Fatah?«

»Ein Amerikaner. Ein Christ. Ein Jimmy Black oder so ähnlich. Seine Eltern sind auf der *White Star* gestorben.«

Skip kniff ein Auge zusammen. »Wollen Sie mich verarschen?«

»Nein. Er ist mit einem Visum des Roten Kreuzes aus Ägypten in den Gazastreifen gekommen. Unsere Berichte sind erst vorläufig. Analysen des Bandes von al-Jazeera deuten darauf hin, dass er sich dem Beerdigungszug für einen Führer der Hamas angeschlossen und an den Sarg herangeschlichen hat. Man nimmt an, dass er ›Im Namen des Vaters, des Sohnes und des Heiligen Geistes‹ gebrüllt hat und dann ... bumm.«

»Wo hatte er denn den Sprengstoff her?«

»Das wissen wir noch nicht. Die Hamas leitet die Untersuchungen. Aus Gründen, die sich meiner Kenntnis entziehen, haben sie uns bis jetzt einen Scheißdreck erzählt.«

»Das muss ein paar Leute ziemlich nervös gemacht haben. War der Mann geistig verwirrt?«

»Soviel wir wissen, nein. Es ist allerdings noch sehr früh für konkrete Aussagen. Bevor ich zu Ihrem Zimmer gegangen bin, hat man mich kurz auf den neuesten Stand gebracht. Wahrscheinlich war der Mann bloß irre.«

An der Tür des Pubs blieb Jenn stehen. »Wie denken Sie eigentlich über Muslime?«

Skip zog die Tür auf und ging voraus. Der Laden besaß eine lange Theke mit traditioneller Zapfanlage. Schilder an der Wand bewarben unterschiedliche britische Biere, und auf den Tischen standen schwere Holzzeichen. An den weiß verputzten Wänden hingen Bilder von Pferden, Hunden und Füchsen. Einige Gäste nickten höflich, als Jenn und Skip an ihnen vorbei zu einem der Tische im hinteren Teil des Schankraums gingen.

Der Wirt sah *very british* aus in seiner schwarzen Hose und dem weißen Hemd, das auch in einem Hollywoodfilm als Requisite hätte dienen können. Über dem Arm trug er ein Handtuch, mit dem er kurz über das vernarbte Holz des Tisches wischte.

»Ein Courage Bitter«, bestellte Jenn und griff nach der in Plastik eingeschweißten Speisekarte.

»Ein Halbes?«, fragte der Wirt.

»Nein, ein Pint«, antwortete Jenn.

»Sehr wohl, Mum.«

Skip bestellte sich ein Ale, Old Peculiar. Als der Wirt sich wieder zurückgezogen hatte, überflog Jenn die Speisekarte. »Ich denke, ich nehme Fish 'n' Chips.«

»Zweimal«, sagte Skip, als der Wirt zurückkam.

Sie beobachteten, wie der Mann hinter den Tresen ging, sich in die Küche beugte und die Bestellung in einer Lautstärke brüllte, als wäre der Laden gerappelt voll.

»Sie haben meine Frage noch nicht beantwortet, Skip«, erinnerte Jenn.

»Muslime sind einfach nur Menschen«, erklärte Skip. »Aber im Westen versteht kaum jemand, wie sie denken. Wir reden ja immer vom ›kulturellen Graben‹. Auf die Muslime bezogen ist das wie der Grand Canyon, wobei wir auf der einen und sie auf der anderen Seite stehen.«

»Und wo, glauben Sie, wird das enden?«

Skip lehnte sich zurück, als die Biere auf den Tisch gestellt wurden. Bedächtig nahm er einen kleinen Schluck und genoss den Geschmack. »Ich bin nicht gerade optimistisch, was das betrifft. Menschen wie Bill machen Versprechungen, und dann ändert sich das politische Klima. Hätten wir unsere Versprechen gehalten, nach dem Abzug der Sowjets jede Menge Wirtschaftshilfe nach Afghanistan hineinzupumpen, hätte es keinen bin Laden gegeben. Es hätte keinen Bürgerkrieg gegeben, und die Taliban wären nie an die Macht gekommen. Der Kongress – Gott segne sie – wollte jedoch kein Geld ausgeben. Die Afghanen haben das nicht verstanden. Für sie ist ein Versprechen ein Versprechen. In ihren Augen sind wir einfach weggelaufen und haben sie in der Scheiße stecken lassen. Die Taliban waren schlicht die einfachste Alternative zu Chaos, Bürgerkrieg, Vergewaltigung und Banditentum.«

»Haben Sie von der Briefbombe gehört?«

»Ein wenig, ja. Sie verstehen uns ebenfalls nicht. Das wird nicht gerade die Laune der Ermittler heben.«

»Sie wollten Dr. Cole. Offenbar hat sie die Angreifer ›Monster‹ und ›Tiere‹ genannt.«

Skip richtete sich auf. »Dr. Cole?«

Jenn bemerkte seine Reaktion. »Da habe ich wohl einen Nerv getroffen.«

»Ich habe gestern Abend mit ihr gegessen und mir ihren Bericht angesehen. Sie hat in Bosnien, im Irak und in Afghanistan Kriegsverbrechen an Muslimen dokumentiert. Wenn es jemanden gibt, der mit ihnen fühlen kann, dann sie.«

»Nun, jetzt steht sie jedenfalls bei irgendjemandem auf der Abschussliste. Die Bombe wurde vor zwei Tagen in Amsterdam bei der Post aufgegeben. Seit der Anschlag bekannt geworden ist, rüttelt die Presse unablässig am Zaun der Basis, um mit ihr zu sprechen. Selbst Bill ist an ihr interessiert.«

»Wenn sie klug ist, wird sie sich von allen fernhalten.« Skip seufzte, als er sich an Maureen erinnerte, und wie das Licht mit ihrem Haar gespielt hatte. Seit Jahren hatte er keinen so angenehmen Abend mit einer Frau verbracht. Er hatte sogar darüber nachgedacht, sich auch nach Abschluss der Ermittlungen mit ihr zu treffen.

»So sieht also der sanfte Blick eines alten Kriegers aus«, sinnierte Jenn. »Habe ich etwa eine Rivalin?«

»Sie haben einen Freund.«

Da war wieder dieses niedliche Lächeln. »Und er lässt sich leicht beiseiteschieben, wenn ich mal keine männliche Aufmerksamkeit will. So bleibt alles professionell.«

»Dann haben Sie also keinen Freund?«

»Ich habe ihn in den letzten zwei Jahren dreimal gesehen. Die meiste Zeit ist er nicht im Land, und ich habe einen Fulltime-Job.«

»Warum erzählen Sie mir das?«

Jenn hob die schmalen Augenbrauen. »Nennen Sie es ›ein erstes Auskundschaften‹.«

»Und warum ich? Ich mache derbe Scherze auf Kosten meiner Vorgesetzten.«

Jenn zuckte mit den Schultern. »Die Männer, mit denen ich

ansonsten zu tun habe, sind Papiertiger, die Rang und Macht mit Männlichkeit gleichsetzen. Nehmen Sie denen die schicken Büros, die teuren Anzüge und das dicke Konto weg, bleibt nicht mehr viel.«

»Meine Vergangenheit ist ziemlich bewegt, und das meine ich nicht im sportlichen Sinne.«

Jenn verzog leicht das Gesicht. »Bin ich wirklich so uninteressant?«

»Nun, wenn wir schon auskundschaften, werden Sie herausfinden, dass ich nicht zu den gefügigen und gefühlvollen Männern gehöre. Ich habe einen ganzen Friedhof unterm Bett.«

»Ein, zwei Leichen ließen sich auch bei mir finden.«

»Touché.«

Der Wirt brachte ihnen die Fish 'n' Chips. Skip schüttete jede Menge Essig darauf. Während des Essens schlief das Gespräch ein wenig ein.

Was hat das alles zu bedeuten?, fragte sich Skip und musterte Jenn verstohlen. Er hatte nicht vergessen, wie sie ausgesehen hatte, als sie mit ihrer Harley bei Nick's vorgefahren war. Jenn Royce gehörte definitiv zu dem Typ Frau, mit denen die meisten Männer sich gerne sehen lassen würden.

»Und? Wie sehen Sie mich nun?«

»Mit Neugier.«

»Und was ist mit Interesse? Ich dachte, das hätte ich in Ihren Augen gesehen, als ich vorhin zu Ihnen aufs Zimmer gekommen bin.«

»Ich lebe, und ich bin ein Mann, oder etwa nicht?« Skip wischte sich die Finger an der Serviette ab. »Sagen wir mal so: Ich bin nicht gerade der Typ, bei dem attraktive Frauen zweimal hinschauen.«

Jenn schaute auf ein Stück Fisch. »Skip ... Ich glaube, uns stehen unzivilisierte Zeiten bevor. Ich mag Ihren Stil. Macht es Ihnen übrigens etwas aus, wenn ich Du zu Ihnen sage?«

»Kein Problem«, antwortete Skip; dann hörte er, wie etwas aus der Küche gerufen wurde. Er schaute zum Tresen und sah, wie der Wirt nach oben griff und den Fernseher einschaltete.

Eine von Menschen wimmelnde Straße war auf dem Bildschirm zu sehen. Was einst offenbar eine Moschee gewesen war, war eine Ruine, aus deren zerstörten Fenstern Rauch quoll. Die deutsche Polizei hielt die Zuschauer zurück, und Sanitäter trugen Verletzte aus der zerfetzten Eingangstür. Andere beugten sich über Körper, die auf der Straße lagen. Dann schwenkte die Kamera zum ausgebrannten Wrack eines Autos.

»Der Bombenattentäter hat offenbar eine E-Mail an einen Hamburger Lokalsender geschickt. Darin erklärt er, in der al-Uhud-Moschee, die zwei der Attentäter vom 11. September regelmäßig besucht haben, würde das Böse gepredigt. John Andrew Jeffers, ein christlicher Selbstmordattentäter, hat sich und andere in dieser Hamburger Moschee in die Luft gesprengt. Zwei Minuten später hat eine zweite Explosion das Viertel erschüttert, offenbar eine Autobombe, und Dutzende Menschen getötet, die zur Moschee geeilt waren.«

Skip drehte sich zu Jenn um. Ungläubig starrte sie auf den Fernseher.

Er sagte: »Gaza und jetzt Hamburg? Gleich zwei von denen? Irgendwie habe ich das Gefühl, dass wir es hier mit einem ganz neuen Spiel zu tun haben.«

Die Uhr hinter der Rezeption zeigte 00.50 Uhr. A. P., der nervös in der Lobby des Gemeindehauses auf und ab gelaufen war, blieb stehen und blickte in die Nacht hinaus. Der Rasen und die gewundene Auffahrt wurden von Halogenscheinwerfern erhellt. Der im Bau befindliche Sicherheitszaun – größtenteils waren erst die Betonpfeiler gesetzt – schimmerte im gelben Licht. In den kommenden Tagen würden hochempfindliche Sicherheitsplatten zwischen die Pfeiler montiert werden, sodass die Gemeinde binnen einer Woche zur Festung wurde. A. P. schaute erneut auf seine Uhr und dann zu seinem Anwalt, Mike Hailwood.

Hailwood trug einen konservativen grauen Anzug, weißes Hemd und eine schmale rote Krawatte. Er saß in einem der schweren Ledersessel, hatte die Arme vor dem Leib verschränkt und die Füße ausgestreckt.

»Sie sollten jeden Moment hier sein«, erklärte A. P. Die Spannung war kaum zu ertragen. Dabei hatte ihn der Anruf nicht wirklich überrascht. Jeder mit nur ein bisschen Verstand war in der Lage, eins und eins zusammenzuzählen.

Wie aufs Stichwort erschienen Scheinwerfer auf der Zufahrt. An dem neu errichteten Wachhaus hielt der Wagen kurz an.

A. P. beobachtete, wie die Schranke gehoben wurde und das Auto weiterfuhr.

Die lange schwarze Limousine hielt unmittelbar vor der Tür. Dann öffnete sich die Tür des Fonds, und ein Mann stieg aus. Er schaute sich um und ging ohne zu zögern zum Eingang.

A. P. öffnete und streckte die Hand aus. »Willkommen, Herr Unterstaatssekretär.«

»Bill Reeves, Reverend. Lassen wir den Titel. Das klingt so förmlich. Sagen Sie Bill zu mir.«

»Ich möchte Ihnen meinen Anwalt Mike Hailwood vorstellen.«

Hailwood war aufgestanden und streckte nun seinerseits die Hand aus. »Erfreut, Sie kennen zu lernen, Sir.«

A. P. legte den Kopf zur Seite. »Es ist ein wenig spät für einen Besuch, finden Sie nicht? Kann ich Ihnen etwas anbieten? Einen Kaffee? Einen Drink?«

»Einen Drink?« Reeves hob die Augenbrauen. »Reverend, Sie gefallen mir von Augenblick zu Augenblick besser.«

»Ich habe eine Flasche Jack Daniel's Single Barrel besorgt. Wie ich gehört habe, ist das Ihre Lieblingsmarke.« A. P. grinste. »Sie können sie später mitnehmen, wenn Sie wollen. Betrachten Sie den Whisky als Geschenk.«

»Und Sie nehmen nichts?«

»Nein, Sir. Aber wenn jemand mäßig trinkt, wenn er sich hin und wieder einen Schluck zur Entspannung genehmigt, habe ich keine Probleme damit.« Er deutete ins Innere und ging voraus. »Kommen Sie. Ich besorge Ihnen ein Glas, und dann suchen wir uns ein bequemes Eckchen, wo wir reden können.«

Reeves zögerte. »Wie ich gehört habe, sind Sie ein Mann, der sein Wort hält, Reverend.«

A. P. blieb stehen. »Was in der Bibel über Lügner und Heuchler steht, nehme ich sehr ernst.«

»Geben Sie mir dann Ihr Wort, dass nichts, aber auch gar nichts von diesem Treffen aufgezeichnet wird? Egal in welcher Form?«

»Hätte ich einen Grund dafür? Vielleicht angesichts der mehr oder minder unverhohlenen Drohungen Ihrer Assistentin bei deren letztem Besuch?«

Bill Reeves unterdrückte ein Lächeln. »Ja, Reverend. Sie

hätten sogar guten Grund dafür. Ich bin Realist. Nach Hamburg und Gaza haben wir unsere Meinung über Ihre Gemeinde im Licht der gegenwärtigen Außenpolitik noch einmal gründlich überdacht.«

A. P. glaubte zu verstehen. »Wollen Sie mir damit sagen, dass die Regierung sich jetzt im Vorteil wähnt?«

Reeves lächelte. »Ich würde gerne ernsthaft mit Ihnen verhandeln – ein Prozess, der Wurstherstellung nicht ganz unähnlich ist. Solange wir ein schmackhaftes Endprodukt haben, möchte ich nicht, dass das Rezept bekannt wird.«

»Und was würde dieses Rezept enthalten? Ein Ende der eher ›ungewöhnlichen‹ Aktivitäten unserer Gemeinde?«

Reeves lächelte grimmig, als er die Brille abnahm und mit einem weißen Taschentuch putzte. »Reverend, im Gegensatz zu einigen meiner Kollegen war ich im Feld. Ich teile vielleicht nicht Ihren Glauben an die Apokalypse, aber unser beider Armageddon wird auf demselben Schlachtfeld ausgefochten.« Er hielt kurz inne und schaute A. P. kalt in die Augen. »Lassen wir es also dabei bewenden, dass dieses Treffen nie stattgefunden hat.«

»Bei meiner Ehre, es wird keinerlei Aufzeichnungen geben.« A. P. ging wieder voraus. Er war froh, dass Bill Reeves seine zufriedene Miene nicht sehen konnte.

18.

Ali wartete, während die anderen Schüler ihre Korane wegpackten und über Fußball redeten, die christlichen Bombenattentäter und darüber, ob ein Audi besser sei als ein BMW. Mohammed Batari und Faisal Hamadi schlugen einander spielerisch, als sie an Ali vorbeigingen.

»He, Ali«, rief Batari, »komm mit, Fußball spielen. Dann kannst du deinen klapprigen Körper trainieren.«

Faisal verzog das Gesicht. »Bloß nicht. Ali schießt den Ball doch nur durch irgendein Fenster. Er hat zwei linke Füße.«

Ali versuchte ein Lächeln, doch es gelang ihm nicht. »Ich muss zum Imam.«

Batari zögerte, bis Faisal außer Hörweite war. »Lass dich nicht von ihm ärgern. So Allah will, wirst du eines Tages der Größte von uns allen sein. Aus Faisal wird nie mehr als ein Handlanger.«

Ali schaute seinen Freunden hinterher. Ehe er begonnen hatte, für den Imam zu arbeiten, war es bedrückend für ihn gewesen, nur so wenige Freunde zu haben. Wenn man ihn damals wegen seiner mangelnden Fußballkünste oder seines Unwissens über Autos und Motorräder aufgezogen hatte, hatte er sich jedes Mal an seinen Computer zurückgezogen, zu Videospielen und zum Internet.

Die letzten Schüler um den Imam waren gerade gegangen, als Ali vortrat. Er wartete respektvoll, bis Abu Salassi ihm in die Augen schaute und fragte: »Ja, Ali?«

»Du bist heute Fragen über die christlichen Selbstmordattentäter ausgewichen, Imam.«

Der Imam nickte und schaute nachdenklich drein. »Wir sind nicht sicher, was das zu bedeuten hat. Ist es nur etwas Vorübergehendes? Etwas, das die Amerikaner eine ›Marotte‹ nennen? Oder ist es eine echte Offensive, vielleicht sogar unterstützt von der Kirche dieses Teufels Bobby Box? Falls ja – woher haben sie den Sprengstoff? Du musst wissen, solche Dinge sind sehr kompliziert. Menschen und Material müssen über Grenzen transportiert werden. Meinen Quellen zufolge hat die Hamas herausgefunden, dass der Attentäter amerikanischen Sprengstoff benutzt hat. Chemiker können so etwas feststellen, und Allah weiß, dass wir schon viele amerikanische Sprengstoffrückstände haben analysieren können.«

»Und wenn wirklich der Teufel Box dahintersteckt?«

Abu Salassi runzelte die Stirn, schaute Ali nachdenklich an und antwortete schließlich: »Man hat stets geglaubt, dass die Amerikaner nicht den Mut für solch einen Tod haben. Aber Amerika ist ein Land mit dreihundert Millionen Menschen, Ali. Bei so vielen Einwohnern muss es viele wahrlich Verzweifelte geben. Einige greifen zu ihren Waffen und laufen in einer Schule Amok; andere springen von Brücken. Da wird Box sicherlich jemanden finden, der sich einen Sprengstoffgürtel umschnallt und damit in eine Moschee geht.«

Der alte Mann winkte mit seiner fleckigen Hand. »Wir müssen darauf hoffen, dass die Amerikaner und Europäer das als so schrecklich empfinden, dass sie Box aufhalten. Die Gefahr liegt darin, wie lange das noch weitergeht. Sollte der Westen sich daran gewöhnen, von solchen Dingen zu hören, wird das Entsetzen abebben. Und wenn das geschieht, wird unser Dschihad ein völlig neues Gesicht bekommen.«

»Wie?«

»Gegen eine Regierung zu kämpfen, ist leicht, Ali. Regierungen sind etwas Abstraktes – große, unbeholfene Apparate ohne Herz oder Verstand. Wenn jedoch Individuen zu sterben bereit sind, um andere zu töten, ist das nicht mehr abstrakt. Eine solche Tat trifft die Menschen unmittelbar ins Herz. Der Apparat wird zu etwas Lebendigem.«

Ali nickte. »Ich habe mich selbst stets als Waffe betrachtet.«

»Und nun wird dir zum ersten Mal bewusst, dass auch du oder ich ein Opfer sein könnten?«

Wieder nickte Ali.

»Das, mein junger Freund, ist die Gefahr. So Allah will, werden die westlichen Regierungen und ihre Völker von diesen Taten so abgestoßen sein, dass sie alles tun werden, um ihnen ein Ende zu bereiten. Denn wenn sie das nicht tun ...«

»Ja, Imam?«

»Wenn sie das nicht tun, werden wir ein furchtbares Chaos entfesselt haben, das mit jeder Bombe wächst.«

Direktor Maury Snyders Büro im siebten Stock der FBI-Zentrale in Washington D. C. war nicht das, was A. P. erwartet hatte. Aus Gründen, die er plötzlich als dumm empfand, hatte er sich den Raum eher spartanisch vorgestellt, mit Diplomen an der Wand und Regalen voller Aktenordner. Stattdessen gab es Walnussvertäfelungen und dicke scharlachrote Teppiche. Der riesige Schreibtisch des Direktors stand zum Fenster gedreht, damit er die Aussicht genießen konnte. Das Glas selbst war von seltsamen Stäben eingerahmt.

A. P. glaubte sich zu erinnern, dass solche Stäbe dazu dienten, Fenster in leichte Vibration zu versetzen, sodass man mit Laserabhörgeräten keine Gespräche im Raum mehr belauschen konnte. Elegante Samtvorhänge rahmten das Ganze ein. Der Schreibtisch des Direktors war aus tropischem Hartholz. Fernsehmonitore bedeckten eine Wand, während zwei riesige Bücherregale voller juristischer Literatur die anderen beiden beherrschten. Ein Bild des Präsidenten, eines von J. Edgar Hoover und mehrere der nachfolgenden FBI-Direktoren zierten die Wand neben der Tür.

Direktor Maury Snyder war ein großer, kräftiger Mann und sah jeden Zoll wie der geborene Herrscher über Amerikas wichtigste Polizeiorganisation aus. Er saß hinter seinem imposanten Schreibtisch, während mehrere seiner Untertanen ihn von Stühlen vor den Bücherregalen beobachteten.

A. P. schaute zu seinem Anwalt, Mike Hailwood, und lächelte ihn zufrieden an.

»Reverend«, begann der Direktor mit sanfter Stimme, »wir wissen, dass Sie in diese Bombenanschläge verwickelt sind. Amerikaner reisen nicht ins Ausland und jagen sich selbst in die Luft – nicht, ohne dass ein schier unglaublicher Zwang auf sie ausgeübt worden wäre. Damit ist jetzt Schluss. Sofort.«

Hailwood spreizte die Finger und hob abwehrend die Hand. »Herr Direktor, mein Mandant ist genauso entsetzt über die Taten von Blankenship und Jeffers wie Sie. Die Gemeinde würde derartige Gewalttaten gegen Unschuldige niemals gutheißen. Wollen Sie etwa behaupten, dass Sie Beweise haben, die darauf hindeuten, dass mein Mandant etwas mit diesen Angriffen zu tun hat?«

Direktor Snyder schaute seine vier Lakaien aus zusammengekniffenen Augen an. Mit steinernen Mienen erwiderten sie seinen Blick. »Wenn Sie mit diesem Wahnsinn weitermachen, können Sie sicher sein, dass wir irgendwann die Beweise haben werden. Und wenn das passiert, steckt Ihre Gemeinde bis zum Hals in der Scheiße. Die Antiterrorismusgesetze ...«

»Terrorismus?«, unterbrach ihn Hailwood. »Zwei trauernde Männer haben zugegebenermaßen ein wenig übereifrig reagiert. Einer hat eine Hamas-Beerdigung in die Luft gesprengt und dabei bekannte Unterstützer des Terrorismus getötet, der andere hat eine Moschee zerstört, die international als Zuflucht von al-Kaida bekannt gewesen ist. Zwei der Attentäter vom 11. September haben diese Moschee regelmäßig besucht. Die Deutschen hätten Sheikh Omar Ibn schon lange ausgewiesen, wäre es nicht zu Straßenkämpfen gekommen. Wenn Sie mal auf Ihre Liste schauen, werden Sie Ibn ziemlich weit oben finden, nehme ich an.«

»Als Jeffers' Wagen in die Luft geflogen ist, waren unschuldige Frauen und Kinder unter den Opfern.«

»Und fünf ›Personen von Interesse‹ sind getötet worden, als sie zur Tür der Moschee gerannt sind«, fuhr Hailwood fort. »Herr Direktor, bei allem gebotenen Respekt, wenn Sie Ihre Hausaufgaben machen würden, würden Sie herausfinden, dass sowohl das Justizministerium als auch das Pentagon und die Heimatschutzbehörde den Tod von Unschuldigen billigend in Kauf nehmen, wenn diese sich in der Nähe von Terroristen aufhalten.« Hailwood lächelte. »Sollte das hier je an die Öffentlichkeit gelangen, könnte ebenso leicht publik werden, dass christliche Selbstmordattentäter geschafft haben, wozu die Regierung nicht in der Lage war.«

»Indem sie außerhalb des Gesetzes handelten!« Der Direktor beugte sich vor. »Die Ziele stehen hier nicht zur Debatte. Es geht darum, auf welche Art und Weise sie erreicht werden. Wir werden *nicht* zulassen, dass Amerikaner das Gesetz in die eigenen Hände nehmen – egal ob es sich dabei um unser Gesetz handelt oder das eines anderen Staates.«

Der Direktor lehnte sich zurück. »Nun, wir wissen, dass Blankenship dabei war, als Reverend Box über die Toten der *White Star* gepredigt hat. Sein Gesicht erscheint in den Filmaufnahmen. Und wir wissen auch, dass Jeffers ein Mitglied Ihrer Kirche war.«

»Unserer *Gemeinde*«, korrigierte A. P. ihn. »In unseren Gottesdiensten sind Menschen jeden Glaubens willkommen.«

»Wir waren nicht gerade erfreut darüber, dass Sie der Presse erklärt haben, Jeffers habe mit dem Anschlag auf Omar Ibn für seine Sünden Buße getan. Der Kerl war pädophil.«

»Er diente Gott, so gut er konnte«, erwiderte A. P. »Das ist das Problem, nicht wahr? Die Ränge der Gläubigen, die das Böse in den Letzten Tagen sehen und Buße suchen, verletzen die Rechte des Staates.«

Der Direktor blickte ihn kalt an. »Hier geht es nicht um Religion, Reverend. Wir stehen auf Messers Schneide. Da können wir es nicht gebrauchen, dass Sie und Ihre Leute Öl ins internationale Feuer gießen.«

Ehe A. P. etwas erwidern konnte, fuhr der Direktor fort: »Sie und Ihre Kirche sind mir scheißegal, und es könnte mir auch nicht gleichgültiger sein, was in der Offenbarung steht und was nicht. Mein Job ist es, die Gesetze der Vereinigten Staaten durchzusetzen. Sie und Ihre Kirche sind Terroristen. Schlicht und einfach. Ich werde nicht zulassen, dass Amerikaner sich wegen irgendeiner dämlichen Vorstellung von Erlösung in die Luft jagen und andere Menschen mit in den Tod reißen. Das ist falsch, wenn Islamisten es tun, und es ist genauso falsch, wenn Sie es tun.«

»Warum verhaften Sie mich dann nicht gleich hier und jetzt? Warum durchsuchen Sie nicht die Gemeinde und stellen mich vor Gericht?« A. P. schaute zu Hailwood. »Wir haben doch das Recht auf eine schnelle Gerichtsverhandlung, nicht wahr? Es gibt doch sicher Anklageschriften, Plädoyers oder dergleichen. Und das wiederum muss doch alles öffentlich sein, oder?«

»In der Tat«, bestätigte ihm Hailwood. »Im Übrigen würden die Gerichte bei Ihnen nicht von Fluchtgefahr ausgehen, Reverend, und angesichts der Millionenspenden, die in letzter Zeit eingegangen sind, dürfte eine Kaution wohl kein Problem darstellen. Sie würden ausreichend Gelegenheit haben, Ihren Fall einer begierig lauschenden Öffentlichkeit vorzutragen.« Hailwood lächelte den Direktor an. »Und wenn Sie die muslimischen Freudentänze wegen der Märtyrer auf der *White Star* einflechten, würde dies einen Keil mitten durch das amerikanische Volk treiben. Ein Prozess würde uns ein Forum geben, von dem wir sonst nur hätten träumen können.«

Mit leiser Stimme sagte Snyder: »Glauben Sie mir: Sie wollen keinen Krieg gegen die Regierung der Vereinigten Staaten führen.«

Hailwood schüttelte den Kopf. »Krieg mit der Regierung? Wovon reden Sie da überhaupt? Der Reverend und vor ihm sein Vater haben diese Regierung Predigt auf Predigt stets verteidigt und unterstützt. ›Das Volk der Vereinigten Staaten gegen Reverend A. P. Box‹ … Das ist nur eine juristische Phrase. Außerdem gilt der Reverend als unschuldig, bis seine Schuld erwiesen ist. Und als Angeklagter hätte er das Recht, sich zu verteidigen. Wie kann man dieses *Recht* als Krieg missdeuten?«

Der Direktor funkelte die beiden weiterhin kalt an.

»Aber wenden wir uns wieder der Realität zu«, fuhr Hailwood fort. »Wir wissen, dass in der gegenwärtigen Administration nicht alle gegen uns sind. Auch wollen wir weder unsere Regierung noch irgendeine ihrer Behörden in Verlegenheit bringen. Deshalb ... Welchen Kompromiss zur beiderseitigen Zufriedenheit können wir heute hier aushandeln?«

»Es wird keinen Kompromiss geben. Die Bombenanschläge werden aufhören. Punkt. Ist das der Fall, werden wir vergessen, dass Sie jemals in diesem Büro waren.«

»Ich verstehe«, sagte A. P. in sachlichem Ton und streckte die Hände aus. »In dem Fall, Herr Direktor, können Sie mich gleich verhaften.«

Mehrere Sekunden lang schauten sie sich in die Augen und schätzten einander ab. A. P. wartete und fühlte sich erfüllt von Gottes Macht und der Richtigkeit des Augenblicks. Im Gegensatz zu seinem Herrn in Gethsemane genoss A. P. den Anblick von Roms Macht.

Wo du vor mir gewesen bist, o Herr, da will ich in Frieden wandeln.

Ohne den Blick von A. P. zu nehmen, sagte der Direktor: »Machen Sie, dass Sie aus meinem Büro kommen. Sie werden noch von uns hören.«

A. P. nickte höflich und stand auf. Vor der Tür beugte er sich zu Hailwood hinüber. »Vielleicht wird er im Gegensatz zu Pilatus ja doch noch das Haupt vor dem aufziehenden Sturm beugen.«

19.

Die CD in Maureens Hand schimmerte in allen Regenbogenfarben, als das Licht auf die Oberfläche fiel. Leise klopfte sie an Captain Marcys Tür. »Er ist fertig.«

Marcy kauerte über dem alten Schreibtisch, den man ihm gegeben hatte. Überall lagen Stapel gebundener Berichte; eine Schreibtischlampe warf ihr Licht auf die Akte, die Marcy gerade gelesen hatte. Der Kaffeebecher neben seinem Ellbogen war voller Flecken.

Marcy hob den Blick. Seine Müdigkeit war ihm deutlich anzusehen. »Ich danke Ihnen, Doktor. Nach den letzten paar Tagen bin ich überrascht, dass Sie sich noch haben konzentrieren können.«

»Irgendjemand wollte, dass ich das hier nicht fertig mache«, erwiderte Maureen und zuckte mit den Schultern. »Da habe ich nur umso härter gearbeitet, nachdem der erste Schock verflogen war.«

Sie ging zum Schreibtisch und reichte Marcy die CD. »Es ist alles drauf. Ich würde mich freuen, wenn Sie mir Feedback gäben, sobald Sie sich alles angeschaut haben. Dann möchte ich so schnell wie möglich weg von hier.« Maureen schauderte unwillkürlich bei dem Gedanken, auch nur eine Nacht mehr als unbedingt nötig in diesen ekelhaften Schlafsälen verbringen zu müssen.

»Und dann was, Doktor? Gehen Sie dann wieder in den Irak?«

Maureen schüttelte den Kopf. »Einige Leute in meinem Beruf ... Nun, ich habe über die Jahre hinweg genug davon beobachten können. Wir sprechen für die Toten, denn wenn wir es nicht tun, wer dann? Doch wir zahlen einen schrecklichen Preis dafür. Wenn sie irgendwo in Afghanistan, im Irak oder in Bosnien in einem Zelt leben, nehmen die Ermordeten kein Ende – ebenso wenig wie die Grausamkeiten und die Unmenschlichkeit. Wie viele Opfer kann ein Mensch ausgraben, dokumentieren und beweinen? Das hinterlässt tiefe seelische Wunden, Captain. Und manchmal sammeln sich diese Wunden an, und dann beginnen die Albträume.«

»Und? Haben Sie Ihren Wendepunkt schon gefunden?«

Maureen nickte. »Ein kleines Mädchen ... im Irak. Mit einem Arm hielt sie das Bein ihrer Mutter umklammert, mit dem anderen einen Teddy. Jemand hatte ihr in den Kopf geschossen.«

Marcy nickte und schaute mitfühlend drein. »Ich habe nur die *White Star* für meine Albträume.«

»Das reicht auch.« Maureen erinnerte sich an die Kinder, die sie auf den Decks und in den Gängen und Kabinen gesehen hatte. Sie wechselte das Thema. »Und? Hat man schon herausgefunden, wie sie es getan haben?«

Marcy rieb sich den Nasenrücken. »Um ehrlich zu sein, Doktor, wissen wir rein gar nichts. Allmählich glaube ich, dass wir es nie erfahren werden, es sei denn, sie sagen es uns. Aber selbst wenn – wie sollten wir verhindern, dass so etwas noch einmal geschieht?«

»Captain, was genau habe eigentlich ich zu dem Ganzen beitragen können?«

»Trost, Doktor.« Er lächelte sie schwach an. »Ihre Arbeit war für die Familien – so müssen Sie es sehen. Ihr Bericht wird die Trauernden besser schlafen lassen. Sie verschaffen ihnen die Möglichkeit, mit allem abzuschließen, indem Sie ihnen sagen, wie ihre Angehörigen und Freunde gestorben sind. Ist das nicht eine Menge wert?«

»Da haben Sie recht, nehme ich an.« Maureen drehte sich um.

»Ach ja, Doktor, das hätte ich beinahe vergessen …« Marcy griff nach dem Telefon, tippte eine Nummer ein und sagte: »Dr. Cole ist verfügbar.« Er lauschte. »In Ordnung. Ich werde sie hinschicken.«

Marcy legte auf und schaute Maureen nachdenklich an. »Es gibt da jemanden, der mit Ihnen sprechen will. Wenn Sie in fünfzehn Minuten am Haupttor sein können, wird ein Wagen Sie dort abholen.«

Maureen verschränkte die Arme vor der Brust. »Und wer ist dieser Jemand?«

Marcy zuckte mit den Schultern. »Außenministerium. Ich weiß nur, dass es von oben kam.«

»Ich bin Kanadierin. Die Vereinigten Staaten haben nicht das Recht, mir an den Karren zu pinkeln, nur weil ich meine Meinung gesagt habe.«

Marcy grinste. »Da Sie Kanadierin sind, können Sie denen ja sagen, sie sollen sich ins Knie ficken.«

Maureen zögerte. *Das amerikanische Außenministerium? Was wollen die denn von mir?*

Kurz schloss sie die Augen und reiste im Geiste wieder nach New Mexico zurück: Der Geruch der Wüste war ihr noch deutlich im Gedächtnis. Maureen dachte an Dusty Stewart und sehnte sich nach seinem unverschämten Grinsen. Er spukte ihr durch den Kopf, wie er in seiner staubigen Levis dastand, in seinem zerschlissenen T-Shirt mit dem Logo irgendeiner

Ausgrabungsstätte, den schmierigen Strohhut schief auf dem Kopf. Er beobachtete sie skeptisch durch seine Sonnenbrille hindurch. Das Sonnenlicht glitzerte auf seinem blonden Bart, und der Hauch eines Lächelns lag auf seinen Lippen …

Maureen lenkte ihre Schritte zum Tor und traf im selben Augenblick dort ein, als ein brauner Jaguar heranfuhr. Eine Frau stieg aus, ging auf den Wachmann zu und sagte: »Ich bin Jenn Royce vom US-Außenministerium. Ich bin angemeldet. Ich suche nach Dr. Maureen Cole. Sie sollte mich hier treffen.«

»Ja, Ma'am.« Der Soldat drehte sich zum Wachhaus um. »Wenn Sie einen Moment warten wollen …«

»Ich bin Dr. Cole«, rief Maureen und ging schneller. Sie trat zu der Frau und musterte deren professionell-nüchternes Outfit. Das glatte braune Haar wurde von einem Band zurückgehalten, und hellbraune, fast sandfarbene Augen schauten Maureen an.

»Ich bin erfreut, Sie kennen zu lernen, Dr. Cole. Ich habe mich gefragt, ob wir miteinander reden können.«

»Ich bin kanadische Staatsbürgerin. Wenn jemand mich anscheißen will, nur weil ich meine Meinung gesagt habe, dann sicher nicht die Amerikaner. Ich spende dem kanadischen Staat einen großen Teil meiner Einkünfte als Steuern für das Privileg, dass nur Ottawa das Recht dazu hat.«

Royce lächelte. »Hier wird niemand angeschissen, Dr. Cole. Aber wie wäre es mit etwas zu essen? Wenn ich richtig verstanden habe, waren Sie seit Ihrer Ankunft hier nur einmal außerhalb der Basis.«

Maureen hob misstrauisch die Augenbrauen. »Soll das ein Bestechungsversuch sein?«

»Natürlich.«

Maureen öffnete die Wagentür und ließ sich auf den bequemen Ledersitz gleiten. Sie beobachtete, wie Royce dem Torposten zuwinkte und sagte: »Tragen Sie Dr. Cole aus. Ich werde sie vor zehn wieder zurückbringen.«

Royce setzte sich hinter das Lenkrad, drehte, fuhr erst einmal auf die falsche Fahrbahn und lenkte dann irritiert nach links. »Tut mir leid. Es dauert eine Weile, bis man sich daran gewöhnt hat.«

»Was will das amerikanische Außenministerium von mir?«

Royce schaute sie von der Seite her an. »Sie haben einen ziemlich farbigen Lebenslauf, Dr. Cole. Sie haben Massengräber auf der ganzen Welt ausgehoben. Ein Teil Ihrer Arbeit wird von Ihren Kollegen als grundlegend betrachtet. Und Sie sind der einzige forensische Anthropologe, über den das FBI eine Akte in Verbindung mit einem Mord hat.«

Maureen reagierte ausgesprochen kühl – nicht nur wegen dieser Aussagen, sondern auch, weil Royce bei der Auffahrt zur A35 einen Wagen schnitt. Sie hatte in den falschen Spiegel geschaut. »Hat das hier irgendeinen Sinn, Ms. Royce?«

»Ja, aber bevor wir dazu kommen, muss ich Sie einfach fragen ... eine Zauberin der Pueblo-Indianer?«

Maureen seufzte. »Das ist eine lange Geschichte, und ich weiß nicht, ob uns bei Ihren Fahrkünsten auf Erden noch Zeit genug bleibt.«

»Reden Sie nur. Ich konzentriere mich aufs Überleben.«

»Sie haben doch den FBI-Bericht, oder? Lesen Sie ihn.«

Sie hatten inzwischen die Bath Road erreicht, und Royce fuhr auf einen Parkplatz. »Was halten Sie von Meeresfrüchten?«

»Meinetwegen.« Maureen stieg aus. Sie schaute auf ihre Jeans hinunter und auf das langärmelige blaue Hemd, das sie trug. An diesem Morgen hatte sie ihr Haar einfach hochgesteckt; sie hatte nicht einmal daran gedacht, dass sie die Basis verlassen könnte. Normalerweise hätte es ihr sowieso nichts ausgemacht, wie sie aussah, doch irgendetwas an Royces nüchterner und eleganter Perfektion ärgerte sie.

Sie gingen zu einem weiß verputzten Haus mit blauen Akzenten. Das Schild davor zeigte einen fetten Fisch. Royce ließ sich einen Tisch für zwei Personen neben dem Fenster geben. Als der Kellner mit den Speisekarten kam, bestellte Royce »Smithwicks Ale«. Dann schaute sie zu Maureen. »Oder sollen wir uns eine Flasche Wein teilen?«

»San Pellegrino, wenn Sie haben.« Maureen schaute sich die Speisekarte an und entschied sich für eine Flunder.

Als der Kellner wieder gegangen war, hob Royce den Blick. »Sie haben Vergleichende Religionswissenschaften studiert. Ihren Professoren zufolge hatten Sie in diesem Fach eine akademische Laufbahn eingeschlagen, bis Dr. Dale Robertson Sie zur Anthropologie gebracht hat.«

»Das war eher John. Er war einer von Dales Lieblingen.«

»John?«

»Mein Mann.«

»Er ist an einem Herzinfarkt gestorben, nicht wahr?«

»Sie wissen ziemlich viel über mich. Ich bin nicht sicher, ob ich mich nun darüber aufregen soll oder nicht. Machen wir es so: Ich beantworte Ihre Fragen und Sie meine. Worum geht es hier?«

Royce mustere Maureen weiterhin auf diese irritierende Art, während der Kellner ihnen Bier und Wasser servierte. Nachdem er ihre Bestellungen entgegengenommen hatte, sagte Royce: »Ihr Hintergrund verleiht Ihnen in der öffentlichen Wahrnehmung große Autorität. Ihre Kommentare während der Pressekonferenz haben überall auf der Welt den Nerv der Menschen getroffen. Bestimmte Gruppierungen sind dermaßen verärgert, dass sie Ihnen per Post eine Bombe schicken.«

»Und deshalb ist ein armer Mann jetzt zum Krüppel geworden.«

»Kurz bevor ich Sie abgeholt habe, ist er gestorben. Die Meldung kommt heute Abend in den Nachrichten.«

Maureen schloss die Augen und atmete tief durch. »Verdammt sollen sie sein.«

»Haben Sie den Islam studiert?«

»Natürlich. Noch vor meinem Abschluss habe ich die Grundlagen gelernt. Als ich dann damit anfing, Massengräber auszuheben, habe ich mir mehr angelesen. Als ich in Mazar-e-Sharif in Nord-Afghanistan gearbeitet habe, wurde das so etwas wie eine Obsession. 1998 sind die Taliban in die Stadt einmarschiert und haben zwanzigtausend Schiiten massakriert – und das nur, weil sie Schiiten waren. Die Männer hat man drei Mal erschossen: einmal in den Kopf, einmal ins Herz und einmal in die Genitalien. Frauen und kleine Mädchen wurden Opfer von Massenvergewaltigungen. Dann hat man sie entweder erschossen oder ihnen die Kehlen durchgeschnitten. Für viele Schiiten war es jedoch noch weit schlimmer. Man hat sie blutig geschlagen und in diese riesigen, metallenen Schiffscontainer gesperrt. Sie mussten aufeinanderklettern, sodass diejenigen, die unten waren, zerquetscht wurden. Dann hat man sie eingeschlossen und tagelang in der Sonne stehen lassen, bis sie erstickt waren. Die Temperaturen in den Containern müssen bis zu 65 Grad Celsius erreicht haben.«

Jenn nickte gedankenverloren und schaute in die Ferne. »Ich habe die Berichte gelesen. Die Taliban haben schreckliche Taten begangen.«

»Was ich wissen wollte«, fuhr Maureen fort, »war, wo genau im Koran steht, dass Muslime das anderen Muslimen antun dürfen. Wie sich herausstellte, sind die Taliban Anhänger des wahhabitischen Fundamentalismus. Das ist das Schlüsselwort: Fundamentalismus. Der Koran verbietet es Muslimen explizit, andere Muslime zu töten. Das steht in 4,39. Ich habe es auswendig gelernt: ›Und wer einen Gläubigen vorsätzlich tötet, dessen Lohn ist die Hölle, worin er bleiben soll. Allah wird ihm zürnen und ihn von Sich weisen und ihm schwere Strafe bereiten.‹«

»Dann wissen Sie viel über den Islam?«

»Genug, um sagen zu können, dass die Wahhabiten eine üble Perversion des Islam darstellen. Wissen Sie, wie die Wahhabiten den Massenmord an den Schiiten rechtfertigen? Weil sie Ali und Hussein verehren, Nachfahren Mohammeds und Gründer des Schiismus. In den Augen der Wahhabiten betreiben die Schiiten Vielgötterei.« Maureen schüttelte den Kopf. »Mohammed würde weinen, wenn er noch leben würde.«

»Der Koran geht auch recht hart mit den Juden ins Gericht.«

»Nur wenn Sie die Historiografie nicht kennen. Mohammed war nicht auf die Juden im Allgemeinen wütend, sondern nur auf die, die ihn in Medina verraten haben. Er glaubte, dass viele Juden vom rechten Weg abgekommen seien, doch für ihn waren sie noch immer ein Volk der Schrift.« Maureen beugte sich vor. »Wenn Sie den Koran lesen, werden Sie feststellen, dass er *eine* Hauptbotschaft hat: Diene Allah; befolge seine Gesetze, und sei ein gerechter, guter und demütiger Mensch. Das Buch ist voll mit Warnungen vor den Sünden des Stolzes, des Hochmuts und der Ungerechtigkeit.«

»Aber da stehen auch ziemlich harte Dinge. Der Koran befiehlt die Todesstrafe für Apostaten und Götzenanbeter.«

»Er ist in einer apokalyptischen Zeit geschrieben worden, als in der gesamten westlichen Welt die Zivilisation zusammengebrochen ist. Barbaren zerstörten gerade den letzten Rest der römischen Kultur, und viele wollten auch Mohammed und seine Anhänger bis auf den letzten Mann vernichten. Mohammed hat wirklich geglaubt, er sei der letzte Prophet. Sein Ziel war es, Juden und Christen wieder zu Gott zu führen und die Polytheisten zu bekehren. Er wollte, dass alle unter einem Dach leben, einander mit Güte begegnen und Allahs Gesetz befolgen. Friede für Gottes Kinder.«

Royce legte den Kopf zur Seite. »Dann sind Sie Atheist?«

Maureen hob ungläubig die Augenbraue. »Wohl kaum. Mein Problem ist, dass ich an ein wenig von allem glaube. Zu den heiligsten Menschen, die ich je getroffen habe, gehören Priester, Imame, Medizinfrauen der Pueblo-Indianer, Medizinmänner der Seneca, baptistische Missionare und jüdische Rabbis. Eine der grundlegendsten religiösen Erfahrungen meines Lebens hatte ich beim Sonnentanz der Schoschonen. Die Luft hat förmlich vibriert von Gottes Gegenwart.«

Man brachte ihnen die Teller. Maureen griff nach dem Messer. »Okay, wann fangen Sie an, mir den Kopf zu waschen, weil ich auf der Pressekonferenz meine Meinung gesagt habe?«

Royce aß einen Bissen Fisch. »Ich will Ihnen nicht den Kopf waschen, Dr. Cole, im Gegenteil. Ich bin gekommen, um herauszufinden, ob Sie geeignet sind, eine eigene Pressekonferenz zu halten.«

»*Ich*? Wer würde denn kommen, um mich zu hören?«

»So ziemlich die ganze Welt. Sie waren grundlegend an den Untersuchungen im Zusammenhang mit der *White Star* beteiligt.«

»Tut mir leid, aber ich nehme Vertraulichkeitserklärungen sehr ernst. Wenn jemand meinen Bericht lesen will, kann er sich an die zuständigen Stellen wenden.«

»Außerdem«, Royce hörte nicht auf, »sind Sie das Ziel eines Bombenanschlags gewesen. Sie waren in dieser Marinebasis wie eingesperrt. Ihre Kommentare haben es auf die erste Seite geschafft, aber wenn wir uns nicht beeilen, ist die Gelegenheit vorbei.«

Maureen richtete sich auf. »Damit ich Sie richtig verstehe: Sie wollen, dass ich der Welt meine Ansichten zum Thema Religion verkünde? Sie haben den falschen Anthropologen. Ich bin nur Knochenjäger.«

»Ein Knochenjäger, der gesehen hat, was passiert, wenn eine Religion aus dem Ruder läuft. Sie haben die Leichen ausgegraben, haben die Grausamkeiten gesehen. Und wenn Sie vor der Kamera wiederholen, was Sie mir gerade gesagt haben, werden Sie die Stimme der Toleranz und der Vernunft sein, die die Welt so dringend braucht.«

»Einen Moment!« Maureen gestikulierte mit ihrer Gabel. »Als ich das letzte Mal in eine Kamera gesprochen habe, hat man versucht, mich in die Luft zu jagen! Ein Mann ist *tot!*«

»Deshalb würden wir Sie auch streng bewachen.«

»Und Sie glauben wirklich, dass die Welt mir zuhören wird, wenn neben mir Agenten des Secret Service stehen und in ihre Hemdkragen murmeln? Jeder wird sofort wissen, dass ich eine amerikanische Propagandapuppe bin.«

Royce lächelte leicht und aß ein weiteres Stück Fisch. »Es wird ein privater Sicherheitsdienst sein, Dr. Cole. Ich weiß, dass Skip Murphy bald bei Ocean Star kündigen wird. Er ist durchaus korrekt. Er wird ihr Geld nicht nehmen, wenn er ihnen keinen Dienst erweisen kann.«

»Ich lasse mich nicht zum Sprachrohr der Amerikaner machen. Die Geschichte ihrer Beziehungen zur muslimischen Welt ist voller Fehltritte, die aus einer schier unglaublichen Inkompetenz entstanden sind. Wenn Sie Propaganda wollen, suchen Sie sich einen Lakaien.«

»Sagen Sie einfach nur die Wahrheit.«

»Die Wahrheit? Oder wird es wie all die anderen Male, als die USA irgendwo reinmarschiert sind und Versprechen gemacht haben, nur um diese Versprechen wieder zu vergessen? So wie sie Afghanistan nach dem sowjetischen Rückzug im Stich gelassen haben? Wie bei den Hilfsversprechen, die nie an jenen Orten in Palästina angelangt sind, für die sie vorgesehen waren? Wie bei der Unterstützung korrupter muslimischer Regierungen wie der Muscharafs in Pakistan? Und da fällt mir ein … Waren es nicht die USA, die Mossadegh im Iran gestürzt und den Schah unterstützt haben?«

»Wenn Sie das auch so in der Öffentlichkeit sagen, wird es Ihre Glaubwürdigkeit nur noch stärken. Was das Außenministerium betrifft … Wenn wir als Folge davon Mittel von den Schlipsträgern im Kongress bekämen, wäre das sehr gut. Sagen Sie mir einfach, was Sie wollen.«

»Was bringt Sie eigentlich auf die Idee, dass ich die Richtige dafür bin?«

Royce nippte an ihrem Bier. »Ich glaube, Sie sind es leid, immer nur hinterherzulaufen und die Leichen auszugraben. Sie würden lieber versuchen, ein paar davon zu retten, *bevor* sie in irgendeinem Loch landen. Sie könnten etwas bewirken!«

Maureen versteifte sich. »Sie haben mit Marcy geredet, nicht wahr?«

»Sie sind schnell von Begriff, Dr. Cole.«

»Und wann soll die Pressekonferenz stattfinden?«

»Morgen früh. Im Medienzentrum der Basis.«

»Das ist sehr kurzfristig.«

»Wie gesagt – der Tod des Poststellenmitarbeiters wird heute Abend in den Nachrichten gebracht.«

»Ist das nicht Ausbeutung eines Opfers?«

»Dr. Cole, Sie waren in Afghanistan. Sie haben es gesehen. Das hier ist ein Krieg zwischen Fundamentalismus, Fanatismus und Hass auf der einen Seite und Vernunft, Toleranz und dem Recht des Einzelnen auf Glaubensfreiheit auf der anderen.«

Maureen lehnte sich zurück und wurde von Erinnerungen an ein kleines Mädchen mit einem Teddybären im Arm heimgesucht.

Kann ich wirklich etwas bewirken?

»Mit anderen Worten, die Demokratie ist eine von Menschen geschaffene, ungläubige Religion, die den Massen das Recht gibt, selbst Gesetze zu erlassen. Dahingegen hat im Islam nur Allah dieses Recht. Er ist allmächtig und hat keine Partner. In Demokratien werden diese Gesetzgeber jedoch zu Partnern und anstelle Allahs verehrt. Wer immer ihren Gesetzen gehorcht, betet sie schlussendlich an. Der Allmächtige sagt: ›Was? Haben sie Nebengötter, die ihnen eine Glaubenslehre vorgeschrieben haben, die Allah nicht verordnet hat?‹« (42:21)

Ayman al-Zawahiri, *Das al-Kaida-Lesebuch*

20.

Die Lichter blendeten. Maureen schwitzte in der Hitze, die sie abstrahlten, doch mehr noch machten die Nerven ihr zu schaffen. So hatte sie sich seit ihrer mündlichen Doktorprüfung nicht mehr gefühlt. Vor ihr lag ein Stapel Notizen, die sie sich in einer schlaflosen Nacht gemacht hatte.

Komm schon, du kennst das Material. Und sie wappnete sich, indem sie sich an die Leichen in Mazar-e-Sharif erinnerte.

Der Raum war packvoll. Die Journalisten saßen auf unbequemen Klappstühlen. Zwei Kameras standen trotzig auf Dreibeinen, und die Kameramänner kauerten hinter ihnen, Kopfhörer auf den Ohren. Die Linsen schienen Maureen zu verspotten.

Maureen griff nach der Wasserflasche, die man für sie auf das Podium gestellt hatte, und trank einen Schluck, um ihren plötzlich trockenen Mund zu befeuchten. Skip Murphy stand hinter ihr, die Arme vor der Brust verschränkt. Maureen schaute in seine Richtung. Er nickte kurz und lächelte ihr mitfühlend zu.

Maureen erwiderte das Nicken, und ihre Nerven beruhigten sich ein wenig.

Ein Mann mit Kopfhörer hockte vor dem Podium. Nun stand er auf, trat zurück und zählte an den Fingern ab: 5, 4, 3, 2, 1.

Marcy räusperte sich. »Wie Sie alle wissen, ist Harry Smythe, ein Mitarbeiter der Poststelle hier auf der Basis, vergangene Nacht an den Folgen der Explosion einer Briefbombe gestorben, die an Dr. Maureen Cole adressiert gewesen ist.«

Marcy ließ den Blick über die Reporter schweifen. »Harry Smythe war ein unschuldiges Opfer, eines von vielen. Auf Anfrage mehrerer Nachrichtenagenturen haben wir zugestimmt, dass Dr. Cole ein paar Ihrer Fragen beantwortet.« Er schaute zu Maureen. »Dr. Cole?«

Maureen kämpfte gegen plötzlich aufkeimende Panik an. »Eingangs möchte ich eine kurze Erklärung abgeben.« Sie atmete tief durch und starrte auf ihre Notizen. Sie hätten genauso gut in Keilschrift geschrieben sein können. »Ich habe Harry Smythe nicht gekannt. Falls ich ihn je gesehen haben sollte, war er nur einer der vielen auf dieser Basis, die Tag für Tag ihrer Arbeit nachgehen. Er hinterlässt eine Frau, drei Kinder und vier Enkel. Sie werden nie wieder einen Abend zusammen verbringen, nie wieder einen Feiertag gemeinsam genießen, ohne seinen Verlust zu spüren.«

Von plötzlicher Wut erfüllt hob sie den Blick. »Harry Smythe ist gestorben, weil ich hier, auf diesem Podium, gesagt habe, der Gasangriff auf die *White Star* sei eine unverzeihliche Tat gewesen. Das gilt ebenso für die Ermordung von Harry Smythe.

Wie viele von Ihnen wissen, bin ich forensische Anthropologin. Zu meiner Arbeit gehört das Ausheben von Massengräbern, von Schauplätzen unvorstellbarer Grausamkeiten. Viele davon waren prähistorisch, einige historisch und viel zu viele modern. Ich habe in Mazar-e-Sharif in Afghanistan gearbeitet, in Bosnien und in der irakischen Provinz Al Anbar. In diesen drei Fällen habe ich die Leichen muslimischer Opfer ausgegraben. Die meisten hatte man gezwungen, sich am Rand der Gräben aufzustellen, ehe sie von anderen Muslimen erschossen wurden. Eines dieser Opfer, im Irak, war ein kleines Mädchen. Es hat die erste Salve überlebt und ist unverletzt mit in den Graben gefallen. Ich habe sie gefunden, wie sie sich mit einer Hand am Bein ihrer toten Mutter festgeklammert hat, während sie in der anderen einen Teddy hielt. Ein irakischer Soldat hat diesem kleinen Mädchen in die Augen geschaut und ihm in den Kopf geschossen.« Sie hielt kurz inne. »Sie kann bezeugen, wie man eine noble Religion in etwas Abartiges verwandeln kann.«

Maureen atmete tief durch. Sie spürte Schweiß ihren Nacken hinunterlaufen. »In Mazar-e-Sharif hat man schiitische Muslime ermordet, bloß weil sie Schiiten waren. Zwanzigtausend Menschen.« Erneut schaute sie auf. »Wenn man das in Relation zu den Zehntausenden setzt, die die Taliban sonst noch ermordet haben, weil sie sie für unwürdig befanden, klingt das vermutlich sogar unbedeutend. Da bin ich versucht, Josef Stalin zu zitieren, der einmal beiläufig bemerkt hat: ›Bring einen um, und es ist eine Tragödie. Töte Millionen, und es wird zur Statistik.‹«

Maureen schob ihre Notizen beiseite. »Wir sind in ein Zeitalter des Bösen eingetreten. Überall herrscht Mangel, selbst in hoch industrialisierten Ländern wie den USA, Kanada und den europäischen Staaten. In Zeiten wie diesen wächst die Sehnsucht nach einer vermeintlich goldenen Vergangenheit, einer Zeit, wo es keinen Streit, keine Ungerechtigkeit und keinen Mangel gab. Für Amerikaner der religiösen Rechten bedeutet das eine eigene Vision des versunkenen Amerika. Für den Islam ist es der Wunsch nach Wiederherstellung des Kalifats und der Scharia. In all diesen Fällen entspringt daraus eine Massenillusion, die nur zu Blut, Tod und Unterdrückung führt. Wenn Sie das nicht glauben, fragen Sie Harry Smythe.«

Erneut hielt Maureen kurz inne und ließ ihren Blick über die schweigenden Zuhörer schweifen. »Jetzt werde ich Ihre Fragen beantworten.«

Ein Mann sprang auf und rief: »Dr. Cole, wie fühlt es sich an, das Ziel eines terroristischen Bombenanschlags zu sein?«

Maureen starrte ihn ungläubig an. »Sind Sie noch ganz dicht? Wie glauben Sie denn, wie es sich anfühlt?« Schallendes Gelächter. »Warten Sie! Denken Sie mal darüber nach. Leben Sie als Angehörige der Presse in einem Vakuum? Wir alle sind uns einig, dass unentschuldbar ist, was an Bord der *White Star* geschah. Ich selbst bin zum Ziel geworden, weil ich gesagt habe, dass jeder, der so etwas tut, ein Ungeheuer ist. Die Antwort dieses Ungeheuers darauf war Mord. Keine Diskussion, kein Versuch, meine Meinung zu ändern, sondern ein Mordanschlag. Ich frage Sie: Ist das die Welt, in der Sie leben wollen?«

Ein weiterer Mann stand auf. »Dr. Cole, glauben Sie, dass der Islam etwas grundlegend Böses in sich trägt?«

»Absolut nein!« Maureen fixierte den Mann. »Haben Sie je

den Koran *gelesen*? Nein? Die Worte, die in den Suren am häufigsten wiederholt werden, lauten: Allah ist stets gnädig, vergebend, weise und gerecht.«

»Dann glauben Sie also nicht, dass der Koran den *Dschihad* predigt?«

»Wenn Sie den Koran wirklich gelesen hätten, dann wüssten Sie, dass der *Dschihad* der Kampf ist, Allahs Wort und den Glauben an ihn in die Welt hinauszutragen. Der Koran ist vor mehr als eintausendvierhundert Jahren geschrieben worden, zu einer Zeit, da Mohammed und die Muslime ums nackte Überleben gekämpft haben. Das exakte Zitat geht in etwa so: ›Kämpft auf die Art Allahs gegen jene, die gegen euch kämpfen. Doch seid selbst nicht die Angreifer, denn Allah liebt den Angreifer nicht.‹«

Nun erhob sich eine Frau. »Irene Hayes von der *London Times*. Was bedeutet es, auf ›die Art Allahs‹ zu kämpfen?«

Maureen antwortete: »Ich glaube, Mohammed meinte damit eine Art des Kampfes, die für Gott akzeptabel ist. Heißt das, wehrlose Männer, Frauen und Kinder mit Maschinengewehren niederzumähen? Massenvergewaltigung? Völkermord? Oder bedeutet das, im Kampf ein Beispiel für Gerechtigkeit zu sein, für Mildtätigkeit und Gnade anderen gegenüber? Was davon ist Allahs Wille?«

Wieder stand ein Reporter auf. »Warum sollten wir auf Sie hören?«, wollte er wissen. »Sie sind keine Muslima. Wer sind Sie, dass Sie glauben, *uns* über den heiligen Koran belehren zu müssen?«

»Ich kann *lesen!*«, fuhr Maureen ihn an. »Und das, was ich im Koran gelesen habe, würde den Propheten weinen lassen, könnte er sehen, was ich im Irak oder in Afghanistan gesehen habe! Was ist mit den Massenvergewaltigungen? Vergewaltigungen sind im Koran *verboten.* Es heißt dort *Musafihat*, Ausschweifungen. Und da sollen wir glauben, wenn irgendwelche verdrehten Milizionäre kleine Mädchen an Orten wie Mazar-e-Sharif in Massen vergewaltigen, sei das ein Teil des *Dschihad?*«

Maureen hob die Hand, um die plötzlich aufbrandende Flut an Fragen einzudämmen. »Es sind nicht nur die Taliban. Die Nordallianz – die treuen Verbündeten des Westens – haben während der ›Befreiung‹ Afghanistans ebenso vergewaltigt und gemordet. Den Taliban hat man die Kehlen durchgeschnitten, ihre Frauen und Kinder abgeschlachtet. Wenn es um Südwestasien geht, finden wir ebenfalls genug Grausamkeiten. Und nach dem, was ich im Koran gelesen habe, ist das alles in Gottes Augen ein Schrecken.«

»Aber Sie sind eine Ungläubige …«

»Lesen Sie den Koran und zeigen Sie mir, welche Sure die Vergewaltigung erlaubt!«

Der Mann schnappte nach Luft und schaute sich um. Seine Augen brannten.

»Los. Kommen Sie. Wir würden alle gerne Ihre Antwort hören. Würden Sie persönlich es gerne sehen, wenn die Welt wieder zu einer Stammesgesellschaft wie im siebten Jahrhundert würde, wo die Sklaverei erlaubt war?«

Der Mann richtete den Finger auf Maureen. »Sie sind eine Gotteslästerin und Täuscherin! Sie verdrehen den Islam, um alle Muslime als Kriminelle abzustempeln.« Er stapfte aus dem Raum.

Maureen atmete abermals tief durch. »Hier geht es nicht um den Islam, und es geht auch nicht um das Christen- oder Judentum. Hier geht es um eine verdrehte Weltsicht, die sich vom Mangel nährt und eine Kultur der Unwissenheit und

Grausamkeit gebiert, wo jede Abartigkeit zu einer Art heiliger Sünde wird.«

Wieder hielt sie kurz inne und ignorierte die winkenden Hände und geschrienen Fragen. »Der Koran ist im siebten Jahrhundert für eine arabische Kriegerkultur geschrieben worden. Er proklamiert den Raub, die Unterwerfung der Frau und die Sklaverei.«

Eine schwarze Frau sagte: »Ich bin Chantel Aims, CNN. Ich bin ein wenig verwirrt, Dr. Cole. Erst verteidigen Sie den Koran, und jetzt greifen Sie ihn an.«

Maureen seufzte. »Das, Mrs. Aims, ist das große Problem der Religion in der modernen Welt. Kulturen und Gesellschaften entwickeln sich, aber die Fundamentalisten wollen uns in die Vergangenheit zurückzerren. Was mich betrifft, so gehe ich da nicht mit. Ich bin Wissenschaftlerin und – in vernünftigem Rahmen – praktizierende Katholikin. Eine Messe zu feiern, hat eine spirituelle Bedeutung für mich, aber das hat auch die Teilnahme an einer Kachina oder einer anderen Zeremonie. Ich tue, was ich tun muss, um mit der Gottheit im Einklang zu bleiben. Dass es intelligente Christen gibt, die fest daran glauben, dass die Erde im Jahre 4004 v. Chr. in nur sechs Tagen erschaffen wurde, ist unfassbar für mich.«

Ein weiterer Reporter meldete sich zu Wort. »Andrew Morgan, BBC. Dann führen Sie das alles also auf den uralten Kampf zwischen Religion und Wissenschaft zurück?«

»Im Gegenteil. Meine These ist, dass Gott uns die Fähigkeit zu denken geschenkt hat. Wenn Gott nicht gewollt hätte, dass wir Fragen stellen, dass wir die Rätsel des Universums lösen, hätte er uns zu geistlosen Robotern gemacht, die im Staub kriechen und im Gleichschritt marschieren.«

Eine Frau rief: »Virginia Mead, *New York Times.* Dr. Cole,

heißt das, dass Sie der Meinung sind, wir sollten den Glauben infrage stellen?«

»Ja, das heißt es«, antwortete Maureen. »Nicht einer der wirklich heiligen Menschen, die ich in meinem Leben kennen gelernt habe, war der Meinung, dass wir uns einen schwarzen Sack übers Hirn stülpen, nach oben gehen und das Licht ausschalten müssten, um zu glauben.«

»Mark Workman, *Fox News.* Was ist Ihrer Meinung nach dann das Problem, Dr. Cole? Die Religion an sich?«

»Nein, Mr. Workman. Das wirkliche Problem ist, dass wir uns zu sehr an die Gegebenheiten angepasst haben. Wir verdammen die Intoleranz nicht mehr.« Maureen ließ den Blick durch den Raum schweifen. »Nehmen wir zum Beispiel die Taliban – obwohl christliche und jüdische Fundamentalisten genauso gefährlich sind. Die Taliban wollen eine Weltgesellschaft, die auf Ignoranz und Verkommenheit beruht. Eine Gesellschaft, in der Frauen nur Haustiere sind, und in der jeder, der auf spiritueller, sexueller, intellektueller oder auch nur Speisevielfalt besteht, in einem voll besetzten Stadion enthauptet wird. Sie wollen eine Gesellschaft, in der jeder die gleiche Jacke trägt und Gott auf die exakt gleiche, mechanische Art verehrt, und in der niemand je die von den Taliban bevorzugte Interpretation der Schrift bezweifelt.« Sie verzog das Gesicht. »Eine tolle Zukunft, finden Sie nicht?«

Erneut brach ein Sturm von Fragen los, als alle Reporter gleichzeitig aufsprangen und zum Podium stürmten. Aus den Augenwinkeln heraus sah Maureen Skip Murphy. Das amüsierte Lächeln auf seinem Gesicht stand in krassem Gegensatz zu der tiefen Sorge in seinen Augen.

Das Klopfen bestand aus dreimaligem, schnellem Kratzen. Skip schaltete den Fernseher aus, stand vom Bett auf und rief: »Ja?«

»Ich bin es. Mach auf.«

Skip ließ Jenn Royce herein. Mit einer Flasche Veuve Clicquot *Grand Dame* in der Hand schwebte sie herein. Ihr hellbraunes Haar wehte bei jedem Schritt. Sie trug eine Bluse, die ihren Busen betonte und in einer grauen Hose steckte, die wiederum ihrer Hüfte schmeichelte. Skip konnte nicht anders, als zu bewundern, wie der Stoff sich um ihren wohlgeformten Hintern und die schlanken Beine legte.

Verdammt, ich bin schon viel zu lange allein.

Jenn drehte sich um, legte den Kopf auf die Seite und hob fragend die rechte Augenbraue, als sehe sie sich selbst durch Skips Augen. Skip gab sich alle Mühe, nicht dämlich zu grinsen.

Das ist übel. Erfolgreiche, attraktive Frauen mögen keine sabbernden Männer.

»So, du bist jetzt also offiziell arbeitslos«, bemerkte sie.

»Ich wollte einfach nicht blöd rumsitzen und Ocean Star das Geld aus der Tasche ziehen. Sie haben mich angeheuert, um dafür zu sorgen, dass so etwas wie mit der *White Star* nie wieder passiert. Solange jedoch niemand herausfindet, wie sie das Schiff vergast haben, kann ich keine Lösungsvorschläge machen.« Skip deutete auf den Champagner. »Das Außenministerium geht freizügiger mit meinen Steuergeldern um, als ich gedacht hätte.«

»Schön, dass es dir gefällt. Betrachte es als Steuerrückzahlung. Von deinem Konto in den Staatshaushalt und von da über den Haushaltsausschuss zum Außenministerium und in mein Spesenbudget und schließlich hier in dein Zimmer.«

»Könnte ich den Rest meiner 14 620 Dollar bitte in kleinen Scheinen zurückbekommen?«

»Woher weißt du, wie viel es ist?«

»Ich schreibe alle Vierteljahre die Schecks. Das ist ungefähr das, was der Staat mir schuldet – abzüglich der fünfzig Dollar für den Champagner. Und ich kann das Geld gebrauchen. Wie du ja schon bemerkt hast, bin ich seit heute Nachmittag arbeitslos.«

»Tut mir leid. Den Rest wirst du dir wohl vom Pentagon, dem FBI und all den anderen zurückholen müssen. Ich erledige nur die Laufarbeit für das Außenministerium.«

Skip grinste, als Jenn geschickt die Folie vom Korken wickelte und den Draht löste. Er holte zwei Wassergläser vom Kaffeetisch, während Jenn die Flasche öffnete. Skip schaute zu, wie der Champagner schäumend in die Gläser floss.

»Flöten wären besser gewesen.« Jenn nahm ihr Glas und stieß mit Skip an. »Auf die Vernunft im Kampf gegen die Dunkelheit.«

»Auf die Vernunft.« Skip trank und spürte ein Prickeln in der Nase. »Was gibt es zu feiern? Haben sie mein U-Boot gefunden?«

»Noch nicht. Die Navy hat noch keine definitive Antwort, aber sie schauen sich noch einmal die Aufzeichnungen der SOSUS an – der Unterwassermikrofone – und die Sonardaten des Kampfverbandes der *Ronald Reagan*.«

Skip trank einen weiteren Schluck. Das war gutes Zeug, ganz und gar nicht wie das billige Gesöff, das man ihm bisher immer bei Hochzeiten vorgesetzt hatte.

Jenn musterte ihn über ihr Glas hinweg. »Was denkst du über Dr. Coles Vorstellung heute Abend?«

»Sie war ziemlich offen. Mir hat besonders der Teil gefallen, als der Kerl von al-Jazeera wütend aus dem Raum gestapft ist. Sehr professionell.«

»Ja, das wird morgen früh Teil der Story sein.« Jenn lächelte triumphierend.

Skip setzte sich auf die Bettkante. »Jenn, ich habe das doch richtig verstanden ... Ihr habt sie da raufgehen lassen, wohl wissend, was sie sagen würde. Maureen wird jetzt noch ein viel größeres Ziel sein.«

»Ah, jetzt heißt es also schon ›Maureen‹, ja?«, fragte Jenn.

»Wieso? Heißt sie in Wirklichkeit Betty oder so? Das muss mir irgendwie entgangen sein.«

»Ich wusste nicht, dass ihr zwei euch schon beim Vornamen nennt.«

»Nun, Mrs. Royce, manchmal wechsele ich die Persönlichkeit und werde zu einem richtig feinen Mann ... zum Beispiel, wenn ich Champagner aus Wassergläsern trinke statt direkt aus der Flasche. Richtig nobel, nicht wahr?«

»Hör auf, mich auf den Arm zu nehmen.«

»Wenn ich dich anders nehmen würde, würdest du mich vermutlich für einen Perversling halten und verschwinden.«

Jenn konnte sich ein amüsiertes Lächeln nicht verkneifen. »Na gut, Maureen hat ihre Sache heute gut gemacht. Sie ist genau so, wie wir es uns erhofft haben: geradeheraus. Ich hätte mich vor Lachen beinahe verschluckt, als sie den Reporter gefragt hat, ob er noch ganz dicht sei. Ich glaube, sie ist durchaus in der Lage, es diesen Schakalen mit gleicher Münze heimzuzahlen.«

»Okay, was ist der Plan? Ich bin dabei, zumal ich heute Morgen ja bei meinem alten Arbeitgeber gekündigt habe. Ich hasse die Warteschlangen im Arbeitsamt. Da trifft man die deprimierendsten Leute.«

»Und du weißt, dass *unsere* Schecks gedeckt sind.«

»Ja, auch das. Ich hatte schon Albträume von Ocean Star. ›Tut mir leid, Mr. Murphy, aber wir sind bankrott. Zum Ausgleich freuen wir uns, Ihnen ein nur leicht gebrauchtes Kreuzfahrtschiff anbieten zu können. Es müsste bloß ein wenig gesäubert werden. Und kümmern Sie sich nicht um die Geister; die schaffen eine schöne Spukatmosphäre.‹«

»Ich habe eine PR-Agentur engagiert«, erklärte Jenn. »Sie werden sich auf die Medien und die Universitäten konzentrieren. Wir wollen unsere Aufmerksamkeit voll auf die Gebildeten und Einflussreichen konzentrieren. Dabei haben wir uns öffentliche Orte ausgesucht, an denen Dr. … *Maureen* nicht allzu exponiert ist.«

»Und wie wird das bezahlt?«

»Über einen gemeinnützigen Thinktank, der Büros in Washington, London und München hat, um dem Ganzen einen internationalen Flair zu verleihen. Die werden dann auch deine Schecks ausstellen sowie Dr. Coles Gehalt bezahlen.«

»Und was ist der Sinn von alledem?«

»Psychologische Kriegführung.« Jenn warf ihr Haar zurück. »Es gibt niemanden da draußen mit dem gleichen Profil wie Dr. Cole. Sie war dort. Sie hat die Leichen gesehen. Sie versteht die Kultur und weiß, was falsch läuft. Du hast sie heute Abend gesehen. Sie ist Wissenschaftlerin mit Leib und Seele, aber auch religiös und noch dazu recht attraktiv. Mit den richtigen Kleidern wird sie die Leute schlichtweg umhauen. Dabei ist sie bei weitem nicht so plump wie andere Wissenschaftler. Sie spricht so, dass auch normale Menschen sie verstehen. In der einen Minute kann sie die Stärken des Islam loben, in der nächsten referiert sie darüber, wie verdorben er ist. Ich hätte sie küssen können, als sie auf die Taliban losgegangen ist.«

»Verdammt, da gehen meine Träume den Bach runter. Na gut, ich bin Manns genug, um zurückzutreten und der besseren Frau den Vortritt zu lassen. Aber um der Sicherheit willen ... Bitte, lasst euch nicht dabei erwischen, wie ihr in der Öffentlichkeit Händchen haltet.«

Jenn hob irritiert die Augenbrauen. »Um wieder auf die Fakten zurückzukommen ...«

»Dann seid ihr beiden also nicht lesbisch?«

»Skip, wir bereiten uns auf richtig große Scheiße vor. Die pakistanische Regierung ist wie ein vollgesogener Zuckerwürfel. Noch ein Tropfen, und er schmilzt. Du warst dort. Wenn die Regierung stürzt, wie wird das wohl enden?«

»Mit Zehntausenden von Toten in den Straßen. Die meisten dort besitzen keine Waffen, die bösen Buben aber schon ... oder sie haben die Armee und die Polizei gekauft. Außerdem wird Indien im Osten eingreifen, sollte die Scheiße zu dick werden. Afghanistan, das ohnehin instabil ist, wird einen weiteren Schlag von den Taliban erhalten, die daraufhin freie Fahrt in Waziristan hätten. Und um ein wenig guten alten Terror hinzuzufügen – wissen wir eigentlich, wer dann die Finger auf den pakistanischen Atomwaffen hätte?«

»Du solltest unsere täglichen Briefings verfassen.«

»Ich habe Probleme mit der Rechtschreibung. Als ich für das Weiße Haus unter Bush geschrieben habe, habe ich immer W, M und D in den Reden untergebracht.«

»Im Augenblick gibt es keinen goldenen Mittelweg«, fuhr Jenn fort. »Wir wollen, dass jemand sagt: ›He, Leute, ihr seid einfach nur dumm. Hört auf damit und denkt nach!‹«

»Und was hofft ihr, damit zu gewinnen?«

Jenn schwenkte den Champagner in ihrem Glas. »Theoretisch ein paar Prozentpunkte zugunsten der Gemäßigten.

Wie hat Dr. Cole noch mal gesagt? Zu glauben heißt nicht, das Hirn abzuschalten, oder so ähnlich. Das hat mir gefallen.«

Skip nahm die Flasche und schenkte nach. »Das klingt mehr nach einer Aktion, wie die CIA sie durchführen würde. Bist du sicher, dass ihr damit nicht irgendwem auf die Füße tretet?«

Jenn warf ihm einen ausgesprochen intimen Blick zu, und Skips Herz setzte einen Schlag lang aus. »Erinnerst du dich an meinen Chef?«, erwiderte sie. »Den Kerl, mit dem du im Dienst gearbeitet hast? Es wird dich sicher schockieren, aber er hatte Kontakte zur Firma.«

»Ich habe doch tatsächlich vergessen zu fragen, wer bei der Cole-Show Regie führt. Bastard-Bill?« Er lächelte sie freudlos an. »Wenn das der Fall ist, musst du dir einen anderen suchen.«

»Es ist *meine* Show.« Sie schaute ihm in die Augen. »Es war meine Idee, und jetzt habe ich sie.« Sie hob eine ihrer feinen Augenbrauen. »Geht das Ganze den Bach runter, muss ich dafür geradestehen. Klappt es, bekomme ich jede Menge Gummipunkte.«

Erste, kleine Zweifel keimten in Skip auf und rangen mit seinem männlichen Interesse, wie es wohl sein würde, diese pfirsichfarben geschminkten Lippen zu küssen.

»Jenn, du weißt, dass die Chancen gegen dich stehen.«

Sie nickte und drehte ihr Bein, sodass sie seins leicht berührte. Ein vertrautes Kribbeln breitete sich in seinem Körper aus.

»Du hast dich doch keiner Spezialeinheit angeschlossen, geschweige denn dem Dienst, weil du immer auf der sicheren Seite sein willst, oder?«

»Nein, hab ich nicht.«

»Und ich bin nicht dorthin gekommen, wo ich bin, ohne ein paar Risiken einzugehen.« Herausfordernd schaute sie ihn über das Glas hinweg an.

Aber zu was *will sie mich herausfordern?* »Ich werde nur die Aufgabe haben, für die Sicherheit der guten Frau Doktor zu sorgen, korrekt? Keine Prügelei mit den bösen Jungs, nur Schutz. Absichern und evakuieren, das Hotelzimmer bewachen und verhindern, dass die Schutzperson erschossen oder in die Luft gejagt wird.«

»Du hast einen guten Ruf. Bis jetzt ist unter deinem Schutz noch niemand getötet worden.« Jenn legte ihm ihre schlanke Hand auf den Arm. Skip schaute auf ihre Finger, als sie sagte: »Ich glaube, dass man sich in deiner Gegenwart wirklich sicher fühlen kann.«

»Läuft das hier auf das hinaus, wovon ich glaube, dass es darauf hinausläuft?«

Ihr Lächeln war fast raubtierhaft. »Noch nicht. Für den Augenblick bleibt es bei Champagner und Taktik. Wir versuchen noch immer herauszufinden, ob wir am jeweils anderen interessiert sind.«

»Und in welche Richtung deuten die bisherigen Ergebnisse?«

»Auf eindeutige Möglichkeiten. Aber ich plane immer langfristig.« Da war wieder diese provokativ gehobene Augenbraue. »Ich mag es, alle Möglichkeiten zu eruieren, um sie anschließend zu meinem Vorteil nutzen zu können.« Sie hielt kurz inne. »Und aus Gründen, die sich meinem Verständnis entziehen, halte ich dich für einen sehr attraktiven Mann. Authentisch, sehr männlich, ohne übertriebenes Machogehabe. Und mich ins Bett zu bekommen, verschafft dir weder Punkte noch einen Hebel, an dem du ansetzen könntest.«

»Ich bin froh, dass ich Soldat und kein Bürokrat war.«

Jenn lachte und zeigte dabei ihren wohlgeformten Hals. »Gott, wenn es doch nur so einfach wäre.«

»Das ist es nie«, sagte Skip und stand auf. »Warum habe ich plötzlich so große Vorbehalte?«

Jenns braune Augen funkelten aufgeregt. »Weil du und ich wissen, dass es eine ziemlich volatile Mischung sein könnte.«

Jenn trank den letzten Rest Champagner, stand auf und trat zu Skip. Sie stand dicht vor ihm, legte ihm die Hände auf die Brust, schaute ihm in die Augen und küsste ihn sanft.

Skip schlang die Arme um sie, zog sie zu sich heran und genoss das Gefühl ihres Busens auf seiner Brust. Er ging langsam vor, gefühlvoll, schmeckte sie. Jenns Zunge drang zwischen seine Lippen, berührte die seinen, neckte ihn und zog sich wieder zurück. Seine Hand strich über ihr Rückgrat und dann über den festen Hintern.

Jenn drückte ihre Hüfte gegen die seine; sie war sich seiner Erektion durchaus bewusst. Dann löste sie sich von ihm, die Lippen leicht geöffnet und die Pupillen wie dunkle Teiche in ihren sandfarbenen Augen. Skip sah eine leichte Röte auf ihren Wangen. »Mit deinem limbischen System ist offenbar alles in Ordnung, Skip.«

»Mit deinem aber auch.« Er atmete tief durch.

Jenn trat wieder an ihn heran, küsste ihn erneut und zog sich wieder zurück. Dann ging sie in Richtung Tür. »Wenn ich hier nicht rauskomme ...«

»Und danach soll ich noch schlafen?«

Jenn zögerte an der Tür und lächelte ihn an. »Wenn du Probleme mit dem Schlafen hast ... Auf Kanal 46 findest du einen Pornosender.«

»Woher weißt du das?«

Sie grinste ihn frech an und schloss die Tür hinter sich.

Skip beruhigte erst einmal seine Atmung und spürte, wie die Erektion nachließ. Dann nahm er die Champagnerflasche, schüttete sich den letzten Rest ins Glas und ließ sich aufs Bett fallen.

»Eine volatile Mischung?« Jenn Royce zu küssen erinnerte ihn an das Gefühl, den Sicherungsstift einer Handgranate zu ziehen.

21.

DER RAUM, IN dem Ibn Said seine Aufzeichnung machte, entsprach nicht gerade den Anforderungen eines Fernsehstudios im Rest der Welt. Er benutzte eine kleine Bürokabine im hinteren Teil eines gemieteten Hauses in den Außenbezirken von Kairo. Der Vorteil war, dass die dicken Wände die Straßengeräusche aussperrten, einschließlich der Sirenen, dem Dröhnen der Lastwagen und dem Heulen der Motorräder.

Ein einzelnes grünes Banner diente als Hintergrund, auf dem in fließender Schrift stand: *Es gibt keinen Gott außer Allah, und Mohammed ist sein Prophet.* Die Wand dahinter war in Hellblau gestrichen.

Imam Ibn Said knurrte. Dieses verdammte Weib, Maureen Cole, hatte ihn genug aufgeregt, dass er sich in letzter Minute entschlossen hatte, die Hetzrede aufzuzeichnen, die ihm den ganzen Morgen im Kopf herumgespukt war. Anstatt zu dem geplanten Treffen in seiner Moschee zu gehen, hatte er dem Fernsehteam befohlen, ihn hier zu treffen.

Ibn Said mochte es nicht, seine Pläne kurzfristig zu ändern. So geriet für den Rest des Tages alles durcheinander.

Said begann mit seinem üblichen Gebet und dem Aufruf an alle Muslime, sich zum Freitagsgebet zu verneigen.

Er starrte in die Linse und dachte an die Millionen, die diese Übertragung sehen würden.

»Im Namen Allahs, des Mildtätigen und Barmherzigen.

Allah ist weise und allwissend. Dennoch versuchen die Ungläubigen, uns auf den falschen Pfad zu führen.«

Er schaute auf den Koran in seinen Händen und hob ihn leicht in die Höhe. »Diesmal versucht ein unkeusches Weib, gekleidet wie eine Hure, fromme Männer zu verführen. Denn diese Hure, Maureen Cole, hat gewiss beim Teufel gelegen. Mit ihren Verführungskünsten und ihrer List versucht sie, die Gläubigen davon abzubringen, sich Allah zu unterwerfen. Ich habe mir die Worte der Hure angehört, und was ich gehört habe, waren Lügen, gemischt mit Blasphemie.

Der Hure und jenen, die auf sie hören und ihre Gotteslästerungen glauben, sage ich: ›Ihr seid getäuscht!‹

Das Buch hat eine Botschaft für euch. ›Allah verzeiht euch nicht, wenn ihr falsche Götter neben ihn erhebt. Alles andere vergibt er, doch wer falsche Götter anbetet, hat den rechten Weg verlassen. Wer sich den Teufel zum Freund macht und Allah entsagt, soll einen schrecklichen Verlust erleiden. Der Teufel verspricht ihnen die Erfüllung ihrer Lüste und lockt sie mit Eitelkeiten. Und der Teufel verspricht ihnen dies nur, um sie zu täuschen. Solche Menschen erwartet einzig und allein die Hölle, und sie werden ihr nicht entkommen können.‹«

Er funkelte in die Kamera und fühlte, wie rechtschaffener Zorn ihn überkam. Dann hob er die Faust.

»Der Koran hat deine Antwort, Hure! ›Wer Böses tut, der soll den gerechten Preis bezahlen.‹ Dies ist das Urteil des Koran.«

Er biss sich auf die Lippe und zitterte vor Zorn, der in ihm brannte. »Du hast die Muslime über den Islam belehren wollen! Durch deine Worte beschmutzt du Allahs heilige Diener. Du beschmutzt den Koran durch deine Berührung und die Worte aus deinem unkeuschen Mund, der das Fleisch so vieler Männer gekannt hat. Verderbtes Weib, du hast dir deinen Lohn verdient, und es werden die Flammen sein. *Inshallah!*«

Der Kameramann gab ein Zeichen, und die Aufzeichnung wurde beendet. Ibn Said fühlte, wie der Zorn allmählich abebbte. Er gab den Koran seinem Assistenten und stand auf.

»Sie wird gut bewacht werden«, sagte der Kameramann, als er sich daranmachte, die Kamera vom Stativ zu schrauben.

»Es reicht, wenn die Hure um unseren Zorn weiß. Sie ist eine Frau, Halil. Frauen sind dumm, sie haben keinen Verstand. Und da sie kein Filmstar ist, ist sie vermutlich nur von geringem Wert für sie, und sie wird wohl nicht so gut beschützt. So Allah will, ist es nur eine Frage der Zeit, bis ihr Schicksal die Ungläubigen daran erinnern wird, dass wir, die wir Allah dienen, uns schon Gehör verschaffen werden.«

Ibn Saids Fahrer erschien in der Tür, und der Imam folgte ihm den langen Gang hinunter. Am Bordstein wartete sein Wagen mit zwei Leibwächtern. Die beiden Männer nickten dem Imam respektvoll zu, und einer von ihnen öffnete die Tür.

Said wollte sich gerade setzen, als ein Beben die Straße erschütterte und an den Fenstern rüttelte. Die Menschen auf den Bürgersteigen kämpften ums Gleichgewicht. Brocken von Putz fielen herab, als der Knall ertönte, laut und Furcht erregend. Ibn Said duckte sich instinktiv.

»Was? Wo?«, fragte sein Fahrer. »War das eine Bombe?«

Ibn Said drehte sich zu seiner Moschee um, deren Kuppel knapp über den Dächern der zweistöckigen Häuser zu erkennen war. Er sah, wie eine weiß-braune Wolke von der Stelle aufstieg, wo der Eingang seiner Moschee sein musste.

Ein kalter Schauder durchlief seine Seele. *Hätte ich meinen Terminplan nicht geändert, wäre ich dann im Zentrum der Explosion gewesen?*

Bill Reeves saß an seinem Schreibtisch und ging die Berichte durch. Unruhen in Kairo beherrschten die Nachrichten. Der letzte christliche Selbstmordattentäter hatte ein Band an einen der dortigen Radiosender geschickt und war unmittelbar darauf mit einem Lieferwagen voller Sprengstoff in eine Moschee gefahren.

Das hat ja hervorragend funktioniert.

Mehrere prominente Führer der Muslimbruderschaft waren dabei getötet worden, und die historische Moschee hatte schwere strukturelle Schäden davongetragen. Aufgrund einer kurzfristigen Terminänderung war Ibn Said jedoch unverletzt geblieben.

Man kann wohl nicht alles haben.

Zur gleichen Zeit wurde die Aufzeichnung von Saids *Fatwa* gegen Maureen Cole von Millionen Menschen in der arabischen Welt gesehen.

Da hast du wohl noch viel zu tun, Jenn. Dr. Cole war genau da, wo Reeves sie haben wollte: mitten im Scheinwerferlicht.

In Kairo war das Chaos ausgebrochen. Geschäfte wurden geplündert, Christen und Westler auf den Straßen zusammengeschlagen, und eine große und sehr, sehr wütende Menschenmenge schrie und brüllte vor der amerikanischen Botschaft. Fox News zeigte eine belagerte Reihe von Polizisten und Soldaten mit Helmen und Schilden, die versuchten, den Mob zurückzuhalten, während Flaschen und Steine von ihrer Schutzkleidung abprallten.

»Der Angriff auf den umstrittenen Imam Ibn Said hat die Stimmung in Kairo zum Überkochen gebracht. Die Regierung hat den Notstand ausgerufen und warnt alle Touristen, in ihren Hotels zu bleiben, bis die Ordnung wiederhergestellt ist. Imam Ibn Said war zum Zeitpunkt des Anschlags jedoch

nicht in der Moschee. Berichten zufolge befindet er sich an einem sicheren Ort.« Ein anderes Bild erschien. Es zeigte ein zerstörtes Gebäude mit klaffenden Löchern in einer strahlend blauen Kuppel. Eine Seite des Gebäudes war vollständig zusammengebrochen. Rauch quoll aus den Trümmern. Die Feuerwehr war mit Löschzügen im Einsatz. An anderer Stelle schafften Rettungskräfte die Opfer ins Freie.

»Das war der dritte derartige Anschlag in den letzten Tagen. Das Außenministerium hat zu der Tat bereits Stellung genommen.« Der Bildschirm flackerte; dann erschien ein Bild des Außenministers, der sich derzeit in Tokio aufhielt.

»Die amerikanische Regierung verurteilt diese sinnlosen Gewalttaten aufs Schärfste. Die USA haben sich dem Frieden verschrieben. Wir möchten den Hinterbliebenen der Opfer und dem ägyptischen Volk unser tief empfundenes Mitgefühl bekunden.«

»Aber sicher doch«, sagte Bill und grinste fröhlich.

Dann wechselten die Nachrichten zu dem neuesten Taifun, der Bangladesh heimgesucht hatte. Menschen waren zu sehen, die auf Dächern saßen oder durch das verschlammte Wasser wateten. Der Kommentator bemerkte, dass das wärmere Wasser im Indischen Ozean den Sturm zu einem Orkan mit rekordverdächtigen Windgeschwindigkeiten gemacht hätte.

Bill schob die Papiere beiseite und starrte nachdenklich vor sich hin, als Matt den Raum betrat. »Und?«, fragte Reeves. »Hat jemand in unserer Botschaft schon eine Verbindung zwischen dem Bombenleger und Box hergestellt?«

»Noch nicht, Chef. Sie sind viel zu sehr damit beschäftigt, Akten zu vernichten und zu beten, dass die Marines den Mob auf Abstand halten können.«

»Perfekt.«

»Dr. Cole scheint auf ihrer Pressekonferenz in ein Wespennest gestochen zu haben. Soll ich Jenn anweisen, die Frau zurückzupfeifen, damit sich alles wieder ein wenig beruhigen kann?«

Reeves griff nach einem Stift und drehte ihn in den Fingern. »Im Gegenteil, Matt. Ich denke, wir sollten sogar noch ein wenig mehr Aufmerksamkeit in ihre Richtung lenken.« Er grinste. Mit Box auf der einen und Cole auf der anderen Seite lief alles ganz wunderbar.

Ali schaute sich verstohlen um. Keiner der Holländer schien auch nur die geringste Notiz von ihm zu nehmen. Er nippte an seinem Kaffee und rief willkürlich irgendwelche Websites auf, während um ihn herum das Leben blühte. Auf der Straße sah er Fahrräder, Autos und gelegentlich eine Straßenbahn. Plötzliches Lachen von zwei jungen Männern hinter ihm erschreckte ihn, und er warf einen Blick zu ihnen. Sie schlugen sich auf die Schenkel und amüsierten sich offenbar über irgendetwas im Web.

Erst nachdem er sich fünfzehn Minuten lang auf *Dschahiliyya*-Seiten herumgetrieben hatte, rief Ali *Zahra@Fez.net* auf.

WER DA?, erschien in der Textbox.

Ali tippte: BAKR. WER IST DA?

ICH BIN AKBAR. IST DIESER COMPUTER SICHER?

JA.

WIE KANN ICH HELFEN?

DU HAST GESAGT, ES GEBE EINEN VERRÄTER IM ENGEREN KREIS UM DEN IMAM. WOHER WEISST DU DAS?

JEMAND HAT DIE POLIZEI INFORMIERT.

Ali erinnerte sich an das Paket, das er an der Rezeption des American Hotel abgegeben hatte, und an das Video, auf dem er mit der Kalaschnikow zu sehen war. Sein Herz schlug schneller. WARUM HABEN SIE UNS DANN NOCH NICHT VERHAFTET?

SIE WARTEN AUF EINEN GRÖSSEREN FISCH. WENN DIE ZEIT REIF IST, WERDEN SIE HANDELN. VORHER NICHT. SIE WISSEN, DASS DIE BOMBE AUS AMSTERDAM GEKOMMEN IST. Ali schluckte unwillkürlich. Sein Mund war wie ausgetrocknet, und besorgt schloss er die Augen. Dann schrieb er fast schon in Panik: ICH HABE DIEJENIGEN UM DEN IMAM BEOBACHTET. ZWAR HAT NIEMAND MEINEN VERDACHT ERREGT, ABER BEI HARAM BIN ICH MIR NICHT SICHER.

WARUM?

ER SPRICHT NIE. ABER DER IMAM VERTRAUT IHM VÖLLIG.

WEIß HARAM VON DEM PAKET?

Ali lief ein kalter Schauder über den Rücken. JA.

KENNT HARAM DEN GEHEIMEN ORT, WO DAS PAKET ZUSAMMENGEBAUT WORDEN IST?

Ali runzelte die Stirn. Der geheime Ort, wo das Paket zusammengebaut worden war? Wo sollte das sein? Dann fiel es ihm ein: der Unterschlupf. Dort musste die Bombe gefertigt worden sein. HARAM FÄHRT IHN IMMER DORTHIN.

WANN ZUM LETZTEN MAL?

HEUTE MORGEN. KURZ NACHDEM WIR VON DEM ANSCHLAG AUF IMAM SAID IN KAIRO GEHÖRT HABEN.

HAT HARAM BESORGT AUSGESEHEN?

Ali dachte darüber nach. Als Haram den Imam abgeholt hatte, war in seinen Augen eine stählerne Härte zu sehen gewesen. ER HAT WÜTEND AUSGESEHEN.

KENNT DER IMAM IBN SAID?

JA.

KOMMUNIZIEREN SIE NOCH MITEINANDER?

NEIN. Ali erinnerte sich daran, wie der Imam Ibn Said einen Schwätzer genannt hatte, und lächelte. ER SAGT, DIE ÄGYPTER HÄTTEN SAIDS SOHN EIN FLUGZEUG GEGEBEN, UM DAMIT ZU FLIEGEN.

MÖGE ALLAH IHM STATTDESSEN FEDERN SCHENKEN.

Ali lachte leise. Dann kam ihm ein Gedanke. STELLEN DIE CHRISTLICHEN ATTENTÄTER EINE BEDROHUNG DAR?

WAS SAGT DER IMAM?

Ali tippte: ER MACHT SICH GROSSE SORGEN UND FRAGT SICH, OB DIE AMERIKANER DABEI GEHOLFEN HABEN, DEN ATTENTÄTER NACH ÄGYPTEN ZU SCHMUGGELN. SOLLTE TATSÄCHLICH DIE AMERIKANISCHE REGIERUNG ETWAS DAMIT ZU TUN HABEN, STECKEN WIR ALLE IN SCHWIERIGKEITEN. ER SAGT, DANN WÜRDE UNS DAS CHAOS VERSCHLINGEN.

Akbars Antwort erschien: DIE VÖLKER DER SCHRIFT SCHAUEN NACH VORNE UND SEHEN, WIE IHRE DSCHAHILIYYA-WELT ZUSAMMENBRICHT. GOTT KOMMT SIE HOLEN, UND SIE HABEN ANGST. BIS DAHIN LASS UNS HARAM ÜBERPRÜFEN. DAS REICHT ERST MAL FÜR DEN AUGENBLICK.

Die Textbox verschwand.

22.

SKIP SASS IN der Bar des Principe di Savoia Hotels in Mailand und schaute auf die Zeitung vor ihm auf dem Tisch. Aufgrund des Rekordniedrigwassers war die Schifffahrt auf Europas Flüssen zum Stillstand gekommen. Die Quellbäche in den Alpen, einst gespeist von Gletscherwasser, waren ausgetrocknet, und eine Veränderung in den Atlantikströmungen wurde dafür verantwortlich gemacht, dass nicht mehr genug Regen den Kontinent erreichte.

Skip verzog das Gesicht und öffnete seinen Terminkalender: Drei Zeitungsreporter, zwei von Internetagenturen und drei Fernsehinterviews waren für diesen Nachmittag angesetzt. Skip hatte einen Konferenzraum im ersten Stock gebucht, den man nur durch einen einzigen Gang erreichen konnte.

Er hob den Blick und verlor sich in der prachtvollen Architektur. Das Principe di Savoia war ein wahrer Palast. Skip hatte sich das beste Hotel in Mailand ausgesucht, weil man sich im Savoia mit den Sicherheitsanforderungen hochrangiger Gäste auskannte. Heute Morgen hatte er sich nach dem Frühstück mit der Hotelsicherheit getroffen und die Details von Maureens Schutz geklärt. So saßen auch jetzt, da er sich ein wenig entspannte, zwei Sicherheitsbedienstete des Hotels im Vorraum von Maureens luxuriöser Suite.

Jenn war noch nicht einmal blass geworden, als Skip das Savoia erwähnt hatte. Offenbar war ihr Budget flexibel genug, dass Privatjets und Fünfsternesuiten nichts ausmachten. Bastard-Bill war erkennbar fest entschlossen, Maureen ihre fünfzehn Minuten Ruhm zu verschaffen.

Aber warum?, fragte sich Skip und ließ den Blick über die goldenen Säulen schweifen, die feine Handwerkskunst und die reich verzierte Decke über sich. Er hatte sich einen Platz ausgesucht, von wo aus er die Lobby einsehen konnte. Bis jetzt hatte sein innerer Alarm noch nicht angeschlagen; dabei wirkte hier jeder ohne Armanianzug fehl am Platze.

Skip nippte an seinem Perronibier und nahm sich eine Olive aus der Glasschlüssel vor ihm. Typisch Italienisch: Hier wusste man, dass ein Bier mit einer Olive noch mal so gut die Kehle hinunterlief.

»Aha, du trinkst also bei der Arbeit, wie ich sehe.« Jenn kam herein und setzte sich auf den mit Samt gepolsterten Stuhl Skip gegenüber. Sie trug ein spektakuläres graues Kostüm mit Rock, das sich an ihren Körper schmiegte wie maßgeschneidert. Der kastanienbraune Baumwollpullover darunter passte ebenfalls wie angegossen und betonte Jenns Brust und ihren flachen Bauch. Das braune Haar trug sie zu einem französischen Zopf geflochten.

»Meine Güte«, sagte sie, »ist das heiß draußen.«

Skip nahm sich noch eine Olive. »Das ist nur die gute, alte Erderwärmung. Europa schmilzt weiter.« Dann fügte er hinzu: »Du siehst gut aus.«

»Ich liebe Mailand. Auf dem Weg hierher bin ich bei Gianfranco Ferre reingegangen. Nein, schau mich nicht so an. Ich habe alles mit meiner eigenen Kreditkarte bezahlt.« Sie schauderte. »Bei der Summe verschlägt es einem wirklich den Atem.«

Sie blickte ihn durchdringend an. »Hast du die Nachrichten gehört? Jemand hat in Riad heute Morgen eine Rakete auf ein Transportflugzeug der ACC abgefeuert. Es wäre fast abgestürzt, hat aber noch notlanden können. Sie haben den gesamten Luftverkehr im Nahen Osten eingestellt.«

»Das hörte ich zum ersten Mal – nicht dass es mich nach den Bombenanschlägen in Palästina, Hamburg und Kairo überraschen würde. Jenn, wenn diese Leute nicht vorsichtig sind, kann das ziemlich übel werden.«

»Deshalb ist Maureen ja so wichtig. Sie ist die Stimme der Vernunft, Skip. Wie kommt sie zurecht?«

»Sie macht gerade ein Nickerchen. Sie wollte ein wenig Zeit, um ihren Verstand für heute Nachmittag zu schärfen. Ich habe zwei Mann oben. Sie werden mich rufen, sobald Maureen aufgewacht ist.«

Jenn schaute sich um. »Hm, so stelle ich mir ein Hotel vor.«

»Ich habe gerade hier gesessen und nachgedacht ... Diese Tour durch Europa muss Bill ein Vermögen kosten. Glaubt er wirklich, dass Maureen das wert ist? Und warum setzt er sie nicht in ein Studio in New York oder sonst wo und überträgt ihre Reden per Satellit?«

Jenn runzelte nachdenklich die Stirn. »Das hat was mit Symbolik zu tun«, sagte sie. »Eine einzelne Frau, die sich nicht vor den Drohungen radikaler Imame fürchtet. Darin liegt eine gewisse Macht.«

Skip grunzte. »Warum habe ich das Gefühl, dass du mir nur einen Teil der Geschichte erzählst? Oh, warte, vielleicht liegt es ja daran, dass Bastard-Bill immer zwei, drei zusätzliche Asse im Ärmel hat.«

Jenns Blick blieb ungerührt. »Skip, weißt du, was es bedeutet, dass jemand endlich mal die Wahrheit sagt? Amerikaner und Europäer wissen, was hier auf dem Spiel steht.«

»Ein netter offizieller Spruch.«

»Nimm es einfach hin und lerne, damit zu leben. Du bist hier nur der Mietling.«

»Ich kann mich nicht erinnern, je so eindeutig in meine Schranken gewiesen worden zu sein.«

Jenn lächelte. »Tut mir leid.«

»Gibt es schon etwas Neues zu meinem U-Boot?«, wechselte Skip das Thema.

»Nichts Erwähnenswertes. Sag mal, hast du je von Termoclin gehört?«

»Oh, Termoclin, klar. Ich habe zu Hause zwei davon im Kühlschrank.«

»Das ist eine Schicht aus kaltem und dichtem Wasser. Ich bin kein Sonarexperte, aber kaltes Wasser, das noch dazu sehr dicht ist, verändert die Frequenz der Sonarwellen – so ähnlich, wie bei einer Fata Morgana das Licht gebrochen wird. Offensichtlich war die Task Force Spear in warmem Wasser. Sie haben Sonarwellen aus diesem warmen Wasser durch mehrere Schichten kalten Wassers geschickt. Erinnerst du dich, wie kaltes Wasser, das aus der Tiefe aufgestiegen ist, den Hurrikan Itrice von einem Sturm der Kategorie fünf in einen der Kategorie eins verwandelt hat? Die Navy kann nicht mit Sicherheit sagen, ob sich ein U-Boot in der Nähe der *White Star* befunden hat. Sie waren zu weit weg.«

»Und Aufklärungsfotos? Kann man damit die Bewegungen der iranischen U-Boote nachverfolgen?«

»Nur zwei davon waren auf See, als der Gasangriff auf die *White Star* erfolgte. Beide sind von unseren Booten verfolgt worden. Eins war am Persischen Golf, das andere im Indischen Ozean. Du kannst sie also als potenzielle Angreifer streichen.«

Skip nahm sich eine weitere Olive, während der Kellner an den Tisch trat und Jenns Bestellung entgegennahm, einen doppelten Cappuccino. Als er wieder gegangen war, fügte Jenn hinzu: »Wenigstens waren es nicht die Perser.«

»Damit scheidet ein U-Boot als Tatwerkzeug aber nicht aus«, sagte Skip.

»Stimmt.« Jenn beugte sich vor, um sich ebenfalls eine Olive zu nehmen. »Aber wenn die Navy nicht irgendeinen Fehler vertuschen will, sind die meisten U-Boote der Welt zum Zeitpunkt des Anschlags erfasst.«

»Die meisten?«

Erneut zuckte Jenn mit den Schultern. »Wir überwachen nur unsere Feinde lückenlos. Aber ich kann mir nicht vorstellen, dass die Briten, Franzosen oder andere Alliierte ein Kreuzfahrtschiff vergast haben.«

»Dann stehen wir also wieder am Anfang.«

»Vielleicht. Noch können wir die U-Boot-Theorie nicht gänzlich verwerfen. Aber wenn es nicht die Perser waren, wer dann?«

»Und was ist mit deinem Freund Box? Hat die Regierung schon einen Treffer bei seinen Bombern gelandet? Schwierig kann das für euch ja nicht sein.«

Jenn runzelte die Stirn. »Das ist eine seltsame Frage.«

»Komm schon. Wie hat ein christlicher Selbstmordattentäter einen Lastwagen mit Sprengstoff nach Kairo bekommen? Selbst ich werde da misstrauisch.«

»Es gibt keinen Beweis, dass Box dahintersteckt.«

»Klar doch. Es ist bloß ein seltsamer Zufall, dass alle Attentäter aus Box' Gemeinde kamen, ja?«

»Ich kann dir sagen, dass jede Behörde, die etwas mit dem Fall zu tun hat, die Anschläge verurteilt. FBI-Direktor Snyder hat Box in sein Büro zitiert. Meinen Quellen zufolge war das nicht gerade ein Freundschaftsbesuch.«

»Und wie sieht der Mann von der Straße den Reverend?«

»Viel zu viele betrachten ihn als Held. Er hat im konservativen Talkradio eine beachtliche Gefolgschaft um sich versammelt. Die *White Star* hat ihm ein Forum gegeben.«

»Ganz zu schweigen davon, dass seine Selbstmörder die *richtig* bösen Buben ausschalten.« Skip lehnte ein weiteres Bier ab, als der Kellner Jenn den Cappuccino brachte. »Das ist ein fetter Bonus.«

Jan nippte an ihrem Cappuccino. »Einige Leute haben den Eindruck, dass Box zu erreichen scheint, wovon andere nur träumen können.«

»Glaubst du, ich könnte Box dazu überreden, auch Bastard-Bill in die Luft zu jagen?« Skip musterte die Geschäftsleute, die in ihren makellosen Anzügen an ihm vorübergingen. Für diese Leute war sein Jahreseinkommen kaum mehr als ein Tagesgehalt. »Das wird nicht gut gehen, Jenn. Das geht niemals gut. Leute, die in volatilen Mischungen herumrühren, sind jedes Mal überrascht, wenn ihnen alles um die Ohren fliegt.«

»Das ist nicht unser unmittelbares Problem. Wir haben für morgen Mittag einen Vortrag an der Universität arrangiert. Die Plakate werden bereits gedruckt.«

Skip schaute sie ausdruckslos an. »Das ist ein Scherz, oder? Weißt du, wie die Sicherheitslage an einer Universität ist?«

»Ja, aber du bist Profi, Skip. Dir fällt schon was ein.«

Ali saß auf der Rückbank eines roten Peugeots und starrte nervös auf die Hinterköpfe der beiden Männer vor ihm.

Sorge drückte ihm auf den Magen, als hätte er etwas Verdorbenes gegessen. Wenn er nicht die Hinterköpfe der beiden anschaute, blickte er auf die inzwischen vertraute Straße hinaus, die zum Unterschlupf führte. Der Beifahrer blickte gelegentlich auf eine Karte auf seinem Schoß und sagte: »Hier abbiegen.«

Das Ganze war so seltsam, dass es Ali beinahe in Panik versetzte.

»Ali, ich möchte, dass du um Punkt drei Uhr die Koranschule verlässt«, hatte der Imam zu ihm gesagt. »Vorne wird ein Wagen mit zwei Männern auf dich warten. Wenn du zu diesem Wagen gehst, werden sie dich nach deinem Namen fragen. Erst wenn du ihn genannt hast, werden sie dir erlauben, hinten einzusteigen. Befolg ihre Befehle.«

Der Wagen hatte tatsächlich auf ihn gewartet, und die beiden Männer hatten ihn beim Näherkommen beobachtet. Von diesem Augenblick an war kein Wort mehr gesprochen worden, und das hatte Ali umso nervöser gemacht.

Sie verließen die Schnellstraße, fuhren zu dem Apartmenthaus und parkten neben dem alten Auto des Imam. Anstatt auszusteigen, hoben die beiden Männer Ferngläser vor die Augen, suchten die Fenster des Hauses ab, die anderen Autos um sie herum und schließlich die Zäune um den Parkplatz.

»Und?«, fragte der Fahrer.

»Nichts«, antwortete der Mann auf dem Beifahrersitz. »Gehen wir.«

Ali stieg aus. Die beiden Männer beobachteten weiter die Umgebung, während sie zur Hintertür gingen. Der Fahrer winkte Ali, als Erster hineinzugehen. Ali stieg die Stufen hinauf und ging zur Tür des Unterschlupfs. Erst dann schaute er zurück.

»Zweimal klopfen«, sagte der Fahrer zu ihm. »Dann warten und wieder zweimal klopfen.«

Ali tat, wie ihm geheißen. Die Tür ging auf. Haram musterte ihn mit grimmigem Blick, ehe er sich zu den beiden Männern umdrehte. Er nickte knapp und trat aus dem Weg.

Ali ging hinein und sah den Imam auf der Couch sitzen. Zu seiner Überraschung stand Faisal Hamadi nervös neben dem kleinen Kühlschrank.

»Ali«, grüßte der Imam, »ist alles in Ordnung?«

»Ja, Imam.« Ali beobachtete, wie der Imam aufstand und die beiden Fremden begrüßte, wobei er sie auf arabische Art leicht auf die Wangen küsste.

»Habt ihr euch schon kennen gelernt?«

Ali zuckte mit den Schultern. Er war nicht sicher, was »kennen lernen« in diesem Zusammenhang bedeutete.

»Das hier ist al-Arnab«, stellte der Imam den Fahrer vor. »Wir nennen ihn den Hasen, weil schon viele Leute versucht haben, ihn zu fangen. Irgendwie gelingt es unserem Hasen immer wieder, den Füchsen zu entkommen.« Er drehte sich zu dem zweiten Mann um. »Das ist al-Sayih. Wir nennen ihn den Touristen, denn er geht an viele Orte, sieht viele Dinge und kennt sich in der Welt aus.«

Die beiden Männer lachten und grinsten einander an.

Salassi drückte die Hände aufeinander. »Wir sind aus einem bestimmten Grund hier. Allah, der Allweise und Barmherzige, hat die Pläne des Kreuzfahrers Box vereitelt, als er jene an Bord der *White Star* getötet hat. Das Weib, das wir die Hure nennen, hat nun das Werk Allahs verschmäht. Aus diesem Grund haben wir versucht, ihr eine Lektion in Demut zu erteilen. Sie ist entkommen. Aber ihr Überleben hat sie kühn gemacht. Sie hat mit einer Reihe von Vorträgen und Interviews begonnen, um ihre kranken Worte zu verbreiten, und sich dabei der Medien bedient, um Allah und den Propheten, Friede sei mit ihm, zu verleumden. Sie füllt die Ohren der Gläubigen mit Gift und versucht, sie von Allahs Weg abzubringen.«

Ali suchte sich einen Platz neben Faisal an der Wand. Er war neugierig, was sein Freund an diesem geheimen Ort zu suchen hatte. Ein eisiger Gedanke nahm in Alis Seele Gestalt an. *Könnte Faisal der Polizeispitzel sein?*

Und dann waren da noch die beiden Fremden: der Hase und der Tourist. Ihre Namen waren offensichtlich falsch und sollten ihre wahre Identität verbergen. Ali kannte die meisten der hiesigen Moslems, und diese beiden waren nicht von hier, da war er sicher. Es war die Art, wie sie sich verhielten, ihr misstrauisches Beäugen der Umgebung und die Tatsache, dass sie den Weg zum Unterschlupf nicht kannten.

Ist ausgerechnet jetzt, wo so viel auf dem Spiel steht, der richtige Zeitpunkt, Fremde hierherzubringen, Imam?

Der Imam sprach erneut. »Vor Kurzem haben wir etwas erfahren, das sehr wichtig für uns ist. Die Hure spricht in Mailand; dann wird sie nach München weiterreisen. Anschließend geht es nach Amsterdam.«

»Sie kommt *hierher?*«, platzte Ali heraus und versteifte sich.

Alle Augen richteten sich auf ihn, und er spürte, wie seine Ohren rot anliefen.

»Ja, hierher«, bestätigte der Imam in ruhigem Tonfall. »Sie wird mit *Het Parole* reden, mit der *Amsterdam Times*, *Amsterdam Weekly*, *Het Financieel Dagblad* und natürlich mit verschiedenen Fernsehsendern. Darauf können wir keinen Einfluss nehmen.« Er lächelte. »Für uns ist wichtig, dass sie auch im Concertgebouw einen Vortrag halten wird. Es heißt, dass sie in drei Tagen hier ankommt.«

Ali spürte, wie sein Herz einen Schlag aussetzte.

»Kaum hatte ich das erfahren, habe ich al-Sayih und al-Arnab kontaktiert. Sie werden einige Zeit hierbleiben.« Der Imam richtete seine Aufmerksamkeit auf Ali und Faisal. »Niemand darf davon erfahren. Keiner von euch wird ihre Namen außerhalb dieses Raums erwähnen. Ist das klar?«

Ali und Faisal nickten.

»Gut.« Der Imam trat zu ihnen und schaute ihnen in die Augen. »Ihr beide habt euch bei anderen Gelegenheiten schon Allahs Willen unterworfen. Wisst ihr, welche Belohnungen die Märtyrer erwarten? Welche Ehre es für eure Familien bedeutet?«

Ali nickte als Erster. »Ja, Imam. So Allah will, wird die Hure Amsterdam nicht mehr verlassen.«

Der Blick des Imam wurde sanft. »So Allah will. Es gilt einige Dinge vorzubereiten. Die Sicherheitsvorkehrungen für die Hure werden massiv und schwer zu durchbrechen sein, aber vertraut al-Sayih. Er weiß viele Dinge. Und al-Arnab vermag die Mittel bereitzustellen, einen Menschen zu töten.« Er lächelte. »Selbst Postbeamte, wenn sie die falschen Pakete öffnen.«

Ali warf einen Blick zu al-Arnab. Der Mann lächelte, die dicken Arme vor der Brust verschränkt. War er an jenem Tag im Raum gewesen? Hatte man ihm wegen al-Arnab die Augen verbunden?

»Aber es gibt noch andere Möglichkeiten als Bomben«, fuhr Abu Salassi fort. »Allah mag in seiner Weisheit beschließen, dass einer von euch es überlebt, vielleicht sogar beide. Auch wenn euch schlussendlich das Paradies winkt, so erwarten euch auch noch andere, irdischere Belohnungen. Ihr seid beide im heiratsfähigen Alter. Da ließe sich etwas arrangieren. Und es gibt auch finanzielle Fragen, die in Betracht gezogen werden müssen.«

Faisal grinste. »So Allah will, werde ich dich nicht enttäuschen, Imam.« Dann schaute er zu Ali. »Bist du sicher, dass mein Freund der geeignete Mann für so etwas ist? Er war immer schon mehr ein Gelehrter.«

Ali verspannte sich, doch der Imam legte ihm beruhigend die Hand auf die Schulter. »Ali hat sich bereits bewiesen, Faisal. Anders als die *Dschahili* solltest du einen Mann nicht danach beurteilen, dass er liest und sich mit Computern auskennt. Mut liegt im Herzen, Faisal, nicht in den Muskeln.«

»Wissen wir, wo die Hure wohnen wird?«, fragte al-Arnab.

»Noch nicht. Aber die *Dschahili* lassen gerne Muslime in ihren Hotels arbeiten, und viele Muslime fahren auch Taxi. Die meisten unserer fehlgeleiteten Brüder sind von der *Dschahiliyya* verführt worden und wollen nichts mit uns zu tun haben. Trotzdem können wir sie noch immer zum Reden bewegen. Man muss nur die Ohren am richtigen Ort haben.«

»Dann werden wir vielleicht in der Lage sein, die Hure in ihrem Hotel zu treffen?«

»Allah macht alles möglich«, erwiderte der Imam.

23.

A. P. EILTE IN sein Büro und schloss hinter sich die Tür. Er ließ sich auf seinen Stuhl fallen, nahm den Hörer ab und drückte den blinkenden Halten-Knopf. »Tom? Bist du da?«

»Hey, A. P. Schön, dich zu hören.« Tom Stones Stimme kam klar und deutlich durch die Leitung. »Hast du von der Rakete gehört?«

»Ja. Wo bist du?«

»Auf dem Weg nach Rom. Es hat fast zwei Tage gedauert, bis die Saudis uns haben fliegen lassen. Ich kann dir sagen, in Riad ist uns der Arsch auf Grundeis gegangen!«

»Ich danke Gott, dass ihr in Sicherheit seid.« A. P. runzelte die Stirn, ging durch sein Büro und schenkte sich einen Becher Kaffee ein.

»Die Arschlöcher haben versucht, uns umzubringen – bitte entschuldige meine Wortwahl. Tana ärgert das auch immer.«

»Tana? Oh ja, die Pilotin.« A. P. erinnerte sich an die Nachrichten.

»Sie ist die Pilotin, aber ich bin geflogen. Mann, das musst du erlebt haben, mit einer voll beladenen 767 einer SAM auszuweichen!«

»Fang vorne an, Tom.«

»Okay. Wir sind in Riad gestartet. Alles Routine, bis auf die Spannung dort. Europäer, Amerikaner, sogar Japaner und Chinesen wurden auf den Straßen getötet. Es ist beim ACC üblich, dass Flugzeugbesatzungen ihre Hotelzimmer in Riad nicht verlassen dürfen. Tana hat das ein ›samtenes Gefängnis‹ genannt.«

»Tana ... Was ist das eigentlich für ein Name?«

»Sie ist Französin. Hast du vom Kriegsrecht da unten gehört? Die Saudis haben Angst, eine Scheißangst. Diese christlichen Selbstmordattentäter haben wirklich einen Nerv getroffen. Jedenfalls, vom Hotel aus ist uns ein Van gefolgt. Ich habe gesehen, wie der Kerl in dem weißen Mercedes uns mit einem Fernglas beobachtet hat, als wir durch das Tor gefahren sind. Dann hat dasselbe Auto neben der Bahn gestanden, als Tana gestartet ist. Ich könnte schwören, dass der Kerl in dem Augenblick in ein Funkgerät gesprochen hat. Und ich hatte mich gerade ans Fenster gesetzt, als ich sah, wie dieses Ding aus der Wüste auf uns zugeflogen kam.«

»Die Rakete?«

»Aber Hallo, mein Freund. Ich habe Tana angebrüllt, mir zu vertrauen, hab mir den Steuerknüppel geschnappt – verdammt, das war echte Flugakrobatik! Ich bin genau im richtigen Augenblick weggekippt, hatte einen Strömungsabriss und wäre fast in der Wüste aufgeschlagen. Mann, es gab Zeugen! Wir sind gezielt angegriffen worden! Und der saudische Geheimdienst hat uns zwei Tage lang in den Schwitzkasten genommen.« Er hielt kurz inne. »Ich hasse diese Leute.«

»Kommst du jetzt nach Hause? Für die Nachrichten hier bist du ein Held. Amy und den Mädchen würde das gefallen.«

»Ja, bestimmt.«

A. P. runzelte die Stirn, als er das Zögern in Toms Stimme hörte. Was war der Grund dafür?

»Ich werde darüber nachdenken«, sagte Tom. »Im Augenblick bin ich in einem kuscheligen Hotel in Rom. Die ACC zahlt. Sie haben gesagt, sie hätten eine Überraschung für mich.

Ich hoffe, es ist ein Bonus. Ich bin nämlich gerade Captain geworden.«

»Gratuliere.« A. P. lehnte sich zurück. »Erzähl mir mehr von den Arabern. Wie ist das Leben auf der Straße?«

»Deine Predigten kommen bei ihnen an, A. P. Eine Menge von ihnen kaufen dir das mit dem Ende der Welt ab. Erst die *White Star* und jetzt die Selbstmordattentäter. Überall herrscht Spannung. Die Hadsch steht kurz bevor. In Mekka, Medina und Riad sind sämtliche Hotels ausgebucht. Die Saudis erwarten sechs Millionen Menschen!«

A. P. murmelte: »Es gibt nichts, was damit vergleichbar wäre, nicht mal Weihnachten. Für zwei Milliarden Menschen ist Mekka der heiligste Ort der Welt, und die Hadsch ist Teil ihrer Seele.«

»Ja. Nun, seit dieser Raketengeschichte liegen bei den Saudis die Nerven blank. Weißt du, was passieren würde, sollte jemand ein Passagierflugzeug abschießen? Während der Hadsch womöglich?«

»Dann würde das Chaos losbrechen.«

»Ja. Es würde reichen, um die Regierung zu Fall zu bringen. Und so, wie sie Tana und mich durch die Mangel gedreht haben, würde ich nicht um sie weinen, das steht fest.« Er hielt kurz inne. A. P. glaubte, die Stimme einer Frau im Hintergrund zu hören und dann das Geräusch laufenden Wassers wie von einer Dusche. »Hör mal, A. P., ich muss jetzt los.«

»Danke, dass du mit mir gesprochen hast. Ich werde dich in meine Gebete einschließen. Bestell Amy und den Kindern meine besten Grüße. Oh, und Tom … Bleib in Verbindung. Ich wäre dir dankbar, wenn du mir berichtest, wie es da drüben aussieht.«

»Ja. Und danke für die Gebete, Reverend. Ich kann sie brauchen.«

A. P. legte den Hörer auf. »Sie fangen also an, Zivilflugzeuge zu beschießen, ja? Und das so kurz vor der Hadsch?« A. P. versuchte, sich die weltweiten Folgen vorzustellen, sollte während der Hadsch irgendetwas passieren. *Macht damit irgendeinen Blödsinn, und es gibt Blut auf den Straßen.*

»Nimm deinen Hass mit zurück nach Amerika!«, rief ein junger Mann in der fünften Reihe. Buhrufe und Zischen erhoben sich von der Menge, die meisten gegen die beiden jungen Männer gerichtet, die sich nun von ihren Sitzen erhoben und riefen: *»Allahu akbar! Allahu akbar!«*

Maureen legte eine kurze Pause ein und trank einen Schluck aus der Wasserflasche, die ihr Gastgeber ihr gegeben hatte. Im Vorlesungssaal waren zweihundert Studenten und Professoren. Den Studenten hatte man zu Beginn gesagt, dass Transparente und Zwischenrufe nicht toleriert werden würden.

Maureen wartete, bis diese Politik durchgesetzt worden war. Zwei stämmige Carabinieri zerrten die rufenden Muslime aus dem Auditorium.

Einer riss sich lange genug los, um die Faust zu heben und zu schreien: »Dich erwartet nur der Tod, Hure!«

Die Fernsehkameras im hinteren Teil des Raums folgten den beiden Demonstranten hinaus.

Skip hatte darauf bestanden, dass zusätzlich zur städtischen Polizei auch Carabinieri anwesend waren. Maureen schaute kurz zu ihm. Skip stand an der Seite, Jenn Royce neben ihm. Skip hatte vier Sicherheitsleute angeheuert, die in der ersten

Reihe saßen und jederzeit eingreifen konnten. Zwei Polizisten standen links und rechts an der Wand.

Als die Carabinieri zurückkehrten und ihre Plätze im hinteren Teil des Saals einnahmen, hob Maureen die Hände, und Schweigen senkte sich über die Versammlung.

»Religion ist nicht von sich aus böse. Größtenteils haben die Propheten – ob Abraham, Jesus, Buddha oder Mohammed – moralische Richtlinien für existierende Gesellschaften einführen wollen. Ich betone: zur *damaligen Zeit* existierende Gesellschaften. Wenn man die Evangelien oder die apokryphen Schriften liest, wird offensichtlich, dass Jesus in dem Glauben ans Kreuz gegangen ist, dass *mit seinem Tod* das Königreich des Himmels kommen würde.

Er war nicht daran interessiert, eine Kirche zu gründen, die über zwei Jahrtausende fortbesteht. Er sprach zu den Juden unter römischer Herrschaft.

Das Gleiche können wir bei Mohammed sehen. Seine Sorge galt der arabischen Bevölkerung im siebten Jahrhundert. Durch den Aufbau des Islam wollte Mohammed Ordnung in eine zerrissene, ungerechte Stammesgesellschaft bringen, die im Schatten des zerfallenden Römischen Reiches existierte.

Inzwischen haben die Dinge sich jedoch geändert.« Maureen beugte sich vor. »Bitte, heben Sie kurz die Hand. Wie viele von Ihnen hüten Ziegen, um sich ihren Lebensunterhalt zu verdienen?«

Niemand meldete sich.

»Und wie viele von Ihnen sind heute auf einem Esel oder Pferd zur Uni geritten?«

Als sie wieder keine Antwort bekam, fragte sie: »Und wie viele von Ihnen sind regelmäßig an Überfällen auf Nachbarstämme beteiligt, um Reichtum, Ehre, Sklaven und Vieh zu erbeuten?«

Zur allgemeinen Belustigung wurden drei Hände gehoben.

»Sehr schön.« Maureen lächelte. »Aber ich habe das nicht aus Scherz gefragt. Ich will Ihnen damit zeigen, dass kulturelle Normen und gesellschaftliches Verhalten sich im Laufe der Zeit und an anderen Orten verändern. Als er den größten Teil des Neuen Testaments niedergeschrieben hat, hatte Paulus keinerlei Vorstellung davon, wie die Menschen in Polynesien leben. Er hat seine Briefe für ganz bestimmte Gemeinden im ersten Jahrhundert geschrieben. Mohammeds Worte über Feigen, Oliven, Granatäpfel, Trauben und Datteln sind für einen Eskimo ohne Bedeutung. Der Prophet hat sich gezielt um die Sorgen der Araber im siebten Jahrhundert gekümmert.«

Eine junge Frau mit dunklem Kopftuch stand auf. »Wenn ich darf … Wie erklären Sie sich, dass der Islam die größte Religion der Welt ist, wenn er doch für die Araber des siebten Jahrhunderts entworfen wurde?«

Maureen nickte der Frau zu. »Gute Frage. Danke. Der Islam hat sich im Laufe der Jahrhunderte an die veränderten Bedingungen angepasst, so wie alle großen Religionen. Adaptive Religionen sind die, die als soziale und spirituelle Organe weiter funktionieren, obwohl Kultur, Umwelt und Technik sich weiterentwickelt haben. Der Ärger beginnt, wenn der Glauben strikt aus den Büchern entnommen wird, Wort für Wort. Fundamentalistische Juden lesen in der Thora, dass Gott ihnen Israel geschenkt hat. Deshalb ist es für sie akzeptabel, sich Land zu nehmen, das rechtlich gesehen Palästinensern gehört. Auf dem Flug hierher habe ich die Korrespondenz von

Osama bin Laden gelesen. Er nimmt die Suren wörtlich, die sich mit anderen Religionen beschäftigen: Glaube an Allah, wie wir es tun, oder stirb.«

Sie trank einen weiteren Schluck Wasser. »Also, wie können wir erkennen, dass eine Religion aus dem Ruder läuft? Wie Sie wissen, haben mehrere muslimische Imame eine Fatwa gegen mich verkündet und erklärt, ich müsse für einige Dinge, die ich gesagt habe, sterben. Das hat vielleicht meine Wahrnehmung ein wenig gefärbt, was die Frage betrifft, wann eine Religion aufhört zu funktionieren.«

Leises Lachen war die Reaktion auf diese Bemerkung.

»Als Erstes steht auf meiner Liste das Konzept der absoluten und alleinigen Wahrheit. Wenn der Anhänger einer Religion erklärt, ›Ich kenne die ultimative Wahrheit‹, dann mache ich mir Sorgen. Ein solches Denken ist der erste Schritt zu Intoleranz und vermeintlicher Überlegenheit.

Das zweite Zeichen für das drohende Unheil ist, wenn die Gläubigen sich der ultimativen Autorität eines Anführers unterwerfen und ihm vorbehaltlos gehorchen. In der christlichen Welt haben wir Kreuzzüge gesehen, Reformationen, und selbst heute gibt es noch Menschen wie Jim Jones, David Koresh in Waco, Texas, und Reverend Box. In der muslimischen Welt hat solch absolute Unterwerfung zu Massenmorden geführt, zu Steinigungen und zu Hinrichtungen aller Art im Iran und in Afghanistan.

Das dritte Zeichen auf dem Weg zum Genozid ist die Akzeptanz der Formel, dass der Zweck die Mittel heiligt. Ich kann ihnen von den Zwangskonvertierungen der amerikanischen Ureinwohner erzählen, der Indianer. Das reichte von ›Glaub oder stirb‹ bis hin zu Impfungen für Konvertiten, während unter den anderen Seuchen entfesselt wurden. Kinder wurden zwangsweise aus ihren Familien gerissen, um getauft zu werden. Hier in Europa gab es so etwas wie die Inquisition. Das Gleiche habe ich in Afghanistan gesehen, wo die Taliban auf grausamste Art Schiiten getötet haben, Christen und Sufis.«

Kurz ließ Maureen ihren Blick über die Zuhörer schweifen. »Und was den vierten Punkt betrifft, so ist da die Ausrufung des Heiligen Krieges. Man kann ihn Dschihad nennen, aber auch Kreuzzug oder Pogrom. Hitler nannte es die ›Endlösung‹. Aber wie auch immer wir es nennen, es bedeutet, dass ganze Gesellschaften einen brutalen Krieg gegen die ›Anderen‹ führen, egal ob es sich dabei um Juden, Christen, Protestanten, Schiiten, Sufis, Hindus oder Muslime handelt. Der Heilige Krieg gründet sich auf den Versuch, die Opfer zu entmenschlichen. Man nennt sie Tiere, Wilde oder schlicht ›Verdammte‹.«

Einer der Professoren stand auf. »Dr. Cole, worauf wollen Sie hinaus? Was Sie uns hier erzählen, ist nicht neu. Religionswissenschaftler debattieren schon seit Jahren darüber.«

Maureen wandte sich an die Zuschauer. »Wie viele von Ihnen studieren Vergleichende Religionswissenschaften?«

Vier Arme hoben sich.

Maureen hob die Augenbraue. »Vier von zweihundert. Da haben Sie Ihre Antwort, Professor. Wir leben in einer Welt, die am Rande des Abgrunds steht. Mit jedem Bombenanschlag und jeder Hassrede wächst die religiöse Intoleranz. Kann das Studium der Religion da etwas bewirken? Ich war für die Bergung der Toten auf der *White Star* verantwortlich. Ich habe Leichen im Gefolge der Taliban ausgegraben, wie auch die Leichen serbischer Christen. Ich habe prähistorische Opfer von

Religionskriegen im amerikanischen Südwesten ausgegraben. Religiös motivierter Völkermord ist Teil unseres Menschseins. Ich frage Sie also, Sir: Wollen wir nicht mehr als zwei Prozent unserer Studenten dazu bringen, etwas darüber zu lernen?«

24.

»Ich finde, das ist eine blöde Idee«, bestand Skip auf seiner Meinung. Er saß auf dem Beifahrersitz, während der Van sich durch die verstopften Straßen Mailands quälte. Gelegentlich raste ein Motorroller vorbei, gelenkt von verrückten jungen Italienern, die sich kühn dem Kampf gegen die drängelnden Fiats, Alfas und Kleinlaster stellten. Dies alles wurde von ständigem Hupen und einer gelegentlichen Geste aus einem Fenster begleitet.

Jenn, das Handy am Ohr, funkelte Skip von der Rückbank verächtlich an. »Mein Chef hat gerade die Bänder von Dr. Coles Interview gesehen. Er sagt, sie sähe aus wie eine Feldarchäologin.«

»Ich *bin* Feldarchäologin«, meldete sich Maureen, die ebenfalls im Fond saß. »Ich war im Irak, um Leichen auszugraben. Dann hat man mich nach England gerufen. Es hat vier Tage gedauert, bis ich Zeit fand, die Kleidung zu wechseln. Was erwartet ihr denn?«

»Wir fahren jetzt erst einmal ins Quadrilatero und besorgen Maureen ein paar Kleider, Skip. Du kannst sie nicht überall in Jeans und Arbeitshemden auftreten lassen.«

»Sag Bastard-Bill, das ist eine blöde Idee«, wiederholte Skip.

Jenn verzog das Gesicht und lauschte in ihr Telefon. »Er sagt, er hat das gehört.« Sie beugte sich zum Fahrer vor: »Bringen Sie uns zur Montenapoleone.« Dann murmelte sie wieder leise etwas zu Bastard-Bill.

Skip warf einen Blick zu Erico, dem Fahrer. »Bleib über Funk mit uns in Verbindung. Wenn du nahe parken kannst, dann tu's. Sobald wir uns bewegen, bewegst du dich auch. Ich möchte, dass du bereit bist, wenn wir dich brauchen.«

»Si«, erwiderte Erico.

Und so geschah es. Skip sprang aus dem Van und folgte Jenn und Maureen die schmalen Bürgersteige der Via Montenapoleone hinunter. Sie gingen zu Gucci, Frette, Laura Biagiotti, Dmagazine, Mortarotti, Valentino, Etro, Mario Bucellati und Ferragamo. Wie es Leibwächtern oft passierte, trug Skip irgendwann die meisten Taschen.

Frauen mit nahezu unbegrenztem Budget durch teure Boutiquen zu folgen, war eine neue und herausfordernde Prüfung für ihn. Meistenteils stand er einfach nur herum, starrte auf die Kleider, warf immer wieder einen Blick zur Tür oder sprach über Funk mit Erico.

Die Gespräche bestanden dabei nur aus: »Wo bist du jetzt?«

»Ich fahre um den Block. Dauert vielleicht drei Minuten bei dem Verkehr.«

»Bleib in Verbindung.«

»Si, si.«

Skip schaute immer wieder auf die Uhr, warf einen Blick in die Ankleideräume und hörte Frauen sagen: »Das ist an der Hüfte zu weit« oder: »Das schmeichelt deiner Figur.«

Zwanzig Minuten später, nachdem Jenn dem Verkäufer ihre Kreditkarte hingelegt hatte, kam eine weitere Tasche für Skip hinzu. Schließlich ging es wieder zur Tür hinaus, Skip vorneweg. Kaum war Jenn draußen, hörte er sie schon sagen, »Da!«, und ab ging es in den nächsten Laden.

Einmal kamen sie just in dem Augenblick heraus, als der Van auf der Straße erschien. Erico hielt lange genug an, dass

Skip einen Großteil seiner Ladung in den Kofferraum werfen konnte, während die anderen Fahrer wütend hupten.

Skip schaute erneut auf seine Uhr: dreieinhalb Stunden. Mailand kochte förmlich im Licht der untergehenden Sonne.

Skip sträubten sich die Nackenhaare. Egal wie Maureen sich auch anzog, sie war zu erkennen. Sie war in den Nachrichten gewesen, und ihr Foto stand in den meisten Zeitungen. Skip bemerkte öfters, wie Passanten zweimal hinschauten.

Sicher, Mailand war Berühmtheiten gewöhnt, besonders auf der Via Montenapoleone; trotzdem machte es Skip nervös.

Genieß einfach die Klimaanlage, sagte Skip sich in der nächsten Boutique. Er stand ein wenig abseits, den Blick auf den Eingang gerichtet, und musterte jeden, der hereinkam oder wieder hinausging. Die offensichtlich schwerreichen älteren Damen, die ganze Bankkonten verpulverten, kümmerten ihn jedoch nicht. Die neueste Designermode zu tragen, half ihnen vermutlich dabei, sich jung zu fühlen.

»Was denkst du?« Maureen kam in einem perfekt sitzenden Baumwollkostüm heraus, das für ihren schlanken, perfekt proportionierten Körper wie gemacht schien.

Skip musste erst einmal kräftig schlucken. »Hast du später schon was vor?« Inzwischen duzten sie sich.

Maureen schaute ihn aus zusammengekniffenen Augen an. »Ist das zu sexy? Ich meine, untergräbt das meine Glaubwürdigkeit?«

»Nicht im Mindesten«, antwortete Skip. »Wenn du mich fragst, ist das genau die richtige Mischung aus Professionalität und Stil. Du siehst aus wie die Vorstandschefin von einem dieser Megakonzerne.«

Maureen drehte sich zu Jenn um. »Wir nehmen es.«

Skip schaute zu, wie das amerikanische Haushaltsdefizit um weitere tausendzweihundert Euro wuchs. Er übersah dabei aber nicht den dunkeläugigen Mann, der vor der Tür Position bezog.

Der Kerl trug eine weite Hose und ein weißes Hemd. Irgendetwas an seinem bewusst nonchalanten Verhalten ließ Skip zweimal hinsehen.

Er griff zu seinem Funkgerät. »Wo bist du, Erico?«

»Ich bin gerade in die Via Montenapoleone eingebogen. In gut zwei Minuten bin ich da.«

»Verstanden. Wenn du auf der Höhe von Ferragamo bist, gib Bescheid. Ich hab hier einen verdächtigen Kerl. Weißes Hemd. Er lehnt an der Wand.«

»*Si.*«

Maureen kam aus dem Ankleideraum und trug den Hosenanzug, den sie bei Bucellati gekauft hatte. Ihr Haar war offen, und sie lächelte. Jenn unterschrieb die Rechnung, während der Verkäufer das Kostüm einpackte.

»Weißt du, Skip«, sagte Maureen und trat neben ihn, »ich habe das nie verstanden.«

»Wie meinst du das?« Er schaute weiter zu dem Mann, der draußen am Glas lehnte. Der Kerl sah immer wieder die Straße rauf und runter, als warte er auf jemanden.

»Das Kleiderkaufen. Ich meine, das ist nicht wie im Kaufhaus. Meine Güte, wer hätte je gedacht, dass Kleider so gut passen können?«

»Ja, die Italiener haben einen gewissen Ruf, was das Einkleiden schöner Frauen betrifft.«

Die Worte schienen Maureen zu überraschen. Ein Hauch von Anerkennung erschien in ihren Augen, als sie leise sagte: »Danke, Skip.«

»Und? Können wir?«, fragte Jenn.

»Ja, und wir sind hier auch fertig«, erwiderte Skip. »Jenn, diesmal nimmst du Maureens Tasche.«

»Stimmt was nicht?« Jenn verstand sofort.

»Vermutlich ist es nichts, aber wir werden auf Erico und den Wagen warten. Wenn er mich ruft, gehe ich als Erster raus. Jenn, du behältst Maureen vor dir. Wenn ihr am Van seid, wirf die Tasche rein, lass Maureen einsteigen, dann steigst du ein. Sobald ihr drin seid, versperrt ihr die Türen.«

»Ich verstehe nicht.« Maureen starrte Skip an.

»Tut einfach, was ich sage. Betrachtet es als Übung.«

Das Funkgerät erwachte zum Leben. »Ich bin gleich da, Skip. Dreißig Sekunden.«

»Verstanden, Erico. Siehst du den Kerl?«

»*Si.* Er lehnt am Schaufenster.«

»Wir kommen jetzt raus. Kümmere dich nicht um die Autos hinter dir. Lass den Verkehr sich ruhig stauen, wenn wir dadurch freie Fahrt nach vorne haben.«

»Verstanden.«

Skip fühlte, wie die Spannung stieg, als der Van vorfuhr und hielt. Sofort begann die Huperei. Der Kerl mit dem weißen Hemd schaute sich das Spektakel an.

»Los jetzt«, murmelte Skip und setzte sich in Bewegung. Er zog die Tür auf und trat hinaus. Die Hitze traf ihn wie ein Schlag und wehte den Gestank von Auspuffgasen heran.

Der Mann in dem weißen Hemd drehte den Kopf und schaute Skip in die Augen. Skip hörte Maureen auf ihren High Heels hinter sich über den Bürgersteig laufen; Jenn folgte ihr auf dem Fuß.

»*Scusi*«, sagte der Mann und versuchte, an Skip vorbeizugehen.

»Kein Problem.« Skip lächelte ihn an. »Wohnen Sie hier?«

Der Mann zog die Hand aus seiner Hosentasche. Etwas Schmales, Silbernes glitzerte in seinen Fingern.

Blitzschnell machte Skip einen Schritt zur Seite, stieß mit dem Ellbogen zu und brachte das Weißhemd aus dem Gleichgewicht. Skip packte die Messerhand des Kerls, zog ihn nach unten und rammte gleichzeitig das Knie nach oben. Es funktionierte wie immer: Der Arm gab mit einem Krachen nach, und das Messer fiel auf den Bürgersteig.

Skip war schon wieder in Bewegung und lief zum Van. Er packte die Beifahrertür, als Erico aufs Gaspedal trat. Skip schwang sich hinein.

»Los!«, befahl er und schaute zurück. »Zum Flughafen. Jetzt!«

»Was ist da hinten passiert?«, wollte Jenn wissen.

Skip reckte den Hals und sah, wie Weißhemd sich den Arm hielt und nach seinem Messer auf dem Bürgersteig griff. Fußgänger beobachteten offenen Mundes, wie der Mann die Waffe mit seinem unverletzten Arm wieder an sich nahm. Dann rannte er davon.

Skip lehnte sich auf seinem Sitz zurück. »Modekritiker … Wenn man nicht aufpasst, nehmen die einen so richtig auseinander.«

Henri Lecompt näherte sich humpelnd der Moschee. Auf der Hauptstraße staute sich der Verkehr an einer roten Ampel. Für den Großteil von Paris war es einfach nur ein weiterer schwüler Freitag. Die Hitze war schier unerträglich, zumal für die Jahreszeit.

Für Henri jedoch war es mehr. An diesem Tag, genau vier

Jahre zuvor, waren seine Frau, Celeste, und seine beiden Kinder von einer Bombe nahe einem palästinensischen Flüchtlingslager im Südlibanon getötet worden. Ihr weißer Toyota-Jeep war deutlich gekennzeichnet gewesen, und sie waren nicht zum ersten Mal im Lager. Außerdem war die internationale Hilfsorganisation, für die sie gearbeitet hatten, weithin bekannt. Das hielt die Attentäter jedoch nicht auf, als Celeste zum Lagertor fuhr. Ihr Toyota war voller Medizin für das Lagerhospital. Celeste war Ärztin gewesen, eine Idealistin mit strahlenden Augen. Sie hatte ihr Leben der Aufgabe gewidmet, Flüchtlingen ihr Leid zu erleichtern. Gemeinsam hatten sie in Darfur gearbeitet, in Jordanien und im Westjordanland.

Die Arbeit im Südlibanon sollte ihr letzter Auftrag vor einem sechsmonatigen Urlaub mit der Familie und Freunden sein.

»Den Kindern wird nichts passieren«, hatte Celeste erklärt. »Die Hisbollah garantiert dafür. Außerdem ist es von Vorteil, wenn sie das kennen lernen. So werden sie für den Rest ihres Lebens wissen, wie gut das Schicksal es mit uns gemeint hat.«

Doch irgendjemand hatte sie beobachtet und die Bombe gezündet, als sie gebremst hatten.

Henri hatte auf dem Beifahrersitz gesessen, sodass die volle Wucht der Explosion ihn nicht getroffen hatte. Außerdem hatte Celestes Körper ihn vor dem Glas und den Bombensplittern geschützt, die durch den Innenraum gejagt waren. Die Explosion war so stark gewesen, dass der Wagen auf die Seite gekippt war, und Henri war unter der Leiche seiner Frau eingeklemmt worden.

Bis dahin war er ein mitfühlender Mensch gewesen. Er

hatte sogar mit Muslimen gebetet und fest daran geglaubt, dass sie vor Gott alle gleich waren. Doch nach der Explosion war keine Hilfe gekommen. Ganze Lastwagenladungen der Menschen, denen er stets geholfen hatte, waren einfach vorbeigefahren und hatten ihn schwer verletzt und blutend im Wrack des Toyota liegen gelassen.

Erst drei Stunden später war ein niederländischer Hilfskonvoi erschienen, und die hatten ihm dann geholfen. Zu dem Zeitpunkt war es für seine beiden Kinder bereits zu spät gewesen. Der Arzt, der ihn behandelte, hatte ihm gesagt, dass einer der Jungen verblutet sei, während der andere unter all den Medikamenten und Nahrungsmitteln erstickt war, die auf ihn gefallen waren.

Aber heute werde ich es ihnen heimzahlen. Henri hatte in seinem armseligen Apartment staunend zugeschaut, als das Fernsehen von den amerikanischen Selbstmordattentätern berichtet hatte. Das hatte seine Entschlossenheit geweckt.

Dass die amerikanischen Attentäter so leicht an Sprengstoff herangekommen waren, war beneidenswert. Henri war es nur gelungen, ein wenig Schwarzpulver mit ein paar Dynamitstangen vom Schwarzmarkt zu mischen sowie Sprengstoff aus einer alten Weltkriegsgranate. Sein Detonator war ebenso ungewöhnlich. Er bestand aus einer doppelläufigen Schrotflinte mit zwei Patronen, aus denen der Schrot entfernt worden war, um mehr Pulver darin unterzubringen. Den Lauf hatte er bis auf fünfzehn Zentimeter abgesägt. An die Abzüge waren Schnüre gebunden. Wenn man daran zog, würde die Ladung den Sprengsatz zünden. Das war zwar nicht gerade Feinmechanik, aber effektiv.

Henri atmete tief durch und ging in die Moschee. In der

rechten Hand hielt er die Schnüre, die zu dem Sprengsatz in seinem großen Rucksack führten.

»Haben Sie einen Moment Zeit?«, fragte Mario und steckte den Kopf in A. P.s Büro. Er wedelte mit einer CD. »Es gibt da etwas, das Sie sehen sollten.«

»Al-Arabi?«, fragte A. P. und schob den Stuhl vom Tisch zurück. Doch Harry Malcomb konnte gerade erst in Amman angekommen sein. Nicht einmal Unterstaatssekretär Reeves hätte Menschen und Material so schnell bewegen können.

»Nein, das ist etwas anderes.« Mario öffnete bereits die DVD-Lade in A. P.s Computer. »Ich habe das eben von der BBC aufgenommen.«

A. P. beobachtete, wie Mario sich über seine Schulter beugte und mit der Maus auf Laufwerk F: zugriff.

Das Bild, das auf dem Bildschirm erschien, zeigte ein gesprengtes Gebäude. Die Stimme des Reporters sagte: *»Paris wurde heute Morgen von der Bombe eines Selbstmordattentäters erschüttert, der seinen Sprengsatz in der al-Salam-Moschee zur Explosion gebracht hat. Als Zeitpunkt hatte der Attentäter sich das Freitagsgebet ausgesucht, als die Moschee bis auf den letzten Platz gefüllt war. Mindestens dreißig Männer sind dem Anschlag zum Opfer gefallen. Außerdem kamen zwanzig Kinder ums Leben, als der Boden der Koranschule ein Stockwerk höher eingebrochen ist.«*

A. P. beobachtete, wie französische Polizisten und Sanitäter kleine Körper aus den Trümmern zogen.

»Ich verstehe das nicht.« A. P. schaute zu Mario. »Wir haben nichts damit zu tun.«

Mario deutete auf den Bildschirm. Der Reporter fuhr fort:

»Bei dem Attentäter handelt es sich offenbar um einen Mann namens Henri Lecompt. Lecompt hat für Le Coure *gearbeitet, eine internationale Hilfsorganisation, bis seine Frau und seine beiden Kinder von Terroristen im Libanon getötet wurden. Laut der französischen Polizei hat er in seiner Wohnung einen Abschiedsbrief hinterlassen, in dem er die alleinige Verantwortung für den Anschlag übernimmt.«*

Die Kamera fing eine muslimische Frau mit Kopftuch ein, die sich immer wieder auf die Brust schlug und dabei laut weinte. Offenbar trauerte sie um eines der toten Kinder.

»Die französische Polizei hat zur Ruhe aufgerufen, doch muslimische Jugendliche sind bereits auf den Straßen, zünden Autos an und zerschlagen Schaufensterscheiben.«

»Ich verstehe das immer noch nicht«, sagte A. P. »Wir würden niemals Kinder töten.«

»Nein.« Mario schaute A. P. ernst an. »Aber jetzt ist die Katze aus dem Sack, Reverend. Wir sind offenbar nicht mehr die Einzigen, die zurückschlagen wollen. Dieser Kerl ist unserem Beispiel gefolgt.«

A. P. blinzelte. »Dann wird es noch mehr geben? Ich meine ... andere?«

»Die Menschen haben lange genug darauf gewartet.« Mario verschränkte die Arme vor der Brust und starrte auf den inzwischen leeren Bildschirm. »Warum überrascht Sie das so?«

25.

MAUREEN SCHAUTE HINUNTER auf die zerklüfteten Gipfel der Alpen, die unter der Gulfstream dahinzogen. Hier und da waren an den Nordhängen noch Reste von Gletschern zu sehen. Dunkle Seen schimmerten auf den Höhen, während die Bergtäler im Schatten lagen.

Und da hat Hannibal Elefanten drübergeführt?

Maureen dachte an die Polizeiverhöre in Linato zurück. Skip hatte den Attentatsversuch gemeldet. Er hatte der Polizei eine detaillierte Beschreibung des Angreifers gegeben und erklärt, wie er vorgegangen war, um Maureen zu schützen.

Es hatte Stunden gedauert, doch schließlich hatten die Italiener sie gehen lassen. Unauffällig musterte Maureen Skip Murphy. Er wirkte völlig entspannt. Was sie selbst betraf, so hatte sich zumindest ihr Magen wieder ein wenig beruhigt.

Skip schaute zu ihr hinüber. »Alles okay?«

»Das sollte ich dich fragen. Schließlich warst du es, der diesen Kerl entwaffnet hat.«

»Er war nicht sonderlich gut.« Skip runzelte die Stirn. »Trotzdem bleibt eine Frage: War er gezielt hinter Maureen Cole her, oder war er bloß ein Straßenräuber? Letzteres ist wahrscheinlicher. Aber es war am helllichten Tag, um Himmels willen, und der Typ stand mitten auf einer Straße ohne echte Fluchtmöglichkeit. Normalerweise geht ein Dieb solche Risiken nicht ein. Zu viele Zeugen. Man kann leicht geschnappt werden.«

»Was war er dann? Ein zorniger Muslim?«

Skip schüttelte den Kopf. »So sah er zumindest nicht aus. Aber du musst zugeben, dass wir eine Menge Geld ausgegeben haben.«

Im Sitz hinter ihnen hatte Jenn über das Bordtelefon gesprochen. Nun legte sie den Hörer auf und schüttelte ihr Haar aus. »Der Chef war sehr an unserem Angreifer interessiert. Er wird Kontakt zur Polizei in Mailand und zu den Carabinieri aufnehmen, um festzustellen, ob er was herausfinden kann.«

»Und was gibt es sonst Neues?«, fragte Skip.

»Die Rakete, die auf ein amerikanisches Frachtflugzeug abgefeuert worden ist, sorgt noch immer dafür, dass der Flugverkehr im gesamten Nahen Osten lahmliegt.« Dann grinste sie. »Und es hat zwei weitere Bombenanschläge gegeben. Ein Kerl namens Lecompt hat heute Morgen eine Moschee in Paris in die Luft gejagt, und vor wenigen Minuten hat ein christlicher Selbstmordattentäter al-Arabi, Beni und Isman in einem Café in Amman erwischt.«

»Wen?«, fragte Skip.

»Obeyd al-Arabi«, erwiderte Jenn, schnallte sich ab und ging zu dem kleinen Kühlschrank im Heck, um eine Flasche Wein zu holen. Sie öffnete und goss den Wein in ein Glas. »Das ist ein Grund zum Feiern. Al-Arabi ist ... *war* ein Saudi, hat aber den größten Teil seines Lebens in Ägypten und Jordanien verbracht. Anfang der Neunziger ist er nach Jordanien umgezogen. Seitdem hatten die Jordanier nichts als Ärger mit ihm. Er ist mehrfach verhaftet worden, aber sie konnten ihm nichts anhaben. Er hat sich immer hinter einer ganzen Reihen von Wohlfahrtsorganisationen versteckt. Die Menschen haben ihn geliebt.«

»Bist du sicher, dass er zu den Bösen gehörte?«

»Oh ja. Er hat Waffenlieferungen in den Irak organisiert, die jordanische Regierung untergraben, Sprengstoff ins Westjordanland geschmuggelt und ganz allgemein für jede Menge Chaos gesorgt. Familien palästinensischer Selbstmordattentäter hat er großzügige Schecks ausgestellt, nachdem ihre Söhne und Töchter sich in die Luft gejagt hatten. Er hat sich voll und ganz der Vernichtung Israels verschrieben.«

»Und die anderen beiden?«, fragte Maureen.

»Beni und Isman waren Milizenführer – Hisbollah, um genau zu sein. Es waren hauptsächlich ihre Kämpfer, die sich bei der israelischen Invasion 2006 im Südlibanon gegen die Angreifer gestellt haben. Kurz gesagt, sie waren Hauptfiguren innerhalb der Hisbollah.« Jenn runzelte die Stirn. »Dass sie sich mit al-Arabi getroffen haben, ist allerdings ein Problem. Al-Arabi hat schon lange versucht, eine Allianz zwischen der Hisbollah und den Sunniten zu schmieden.«

Skip schüttelte den Kopf. »Angenommen, so etwas wäre möglich, würde das die Lage verkomplizieren.«

Jenn nippte an ihrem Wein. »Und *bumm!* Problem gelöst.«

Skip ließ sich in den Sitz zurücksinken. Er blickte nachdenklich drein. Dann sagte er: »Nettes Timing, findest du nicht? Al-Arabi trifft sich mit zwei Hisbollahführern, und just in dem Augenblick taucht ein Selbstmordattentäter auf.«

Maureen schaute nach hinten zu Jenn und sah Falten auf der sonst so glatten Stirn. »Ja. Jetzt, wo du es sagst.«

»Bist du sicher, dass der Attentäter Christ war?«, fragte Maureen.

Jenn hob eine Augenbraue. »Das hat zumindest Bastard-Bill gesagt.«

Skip ging zum Kühlschrank, um sich ein Guinness zu holen. »Das will mir irgendwie nicht in den Kopf.«

»Warum?«, fragte Jenn.

»Es ist ein Zufall zu viel. Ich meine, dieser al-Arabi ist ja nicht durch die Gegend gezogen und hat überall verkündet, dass er sich mit der Hisbollah treffen wird, oder? König Abdullah hätte das gar nicht gefallen.«

Jenn hob die Augenbrauen. »Das kann man wohl sagen.«

Skip grunzte. »Aber es hätte Gerede gegeben, vielleicht im Libanon. Allein bei der Vorstellung, dass die Hisbollah sich mit einem sunnitischen Führer trifft, hätten einige Leute misstrauisch die Stirn gerunzelt. Irgendjemand muss davon gewusst haben.«

»Und wie hat Box' Attentäter – wenn es denn einer von seinen Leuten war – den genauen Ort des Treffens herausgefunden?«

»Vielleicht hat es ihm der Heilige Geist geflüstert.« Skip las das Etikett auf der Bierflasche. *Dabei muss er das doch schon auswendig kennen*, dachte Maureen.

Jenns Feierlaune war Nachdenklichkeit gewichen.

Maureen fragte: »Du willst damit sagen, Skip, dass jemand Box mit Informationen versorgt, richtig?«

»Das wäre zumindest der naheliegende Schluss. Aber sich jemanden wie al-Arabi auszusuchen, noch dazu an einem Tag, da er sich mit der Hisbollah trifft … oh, Mann. Dafür muss man in der Nahrungskette schon ganz weit oben suchen.«

»Und das heißt?«, fragte Jenn.

»Das weißt du.« Skip schaute nervös zu Maureen.

»He, Moment mal.« Maureen hob die Hände. »Mir ist scheißegal, ob die CIA mit Box zusammenarbeitet. Ich bin Kanadierin, schon vergessen?«

»Maureen.« Skip versuchte, die Atmosphäre ein wenig zu entspannen. »Wir reden doch nur.«

Angesichts des Sturms, der sich hinter Jenns Stirn zusammenbraute und den sie verzweifelt einzudämmen versuchte, wusste Maureen, dass es nur dahingesagt war. Sie ließ sich in ihren Sitz sinken und sagte: »Im Augenblick ist das nicht wirklich mein Problem.«

»Stimmt!« Jenn beugte sich vor. »Und wir wollen auch nicht in einer Stadt wie München vor dem Mikrofon stehen und darüber spekulieren.«

Maureen drehte sich zu Jenn um. »Dann denkst du also auch: Wo Feuer ist, da ist auch Rauch, hm?« Sie seufzte. »Solche Dinge laufen irgendwann immer aus dem Ruder. Wenn Box mit der amerikanischen Regierung zusammenarbeitet, werde ich bestimmt nichts dazu sagen. Der Bumerang wird auch ohne mich zu ihnen zurückfliegen.«

»Gibst du mir dein Wort darauf?«, fragte Jenn.

»Ja, darauf gebe ich dir mein Wort.«

Skip lächelte Maureen dankbar an. Sie erwiderte sein Lächeln. Es machte sie seltsam glücklich, Erleichterung in seinen Augen zu sehen. Sie hätte es gern, würde er sie öfter so anschauen.

Sie dachte daran zurück, wie er bei Ferragamo das Kommando übernommen hatte.

Wie cool er gewesen war, als er in den fahrenden Van gesprungen war. Ein Bild erschien vor ihrem geistigen Auge: Skip, wie er entspannt dasaß, eine dampfende Tasse Tee in der Hand, und aus dem Fenster in ihrem Haus auf den Lake Ontario schaute. Ob Johns Geist das wohl billigen würde? War das überhaupt noch wichtig?

Der Schreibtisch in Maureens Suite hatte alles, was Skip brauchte – und was man von einem Hotel wie dem Vier Jahreszeiten in München erwarten konnte. Die Wände waren geschmackvoll mit Holz verkleidet. Eine bequeme Couch stand vor einem großen Flachbildfernseher, und die Minibar unter dem Tresen – mit Spüle – war voll bestückt. Mehrere dick gepolsterte Stühle standen in den Ecken, und der Teppich federte angenehm.

Skip hatte bei Nancy angerufen und herausgefunden, dass der Scheck von Ocean Star zum Glück gedeckt gewesen war.

Dann hatte Skip eine Nummer aus seinem Notizbuch angewählt, seinen Kontaktmann in München, einen knallharten Burschen namens Helmut Rath. Er hatte Helmut in Afghanistan kennen gelernt und den Offizier auf Anhieb gemocht. Zu der Zeit war Helmut bei der GSG 9 gewesen, der Grenzschutztruppe, der die Terrorismusbekämpfung oblag. Seitdem war Helmut genau wie Skip in den Privatsektor gewechselt. Helmut und sein Team würden bei den Presseterminen am nächsten Tag dabei sein.

Schließlich las Skip im Internet die neuesten Nachrichten über den Raketenangriff auf ACC 241 in Riad.

»Eigentlich überrascht es mich, dass so etwas nicht schon früher passiert ist«, murmelte er. Allerdings musste man schon ziemlich kaltblütig sein, so etwas im Königreich Saudi-Arabien durchzuziehen. Dafür wurde einem dort der Kopf abgeschlagen.

Dann las Skip über den Anschlag auf al-Arabi. Der Attentäter, Harry Malcomb, war offenbar am Tag zuvor mit einem Touristenvisum nach Jordanien eingereist. Die Nacht hatte er im Amman Marriott verbracht und war am nächsten Morgen in ein Taxi gestiegen. Zwei Stunden später war er in das Café marschiert und hatte al-Arabi und die zwei Hisbollahführer in die Luft gejagt. König Abdullah hatte den Anschlag verurteilt, den Wohltätigkeitsorganisationen von al-Arabi sein Mitgefühl ausgesprochen und angekündigt, die mildtätige Arbeit fortsetzen zu wollen.

»Viel Glück mit der Beerdigung, Jungs.« Skip las über die Sicherheitsmaßnahmen, die die jordanische Regierung ergriff, damit es bei der Beisetzung nicht zu Unruhen kam.

Dann überflog er einen Artikel über die Veränderungen in den atlantischen Tiefseeströmungen, die – so behauptete der Schreiber – für die Hitzewelle in Europa verantwortlich waren. Die Zahl der Hitzetoten war mittlerweile auf mehr als achtzigtausend angewachsen, und die europäische Landwirtschaft sah sich Verlusten von bis zu fünfzig Millionen Euro gegenüber.

Skip wollte den Rechner gerade ausschalten, als er einen Bericht von Reuters entdeckte: *Kanadische Anthropologin auf Straße in Mailand angegriffen.*

»Oh, Scheiße«, fluchte Skip und las: *Die kanadische Anthropologin Dr. Maureen Cole wurde in einem noblen mailändischen Einkaufsviertel attackiert. Dem Angreifer, offenbar ein Muslim, der Anstoß an Mrs. Coles Rede an der Universität von Mailand genommen hat, gelang die Flucht. Eine anonyme Quelle berichtete Reuters: ›So etwas passiert, wenn Redefreiheit und Vernunft sich offen gegen den islamischen Fundamentalismus stellen.‹ Dr. Cole ist eine Stimme der Vernunft in einem Meer des Hasses. Der Versuch der Fanatiker, sie zum Schweigen zu bringen, ist nicht tolerierbar. Dr. Cole hat ihr Leben der Aufgabe gewidmet, muslimischen Opfern von Gräueltaten Gerechtigkeit zu bringen. Sie ist keine Feindin des Islam, sondern eine seiner standhaftesten Verteidigerinnen.*

Neben dem Artikel war ein Foto von Maureen zu sehen, dass von der Webseite der McMaster-Universität in Hamilton stammte.

»Oh Mann ...« Skip suchte nach weiteren Links und fand die Story bereits bei der *London Times*, *Het Parole* und im *Spiegel*. Letzterer erwähnte außerdem, dass Dr. Cole eine Reihe von Presseterminen in München habe, wo sie auch einen Vortrag halten würde; die Karten könne man kaufen.

Skip schaltete den Computer aus und lehnte sich zurück. Er schaute zur Tür der Suite, wohl wissend, dass Jenn im Konsulat war, aber verdammt noch mal, er wollte jemanden anschreien.

»Hey.«

Skip drehte sich um und sah Maureen in der Tür stehen, die zu ihrem Schlafzimmer im hinteren Teil der Suite führte. »Selber hey. Du hast es in die Nachrichten geschafft.«

»Schon wieder?«

»Was hast du für ein Glück.« Skip deutete auf den Computer. »Irgendjemand hat die Sache mit dem Angriff in Mailand verbreitet. Es steht überall. Wetten, dass Bastard-Bill und seine Hyänen dahinterstecken?«

»Ist Jenn nicht eine dieser Hyänen?«

»Ja.«

Maureen runzelte die Stirn. Sie trug eines der Kostüme aus Mailand, ein weiches Baumwollteil mit einer Hose, die perfekt an ihren schlanken Beinen saß, und einer Brokatbluse, die keinen Zweifel an ihrer Figur ließ. Ihr Haar war offen und fiel ihr über die Schulter.

»Du magst Unterstaatssekretär Reeves wirklich nicht, nicht wahr?«

»Stimmt.«

Maureen kam ins Zimmer und stemmte eine Hand in die Hüfte. »Wie wär's mit einem Bier?«

»Sicher. Ich habe die Minibar überprüft, und ...«

»Ich habe an unten gedacht.«

»Das wäre in der Öffentlichkeit.«

»Da ist diese kleine Bar neben der Lounge. Ich bezahle.«

»Ich dachte, du trinkst nicht.«

»Ich kauf dir eins. Ich kann mir ja einen Tee oder so was bestellen.« Sie hielt kurz inne, als sie seine Missbilligung sah. »Ich möchte einfach mal aus diesem Käfig raus, so schön er auch sein mag. Ich möchte mich nur einmal wirklich so fühlen, als würde ich in Luxus leben und sei kein königlicher Gefangener.«

Skip schaute auf die Uhr. »Wie wär's, wenn ich runtergehe und mal nachsehe? Wenn ich es dann für gut befinde, komme ich zurück und hol dich.«

»Dann geh.« Maureen deutete auf die Tür.

Skip ging hinaus und sah einen Sicherheitsmann des Hotels auf einem Stuhl neben dem Aufzug. Der Sicherheitsdienst des Vier Jahreszeiten war ausgesprochen hilfsbereit gewesen.

Skip nickte dem Mann zu und fuhr mit dem Fahrstuhl ins Erdgeschoss. Unten angekommen, musterte er die Leute auf den Sofas und Stühlen. Die meisten waren Geschäftsleute.

In der kleinen Zigarrenbar entdeckte Skip einen freien Tisch im hinteren Teil. Da wäre Maureen ein wenig außer Sicht, und niemand könnte sich ihnen unangekündigt nähern.

Als er mit Maureen zurückkam, ließ er sie zuerst auf die Lederbank gleiten; dann setzte er sich zu ihr. »Und? Gefällt dir das besser?«

»Oh ja«, antwortete sie und streifte ihr Haar zurück. »Ich bin in den letzten Tagen nur gereist, habe mich vorbereitet und bin auf die Bühne gegangen. Davor waren da die Toten auf der *White Star*, und davor die al-Anbar-Wüste und noch mehr Leichen ... ganz zu schweigen von dem Stress, im Irak herumzufahren.« Sie verknotete das Haar mit der rechten Hand. »Oben hat es mich dann wie ein Schlag getroffen. Ich bin total fertig, Skip.«

»Wie lange bist du so schon unterwegs?«

Maureen lächelte ihn schwach an, und ihr Blick richtete sich in die Vergangenheit. »Es ist nun schon über ein Jahr her, seit ich zum letzten Mal zu Hause war. Ich habe ein Haus am See, nicht weit nördlich von den Niagarafällen, gut vierzig Minuten von der Universität entfernt. Der Nachteil ist nur, dass ich über den Q.E.W. fahren muss ...«

»Den was?«

»Den Queen Elizabeth Way. Das ist der Highway zwischen Niagara und Hamilton. Ich nenne ihn Kanadas vollständigste Sammlung von Schlaglöchern. Zum Glück gibt es da einen Tim Horton's, wo ich mir immer Kaffee hole – und die besten Schokoladendonuts der Welt.« Sie runzelte die Stirn. »Jedenfalls waren es mal die besten Schokoladendonuts der Welt. Sie sind ziemlich mies geworden, seit Wendy's Tim Horton's gekauft hat.« Sie schaute Skip verärgert an. »Gibt es eigentlich irgendetwas Heiliges, das ihr Amerikaner nicht in die Finger bekommt?«

»Ein, zwei Dinge schon, aber wir arbeiten daran.«

Maureen lachte und nahm sich die Getränkekarte. »Meine Güte, schau mal! Hier ist ein Cognac für hundertsiebzig Euro!«

Der Kellner trat hinter dem Tresen hervor. Maureen hob den Blick. »Ich hätte gerne ein Pellegrino, und er möchte einen ihrer Louis XIII Cognacs.«

»Maureen!« Skip nahm ihr die Karte aus der Hand und starrte auf den Preis.

»Das ist unsere Bestellung«, erklärte Maureen dem Kellner. Nachdem der Mann gegangen war, zuckte sie mit den Schultern. »Wenn ich Cognac trinken würde, hätte ich den genommen. Also musst du ihn jetzt für mich trinken.«

»Lass mich rechnen ... Das sind ungefähr dreihundert US-Dollar.«

»Ein Kerl hat heute versucht, dich abzustechen, und vor nicht allzu langer Zeit ist ein Mann gestorben, der ein Päckchen geöffnet hat, das für mich bestimmt war. Das amerikanische Außenministerium schuldet uns was.«

Eine kleine grüne Flasche Pellegrino wurde für Maureen ausgeschenkt, und Skip starrte auf den Cognacschwenker, der vor ihn gestellt wurde. Dass die bernsteinfarbene Flüssigkeit darin dreihundert Dollar wert sein sollte, war unbegreiflich für ihn.

»Na los«, forderte Maureen ihn auf. »Probier mal.«

Skip nahm den Cognacschwenker und genoss den wunderbaren Duft. »Vielleicht werde ich ihn einfach behalten und dann und wann mal dran schnüffeln.«

»Ich glaube nicht, dass das so funktioniert.«

Skip nippte, ließ sich den Cognac auf der Zunge zergehen und hob eine Augenbraue. »Daran könnte ich mich gewöhnen. Hervorragend. Danke.«

Maureen grinste, und ihre braunen Augen funkelten. »Gerne.« Plötzlich wirkte sie gehemmt.

»Macht dir irgendetwas Sorgen, Frau Doktor?« War das ein Erröten?

Maureen zögerte kurz. »Ich habe nur nachgedacht.«

»Worüber?«

»Wer bist du wirklich? Ich sehe immer nur Skip den Profi. Heute Nachmittag in Mailand ... Woher hast du gewusst, dass der Typ Ärger bringt?«

»Diese Fähigkeit habe ich mir angeeignet, indem ich über Jahre hinweg immer wieder selbst in Schwierigkeiten geraten bin. Er war einfach irgendwie ... *falsch*. Es war die Körpersprache, die Art, wie er sich verhielt.«

Maureen schaute ihm in die Augen. »Es ist ziemlich wahrscheinlich, dass irgendjemand es noch einmal versuchen wird, nicht wahr?«

Skip nickte. »Jep.«

»Umso mehr Grund für mich, den heutigen Abend zu genießen, habe ich nicht recht?«

»Kein schlechter Plan. Sobald es richtig haarig wird, werden wir noch genug Zeit in Hotelzimmern verbringen. Die Regel lautet: besser lebendig und frustriert als sorglos und tot.«

Maureen zeigte ihm wieder dieses tapfere Lächeln. »Du warst also beim Militär, ja?«

»Stimmt. In Afghanistan bekam ich dann die Gelegenheit, in den Privatsektor zu wechseln. Ich dachte mir, das wird besser bezahlt, und gewisse militärische Dinge ... Na ja, sie haben nicht so gut funktioniert.« Skip zuckte mit den Schultern. »Sagen wir, ich habe das Vertrauen ins System verloren.«

»Warum bist du dann nicht zu Blackwater oder einer der anderen Firmen gegangen?«

»Sie haben versucht, mich anzuwerben; aber damit hätte ich nur einen Chef gegen den anderen getauscht. Ich wollte Kapitän auf meinem eigenen Schiff sein, der Herr meines Schicksals auf dem tückischen Meer des Lebens. Jetzt sorge ich für das Überleben von Leuten, anstatt sie zu töten.«

Maureen nickte, und Skip genoss den Anblick ihres Profils. Seine Blicke wanderten über ihre Nase und das fein geschwungene Kinn. Maureens dunkles Haar fing das Licht genau so ein, dass die paar grauen Strähnen wie Silberfäden glitzerten. Verdammt, war sie eine schöne Frau!

»Was genau geschieht, wenn es ›richtig haarig‹ wird, wie du sagst?«

»Dann werde ich dich am Leben halten, Frau Doktor. Wir werden die Situation einschätzen, und ich werde mich ihr anpassen.«

»Ist das wirklich so einfach?« Maureen musterte Skip, die Lippen leicht geöffnet. Skip spürte ein Kribbeln. Er war sich durchaus bewusst, dass er zu einer anderen Zeit und an einem anderen Ort versuchen würde, diese Lippen zu küssen.

»Wir werden sehen«, antwortete er.

»Ich vertraue dir«, sagte Maureen.

Bei dem Blick, den sie ihm zuwarf, keimte in Skip ein altes, vertrautes Verlangen auf. Er trank einen weiteren Schluck vom Cognac und genoss den Geschmack, während er seine Hormone im Zaum zu halten versuchte. »Versprich mir einfach, dass du meine Anweisungen befolgen wirst, wenn es um Sicherheitsfragen geht.«

»Nach dem, was in Mailand passiert ist? Aufs Wort.«

»Sie sind eine sehr kluge Frau, Dr. Cole.«

»Das macht den meisten Männern Angst.«

»Ja, nun, das Problem mit Adrenalinjunkies wie mir ist, dass Angst uns erst den richtigen Kick gibt.«

»Was ist mit Jenn?«

»Was soll mit ihr sein?«

»Du scheinst dich für sie zu interessieren. Du schaust sie genauso oft an wie mich.«

»Himmel, sind wir aber aufmerksam!«

»Ich bin Wissenschaftlerin und habe nicht gerade die besten Erfahrungen mit Männern. Also hör auf, mich so anzuschauen.«

Doch sie selbst wandte den Blick ab, als sie es sagte.

26.

Aus dem hinteren Teil des Funktionsraums, wie er im Hotel Vier Jahreszeiten genannt wurde, beobachtete Jenn Maureen Cole bei einem weiteren Fernsehinterview. Der Reporter, ein Mann mittleren Alters, saß Maureen gegenüber. Beide waren ins Licht der Scheinwerfer gehüllt, die seine Crew aufgestellt hatte.

Als Antwort auf die letzte Frage des Mannes sagte Maureen: »Man könnte sagen, dass Religiosität Teil des Menschseins ist. Wir können nicht anders. Wir Menschen konstruieren religiöses Verhalten als Ergebnis unserer intuitiven, kognitiven Denkprozesse. Das ist ein essenzieller Bestandteil des menschlichen Hirns und seiner Psyche.«

»Was ist mit Atheisten?«

Jenn hörte Maureen sagen: »Ein guter Freund von mir ist überzeugter Atheist. Er glaubt fest an das Glück. Er pustet auf Würfel und trägt immer dasselbe Hemd, wenn er ins Kasino geht. Mathematisch gesehen ist das Würfeln bloß eine Frage berechenbarer Wahrscheinlichkeiten. Ein Hemd zu tragen oder auf die Würfel zu pusten, hat keinerlei Einfluss auf das Ergebnis.« Maureen lächelte. »Menschen, egal zu was sie sich bekennen, verhalten sich innerhalb kultureller, erlernter, *religiöser* Muster.«

»Ich danke Ihnen, Dr. Cole.« Der Reporter stand auf, lächelte und schüttelte Maureen die Hand, während der Kameramann das Stativ abbaute.

Skip kam herein und trat neben Jenn. »Wie ist es gelaufen?«, fragte er.

»Super.« Jenn schaute auf die Uhr. »Sechs Stunden am Stück, und sie ist noch immer so frisch wie heute Morgen. Ich weiß nicht, wie sie das macht.«

Skip zuckte mit den Schultern und schaute zu, wie Maureen mit dem Reporter lachte. Irgendetwas in Skips Augen ließ Jenn wieder zu Maureen schauen. Den Blick, den Maureen Skip zur Antwort zuwarf, konnte sie nicht übersehen.

Warum trifft mich das so? »Wie läuft es mit Helmut?«, fragte sie, um sich von ihren Gedanken abzulenken.

»Der Mann ist ein Profi. Seine Leute haben die gesamte Ausrüstung überprüft und sogar die Kameras geöffnet. Ein paar Reporter hat das sicherlich geärgert, aber Helmuts Jungs waren ziemlich cool. Sie haben gelacht, die Gemüter beruhigt und ihren Job gemacht.«

Maureen löste sich von dem Reporter und kam herüber. In dem Moment ließ sie die Schultern hängen, und die Müdigkeit war ihr deutlich anzusehen. »Ich bin fix und fertig. Das war der Letzte, oder?«

»Bis zu deinem Vortrag morgen.«

Maureen nickte. »Ich gehe jetzt in mein Zimmer essen und schlafen. Willst du mir bei den Hausaufgaben helfen?«

»Tut mir leid«, mischte Jenn sich ein. »Mr. Murphy und ich müssen noch ein paar Einzelheiten besprechen. Du weißt schon, viel zu tun. Berichte und so was.«

Im Gang packte Jenn Skip am Ärmel. »Wenn du die gute Frau Doktor weggesperrt hast, warte ich unten in der Lobby auf dich.«

Skip nickte. »Ich sehe dich in fünf Minuten. Helmut übernimmt die Heimatfront.«

Jenn nahm den Aufzug und ging in die Lobby. An der Rezeption füllte sie ein FedEx-Formular aus, steckte die Videodisc in den Luftpostumschlag und gab ihn ab.

Dann suchte sie sich einen freien Stuhl in der Nähe der großen Kaffeemaschine aus Messing und drückte den Knopf auf ihrem Handy. Nach dem zweiten Klingeln antwortete eine Sekretärin. »Jenn Royce hier, für Unterstaatssekretär Reeves.«

»Mr. Reeves ist gerade in einer Besprechung. Kann ich ihm etwas ausrichten?«

»Sagen Sie ihm, dass in München alles in Ordnung ist. Dr. Cole war heute hervorragend. Morgen früh hat er die Aufzeichnungen der Interviews auf dem Tisch.«

Jenn legte im selben Augenblick auf, als Skip Murphy aus dem Aufzug trat. Er hatte seinen Terminkalender in der Hand.

Jenn traf sich mit ihm an der Rezeption. »Alles in Ordnung?«

»Helmuts Leute haben alles unter Kontrolle.« Er hob die Augenbrauen. »Und? Was ist los?«

Jenn lächelte ihn schelmisch an. »Ich kenne da ein großartiges Restaurant.« Sie drehte sich um und ging zur Tür.

Der Portier ließ sie auf die Maximilianstraße hinaus. Jenn führte Skip die Straße hinunter und bemerkte: »Dr. Cole fährt keine Harley.«

»BMW-Fahrer betrachten das als Punkt für sie.«

»Echte Männer fahren Harleys. Das habe ich auf T-Shirts gelesen.«

»Ich habe auch schon Harley-T-Shirts gesehen. Für gewöhnlich spannen sie sich über fetten Bäuchen. Auf den meisten steht: ›Wenn du das lesen kannst, ist die Schlampe runtergefallen.‹ Sind das die Typen, auf die du stehst?«

»Auf dem Rücken *meines* T-Shirts steht: ›Wenn du das lesen kannst, ist die Schlampe gerade an dir vorbeigerast.‹«

Skip lachte, als sie am Residenztheater vorbei und über den Max-Joseph-Platz gingen.

»Ist Helmut für morgen bereit?«, fragte Jenn.

»Er hat das Sagen. Das hier ist sein Spielplatz. Er kennt die Polizei hier und hat seine Verbindungen. Wir brechen eine Stunde früher auf als geplant. Helmut wird einen 44er Mercedes bereitstellen und einen zweiten Wagen, der ihm folgt.«

»Was ist denn ein 44er? Ich dachte immer, alle Mercedes hätten dreistellige Nummern wie 350 oder so.«

»Das ist ein Panzerwagen. Glas und Chassis können ein Geschoss Kaliber .44 aufhalten.«

»Das ist ein wenig Overkill, denkst du nicht?«

Skip schaute sie an. »Nur mal so unter uns ... Das in Mailand hätte nicht passieren dürfen.«

»Es war vermutlich nur ein Straßenräuber. Das hast du selbst gesagt. Vielleicht brauchte er Geld für Drogen.«

»Ja, vielleicht.« Skip blieb kurz stehen, um sich das Schaufenster eines Uhrmachers an der Ecke zur Perusastraße anzuschauen.

»Für das, was die Dinger kosten, könnte Maureen dir eine Menge Cognacs kaufen«, bemerkte Jenn. »Ich habe mir heute Morgen die Hotelrechnung angesehen. Sie hat das Pellegrino getrunken. Damit bleibt nur ...«

Skip winkte ab. »Frag nicht.«

»Vergiss nicht: Ein Leibwächter fängt nie was mit seinem Schützling an.«

»Hat das Ganze hier einen Sinn?«

Jenn lächelte ihn steif an. »Ich habe dich zuerst geküsst.«

Skip öffnete ihr die Tür, als sie den Franziskanerkeller erreichten. Nachdem sie sich in eine Nische im hinteren Teil gesetzt hatten, bestellte Jenn eines der typischen dunklen Klosterbiere. Der Kellner hatten ihnen deutsche Speisekarten gegeben.

Jenn erklärte: »Lass uns Schweinshaxe mit Knödeln nehmen und zum Nachtisch Brezeln.«

Nachdem sie bestellt hatten, beugte Jenn sich vor. »Wenn ich dich zu einem wunderbaren Mahl einlade und dich mit Bier und Brezeln verführe, was könnte ich dafür bekommen?«

Skip schaute sie stirnrunzelnd an. »Vermutlich ein Dankeschön für einen netten Abend.«

»Ist Maureen mir so weit voraus?«

»Nein«, antwortete Skip verärgert. »Ich mache nur meinen Job. Du wolltest einen Profi, und den hast du jetzt.«

Jenn spielte mit ihrer Gabel. »Diese Tour geht ja nicht ewig. Sobald wir die Sache durchgezogen haben, habe ich ein wenig Zeit für mich. Um meine Stärken auszuspielen, dachte ich, eine Motorradtour durch den Süden wäre ganz nett. Hast du schon mal ein Bama-Frühstück im Sheraton in Tuscaloosa gegessen?«

Ein schelmisches Lächeln erschien auf Skips Lippen. »Du machst Witze.«

»Ganz und gar nicht. Zwei Eier, echter geräucherter Landschinken, Haferschrot und die feinste Bratensoße, die du je gegessen hast. Dann fahren wir nach Süden am Fluss entlang nach Mobile, um dort Shrimps aus dem Golf zu essen – am besten in einem dieser von Wind und Salz verblassten Läden direkt am Wasser.«

»Du scheinst ja alles schon genau geplant zu haben.«

»Die Einzelheiten können sich natürlich noch ändern, aber die Idee ist fest im Kopf.«

»Und wenn Bastard-Bill mit seinem kleinen Glöckchen läutet, um die Truppen zusammenzurufen? Du weißt so gut wie ich, dass dein Job von der politischen Situation abhängt. Und Box' Bombenleger machen die Lage immer undurchsichtiger.«

Jenn seufzte. »Ja, da hast du leider recht.«

Skip lächelte sie an. »Sieh es ein, Jenn: Du bist ehrgeizig. Wenn jemand in Bastard-Bills Fußstapfen treten will, muss er immer vor Ort sein. Man muss stets zwei Schritt vor Matt und den anderen Schwachköpfen sein, mit denen Bastard-Bill sich umgibt, damit sie ihm die Stiefel lecken und aufpassen, dass er nicht mit offener Hose vom Klo kommt.«

»Schwachköpfe?«

»Du weißt, was ich meine.«

»Bin ich auch ein Schwachkopf?«

Skip grinste. »Du hattest sichtlich Probleme, ernst dreinzublicken, als ich Reeves die Meinung gegeigt habe. Und du bist noch am gleichen Abend mit dem Feind einen trinken gefahren.«

Jenn lachte und schüttelte den Kopf. »Ich wäre eine gute Außenministerin. Ich könnte auf der Harley zu den Kabinettssitzungen fahren und die Maschine direkt vorm Weißen Haus parken.«

»Trag dann nur nicht dein ›die Schlampe ist gerade an dir vorbeigerast‹-T-Shirt. Der Präsident würde den Scherz vielleicht nicht verstehen.«

Jenn grinste. »Du bist ein guter Mann, Skip Murphy. Es ist schon eine ganze Weile her, dass ich nur ich selbst sein konnte.«

Murphy schaute ihr in die Augen und las die Botschaft, die sie ihm sandte. »Vielleicht, wenn das alles hier vorbei ist … Wir werden sehen, Jenn Royce.«

Wäre das so ein fataler Fehler?, fragte sich Jenn, als der

Kellner ihnen das Essen brachte. *Würden zwei Wochen mit diesem Mann auf einer Motorradtour in den Süden wirklich meine Karriere torpedieren?*

Skip saß Helmut gegenüber und nippte an seinem Kaffee. In seinen Träumen verwandelte sich Jenn Royce stets in Maureen Cole, doch wenn es erotisch wurde, war es wieder Jenn, auf der er lag.

Und was hat das jetzt zu bedeuten? Dass ich sie beide will? Skip schüttelte den Kopf, um wieder klar denken zu können. Mit gleich zwei schönen und intelligenten Frauen zusammenzuarbeiten, hatte auch seine Nachtteile, doch die Fantasien waren sehr angenehm.

Auf dem Tisch standen die Überreste von Weißwurst, Schwarzbrot und zwei Spiegeleiern. Das Frühstück wurde in einem Raum neben der Lobby serviert, weiß und weitläufig und mit mehrteiligen Fenstern. Drinks mit Maureen an einem Abend und Essen mit Jenn am nächsten?

Bleib auf dem Teppich. Langfristig wird es mit beiden nicht funktionieren. Dafür bin ich zu ...

»Abgelenkt, wie ich sehe, hm?«, fragte Helmut.

»Was?« Skip konzentrierte sich wieder auf die Arbeit.

Helmut nippte an seinem Tee und schaute Skip neugierig an. »Ich denke, wir sind mit den Vorbereitungen soweit fertig«, verkündete er und klappte seinen Terminkalender zu. »Es sollte alles reibungslos über die Bühne gehen.«

»Ich mag Optimisten«, erwiderte Skip trocken. »Wir haben für alles geplant – außer für das, wofür wir nicht geplant haben. Das ist doch ziemlich deutsch, oder?«

»Oh ... ja. Sehr deutsch. Genau wie an der Ostfront.«

»Oder manchmal passt jemand nicht auf und findet sich mit einem Mal im Wald von Bastogne wieder.«

»Da haben wir uns auch nicht gerade mit Ruhm bekleckert«, erinnerte ihn Helmut.

Skip grinste. »Also, was könnte noch schiefgehen?«

»Dein Schützling könnte stolpern, vom Podium fallen und sich den Knöchel brechen.«

»Ich liebe Optimisten.«

Jenn kam mit einem Bündel Papieren. Sie entdeckte Skip und ging mit langen Schritten auf ihn zu.

Helmut erhob sich halb, als Jenn sich einen Stuhl heranzog; dann setzte er sich wieder.

»Ich habe Neuigkeiten, Jungs.« Jenn reichte Skip die Papiere. »Das habe ich gerade aus dem Web ausgedruckt.«

Skip las: *Wir, das Komitee für Islamische Gerechtigkeit, warnen die Hure Cole. Bei deinem heutigen Vortrag wirst du erklären, dass es keinen Gott gibt außer Allah, und dass Mohammed sein Prophet ist. Dann wirst du dein Haupt und deinen Leib bedecken, wie es für ein Weib angemessen ist, das sich dem Islam unterwirft. Dies hier ist die einzige Warnung. Solltest du dich auch diesem letzten Ruf zur Erlösung widersetzen, wirst du in deinem Blut ersaufen. Tausende werden Zeuge deiner Bestrafung sein. Allah sagt: »Jene, die nicht glauben, sollen im Feuer enden.« Unterwirf dich dem Willen Allahs, oder dich erwartet der Tod.*

Skip hob den Blick: »Und wer genau ist dieses Komitee für Islamische Gerechtigkeit?«

»Wir vermuten, dass es mehrere gibt. Einige befinden sich im Nahen Osten, ein weiteres operiert von Pakistan aus. Das hier stammt entweder von einem von ihnen, oder wir haben es mit einem Trittbrettfahrer zu tun.«

»Und, nehmen wir das ernst?«, fragte Helmut, als Skip ihm die Ausdrucke reichte.

»Ja«, antwortete Skip. »Ich nehme an, dass sie bei Maureens Vortrag heute etwas versuchen werden.« Er schaute zu Jenn. »Wie sieht's aus?«

»Wir haben das Residenztheater aus gutem Grund ausgewählt. Bei der Menge an Tickets, die übers Internet verkauft wurden, sollte der Laden voll sein. Die Leute haben großes Interesse an dem, was Maureen zu sagen hat.«

Skip nickte. »Wir haben also ein volles Haus.«

»Der Veranstaltungsort ist gut gewählt.« Helmut gab Jenn die Papiere zurück. »Er liegt nahe am Hotel. Meine Leute arbeiten mit dem Sicherheitsdienst dort zusammen.« Er schaute auf die Uhr. »Inzwischen sollten die Metalldetektoren installiert sein. Jeder wird durchleuchtet.«

»Was ist mit Sprengstoff?«, fragte Jenn.

»Größere Ladungen werden entdeckt. Bombengürtel beinhalten stets Nägel, Schrauben, Nieten und dergleichen.« Er grinste. »Im Unterschied zu Amerikanern haben Deutsche nicht so viele Ringe um ihre Bäuche.«

»Nach der Schweinshaxe gestern Abend kann ich das nur als Wunder bezeichnen.«

»Ah, jetzt isst du schon wie ein echter Bayer.« Helmut schlug Skip auf die Schulter. »Wir werden vielleicht doch noch einen Mann aus dir machen.« Neugierig schaute er zuerst auf Jenn, dann zu Skip.

Jenn zwinkerte Skip frech zu und stand auf. »Ich dachte nur, ihr wolltet vielleicht auf den neuesten Stand gebracht werden. Jetzt muss ich wieder an die Arbeit.« Sie verzog das Gesicht. »Memoranden schreiben. Wie soll ich da für was anderes Zeit finden?«

Skip schaute Jenn hinterher und bewunderte, wie ihre Hose die schlanken Beine betonte.

Helmut seufzte. »Und? Hast du schon alle Geheimnisse von Jenn Royce ergründet?«

»Nee.«

»Es würde ihr bestimmt nichts ausmachen.«

»Woher willst du das denn wissen?«

»Ich bin im Securitybusiness, schon vergessen? Ich werde dafür bezahlt, so was zu bemerken.«

»Ich lasse mich nie mit meinen Arbeitgebern ein.«

»Dann macht es dir sicher nichts aus, wenn *ich* mich der Dame anbiete?« Helmut beugte sich vor, und ein Funkeln erschien in seinen stahlblauen Augen. »Sie bezahlt dich, und du bezahlst mich. Ich bin also weit genug weg. Deshalb werde ich mal sehen, ob ich sie heute Abend zu einem Essen überreden kann. Dann möge die Natur ihren Lauf nehmen.«

»Fick dich.«

Helmut lachte vergnügt.

Skip lehnte sich zurück und spielte an seinem Bart herum. »Erinnerst du dich noch, wie du Haditha Ismael aus Kandahar rausgebracht hast?«

»Wie könnte ich das vergessen? Das war ein Meisterstück.«

»Ich habe ein schlechtes Gefühl, was den heutigen Tag betrifft.«

»Dann glaubst du also ... ah! Ich habe genau die Richtige für dich. Sie wird dir gefallen. Vielleicht sogar so sehr, dass du Jenn Royce vergisst und ihr gar nichts anderes übrig bleibt, als sich mit mir zu verabreden.«

»Du fährst nicht Motorrad.«

»Sie steht auf *Motorräder*?«

»Jenn fährt eine Harley.«

»Dann wird ihr meine Moto Guzzi sehr gefallen.«

»Ein italienisches Bike? Du Vaterlandsverräter! Ich dachte immer, es sei ein Glaubensgrundsatz, dass erfolgreiche Deutsche BMW fahren.«

»Meine Moto Guzzi ist die neue Norge 1200. Sehr schnell. Frauen klammern sich mit aller Kraft an dich, um nicht runterzufallen.«

»Jaja, schon klar.« Doch im Augenblick waren Skips Gedanken ganz und gar von dem Satz »wirst du in deinem Blut ersaufen« erfüllt.

27.

Wie machen Opernsänger das bloß?, fragte sich Maureen, als sie auf dem Podium stand. Die Hitze unter den Scheinwerfern war erdrückend, und um alles noch schlimmer zu machen, herrschten draußen Temperaturen von bis zu 40 Grad Celsius. In dem voll besetzten Zuschauerraum wedelten sich die Menschen mit Broschüren Luft zu.

Maureen hatte staunend die Bühne betrachtet, als Skip sie eine volle Stunde vor dem eigentlichen Termin ins Theater gebracht hatte. Die Verschiebung hatte sie überrascht, als sie noch einmal ihre Notizen durchgegangen war.

»Lass uns die bösen Buben weiter verwirren«, hatte Skip gesagt, als er die Tür eines schwarzen Mercedes geöffnet hatte, der Maureen die paar Blocks bis zum Residenztheater fahren sollte. Am Seiteneingang des Theaters hatte ein Team von Sicherheitsleuten gewartet und auffordernd genickt, als der Wagen vorgefahren war. Maureen war ins Gebäude eskortiert worden, umrahmt von vier Leibwächtern und Skip zu ihrer Rechten.

Als sie zum ersten Mal den Bühnenraum betreten hatte, hatte die Größe des Zuschauerraums sie schier überwältigt, doch kaum war sie richtig drin in ihrem Vortrag, war nur noch die Hitze unangenehm.

»Nachdem wir uns nun den Islam im Allgemeinen angeschaut haben, lassen Sie mich Ihnen verdeutlichen, was ich meine.« Sie las wortgetreu von dem Blatt Papier ab, das vor ihr lag. »Dies hier stammt aus einer Korrespondenz von bin Laden und al-Zawahiri: ›Im Namen Allahs des Allmächtigen. Allah hat von den Gläubigen ihr Leben und ihr Gut für den Garten erkauft: *Sie kämpfen für Allahs Sache, sie töten und fallen* – eine Verheißung, bindend für Ihn, in der Thora und im Evangelium und im Koran. Und wer hält seine Verheißung getreuer als Allah? So freut euch eures Handels mit Ihm, denn dies ist fürwahr der höchste Gewinn.‹

Das steht in der neunten Sure, Vers einhundertelf des Koran. Was diesen Vers so machtvoll macht, ist die Tatsache, dass er sich speziell an junge Männer in den Slums von Kairo, Islamabad, Amman und Riad wendet. Vergiss, dass du nichts hast! Für Allah zu töten und zu sterben, wird dir unermesslichen Reichtum bringen. Es gibt keinen Grund zu studieren, hart zu arbeiten oder sich sonst wie abzuquälen, um sich seinen Lebensunterhalt zu verdienen.

Die Belohnung der Armut ist der höchste Gewinn nach dem Tod. Und was ist dieser Gewinn? Bin Laden und al-Zawahiri fahren fort, indem sie die Hadith von bin Maad Yakrub zitieren. Zusammengefasst heißt es dort, dass Märtyrer für Allah etwas Besonderes sind. Dem Märtyrer wird vom ersten vergossenen Blutstropfen an vergeben. Ihn erwartet ein Thron im Paradies, und dieser Thron wird reich geschmückt sein, wie es seinem Glauben angemessen ist. Er wird kindliche Jungfern heiraten und weder die Qualen des Todes noch die der Hölle kennen. Auf dem Kopf wird er eine Krone tragen mit einem Rubin so groß wie die Welt. Er wird Sex mit zweiundsiebzig Jungfrauen haben, und es soll ihm gestattet sein, sich für siebzig seiner Verwandten zu verwenden. Wenn man jung, arm und männlich ist, klingt das gar nicht mal so schlecht.« Maureen legte den Kopf auf die Seite.

»Ich bin nur nicht sicher, ob die zweiundsiebzigste Jungfrau noch ›kindlich‹ sein wird, wenn der glückliche Märtyrer die anderen einundsiebzig abgearbeitet hat.«

Das Publikum lachte.

»Natürlich gibt es kein derartiges Paradies für Frauen. Vermutlich liegt das daran, dass der Prophet keine unnötige Sorge bei seinen Männern wecken wollte. Es war besser, wenn das Kommende für ihre Frauen ein Geheimnis blieb.«

Maureen sortierte ihre Notizen und beugte sich vor. »Der Punkt ist – zu dem Zeitpunkt, als das geschrieben wurde, sei es nun von Allah oder dem Propheten, mussten die Männer hinausziehen und für den Islam sterben. Hätten sie das nicht getan, wäre die Botschaft des Propheten ausgelöscht worden. Jede Religion hat ihre Verse, Gebote und Aspekte, die wir in der modernen Welt als dumm oder abstoßend empfinden. So zum Beispiel: Warum hat Gott Lots Frau zu einer Salzsäule erstarren lassen, nur weil sie zurückgeschaut hat? Auch die Frauen von Kain und Abel bleiben ein Problem, denn wenn wir wirklich alle von Adam und Eva abstammen, sind wir ein inzestuöser Haufen. Muslime, die ich respektiere und verehre, sagen mir, das Paradies, wie es im Koran beschrieben wird, sei metaphorisch gemeint, und damit kann ich leben.

Was uns hier jedoch Sorgen machen muss, ist die Tatsache, dass zweiundsiebzig Jungfrauen für entrechtete junge Männer ein verdammt gutes Verkaufsargument sind. Und dass einem Märtyrer vom ersten Blutstropfen an vergeben wird, den er im Kampf für Allah vergießt, gestattet es einem leicht zu beeindruckenden jungen Mädchen Buße zu tun für solch dumme Fehler wie den, einen Jungen zu küssen. In dem Moment, da sie den Sprengstoffgürtel zündet, steht sie wieder in jedermanns Gunst. Denken Sie mal darüber nach: Sie kann sich bei Allah für eine Familie verwenden, die ihr anderenfalls bei einem Ehrenmord die Kehle durchgeschnitten hätte.«

Maureen trank einen Schluck Wasser; sie spürte Schweiß über die Schläfen laufen. »Wie ich vorhin bereits gesagt habe, ist nicht der Islam das Problem und auch nicht der Koran oder die Hadithen. Das Problem ist, wie sie im einundzwanzigsten Jahrhundert interpretiert werden. Zum Guten oder zum Schlechten? Zum Schluss möchte ich noch einmal aus dem Koran zitieren, sechste Sure, Vers 165: ›Er ist es, der euch zu Nachfolgern auf der Erde machte und die einen von euch über die anderen erhöhte, damit Er euch prüfe durch das, was Er euch gegeben. Wahrlich, dein Herr ist schnell im Strafen; wahrlich, Er ist voller Vergebung und Barmherzigkeit.‹«

Maureen hielt kurz inne. »Vergebung, Barmherzigkeit. Das, meine Damen und Herren, sind die beiden Worte, die sich am häufigsten im Koran finden. Warum hören die Fundamentalisten sie nicht?«

Maureen atmete tief durch und ließ ihre Worte wirken. Dann fuhr sie fort: »Nun, was sollen *wir* tun? Welche Alternative können wir anbieten? Wie uns gegen ignorante Männer und Frauen verteidigen, die glauben, was ein Mann wie bin Laden predigt? Nun, es beginnt mit jedem von uns.« Sie tippte sich an den Kopf. »Das hier ist unsere stärkste Waffe gegen extremistische Religionen, Politik und gegen jede andere Art von Tyrannei. Ich fordere jeden von Ihnen heraus zu lernen, zu verstehen und vor allem zu *denken*. Denken ist schwer! Es geht nur, wenn man das Thema eingehend studiert hat und die Behauptungen, die andere dazu aufstellen. Dann, und nur dann, können Sie eine Verteidigung aufbauen.

Es ist eine Frage der Zahl. Es reicht nicht, wenn nur ich hier stehe und Vorträge halte. Wir müssen alle mit einer Stimme sprechen und der Welt sagen: *Es gibt einen besseren Weg.*« Sie nickte. »Ich danke Ihnen für Ihr Erscheinen.«

Applaus erfüllte den Raum.

Maureen sah, wie die Sicherheitsleute aufstanden und einen Kordon an der Treppe des Orchestergrabens bildeten. Skip trat hinter den Vorhängen hervor und eskortierte Maureen von der applaudierenden Menge weg.

»Wie war ich?«, fragte sie und hob die Haare von ihrem verschwitzten Nacken, um ein wenig kühle Luft heranzulassen.

»Hör sie dir an«, antwortete Skip. »Sie applaudieren noch immer.«

Maureen seufzte müde und huschte in die Damentoilette, um sich ein wenig kaltes Wasser ins Gesicht zu spritzen. Dann hielt sie kurz inne, um sich im hell beleuchteten Spiegel anzuschauen. Sie schüttelte den Kopf.

Das ist Wahnsinn, Maureen! Da draußen sind Leute, die dich umbringen wollen.

»Kämpfet wider diejenigen aus dem Volk der Schrift, die nicht an Allah und an den Jüngsten Tag glauben und die nicht als unerlaubt erachten, was Allah und Sein Gesandter als unerlaubt erklärt haben, und die nicht dem wahren Bekenntnis folgen, bis sie aus freien Stücken den Tribut entrichten und ihre Unterwerfung anerkennen. Die Juden sagen, Esra sei Allahs Sohn, und die Christen sagen, der Messias sei Allahs Sohn. Das ist das Wort ihres Mundes. Sie ahmen die Rede derer nach, die vordem ungläubig waren. Allahs Fluch über sie! Wie sind sie irregeleitet!«

Koran, 9:29–30

28.

Skip wartete an der Tür zur Damentoilette, als Helmut mit einer großen blonden Frau kam, die eine Sporttasche trug. Helmut machte ein nüchternes Gesicht, ganz und gar Profi.

»Die Leute verlassen jetzt den Zuschauerraum. Die Wagen stehen am Seiteneingang bereit. Die Polizei regelt den Verkehr.« Helmut drehte sich zu der Frau um. »Ich würde dir gerne Elsa Schmidt vorstellen. Sie wird heute unser Kugelfänger sein.«

»Das war ein guter Vortrag«, sagte Elsa Schmidt und schüttelte Skip fest die Hand. Die Frau hatte haselnussbraune Augen und kurz geschnittenes blondes Haar. Sie trug eine graue Hose, ähnlich der von Maureen, und war ungefähr genauso groß, doch Skip sah deutlich die dicke, kugelsichere Weste unter ihrer hochgeschlossenen Bluse.

In diesem Augenblick kam Maureen, die schon deutlich frischer aussah, aus der Toilette. »Kleine Planänderung«, erklärte Skip. »Das hier ist Elsa Schmidt. Sie ist einer von Helmuts Leuten. Wenn du mit ihr auf die Damentoilette gehst, wird sie dir sagen, was du tun musst.«

Neugierig schüttelte Maureen der Frau die Hand, schaute auf die große Tasche, die Elsa trug, und folgte ihr wieder auf die Toilette.

»Hast du Jenn gesehen?«, fragte Skip, nachdem Helmut einen Funkcheck mit seinen Leuten gemacht hatte.

»Ja. Sie ist draußen bei den Wagen und spricht mit ihrem Chef in Washington.«

Skip nickte. »Gut. Wenn ich mich nicht irre, berichtet sie ihm gerade nur das Beste. Sie war oben im Presseraum und hat die Reporter und Kameraleute gebrieft. Ich nehme an, die leiten jetzt alles an die Fernsehsender weiter.«

»Vorausgesetzt, hier läuft alles gut, fahrt ihr dann weiter nach Amsterdam?«

»Jep. Da hast du wohl keine Gelegenheit mehr, heute Abend mit Jenn essen zu gehen ... sorry.«

»Schade. Aber ich glaube ohnehin, dass ihr Interesse anderswo liegt.«

Skip zuckte mit den Schultern und drehte sich um, als die beiden Frauen wieder von der Toilette kamen. Elsa, die nun Maureens Jacke trug, hatte eine langhaarige schwarze Perücke angezogen. Maureen wiederum sah fantastisch aus mit ihren neuen blonden Locken, die ihr bis über die Schultern fielen. Dazu trug sie einen ledernen Designermantel. Sie packte Skip am Arm, zog ihn zu sich und zischte: »Was ist hier los?«

»Das ist nur eine kleine Charade, die Helmut und ich uns heute Morgen ausgedacht haben. Komm.« Er nahm sie am Arm.

»Wartet!« Helmut griff in seine Tasche und reichte Skip ein paar Schlüssel in einem Plastikbeutel zusammen mit etwas, bei dem es sich um eine Kreditkarte und Pässe zu handeln schien. »Hoffentlich werdet ihr das nicht brauchen.«

»Alles klar.« Skip schaute Helmut ernst an. »Vermutlich wird nichts passieren, aber pass trotzdem auf – du auch, Elsa.«

Helmut gab ihm einen Klaps auf die Schulter, dann gingen er und Elsa los.

»Was soll das alles?«, fragte Maureen und fingerte an ihrer Perücke herum. »Ich? Blond? Heißt das jetzt, dass ich IQ verloren habe?«

»Komm schon, Frau Doktor. Wir wollen mit den letzten Zuschauern raus sein.«

Maureen warf Skip immer wieder nervöse Blicke zu, während sie einen Korridor hinunter gingen, vorbei an einer Tür, die zum Orchestergraben führte. Skip leitete sie an leeren Sitzreihen vorbei und beeilte sich, die letzten Zuschauer einzuholen, bevor sie draußen waren.

»Verhalte dich ganz normal. Tu so, als wären wir ein altes Ehepaar«, sagte Skip, als sie die letzten Nachzügler erreichten. Zufrieden sah er, dass die Leute redeten, gestikulierten und sie vollkommen ignorierten.

»Wir zwei ein altes Ehepaar? Da brauche ich viel Fantasie.«

Dann waren sie draußen auf der Treppe, und Skip führte Maureen durch den Verkehr und über den Max-Joseph-Platz.

Er reckte den Hals und schaute die Maximilianstraße hinauf. Helmuts Mercedes und der zweite Wagen standen am Bürgersteig neben dem Residenztheater. Maureen folgte seinem Blick und sah Helmut aus dem Theater kommen, eine große, schwarzhaarige Frau an seiner Seite. Jenn – die neben dem Mercedes stand – hob den Blick und riss die Augen auf, als die Wagentür geöffnet wurde.

In diesem Augenblick ging ein mächtiger Ruck durch die große Frau, und ein Krachen war zu hören. Elsa schien in sich zusammenzufallen. Helmut und sein Team handelten sofort. Es war eine klassische Evakuierung: Helmuts Männer stürzten sich auf die beiden Frauen und stießen sie in den Mercedes; dann rasten die beiden Wagen los, und erste Polizeisirenen waren zu hören.

Skip sah, wie die Wagen eine scharfe Wende machten, hörte das laute Hupen, und nur einen Augenblick später rasten sie über die Maximilianstraße in östliche Richtung davon.

»Scheiße! Ich *hasse* es, wenn ich recht habe.« Skip verstärkte seinen Griff um Maureens Arm. »Kommen Sie, Frau Doktor. Geh einfach weiter.«

»Was sollen wir jetzt tun, Skip? Und was ist da passiert?«

»Ab sofort tritt Plan B in Kraft.«

Maureen starrte ihn besorgt an; der Blick ihrer dunkelbraunen Augen war fast flehend.

Skips Handy klingelte. »Ja?«

»Auf Elsa ist geschossen worden. Wir sind auf dem Weg ins Krankenhaus. Seid ihr in Sicherheit?«

»Ja. Wie schlimm ist es?«

»Wir wissen es nicht. Sie hat nicht viel Blut verloren, aber ein böses Hämatom auf der Brust und gebrochene Rippen. Im Moment behandeln wir erst einmal den Schock.«

»Tu, was du tun musst. Mit uns ist vorerst alles in Ordnung.«

Skip beendete das Gespräch und nahm wieder Maureens Arm. »Geh einfach weiter, Maureen. Nein, warte ... Lass uns erst mal das Schaufenster hier ansehen.« Er blieb stehen und deutete auf die Plakate in einem Reisebüro, die Ferien am Mittelmeer anpriesen. »Schau mal, ein Strand.«

»Ja, ein Strand«, sagte Maureen gequält.

Dann gingen sie weiter und taten so, als würden sie ein wenig bummeln. Skip wandte sich nach Süden und versuchte, überall zugleich hinzusehen. Er hielt nach vertrauten Gesichtern Ausschau, nach irgendwelchen Verfolgern oder jemandem, der ungewöhnliches Interesse an ihnen zeigte. Er führte Maureen an der Frauenkirche vorbei und dann im Kreis zum Marienplatz zurück. Auf dem Weg über den Platz nutzte er die beeindruckende Architektur als Vorwand, um kurz stehen zu bleiben und dabei zu überprüfen, ob sie verfolgt wurden.

Skip fand, was er suchte, auf dem Parkplatz neben der Peterskirche. Die silberne Moto Guzzi sah genauso schnell aus, wie sie war. Vier Scheinwerfer lugten aus der Plexiglasverkleidung heraus.

Skip ließ Maureen los und griff nach dem Plastikbeutel, den Helmut ihm gegeben hatte.

Maureen starrte ihn ungläubig an. »Das ist doch ein Scherz, oder?«

»Nein.« Skip holte die Schlüssel heraus und öffnete das Schloss um die beiden Helme auf dem Gepäckträger. Dann half er Maureen, den Helm über die Perücke zu ziehen.

»Autsch! Verdammt, das Ding wird von Nadeln gehalten!«

»Wer schön sein will, muss leiden, Frau Doktor. Darum

können wir uns immer noch kümmern, wenn wir aus der Stadt raus sind.«

Maureens Augen erinnerten Skip an Dolche, als er seinen eigenen Helm aufzog und sich auf die Moto Guzzi schwang. Er steckte den Schlüssel ein und drückte den Startknopf. Der schwere Motor erwachte donnernd zum Leben.

»Los, Maureen.«

»Ich bin in meinem ganzen Leben noch auf keinem Motorrad gefahren. Ich dachte, es sei deine Aufgabe, für meine Sicherheit zu sorgen.«

Skip legte den Kopf auf die Seite. »Irgendjemand hat gerade auf Elsa geschossen, und du hast versprochen, meine Anweisungen zu befolgen. Und jetzt schwingen Sie Ihren Arsch hier rauf, Dr. Cole.«

Maureen schüttelte den Kopf, tat aber, wie ihr geheißen.

»Leg die Arme um mich«, befahl Skip. »Lass die Füße auf den Fußrasten und tu, was ich dir sage.«

»Wir werden alle sterben!«

Skip legte den Gang ein, gab Gas und ließ die Kupplung kommen, wie er es auch bei seiner BMW getan hätte. Die Maschine zog wesentlich leidenschaftlicher an, als er erwartet hatte. Sie flogen förmlich auf die Straße hinaus, und Maureen schrie auf.

»Tut mir leid«, rief Skip und bremste ein wenig. »Ich kenne das Ding noch nicht.«

Maureen nahm lange genug die Hand von seiner Hüfte, um Skip auf den Helm zu schlagen. Dann waren sie mitten im Verkehr, und Skip konzentrierte sich erst einmal darauf, das Motorrad kennen zu lernen. Dabei schlängelte er sich so schnell zwischen den anderen Fahrzeugen hindurch, dass kein Auto ihnen hätte folgen können.

Skip genoss den Sound der Moto Guzzi und stellte sich gleichzeitig vor, wie Jenn Royce entsetzt mit einer angeschossenen Fremden im Auto saß.

Tut mir leid, Jenn. Ich ruf dich an, sobald ich Zeit zum Nachdenken hatte, nicht vorher.

Jenn ging auf dem Beton vor dem Eingang zur Notaufnahme des Hospitals auf und ab. Das Satellitentelefon, das sie sich ans Ohr hielt, fühlte sich in ihren verschwitzten Fingern heiß und glitschig an. Sie schloss die Augen und kämpfte gegen das Schaudern an, während sie sich noch einmal die Ereignisse ins Gedächtnis rief.

Der Einschlag der Kugel hatte wie eine Mischung aus einem feuchten *Plopp* und einer Ohrfeige geklungen. Jenn hätte nie gedacht, dass es so laut sein würde. Im Film fielen Erschossene einfach um. Den eigentlichen Schuss hatte Jenn gar nicht gehört, nur den Übelkeit erregenden Einschlag.

Auch jetzt noch empfand sie leichte Übelkeit. Im Laufe der Jahre hatte sie vergessen, was für ein Schock ein Tod auf offener Straße war. In nur einem Augenblick war sie wieder auf jener Straße in Kairo gewesen, kaum fähig zu verstehen, warum ein Araber in schmutzigem Gewand sich auf ihren Vater stürzte und dabei vor Wut schrie. Sie sah wieder das Gesicht des Mannes, die krumme Nase, den weit aufgerissenen Mund, sodass die lückenhaften Zähne zu sehen waren, und die vorstehenden Adern an seinem Hals.

Und dann hatte er ihren Vater gegen eine Wand gestoßen und war weggerannt. Jenn erinnerte sich noch deutlich an das Geräusch, das die Sandalen des Mannes gemacht hatten. Ihr Vater war langsam an der Wand hinuntergeglitten und hatte voller Entsetzen auf die leuchtend rote Flüssigkeit gestarrt, die zwischen seinen Fingern hervorquoll. Jenn hörte sein Röcheln noch genauso deutlich wie an jenem Tag. Erst später hatte sie verstanden, dass ein Mann mit durchstochenem Zwerchfell nicht mehr schreien konnte.

Und das Blut, so viel Blut ... Es hatte das Hemd ihres Vaters durchtränkt, war ihm in den Schoß gelaufen und hatte sich auf dem Asphalt gesammelt.

»Nur noch einen Moment, Mrs. Royce. Der Unterstaatssekretär braucht nicht mehr lange«, riss die Stimme der Empfangsdame sie aus ihren Gedanken.

»Jaja, ich warte«, murmelte sie.

Beim Geräusch des Schusses war Elsa zusammengezuckt, als hätte sie einen epileptischen Anfall erlitten. Die Sicherheitsleute waren sofort herbeigestürmt, hatten sie aufgefangen und auf den Rücksitz geworfen.

Eine zusammenhanglose Folge von Bildern war Jenn im Gedächtnis geblieben: Leute auf ihr, die Unfähigkeit zu atmen und der herumschleudernde Wagen, der alle auf eine Seite warf.

Laut hupend waren sie losgerast. Dann war es Jenn gelungen, in eine Ecke zu kriechen und sich ans Fenster zu drücken.

Helmut hatte über Elsa gekauert und ihr das Hemd vom Leib gerissen, als wollte er sie vergewaltigen. Deutlich hatte Jenn sein vor Sorge und Anstrengung verzerrtes Gesicht gesehen. Das Reißen des Klettbandes war wie ein Schlag gewesen, als sie der Frau die kugelsichere Weste von der Brust gerissen hatten.

Jenn starrte auf die Brust der Frau. Jemand schnitt ihr den BH auf. Blut sowie ein riesiges kirschrotes Hämatom kamen zum Vorschein, von dem das gesamte Brustbein und die linke Brust bedeckt wurde.

Wie in Zeitlupe erinnerte sich Jenn an die Hände eines Mannes, der Elsa eine Kompresse auf die Brust drückte. Helmut hielt Elsas Kopf, den Blick fest auf ihre Augen gerichtet. Die ganze Zeit rief er etwas auf Deutsch.

Und dann waren sie im Krankenhaus angekommen. Die Türen flogen auf, und starke Hände hoben Elsa heraus. Jenn hatte man zurückgelassen, vergessen.

»Alles in Ordnung?« Irgendwann war der Fahrer zurückgekommen und hatte sich in den Wagen gebeugt.

Jenn hatte zu sprechen versucht, schließlich aber nur genickt. Daraufhin hatte der Mann gelächelt und die Hand ausgestreckt. Jenn hatte sie genommen und sich beim Aussteigen helfen lassen.

»Sind Sie verletzt?«, hatte der Mann gefragt und sie auf eine Art gemustert, die sie unter anderen Umständen als aufdringlich empfunden hätte. »Manchmal spürt man im ersten Schock eine Kugel nicht.«

Jenn wankte und fing sich dann wieder. »Nein, nein ... Das ist nur die Angst.«

Der Mann hatte gelacht; offenbar freute er sich über Jenns Zustand. »Sobald wir ein bisschen Zeit zum Nachdenken haben, werden wir alle das Zittern kriegen«, sagte er. »Kommen Sie, ich besorge Ihnen was zu trinken und einen Platz, wo Sie sich setzen können.«

Jenn hatte sich von dem Mann hineinführen, auf einen Stuhl setzen und sich eine Flasche Wasser geben lassen. Dann hatte das Zittern begonnen und war schließlich wieder abgeebbt. Immer wieder sah sie die gleichen Bilder in ihrem Kopf: der Einschlag der Kugel, die Angst, die Verwirrung. Sie knetete ihre Muskeln, denn sie wusste, dass sie wieder zitterte, und Tränen rannen ihr über die Wangen.

Komm schon, Jenn. Sie hatte sich gezwungen, aufzustehen und in die heiße Luft hinauszugehen. Draußen hatte sie dann Reeves' Nummer gewählt und war auf und ab gelaufen, während sie gewartet hatte.

»Jenn?«, meldete Reeves' Stimme sich nach einer scheinbaren Ewigkeit.

»Ja.« Sie schluckte aus Angst, ihre Stimme könnte brechen. »Es war furchtbar, Chef. Sie wurde niedergeschossen, als wir aus dem Residenztheater gekommen sind. Meine Güte, sie haben sie niedergeschossen!«

»Alles in Ordnung mit Ihnen?«

»Ja. Ich war direkt neben ihr.«

»Wir haben die Risiken gekannt, Jenn. Dr. Cole war eine Bedrohung für sie. Wir wussten alle, dass man versuchen würde, sie auszuschalten. Trotzdem tut es mir leid, dass es so weit kommen musste.«

»Nein ... Ich meine, es war nicht Maureen. Sie haben Elsa niedergeschossen.«

Schweigen.

»Chef, Skip hat Maureen rausgebracht, zumindest glaube ich das. Das war eine andere Frau, ein ... ein Ablenkungsmanöver. Elsa war so zurechtgemacht, dass sie wie Maureen aussah. Deshalb wurde sie niedergeschossen.«

Noch immer Schweigen.

»Haben Sie gehört? Ich glaube, Maureen geht es gut.« Jenn knirschte mit den Zähnen ob der aufkeimenden Panik in ihrer Stimme.

»Was Sie da reden, ergibt keinen Sinn.«

»Ich weiß. Ich bin durcheinander. Verdammt, Chef, ich habe direkt *neben* ihr gestanden! Ich habe gehört, wie die Kugel sie getroffen hat. Und dann ... dann ist alles.« Sie bemerkte, dass sie sich mit der linken Hand das Haar raufte. »Dann ist alles aus dem Ruder gelaufen. Es war verrückt. Wir waren im Auto und sind weggefahren.«

»Wo ist Dr. Cole?«

»Ich weiß es nicht. Bei Skip, nehme ich an.«

»Im Hotel?«

»Ich weiß es nicht, ich bin im Krankenhaus ...«

Sie hörte ein Seufzen. »Jenn, sind Skip und Dr. Cole noch immer im Residenztheater?«

»Ich weiß es nicht, Chef! Ich war genauso schockiert wie alle anderen, als Maureen nicht aus der Tür kam. Ich hatte gerade mit dem Piloten telefoniert, um sicherzustellen, dass am Flughafen alles bereit ist. Dann ist diese fremde Frau herausgekommen, und ... Sie haben sie niedergeschossen.«

»Hat man den Schützen erwischt?«

»Ich weiß es nicht. Ich war viel zu sehr damit beschäftigt, im Fahrgastraum eines Mercedes zerquetscht zu werden. Alles war nur noch Chaos.« Sie raufte sich schon wieder die Haare.

»Jenn«, sagte Bill, »atmen Sie erst mal tief durch, und beruhigen Sie sich. Rufen Sie Murphy an, und finden Sie heraus, wo er ist. Stellen Sie sicher, dass Dr. Cole in Sicherheit ist. Sobald Sie ein paar Antworten haben, rufen Sie mich wieder zurück.«

»Jawohl, Sir.«

»Oh, und Jenn ... Versprechen Sie mir, dass Sie das Ministerium nicht in Verlegenheit bringen.«

»Nein, Sir.« Jenn hörte, wie er auflegte, und beendete das Gespräch. Sie weinte wieder. »Das Ministerium in Verlegenheit bringen? Eine Frau könnte sterben, du Arschloch!«

Sie versuchte es bei Skips Nummer, bekam jedoch nur zu

hören, dass der Teilnehmer vorübergehend nicht zu erreichen sei. Sie versuchte es immer wieder, doch schließlich ließ sie sich auf eine Bank fallen und den Kopf hängen.

»Wo steckst du, Skip?«

»Oh die ihr glaubt, kämpfet wider jene der Ungläubigen, die euch benachbart sind,
und lasst sie in euch Härte finden;
und wisset,
dass Allah mit den Gottesfürchtigen ist.«

Koran, 9:123

29.

Skip hielt an der ersten Raststätte auf der A8 und lenkte die Moto Guzzi zu einer Reihe anderer Motorräder. Er sah ein paar Honda Fireblades, eine Transalp, zwei Suzuki GSX und mehrere BMW GS.

»Okay, Doc«, rief er fröhlich. »Du kannst jetzt absteigen.«

Er parkte die Moto Guzzi rückwärts ein, stellte den Motor ab und klappte den Ständer aus.

Maureen nahm den Helm ab und rieb sich den Kopf. Skip grinste, als er ihr half, ihre blonde Perücke zu ordnen, wobei er sich der neugierigen Blicke der Passanten durchaus bewusst war.

Maureen schaute ihn böse an. »Du bist wie ein Irrer zwischen den Autos herumgekurvt. Bist du wahnsinnig?«

»Darüber streiten die Leute sich schon seit Jahren. Bei verschiedenen Gelegenheiten bin ich sogar schon aus vollkommen intakten Flugzeugen gesprungen.« Skip legte Maureens Helm auf den Gepäckträger und sicherte ihn mit einem Kettenschloss. »Aber ich kann dir zumindest versprechen, dass im Augenblick niemand weiß, wo wir sind.«

Maureen rieb sich noch immer die Stellen, wo die Nadeln in ihre Kopfhaut gedrückt hatten. »Ist Elsa wirklich niedergeschossen worden?«

»Ja. Helmut wusste noch nicht, wie schlimm es ist. Allerdings hat sie eine kugelsichere Weste getragen.«

Maureen schaute in die Ferne. »Was, wenn ich das gewesen wäre?«

»Dann würdest du jetzt entweder in der Pathologie liegen oder dich einer schweren Operation unterziehen müssen.«

Maureen atmete tief durch. »Sie kommen immer näher, nicht wahr? Erst die Bombe, dann der Kerl mit dem Messer und jetzt der Schuss.«

»Komm. Lass uns eine Tasse Kaffee und was zu essen holen. Du musst ein bisschen zur Ruhe kommen, und ich habe ein paar Anrufe zu erledigen.«

»Woher hast du gewusst, dass so etwas passiert?«, fragte Maureen, als sie zur Tür gingen.

»Es war so eine Ahnung. Ein ›Komitee für Islamische Gerechtigkeit‹ wollte dich tot sehen. Als Jenn mir das sagte, haben bei mir sofort sämtliche Alarmglocken geläutet. Ich kann mich erinnern, wie Helmut mal eine sehr prominente Frau aus Kandahar gebracht hat. Allerdings hat er damals einen Bus genommen, denn eine *Burka* wird auf einem Motorrad zum Ballon.«

Sie betraten das Restaurant, und Skip suchte im hinteren Teil des Speiseraums einen Tisch für Maureen. Dann holte er zwei Kaffee und Weißwurst mit süßem Senf.

Maureen runzelte die Stirn und drehte ihr Haar in den Fingern.

»Original einheimische Küche«, erklärte Skip, griff nach seinem BlackBerry und schaltete es ein. Während Maureen vorsichtig die Wurst probierte, hob Helmut nach dem dritten Klingeln ab.

»Wie geht es Elsa?«

»Sie wird noch operiert. Das Geschoss ist nur einen Zoll tief eingedrungen, aber sie machen sich Sorgen, weil ihr Herz angeschwollen ist. Jenn Royce ist außer sich. Sie will unbedingt wissen, wo du bist. Offenbar hast du dein Handy abgeschaltet.«

»Was hast du ihr gesagt?«

Helmut schwieg einen Augenblick und dachte über die Implikationen von Skips Frage nach. Helmut war kein Dummkopf. »Ich habe ihr gesagt, du hättest andere Arrangements getroffen, um Maureen rauszubringen. Ich wüsste nichts darüber – nur dass das Täuschungsmanöver mit Elsa ein Teil deines Plans war.«

»Gut. Tut mir übrigens leid, dass ich dein Bike so rangenommen habe. Die meisten Kratzer werden sich wegpolieren lassen, und mit einer neuen Satteltasche rechts sieht die Kiste dann fast wieder wie neu aus. Die Dellen in der Verkleidung kannst du einfach raushämmern.«

Schweigen.

»Okay. Tut mir leid. Ich konnte es mir nicht verkneifen. Deiner Karre geht es gut. Ehrlich.«

Schweigen.

»Haben Deutsche keinen Sinn für Humor?«

»Der amerikanische Humor war schon immer ungehobelt und verdreht. Dein Boss ist draußen vor der Notaufnahme und telefoniert schon wieder. Sie steht wirklich neben sich, Skip. Ich glaube, der Schuss auf Elsa hat sie völlig überrascht.«

»Verstehe.«

»Soll ich ihr etwas ausrichten?«

»Nein. Ruf mich an, wenn sie nicht mehr telefoniert.«

»In Ordnung.«

»Und halte mich auf dem Laufenden, was Elsa angeht. Haben sie den Schützen schon?«

»Elsa kannte die Risiken, Skip. Was den Schützen betrifft, so hat niemand ihn gesehen. Ich habe übrigens auch keinen Schuss gehört, nur den Einschlag.«

»Schalldämpfer. Mann, diese Muslims werden auch immer hinterlistiger. Bleib in Verbindung.«

Skip legte auf und schnitt sich ein Stück Wurst ab. Nachdenklich kaute er darauf und verzog dann das Gesicht. »Die gestern Abend war deutlich besser.«

Maureen starrte ihn entsetzt an. »Und was jetzt? Fahren wir ins Hotel zurück?«

»Um denen eine weitere Chance zu geben, dich zu erwischen?« Skip schüttelte den Kopf. »Wir halten uns weiter an Plan B.«

Sein Handy klingelte. »Ja?«

»Skip? Wo bist du? Was ist passiert? Wie geht es Maureen? Mann, du glaubst es nicht! Ich habe genau neben der Frau gestanden!«

»Immer mit der Ruhe, Jenn. Maureen geht es gut. Alles ist unter Kontrolle. Helmut hat getan, was er hat tun sollen. Wir sind inkognito in einem alten 99er Renault unterwegs, braun, mit französischem Nummernschild. Das verdammte Ding schafft sogar fast neunzig … vorausgesetzt die Stoßstange fliegt dann nicht weg.«

Er hörte die Erleichterung in ihrer Stimme. »Gott sei Dank.« Pause. »Warum hast du mir nichts gesagt?«

»Wir haben uns erst in letzter Minute dazu entschieden. Du warst oben im Presseraum.« Er verzog das Gesicht. »Hör zu, ich kann jetzt nicht sprechen. Schnapp dir unsere Koffer und flieg schon mal nach Amsterdam. Ich buche für Maureen und mich bei Lufthansa, Businessclass. Alles ganz regulär, weg vom Radarschirm. Wir sehen dich dann in Amsterdam.« Rasch legte er auf, bevor Jenn protestieren konnte, schaltete das BlackBerry aus und nahm den Akku raus.

Maureen schaute zu, wie er das Gerät außer Betrieb nahm, und hob die Augenbraue. »Ist es wirklich so schlimm?«

Skip rieb sich die Stirn. »Sagen wir, meine Schnurrhaare zittern. Der Schuss, der Elsa getroffen hat, stammte aus einer schallgedämpften Waffe. Der Schütze ist mit Sicherheit längst verschwunden. Das waren nicht irgendwelche Turbanträger von der Straße, die mal eben mit der AK47 vorbeifahren. Ich sag dir was: Soll die ganze Welt ruhig rätseln, wo wir sind und was wir tun.«

»Was heißt das?«

»Dir gefällt die Moto Guzzi doch, oder?«

»Ein brauner Renault mit französischem Nummerschild?«, knurrte Bill Jenn ins Ohr. »Mehr wissen Sie nicht?«

»Doch. Bei neunzig Sachen fliegt die Stoßstange weg. In jedem Fall haben sie keinen Lufthansaflug gebucht.«

»Diese verdammte Ratte!«

»Sir?« Jenn stand am Fuß der Gangway neben der Gulfstream. Im Westen war die deutsche Sonne nur noch ein mattorangefarbener Ball, der den Horizont in Rotgelb tauchte. Hinter Jenn war das Flughafenterminal von München in helles Licht gehüllt.

»Murphy! Eigentlich sollte ich mich längst an seine Solostunts gewöhnt haben. Und er hat gesagt, er wolle sich in Amsterdam wieder mit Ihnen treffen?«

»Zum vierten Mal – ja, das hat er gesagt. Ich zitiere: ›Hol das Gepäck, und ich treffe dich dann in Amsterdam.‹ Und dann hat er aufgelegt. Seitdem ist sein Handy nicht mehr in Betrieb.«

Nach einer längeren Pause atmete Reeves vernehmlich aus. »Manchmal vergisst er, wer die Guten sind. Na ja, scheiß auf ihn. Wir werden seine Kreditkarte im Auge behalten. Er wird sich noch in den Hintern beißen, sollte er in Schwierigkeiten kommen, und wir können nicht die Kavallerie schicken.«

»Äh, ein brauner 99er Renault mit französischem Nummernschild sollte nicht so schwer zu finden sein.«

»Jaja, aber solche Sachen können heikel werden, und wir wollen ja nicht überall Alarm schlagen. Aber natürlich können wir der deutschen Polizei nahelegen, uns zu benachrichtigen, sollten sie den Kerl irgendwo sehen.«

»Tut mir leid, Sir, aber ich konnte wirklich nicht ahnen, dass er so was tut.«

»Halten Sie einfach Ihren Verstand beisammen, Jenn. Es ist nicht Ihre Schuld, eher meine. Ich hätte Sie warnen sollen, dass so etwas passieren könnte. Der gute, alte Skip erfindet die Regeln ständig neu. Wenn der Frau in seiner Obhut etwas passiert ... Ich verspreche Ihnen, ich reiße ihm den Arsch auf.«

»Ja, Sir. Wollen Sie, dass ich ihn feuere, wenn er tatsächlich in Amsterdam auftaucht? Soll ich jemand anderem den Job geben?«

Nach langem Schweigen antwortete Reeves: »Sollten Sie den Eindruck haben, dass er noch einmal so einen Scheiß abzieht, ist das Ihre Entscheidung.« Er hielt kurz inne. »Jenn, nur ein Wort der Warnung: Bauen Sie keinen Mist!«

»Jawohl, Sir. Ich weiß – nicht das Ministerium in Verlegenheit bringen.« Sie nahm den Hörer herunter, runzelte die Stirn und beendete das Gespräch mit dem Zeigefinger. »Meine Entscheidung? Du solltest lieber nett zu mir sein, Skip Murphy.«

Bill Reeves starrte auf sein Telefon und dachte über die Ereignisse in München nach. »Verdammt, Murphy!« Er riss wütend den Kopf hoch, als Matt den Raum betrat. »Sein Tag kommt noch. Die Uhr der kleinen Ratte läuft ab.«

»Ja, Sir.« Matt schaute sichtlich verlegen drein.

»Ist was?«

»Zwei weitere Selbstmordattentäter. Einer ist in Karachi in eine Moschee gegangen. Der Kerl scheint Katholik gewesen zu sein. Ein paar Muslime haben ihn vergangene Woche verprügelt und seinen Laden angezündet. Dabei haben sie ihn einen Ungläubigen geschimpft. Fast hätten sie ihn sogar totgeschlagen. Offenbar hat er sich ein paar Handgranaten umgeschnallt und es seinen Peinigern heimgezahlt.«

»Und der zweite?«

»Im Libanon. Ein Druse. Seine Familie wurde vor einiger Zeit von der Hisbollah getötet. Seine Freunde erklären, dass er an nichts anderes mehr gedacht hat als an Rache. Offenbar hat er ein paar Hisbollahmänner in einem Kaffeehaus gestellt und einen Teil von ihnen zusammengeschossen. Als die anderen ihn beim Nachladen gepackt haben, hat er sich in die Luft gesprengt.«

Reeves lehnte sich auf seinem großen Stuhl zurück und

lächelte zum Bild des Außenministers hinauf. »Nun, wie es scheint, hat sich das Blatt gewendet. Es bedurfte nur ein paar tapferer Seelen, um den Weg zu ebnen. Ich würde sagen, da draußen machen sich jetzt eine Menge Kameltreiber große Sorgen.«

Maureen stieg steif von der Moto Guzzi, rieb sich nicht gerade stolz den wunden Hintern und verzog das Gesicht. Skip stellte den Motor aus und nahm den Helm ab, ehe er ebenfalls abstieg. Dann beugte er sich vor und schaute sich das Motorrad prüfend im Licht des Hotels an. Kurz sah Maureen ihm zu, wie er aufmerksam den Blick über die von Mücken und Fliegen verdreckte Maschine schweifen ließ. Seine Aufmerksamkeit richtete sich vornehmlich auf Motor und Vorderrad.

»So, das ist also Darmstadt«, sinnierte Maureen in dem Versuch, Skip aus seinen Gedanken zu reißen. Was war das nur mit Männern und Maschinen? Fast schien es, als würde Skip das verdammte Ding anbeten.

»Ich verstehe das einfach nicht«, murmelte Skip und richtete sich wieder auf. »Wie können die Italiener eine so schöne Maschine bauen, so schnell und elegant, die sich wie auf Schienen über die Straße bewegt, und gleichzeitig verpassen sie ihr eine Sitzbank, wie sie unbequemer nicht sein kann?«

»Haben die Italiener nicht auch die Inquisition erfunden?«

»Ich glaube, das waren die Spanier, aber in Geschichte war ich nie sonderlich gut.«

Maureen nahm den Helm ab und kratzte sich den juckenden Kopf. »Sind wir heute wirklich zweihundertvierzig Meilen die Stunde gefahren?«

»Kilometer. Zweihundertvierzig Sachen. Das sind ungefähr hundertfünfzig Meilen die Stunde.« Skip zuckte mit den Schultern. »Ich wollte die Zeit reinholen, die wir in dem Stau zwischen Ulm und Stuttgart verloren haben. Das Gute ist, dass wir nur zweimal geblitzt worden sind.«

»Und das heißt?«

Skip grinste sie an und rieb sich ebenfalls den Hintern. »Helmut wird demnächst zwei Bußgeldbescheide wegen Geschwindigkeitsübertretung in der Post finden. Die Deutschen sind ziemlich effizient. Wozu einen Raser auf der Straße anhalten, wenn man ihn auch via Post bestrafen kann? Das erhöht die Produktivität.«

»Und woher will die Polizei wissen, dass es seine Maschine war? Hat man uns von vorne geknipst?«

»Oh ... jetzt, wo du's sagst. Na, dann hat Helmut ja noch mal Glück gehabt.«

Maureen schaute zu, wie Skip die Maschine abschloss. Dann öffnete sie ihre gepolsterte Motorradjacke, die sie in einer der Satteltaschen gefunden hatte. Auf Skips Anweisung hin hatte sie die Jacke angezogen, obwohl sie ein wenig zu groß war. Eine zweite Jacke, die Skip für sich selbst aus der anderen Satteltasche geholt hatte, sah gebraucht aus. Vermutlich gehörte sie Helmut.

Maureen fühlte sich wie ein müder Ritter nach einem langen Turnier, voll gepanzert und mit einem Helm am Arm. In der Lobby blieb sie kurz stehen und betrachtete sich in einem Spiegel. Die Jacke war bunt, anders als alles, was sie unter normalen Umständen getragen hätte. Der blank polierte Helm wiederum schimmerte silbern und hatte ein durchsichtiges Plexiglasvisier. Maureen klemmte ihn sich unter den Arm und nahm eine Pose ein: Maureen Cole, die Rockerbraut!

Skip fragte in annehmbarem Deutsch nach einem Zimmer. Der Portier schaute sich den Pass kaum an, den Skip ihm reichte, ehe er eine Kopie von Skips Kreditkarte machte. Dann murmelte er irgendetwas auf Deutsch und reichte Skip den Schlüssel. Skip ging zum Aufzug voraus.

»Was für ein Tag«, murmelte Maureen.

Skip rollte mit den Schultern, als sie den Gang hinuntergingen, ihr Zimmer fanden und die Tür öffneten. Die kleine Suite war sauber und ordentlich und hatte einen Schreibtisch und mehrere Sessel. Steif stapfte Maureen ins Schlafzimmer und fand dort zwei Betten, die durch einen Nachttisch voneinander getrennt waren.

Nun verbringe ich also eine Nacht mit Skip. Nachdem eine Frau an ihrer Stelle niedergeschossen worden war, war sie froh, ihn in der Nähe zu haben.

Maureens erster Halt war das Badezimmer. Sie zog ihre Jacke aus und drehte an den Armaturen, bis das Duschwasser die richtige Temperatur hatte. Dann zog sie den Rest ihrer Kleidung aus, genoss das warme Wasser, schrubbte sich ab und wusch sich das Haar. Als sie wieder herauskam, war sie überrascht, einen Hotelbademantel mit Logo zu sehen. Er lag ordentlich gefaltet auf ihrem Kleiderhaufen.

Maureen zog den Bademantel an, wickelte sich ein Handtuch um den Kopf und öffnete den kleinen Kulturbeutel, den sie sich unterwegs gekauft hatte. Sie putzte sich die Zähne und fühlte sich fast schon wieder wie ein Mensch. Skip saß am Schreibtisch, den Telefonhörer am Ohr. Er nickte Maureen zu und sprach weiter in die Muschel.

»Ja, ich verstehe. Danke, Helmut.«

Skip legte auf und lehnte sich zurück. »Fühlst du dich besser?«, fragte er.

»Viel besser.« Maureen rollte sich in einem der Sessel zusammen. »Was gibt es Neues?«

»Elsa wird wieder gesund. Allerdings wird sie eine große Narbe zurückbehalten, mit der sie vor ihrem Freund angeben kann. Der Attentatsversuch auf dich ist überall in den Nachrichten. Jenn müsste inzwischen in Schiphol gelandet sein. Ich habe ihr auf den Anrufbeantworter gesprochen und sie gebeten, die Interviewtermine für morgen zu verschieben.«

»Was ist mit Amsterdam, Skip? Es wird dort nicht sicherer sein als in München, oder?«

Skip zögerte. »Für den Fall, dass du das noch immer durchziehen willst, checkt Marc van Biesen in Amsterdam gerade alles für mich ab. Er und seine Leute sind genauso gut wie Helmuts. Denk darüber nach, Maureen.«

Was würde ich darum geben, wieder in Toronto zu sein. Ja, morgen würde sie sich von Skip nach Frankfurt bringen und in eine Maschine nach Toronto setzen lassen. *Ich will das nicht mehr.*

Maureen rieb sich ungläubig das Gesicht. Irgendetwas hatte sich während ihrer verrückten Flucht aus München verändert. Nachdem sie erst einmal unterwegs gewesen waren, hatte sie sich ganz der berauschenden Geschwindigkeit des Motorrads ergeben. Sie hatte sich an Skip festgeklammert und das Tempo genossen, die Geräusche, Gerüche und die Freiheit, die an die Stelle von Angst, Tod und Kugeln getreten waren. Bis zu diesem Moment hatte sie nie verstanden, weshalb Motorräder für manche Menschen so viel bedeuteten.

»Ich bin eine sehr, sehr kranke Frau, Skip.«

»Wie meinst du das?«

»Die Motorradfahrerei hat mir einen richtigen Kick gegeben. Hätte ich nur herumgesessen, wäre ich einfach in mich zusammengefallen.«

»Das nennt man Motorradtherapie. Besser als Fliegen, stimmt's?«

»Oh ja. Nur der Sattel ist mörderisch.«

Sie lachten.

Morgen könnte ich wieder nach Hause gehen. Dann wäre ich sicher. Oder? Würden die Dschihadisten sie in Kanada nicht genauso leicht finden? War sie nach allem, was sie gesagt hatte, überhaupt noch irgendwo in Sicherheit?

Warum habe ich nur solche Angst, bin so verwirrt? Was soll ich tun?

Wie zur Antwort erschien plötzlich das Bild der langen Gänge auf der *White Star* vor ihrem geistigen Auge. Die mit Mahagoni verkleideten Wände schimmerten in unheimlichem Licht. Überall lagen Tote, und alle starrten sie mit leeren Augen zu ihr hinauf.

Wenn ich nicht für sie kämpfe, wer soll es dann tun?

»Jesus Christus – der, wie sich herausgestellt hat, von einer Jungfrau geboren wurde, den Tod überlistet hat und im Fleische gen Himmel aufgefahren ist – kann nur in Form eines Crackers gegessen werden. Ein paar lateinische Worte, gesprochen über Ihrem Lieblingsbordeaux, und Sie können auch sein Blut trinken. Nimmt es da Wunder, dass ein wahrhaft gläubiger Anhänger dieser Religion als verrückt erachtet wird? Oder besser gesagt, dass er verrückt *ist?* Die Gefahr der Religion besteht darin, dass ansonsten ganz normale menschliche Wesen die Früchte des Wahnsinns ernten und sie als *heilig* bezeichnen können.«

Sam Harris: *Das Ende des Glaubens*

30.

Jenn Royce hatte das Gefühl, die ganze Welt löse sich auf, als sie die makellose Lobby des Grand Hotel Krasnapolsky betrat. Das Hotel lag zentral an der Damstraat im Herzen von Amsterdam. Auf der Fahrt von Schiphol dorthin hatten nicht einmal die erleuchteten Brücken, die Grachten und die klassische niederländische Architektur Jenn verzaubern können. Stattdessen hatten sich Bastard-Bills letzte Worte förmlich in ihr Hirn eingebrannt: *»Wenn Sie nicht damit fertig werden, Joyce, suche ich mir jemanden, der das kann. Finden Sie die*

Ratte Murphy, und bringen Sie ihn wieder unter Kontrolle. Das ist jetzt schon das zweite Mal, dass Sie mich in Verlegenheit gebracht haben.« Dann hatte er kurz innegehalten. »*Und wenn Cole in Ihrer Obhut stirbt, setze ich Sie an die Rezeption unserer Botschaft in Namibia, das verspreche ich Ihnen.«*

Jenn rauchte vor Wut und schaute sich um, während ihr Fahrer das Gepäck hereintrug. Der Laden war voll. Mehrere Leute warteten in der Lobby; einer las Zeitung. Doch keiner von ihnen sah auch nur im Mindesten so aus wie Skip Murphy.

Wo zum Teufel steckst du, Murphy? Gott helfe mir, aber ich werde dir den Hals umdrehen. Nachdem der erste Schock über den Anschlag auf Elsa abgeebbt war, hatte Jenn geglaubt, dass Skip vielleicht doch alles richtig gemacht hatte. Immerhin lebte Maureen noch. Irgendwo.

Jenn trat an die Rezeption. »Ich bin Jenn Royce. Wir haben reserviert.«

»Mrs. Royce«, sagte ein Mann und trat neben sie. »Marc van Biesen. Skip Murphy hat mich für Sicherheitsfragen in Amsterdam engagiert. Ich bin sozusagen das Bodenpersonal für ihn hier.«

Jenn drehte sich um und bot dem Mann ihre Hand an. »Nett, Sie kennen zu lernen.« Van Biesen war von durchschnittlicher Größe, sein braunes Haar kurz geschnitten. Er betrachtete Jenn mit aufmerksamen blauen Augen. Ein blassblaues Hemd und eine weite Hose vervollständigten seine Erscheinung.

Als er Jenn einen Umschlag reichte, fügte er hinzu: »Hier sind Ihre Zimmerschlüssel. Mrs. Cole und ihre Gruppe werden in der Tower Suite residieren. Sowohl Ihr Zimmer als auch der Sicherheitskontrollraum sind daran angeschlossen. Ich habe bereits entsprechende Arrangements mit der Hotelsicherheit getroffen. Ich hätte Sie am Flughafen abgeholt, aber nach den Ereignissen in München ist alles ein wenig durcheinandergeraten.«

»Das kann ich mir vorstellen.«

Marc holte weitere Umschläge hervor. »Das hier sind Faxe und Dokumente, die heute Morgen im Hotel angekommen sind. Meine Leute werden Ihnen alles Weitere bringen, sollte noch etwas kommen. Wir haben auch Internet und Fax in Ihrem Zimmer installiert.«

»Und der Presseraum für die Interviews?«

»Meine Leute werden ihn untersuchen, sobald Sie sich eingerichtet haben.«

Jenn folgte ihm zum Aufzug und schaute ihn aus dem Augenwinkel an. »Gibt es was Neues von Skip?«

»Wir haben früher am Abend telefoniert. Er und Mrs. Cole sind unterwegs. Er hat mir versichert, in Kontakt zu bleiben.«

Mit dir redet er also, ja? Und ich lande nur beim Anrufbeantworter? Jenn runzelte die Stirn, als die Aufzugtüren sich schlossen und van Biesen den Knopf für ihr Stockwerk drückte. Kurz schloss Jenn die Augen. Sie hatte das Gefühl, als hätte sich plötzlich jeder Knochen in ihrem Leib, jeder Nerv und jeder Muskel in Gummi verwandelt.

Wie viel konnte ein Mensch an einem Tag ertragen?

Van Biesen trat als Erster aus dem Aufzug und nickte einem Mann auf einem Stuhl zu. Etwas, das wie der Kopfhörer eines iPods aussah, steckte im Ohr des Mannes. Er gab van Biesen ein Zeichen, dass alles klar sei. Der Fahrer folgte ihnen mit dem Gepäck, stellte es in dem geräumigen Zimmer mit dem großen Bett ab, nickte und ging.

»Ich werde Sie jetzt allein lassen, damit Sie sich frisch

machen können«, sagte van Biesen. »Hier ist meine Nummer. Rufen Sie an, wenn Sie etwas brauchen. Der Mann auf dem Stuhl draußen hat die ganze Nacht Dienst.« Dann war er zur Tür hinaus.

Jenn ließ sich müde aufs Bett fallen und starrte gedankenverloren auf ihr Gepäck. Wann hatte sie sich zum letzten Mal so gerädert gefühlt? »Verdammt sollst du sein, Skip Murphy. Was ist hier los?«

Bill Reeves saß an seinem großen Schreibtisch und studierte den Bericht. Der Anschlag auf Maureen Cole beherrschte die Nachrichten in Europa und Kanada.

Du magst ja ein kleines Stück Scheiße sein, Murphy, aber das hier klappt besser als geplant.

Reeves lehnte sich zurück und dachte nach. Was, wenn Cole einen Rückzieher machte? Darüber hatte er bis jetzt noch gar nicht nachgedacht. Aber mit ein wenig Glück würde er Jenn schon Feuer unter dem Hintern machen. Sie wusste verdammt genau, dass ihre zukünftige Karriere von ihrem Erfolg mit Cole abhing. Sie würde alles tun, um die gute Frau Doktor vor die Mikrofone zu bekommen.

Reeves dachte noch immer darüber nach, als Matt anklopfte und den Kopf ins Zimmer steckte. »Chef? Unsere Leute hatten eine weitere Kommunikation mit Bakr.«

»Und?«

»Wir haben sie zu einem Universitätsrechner in Amsterdam zurückverfolgt. Der Kerl ist uns tatsächlich auf den Leim gegangen. Wir haben einen Treffer. Der Hase, Abdullah Rahman, arbeitet mit Salassi zusammen. Er ist in Amsterdam. Wir vermuten, dass sie dort gegen Cole losschlagen werden.«

»Und der Junge zeigt nicht das geringste Misstrauen?«

»Nein, Sir.«

Reeves nickte. Ein grimmiges Lächeln erschien auf seinem Gesicht. »Nun, vielleicht ist es ja an der Zeit, den Reverend noch einmal anzurufen. Aber schicken Sie trotzdem ein paar Männer los. Man weiß nie, Matt. Womöglich erwischen wir in Amsterdam ja zwei Fliegen mit einer Klappe.«

»Jawohl, Sir.«

»Hey, A. P., wie geht's dir?«, lallte die Stimme, die durch den Hörer kam.

»Tom? Bist du betrunken?« A. P. runzelte die Stirn und hielt sich das Handy ans Ohr, während er einen Einkaufswagen durch Kroger's schob. Er schaute auf die Uhr. Es war 9.35 Uhr. Wie spät war es in Europa? Je nachdem, in welcher Zeitzone Tom Stone sich aufhielt, musste es noch sehr früh am Morgen sein.

»Ja, aber nur ein bisschen. Ich komme gerade aus Riad . . ., na ja, ist schon ein paar Stunden her. Eine nette Bar haben sie hier im Hotel. Aber mach dir keine Sorgen. Ich bin wieder nüchtern, bevor ich erneut eine Ladung von irgendeinem Scheiß fliege, den die Kameltreiber heutzutage so kaufen.«

A. P. hielt vor dem Tiefkühlregal. »Tom, was ist passiert?« Der Mann hatte seit seiner Hochzeit mit Amy keinen Schluck mehr getrunken – zumindest hatte er das immer behauptet.

»Erinnerst du dich noch an unser letztes Gespräch? Nach der Rakete? Ich hab dir gesagt, dass die gute alte ACC eine Überraschung für mich hätte. Nun, so war's auch, und was für eine. Sie haben Amy nach Rom eingeflogen, ohne Vorwarnung. Das war wirklich 'ne Überraschung.«

»Ja. Und?«

»Am nächsten Morgen hat Amy an meine Hotelzimmertür geklopft. Wie aus dem Nichts war sie plötzlich da.« Pause. »Hat sie dich schon angerufen?«

»Nein, Tom.« A. P. spürte, wie sich ihm der Magen zusammenzog. »Warst du betrunken?«

»Nee, stocknüchtern. Genau wie Tana. Und natürlich lag sie splitterfasernackt auf meinem Bett, als Amy hereingesprungen kam und gerufen hat: ›Überraschung!‹«

A. P. zuckte unwillkürlich zusammen. »Wo ist Amy jetzt?«

»Ich hab nicht die leiseste Ahnung. Sie geht nicht ans Telefon. Sie hat einen Anwalt. Er nennt mich Mister Stone. Zu Hause haben sie schon die Telefonnummer geändert. Nicht mal Mom und Dad wollen noch mit mir reden.«

»Was möchtest du, dass ich tue?«

»Ich weiß es nicht, A. P. Wenn es um Sünden geht, steht Ehebruch ziemlich weit oben, nicht wahr?«

»Gott wird dir vergeben, Tom. Natürlich braucht das einige Zeit und gute Taten. Du wirst dich anstrengen müssen.«

»Jaja.« In der langen Pause, die daraufhin folgte, konnte A. P. Toms Schmerz förmlich spüren. »Das Problem ist, dass Gott schneller verzeiht als Amy. Du hast ihr Gesicht nicht gesehen, A. P. Du hast nicht gesehen, wie Tanas Anblick ihr das Herz zerrissen hat.«

»Mit der Zeit kommt sie darüber hinweg.«

»Nein. Diesmal habe ich es wirklich geschafft.« Wieder eine Pause. »Ich dachte nur, du wolltest vielleicht wissen, dass die halbe muslimische Welt auf dem Weg nach Mekka ist. In ganz Riad bekommt man kein Hotelzimmer mehr. Es ist die größte Hadsch aller Zeiten. Hätte ACC keinen Vertrag mit dem Hotel, würden wir alle auf der Straße sitzen.«

»Warum fliegst du eigentlich immer noch dahin? Beim letzten Mal wollten sie dich umbringen.«

»Ja, und diesmal schaffen sie es vielleicht.«

»Tom, du bist deprimiert. Komm nach Hause. Komm zu mir. Lass uns darüber reden. In einer Flasche wirst du keine Erlösung finden. Alkohol ist wie Gift. Er frisst deine Seele, bis nur noch ein leeres Loch übrig ist.«

Das nun einsetzende Schweigen zog sich in die Länge. »Die Predigt kenne ich«, sagte Tom schließlich.

»Gib mir ein wenig Zeit, Tom. Lass mich mit Amy sprechen. Ich werde tun, was ich kann. Bis dahin versprich mir, nicht den letzten Schritt über den Abgrund zu tun.«

»Sicher, A. P. Gott segne dich. Viel Glück.«

»Tom? Warte einen Moment ... Tom?«

Doch er hatte schon aufgelegt.

Ali saß auf einem Hocker im Unterschlupf und nippte an einem Becher Kaffee. Die Identität des Hasen zu kennen, verlieh ihm ein Gefühl von Macht. Er war erstaunt und beruhigt zugleich gewesen, als Akbar ihm bei ihrer letzten Kommunikation den Namen genannt hatte. Aber wer war der Verräter?

Am Tisch saßen Faisal, Haram, al-Sayih und der Hase, Abdullah Rahman, um eine auseinandergebaute halbautomatische Pistole vom Typ Browning Hipower. Rahman polierte die Teile mit Öl, während Haram mit seiner quiekenden Stimme sprach.

»Es gibt keinen Zweifel. Fatima, die Frau meines Cousins, arbeitet im Grand Hotel. Sie sagt, die Hure sei dort in der Tower Suite. Sicherheitsleute sind ebenfalls da. Das ganze

Hotel redet davon, besonders die Muslime. Einige kümmert das nicht, andere wünschten, die Hure wäre woanders.«

»Dieser Vetter von dir«, fragte al-Sayih, »weiß er, warum du fragst?«

»Nein. Er hat einfach nur Spaß an Gerüchten. Das *Dschahiliyya*-Leben hat ihn verdorben. Er hat sich sogar angewöhnt, Alkohol zu trinken. Er betrachtet sich als Holländer.« Haram zuckte mit den Schultern. »Der Koran lehrt uns, Allah über die Familie zu stellen. Dafür sollen wir belohnt werden.«

Al-Sayih runzelte die Stirn. »Ich denke, es ist an der Zeit, dem Grand Hotel einen Besuch abzustatten.«

»Wie?«, fragte Faisal. Schon die ganze Zeit starrte er mit großen Augen auf die Pistole, als besäße sie magische Kräfte. Ali glaubte, dass Faisal die Waffe im Geiste schon als seine betrachtete.

Al-Sayih schaute ihn an. »In einem Anzug, Faisal. Das Grand Hotel wird gerne von *Dschahiliyya*-Kaufleuten benutzt. Es gefällt ihnen dort, und das nicht nur, weil die niederländischen Behörden in der Nähe sind, sondern weil es von da nicht weit zu den Prostituierten ist. Wie kann man ein *Dschahiliyya*-Geschäft besser abschließen, als dem Kunden eine Frau seiner Wahl zu kaufen?«

»Dann wirst du dorthin gehen?«

Al-Sayih grinste. »Nun, da wir wissen, wo die Hure ist, ist es ein Leichtes, ein Zimmer ganz in ihrer Nähe zu mieten. Als Gast kann ich nach Möglichkeiten suchen, ihre Sicherheitsmaßnahmen zu durchbrechen. Ich kann herausfinden, wo und wie sie verwundbar ist. Manchmal werden geschützte Personen wie die Hure über Versorgungsaufzüge nach unten gebracht und durch die Küche hinausgeführt. Da gibt es viele Möglichkeiten für einen Hinterhalt, Faisal.«

Ali hatte den Eindruck, dass Faisal ein wenig zu eifrig nickte.

»Du findest den Ort, ich drücke auf den Abzug.« Faisal lächelte in Vorfreude auf den Mord an der Hure, als wäre das das Happyend irgendeines Hollywoodfilms.

Al-Sayih schaute zu Rahman, der Faisal mit zusammengekniffenen Augen beobachtete. Er putzte weiter die Pistole und schwieg.

»Du wirst schon bald ein *Mujahid* sein, mein junger Freund«, versprach al-Sayih und schlug Faisal auf die Schulter.

»Und wenn die Hure in dem Hotel zu gut bewacht ist?«, fragte Ali. »Bleibt dann nur das Concertgebouw?«

Rahman wandte leicht den Kopf und schaute Ali nachdenklich an. »Das ist eine weitere Option, aber es ist schwieriger. Nach der Schießerei in München werden sie noch vorsichtiger sein. Al-Sayih hat sich das Gebäude angesehen. Wenn man dort etwas unternehmen will, braucht man einen Sprengstoffgürtel und jemanden, der nahe genug herankommen kann.«

Ali zog sich der Magen zusammen. »Könnte man nicht eine Bombe entlang der Straße platzieren?«

»Das ist schwer. Diese verdammten Niederländer halten ihre Straßen zu sehr sauber. Auf der Van Baerlestraat geht es sehr geschäftig zu, und der Concertgebouw Plein ist ein weiter, offener Platz. Die Brewerstraat führt um ihn herum. Da könnten sich Gelegenheiten bieten, aber aus Angst vor einem weiteren Attentat wird diese Straße wahrscheinlich nicht benutzt werden. Das andere Problem ist, dass wir nicht einfach ein Loch in die Straße graben können, um die Bombe hineinzulegen.«

Al-Sayih warf einen weiteren Blick zu Rahman, der daraufhin seufzte, mit den Schultern zuckte und sagte: »Den Eilfertigen wird Allah schon einen Weg weisen.«

»Wenn ihr einen Weg findet, werde ich den Gürtel anlegen«, erklärte Ali in nüchternem Ton. Wenn er das durchziehen konnte, würde er der Größte unter ihnen sein. Zainab würde einen guten Ehemann bekommen und in einem reichen, respektierten Haushalt alt werden. Vielleicht bekam sie sogar ein Zimmer mit einem kleinen Garten, wo sie in der Sonne sitzen und Blumen züchten konnte.

Ali war sich der wölfischen Blicke der Männer und Faisals spöttischem Grinsen bewusst. »Du, Ali?«, sagte Faisal. »*Du* würdest den Gürtel tragen?«

Es war der Tonfall. Ali sprach, bevor er nachdenken konnte. »Frag Abdullah Rahman, wenn du mir nicht glaubst.«

Bei der Erwähnung seines Namens kniff Rahman die Augen zusammen. Ali sah, wie er mit den Zähnen knirschte und sich versteifte.

»Ihr braucht jemanden mit Verstand«, fügte Ali hinzu. »Wenn ihr herausfindet, wie man es machen kann, wird es mir vielleicht gelingen, die Hure zu töten.«

»Erst einmal wirst du vergessen, dass du diesen Namen je gehört hast«, erklärte Rahman mit tödlicher Ruhe.

»Natürlich, al-Arnab. Aber lass mich hinzufügen, dass ich erleichtert bin, solch fähige Männer an unserer Seite zu wissen, die uns helfen werden, die Hure zu töten.«

»Noch bist du kein *Mujahid*, Ali!«, rief Faisal.

Ali ließ die Schultern hängen und nahm eine fromme Haltung ein. »Vor Allah bin ich es, Faisal. Frag den Imam. Mehr werde ich nicht dazu sagen.«

»Vor Allah?«, rief Faisal ungläubig. »Du bist doch noch nicht einmal ...«

»Es reicht jetzt!«, brüllte al-Sayih. »Ich weiß, dass Ali ein *Mujahid* ist.« Er schaute zu Ali. »Kennst du mich? Weißt du, wer ich bin? Du musst meinen Namen nicht nennen.«

»Nein. Ich hatte noch keine Zeit, mich darum zu kümmern. Aber wenn du mit dem Hasen reist, musst du ein erfahrener Tourist sein.«

Al-Sayih lächelte und schob seinen Stuhl zurück. »Die Leute sollten dich nicht unterschätzen, Ali – zumindest nicht deine Fähigkeiten. Auf deine Zunge solltest du jedoch ein wenig aufpassen.«

»Brüder, ich will damit nur aufzeigen, dass ich derjenige bin, der den Gürtel tragen sollte, wenn die Zeit reif ist.«

Al-Sayih stand auf. »Mit ein wenig Ausbildung und Erfahrung könntest du sehr wertvoll für uns sein, Ali. Aber jetzt werde ich gehen, mir einen teuren Anzug kaufen und im Grand Hotel Krasnapolsky einchecken. Wenn ich meinen Job gut mache, kann Faisal dich vielleicht mit einem gezielten Schuss vor einer vorzeitigen Reise ins Paradies bewahren.«

»*Inshallah*«, quiekte Haram.

Nachdem al-Sayih gegangen war, stand Rahman auf, ging zu Ali und sagte ihm leise ins Ohr: »Das war sehr dumm von dir, Junge. Lass mich nicht bereuen, dass du hier bist.«

»Bei Allah, das werde ich nicht.« Rasch rückte Ali von dem Mann weg und fügte hinzu: »Bitte, entschuldige. Ich muss noch ein paar Dinge über das Concertgebouw recherchieren ... und vielleicht auch über die Straßen, die die Hure auf dem Weg dorthin nehmen könnte.« Er ging in den Computerraum, setzte sich und rief den Stadtplan von Amsterdam über Google Maps auf.

Erst als die anderen ihn nicht mehr sehen konnten, begann er zu zittern.

31.

Die Herengracht ist eine interessante Straße, eine Einbahnstraße zu beiden Seiten des Kanals. Parken kann man auf einem schmalen Streifen direkt am Wasser. Skip lenkte die Moto Guzzi an den Straßenrand und stellte den Motor ab. Steif stieg Maureen vom Sozius.

»Wow«, sagte sie, als sie den Helm abnahm und das Haar ausschüttelte. »Wenn man von ›Holländisch‹ spricht, meint man genau das. Schau dir nur mal die Architektur an. Und da, Skip. Siehst du? Da sind die berühmten Haken, die aus den Dächern ragen. Zieht man hier tatsächlich immer noch die Möbel mit einem Flaschenzug rauf?«

»Jep.«

Skip klappte den Ständer herunter und schloss die Gabel ab. Dann reckte er sich, um seine Muskeln zu locken.

»Und wo ist das Hotel?«, fragte Maureen und schaute die Reihe der Häuser mit ihren eleganten Fassaden und den Fenstern mit den weißen Rahmen hinunter.

Skip deutete auf eine Reihe unregelmäßiger Gebäude. »Bitte sehr. Das Hotel Ambassade.«

Er ging voraus in die Lobby hinter den Glastüren, die unter dem Straßenniveau lag. Ein großer blonder Mann stand hinter der Rezeption. »Wir haben reserviert. Bader. Es sollte bereits per Kreditkarte bezahlt sein.«

»Ja, Sir. Ich habe eine Suite mit Straßenzugang. Zwei Schlafzimmer für zwei Personen für vier Nächte.«

»Korrekt.«

Ein Umschlag wurde unter der Rezeption hervorgeholt. »Ich habe diese Nachricht für Sie, Herr Bader.«

Skip nahm den Umschlag entgegen und las den neuesten Bericht von Marc van Biesen. »Jenn hat in ihrem Hotel bereits eingecheckt. Für morgen ist alles bereit.«

Der Portier trat mit dem Schlüssel um den Tresen herum. »Wenn Sie mir bitte folgen würden. Es ist ein bisschen kompliziert, sich im Hotel zurechtzufinden.« Er führte sie durch die kleine Lobby zu einem Aufzug und stieg im ersten Stock bereits wieder aus.

Skip grinste Maureen an, als sie sich den Weg durch eine Reihe schmaler Gänge suchten, die mit leuchtend rotem Teppichboden bedeckt waren. »Was die Sicherheit angeht, ist dieses Haus großartig. Dein Zimmer zu finden, ist ziemlich schwer.«

»Das Hotel besteht aus mehreren Gebäuden, deren Wände man durchbrochen hat«, erklärte der Portier. »Einer der Vorteile eines Straßeneingangs ist, dass man das Labyrinth vermeiden kann.«

Maureen schaute sich die Zimmernummern an und den Irrgarten aus schulterbreiten Treppen, die Gott weiß wohin führten. »Verirren sich hier häufig Gäste?«

»Ständig. Fragen Sie einfach jemanden vom Personal, und man wird Ihnen helfen.«

Es ging mehrere Male hinauf und hinunter, nach rechts und links, bis sie schließlich Nummer 28 erreichten. Der Portier öffnete die Tür und ließ sie in eine charmante, dreistöckige Suite. Er erklärte Klimaanlage, Fernseher und die anderen Annehmlichkeiten, ehe er fünf Euro als Trinkgeld entgegennahm und den schweren Schlüssel übergab.

»Wenn es Ihnen nichts ausmacht«, sagte Skip, »würden wir gerne ungestört bleiben.«

Zur Antwort erhielt Skip ein wissendes Lächeln sowie ein Nicken. »Wie Sie wünschen, mein Herr.«

Nachdem die Tür sich wieder geschlossen hatte, ließ Skip Maureen weiter über die Suite staunen, während er selbst die Treppe hinaufstieg und die Schlafzimmer überprüfte: Eines befand sich im zweiten Stock, das zweite, mit angeschlossenem Badezimmer, im dritten. Jeder, der an Maureen heran wollte, würde sich erst einmal die schmale Treppe hinaufkämpfen müssen.

Skip ging wieder in den ersten Stock hinunter und öffnete die massive Vordertür. Perfekt. Um da durchzubrechen, brauchte man schon einen Truck. Stufen führten von einem kleinen Absatz zur Straße hinunter. Skip sah die Moto Guzzi kaum zwanzig Meter entfernt.

»Alles in Ordnung, Maureen. Willkommen in Amsterdam.«

»Und was jetzt?«

»Jetzt bleibst du erst einmal hier sitzen. Das hier ist ein Literatenhotel. Die Hälfte aller europäischen Autoren und die meisten amerikanischen und kanadischen haben hier schon gewohnt. Du solltest mal in die Hotelbibliothek schauen. Da wirst du größtenteils signierte Erstausgaben finden.« Er richtete den Finger auf sie. »Aber was auch immer passiert, du wirst keinen Fuß hier raus setzen, es sei denn, Marc van Biesen oder ich kommen dich holen. Das Passwort ist ›Moto Guzzi‹.«

»Und was wirst du tun?«

Skip grinste sie breit an. »Ich werde eine ganze Menge Leute wütend machen.«

Jenns Absätze klapperten übers Kopfsteinpflaster. Sie schäumte vor Wut, während sie abwechselnd auf die Hausnummern und das kleine Stück Papier starrte, das Marc van Biesen ihr gegeben hatte. Allmählich senkte sich die Dämmerung über die Stadt, und die bedrückende Hitze ließ nach. Die schmale Straße war kaum mehr als eine Gasse, und ständig musste Jenn Radfahrern ausweichen, die klingelnd an ihr vorbeirasten.

Als sie die Spuistraat erreichte, wusste sie, dass sie zu weit gegangen war. Also machte sie kehrt und ging zurück in die schmale Gasse mit ihren Bäckereien, Antiquitätenläden und Cafés.

Sie war fast schon wieder auf der Voorburgwaal, als Skip neben ihr erschien und sagte: »Du könntest mir einen wirklich großen Gefallen tun und die Akkus aus deinem Handy und dem Satellitentelefon nehmen.«

»Was?« Jenn fuhr unwillkürlich zusammen. »Wo warst du?«

»Ich habe Maureen in Sicherheit gebracht.« Er schaute sie hart an. »Wenn du mit mir reden willst, dann nimm die Akkus raus. Sofort, Jenn. Das ist kein Scherz.«

»Bist du jetzt vollkommen paranoid?«

»Nur ein wenig verrückt. Obwohl Paranoia auch ihre positiven Seiten hat – zum Beispiel, dass die meisten Wahnvorstellungen nur echt zu sein *scheinen*. Im Augenblick fände ich das gar nicht mal schlecht.«

Jenn blieb stehen und funkelte ihn an. »Hier kocht die Scheiße, und du treibst Spielchen?«

»Ja.« Er deutete auf ihre Handtasche. »Und? Nimmst du jetzt die Akkus raus, oder soll ich gehen?«

Jenn kämpfte gegen ihre Wut an. Ihr Blick brannte sich in

seine Augen, doch seine Entschlossenheit war nicht zu übersehen. »Ich werde nicht …«

»Bis dann«, sagte Skip, machte auf dem Absatz kehrt und marschierte durch die schmale Gasse.

»Warte!« Jenn griff in ihre Handtasche, holte das Satellitentelefon heraus und warf Skip böse Blicke zu, während sie mit dem Fingernagel die Batterieabdeckung löste und das Akku herausnahm.

»Und dein BlackBerry?«

Jenn knirschte mit den Zähnen, fluchte leise vor sich hin und setzte auch dieses Gerät außer Betrieb. »Und? Zufrieden?«

Skip schenkte ihr sein herausforderndstes Lächeln. »Komm, Jenn. Bier und Bitterballen gehen auf mich.«

»Wo gehen wir hin? Und wo ist Maureen? Was habt ihr gemacht? Halb Europa sucht nach einem scheißbraunen Renault mit französischem Kennzeichen.«

»Alles der Reihe nach. Wir gehen ins Port van Cleve, um was zu trinken, was zu essen und zu reden. Maureen ist an einem sicheren Ort. Dafür habe ich gesorgt. Und vergiss die verdammte Karre. Ich habe fast eine Stunde und zehn Sprühdosen gebraucht, um das Ding grün zu färben. Was die Nummernschilder betrifft, so ärgert sich gerade jemand in Frankfurt darüber, dass er plötzlich Franzose geworden ist.«

Jenn ballte die Fäuste, um ihren wachsenden Zorn zu zügeln. *Was würde ich darum geben, dir hier und jetzt den Hals umzudrehen!*

Sie schaute am Port van Cleve mit seinem großen Kupferdach hinauf. Skip öffnete die Tür und ging hinein. Die Bar lag links neben dem Eingang.

Im Innern war es intim und gemütlich. Eine Wand wurde

von einem alt wirkenden Tresen mit Zapfanlage und Flaschen hinter poliertem Holz beherrscht. Delfter Kacheln, die den »Kinderkönig« zeigten, bedeckten den oberen Teil der Wände. Skip führte Jenn zu einer der Nischen und setzte sich ihr gegenüber.

Zunächst sprach keiner von beiden. Skip studierte nur nonchalant die Speisekarte. Als der Kellner kam, bestellte Skip: »Wir hätten gerne die Niederländische Platte mit Käse, Nüssen, Bitterballen, Vlammetjes und Ossewurst. Dazu nehme ich ein Duvel und sie …?« Er hob fragend eine Augenbraue.

»De Koninck.«

Nachdem der Mann gegangen war, schaute Skip Jenn in die Augen. »Wie geht es Bastard-Bill?«

»Er würde dir am liebsten den Hals umdrehen. Da wird er sich aber hinten anstellen müssen.«

»Gut.«

»Mehr hast du nicht zu sagen? Gut? Was zum Teufel ziehst du hier ab? Du *arbeitest* für mich!«

Skip lehnte sich zurück. »Wie tief steckst du in der Sache drin, Jenn?«

»Was meinst du damit?«

»Bist du ein Teil davon, oder benutzt Bastard-Bill dich nur?«

»Du bist wirklich paranoid.«

»Gott sei Dank. Wäre ich es nicht, läge Maureen längst in einem Sarg und wäre auf dem Weg zurück nach Ontario. Dann hätte man sie in München erwischt. Maureen, die arme Märtyrerin. Bill hätte eine Flut von Presseerklärungen herausgegeben: ›Das ist der Preis des islamischen Fundamentalismus. Selbst eine Stimme der Vernunft wird zum Verstummen gebracht.‹ So etwas hat große Wirkung.«

»Wir wollen, dass Maureen *lebt* und sagt, was sie zu sagen hat.«

»Wollt ihr wirklich?«

»Ja, wirklich.« Jenn rutschte tiefer in die Nische hinein. »Was versuchst du mir eigentlich zu sagen, Skip? Dass Bill hinter dem Attentat in München steckt?«

»Er ist ein Mann, den kaum etwas überraschen kann. Wie hat er reagiert, als du ihm gesagt hast, dass nicht auf Maureen geschossen wurde, sondern auf ein Double? Hat er überwältigende Sorge um Maureens oder Elsas Gesundheit gezeigt? Oder hat er einen langen Augenblick geschwiegen? Du weißt schon … ein Schweigen von der Art, wenn etwas nicht so funktioniert hat, wie es hätte funktionieren sollen. Bill ist verdammt gerissen. Er sagt erst mal gar nichts, denkt nach und versucht herauszufinden, wo der Fehler lag.«

Jenn atmete tief durch und rief sich ihr Telefonat mit Reeves an jenem Tag ins Gedächtnis zurück. Skip las ihren Gesichtsausdruck, nickte langsam und lehnte sich zurück.

»Du willst mir wirklich sagen, dass mein Chef, ein Unterstaatssekretär im Außenministerium, versucht hat, Maureen umzubringen?«

Skip atmete müde aus. »Der gute alte Bill. Er hat sich kein bisschen verändert. Was hat er sich nur dabei gedacht? Dass ich vergessen hätte, wie er vorgeht?« Er schaute Jenn durchdringend an. »Und jetzt beantworte meine Frage, Jenn: Wie tief steckst du da drin? Bist du eine willige Mitverschwörerin, die weiß, dass man im Krieg gegen den Terror schon mal Opfer bringen muss? Oder bist du nur ein dummer Fußsoldat, der Befehle von oben befolgt, ohne wirklich zu verstehen, was um ihn herum vorgeht?«

»Ich kann das einfach nicht glauben.«

»Du hast Bill genau gesagt, wo wir in Mailand sind. Du hast ihm gesagt, wo wir einkaufen gehen werden, um Maureens Image aufzupolieren. Ich habe gehört, wie du ihn sogar unterwegs ständig auf dem Laufenden gehalten hast, was unseren Aufenthaltsort betrifft. Trotzdem musste er improvisieren, und das Beste, was er auf die Schnelle gefunden hat, war ein Messerstecher. Aber das war egal, denn es erregte die Aufmerksamkeit der Presse, die daraufhin Maureens Vortrag in München mit Argusaugen beobachten würde.«

»Wie kommst du nur auf all diesen Mist?«

»Die Nachricht von dem Angriff in Mailand war schon im Netz, bevor wir in Linato gestartet sind. Wir haben keine Presseerklärung rausgeben – und die Carabinieri mit Sicherheit auch nicht. Wer also hat die Geschichte im Internet verbreitet?«

Jenn runzelte die Stirn und setzte die Puzzleteile zusammen. »Aber das heißt noch lange nicht, dass Reeves den Messerstecher angeheuert hat. Das heißt nur, dass er den Mordversuch benutzt hat, um zusätzliche Aufmerksamkeit in München hervorzurufen.«

»Und das war dann ja auch ein geiles Finale, was, Jenn?«

»Aber was ist der Sinn von alledem?« Sie schüttelte den Kopf, als man ihnen das Bier brachte, und wartete, bis der Kellner wieder gegangen war. »Eine lebende Maureen ist viel wirkungsvoller als Maureen, die Märtyrerin. Tot wäre sie nach ein, zwei Tagen aus den Nachrichten.«

»Es sei denn, man startet eine entsprechende Medienoffensive, komplett mit dem Sprecher des Außenministeriums und allem drum und dran. Natürlich ist das kurzfristig gedacht, aber irgendwie glaubt Bill, aus ihrer Ermordung Profit schlagen zu können. Vielleicht geht es ja darum, Druck auf muslimische Regierungen ausüben zu wollen. Oder vielleicht soll es als Rechtfertigung für etwas dienen, das er plant. Du weißt das vermutlich besser als ich.«

»Er war richtig angepisst«, sagte Jenn leise und fingerte an ihrer Bierflasche herum. »Und du hast recht ... Ich meine, was das Schweigen betrifft.« Sie schüttelte den Kopf, als könne sie nicht mehr klar denken. »Oh, Mist! Jetzt fange ich schon genauso an wie du.«

»Ja, und das Problem ist, was ich jetzt mit Maureen tun soll. Soll ich die Tour canceln? Soll ich sie in ein Flugzeug nach Hause setzen? Und dann was? Sie landet in Toronto, fährt zu ihrem netten, kleinen Häuschen, öffnet die Tür und – *bumm!* Bill hat seinen Märtyrer. Machen wir andererseits weiter wie bisher, werden entweder Bill oder die Muslime sie irgendwann erwischen.«

»Dank deiner Fantasie ist Maureen vermutlich schon verrückt vor Angst.«

»Ich habe ihr nichts davon gesagt. Sie glaubt, sie hätte es mit unorthodoxen, für mich aber normalen Sicherheitsmaßnahmen zu tun. Ich wollte mich nur vergewissern, wo du stehst.«

Jenn lehnte sich zurück. »Nun, das ist ...« Gut oder schlecht? Und was hatte es zu bedeuten? Jenn hob die Augenbraue. »Dann ist sie also nicht total von der Rolle?«

»Sie ist bloß misstrauisch. Sie hat gesehen, was in München passiert ist; trotzdem will sie die Tour weiter durchziehen. Sie glaubt, für die Toten der *White Star* zu sprechen. Wenn ich ihr allerdings sagen würde, dass nicht nur Ali Baba und seine fundamentalistischen Räuber, sondern auch die amerikanische Regierung sie töten will, geht sie vielleicht durch die Decke. Die Leute sind bei so was manchmal ziemlich komisch.«

»Skip, ich kann das nicht glauben!«

»Natürlich nicht. Du wärst ja auch nicht Bills rechte Hand, wenn du kein Teamplayer wärst.«

Plötzlich war Jenn alles klar. »Okay, allmählich ergibt das Sinn. Es geht hier darum, was im Iran passiert ist, nicht wahr?« Sie schüttelte den Kopf. »Mein Gott, das ist krank. Du verdrehst das alles, um es ihm heimzuzahlen.«

Skip zuckte mit den Schultern. »Wenn es um den Iran geht, habe ich ein Gedächtnis wie ein Elefant.«

»Du bist gefeuert, Murphy. Den Scheck wirst du noch bekommen, aber du bist raus. Van Biesen scheint mir ein ziemlich guter Mann zu sein.«

»Er gehört zu den Besten. Um Himmels willen, hör auf ihn … das heißt, wenn dir Maureens Sicherheit am Herzen liegt. Was mich betrifft, so mag ich sie einfach. Sie hat Mumm und will das unbedingt durchziehen.«

»Schick uns eine Spesenabrechnung, wenn du wieder in Virginia bist.«

»Jawohl, Ma'am.«

Das Essen wurde serviert. Skip grinste, als er sich einen Bitterballen nahm und in den Mund warf. »Verdammt, ist das heiß!«

»Schade, dass er dir nicht das Fleisch von den Knochen brennt.«

Skip lehnte sich entspannt zurück. »Jetzt muss ich mir einen neuen Kunden suchen. Hab ich dir je gesagt, wie sehr ich die Arbeitslosigkeit hasse?«

»Ruf in Blackwater an. Die nehmen dich sofort.«

»Nein, danke. Die bestehen immer darauf, dass man diese bescheuerten Sonnenbrillen trägt.«

»Na, dann arbeite doch für Reverend Box. Wie ich hörte, lebt er inzwischen in einer wahren Festung.«

»Gibt es schon was Neues von meinem U-Boot?«

»Nein. Nicht dass ich mich weiter darum gekümmert hätte. Ich hatte alle Hände voll damit zu tun, einen angepissten Boss zu beschwichtigen.«

»Er will meinen Arsch, stimmt's?« Skip brach einen der frittierten Fleischbälle mit der Gabel auseinander. »Und angesichts seiner Drohungen, dich zu ersetzen, bist du wie ein aufgescheuchtes Huhn herumgelaufen und hast keine Zeit mehr zum Nachdenken gehabt.« Er schaute sie ernst an. »Das geht folgendermaßen: ›Royce, wenn Sie den Job nicht erledigen können, besorge ich mir jemanden, der es kann. Sie können von Glück sagen, wenn Sie demnächst noch Tische in der Cafeteria putzen dürfen.‹«

»Er sprach von einem Job als Empfangsdame in Namibia.«

»Nun, wenn schon Afrika, ist Namibia gar nicht mal schlecht. Du musst unbedingt das Essen dort probieren. In Windhuk gibt es Superrestaurants.«

»Da du den Job jetzt los bist: Wo ist Maureen?« Sie schaute sich um. »Hier?«

»Nein.«

»Spuck's aus. Du bist gefeuert. Sie ist jetzt mein Problem.«

»Wie du gesagt hast: Ich bin gefeuert.« Wieder schaute Skip ihr in die Augen. »Das Vertragsverhältnis ist beendet. Ich muss dir gar nichts sagen.«

»Du Bastard!«, knurrte Jenn.

»Eigentlich waren meine Eltern gesetzlich angetraute Eheleute. Ich habe die Heiratsurkunde gesehen. Und da ich nicht wie der Postbote aussehe, nehme ich an, dass mein Dad wirklich mein Vater ist.« Er verzog das Gesicht. »Oder möchtest du eine DNA-Analyse?«

Jenn atmete tief durch. »Und was jetzt? Willst du Maureen den ganzen Scheiß erzählen, den du dir ausgedacht hast? Willst du ihr Angst einjagen, damit sie wegläuft?«

Skip schüttelte den Kopf. »Den Job mag ich ja los sein, Jenn, aber ich bin immer noch Profi. Ich werde ihr sagen, dass man mich gefeuert hat, weil du kein Vertrauen mehr in meine Fähigkeiten hast. Dann werde ich hinzufügen, dass ich nicht weiß, ob man dir trauen kann; aber sie wird ihre eigene Entscheidung treffen. Sie weiß, dass du im Grand Hotel bist, und dass man Marc van Biesen vertrauen kann. Alles andere liegt bei ihr.«

»Mann, du kannst einen wirklich auf die Palme bringen!«

»Helmut hat mir gesagt, die Kugel, die man aus Elsa operiert hat, sei eine Sierra 168 Matchking gewesen. Die Spuren entsprechen denen eines Präzisionsgewehrs mit Badgerlauf, und die Pulverrückstände passen zu Hodgdons H 335 … aber natürlich sind solche Analysen als Beweis nur teilweise aussagekräftig.«

»Ich verstehe nicht.«

»Nun, die Kugel wurde von einer amerikanischen Firma für den öffentlichen Verkauf produziert. Badger ist ein amerikanisches Unternehmen, das Präzisionsläufe herstellt. Hodgdon wiederum ist eine amerikanische Schießpulverfabrik. Für militärische Geschosse wird kein Pulver wie H 335 verarbeitet. Natürlich können wir nicht sicher sein, aber Elsa wurde vermutlich mit einem amerikanischen Gewehr niedergeschossen.«

»Na toll. Seit 1945 gibt es amerikanische Gewehre in ganz Deutschland.«

»Dem kann ich nicht widersprechen. Aber wäre Elsa mit einem militärischen Hartmantelgeschoss und nicht mit einer normalen Kugel niedergeschossen worden, die von ihrer Weste plattgedrückt wurde, wäre sie jetzt tot.«

Jenn nahm sich etwas vom Teller und trank einen Schluck Bier. »Jeder Terrorist könnte problemlos an so ein Equipment kommen.«

»Und wieder kann ich dem nicht widersprechen.« Skip schaute Jenn herausfordernd an. »Aber wenn du auf Bills Seite stehst, kann ich ohnehin sagen, was ich will – es nützt nichts. Du hast mir immer noch nicht gesagt, wie tief du da drinsteckst.«

»Ich bin meinem Chef gegenüber loyal.«

»Jep.« Skip erschrak sie, indem er plötzlich einen Fünfzig-Euro-Schein auf den Tisch knallte. »Sag ihm, ich hätte gesagt, dass er ein Wichser ist.«

Er stand auf und ging zur Tür.

Jenn blieb sitzen, stocherte in ihrem Essen herum und nippte an ihrem Bier. *Der Mann ist ein Trottel. Was habe ich eigentlich je in ihm gesehen?*

»Täuschungsmanöver im Krieg verlangen vom *Mujahid*, dass er geduldig auf eine Gelegenheit wartet, gegen den Feind loszuschlagen; dabei muss er eine Konfrontation um jeden Preis vermeiden. Denn der Triumph wird in nahezu allen Fällen durch List erreicht; Triumph durch Konfrontation birgt viele Gefahren. Dennoch muss diese List den Vorgaben der *Scharia* gerecht werden, denn alle Vorteile, die man nicht gemäss der *Scharia* erlangt, sind eines *Mujahid* unwürdig.«

Ayman al-Zawahiri: *Das Al-Kaida Lesebuch*

32.

»Du hast wirklich den Verstand verloren«, sagte Maureen zu Skip Murphy, als sie den Helm aufsetzte.

»Das habe ich heute schon öfter gehört.« Skip saß auf einem alten blauen Yamaha-Motorroller, der neben der Moto Guzzi geparkt war. Hinter und unter ihm spiegelten sich die Lichter von der anderen Seite des Kanals in den Wassern der Herengracht. Eine Reihe von Booten war an der Ziegelumwandung vertäut.

Maureen schaute die schmale Einbahnstraße hinauf, sah die Bäume, die geparkten Autos und die glänzende Moto Guzzi. Verglichen damit war der Motorroller geradezu zierlich, und sein Sitz glich einer plattgedrückten Banane.

»Du bist wirklich fest entschlossen, mich umzubringen, nicht wahr?«, fragte sie, als sie hinter Skip aufstieg.

Auf der Fahrt durch Amsterdam verlor sie rasch die Orientierung. Sie rumpelten über Straßenbahnschienen, standen im Stau und hielten schließlich vor dem hell erleuchteten Hotel de l'Europe. Skip ließ sie absteigen. Zu ihrer Überraschung fuhr er den Motorroller auf den Bürgersteig und neben den überdachten Eingang. Der Portier kam sofort und sagte irgendetwas auf Holländisch.

Skip holte seine Börse heraus und bot dem Mann fünfzig Euro an. »Könnten Sie für mich ein Auge darauf werfen? Wir sind nur zum Abendessen hier. Es sollte nicht länger als vier Stunden dauern.«

Der Portier rollte den Geldschein zusammen und schenkte Skip ein strahlendes Lächeln. »Es wird mir ein Vergnügen sein. Willkommen im Hotel. Wenn ich irgendetwas für Sie tun kann, lassen Sie es mich wissen.« Er hielt ihnen die Tür auf.

Im Speisesaal des Hotels wurden sie vom Oberkellner an einen Tisch geführt. Unmittelbar dahinter hatten sie durch große Glasfenster einen ungehinderten Blick auf die Amstel. Lichter erhellten die Brücken und warfen magische Spiegelbilder aufs Wasser.

»Darf ich Ihnen etwas zu trinken bringen?«, fragte der Kellner.

Maureen lächelte den Mann an. »Er nimmt den besten Cognac, den Sie haben, und ich ein Pellegrino.«

»Oben auf unserer Liste steht ein Hennessy Timeless. Ich möchte Sie nicht mit dem Preis schockieren. Wenn Sie also auf unsere Karte schauen möchten...«

»Er nimmt ihn, danke«, unterbrach ihn Maureen. Der Mann

nickte, und Maureen hob die Augenbrauen und grinste Skip an. »Nenn es Rache, weil du mich auf diesen Motorroller gesetzt hast.«

Skip seufzte, als ein gut gekleideter Mann den Raum betrat, dem Oberkellner zunickte und sich einen Weg zwischen den Tischen hindurch suchte. Skip stand auf und umarmte den Mann. »Schön, dich zu sehen, Marc.«

»Hey, Skip, du siehst gut aus.«

»Maureen? Das ist Marc van Biesen. Er ist während deines Aufenthalts für die Sicherheit verantwortlich. Was Helmut kann, kann Marc noch besser – glaubt er.«

»Natürlich kann ich das.« Marc van Biesen nickte und schüttelte Maureen die Hand. Dann setzte er sich und schaute Skip an. »Du hast gesagt, es sei dringend und dass ich Jenn nichts davon erzählen sollte.«

Maureen runzelte die Stirn. »Jenn nichts erzählen?«

»Okay, Folgendes: Ich bin gefeuert.«

»Gefeuert?«, fragte Maureen. »Von wem?«

»Jenn.« Skip beugte sich vor und verschränkte die Finger. »Das ist ihr gutes Recht. Sie zahlt die Rechnungen.« Er zwinkerte schelmisch. »Tut mir leid, Maureen, aber heute Abend geht der Cognac auf deine Rechnung.«

Maureen war wie vor den Kopf geschlagen. »Sie kann dich doch nicht so einfach feuern, oder?«

»Es ist ihre Show – genauer gesagt, die von Unterstaatssekretär Reeves.«

Van Biesen schaute nachdenklich drein. »Warum haben sie dich gehen lassen?«

»Nach München glauben sie, ich sei außer Kontrolle.«

Maureen legte die Hände auf den Tisch und kämpfte gegen aufkeimende Panik an. »Und was heißt das jetzt? Ist die Tour gestrichen?« Ein seltsames Gefühl der Erleichterung erfüllte sie.

»Ich weiß es nicht«, antwortete Skip. »Was willst du jetzt tun, Maureen? Du bist die Hauptdarstellerin. Jenn kann keine Interviews arrangieren, wenn du nicht reden willst.«

Maureen hatte das Gefühl, als würde ihre ganze Welt sich verschieben. »Was sagt Jenn dazu?«

»Du wirst selbst mit ihr reden müssen.« Skip schaute zu van Biesen. »Hat sie dir irgendwas gesagt?«

»Maureen hat für morgen früh ab acht Uhr Interviews angesetzt. Als Erstes mit der *Amsterdam Times*. Ich habe den Presseraum überprüft. Ich nehme an, Maureen soll sich ab sieben Uhr dreißig bereithalten.«

»Okay, was passiert, wenn ich mit den Interviews und Vorträgen weitermache?«, fragte Maureen.

»Dann wird es weitere Attentatsversuche auf dich geben«, antwortete Skip. »Meine professionelle Meinung ist, dass du am besten alles abblasen und aus Europa verschwinden solltest. Dann hältst du dich eine Weile bedeckt, bis alles vorbei ist.«

»Und dann was?«, hakte Maureen nach.

Sie sah, wie Skip tief durchatmete. »Ich möchte dich daran erinnern, dass Jenns Chef und ich eine gemeinsame Geschichte haben.«

»Bastard-Bill?«

Skip nickte. »Jenn hält mich für verrückt, aber ich bin zu der Ansicht gekommen, dass er von deinem Tod profitieren würde. Ich kann es nicht beweisen, aber viel von dem Ärger, den wir in letzter Zeit hatten, könnte auf ihn zurückzuführen sein.«

»Wie was zum Beispiel?«

»Der Messerangriff in Mailand und der Schuss in München.«

Maureen schaute van Biesen an. Das Gesicht des Mannes war eine Maske, doch seine Augen verrieten, dass sein Hirn fieberhaft arbeitete.

»Mr. van Biesen?«

Er schaute Maureen ernst an. »Dr. Cole, ich kann Skips Verdacht nicht bestätigen, aber ich kann ihn auch nicht leugnen. Ich vertraue auf sein Urteil, doch in diesem Fall gibt es keinen Beweis. Ich kann Ihnen nur sagen, dass Ihre Sicherheit sich erheblich verbessern würde, sollten Sie eine Zeitlang verschwinden.«

»Und es ist wirklich unmöglich, dich in der Nähe zu behalten, Skip?« Maureen spürte ein Stechen im Bauch. O Gott, er würde doch nicht einfach so weggehen? Job vorbei, bis dann, Süße?

Skip sah, wie Maureen mit ihren Gefühlen rang, und konnte sich ein Lächeln gerade so verkneifen. »Ich bin gefeuert. Arbeitslos. Ohne Vertrag kann ich mich nicht einmischen.«

Maureen runzelte die Stirn. Sie wusste, dass hier etwas vor sich ging; sie musste nur angestrengt genug nachdenken, um herauszufinden, was es war. »Dann fliegst du also wieder nach Virginia zurück?«

»Vielleicht gönne ich mir noch ein paar Tage in Amsterdam. Du weißt schon ... Sehenswürdigkeiten, Museen. Die Architektur ist wirklich charmant. Und dann ist da noch der Rotlichtbezirk. Der könnte auch einen Besuch wert sein.« Er grinste spitzbübisch. »Nur zum Gucken natürlich. Manchmal haben diese Mädels exotische Bakterien.«

»Aber Skip, du hast mir gerade gesagt, dass Jenns Chef mich *tot* sehen will!«

Er warf die Hände in die Höhe. »Ich habe aber keinen Beweis dafür, nur eine Ahnung.«

»Und was jetzt? Soll ich einfach zurückgehen und *denen* meinen Terminplan überlassen, während du Sightseeing machst?«

Skip schaute sie enttäuscht an. »Ich bin gefeuert, Maureen. Sicherheitsleute haben kein Recht, sich in irgendjemandes Operation einzumischen, es sei denn, sie werden dafür angeheuert.«

»Na schön. Was kostet das?« Maureen schaute zwischen den beiden Männern hin und her. »Ich meine, ich bin Professorin. Ich bin nicht reich.«

»Für dich?« Skip lehnte sich zurück. »Was denkst du, Marc? Tagessatz, Spesen? Ich weiß nicht ... dreißig Euro täglich? Vielleicht achtundzwanzig, je nachdem, wie viel zu tun ist.«

Van Biesen spielte den Entsetzten. »Meine Güte, Murphy, du bist ja der reinste Parasit. Nimm fünfundzwanzig von ihr. Und weil sie sich dann auch noch mit dir abgeben muss, solltest du noch mal fünf abziehen.«

»Abgemacht! Marc hat recht. Ich werde dir zwanzig Euro pro Tag in Rechnung stellen, Maureen.«

Van Biesen zuckte mit den Schultern. »Wir werden gezwungen sein, uns abzusprechen. Natürlich werde ich die Interessen meines Kunden vertreten, und du die deines Kunden. Da wir beide aber dasselbe Ziel verfolgen – die Sicherheit von Dr. Cole –, sehe ich keine Probleme.« Er zuckte mit den Schultern. »Allerdings würde ich gerne einen Vertrag sehen. Normalerweise ist das zwar nicht so wichtig, aber unter diesen besonderen Umständen ...«

»Ich verstehe voll und ganz.« Skip griff in seinen Mantel und holte einen Umschlag hervor, in dem sich ein paar

Papiere befanden. »Das ist ein Standardvertrag, mit dem du dir die Dienste meiner Agentur sicherst«, erklärte er Maureen. »Die einzigen Veränderungen, die dir auffallen werden, gehen dahin, dass wir unsere Preise deinen speziellen Bedürfnissen angepasst haben. Bitte, trag deine Daten ein, und unterschreib dann auf der letzten Seite.«

Maureen schaute ihn misstrauisch an. »Du bist ein verdammt gerissener Bastard, Skip Murphy.«

Skip lächelte unschuldig. »Es war deine Idee, Maureen. Ich habe nicht nach dem Job gefragt. Marc ist mein Zeuge.«

Maureen las das Kleingedruckte und schüttelte dann den Kopf. »Ach, was soll's. Mein Leben ist schon seit Tagen in deinen Händen. Wenn du mich verarschen wolltest, bräuchtest du keinen Vertrag dafür.« Sie unterschrieb auf der letzten Seite, gab dann ihre Bankdaten an und hielt kurz inne, um sich Skips Gekritzel anzuschauen. »Was soll denn das hier? Gelegentlich eine Flasche Guinness als Zusatzvergütung?«

»Ja, das wollte ich schon immer mal in einen Vertrag schreiben.«

»Du hast ihn *angeheuert?*«, rief Jenn, ging unruhig auf und ab und wedelte mit den Armen. Die geschmackvolle Einrichtung der Tower Suite schien ihren Zorn irgendwie zu schlucken. Von draußen fiel das Licht der Stadt herein.

»Erst nachdem du ihn *gefeuert* hast«, erwiderte Maureen hölzern.

»Das war seine Idee, stimmt's? Diese intrigante Ratte hat das alles geplant.«

»Nein.« Maureen stand auf und legte den Kopf zur Seite. »Ich habe ihn darum gebeten. Der Kerl war geradezu schmerzlich professionell, du hingegen nicht, wie es aussieht. Und nicht nur das – ich habe ihm auch entlockt, dass dein Boss etwas damit zu tun haben könnte.«

Jenn blieb abrupt stehen. Ihr wurde übel. »Ich schwöre, ich bringe den Kerl um.« *Vergiss es. Es ist vorbei.* Sie senkte den Kopf. »Dann hörst du also auf, ja?«

»Das haben mir sowohl Skip als auch van Biesen geraten.« Maureen setzte einen stählernen Blick auf. »Aber ich wollte es von dir hören, Jenn. Haben die Amerikaner mit den Anschlägen zu tun?«

Jenn riss sich zusammen und stellte sich Maureens Blick. »Unterstaatssekretär Reeves spielt ein kompliziertes Spiel. Aber dass er dich tot sehen will, kann ich nicht glauben.« Sie ging zum Fenster und schaute auf den Domplatz hinunter. Links befand sich das Einheitsdenkmal und rechts die Niuewe Kerk.

»Kannst du nicht, oder willst du nicht?«, fragte Maureen kalt.

»Reeves ist ein ungewöhnlicher Mensch für das Außenministerium. Er handelt, statt zu reden. Deshalb habe ich ja auch so darum gekämpft, in seinen Stab zu kommen.« Sie zuckte mit den Schultern. »Er war da draußen und hat sich der Bedrohung gestellt. Das Problem des radikalen Islams ist für ihn nicht rein akademisch. Er hat das alte Gentlemenspiel, Diplomatie und Spionage, weit hinter sich gelassen.«

»Habt ihr nicht schon die CIA für diese Art von Job?«

Jenn schürzte die Lippen. »Reeves hat so seine Probleme mit der Firma. Er war da und hat an der Planung für den Irak mitgewirkt. Erinnerst du dich noch an die fehlenden Massenvernichtungswaffen? Bush und Cheney hatten Angst, dass eine schmutzige Bombe – egal ob biologisch oder gar nuklear –

gegen eine amerikanische Stadt eingesetzt werden könnte. Ständig haben sie deswegen zusammengehockt, und die Analysten haben sich gestritten. Gleichzeitig hatten sie keine guten nachrichtendienstlichen Informationen über den Irak. Bill war der Einzige, der sie besaß, doch sie haben ihn überstimmt. Zu guter Letzt hat dann ein panischer Präsident das ganze Land in Verlegenheit gebracht.«

»Damit ich das richtig verstehe: Bill will mich umbringen, weil die CIA Bush falsche Informationen gegeben hat?«

Jenn drehte sich wieder zu ihr um. »Ich habe dir nur gesagt, warum Bill die CIA nicht mag. Da gibt es einiges an bösem Blut. Und nach der fehlgeschlagenen Mission im Iran heuern sie ihn bestimmt nicht mehr an.« Sie versteifte sich. Allmählich breitete sich Verzweiflung in ihr aus.

O Gott, geht es hier um den Iran?

Dann schüttelte Jenn den Kopf und verdrängte den Gedanken. Sie wurde schon genauso paranoid wie Skip. Sie riss sich zusammen und fügte hinzu: »Bill hat seine Gründe, außenpolitische Probleme ein wenig aktiver anzugehen.«

»Du hast meine Frage noch immer nicht eindeutig beantwortet. Bin ich als Märtyrerin oder als lebende Rednerin mehr wert für die USA?«

»Weder Reeves noch ich sind deine Feinde. Darauf gebe ich dir mein Wort.«

»In Ordnung. Ich sehe dich dann morgen um halb acht.«

»Was?«

»Auf Anraten meiner Sicherheitsleute wohne ich woanders. Aber es macht natürlich keinen Sinn, das große Bett zu verschwenden. Du kannst ja auf den teuren Laken schlafen.« Maureen drehte sich um, ging zur Tür und schaute noch einmal zurück, als sie sie öffnete. »Meine Notizen müssten in meinem Gepäck sein. Ich gehe sie morgen früh noch einmal durch.« Dann war sie verschwunden.

Jenn versuchte, ihren Frust zu verscheuchen. Es funktionierte nicht. Sie funkelte die Tür an. Eine kluge Frau wäre Maureen gefolgt, um herauszufinden, wo sie wohnte.

Und bist du eine kluge Frau, Jenn Royce?

33.

Al-Sayih hatte jedermanns Aufmerksamkeit, als er vor dem Tisch im Unterschlupf stand. »Die Hure ist in der Tower Suite. Am Aufzug sitzt ein Sicherheitsmann auf einem Stuhl. In der angrenzenden Suite haben sie einen Kommandoposten errichtet, und eine Amerikanerin, die mit der Hure zusammenarbeitet, wohnt auf der anderen Seite. Ich war mehrere Male im Hotel. Man hält mich dort für einen tunesischen Kaufmann auf Geschäftsreise in Amsterdam. Ich habe gesagt, ich wolle Käse kaufen.«

Er schaute zu Haram. »Von Harams Vetter haben wir erfahren, dass die Hure einen der Konferenzräume für Presseinterviews gebucht hat. Sie beginnen morgen früh um acht. Kaum hatte ich das erfahren, habe ich den angrenzenden Raum gebucht und erklärt, ich wolle mich dort mit potenziellen Geschäftspartnern treffen. Um keinen Verdacht zu erregen, habe ich Snacks und Kaffee bestellt.«

Er hob einen Rucksack auf den Tisch und zog einen teuren, westlichen Anzug heraus. »Faisal, du wirst das hier tragen und mich um sechs Uhr morgen früh treffen. Wir werden im Restaurant frühstücken und beobachten, wer kommt und wer geht.«

Als Nächstes holte er einen schwarzen Aktenkoffer hervor. »Du wirst das hier tragen. Darin befinden sich Preislisten für Gouda und anderen Käse. Wenn wir den Aufzug verlassen, wo die Sicherheitsleute der Hure uns sehen können, wirst du stehen bleiben und auf Englisch sagen: ›Warten Sie. Lassen Sie mich Ihnen jetzt schon mal die Preise nennen.‹ Dann wirst du den Aktenkoffer öffnen und mir die Preisliste geben. Versuch nicht, die Käseproben darin fallen zu lassen. Während ich dann die Liste lese, werden wir in meinen Konferenzraum gehen. Hast du verstanden?«

»Natürlich«, erwiderte Faisal schroff. »Wo ist die Pistole?«

»Die wird man dir morgen früh im Konferenzraum geben.«

»Aber ich …«

»*Morgen.* Im Konferenzraum.«

Ali sah, wie Faisal zögernd nickte. »Natürlich.«

Al-Sayih beugte sich über den Tisch, auf dem ein Plan vom ersten Stock des Hotels lag. »Das hier ist der Meetingraum der Hure. Das hier ist unserer. Sobald wir wissen, dass die Hure im Raum ist, wird es eine Explosion geben. Niemand wird Fragen stellen, wenn daraufhin Menschen auf den Gang rennen. Du wirst dich dem Wachmann vor der Tür der Hure nähern und zweimal auf ihn schießen. Dann wirst du in den Raum stürmen, zur Hure rennen und so oft auf sie feuern, wie du kannst. Sollte jemand sich einmischen, erschieß auch ihn. Erst wenn du sicher bist, dass sie tot ist, wirst du fliehen.«

Al-Sayih deutete auf den Plan. »Hier wirst du eine Treppe finden, am Ende des Gangs. Die wirst du runterrennen und rauslaufen. Ein schwarzer Audi wird auf dich warten. Spring in den Wagen, und wir bringen dich sicher weg.«

Der Hase, Rahman, schaute den Touristen fragend an. »Bist du sicher, dass du nicht lieber einen Sprengstoffgürtel nehmen willst?«

Al-Sayih schüttelte den Kopf. »Die Sicherheitsleute könnten Faisal zu Boden ringen, bevor er in den Raum vordringen kann. Das sind private Sicherheitsleute. Bei einer Schießerei werden sie fliehen.«

»Und das wäre dann alles?«, fragte Abu Salassi. Er hatte den größten Teil der Besprechung über geschwiegen.

»Nicht ganz«, erwiderte al-Sayih. »Jetzt werden wir üben.« Er zog eine Wasserpistole aus der Tasche und gab sie Faisal. »Hier, in diesem Raum, und im Flur. Du wirst das immer wieder üben, bis es zur zweiten Natur für dich wird. Ali, du spielst die Hure. Wir anderen sind die Sicherheitsleute.«

»Üben? Mit einer Wasserpistole?«, rief Faisal.

»Wie viele Menschen hast du schon mit einer Pistole getötet, Faisal?«, fragte Rahman. »Zehn? Zwanzig? Sodass du weißt, wo du sie hindrücken musst, um den größten Schaden zu verursachen?«

Faisal senkte den Blick. »Ich verstehe.«

»Gut«, sagte al-Sayih. »Dann lasst uns anfangen. Der einzige Unterschied werden der Knall und der Rückstoß sein, doch ich verspreche dir, im Eifer des Gefechts wirst du das gar nicht merken.«

»Maureen?«, fragte Skip leise.

Sie wachte erschrocken auf und blinzelte in der Dunkelheit. »Was ist? Sind wir in Schwierigkeiten?«

»Nein. Es ist halb sechs. Du musst dich bereitmachen.«

Maureen blinzelte erneut und schaltete das Licht an. Dann setzte sie sich im Bett auf und zog die Decke hoch. »Du bist ja schon angezogen.«

»Ich habe viel zu tun. Erst muss ich mich um den Motorroller kümmern; das wird aber nicht länger als eine halbe Stunde dauern. Um viertel nach sechs kommt ein Taxi. Wir fahren gemeinsam rüber, steigen aus und nehmen den Nebeneingang. Dabei werden wir uns an den Händen halten wie ein Liebespaar. Ich möchte auf keinen Fall, dass wir wie Promi und Leibwächter aussehen. Marcs Leute werden auf uns warten.«

»Meine Güte, vergangene Nacht habe ich kaum ein Auge zugetan. Stattdessen bin ich im Kopf immer wieder alles durchgegangen.«

»In der Suite wartet ein Frühstück auf dich.« Skip grinste. »Das dürfte ein interessanter Tag werden.«

»Toll. Ich kann es kaum erwarten.«

»Maureen? Warum ziehst du das weiter durch?«

Maureen zuckte mit den Schultern. »Auch darüber habe ich letzte Nacht lange nachgedacht. Die Sache ist die: Wenn solche Leute einen umbringen wollen, kann man *tatsächlich* etwas bewirken.«

Als der Sicherheitsmann Jenn in die Tower Suite ließ, saß Skip bereits am Schreibtisch und sprach ernst mit van Biesen. Jenn blieb stehen und konzentrierte ihre Wut in einem tödlichen Blick. Skip hob den Kopf, nickte unbeeindruckt und wandte sich wieder dem Gespräch mit van Biesen zu.

»Es sollte nur die Presse dabei sein. Jeder andere muss als verdächtig gelten«, sagte Skip gerade.

»Was ist mit dem Tunesier?«, fragte van Biesen.

»Was können wir wegen ihm schon tun?« Skip zupfte sich gedankenverloren am Bart. »Wenn der Kerl in Ordnung ist, hat er jedes Recht auf den Raum. Wenn nicht, müssen wir ihn aufhalten. Du wirst zwei Mann draußen postieren und zwei drinnen – da werde auch ich sein.« Er hielt kurz inne. »Ich wünschte, wir hätten daran gedacht, den Nachbarraum als Pufferzone zu mieten.«

»Besteht die Gefahr einer Bombe?«

Skip zuckte mit den Schultern. »Die Gefahr besteht immer, aber wir werden die Augen aufhalten. Sollte jemand mit einem großen Paket durch den Gang kommen, werden wir ihn davon abhalten, es auszuliefern.«

»Meine Leute wissen Bescheid.«

»Gut.«

Jenn knurrte vor sich hin und ging zu Maureen, die sich gerade durch ein amerikanisches Frühstück mit Rührei, Schinken und Toast pflügte. Gleichzeitig las sie ihre Notizen.

»Gut geschlafen?«, fragte Jenn.

»Nicht genug.«

»Weißt du, dafür, dass du hier nicht schläfst, zahlen wir verdammt viel für diese Suite.«

»Dann kündigt die Reservierung doch.«

Jenn seufzte. »Wir sind heute Morgen aber kratzbürstig, was?«

Maureen hob den Blick. »Lass uns einfach Amsterdam überleben, ja? Haben wir morgen noch immer diesen Vortrag in ... Wie heißt das noch mal?«

»Im Concertgebouw. Ja, haben wir. Der Ticketverkauf läuft gut. Der Saal dürfte voll sein.«

Maureen beugte sich vor, einen gedankenverlorenen Blick in den Augen. »Und ich nehme an, du hast Washington über sämtliche Details informiert, korrekt?«

»Washington *zahlt* für diese Show.«

Maureen nickte. »Nun, hoffen wir, dass sie nicht noch mehr Geld für einen Scharfschützen ausgeben.«

Jenn schluckte ihre Wut herunter. »Du hast ja jetzt deinen

Privatleibwächter, Maureen. Der wird doch nicht zulassen, dass dir was passiert.«

Maureen warf ihr einen Blick zu, der Wasser hätte gefrieren lassen können. »Und was hatte der höchst ehrenwerte Mr. Reeves dazu zu sagen?«

»Der Mann ist angepisst.« Jenn verschränkte die Arme vor der Brust. »Sorgen Sie einfach nur dafür, dass Sie Ihr Geld wert sind, Frau Dr. Cole.«

»Oh, da kannst du drauf wetten.«

Jenn ging zum Schreibtisch, wo van Biesen und Murphy einen Plan des ersten Stocks studierten.

»Wo ist der Tunesier jetzt?«, fragte Skip.

»Unten im Restaurant mit einem jungen Burschen. Sie frühstücken. Ich habe sie unter Beobachtung. Der junge Kerl hat einen Aktenkoffer dabei.«

»Eine Bombe?«, hakte Skip nach.

»Wer weiß?« Van Biesen zuckte irritiert mit den Schultern. »Wir können ja schlecht rübergehen und ihn aufmachen.«

Skip strich sich über den Bart. »Egal. Sorg einfach dafür, dass wir einen Blick in den Koffer werfen können, bevor er nebenan verschwindet.«

»Das ist vielleicht genau das, was sie geplant haben.«

»Es ist das Unbekannte, was das Leben so interessant macht«, sagte Skip und grinste.

Jenn schaute auf ihre Uhr. »Es ist Zeit, Gentlemen. Die Presse wird jeden Augenblick hier sein.«

Es funktionierte nicht so, wie Faisal es sich erträumt hatte. In seiner Fantasie war er cool, eisern und fest entschlossen in seinem Kampf für Allah. Wie viele Male hatte er das geplant? Er, hart und lächelnd, wie er eine Bombe zündete oder einen Ungläubigen erschoss. In seiner Vorstellung hatte er nicht einmal mit der Wimper gezuckt, wenn er den Lauf auf sein Ziel gerichtet hatte. Doch nun, da er neben al-Sayih im Aufzug fuhr, schlug das Herz ihm bis zum Hals. Kalter Schweiß sammelte sich in seinen Achselhöhlen, und sein Mund war wie ausgetrocknet. Er wünschte sich nichts sehnlicher als einen Schluck Wasser.

Jede Faser von Faisals Körper war zum Zerreißen gespannt, während er auf die Gitter des Fahrstuhlkäfigs starrte, und der Puls dröhnte in seinen Ohren, als eine Glocke ihre Ankunft im ersten Stock signalisierte.

»Vergiss nicht«, sagte al-Sayih. »Sobald die Türen aufgehen, tritt einen Schritt hinaus, und öffne deinen Aktenkoffer. Du wirst mir die Preisliste anbieten und den Sicherheitsmann in den Koffer sehen lassen. Er muss fest davon überzeugt sein, dass alles in Ordnung ist.«

»Ich verstehe.« Faisal war die Anspannung anzuhören.

Doch trotz seiner Aufregung packte er den Lederkoffer mit verschwitzten Händen, als die Tür sich öffnete. Dabei erhaschte er auch einen ersten Blick auf die beiden Männer neben der Tür der Hure. Aber das Wort hatte sich ihm eingebrannt: »Die Preisliste!«

»Ich würde sie jetzt gerne sehen.« Al-Sayih fixierte Faisal mit seinen dunklen, erbarmungslosen Augen, als wolle er ihm so Mut aufzwingen.

Noch während sie sprachen, traten die Sicherheitsmänner vor und beäugten sie misstrauisch.

Faisal hätte den Koffer beinahe fallen gelassen, und es kostete ihn all seine Kraft, nicht zu zittern. Dennoch fiel eines der Käseräder auf den Boden.

»Ich hoffe, Ihre Ware ist nicht beschädigt«, brachte al-Sayih mit knirschenden Zähnen hervor, während Faisal sich rasch nach dem auffallend bunt verpackten Edamer bückte.

»Beschädigt? Nein, nein«, rief Faisal. »Die sind in Wachs verpackt. Frisch aus der Molkerei.«

Da lächelte al-Sayih und schaute zu den beiden Sicherheitsmännern. »Sie haben doch sicher eine Probe übrig, Faisal? Die Herren sehen aus, als könnten sie einen kleinen Imbiss vertragen.« Mit diesen Worten nahm er Faisal den Käse aus der Hand und reichte ihn einem der Männer. »Wenn wir fertig sind, können Sie mir ja vielleicht sagen, ob die Qualität den Preis wert ist, den dieser Mann von mir verlangt«, bemerkte er.

Der Mann brach die Wachshülle auf und schnüffelte an dem Käse. »Riecht gut.« Der andere Mann schaute misstrauisch in Faisals Koffer.

»Bitte, verzeihen Sie ihm.« Al-Sayih deutete auf Faisal. »Es ist sein erstes Verkaufsgespräch. Ich glaube, er ist ein bisschen nervös.«

Erst nachdem sie in ihrem Konferenzraum waren und die Tür hinter sich geschlossen hatte, lächelte al-Sayih. »Sehr gut, Faisal.«

Faisal ließ sich auf einen der Stühle fallen. »Du hast mich ermahnt, nicht den Käse fallen zu lassen.«

»Stimmt, aber in diesem Fall ist es ja gut gelaufen. So brauchen sie sich keine Sorgen mehr zu machen, dass Sprengstoff unter dem Wachs sein könnte.« Al-Sayih kniff bedrohlich die Augen zusammen. »Aber wenn du noch einmal vor Angst erstarrst, bringe ich dich persönlich um.«

Faisal schluckte und rang nach Luft. »Nein, nein ... Ich ziehe das durch.« Verzweifelt schnappte er sich eine Flasche

Wasser von einem Tablett und schüttete es sich in den rauen Hals.

»Gut.« Al-Sayih setzte sich ebenfalls. »Mach deinen Frieden mit Allah, Junge. Jetzt bist du für den härtesten Teil bereit.«

Und dann begann das Warten.

Nach mehreren Minuten zog al-Sayih ein Stethoskop aus der Innentasche seines Jacketts und drückte es an die Wand.

Faisals Angst wuchs immer mehr.

»Die Hure spricht mit jemandem«, sagte al-Sayih.

Mehrere Minuten lang rang Faisal mit seiner Furcht und trank Wasser.

»Ich muss mal«, verkündete er schließlich.

»Nein. Du wirst warten.«

Faisal schluckte, nickte und blieb sitzen, die Hände zwischen die Knie geklemmt. Der leichte Stoff seines Anzugs fühlte sich seltsam fremd auf seiner Haut an.

»Ah«, sagte al-Sayih schließlich. »Das Gespräch ist vorbei, und die Tür steht auf.«

»Wo ist die Pistole?«, fragte Faisal. Würde es genauso sein wie bei der Wasserpistole, mit der er geübt hatte? Er hatte sehr viel gelernt. Nah ran, zielen, schießen.

»Du musst mitten auf die Brust zielen. Bleib nicht stehen. Rück immer weiter vor und schieß nicht daneben.«

Dann, endlich, nach Allah weiß wie vielen Übungen, hatte al-Sayih die Pistole mit Wasser gefüllt.

»Jetzt wollen wir mal sehen, was du gelernt hast.«

Und Faisal hatte seine Sache gut gemacht und den Wasserstrahl mitten auf die Brust des Ziels geschossen. *»Genau ins Herz. Gut. Rechter Lungenflügel. Gut. Obere Brust. Damit hättest du eine Hauptarterie erwischt.«* Und so war es weitergegangen.

Al-Sayih nahm das Stethoskop von der Wand. Vorsichtig rollte er es zusammen und ließ es wieder in seinem Jackett verschwinden. Dabei hielt er den Blick ständig auf Faisal gerichtet.

»Bist du bereit, ein *Mujahid* zu werden?«

»Im Namen Allahs, ja.« Alles war besser als diese elende Warterei.

Al-Sayih nickte und holte ein Handy aus seiner Hosentasche. Er drückte eine Taste und hielt sich das Telefon ans Ohr. Nach mehreren Sekunden fragte er: »Seid ihr bereit?« Dann nickte er. »Gut. Ich bin in drei Minuten da.«

Nachdem er aufgelegt hatte, griff al-Sayih unter den Tisch. Faisal hörte ein Reißen, und al-Sayih richtete sich wieder auf und löste das Klebeband von der Pistole. »Ich habe sie heute Morgen vor dem Frühstück dort festgeklebt. Mir war klar, dass sie den Raum diese Nacht noch durchsuchen würden.«

»Du bist sehr weise, al-Sayih.« Faisal nahm die Pistole und war überrascht von ihrem Gewicht und dem Gefühl des kalten Stahls in seiner Hand.

»Sie ist durchgeladen und entsichert.« Al-Sayihs Augen waren wie schwarze Steine in seinem Gesicht. »Du musst nur noch den Abzug betätigen. Es ist nicht anders wie mit der Wasserpistole.«

»Ja, al-Sayih.«

Al-Sayih schlug Faisal auf die Schulter. »Dich erwartet ein Platz im Himmel. Hast du Erfolg, wird deine Familie gedeihen. Wenn du versagst, hast du uns alle im Stich gelassen ... Allah eingeschlossen.«

»Ich werde sie töten, *inshallah.*«

»Gut. Es ist so weit. Bist du bereit?«

Faisal nickte und legte den Finger an den Abzug. Mit

einem Mal hatte er das Gefühl, als sei die Waffe ein Teil von ihm. Sein Mund war vollkommen ausgetrocknet, jeder Muskel gespannt, und seine volle Blase brannte wie Feuer.

»Dann los.« Al-Sayih ging zur Tür, blieb dann jedoch noch einmal stehen, als Faisal zögerte. »Sobald du in Bewegung bist, kommt der Rest von selbst. Du musst mir in dieser Sache vertrauen.«

»Natürlich.« Faisal musste all seine Willenskraft aufbieten, um den ersten Schritt zu tun.

Das Klicken der Tür hätte genauso gut ein Donnerschlag sein können. Wieder griff Al-Sayih nach seinem Handy und drückte eine Taste. In der Ferne ertönte ein dumpfer Knall, und ein Beben ging durch Wände und Boden.

Im Flur war ein Ruf zu hören.

»Los!« Al-Sayih stieß Faisal auf den Gang hinaus.

Fast wie im Traum stolperte Faisal auf den Flur.

»Was war das?«, rief al-Sayih. »Was ist passiert?«

Die beiden Sicherheitsmänner waren von der Tür weggetreten und schauten überrascht drein.

»Raus aus dem Hotel!« Al-Sayihs Ruf schien von überall zugleich zu kommen. »Alle raus!«

Die Sicherheitsmänner setzten sich in Bewegung, zögerten dann aber. Plötzlich lief Faisal wie auf Automatik. Als hätte Allah ihm Ruhe verliehen, stürmte er an dem ersten vorbei, während der zweite sich umdrehte. Dann knallte die Waffe in seiner Hand, und der Mann flog nach hinten.

In nur einem einzigen Augenblick erreichte Faisal die Tür und hatte die Hand auf dem Knauf. Ohne Unterbrechung drang er in den Raum ein, feuerte auf den Mann, der ihm am nächsten war, und sah die Hure und ein anderes Weib, die ihn mit großen Augen anstarrten.

Ja! Das ist es!

Seinem Instinkt folgend schoss er auf einen weiteren, bärtigen Mann, um ihn zurückzutreiben.

»Inshallah!«, rief er aus vollem Halse, während er sich den beiden Frauen näherte, die nur noch knapp drei Schritte von ihm entfernt waren. *Die Hure! Töte die Hure!*

Faisal konzentrierte sich auf die schwarzhaarige Frau. Er erkannte ihr Gesicht, sah die Furcht in ihren braunen Augen. Seine Lungen brannten.

Die Hure war nur noch zwei Schritte von ihm entfernt, als er die Pistole hob. Obwohl er alles wie durch einen Tunnel sah, registrierte sein gemartertes Gehirn die beiden lauten Detonationen. Dann knallte es noch zweimal, wie Hämmer auf hartem Holz.

Die Luft wurde ihm aus der Lunge getrieben; gleichzeitig taumelte er wie ein Betrunkener. Zu seinem maßlosen Erstaunen ließ er die Pistole fallen. Als der Schuss sich löste, grub die Kugel eine Kerbe in den Tisch links der Hure. Dann traf Faisal ein riesiges Gewicht und schleuderte ihn zur Seite.

Sein Körper prallte auf den Boden, und sein Atem entwich in einer roten Fontäne aus seinem Mund. Als wären sie aus Gummi, schlugen seine Arme schwer auf den Teppich, und die Pistole sprang noch einmal hoch wie ein Ball, bevor sie liegen blieb.

Das gewaltige Gewicht drückte ihn weiter nach unten. Faisal reckte mühsam den Hals. Nur wenige Zoll entfernt funkelten ihn schreckliche Augen an, in denen heißer Zorn loderte. Er sah einen ordentlich gestutzten schwarzen Bart, eine Nase und drohend gefletschte Zähne.

Faisal hustete, und wieder flog ein roter Sprühregen aus seinem Mund. Ein Gurgeln kam aus seiner Lunge.

Als sich ein grauer Schleier über seine Augen legte, spürte er, wie seine Blase nachgab. Ein warmer Strom lief ihm die Beine hinunter.

Das Letzte, was er spürte, war die verzweifelte Gier nach Luft …

»Die Gründe für den Dschihad ... sind folgende:
Gottes Herrschaft auf Erden zu errichten;
die Angelegenheiten der Menschen nach der
Führung Gottes ausrichten; alle satanischen Kräfte
und satanischen Lebensformen vernichten,
und die Herrschaft eines Mannes über andere zu
beenden, denn alle Menschen sind Gottes Geschöpfe,
und niemand hat das Recht, sie zu Dienern zu machen
oder willkürliche Gesetze für sie zu erlassen.
Diese Gründe reichen aus, den Dschihad auszurufen.«

Sayyid Qutb, *Zeichen auf dem Weg*

34.

»Maureen!« Skips Schrei war wie ein Schlag. »Ist dir was passiert?«

»Ich ... Ich ... « Sie rang nach Worten. Die Schüsse, der junge Mann, der in den Raum gestürmt war ... Panik schnürte ihr die Kehle zu. Ihre Ohren klingelten.

Van Biesen war wieder auf den Beinen, lief zur Tür und zog sie im selben Moment auf, als einer seiner Männer sich hindurchdrängte. Der Mann brüllte irgendetwas auf Niederländisch.

Skip hatte dem jungen Schützen die Knie in den Rücken gedrückt und schaute mit gerunzelter Stirn zu ihm hinunter, während Maureens Blick auf den scharlachroten Fleck fixiert war, der in den Teppich sickerte. Sie begann zu zittern und beobachtete, wie Skip dem Schützen die dicken Finger auf den Hals legte. Dann berührte er einen der starrenden Augäpfel ... keine Reaktion.

Tot. Das Wort hallte leer in ihr wider.

Skip sprang auf und musterte Maureen kritisch von Kopf bis Fuß. Dann strich er mit der Hand über ihre Kleider. »Bist du getroffen worden?«

Maureen hatte Schwierigkeiten, ihn zu verstehen. Sie flüsterte: »Nein ...«

»Jenn?« Skip drehte sich zu ihr um. Die Frau schien genauso erstarrt zu sein wie Maureen. Sie war kreidebleich und hatte die braunen Augen aufgerissen. »Alles klar?«

Jenn taumelte zur Seite, und Skip fing sie auf und ließ sie auf einen Stuhl hinunter. Schnell und effizient strich er mit den Händen über ihren Leib, um ihren Busen herum, über die Brust, den Bauch und die Schenkel.

»Skip?«, rief van Biesen. »Ich habe einen Mann im Gang.«

»Ausziehen! Sofort!«, brüllte Skip. »Sicherheitsprotokoll!«

Maureen schnappte nach Luft. Das war Wahnsinn! Van Biesen riss sich Jackett und Hemd herunter und starrte auf seinen nackten Leib.

Skip tat es ihm nach. Dass die Hemdknöpfe nur so durch die Gegend flogen, kümmerte ihn nicht. Dann reckte er den Hals und besah sich seinen muskulösen Körper.

Maureen starrte auf den Hüftgurt mit dem leeren Holster. *Die zweite Pistole.*

»Ich bin okay!« Van Biesen war schon wieder zur Tür unterwegs.

Skip atmete schließlich hörbar aus und rieb sich das gerötete Gesicht. »Verdammt, das war knapp.«

Maureen wankte zu einem Stuhl, ließ sich darauf fallen und

starrte auf den Toten. *Der ist ja fast noch ein Kind.* Schlaff wie eine Puppe, der man die Fäden durchtrennt hatte, sah er schrecklich zerbrechlich aus, während seine gebrochenen Augen ins Leere blickten. Langsam sickerte Blut in den Teppich, während Urin sich an Hüften und Schenkeln sammelte.

Maureens Zittern wurde noch schlimmer. Sie kauerte sich auf dem Stuhl zusammen, als wollte sie sich auf diese Weise schützen.

Skip hob die kleine Pistole neben dem Jungen auf und wischte sie sorgfältig an seiner Jacke sauber. Schlitten, Lauf, Abzug – allem widmete er größte Aufmerksamkeit. Maureen beobachtete ungläubig, wie er dann die Hand des Jungen nahm und die Finger des Toten um die Waffe legte. Schließlich drückte er auf einen Knopf, und das Magazin sprang aus der Pistole. Er legte es in die andere Hand des Jungen und drückte es mit dessen Fingern in die Waffe. Erst dann nahm er die Pistole wieder, ging zum Tisch und legte sie auf das Holz neben einen Einschusskanal.

»Was tust du da?«

»Egal. Du hast mich das hier nicht tun sehen, okay? Jenn? Hast du auch verstanden? Der Junge ist mit *zwei* Pistolen hier reingekommen. Ist das klar?«

Jenn nickte. »Zwei Pistolen. Ja.«

»Maureen?«, fragte Skip und senkte ein wenig die Stimme.

Auch sie nickte. »Zwei Pistolen.« Dann hob sie den Blick. Allmählich konnte sie wieder einen klaren Gedanken fassen. »Aber warum?«

Skip beugte sich vor und schaute ihr in die Augen. »Die Polizei wird in wenigen Augenblicken hier sein. Ich bin

Amerikaner und habe eine nicht registrierte Waffe benutzt, um den Mann zu töten, der dich umbringen wollte. Lass uns dieses eine Mal die Komplikationen vermeiden, ja?«

Wieder nickte Maureen. Ein kalter Schauder lief ihr über den Rücken. Wie betäubt saß sie da, die Hände auf dem Schoß. *Mache ich mich hier zur Komplizin bei einem Verbrechen?*

»Es … muss so sein«, sagte Jenn mit bebender Stimme. »Wir leben. Beide. Und das nur wegen dieser Pistole. Das verstehst du doch, oder?«

Erneut nickte Maureen. Dann fing das Zittern wieder an. »Das war ziemlich knapp, was?«

Jenn nickte, schaute ihr aber nicht in die Augen. »Ich denke, die Tour ist vorbei. Das halte ich nicht mehr aus.«

Maureen sog kühle Luft in ihre fiebrigen Lungen, während sie Skip dabei beobachtete, wie er sein zerrissenes Hemd über den Hüftholster zog.

Van Biesen kam wieder herein. »Juli hat man in den Bauch geschossen. Der Krankenwagen ist unterwegs. Wir haben ihm einen Druckverband angelegt. Er müsste durchkommen.« Van Biesen schnappte sich das Hemd, das er vorhin weggeworfen hatte, und warf einen hasserfüllten Blick auf die Leiche am Boden. Erst als er auch nach seinem Jackett griff, sah er, dass eine Kugel den Stoff zerfetzt hatte.

Skip bemerkte trocken: »Hättest du dich nicht so verdammt schnell bewegt, wäre das Loch sehr viel kleiner gewesen. Andererseits hätte man ein kleines Loch noch problemlos stopfen können. So ist das Jackett ruiniert.«

»Jaja.« Van Biesen grinste. »Das Loch wäre zwar kleiner gewesen, aber dann wäre der Stoff vom Blut versaut. Bei meinem Gehalt kann ich mir keine aufwendige Reinigung leisten.«

Maureen zitterte immer noch. *Himmel, wie können die jetzt Witze reißen? Was sind das nur für Männer?*

Erneut starrte sie auf die Leiche. Die roten Spritzer um seine Lippen, auf seinen Wangen und an seiner Nase trockneten bereits. *Du hattest doch noch dein ganzes Leben vor dir. Warum nur hast du dich entschlossen, hier auf diese Art zu sterben?*

Die Nachricht verbreitete sich wie ein Lauffeuer in der Universität. Im Computerraum kauerte Ali in seiner Kabine und starrte wie benommen auf die Nachrichten im Web.

Ein Attentäter, ein junger Araber, war bei dem Versuch getötet worden, Dr. Maureen Cole zu ermorden. Den Namen des Schützen halte man aufgrund der laufenden Untersuchung noch zurück, hieß es.

Faisal ist tot. Die Erkenntnis jagte Ali einen kalten Schauder über den Rücken.

Bildern des Grand Hotels folgte das Video eines verletzten Mannes, Juli Baal, eines Sicherheitsbediensteten, der auf einer Trage aus dem Hotel und in einen wartenden Krankenwagen gebracht wurde. Ein weiterer Angreifer war verhaftet worden, als er versucht hatte, in einem schwarzen Audi vom Tatort zu fliehen. Offensichtlich hatte sein Fahrer sich nicht in Amsterdam ausgekannt und war auf der Flucht verkehrt herum in eine Einbahnstraße gefahren. Panisch hatte er zurückgesetzt und war in den Verkehr auf der Raadhuisstraat gekracht.

Ironischerweise hatten Polizisten, die auf dem Weg zum Grand Hotel gewesen waren, den Unfall bemerkt und al-Sayih vom Fahrzeug fliehen sehen. Weniger als eine Stunde später hatte man ihn in der Westerkerk verhaftet, wo er sich hatte verstecken wollen. Anhand der Fingerabdrücke hatte man ihn bereits als jenen tunesischen Kaufmann identifiziert, der den Konferenzraum neben dem von Maureen Cole gebucht hatte.

Ali drehte sich der Magen um. *Sie haben al-Sayih! Werden sie jetzt auch den Rest von uns holen kommen?* Seine Gedanken wanderten sofort zu dem Verräter. *Haram ... Es muss Haram sein!*

Ali beendete das Programm und fuhr den Computer runter. Dann klappte er den Laptop zu und stopfte ihn in seinen Rucksack. Er bemerkte die neugierigen Gesichter der anderen Studenten kaum, als er aus dem Raum stürmte. Seine Laufschuhe hallten von den Stufen wider, als er die Treppe hinunterrannte; dann stürzte er hinaus in den Hauptgang und von dort durch die Tür.

Ali hatte Glück. Er bekam sofort ein Taxi. Als er sich auf den Rücksitz warf, erkannte er, dass es sich bei dem Fahrer um einen Araber handelte.

»Wohin?«, fragte der Mann. Er war kräftig gebaut und trug ein schwarzes Jackett über einem weißen Hemd. Bartstoppeln verliehen seinen Wangen und dem runden Kinn einen dunklen Schimmer. Über den Spiegel schaute er Ali mit nachdenklichen braunen Augen an.

»Zu einem Apartmenthaus in der Nähe von Schiphol, direkt an der A4. Ich werde Ihnen sagen, wann Sie abbiegen müssen.«

Der Mann nickte und drehte die Lautstärke des Radios herunter. »Ziemlich viel Aufregung heute. Haben Sie von der Schießerei im Grand Hotel gehört?«

»Ein wenig, ja.« Ali versuchte, wieder zu Atem zu kommen. *Alles bricht auseinander.*

Der Fahrer zuckte mit den Schultern. »Das ist nicht gut. Ich habe ein paar von Dr. Coles Vorträgen gehört. Ich weiß nicht ... Es ist ja nicht so, als würde sie Muslime hassen. Sie hat getan, was andere sich zu tun geweigert haben, wissen Sie? Sie hat die Leichen unserer ermordeten Brüder ausgegraben und versucht, die Mörder ihrer gerechten Strafe zuzuführen.«

»Gerechtigkeit zu üben, ist einzig das Vorrecht Allahs.«

Wieder zuckte der Fahrer mit den Schultern. »Dieses Massengrab im Irak ... Vielleicht gehören die Toten zu meinem Stamm oder sogar zu meiner Familie. Mein Vater hat Glück gehabt. Er hat uns rausgebracht, bevor Saddam auch den Letzten von uns hat töten können.«

»Saddam hat für seine Sünden bezahlt.« Ali ärgerte sich, weil sie in diesem Verkehr nur langsam vorankamen.

»Vielleicht zahlt er ja immer noch. So Allah will, stirbt er nun tausend Tode für jeden Unschuldigen, den er ermordet hat. Aber dieser Versuch, Dr. Cole zu töten ...« Er schüttelte den Kopf. »Das bringt uns nur Ärger.«

»Sie ist eine Feindin des Islam. Eine Ungläubige, die versucht, uns über das zu belehren, was so rein und klar im Koran steht.«

Der Fahrer musterte Ali misstrauisch im Innenspiegel. »Lass mich raten«, wechselte der Mann in einen vertraulichen Tonfall. »Du gehörst zu Abu Salassis Hitzköpfen.«

Ali atmete tief durch. »Fahr einfach, *Dschahili.*«

Der Mann lachte leise. »Weißt du, ich bete, wie es das Gesetz befiehlt. Fünfmal am Tag knie ich nieder. Ich erinnere mich noch daran, wie Saddams Polizei meinen Onkel, seine Frau und seine Kinder geholt hat. Sie sind nie wieder zurückgekehrt. Mein Vater hat alles aufgegeben – sein Geschäft, sein Haus und all seine Ersparnisse –, nur um uns hierherzubringen. Und wissen Sie, wer unsere Reise hierher bezahlt hat?

Niederländer. *Dschahili.* Sie haben mir auch einen Kredit gegeben, damit ich mir dieses Taxi kaufen konnte, und mir mit der Miete geholfen, bis ich es ihnen zurückzahlen konnte.«

»Deshalb bist du einer von ihnen geworden, ja?« Ali versuchte, sich seine Verbitterung nicht anmerken zu lassen.

»Nein, mein Junge. Aber wie neunzig Prozent von uns bin ich dankbar, hier zu sein. Du sorgst dich wegen der *Dschahiliyya?* Ich frage dich: Jagt dich in *diesem* Land jemand aus deinem Haus, verschleppt dich und quält dich zu Tode? Hast du je gesehen, wie die *Dschahili* hier ihre Nachbarn überfallen, wie Saddam es in Kuwait gemacht hat? Setzen die Holländer Gas ein, um Dissidenten zu ermorden und lassen die Leichen in der Sonne verrotten? Hier gibt es Gesetze.«

»Sie haben ihr Gesetz über das Allahs gestellt.«

»Oh ja, und die Scharia hat ja auch wirklich toll funktioniert, nicht wahr? Ich hatte einen Vetter im Iran. Als die Mullahs die Macht übernahmen, haben sie die Sunniten zusammengetrieben, in Konzentrationslager gesteckt und sie allesamt umgebracht.«

»Das sind Schiiten. Sie betreiben Vielgötterei, denn sie haben Ali und Hussein über Allah gestellt. Die Schiiten waren noch nie besser als Hunde.«

»Trotzdem gründen sie ihre Taten auf die Scharia. Und dann waren da noch die Taliban. Ein paar meiner Freunde sind Flüchtlinge aus Afghanistan. Die können dir eine Menge über die Scharia dort erzählen.« Der Fahrer winkte ab. »Aber ... nun, ich nehme an, du bist auch nur so ein junger Narr, die auf Qutb und seinen Wahnsinn abfahren. Jaja, töte alle Ungläubigen. Sie sind verdorben und wollen uns vernichten.«

»So steht es im Koran.«

»Dort steht aber auch, dass wir uns bemühen sollen, Gutes

zu tun und uns um unsere Nächsten zu kümmern. Ich frage mich: Wie wird Allah wohl über Menschen wie die Mullahs und die Taliban richten? Über jene, die gemordet, vergewaltigt und zerstört haben? Ist durch sie die Welt ein besserer Ort geworden? Oder haben sie den Islam mit ihren Morden, ihren Bomben und ihrem Terror befleckt? Hm? Sag es mir, mein junger Hitzkopf. Welches Erbe haben sie hinterlassen? Und warum sollten die *Dschahili* den Islam da wohl als Beispiel für Spiritualität betrachten?«

»Ich weiß nicht, worauf du hinaus willst.«

»Ich will darauf hinaus, dass man Allahs Wort nicht mit Enthauptungen, Mord und Krieg verbreiten kann. Nicht in der Welt, in der wir heute leben. Wenn der Islam sich nicht anpassen kann, wird er sterben.«

»Allah wird ihn nicht sterben lassen.«

»Dann sollte Allah lieber eingreifen, denn du und deinesgleichen, ihr werdet ihn für uns zerstören.«

»Du bist ein dreckiger *Dschahili.*«

»Na, Allah sei Dank.«

Ali bebte vor Wut. *Faisal ist tot, al-Sayih verhaftet.* Er musste zum Unterschlupf und die anderen warnen, sie sollten fliehen. Und dieser Taxifahrer hier war ein typisches Symptom des Problems: ein Muslim ohne den Dschihad im Herzen. Ein Mann, der Allahs Botschaft aus den Augen verloren hatte und glücklich war, unter den *Dschahili* zu leben und Allahs Willen zu ignorieren.

Als sie auf die A4 einbogen, wand Ali sich auf seinem Sitz und schaute ungeduldig durch die Windschutzscheibe. »Nimm die Ausfahrt hier. Dann rechts.« Er blickte nach rechts und sah das Apartmenthaus.

Gelobt sei Allah. Ich bin fast da.

Ali sah sich den Namen des Fahrers an: Jussuf Tariq Achmed. Den Namen würde er sich merken. Wenn er eines Tages die Freuden des Paradieses genoss, würde er sich vielleicht an Achmed erinnern und daran, wie er Allah verraten hatte.

»Lass mich hier raus«, sagte Ali, als das Taxi unten an der Ausfahrt ankam. Wenn man ihn fragte, würde der Fahrer die Polizei nicht zum Unterschlupf führen können.

Ali nahm ein paar Scheine aus seiner kleinen Geldrolle.

»Friede sei mit dir«, sagte der Fahrer, nahm die Scheine und gab Ali das Wechselgeld zurück.

Schweigend schlug Ali die Tür zu und warf sich den Rucksack über die Schulter. Er schaute dem Taxi hinterher und sah, wie es wendete und wieder in Richtung Innenstadt fuhr. Dann machte er sich schnellen Schrittes auf den Weg.

Fünf Minuten später hatte er den Parkplatz erreicht und schaute an dem Gebäude hoch. Sie würden alle dort sein: der Imam, Rahman, Haram und die anderen. Pläne mussten gemacht werden. Von nun an war es an ihm, Ali, herauszufinden, wie man eine Bombe zu der Hure brachte. Er zog die Tür auf und stieg die Treppe hinauf.

Faisals Tod ist nur ein Rückschlag. Ich werde den Gürtel tragen, und meine Familie wird ein ehrenvolles Leben voller Privilegien haben.

Jenn saß in der Tower Suite und schaute auf den Damplatz hinunter. Überall standen Fahrzeuge und Gaffer, die sich alle von dem Ort angezogen fühlten, wo der bislang schwerste Anschlag auf Maureen Cole stattgefunden hatte. Im angrenzenden Raum hörte sie die Polizisten, die noch einmal die Ereignisse des Morgens durchgingen. Neben ihr wurde ein unberührter Becher Kaffee allmählich kalt. Sie brauchte jetzt nichts Stimulierendes, wo sie sich ohnehin nur an Schüsse erinnerte, einen Strudel von Leibern ... und an Skip Murphy, der einen wahnsinnigen jungen Mann mit Mord in den Augen zu Boden riss.

Und dann war da das Blut. So schrecklich viel Blut. Vermischt mit dem beißenden Gestank von Urin hatte der Geruch die Luft gesättigt.

Wäre Murphy nicht gewesen, hätte ich vielleicht auch dort auf dem Boden gelegen.

Irgendwie hatte Jenn nicht den geringsten Zweifel, dass der Attentäter sich zu ihr umgedreht hätte, nachdem er Maureen erschossen hatte. Die Waffe war eine halbautomatische Browning, deren Magazin vierzehn 9-mm-Kugeln enthielt.

Jenns Telefon klingelte. Lustlos hob sie es ans Ohr. »Royce«, sagte sie.

»Ich bin gerade ins Büro gekommen. Hört sich an, als hätten Sie heute Morgen ziemlich viel zu tun gehabt.« Bastard-Bills Stimme klang rau, aber herzlich. »Offenbar hat Murphy, der kleine Scheißer, eine der besten Mitarbeiterinnen des Ministeriums gerettet. Hat mir gefallen, wie er dem Kerl die Waffe untergeschoben hat. Der Mann wäre ein guter Cop hier in D. C. geworden.«

»Vergessen Sie, dass Sie das je gehört haben, Chef. Murphy hat uns da drin den Arsch gerettet.«

»Weiß man schon, wer der Schütze war?«

»Irgendein Einheimischer. Er ist in eine Moschee im Westen von Amsterdam marschiert. Die Polizei verhört seine Familie. Wir bekommen eine Kopie des Berichts.«

»Und der andere Kerl? Der, der fast davongekommen wäre?«

»Zu dem hat bisher niemand etwas gesagt, und *mir* werden sie das vermutlich auch nicht sagen. Darum werden Sie sich wohl kümmern müssen.«

»Ja. Hören Sie ... CNN, Fox und all die anderen sind ganz scharf auf die Sache. Können Sie Cole irgendwie vor deren Mikrofone bekommen? Das ist wirklich heiß! Die ganze Welt schaut zu.«

»Die Polizei von Amsterdam und der niederländische Geheimdienst haben mir strikte Anweisung erteilt, *nicht* mit der Presse zu reden.«

»Vergessen Sie das. Ich will Cole vor jedem Mikrofon, das Sie finden können. Das ist besser als alles, worauf wir je gehofft haben. Wie ich schon sagte: Die ganze Welt schaut zu. Wenn Dr. Cole jetzt eine ihrer Reden über Intoleranz hält, geht das bis nach Karachi.«

Jenn grunzte. »Chef, die Frau war heute Morgen nur einen Schritt vom Tod entfernt.« Sie schauderte. »Und ich auch. Mein Gott, ich habe dem Jungen in die Augen geschaut. Er wollte uns alle umbringen!«

»Immer mit der Ruhe, Jenn. Sie klingen gestresst.«

»Gestresst? Und ob ich *gestresst* bin, verdammt noch mal! Heute Morgen ist ein Mann vor meinen Augen erschossen worden!« Jenn hörte die Hysterie in ihrer Stimme und kämpfte ihren Zorn nieder. »Hören Sie, Chef, das alles ist noch ziemlich frisch. Lassen Sie mich erst mal wieder für ein bisschen Ordnung sorgen, dann werden wir sehen, was ich tun kann.« Sie schaute zur Tür und erinnerte sich an den Ausdruck auf Maureens Gesicht.

»Sorgen Sie einfach dafür, dass Dr. Cole am Ball bleibt«, sagte Bill. »Sie können tun, was Sie wollen. Mein Wort darauf. Drogen, Alkohol, Geld, was immer nötig sein sollte.

Nur sorgen Sie dafür, dass Coles Gesicht vor den verdammten Kameras erscheint!«

Coles Gesicht? Jenn war nicht sicher, ob die Frau dann nicht in hysterisches Schluchzen ausbrechen würde. Sie fuhr sich mit der Hand durchs Haar und verspürte das dringende Verlangen, es sich auszureißen. »Jawohl, Sir.«

»Ich weiß, wie Sie sich fühlen, Jenn. Ein-, zweimal hat man auch auf mich geschossen. Aber hier geht es um mehr als nur um Sie, Cole oder sonst wen. Wie das hier ausgeht, könnte die Welt verändern. Tun Sie, was immer Sie tun müssen. Verstanden?«

Jenn bemerkte den Unterton in der Stimme ihres Chefs. »Verstanden, Sir.«

»Gut. Ihre Anweisungen lauten, die Frau vor ein Mikrofon zu bringen.« Bastard-Bill hielt kurz inne. »Und halten Sie mich auf dem Laufenden.«

Jenn beendete das Gespräch und starrte gedankenverloren auf die Menschenmenge vor dem Hotel hinunter. Skips Worte spukten in ihrem Kopf herum: *»Wie tief steckst du da drin, Jenn?«*

Sie schluckte. »Bis über beide Ohren, Skip. Bis über beide Ohren.«

35.

William Harmon blieb vor der zerbeulten Tür stehen. Die letzten drei Treppen war er wie in Trance hinaufgestiegen. Türen säumten den schmalen Gang, der von Leuchtstoffröhren erhellt wurde. Sie flackerten leicht. Harmon roch den schimmeligen Teppichboden und den abgestandenen Tabakrauch, der in den abblätternden Putz gekrochen war.

Die ausgeblichene Nummer 402 war über dem verdreckten Rahmen zu lesen. Das Apartment besaß eine Klingel, doch der Plastikknopf fehlte, sodass korrodierte Kupferkabel zu sehen waren.

Harmon schaute auf den Türknauf. *»Sie werden drinnen sein.«* Im Geiste ging er die Instruktionen noch einmal durch.

Als er draußen aus dem Mietwagen gestiegen war, hatte er einen weißen Lumpen um den Lenker einer alten Vespa gewickelt gesehen. Das war das Zeichen, das alles klar war. Harmon schaute sich um und fragte sich, wo die Beobachter steckten. Beinahe hatte er damit gerechnet, einen schwarzen Van zu sehen oder eine Limousine, in der jemand mit einem Fernglas saß.

Trotzdem zögerte er vor der Tür und beugte sich erst einmal näher heran. Drinnen hörte er einen Fernseher und gelegentlich das Murmeln von Männerstimmen.

Leise begann er: »Vater unser, der du bist im Himmel, geheiligt werde dein Name. Dein Reich komme, dein Wille geschehe wie im Himmel so auf Erden ...«

Aus Richtung Treppenhaus hörte er, wie eine Tür sich öffnete und wieder schloss. Schritte auf den Stufen jagten ihm einen Schauder über den Rücken. *Jetzt oder nie.*

Harmon hob die Hand und klopfte nachdrücklich. Zum ersten Mal brannte die Angst wie Feuer in ihm. *Dies ist die eine Chance, meine Seele zu retten. Damit werde ich mir den Weg ins Himmelreich erkaufen.*

Die Stimme eines Mannes rief etwas auf Arabisch.

Harmon klopfte erneut und rief: »Ich bin von Gott gesandt!«

Was, wenn sie nicht aufmachten? Was dann?

Er hörte jemanden auf der anderen Seite der Tür und wusste, dass der Mann zuhörte.

Dann geschah etwas Seltsames: Harmons Erinnerungen kehrten wieder nach Tennessee zurück, an den Green River, zum Fischen. Er war wieder ein kleiner Junge mit einer Angelrute in der Hand. Und er roch den Fluss wieder: den Schlamm, die feuchte Vegetation und den schwachen Duft von Welsen an seinen Fingern. Wenn er nach unten schaute, sah er den Köcher und die drei Fische darin …

Ab wann ist eigentlich alles falsch gelaufen? Nach der Highschool? Als ich meine erste Flasche Whiskey getrunken habe? Oder war es später, als ich in Nashville unter der Brücke geschlafen habe?

Er hatte Sänger werden wollen und war den Verlockungen des Ruhms zu ihrer Quelle gefolgt.

War nur ich daran Schuld? Oder hat der Alkohol mir mein Leben und meine Träume gestohlen?

Oder waren es die Jahre gewesen, die er in einer Zelle verbracht hatte und schließlich in einer Therapie?

Und nun gibt es nur noch Gott und die Erlösung.

»Allahu akbar«, sagte er und drückte dabei die Lippen an die Tür.

Er hörte, wie der Mann im Innern sich bewegte, und dann, wie der Riegel zurückgeschoben wurde.

Harmon griff in seine Tasche, fand den Detonator und legte den Daumen auf den Knopf. Durch den Türspalt blickte ein Mann mit dunklen Augen, die förmlich zu brennen schienen, zu ihm hinaus.

Ich schaue in die Augen des Satans. Harmon drängte sich gewaltsam ins Zimmer. Ein Pistole war auf seine Brust gerichtet, als er versuchte, das Gleichgewicht wiederzuerlangen.

In diesem einen Augenblick erkannte er den alten Mann mit dem schwarzen Turban und dem Bart und sah, wie die anderen drei Männer mit den schwarzen Haaren und den brennenden Augen auf ihn zu rückten.

»Im Namen des Vaters, des Sohnes und des Heiligen Geistes!«, rief Harmon und drückte den Knopf …

Die Explosion riss Ali von den Beinen und warf ihn auf den Absatz im ersten Stock zurück. Staub quoll aus dem Treppenhaus. Eine scheinbare Ewigkeit konnte er einfach nur daliegen. Übelkeit stieg in ihm auf, und seine Ohren klingelten.

Dann schälte sich eine schreckliche Gestalt aus der wirbelnden Staubwolke. Ein Mann taumelte auf ihn zu und klammerte sich an das Geländer. Das Bild hätte aus irgendeiner Höllenvision stammen können. Das fremdartige Ding schwankte. Dann gaben die Beine nach, und die Furcht erregende Kreatur fiel vornüber direkt vor Ali.

Das Hemd hing dem Mann in Fetzen von den blutigen

Schultern, und sein Gesicht fehlte, als hätte man es mit einem Käsemesser abgeschabt. Die Augen waren nur noch blutige Höhlen, und Hautfetzen baumelten vom Kopf.

»Hilf mir«, wimmerte Haram mit seiner quiekenden Stimme und streckte eine Hand aus, an der alle Finger bis auf einen fehlten, und dünne Blutfontänen spritzten aus den aufgerissenen Arterien.

Ali schnappte nach Luft. Eine Panik wie jetzt hatte er noch nie empfunden. Auf allen vieren kroch er zurück, um von Harams Überresten wegzukommen.

Was dann passierte, daran konnte er sich später nur noch verschwommen erinnern. Halb rutschte, halb fiel er die Treppe hinunter. Dann gelang es ihm irgendwie, sich wieder aufzurappeln und von diesem Albtraum wegzurennen.

Schließlich war er wieder im Licht, war sich bewusst, dass andere Leute mit ihm rannten. Auch sie wollten verzweifelt weg von diesem furchtbaren Ort.

Erst als er über die Schulter zurückschaute, wurde er ein wenig langsamer. Hoch oben am Haus, wo der Unterschlupf gewesen war, war ein Loch in die Wand gesprengt, und das Dach hing durch. Rauch quoll aus dem Riss, und ein Knallen wie von Feuerwerkskörpern war zu hören, als Munition sich entzündete.

Ali machte auf dem Absatz kehrt und lief, wie er noch nie gelaufen war. Erst viel später fiel ihm auf, dass er irgendwo seinen Rucksack verloren hatte, seinen teuren Laptop.

Wenn man die Lobby des Hotel Ambassade betritt, geht man an der Rezeption vorbei. Unmittelbar geradeaus befindet sich eine schmale Treppe, die in den ersten Stock führt. Rechts ist ein Gang zu den Büros der Hausverwaltung, links kommt man zu einer Tür, die sich zu einer kleinen Bibliothek hin öffnet. Die Bücherregale dort sind verglast und enthalten Tausende Erstausgaben von zahlreichen Autoren, die einmal im Ambassade gewohnt haben. Viele von ihnen haben Interviews an dem großen Holztisch gegeben, der den Raum beherrschte.

Skip beobachtete die Gäste, während seine Gedanken sich überschlugen. Dort saß Maureen, den Blick beständig ins Nichts gerichtet. Jenn hing auf einem Stuhl ihr gegenüber, den Kopf in die Hände gestützt. Marc van Biesen wiederum hockte auf der Tischkante und telefonierte.

Spät an diesem Nachmittag war es Skip gelungen, eine Freigabe von der Amsterdamer Polizei zu erwirken und Maureen durch einen Liefereingang hinauszubringen. Marcs Leute wiederum hatten eine blonde Perücke und eine Sonnenbrille zur Tarnung aufgetrieben. Skip und Maureen waren auf dem kleinen Motorroller davongefahren, und Maureen hatte dabei die ganze Zeit hinter sich gestarrt, zurück zu dem Medienwahnsinn vor dem Hotel.

Im Grand Hotel wimmelte es von Presseleuten. Kamerateams filmten in der Lobby, während Reporter die neuesten Durchbrüche bei den Untersuchungen kundtaten. Vor dem Hotel parkten Übertragungswagen kreuz und quer durcheinander.

Skip lehnte sich an die Tür und verschränkte die Arme vor der Brust. »Das war ein ziemlich brutaler Tag, Leute.«

»Ja. Ich hab mich noch nie so ausgelaugt gefühlt«, murmelte Jenn. Polizisten sämtlicher Abteilungen hatten sie immer wieder nach sämtlichen Einzelheiten des Attentatsversuchs befragt.

Marc schaute vom Telefon auf. »Mein Kontaktmann sagt,

dass man den Konferenzraum des Tunesiers Zentimeter für Zentimeter abgesucht hat. Die Reste eines Klebestreifens, die man unter dem Tisch gefunden hat, entsprechen denen, die auch auf der Waffe des Angreifers waren. Und Juli Baal ist aus dem Operationssaal raus. Man musste ihm ein Stück Darm entfernen, aber wenn es nicht zu Komplikationen kommt, wird er sich vollständig erholen.«

»Das sind gute Neuigkeiten«, bemerkte Skip in das verlegene Schweigen hinein.

Marc fügte hinzu: »Tickets für Maureens Vortrag im Concertgebouw werden mittlerweile für bis zu zweitausend Euro auf dem Schwarzmarkt verkauft.«

»Gibt es schon was Neues über den Bombenanschlag in Badhoevedorp?«, fragte Skip und dachte an das Apartmenthaus in den Außenbezirken von Amsterdam.

Marc schüttelte den Kopf. »Nur wenige Einzelheiten, aber Radio Eins behauptet, ein Video von einem Amerikaner bekommen zu haben, einem William Harmon, der die Verantwortung für den Anschlag übernimmt. Harmon erklärt darin, er wolle eine al-Kaida-Zelle in die Luft jagen. Es endet mit ›im Namen des Vaters, des Sohnes und des Heiligen Geistes‹.«

»Noch einer von Box' Bombenlegern?«, wunderte sich Skip und schaute zu Maureen. Sie bereitete ihm Sorgen. Sie saß einfach nur da, sah erschöpft aus und starrte ins Leere. Jenn andererseits schien von Teufeln gequält zu werden.

»Sie haben übrigens auch den Komplizen des Attentäters identifiziert«, berichtete Marc und ließ das Handy in einer Hemdtasche verschwinden. »Der Mann gehört zu al-Kaida und ist als ›der Tourist‹ bekannt. Sein richtiger Name ist Achmed Walid, ein Saudi. Interpol ist ihm schon seit Jahren auf den Fersen.«

»Und wieder ein Punkt für die Guten«, murmelte Skip, ohne den Blick von Maureen zu nehmen. Als sie ihn anschaute, waren ihre Augen leer, das Funkeln darin erloschen. Skip hatte Maureen ihr Entsetzen angesehen, als er die Waffe manipuliert hatte, um die Beweislage zu verändern. Und vermischt mit diesem Entsetzen war da ein Verstehen gewesen, zusammen mit unverhohlener Verachtung, als hätte sie Skip plötzlich zum ersten Mal so gesehen, wie er wirklich war.

Tut mir leid, Maureen, aber es gab keine andere Möglichkeit. Trotzdem wurde Skip das Gefühl nicht los, sie irgendwie verraten zu haben.

Skip fügte hinzu: »Was uns zum nächsten Thema bringt: Was sollen wir jetzt tun?«

»Streicht den Vortrag im Concertgebouw«, antwortete van Biesen. »Die Lage ist außer Kontrolle. Erst der Anschlag auf Maureen, dann die Bombe nicht weit von Schiphol ... Im Muslimviertel herrscht Panik. Einer ihrer Imame wird vermisst, und dieser Junge, Faisal, gehörte zu ihnen. Die Polizei verhört die Leute dort. Die Konservativen warnen bereits vor zunehmender muslimischer Gewalt und fordern strengere Gesetze. Noch eine Provokation, und wir haben einen Aufstand auf der Straße.«

Skip nickte und trat an ein Regal, um sich die Titel anzuschauen. Dabei hatte er alles andere im Kopf als Bücher.

»Der Vortrag steht nicht zur Debatte«, erklärte Jenn emotionslos, den Kopf noch immer in die Hände gelegt.

Skip drehte sich zu ihr um. »Mir ist scheißegal, was Bastard-Bill will oder nicht. Meine Sorge gilt Maureen, und das Fass ist verdammt noch mal übergelaufen. Sie hat da gehockt wie in einer Schießbude. Das hört auf. Jetzt!«

»Das sehe ich genauso«, ergänzte van Biesen ruhig.

Jenn hob den Kopf, die braunen Augen leer und von Erschöpfung gezeichnet. »Wir bezahlen die Rechnungen. Das ist unsere Show, Murphy. Und hier steht mehr auf dem Spiel, als du weißt.«

Das weckte Skips Interesse. »Ach ja? Was denn zum Beispiel? Komm schon, Jenn. Spuck's aus. Was führt ihr im Schilde?«

Jenns Miene verhärtete sich. »Verstehst du noch immer nicht? Maureen hinterlässt Eindruck. Die Leute hören ihr zu. Sie denken nach! Zum ersten Mal stellt jemand den islamischen Fundamentalismus für die moderne Welt in einen Kontext. Die Menschen fragen nach dem Warum, und Maureen gibt ihnen die Antwort darauf.«

»Sicher, und dafür setzt Maureen ihr Leben aufs Spiel.«

»Skip, du Arsch!«

»Ja, und das bist du auch. Euch ist es doch scheißegal, ob sie erschossen, in die Luft gejagt oder abgestochen wird. Für euch ist sie nur ein Propagandainstrument, und sie ist entbehrlich. Jedes Mal, wenn sie dem Tod gerade noch mal von der Schippe gesprungen ist, erhöht sich der Einsatz. Wenn sie noch einen Mordanschlag überlebt, was macht ihr dann aus ihr? Die nächste Oprah?«

»Ja, verdammt!« Jenn funkelte ihn wütend an. »Wen hätten wir denn sonst? Kennst du sonst noch jemanden mit genug Verstand, Mitgefühl und Mut, um diesen religiösen Irrsinn als das zu beschreiben, was er ist? Niemand sonst hat genug Mut und Bildung, um der Masse den Fundamentalismus zu erklären. Islamische Fundamentalisten *töten* Menschen! Oder hast du das bei deiner Arbeit im Dienst vergessen?«

Skip verschränkte die Arme vor der Brust. »Ich erinnere dich nur ungern daran, aber auch Box' ach so fromme Märtyrer töten Menschen! Oder möchtest du vielleicht wetten, was heute bei Schiphol passiert ist? Lass mich raten, was eure Regeln sind: Maureen kann so viel sie will auf Osama, Qutb und all den anderen Hasspredigern rumhacken, aber es wäre noch besser, wenn sie irgendwann im Leichenschauhaus landen würde, korrekt?«

Jenn schaute ihn hart an. »Für mich ist sie mehr. Für mich ist sie die Stimme der Vernunft. Deshalb muss sie morgen auch diesen Vortrag halten: Die Vernunft *muss* siegen. Tut sie das nämlich nicht, geht es immer weiter bergab, bis nur noch Chaos herrscht.«

»Sie wird morgen keinen Fuß auf diese Bühne setzen, und wenn die ganze Welt in Flammen steht!«, knurrte Skip. »Das ist mir vollkommen egal. Es ist die Sache nicht wert ...«

»Ich mache es«, warf Maureen mit belegter Stimme ein.

Skip wirbelte herum und starrte sie ungläubig an. »Hast du nicht gehört, was ich gerade gesagt habe? Es sind nicht nur die Muslime. Der verdammte Bastard-Bill will dich genauso tot sehen. Maureen, bist du erst einmal tot, bekommt er sogar noch mehr für sein Geld, verdammt!«

Maureen starrte auf ihre Hände.

Jenn schlug sich auf die Schenkel. »Du fängst schon wieder an! Verdammt, Skip! Verstehst du das wirklich nicht? Du bist paranoid. Bill hat dich im Iran zurückgelassen, und das ist alles, was du siehst. Dir geht es nicht darum, was für die Welt das Beste ist – du willst es Reeves nur heimzahlen.«

Skip schloss die Augen und atmete tief durch. »Ich sage es dir jetzt zum letzten Mal, Jenn: Der Kerl ist Dreck! Für ihn ist Maureen nur eine Schachfigur. Maureen mag im Augenblick ja seine Dame sein, aber wenn er einen Vorteil darin sieht, wird er sie opfern.«

»Ich mache es.« Maureen hob den Blick. »Ich *muss*.«

»Blödsinn«, knurrte van Biesen.

»Wenn es die Toten der *White Star* sind, für die du kämpfst, Maureen, *lass sie gehen!* Du hast für sie getan, was du tun konntest. Das haben wir alle.«

»Aber wir haben nie herausgefunden, *wie* diese Menschen getötet worden sind. Wir können also nicht dafür sorgen, dass so etwas nicht noch einmal geschieht. Also müssen wir die Quelle angehen.« Maureen lächelte Skip schwach an. »Jenn hat recht. Morgen wird die ganze Welt zusehen ... Und vielleicht hast du ja auch recht, Skip. Vielleicht will Bastard-Bill mich tot sehen, als Märtyrerin für die gute Sache. Als jemand, den das amerikanische Außenministerium als Beispiel für muslimische Intoleranz anführen kann. Oder als Rechtfertigung für weitere Bombardierungen und Invasionen. Ich weiß es nicht. Aber wenn ich morgen *nicht* rede, haben die Fundamentalisten mit ihrem Hass gewonnen.«

»Maureen«, Skip senkte die Stimme, »du hast deinen Teil schon getan.«

»Und jetzt werde ich noch mehr tun.« Sie schaute ihm in die Augen. »Aber das ist das letzte Mal. Nach morgen wird es keine Veranstaltungen mehr geben. Ist das klar?«

»Ja«, murmelte Skip.

»Wir können deine Sicherheit nicht garantieren«, ermahnte sie van Biesen. »Das Concertgebouw ist ziemlich weitläufig.«

Maureen nickte und lächelte scheu. »Ich bin sicher, euch wird schon etwas einfallen.« Müde stand sie auf. »Aber jetzt gehe ich erst mal ins Bett. Ich nehme an, meine Suite ist im ersten Stock und voll gesichert?«

Van Biesen nickte. »Man bräuchte schon eine Armee, um

in dein Schlafzimmer vorzudringen. Außerdem glaubt der Rest der Welt immer noch, dass du dich im Grand Hotel verbarrikadiert hast.«

Skip ließ den Kopf hängen, als van Biesen Maureen hinausführte.

Als er den Blick wieder hob, erwartete er, Triumph in Jenns Augen zu sehen. Stattdessen sah sie aus, als hätte ihr gerade jemand in den Magen getreten.

»Stimmt was nicht? Du hast doch gewonnen.«

Jenn bewegte die Finger und betrachtete die Sehnen auf ihrem Handrücken. »Du hast mich gefragt, wie tief ich in Bills Plänen drinstecke ...«

»Und?«

»Ich weiß es nicht, Skip. Verdammt, ich weiß es nicht.«

Der Laden nannte sich »Luxemburg« und war einer von Amsterdams vielen Bars, die eine Mischung aus Café, Taverne und Restaurant darstellten. Jenn saß auf einem Rattanstuhl an einem Terrassentisch. Über ihr befanden sich große Fenster, durch die sie die Lichter der Stadt sehen konnte, die den bewölkten Himmel erhellten. Feiner Nieselregen ging wie Tau auf das Glas nieder und floss daran herunter. Trotz der späten Stunde eilten noch immer Fahrräder und Fußgänger vorbei.

Trotz des Lärms von der Bar hinter ihr konnte Jenn Reeves gut verstehen. »Das ist es also?«, sagte er. »Cole beendet ihren Vortrag, van Biesen schleust sie in einen gepanzerten Mercedes, und dann fahren sie im Konvoi zum Sheraton in Schiphol, wo sie in der Tiefgarage direkt neben dem Aufzug parken. Murphy eskortiert Cole zum Lift und bringt sie auf ihr Zimmer. Korrekt?«

»Ja«, antwortete Jenn. »Cole wird ihren Vortrag um exakt fünfzehn Uhr beenden. Zehn Minuten später werden wir sie dann im Wagen haben. Wir rechnen mit zwanzig Minuten Fahrt bis Schiphol. Ihre Limo sollte so ziemlich genau um fünfzehn Uhr dreißig dort eintreffen. Murphy, Cole und ich werden dann fünf Minuten später auf unseren Zimmern sein. Sobald der Flieger startklar ist, werden wir eine verkleidete Maureen Cole durch das Terminal schleusen und einen Wagen zu unserem Privatjet nehmen. Wann genau werden wir willkürlich entscheiden.«

»Klingt gut.«

Jenn atmete tief durch. »Maureens Vortrag morgen ist ein Cover für den Selbstmordanschlag in Badhoevedorp heute, stimmt's, Chef? Etwas, um die Aufregung in Holland ein wenig zu mildern. Wir geben ihnen sozusagen eine neue Perspektive.«

Jenn lauschte auf das lange Schweigen und spürte, wie sich ihr Magen umdrehte.

»Sie sind ein kluges Mädchen, Jenn«, sagte Reeves schließlich.

»Wie lange arbeiten wir schon mit Box zusammen?«

Wieder folgte Schweigen, dann: »Sie sollten lieber Ihrem Glücksstern danken, dass wir über eine sichere Verbindung miteinander reden.«

»Ich nehme an, würde ich ein wenig herumfragen, würde ich herausfinden, dass Sie Box kurz nach mir einen kleinen Besuch abgestattet haben. Das ergibt Sinn: Sie kümmern sich um die nachrichtendienstliche Aufklärung – wie bei al-Arabi und den beiden Hisbollahführern im Libanon –, und Box schickt einen seiner Märtyrer, um sich in die Luft zu jagen. Das Außenministerium kann problemlos Sprengstoff am

Zoll vorbei in fremde Länder schmuggeln. Vermutlich wissen die betreffenden Botschaftsangestellten noch nicht einmal, *was* sie da über die Grenze gebracht haben.«

»Worauf wollen Sie hinaus, Royce?«

Dass er sie plötzlich mit Nachnamen ansprach, entging ihr nicht. »Nun, Chef, ich habe den Eindruck, dass Sie eine kluge und fähige Stellvertreterin zu schätzen wissen, die schnell denken kann. Immerhin haben wir heute einen dicken Fang gemacht. Wir haben Achmed Walid und seinen Schützen, aber wer war das in diesem Unterschlupf?«

»Abu Salassi, al-Arnab, den man den Hasen nennt, und ein paar ihrer Leute. Salassi war der hiesige Imam der al-Kaida. Die niederländische Polizei hatte einen ziemlich geschäftigen Tag in diesem Haus. Die große Überraschung waren vier Stinger-Raketen. Stellen Sie sich das mal vor! Vier Stinger direkt in der Einflugschneise von Schiphol! Wir haben vielleicht vier Boeing 747 voller Menschen gerettet. Außerdem wurden fünfhundert Schuss Munition gefunden und ein paar Kilo Semtex, das aber zum Glück nicht explodiert ist. Und auf dem Computer werden sie vielleicht noch mehr finden – vorausgesetzt, er funktioniert noch. Oh, und da war ein Rucksack mit einem Laptop, der einem Jungen mit Namen Ali gehört. Den haben wir manipuliert, sodass er geglaubt hat, einen Verräter entlarven zu müssen.«

»Ich freue mich, dass ich Ihnen zu Diensten sein durfte.«

»Gute Arbeit für einen Tag.« Reeves hielt kurz inne. »Ich muss Sie doch nicht an Ihre Sicherheitsstufe erinnern?«

»Natürlich nicht, Chef. Ich bin überzeugt, dass Sie mir Ihre Dankbarkeit zeigen werden, sobald ich wieder daheim bin.«

»Und Sie sind sicher, dass Cole aufhören will?«

»Ja, Sir. Morgen ist ihr letzter Auftritt. Schluss, aus.«

»Also gut. Damit können wir arbeiten.«

»Ja, Sir.«

Jenn drückte den Beenden-Knopf auf ihrem Satellitentelefon. Einen langen Augenblick starrte sie darauf, während es in ihrem Magen rumorte.

»Und?«, fragte Skip über den Rand seines Bierglases hinweg. Er saß Jenn gegenüber auf der anderen Seite des kleinen, runden Tisches und schaute sie mit seinen dunklen Augen neugierig an.

Jenn legte das Telefon beiseite und trank einen kräftigen Schluck von ihrem De Koninck. »Er ist auf dem Laufenden, genau wie er es haben will.«

»Wenn ich recht habe, wird uns das morgen im Concertgebouw eine Menge Druck nehmen.«

»Irgendwie, Skip, habe ich das Gefühl, dass wir bis zum Hals in der Scheiße stecken.«

36.

ALI HIELT EINE Tasse kalten Kaffees umklammert, während er im Internetcafé an der Rokin saß. Den größten Teil des Abends hatte er immer wieder die Nachrichten des Tages gelesen. Bei einem Anruf daheim hatte er sogar noch mehr beunruhigende Neuigkeiten erhalten. Ein Polizist war vorbeigekommen und hatte nach ihm gefragt. Es ging um seinen Rucksack. Auch waren sie fast den ganzen Tag bei Faisal zu Hause gewesen. Beamte hatten überall in der Nachbarschaft die Leute befragt. Als die Polizisten dabei auf der Straße beschimpft worden waren, hatte man mehrere Leute verhaftet.

In einem kurzen Gespräch mit Onkel Patan hatte Ali überdies erfahren, dass Abu Salassi, Haram und Mohammed Batari schon den ganzen Tag vermisst wurden. Ja, hatte Onkel Patan gesagt, er sei sicher, dass niemand sie gesehen habe. Und nebenbei ... Brauchte Ali etwas? Geld vielleicht? Eine Unterkunft? Hilfe sei nur einen Anruf weit entfernt, betonte Onkel Patan.

Aber wie lange noch? Überwachten die Holländer bereits die Telefonleitungen? In jedem Fall suchten sie schon nach ihm.

Ali starrte auf seine halb volle Kaffeetasse und tippte *Zahra@fez.net.*

WER RUFT?

Er tippte: BAKR. WER BIST DU?

ICH BIN AKBAR. IST DIESER COMPUTER SICHER?

KEIN COMPUTER IST SICHER, erwiderte Ali. DER UNTERSCHLUPF IST HEUTE BEI EINEM BOMBENANSCHLAG ZERSTÖRT WORDEN.

ABER DIR IST NICHTS PASSIERT?

ICH WÄRE FAST GETÖTET WORDEN. FALLS HARAM DER VERRÄTER GEWESEN SEIN SOLLTE, SO IST ER JETZT TOT. GLEICHES GILT FÜR AL-ARNAB UND DEN IMAM. AUCH FAISAL IST TOT. DER TOURIST IST VERHAFTET.

DER TOURIST WIRD DICH NICHT VERRATEN.

Ali überlegte, was er darauf erwidern sollte.

Akbars nächste Worte überraschten ihn: DIE HURE SPRICHT MORGEN.

Ali verzog das Gesicht. ICH WEIß. ICH SOLLTE DEN GÜRTEL ANLEGEN, FALLS FAISAL SCHEITERT.

NOCH IST ZEIT, BAKR. BEFOLGE DIESE INSTRUKTIONEN. DU WIRST DEINE RACHE BEKOMMEN, IM NAMEN ALLAHS.

Ali sah die Worte auf dem Monitor, und sein Herz begann wild zu pochen.

Maureen lag im Bett und bewegte sich nur, um dann und wann einen Blick auf den Wecker zu werfen. Die rotglühende Digitalanzeige veränderte sich mit schmerzhafter Langsamkeit. Inzwischen war es 01.18 Uhr.

Du musst ein bisschen schlafen. Morgen hältst du die wichtigste Rede deines Lebens.

Ihr Handy zirpte. Maureen nahm es vom Nachttisch und sah Dustys Nummer auf dem Display. Einen Augenblick lang dachte sie darüber nach abzuheben, aber was sollte sie sagen?

»Hi, Dusty. Wow! Ziemlich aufregender Tag heute. Ein Junge hat versucht, mich umzubringen, stattdessen habe ich ihm beim Sterben zugesehen. Dann habe ich zugeschaut, wie mein Leibwächter Beweise gefälscht hat, um nicht verhaftet zu werden. Das war wirklich cool, besonders das Blut und der Urin, die in den Teppich gesickert sind. Und dann waren da noch die Polizeiverhöre. Was für ein Spaß!«

Maureen legte das Handy wieder auf den Nachttisch und starrte zur dunklen Decke hinauf. Vor ihrem geistigen Auge wiederholte sich immer wieder die Schießerei. Das Geräusch eines Schusses, der junge Mann, der durch die Tür brach, mehr Schüsse, und dann schaute sie ihm in die Augen und sah ihren eigenen Tod. Maureen hatte gesehen, wie Skips Kugeln in den Körper des Jungen eingeschlagen waren und wie sein Jackett zerfetzt worden war. Und einen Augenblick später hatte Skip ihn wie ein Footballspieler zu Boden gerissen.

Maureen kannte sich mit Kugeln aus. Sie hatte häufig genug Schusskanäle untersucht.

Es hieß: Er oder ich.

Doch das linderte nicht die Wucht der Eindrücke.

Ich habe damit begonnen, um Menschen zu retten. Ich wollte ihnen eine Alternative aufzeigen. Aber wo ich auch hingehe, folgt mir der Tod.

Und dann war da Skip. Maureen hatte ihn ungläubig dabei beobachtet, wie er seine Pistole gereinigt und sie dem Toten in die Hand gedrückt hatte.

Ich bin Komplizin bei einer Lüge.

Zählte nur, dass sie und viele andere noch am Leben waren, oder musste der illegale Waffenbesitz aufgeklärt werden, wie das holländische Gesetz es befahl? Auf rationaler Ebene war

Maureen das alles durchaus klar, doch seit Skips effizientem Tun hatte sich etwas verändert.

Das war nicht das erste Mal, dass er so etwas gemacht hat.

So etwas hatte er auch früher schon getan. Er war an Orten gewesen und hatte Dinge getan, bei denen sich Maureens empfindsame kanadische Seele vor Qual gewunden hätte. Das Problem war nur, dass sie direkt in Skips Seele hatte sehen können, als er Faisal getötet hatte. Da war nicht der Hauch von Reue gewesen, nur die nüchterne Effizienz eines ausgebildeten Kriegers.

Was ihr nun Sorge bereitete war, dass sie ihm im Vorfeld so nahe gekommen war, sogar Gefühle für ihn entwickelt hatte.

»So ist es nun mal auf dieser Welt«, flüsterte sie vor sich hin.

Aber nicht in meiner.

»Und in was für einer Welt lebst du?«

Ich weiß es nicht, aber ich will raus.

Seit wann ging alles den Bach runter? Wann hatte es begonnen? Und wo? In New Mexico? In der Nacht, in der Dusty die Indianerhexe getötet hatte? Oder war es erst später geschehen, irgendwo auf dem Weg von einem Massengrab zum anderen? War es vielleicht in der irakischen Wüste gewesen, an jenem abgelegenen Graben voller Leichen? Der von Kugeln zerschmetterte Schädel eines kleinen Kindes starrte zu ihr hinauf, ein Teddybär in der halb verwesten Hand.

Aber vielleicht war es ja auch auf der *White Star* gewesen, wo sie durch Gänge voller Toter gegangen war, oder auf Deck, wo die Möwen mit ihren scharfen Schnäbeln Stücke aus den Leichen gerissen hatten.

»Es ist Zeit, nach Hause zu gehen«, flüsterte Maureen. Ein Bild der Wüste von New Mexico erschien vor ihrem geistigen Auge.

New Mexico? Nicht Ontario oder mein kleines Haus am See?

Maureen griff nach dem Handy, hielt dann aber wieder inne. Wenn sie Dusty anrief, was dann? Was sollte sie ihm sagen?

Maureen schluckte. Ihre Gedanken überschlugen sich.

»Was willst du eigentlich, Maureen?«

Irgendwas. Solange ich nur von alldem hier wegkomme. Weg vom Tod und weg von der Angst.

Tom Stone stand im Souvenirladen der Gemeinde und starrte auf ein großes Poster der *White Star*. Er und Amy hatten sich dem Kreuzzug ursprünglich anschließen wollen, wären da nicht ihre finanzielle Situation, die kleinen Kinder und Toms packvoller Flugplan gewesen.

Vielleicht wäre es ja besser gewesen, wenn wir mitgefahren wären. Er blinzelte ob der Leere in seiner Brust. War es wirklich so schlimm, dass er lieber mit Amy gestorben wäre, als ohne sie zu leben?

Eine vertraute Stimme hinter ihm sagte: »Das ist das Schiff, das die Welt verändert hat, Tom.«

Tom Stone drehte sich um und sah A. P. mit ausgestreckter Hand und einem Lächeln auf dem Gesicht. Doch die vertrauten Züge hatten sich verändert, waren steif geworden, der Mund hart. Müdigkeit lag in A. P.s Augen.

»A. P.... Schön, dich wiederzusehen.« Tom schüttelte dem Reverend die Hand und gab ihm einen freundschaftlichen Klaps auf die Schulter. »Wirklich schön.«

»Komm«, sagte A. P. »Ich habe eine Tasse Kaffee für uns.«

»Die Welt da draußen sieht vollkommen anders aus. Ein Tor, Zäune, Sicherheitsleute.«

»Die Dinge haben sich verändert, mein Freund. Es ist nicht mehr so wie damals, als wir zusammen Baseball gespielt haben.« A. P.s Gesicht bekam einen sehnsüchtigen Ausdruck, der ihm ein wenig von seiner Anspannung nahm. »Die vielen Menschen, die auf der *White Star* gestorben sind … Das war der Anfang der Letzten Tage.«

Stone nickte. Er fühlte sich einfach nur leer. »Ja, die ganze Welt liegt im Sterben.«

A. P. führte ihn zu einem Büro. Flowcharts hingen an den Wänden. Zu Jones' Erstaunen beschäftigten sich die meisten mit dem ph-Wert der Meere, mit Dürrekatastrophen und demografischen Daten.

A. P. ging zur Kaffeemaschine und schenkte zwei Becher ein. »Hast du gewusst, dass in Südostasien mehr als sechsundfünfzig Prozent der biologischen Produktion dem menschlichen Konsum dienen? Sechsundfünfzig Prozent!«

Stone nahm sich den Stuhl, auf den A. P. deutete. Der Reverend selbst setzte sich hinter seinen Schreibtisch.

»Es hat mich gefreut, als ich deine Nachricht bekommen habe, Tom.« A. P. schaute in unbestimmte Fernen. »Als du mich in jener Nacht angerufen hast, habe ich mir Sorgen um dich gemacht. Bitte, sag mir, dass du wieder mit dem Trinken aufgehört hast.«

»Ja, habe ich«, log Stone. »Damals, das war der verdammte Tag, an dem Amys Anwalt mich angerufen hat. Da kam eines zum anderen. Ich wollte mich selbst bestrafen, verstehst du?«

»Du fliegst immer noch nach Riad, stimmt's? Gehört das auch zur Bestrafung?«

»Ja.«

»Und wie sieht es da aus?«

»Die Lage ist angespannt. Die *White Star* war die erste

Krise. Dann kamen die christlichen Selbstmordattentäter, und Maureen Coles Vorlesungen haben Schockwellen durch den ganzen Nahen und Mittleren Osten gejagt. Die Imame kochen vor Wut, und die Menschen auf den Straßen wollen Cole tot sehen … zusammen mit uns anderen im Westen.« Stone starrte in seinen Kaffee. »Es hat sich eine Art Bunkermentalität entwickelt, A. P. Sicherheit für Amerikaner und Europäer ist so teuer wie nie. Die saudische Regierung kann nichts dagegen tun. Die Menschen sind wütend und wollen kämpfen.« Er hielt kurz inne. »Vielleicht hast du ja recht, und das ist wirklich das Ende der Welt.«

»Warum fliegst du dann noch da hin?«

Tom grinste A. P. säuerlich an. »Jedes Mal ist es so, als würde ich ihnen einen Finger ins Auge stechen. ›He, ihr Bastarde, beim ersten Mal habt ihr daneben geschossen. Wollt ihr es noch mal versuchen?‹ Nächste Woche wird da unten das Chaos herrschen. Die Hadsch hat begonnen.« Stone grinste erneut. »Die gewaltigste der Geschichte.«

»Hast du gewusst, dass die Hadsch die größte religiöse Versammlung der Welt ist? Wir können ihre Bedeutung nicht einmal erahnen. Mekka ist buchstäblich das Herz der muslimischen Welt.«

»Sie glauben, dass Allah sie auf der Hadsch beschützt.«

»Lass sie glauben, was sie wollen.« Der Reverend lächelte wehmütig. »In vierzig Jahren wird dieser Planet verdorrt sein. Die wissenschaftlichen Daten sind eindeutig. Die Welt erwärmt sich, die Eiskappen schmelzen. Wir könnten die weitere Produktion von Treibhausgasen nicht mal aufhalten, wenn wir es wollten. Es gibt die so genannte Klimaträgheit. Wir haben den Punkt ohne Wiederkehr längst überschritten.«

»Und das heißt?«

»Die Prophezeiungen der Offenbarung erfüllen sich.« A. P. hob den Blick. »Was ist mit dieser anderen Frau passiert?«

»Das ist auch so eine Sache. Wir sind zusammen geflogen, haben praktisch zusammen gelebt und sind schließlich zusammen im Bett gelandet. In ein paar Monaten wäre die Sache ohnehin eingeschlafen. Niemand hätte je etwas erfahren, wäre da nicht diese verdammte Rakete gewesen. Wie gesagt, hat die ACC Amy als Überraschung nach Rom eingeflogen, wo sie uns in flagranti ertappt hat.«

»Hast du inzwischen mit ihr gesprochen?«

»Ich kann nur ihren Anwalt erreichen.« Stone verzog das Gesicht. »Per einstweiliger Verfügung hat man mir verboten, mich Amy zu nähern. Als würde ich ihr oder den Mädchen etwas antun! Sind die verrückt? Ich darf mich nicht mal dem Haus nähern. Jeder Kontakt muss vorher von einem Gericht genehmigt werden.« Er schluckte und kämpfte gegen die Tränen an. »Wer weiß, was sie Becka und Sarah erzählt hat.«

A. P. lehnte sich auf seinem Stuhl zurück, den Kaffeebecher auf dem Schoß. »Du hast ihr sehr wehgetan.«

»Ja. Die Schuld liegt einzig und allein bei mir. Aber meine Mädchen zu verlieren? A. P., seit Jahrtausenden begehen Männer Ehebruch. Es ist ja nicht so, als wäre ich ein notorischer Schürzenjäger. Bevor ich Tana kennen lernte, habe ich eine andere Frau nicht mal geküsst. Wenn Amy sich von mir scheiden lassen will, dann soll es halt so sein. Ich habe es verdient. Aber sie sperrt mich vollkommen aus ihrem Leben und dem der Kinder aus!«

»Sie hat mir gesagt, es sei gewesen, als hättest du ihr einen Dolch ins Herz gerammt.«

Stone schüttelte den Kopf. Seine Verzweiflung wuchs

immer mehr. »Vielleicht könntest du ihr sagen: Ja, ich habe gesündigt, aber ich bin kein schlechter Mensch. Was passiert ist, ist passiert. Ich verdiene nicht, deswegen *alles* zu verlieren.« Er schloss die Augen. *Ich verdiene es nicht, Amy zu verlieren.*

»Du hast gewusst, was für eine Frau sie ist, als du sie geheiratet hast.«

Stone starrte auf die Flowcharts, mit denen A. P. das Ende der Welt dokumentierte. »Dann habe ich also alles verloren?«

»Es wird seine Zeit brauchen, Tom. Währenddessen werde ich Amy daran erinnern, dass unser Herr Vergebung predigt. Alles andere liegt an ihr, mein Freund.«

»Wenn sie mir nicht vergibt, A. P., werde ich einer von den einsamen Kerlen sein, die ständig von dem träumen, was sie verloren haben.« Er hielt kurz inne. »Ich werde *nicht* derart erbärmlich werden.«

A. P. musterte ihn nachdenklich. »Wenn du einst vor dem Thron Gottes stehst, was wirst du ihm zu deinen Gunsten sagen können? Wie wirst du deine Existenz rechtfertigen? Was hast du im Kampf der Letzten Tage getan? Wie willst du Buße tun?«

»Ich weiß es nicht, A. P. Hier sitze ich und bitte Amy um Gnade; dabei bin ich mir noch nicht einmal sicher, ob ich Gott darum bitten soll.«

»Tom, du ertrinkst in Wut und Schuld. Lass los, bevor es dich zerstört.«

Stone lächelte verbittert. »Nur ich und die Araber ... Nur uns kann man die Schuld geben.«

»Die Menschen werden an ihren Taten gemessen, Tom, nicht nur an ihrer Reue. Wie du mit Gott wieder ins Reine kommst, liegt an dir; aber zuerst musst du dir selbst vergeben.«

»Vergeben? Nach allem, was sie mir angetan haben?«, flüsterte Stone, und die Erinnerung an den Schmerz in Amys Augen brannte in seiner Seele.

»Mohammed bin al-Hassan al-Shebani hat gesagt:
›Es ist nicht verkehrt, wenn ein Mann allein einen
Feldzug gegen den Feind führt – auch wenn er
annimmt, getötet zu werden –, solange er glaubt,
etwas damit zu erreichen, indem er die Feinde tötet,
verstümmelt oder besiegt. Doch wenn er glaubt,
dass er nicht in der Lage ist, ihnen Leid zuzufügen,
ist es ihm nicht gestattet, sich selbst auf sie
zu werfen. Die Vorbedingung ist also,
dass sein Vorgehen Schaden verursacht.‹«

Das Al-Kaida-Lesebuch

37.

Ali befolgte die Anweisungen buchstabengetreu. Er betrat die Lobby des Swissotel am Damrak um genau 08.00 Uhr. Er ignorierte die Empfangsdame an der Rezeption; die Frau erklärte gerade zwei englischen Touristen den Stadtplan.

Ali drückte den Aufzugknopf und ließ sich in den zweiten Stock fahren. Dort verließ er den Aufzug und ging zu Zimmer 218. Er klopfte, wartete. Er fühlte sich nervös.

Das könnte eine Falle sein. Aber blieb ihm eine andere Möglichkeit? Nur Akbar hatte stets recht gehabt. Die anderen waren tot, und seine Freunde und Familie waren verängstigt und wie benommen von Faisals Schicksal und dem Mord an ihrem Imam. Überall war Polizei und machte die Panik noch schlimmer. Sie hatten seinen Rucksack und fragten nach ihm. Und selbst wenn er sich herausreden könnte, würde es dann eines Abends an seiner Tür klopfen, und draußen stand ein Selbstmordattentäter?

So kann ich nicht leben – zu wissen, dass sie Mutter und Zainab töten würden, nur weil sie mit mir verwandt sind.

»Wer da?«, fragte eine Stimme auf Arabisch.

»Bakr.« Ali schnürte es die Kehle zu.

Die Tür öffnete sich, und ein schmalgesichtiger Mann mit brauner Haut musterte ihn misstrauisch. »Du bist Bakr?«

»Wer bist du?«, fragte Ali und spannte die Muskeln an.

»Akbar.«

»Friede sei mit dir«, sagte Ali heiser.

»Und mit dir. Möge Allah dich segnen«, erwiderte der Mann und öffnete die Tür ganz.

Ali trat ein, den Blick auf die Pistole in der Hand des Mannes gerichtet. Die Waffe erinnerte ihn an Faisal und das riskante Spiel, das sie spielten.

»Die anderen sind tot«, sagte Akbar und schloss die Tür. »Ich habe den Polizeifunk abgehört. Der Attentäter hat uns einen schweren Schlag versetzt.«

Ali schaute sich in dem Raum um. Die Wände waren blau verputzt. Es gab nur ein Fenster; das Bett war gemacht, und zwei Reisetaschen standen neben der Badezimmertür, große schwarze Nylondinger, wie jeder Reisende sie bei sich führte.

»Ich bin jetzt also hier«, sagte Ali. »Warum?«

»Weil die Hure noch immer lebt.« Akbars harter Blick wankte nicht. »Wir hatten Angst, der Verräter könnte losschlagen, und das hat er getan. Sie haben Faisal erwartet, und dann haben sie uns im Unterschlupf angegriffen. Nur dank Allahs Willen lebst du noch. Wenn die Hure gewinnt, wird es unsere Schande sein. Die Augen aller Muslime sind auf uns gerichtet.«

»Warum sollte ich dir vertrauen?«

Der Mann lächelte. »Ich bin Akbar. Habe ich dich nicht vor den Verrätern gewarnt? Habe ich nicht versucht, diese Tragödie zu verhindern? Alles Weitere brauchst du nicht zu wissen. Wenn schon sonst nichts, sollten die letzten Tage dich zumindest gelehrt haben, wie wichtig Sicherheit ist.«

»Und du glaubst, dass sie auch mich verhaften werden?«

Akbar zuckte mit den Schultern, griff dann nach einer der beiden Reisetaschen und öffnete sie. »Kennst du dich mit Kalaschnikows aus?«

»Ich habe einmal eine in der Hand gehalten, im Video, für die Faust des Islam, als wir der Welt verkündeten, dass wir den Ungläubigen, Box, und seine Kreuzzügler auf der *White Star* vernichtet haben.«

Akbar lächelte. »Ah, ihr wart das also. Wie habt ihr das eigentlich angestellt, Bakr?«

Nun war es an Ali, mit den Schultern zu zucken. »Das ist nicht wichtig.«

»Oh doch, das ist sogar sehr wichtig.«

Ali zuckte unwillkürlich zusammen. »Der Imam hat es mir nicht gesagt.«

»Ich verstehe.«

»Ich bin ein *Mujahid!*«, rief Ali wie zur Rechtfertigung. »Ich habe die Bombe transportiert, die nach England geschickt worden ist.«

»Transportiert? Wohin, Bakr?«

»Ins American Hotel. Ich habe sie an der Rezeption abgegeben. Sie konnten die Fährte nicht bis zu uns zurückverfolgen.«

Akbar schien unbeeindruckt davon zu sein, als er in die

Tasche griff und eine Kalaschnikow mit Klappstütze herausholte. Er klappte die Schulterstütze aus. »Du bekommst drei Magazine.« Akbar zeigte ihm einen Munitionsgurt, der über der Brust getragen wurde. »Damit hast du neunzig Schuss. Verbrauch so viele Kugeln wie nötig, um sicherzugehen, dass alle tot sind. Wenn du Erfolg hast, werden wir dich aus Holland schmuggeln.«

»So Allah will ... Ihr habt also eine Möglichkeit, mich und die Waffe ins Concertgebouw zu schmuggeln?«

»Wir haben sogar noch etwas Besseres: einen anderen Ort. Einen Ort, an dem sie dich nicht erwarten werden.«

Ali nahm die Waffe. Damit würde er den schwersten Schlag führen.

»Da ist noch etwas«, sagte Akbar. »Du musst nicht nur die Hure töten – die Frau und der Mann, die sie begleiten, müssen ebenfalls sterben.« Er holte zwei Fotos hervor. »Sieh sie dir genau an.«

Ali legte die Kalaschnikow aufs Bett und betrachtete die Fotos. Der Mann besaß ein rundes Gesicht, trug einen schwarzen Bart und hatte dunkle Augen. Die Frau war attraktiv, mit schmaler Nase, langem braunem Haar und braunen Augen.

Vom Rücksitz des Mercedes betrachtete Maureen das vorbeiziehende Amsterdam durch die kugelsicheren Scheiben. Ihr Fahrer und der Sicherheitsmann neben ihm wirkten angespannt. Dass ihr Mercedes dem Wagen der Vorhut förmlich auf der Stoßstange hing, ließ Maureen ständig einen Unfall fürchten, und wenn sie den Kopf drehte, sah sie die Nachhut genauso dicht auffahren. Sie fuhren als kompakte Einheit und schlängelten sich durch den Verkehr von Amsterdam.

Maureen schaute auf ihre Hände und wünschte, sie würden vor Nervosität nicht so zittern. Neben ihr lauschte Marc van Biesen auf den Funk.

»Alles klar am Concertgebouw«, sagte er schließlich zu Maureen. »Meine Leute haben das Gebäude durchkämmt und die Garderobe von oben bis unten auf den Kopf gestellt. Die Gänge sind frei, und die Gebäudesicherheit war die ganze Nacht vor Ort. Meine Leute warten am Haupteingang. Es scheint alles in Ordnung zu sein.«

»Ich vermisse Skip.«

»Er kümmert sich darum, dass unsere Route nach dem Vortrag sicher ist.« Van Biesen wirkte angespannt, während er aufmerksam den Verkehr beobachtete. Bei jedem Halt versteifte er sich, als erwarte er einen Angriff.

Maureen atmete tief ein und versuchte, die Spannung, die sie erfüllte, mit dem Atem auszustoßen. *Meine Güte, und da soll ich noch einen Vortrag halten?*

Maureen holte ihr Handy hervor. Sie sah, dass Dusty noch einmal angerufen hatte, und hörte die Mailbox ab.

»Maureen? Ich bin es, Dusty. Hör mal, hier geht es nicht um uns. Ich habe Informationen für dich. Du *musst* mich anrufen.« Er spulte die vertraute Nummer herunter. »Ich habe einen Freund, einen Paläoklimatologen, der unbedingt mit dir reden muss. Er ist Professor hier an der University of New Mexico. Ein alter Freund von Dale. Er weiß, was passiert ist.«

Maureen starrte auf das Handy. Ein Paläoklimatologe wusste, was passiert war? »Oh, Dusty, um Himmels willen. Wovon redest du da?«

Sie wollte gerade seine Nummer wählen, als der Konvoi plötzlich nach links abbog, auf den Bürgersteig rumpelte und vor dem Concertgebouw hielt.

»Gehen wir, Jungs«, sagte Marc ins Funkgerät.

Maureen beobachtete, wie die Männer aus den Wagen sprangen, und Marc öffnete die Tür. Sie stieg in einem Kordon von Männern aus, deren Blicke blitzschnell in die Runde schweiften. Dann wurde sie die Stufen hinaufgescheucht, durch eine große, offene Doppeltür und ins Foyer. Ein solches Gefühl wie jetzt hatte sie noch nie empfunden, als man sie durch Türen und Flure scheuchte und schließlich eine kleine Treppe hinauf in die Garderobe.

»Alles klar, wir sind drin«, sagte Marc ins Funkgerät. »Von jetzt an kommt niemand mehr an das Objekt heran.«

Eine Reihe niederländischer Bestätigungen war aus dem Funkgerät zu hören.

Van Biesen grinste Maureen an. »Siehst du? Ich hab's dir ja gesagt. Kein Problem. Luciano Pavarotti hat diese Garderobe schon benutzt.« Er deutete auf Maureens Tasche, die auf einem gepolsterten Hocker für sie bereitstand. »Da sind deine Notizen aus dem Hotel. Kann ich dir noch was besorgen? Wasser? Kaffee? Etwas zu essen?«

Maureen schaute in den von Lichtern umrahmten Spiegel an der rückwärtigen Wand. »Kaffee, bitte«, antwortete sie.

»Ist schon unterwegs.« Van Biesen hob wieder sein Funkgerät. »Dr. Cole hätte gerne Kaffee.«

Maureen holte ihre Notizen heraus und legte sie auf den Tisch, an dem auch Pavarotti sich schon vorbereitet hatte.

Was würde es diesmal sein? Eine Kugel aus den hinteren Reihen oder ein Selbstmordattentäter im Publikum? Oder vielleicht würde ja plötzlich ein Schütze aus dem Besenschrank springen.

Mein Gott, lass mich das Ende dieses Tages erleben.

»Jetzt hast du völlig den Verstand verloren, Murphy!« Jenn starrte ihn ungläubig an, als Skip ihr den Helm reichte. »Das ist ein Motorroller, verdammt! Ein kleiner *Motorroller!*«

»Eine Harley ist es nicht, das gebe ich zu.« Er schaute auf den Roller. »Aber glaub mir, auf dem Ding schnappt uns in Amsterdam so schnell keiner.«

Jenn nahm den Helm, schaute auf ihren engen, knielangen Rock und verdrehte die Augen. »Der Rock ist von Prada, du Trottel. Vermutlich der Einzige, den ich je besitzen werde.«

»Und auch den hättest du nicht, hättest du in Mailand nicht das Geld des Steuerzahlers verschleudert.«

Sie funkelte ihn böse an. »Hättest du es lieber gesehen, wenn ich wie eine Landpomeranze aussehe, während Maureen nur edelsten Zwirn trägt?«

»Steig auf. Vertrau mir.«

Jenn verzog das Gesicht und zog den Helm über den Kopf. »Das Ding sitzt locker.«

»Der war für Maureen. Offenbar hat sie mehr Hirn als du.« Skip schwang sich auf den Roller, steckte den Schlüssel ins Zündschloss, und der Motor erwachte zum Leben.

Jenn zog ihren Rock hoch und kletterte auf den Sozius, wobei sie wie verrückt am Saum zupfte, damit der Rand ihrer Strumpfhose nicht zum Vorschein kam. Dann holperten sie über das Kopfsteinpflaster, und die Sorge um ihr Aussehen trat zurück hinter ihr verzweifeltes Bedürfnis, sich an Murphy festzuklammern.

An der Rozengracht bogen sie links ab und suchten sich einen Weg zur S 105. Jenn ertappte immer wieder männliche Autofahrer dabei, wie sie auf ihre nackten Beine starrten und grinsten. Einer hupte sogar. Aus Wut versetzte sie Skip einen Schlag in den Nacken.

»Wenigstens ist es warm«, rief Skip über die Schulter, als sie in Richtung Süden auf die A4 abbogen.

»Das zahle ich dir heim, Murphy!«, rief Jenn, als Skip das Gas aufdrehte. Im Augenblick jedoch musste sie sich festhalten und die Augen zukneifen, um sie vor dem Fahrtwind zu schützen. Ein Lastwagen donnerte links an ihnen vorbei, und der Luftzug brachte den Roller ins Schlingern.

Jenn konzentrierte sich weiter darauf, sich festzuhalten. Nur einmal schaute sie zur Seite, als Skip auf ein vierstöckiges Gebäude rechts von ihnen deutete. Jenn erkannte es aus den Nachrichten als Ort des gestrigen Selbstmordanschlags. Die obere Ecke des Hauses war herausgesprengt, und das Dach hing durch.

Da ist es also. Der Anblick war ernüchternd. Dann erfüllte das Donnern eines Jets die Luft, und Jenn drehte den Kopf und sah einen großen blauen Airbus der KLM mit ausgefahrenem Fahrwerk aus dem Himmel kommen.

Sie hatten vier Stinger-Raketen. Sie hätten einfach das Fenster öffnen und schießen müssen.

Mein Gott, wie zerbrechlich die moderne Gesellschaft war.

Dann verschwand der Himmel, als Skip in einen beleuchteten Tunnel fuhr. Auf der anderen Seite nahm er die Ausfahrt Schiphol, folgte der Straße am Terminal vorbei und fuhr dann eine Rampe hinauf, die zum Fuß des Schiphol Sheraton führte.

Jenn hob die Hand zum Kopf, um den viel zu großen Helm wieder nach vorne zu schieben. Auf der Fahrt war er so weit nach hinten gerutscht, dass der Kinnriemen sie fast erwürgt hätte. Skip schlängelte den Roller um die Absperrungen herum.

»Was tun wir hier eigentlich?«, fragte Jenn, als Skip endlich hielt und den Motor abstellte.

Er beobachtete, wie sie vom Sattel stieg, bewunderte ihre entblößten Beine und versuchte, sich seine Belustigung nicht anmerken zu lassen, als sie verlegen den Rock nach unten zog.

»Ich hatte dir gesagt, du sollst dich actionmäßig kleiden.«

Jenn funkelte ihn an und nahm den Helm ab. »Ich dachte, mit ›Action‹ hättest du etwas ganz anderes gemeint als eine Autoverfolgungsjagd oder eine Schießerei.«

Skip zuckte mit den Schultern, klappte den Sitz hoch und holte eine Gürteltasche heraus, ehe er die Helme hineinlegte. »Ich hab gestern meine Pistole verloren. Falls es zu einer Schießerei kommt, sollten wir besser nicht daran teilnehmen.«

Jenn schaute misstrauisch auf die Gürteltasche. »Was ist da drin?«

»Dinge, die ich hoffentlich nicht brauchen werde. Komm.«

Jenn folgte ihm zwischen den Autos hindurch. »Ich verstehe das nicht. Maureen wird doch erst in ein paar Stunden hier sein.«

»Ja, ich weiß.« Skip drehte den Kopf hin und her, und Jenn wurde klar, dass er nach Überwachungskameras Ausschau hielt.

»Und jetzt, Murphy?« Jenn schaute auf ihre Uhr. »Maureen sollte inzwischen schon im Concertgebouw sein. Ihr Vortrag beginnt in weniger als zwei Stunden.«

Skip führte sie zu dem Aufzug, der zum Haupteingang des Sheraton hinaufführte. »Marc hat schon früher mit diesem Hotel gearbeitet. Die haben hier einen guten Sicherheitsdienst. Sie werden uns ein paar Stunden im Überwachungsraum sitzen lassen.«

»Moment mal ... sitzen? Ich will dir ja nicht den Spaß verderben, aber ich muss bei Maureens Vortrag sein.«

Skip drückte den Knopf, und die Aufzugtür öffnete sich. Dann packte er Jenn am Ellbogen und zog sie zu sich in den Lift. Als er den Knopf zur Lobby drückte, sagte er: »Kleine Planänderung, Jenn. Du wolltest doch wissen, wie tief du in Reeves' kleinem Spiel drinsteckst, nicht wahr? Nun, das wirst du gleich herausfinden.«

Jenn runzelte die Stirn und schaute zu, wie die Leuchtanzeige langsam nach oben wanderte. »Was genau meinst du mit ›kleine Planänderung‹?«

Skip blickte sie besorgt an. »Das hängt von Bill ab – und natürlich von den Muslimen.«

Jenn drehte sich der Magen um, als die Tür sich wieder öffnete. »Und wenn es schlimm wird?«

Skip lächelte und führte sie in die Lobby. »Dann wird es sehr interessant.«

Die Nachmittagshitze war erdrückend, als Nathan McHaon aus dem kleinen, gemieteten VW stieg und die Tür hinter sich zuschlug. Näher konnte er nicht heran, doch hinter den parkenden Autos war bereits das Dach des Concertgebouw zu sehen. Er hatte auf einem kleinen Parkplatz neben einem Apartmentkomplex geparkt, und obwohl er kein Holländisch verstand, war er sicher, dass die Schilder darauf hinwiesen, dass hier nur Anwohner ihre Wagen abstellen durften. Nicht dass es ihm etwas ausgemacht hätte. Er würde den kleinen roten VW ohnehin nie wiedersehen.

Schweiß trat Nathan auf die Stirn, und das nicht nur wegen der Hitze. Er schaute zur Sonne hinauf, die an diesem klaren

Oktobertag schon die Hälfte des Weges am Himmel zurückgelegt hatte. Nur hier und da war eine kleine Wolke über den Dächern zu sehen, und die Alleebäume ließen lustlos die Blätter hängen.

Nathan war noch nie in Holland gewesen, aber er empfand das Land als charmant.

Ich hätte schon vor Jahren hierherkommen sollen, als das Leben noch schön war.

Doch das war Vergangenheit. Jetzt war alles anders. Als er sich auf den Weg zum Concertgebouw machte, justierte er den schweren Gürtel um seine Hüfte. Schon diese einfache Bewegung reichte aus, dass sich ihm der Magen umdrehte.

Ich will leben.

Doch das konnte Nathan sich wünschen, bis die Hölle zufror. Zu leben war jenen vorbehalten, die etwas hatten, für das sich zu leben lohnte.

Mir ist nichts mehr geblieben.

Finanzprüfer hatten sämtliche Bücher seiner Firma beschlagnahmt. Ohne Zweifel deckten sie just in diesem Augenblick all seine Betrügereien auf: die gestohlenen Kreditkartendaten; die Liste betrogener Senioren, die geglaubt hatten, günstige Lebensversicherungen abzuschließen, und die Wohlfahrtsorganisationen, die er vorgeblich für krebskranke Kinder eingerichtet hatte, allerdings nur, um einen Großteil der Spendenbeträge für sich abzuzweigen.

Vater im Himmel, ich habe gesündigt.

Nathan hatte gewusst, dass es falsch gewesen war, doch die Jacht in Miami, das Haus auf St. Martin und sein Gestüt mit dem Herrenhaus bei Richmond waren eine viel zu große Versuchung gewesen. Selbst seine wohltätige Arbeit war von Versuchungen geprägt gewesen. Er hatte damit sein Gewissen beruhigt und es genossen, dicke Schecks auszuschreiben und mit den Reichen und Berühmten zu feiern. Stets war er auf den exklusivsten Veranstaltungen anzutreffen gewesen. Und dann die Frauen ... Oh ja, er hatte die Frauen genossen, die er aus aller Herren Länder für ein Wochenende voller Sex hatte einfliegen lassen. Und all der teure Alkohol, die erlesenen Speisen ...

Vorbei. Alles vorbei.

Gleichzeitig hatte er seinen guten Ruf verloren. Nur noch wenige Tage, dann würde es in der Zeitung stehen: *Prominenter aus Richmond demaskiert.*

Das würde das Schlimmste sein. Das ganze Land würde ihn fortan nur noch als Betrüger sehen.

Nein, da war das hier schon besser. Hier konnte er wenigstens Buße tun. Gott würde seine letzte Tat sehen, und die Waagschale würde sich wieder zu seinen Gunsten neigen. Es bedurfte schon eines wahrhaft großen Opfers, um für die armen Witwen Buße zu tun, die er um die Ersparnisse eines ganzen Lebens betrogen hatte, und die sterbenden Kinder, an denen er Millionen verdient hatte.

Als er die Ecke der geschäftigen De Lairessestraat erreichte, konnte er das Concertgebouw sehen. Muslimische Demonstranten drängten sich an der Polizeiabsperrung.

»Der Herr ist mein Hirte, es wird mir an nichts mangeln«, begann Nathan zu beten. Dann trat er auf die Straße. Nur noch wenige Augenblicke, und alles, was Nathan McHaon je gewesen war, würde mit einem Schlag davongeweht sein.

Gütiger Gott, nur du bist mir geblieben.

»Im Nahen Osten wird der Selbstmordattentäter von Millionen Arabern bewundert, und das nicht, weil er ein Massenmörder ist – und das ist er –, sondern weil durch ihn etwas Unbesiegbares, etwas Unberührbares, etwas, das stets die Regeln diktiert hat, ohne die Verantwortung für das Ergebnis zu übernehmen, plötzlich verwundbar geworden ist. Was, wenn es immer mehr werden sollten? Was, wenn die Schule der Selbstverbrennung einen Selbstmörder pro Tag produzieren könnte oder gar zwei oder drei, wenn sie zur Massenware und gegen westliche Ziele gerichtet würden?«

Robert Fisk, *The Great War for Civilisation*

38.

Die Schmetterlinge in Maureens Bauch mussten gedopt sein. Sie zwang sich, die Augen zu schließen und von den grünen Wäldern ihrer Jugend zu träumen, und von der beruhigenden Stimme ihrer Mutter, wenn sie ihr Geschichten von Seneca erzählte. Sie stellte sich Dusty vor, wie er grinsend dastand und der Wind New Mexicos die Krempe seines Strohhuts flattern ließ. Und sie dachte an die Ältesten der Puebloindianer, die ihr mit ihrem Rat zur Seite gestanden hatten …

»Es ist Zeit«, sagte van Biesen, als er das Zimmer betrat.

Maureen suchte ihre Notizen zusammen, atmete tief durch und stand auf. »Wie sieht es da draußen aus?«

»Ungefähr eine halbe Stunde nach deiner Ankunft sind die ersten muslimischen Demonstranten eingetroffen. Die Polizei hat die Halle abgeriegelt, aber die Stimmung ist angespannt. Leute mit Tickets werden durchsucht und durch Metalldetektoren geschickt. Es dauert länger, als wir erwartet haben, bis alles bereit ist. Auch die Medienvertreter und ihre Geräte wurden zweimal überprüft.« Er zuckte mit den Schultern. »Mehr können wir nicht tun.«

Maureen nickte. »Also gut. Los geht's.«

Sie folgte van Biesen auf den Gang hinaus und fand sich sofort zwischen zwei Leibwächtern wieder. Auch van Biesen blieb dicht bei ihr.

Als sie sich der Bühne näherten, waren die Zuschauer zu hören. Die Leute unterhielten sich leise. Die Spannung war ihnen deutlich anzumerken. Kein Wunder, wo die halbe Welt es auf die Vortragende abgesehen hatte.

Maureen trat hinter dem Vorhang hervor und fühlte, wie van Biesen sich versteifte. Die hellen Lichter blendeten sie kurz; dann ging sie zum Podium und legte ihre Notizen darauf.

Schweigen breitete sich aus.

Maureen riss sich zusammen und ließ den Blick über die Menge schweifen, während ein Ansager sie ankündigte und ihre akademischen Verdienste aufzählte.

»Und nun ist es mir eine Ehre, meinen Platz Dr. Maureen Cole zu räumen«, sagte er schließlich.

Maureen legte die Hände aufs Podium, und donnernder Applaus erfüllte den Raum. Bis auf ein paar Stühle waren sämtliche Plätze besetzt. Waren einige in letzter Minute zu dem Schluss gekommen, dass es womöglich doch zu gefährlich war?

»Guten Tag«, begann Maureen. »Ich möchte Ihnen allen für Ihr Kommen danken und dafür, dass Sie bereit sind, eine Stimme der Vernunft in einer Welt zu hören, die mehr und mehr im Wahnsinn versinkt.«

Eine Stimme ertönte, die wie eine seltsame Mischung aus Arabisch und Niederländisch klang. In einer der hinteren Reihen sprang ein Mann auf. Er war jung und hatte schwarzes Haar.

»Allah hat dich verflucht, Hure!«, kreischte der Mann und schüttelte die Faust, während um ihn herum die Leute von ihren Sitzen flohen.

Maureen wartete, während die Sicherheit sich um den Mann kümmerte und ihn schließlich aus dem Saal zerrte. Langsam kehrte wieder Ordnung ein, und die Leute setzten sich.

Maureen lachte leise. »Nun, das ist ein Rekord für mich. Normalerweise sage ich erst etwas Kontroverses, ehe man mich verflucht.«

Das brachte ihr ein Lachen ein.

»Aber ernsthaft, meine Damen und Herren ... Gerade haben wir ein typisches Beispiel für den Zorn und die Intoleranz gesehen, die unsere Welt in die Knie zwingen könnten. Die Frage ist: Warum? Können wir denn nicht mehr miteinander reden, gemeinsam nachdenken und unseren Glauben infrage stellen? Werden wir alle zu Sklaven eines Dogmas, das jegliche Neugier im Keim erstickt?«

Sie trank einen Schluck aus der Wasserflasche, die jemand für sie auf den Tisch gestellt hatte.

»Was macht Religion? Sie ist ein kognitiver Prozess, der zu Interpretationen basierend auf mystischen Erfahrungen eines heiligen, spirituellen Wesens oder mehrerer führt, das mit der physischen Welt und ihren Bewohnern interagiert. Diese Interpretationen werden jeweils von einer Vielzahl von Menschen geteilt. Religion wird von soziokulturellen Gruppen geschaffen und bewahrt, wo sie der vertikalen Identifikationsfindung ihrer Schöpfer dient. Aus ihr gehen Koalitionen gleich denkender Individuen hervor, aus denen sich wiederum Gruppen, Stämme und Völker bilden.«

Sie hielt kurz inne; dann fragte sie: »Wäre das nicht die ideale adaptive Strategie, wenn Sie ein Frühmensch wären? Und ob! Aber warum läuft die Religion dann immer wieder aus dem Ruder? Der größte Fehler entspringt der Behauptung, die unumstößliche Wahrheit gepachtet zu haben. Wenn Sie jemanden sagen hören, ›Das ist Gottes Wahrheit‹ oder ›Ich bin der Auserwählte‹, dann *laufen Sie!* Warum? Denken wir an die Koalition gleich denkender Individuen zurück. Wenn Sie nicht zu den ›Auserwählten‹ gehören, sind Sie ein Häretiker. Ein Feind. Der ›Andere‹. Und wenn wir uns einmal die westliche Geschichte ansehen – was passiert mit Häretikern?«

Sie sah, wie ein Mann in der ersten Reihe das Wort »Scheiterhaufen« mit den Lippen bildete.

Maureen straffte die Schultern. »Einhergehend mit der Behauptung ›Ich bin im Besitz der unumstößlichen Wahrheit‹ ist der Missbrauch heiliger Texte und die selektive Interpretation von Gottes Wille. Tatsache aber ist: Wenn Sie die Bibel, den Koran oder die Thora wirklich *lesen*, werden Sie ein Sammelsurium von Widersprüchen finden. Religionswissenschaftler haben ganze Bibliotheken mit dem Versuch gefüllt, die Widersprüche religiöser Texte zu verstehen. Wenn Sie aber wählerisch sind und nur die Teile nehmen, die Ihrem Zweck dienen, können Sie jedwede Monstrosität im Namen Gottes rechtfertigen.«

Mehrere der Anwesenden nickten zustimmend.

»Und schließlich haben wir Gottes ultimative Verteidigung: den Heiligen Krieg, den Kreuzzug oder den Dschihad.« Sie hob die Hände. »Das ist das Problem: Anhänger des Heiligen Krieges müssen glauben, dass Gott weder allwissend, allgegenwärtig noch allmächtig ist. Warum bräuchte er sonst Menschen, die die Drecksarbeit für ihn erledigen? Und mit Drecksarbeit meine ich Foltern, Erschießen, Vergewaltigen und Bomben.«

Sie ließ diese Worte kurz wirken, ehe sie fortfuhr: »Schlussendlich kann solch ein Denken nur zu *einer* absoluten Wahrheit führen: dass das Urteil eines Menschen dem Gottes entspricht und dass dieser Mensch über die gleiche Macht verfügt.« Abermals hielt sie kurz inne. »Und? Was erwidern Sie darauf, Herr bin Laden?«

Kurz ließ sie ihren Blick über die Zuschauer schweifen und sah hier und da Köpfe nicken. »Tatsache ist: Wenn Gott wahrhaft allwissend, allmächtig und allgegenwärtig ist, dann ist der Heilige Krieg, egal wie man ihn nennt, nichts anderes als ein betrügerischer Trick, um Menschen für weit profanere Zwecke zu rekrutieren.«

Sie atmete tief durch. »Zu guter Letzt möchte ich die These aufstellen, dass es bei fundamentalistischen Ideologien weniger um Gott als vielmehr um soziale Manipulation und Kontrolle geht. Kurz gesagt gestalten Fundamentalisten die Strafen für Ungehorsam so streng und die Belohnungen für Gehorsam so groß, dass Apostasie undenkbar wird.«

Sie legte die Hände aufs Podium. »Wir haben nur eine Waffe im Kampf gegen Ignoranz und Dogmatismus. Wir können studieren, denken und fragen. Erst wenn wir aufhören zu fragen ...« Ein lauter Knall ertönte; die Wände bebten, und die Leute fuhren auf ihren Sitzen zusammen, »... sterben Menschen.«

In nur einem Augenblick war der Raum wie erstarrt. Maureen erkannte diesen Bruchteil einer Sekunde, bevor das Chaos ausbrach.

Van Biesen sprang vor und schnappte sich das Mikrofon. »Warten Sie!«, rief er. »Nicht rennen! *Nicht rennen!* Wenn Sie in Panik geraten, haben diese Leute gewonnen! Haben Sie verstanden? Die hintere Reihe . . . Stehen Sie auf. Verlassen Sie langsam den Saal! *Nicht rennen!* Dann die nächste Reihe, und so weiter. Draußen ist die Polizei. Sie wird für Ihre Sicherheit sorgen.«

Maureen trat zurück. Das Herz schlug ihr bis zum Hals.

Van Biesens zunächst verzweifelte Stimme hatte einen beruhigenden Tonfall angenommen. »Das wär's. Eine Reihe nach der anderen. Bitte, seien Sie höflich. Ich danke Ihnen.«

Dann wurde Maureen von Sicherheitsmännern gepackt und von der Bühne gezerrt.

Gütiger Gott, was war das? Eine weitere Bombe?

Skip hatte sie gewarnt. Maureen wurde von einer ganzen Gruppe Männer zu einer Hintertür gebracht. Dort angekommen, stießen die Männer sie hindurch und auf den Rücksitz des Mercedes. Die Tür wurde zugeworfen, und jemand schlug auf das Dach der Limousine, die sofort losfuhr.

Als sie um die Ecke des Concertgebouw bogen, konnte Maureen Menschen in alle Richtungen laufen sehen. Und dort, wo die muslimischen Demonstranten gewesen sein mussten, lagen Berge von Leichen.

Der kleine Lieferwagen war voll beladen. Ali saß auf dem Beifahrersitz und schaute dann und wann zu Akbar. Der

Mann hatte ihn um Punkt 12 Uhr abgeholt. Der kompakte Fiat-Van bestand aus wenig mehr als einem angestrengt arbeitenden Vierzylindermotor, vier Rädern, der Fahrerkabine und einem viereckigen Laderaum hinten. Das Ding war perfekt für kleinere Lieferungen in den schmalen Straßen Amsterdams.

Der Motor heulte und stöhnte, als Akbar einen anderen Gang einlegte und die Auffahrt zur A4 hinunterfuhr. Das Radio hatte geplärrt, doch jetzt wurde das Lied von einer Eilmeldung unterbrochen: Es hatte einen Bombenanschlag am Concertgebouw gegeben. Einzelheiten waren noch nicht bekannt.

Ali schaute zu Akbar. Der schien die Meldung gar nicht zu registrieren. »Am Concertgebouw ist gerade eine Bombe hochgegangen«, sagte Ali.

Akbar lächelte leicht. »Mehr Seelen für Allah.«

»Das scheint dich nicht zu überraschen.«

Akbar zuckte mit den Schultern und schaute in den Rückspiegel, als er sich in den fließenden Verkehr einreihte und hochschaltete. Der Motor des kleinen Van heulte erbärmlich, als er versuchte, mit den anderen Fahrzeugen mitzuhalten. »Die Hure zieht Gewalt an wie ein Blitzableiter. Geh den Plan noch einmal durch.«

Ali schaute nach rechts und sah das Apartmenthaus mit der herausgesprengten Ecke direkt unter dem Dach.

Dort wäre ich fast gestorben. Er sagte: »Du wirst nicht weit von der Stelle parken, wo die Hure eintreffen wird. Ich warte hinten. Wenn ihr Wagen vorfährt, mache ich die Hecktür auf. Sobald sie und ihre Leute aussteigen, springe ich raus und stürme auf sie zu. Wenn ich nicht mehr daneben schießen *kann*, erschieße ich die Hure, die braunäugige Frau und den bärtigen Mann. Dann feuere ich weiter, bis ich sicher bin, dass alle tot sind.«

»Sehr gut. Und dann?«

»Dann werfe ich das Gewehr weg und laufe. Wenn ich es schaffe, werde ich dich in einem weißen Wagen sehen. Andernfalls nehme ich ein Taxi zum Rotlichtbezirk. Dabei werde ich den Taxifahrer die ganze Zeit nach den Huren dort ausfragen, sodass er mich für einen *Dschahili* hält. Vom Rotlichtbezirk nehme ich eine Straßenbahn zur Leidseplein oder gehe zu Fuß. Dort wirst du mich um siebzehn Uhr dreißig abholen.«

»Korrekt. Ich werde immer weiter um den Block fahren. Wenn das Timing stimmt, werde ich dich sehen.«

Ali atmete angespannt aus, als sie in den Tunnel fuhren. »Faisal hat das auch schon versucht.«

»Aber Faisal hatte kein Sturmgewehr. Du kannst weiter zurück bleiben und zielen. Und deine Waffe besitzt eine wesentlich höhere Durchschlagskraft.«

Ali nickte. Sie nahmen die Ausfahrt Schiphol, und Akbar kämpfte mit den Gängen. Ali schaute genau hin und merkte sich die Stelle, an der die Taxis warteten. Dann blickte er zu dem großen grauen Gebäude des Sheraton. Wenn er schnell lief, würde er eine Minute für die Strecke brauchen.

»Versuch, nicht den Eindruck zu machen, als würdest du nach einer Schießerei davonlaufen«, ermahnte ihn Akbar. »Das wird das Schwierigste sein. Beeil dich. Du darfst aber nicht wie ein Verbrecher aussehen. Es wird Chaos herrschen.«

»Ich verstehe.«

Akbar fuhr in das Hotelparkhaus und hielt kurz an, um sich einen Parkschein zu ziehen. Den stopfte er sich dann in die Tasche und fuhr die Rampe zu einer tieferen Ebene hinunter. Ali sah den Aufzug und den Parkplatz direkt daneben, der mit leuchtend orangefarbenen Kegeln abgesperrt war.

»Dort wird der Fahrer der Hure den Wagen abstellen«, erklärte Akbar. »Vielleicht wird er erst aussteigen, um die Kegel wegzuräumen.« Er hielt. »Einen Moment. Ich muss eben meinen Wagen umstellen.«

Akbar stieg aus und ließ den Motor laufen. Ali beobachtete, wie er zu einem weißen Honda ging und die Tür aufschloss. Akbar setzte den Wagen zurück und ließ die Tür offen stehen, als er wieder auf den Fahrersitz des Lieferwagens sprang. Dann fuhr er den Fiat auf den frei gewordenen Parkplatz und stellte den Motor ab.

»Steig hinten rein, Ali.«

Ali drehte sich um und wand sich nach hinten in den Lieferraum. »Es ist heiß hier drin«, bemerkte er.

»Dann solltest du hoffen, dass die Hure bald kommt«, erwiderte Akbar. »Möge Allah dich segnen, Ali. *Inshallah*, die Hure wird noch diese Stunde tot sein. Friede sei mit dir.«

»Und mit dir.« Ali vergewisserte sich, dass die hintere Tür nicht von außen verriegelt war. Durch das schmierige Fenster konnte er den Parkplatz der Hure sehen.

»Bist du sicher, dass sie hierherkommt?«

»Ja.« Akbar stieg aus, schloss den Lieferwagen ab und ging mit gemessenen Schritten zu seinem Honda.

Ali verzog das Gesicht, als Akbar davonfuhr. Er wand sich hin und her, um es sich ein wenig bequemer zu machen. »Hure, an diesem Tag wirst du in die Hölle fahren. Möge der Teufel dir die Haut von den Knochen brennen, während die Märtyrer lachen.«

39.

»Das nenne ich interessant«, sinnierte Skip, als er dem Sicherheitsmitarbeiter des Sheraton über die Schulter lugte.

Jenn schaute zu, wie ein Mann aus einem grünen Lieferwagen stieg und einen weißen Honda ausparkte. Dann lief der Kerl wieder zurück, stieg ein und fuhr den Van auf den frei gewordenen Parkplatz.

»Zwei Mann im Wagen, nur einer steigt aus«, dachte Skip laut, während der Mann den Van abschloss, zu dem weißen Honda ging und wegfuhr. Skip verfolgte die Fahrt des Mannes über eine Reihe von Monitoren, vorbei an der Kasse, wo er der Angestellten einen gültigen Parkschein übergab. Dann war der Honda verschwunden.

»Ich hab das Kennzeichen«, sagte der Wachmann, schrieb es auf und reichte Skip den Zettel.

»Halten Sie das bereit. Ich gehe davon aus, dass es Ärger bedeutet. Die Polizei wird das Kennzeichen haben wollen.« Eine Hand auf dem Tisch, betrachtete Skip die Kamerabilder.

»Vielleicht hat dieser Wagentausch ja ganz banale Gründe«, bemerkte Jenn.

»Und wo ist der zweite Kerl?«, fragte Skip. »Als sie reingefahren sind, waren es zwei. Aus diesem Kamerawinkel kann man nicht durch die Windschutzscheibe blicken.«

»Dann hockt er also immer noch da drin«, sagte Jenn nervös.

»Aber warum hat er dann den Van abgeschlossen?« Skip nahm das Funkgerät vom Gürtel und drückte den Knopf. »Wo seid ihr, Marc?«

»Maureen ist in Sicherheit und unterwegs. Skip? Dieser Bombenanschlag, von dem ich dir erzählt habe ... Jemand hat mitten zwischen den Demonstranten einen Sprengsatz gezündet. Fünfzehn Tote sind bereits bestätigt, und noch weit mehr Menschen sind verletzt.«

»Das Ziel waren die Muslime?«, wunderte sich Jenn. »Warum?«

»Terror«, antwortete Skip. »Nein, eher eine Provokation. Irgendjemand will, dass *beide* Seiten so richtig angepisst sind.«

Jenn schaute ihn von der Seite an. »Mann, deine Paranoia wird ja immer schlimmer. Du glaubst, das alles ist geplant? Dass irgendeine ›große Verschwörung‹ dahintersteckt? Um Himmels willen, warum? Was hätte jemand davon, Öl ins Feuer zu gießen?«

Skip schürzte die Lippen. »Macht, Jenn. In Krisenzeiten gehen einige Führer unter, und andere treten auf den Plan. Churchill zum Beispiel wäre nie Premierminister geworden, wenn Hitler das Münchner Abkommen nicht gebrochen hätte und in Polen einmarschiert wäre.«

»Allmählich glaube ich wirklich, du leidest unter Halluzinationen. Was willst du wegen des Vans unternehmen?«

»Im Augenblick gar nichts. Sollte es sich um eine Bombe handeln, werden sie sie nicht zünden, bevor Maureen nicht da ist. Ist es keine, werden wir den Kerl da drin einfach eine Weile schwitzen lassen.«

Der Wachmann schaute Skip fragend an. »Sir, sollte es sich um eine Bombe handeln, müssen wir etwas tun. Wir können unmöglich zulassen, dass sie im Parkhaus explodiert. Jemand könnte verletzt werden, ganz zu schweigen von den Gebäudeschäden ...«

»Ja, ich weiß. Aber wer immer da drin ist, er wird sich nicht in die Luft jagen, bevor seine Zielperson nicht eingetroffen ist. Bis dahin lassen Sie uns einfach sehen ... He, wer sind denn die Kerle?«

Die Kameras erfassten zwei Männer, beide in Freizeithemden, Jeans und Sneakers. Einer war blond und groß und ging mit kräftigem Schritt. Der andere hatte braunes Haar und trug ein graues Hemd. Auch er machte einen sportlichen Eindruck. Beide Männer schauten sich wachsam um und nahmen jede Einzelheit ihrer Umgebung auf.

Skip beugte sich vor und sah sich den blonden Mann genauer an. »Können Sie näher an sein Gesicht zoomen?«

»Nein, besser als so geht's nicht«, antwortete der Wachmann.

»Dieser verdammte Hurensohn«, flüsterte Skip, als die Männer sich dem grünen Van näherten. Dann, wie auf Kommando, teilten sie sich auf und nahmen jeweils einen anderen Weg zwischen den parkenden Autos hindurch. Dann blieben beide Männer an einer Stelle stehen, wo sie vom Lieferwagen aus nicht mehr gesehen werden konnten. Einer lehnte sich an einen Alfa Romeo, verschränkte die Arme vor der Brust und schaute auf seine Uhr.

Der blonde Mann positionierte sich hinter einem wuchtigen Range Rover. Er hob den Blick, schaute direkt in die Kamera und suchte dann nach den anderen.

»Wen meinst du mit ›dieser verdammte Hurensohn‹?«, fragte Jenn.

»Ich kenne ihn. Den Blonden. Ich könnte drauf schwören.« Skip schaute zu dem Wachmann. »Rufen Sie die Sicherheit in Schiphol an. Sagen Sie denen, wir hätten hier einen verdächtigen Van und dass zwei Kerle ihn beobachten.«

Der Wachmann schaute Skip abschätzend an, griff dann nach dem Telefonhörer und drückte einen Knopf. Kurz redete er auf Holländisch, nickte und legte wieder auf.

»Schiphol weiß von den zwei Männern. Sie sind von der Sicherheit autorisiert.«

Ein schwaches Lächeln erschien auf Skips Gesicht, als er sich zu Jenn umdrehte. »Es fällt alles auf den Urheber zurück.«

»Was soll das jetzt wieder heißen?«

»Das heißt, dass gleich deine ganze Welt zusammenbrechen wird.«

Skip schaute auf die Uhr: 14.10 Uhr, plus/minus ein paar Sekunden. Das Geräusch von Jenns Stöckelschuhen war pünktlich zu hören. Skip duckte sich hinter einen Volvo und schlich in Richtung Range Rover. Aus seiner Gürteltasche holte er Kabelbinder und die Taschenlampe.

Jenns Schritte wurden lauter – ein angespanntes Klack-klack-klack, das in der Tiefgarage widerhallte.

Komm schon, Jenn. Dreh jetzt bloß nicht durch.

Jenn hatte eine Heidenangst. Skip hatte es ihr angesehen, als sie eine Handtasche im Souvenirladen des Hotels gekauft und sie mit Make-up, Lippenstift, Aspirin und anderen Dingen ausgestattet hatte. Jenns Blick hatte etwas Panisches gehabt, und ihre Hände waren verkrampft.

Skip kauerte sich außer Sicht des Blonden unter die Fenster. Jenns Schritte schienen inzwischen förmlich auf dem Beton zu donnern.

Sie ging an Skip vorbei, warf ihm einen ängstlichen Blick zu und tat dann so, als würde sie in der kleinen Handtasche kramen, ehe sie die Tasche fallen ließ und der Inhalt sich klappernd über den Boden verstreute. Skip huschte vorne um den Range Rover herum.

»Verdammt!«, rief Jenn, und die Verzweiflung in ihrer Stimme verlieh ihr zusätzliche Glaubwürdigkeit.

Skip rückte weiter vor, als der blonde Mann vortrat und fragte: »Kann ich Ihnen helfen?«

Jenn starrte ihn an wie ein verängstigtes Kaninchen, als der Mann unvermittelt stehen blieb und sagte: »Mrs. Royce. Was für ein Zufall. Wir waren …«

Skip trat vor, drückte dem Mann den Schaft seiner Taschenlampe in den Rücken und legte ihm den Arm um den Hals, um einen Schrei zu unterdrücken. »Schön ruhig, Smitty. Eine 45er macht verdammt große Löcher.«

In diesem Augenblick war das Donnern eines Fliegers in der Ferne zu hören.

»Himmel, Smitty, bei dem Lärm wird dein Kumpel da hinten wahrscheinlich nicht mal den Schuss hören. Jetzt nimm brav die Hände nach hinten, dann kommst du vielleicht lebend davon.«

Smitty tat, wie ihm geheißen. Skip fesselte ihn mit einem Kabelbinder.

Jenn hatte schockiert die Augen aufgerissen.

Skip verstärkte den Griff um Smittys Hals. »Und jetzt auf die Knie, Kumpel. Ja, so. Gleich vorbei.« Er drückte die Taschenlampe fester in Smittys Rücken. Dann fesselte er auch die Beine des Mannes mit einem Kabelbinder. »Jenn?«, sagte er. »Bring mir die Kosmetiktücher, die du gerade hast fallen lassen.«

Das tat Jenn auch. Sie zitterte, als sie Skip die Box reichte.

»Reiß die Verpackung auf«, sagte Skip. »Ja, genau. Und jetzt nimm einen Packen davon, und stopf ihn Smitty in den Mund.« Wieder drückte er die Taschenlampe mit Nachdruck in Smittys Rücken. »Und du wirst dich nicht wehren, mein Freund.«

Erneut flog donnernd ein Flugzeug vorbei.

Jenn stopfte Smitty die Tücher in den Mund, und Skip holte eine Rolle Klebeband aus seiner Gürteltasche und klebte es Smitty um den Kopf. Damit war der Knebel perfekt.

»Skip?«, fragte Jenn zögernd.

»Oh, tut mir leid. Wo sind meine Manieren? Das hier ist Kyle Smith, kurz Smitty genannt. Wir beide haben die ein oder andere Mission zusammen gemacht; aber offenkundig nicht im Iran, sonst würde er nicht mehr für deinen Chef arbeiten.«

Jenns Blick zuckte zwischen Smitty und Skip hin und her.

Skip hockte sich hin. »Du musst nur nicken«, sagte er zu Smitty. »Klar?«

Und Smitty nickte. Seine blauen Augen funkelten vor Wut.

»In dem grünen Lieferwagen ist doch keine Bombe, oder?«

Die Geräusche, die Smitty von sich gab, sollten wohl »Fahr zur Hölle« bedeuten.

»Warum seid ihr hier? Um dafür zu sorgen, dass Dr. Cole nicht überlebt?«

Skip übersetzte die nächsten Geräusche als: »Du bist ein toter Mann.«

»Ja, das habe ich mir gedacht. Reeves hasst es mehr als alles andere, in Verlegenheit gebracht zu werden. Deshalb hat er damals ja auch ein paar von uns im Iran zurückgelassen.«

»Ich krieg dich noch«, war wohl das Nächste, was Smitty von sich gab.

»Ja, dessen bin ich sicher. Aber nicht heute.« Skip riss Smittys Hemd hoch und zog eine Heckler und Koch .40 mm aus einem Holster an dessen Gürtel. Dann richtete er sich wieder auf und sah zu seiner Zufriedenheit, dass der Braunhaarige nirgends zu sehen war. »Komm, Jenn. Machen wir, dass wir von hier verschwinden.«

Skip ließ die Pistole in seiner Gürteltasche verschwinden, nahm Jenn an der Hand und huschte zwischen den Autos davon.

»Was ... ist da gerade passiert?«, wollte Jenn wissen. Sie hatte ihre Fassung noch immer nicht ganz wiedererlangt.

»Smitty hat nicht bemerkt, dass du zwei Handtaschen dabei hattest. Sonst hätte er sich gefragt, warum du eine davon auf den Boden wirfst. Das war ein dummer Fehler.«

»Ich meine ... Er hat mich *gekannt!* Er hat mich beim Namen genannt.«

»Ja, erinnerst du dich noch an gestern Abend im Luxemburg? Du hast Bill unseren Plan genau erklärt. Deshalb erwarten sie, dass wir mit Maureen innerhalb der nächsten Stunde hier ankommen und neben dem Aufzug aussteigen.«

»Das ... Das geht doch nicht«, keuchte Jenn. »Wie ...?«

»Was denn? Hast du geglaubt, wir wären dumm?«

Skip führte sie zu seinem Motorroller, klappte den Sitz hoch und warf Jenn ihren Helm zu. »Komm jetzt, Jenn. Allmählich läuft uns die Zeit davon.«

Ihm fiel auf, dass sie diesmal keine Probleme mit ihrem Rock hatte, als sie sich hinter ihm auf den Sattel schwang.

Im Augenblick konnte Jenn nichts weiter tun, als sich an Skip festzuklammern, während er den Motorroller über die A4 in Richtung Norden jagte. Er musste das Ding getunt haben, denn er blieb auf der Mittelspur und überholte dann und wann sogar ein Fahrzeug.

Am ganzen Leib halb taub, bemerkte Jenn das Schlenkern und Rumpeln kaum, wenn sie in den Luftzug größerer Fahrzeuge gerieten.

Dann waren sie auf der A10. Auf der Zufahrt hatte Skip kaum abgebremst. Und es wurde auch nicht besser, als sie über die S105 in Richtung Zentrum rasten. Skip überholte rechts, umfuhr zähflüssigen Verkehr über die Straßenbahnschienen und wartete an einer roten Ampel gerade lange genug, bis er eine Lücke im kreuzenden Verkehr entdeckte. So schlängelte er sich bis zur Rozengracht, bog nach rechts die Herengracht hinunter ab und wich den entgegenkommenden Fahrzeugen auf den Bürgersteig aus.

Vor dem Ambassade parkte er neben der silbernen Moto Guzzi, die Jenn bereits bewundert hatte. Als er mit einem Ruck den Ständer ausklappte, wäre Jenn beinahe vom Roller gefallen.

Während sie steif vom Sozius kletterte, holte Skip einen Schlüssel hervor und steckte ihn in eine der Satteltaschen der Moto Guzzi.

»Was tust du da, zum Teufel?« Jenn schickte sich gerade an, ihren Helm auszuziehen, als Skip die Satteltasche öffnete und ihr eine Motorradjacke zuwarf.

»Anziehen!«, befahl er, schloss die Tasche und holte eine zweite Jacke aus der anderen. Dann schwang er sich cool auf den Sattel und steckte den Schlüssel in die Zündung.

Jenn kämpfte noch mit der Jacke, als die Moto Guzzi

schnurrend zum Leben erwachte. Kaum hatte Skip den Ständer eingeklappt, schwang sie sich auf den Sozius.

»Mann, was würde ich für 'ne Hose geben!«

»Ja. Bevor wir die Stadt verlassen, besorg ich dir eine. Versprochen.« Skip legte den Gang ein, und sie rollten die Herengracht hinunter.

»Wo ist die her?«, rief Jenn von hinten. »Ich meine, wie …?«

»Auf dieser Maschine sind wir von Deutschland hergefahren. Sie gehört Helmut. Wir bringen sie nur zurück.«

»Was ist mit dem umlackierten Renault?«

»Ich hoffe, den sucht Bastard-Bill immer noch. Ach ja … Nimm die Akkus aus deinen Telefonen, ja?«

Jenn lehnte sich zurück, kramte das Satellitentelefon aus ihrer Handtasche und öffnete das Batteriefach. Dann kümmerte sie sich um ihr Handy. »Wo fahren wir hin?«

»Das habe ich dir doch gerade gesagt. Nach Deutschland. Aber du brauchst eine Hose, und ich muss vorher noch was erledigen.«

»Was ist mit meinem Gepäck?«

»Vergiss es. Das durchwühlen mit Sicherheit schon Bills Jungs.«

»Skip!«, rief Jenn, als sie auf die S102 fuhren. »Was geschieht hier? Wo ist Maureen?«

»Bastard-Bill zeigt sein wahres Gesicht. Maureen ist in Sicherheit. Komm. Ich muss noch mit einem Mann reden.«

Ali hatte den Druck auf seiner Blase ganz vergessen. Er schaute auf die Uhr: 14.15 Uhr. Er nahm einen tiefen Zug der heißen Luft. Noch über eine Stunde, bis die Hure eintreffen würde.

Ali steckte den Kopf in die Fahrerkabine und schaute sich um, sah aber niemanden.

Mühsam und schmerzvoll kletterte er in die Fahrerkabine zurück und versuchte, sich auf den Sitz zu winden. Stattdessen landete er mit den Rippen auf dem Armaturenbrett und stieß sich am Schalthebel. Er verzog das Gesicht, richtete sich auf, öffnete die Beifahrertür und stieg aus.

Erneut schaute er sich um, sah aber noch immer niemanden. Dann öffnete er seine Hose, stellte sich dicht an den Van und ließ seinem Bedürfnis freien Lauf.

»Dieser verdammte Hurensohn! Ich bring ihn um!«

Ali duckte sich und schlich zur Motorhaube, sodass er um sie herum sehen konnte. Zwei Männer kamen in seine Richtung. Einer, ein Blonder, zog sich einen Rest Klebeband vom Gesicht und spie irgendetwas Feuchtes, Weißes auf den Boden. Der braunhaarige Mann sah ebenfalls wütend aus. Alis Blick fiel auf die Pistole, die der Mann in der Hand hielt.

Steig wieder in den Wagen!

Zu spät. Ali schlich hinter einen VW und kroch dann vorne um einen Peugeot herum.

»Holen wir uns den Jungen«, sagte einer der Amerikaner. »Aber er hat eine AK, also sei vorsichtig. Angeblich hält er sich für einen *Mujahid.*«

Ali schnappte nach Luft, und Furcht zerrte an seinen Nerven. Er kroch weitere zwei Wagen weg und wartete, bis die Männer den Van erreicht hatten; dann lief er in der Hocke zur nächsten Fahrzeugreihe.

Sie wissen Bescheid!

Als mehrere Reihen zwischen ihm und den Männern waren, lief Ali, wie er noch nie im Leben gelaufen war. Er hatte nur einen Gedanken im Kopf: der Taxistand.

Die Fliehkraft drückte Maureen in den Sitz, als die Boeing 747 abhob. Sie drehte den Kopf und sah, wie sich Hollands grüne Felder und die Gebäude und Kanäle von Amsterdam rasch entfernten.

»Der Plan ist wirklich ganz einfach«, hatte van Biesen ihr in der Limousine erklärt. »Alle gehen davon aus, dass du mit einer Privatmaschine fliegst. Niemand wird damit rechnen, dass du einen Linienflug nimmst. Meine Leute haben für dich gebucht und sich auch um alles andere gekümmert. Lange bevor überhaupt jemand damit rechnet, dass du Holland verlässt, wirst du bereits in Toronto sein.«

Wie auf den meisten großen Flughäfen der Welt, gab es auch in Schiphol spezielle Räumlichkeiten für Leute wie Maureen. Van Biesens Mercedes hatte sie an einer abgelegenen Tür abgesetzt. Dort hatte ein Wachmann sie über verlassene Gänge, durch die Passkontrolle und in einen sicheren Wartebereich geschleust. Einer von van Biesens Männern hatte ihr dann die Bordkarte für einen KLM-Flug nach Toronto gebracht.

Im Warteraum hatte van Biesen gesessen und telefoniert.

»Wie viele?«, hatte Maureen benommen gefragt.

»Dreiundzwanzig Tote, achtundfünfzig Verwundete. Bis auf einen alles Muslime.«

»Warum?«, fragte sie traurig.

»Weil sie deinen Vortrag nicht gehört haben, Frau Doktor. ›Erst wenn wir aufhören zu fragen, sterben Menschen.‹ Aber ich kann dir sagen, dass diese Worte heute Abend auf jedem Fernseh- und Radiosender Europas wiederholt werden, und viele werden sie hören.«

Dann hatte man Maureen durch das Terminal eskortiert, vorbei an den Gates, und auf Platz 2A des Flugs nach Toronto gesetzt.

Und was jetzt? Wo soll ich hin? Was soll ich tun?

Maureen starrte weiter aus dem Fenster, während die 747 auf die Nordsee hinausflog und in Richtung Kanada wendete.

»Ist Religion wie eine geladene Waffe?
In den Händen von Osama bin Laden könnte man schlüssig argumentieren, dass dies der Fall ist – in den Händen von Mahatma Ghandi wiederum wäre diese Analogie obszön.«

Charles Kimbal, *When Religion Becomes Evil*

40.

Jeder Nerv in Ali schrie: *Lauf!* Aber wohin sollte er laufen? Er war stundenlang durch den Rotlichtbezirk geirrt und hatte dabei ständig über die Schulter geschaut. Als ihm ein paar Polizisten entgegenkamen, tat er so, als wäre er ganz und gar von einem der Fenster fasziniert; dabei lief ihm gleichzeitig der Angstschweiß über die Stirn, bis die Beamten vorbei waren. Die Huren wiederum hatten seinen Blick erwidert, gelächelt, ihn gelockt, verführerisch die Hüften kreisen lassen und ihm Küsse zugeworfen. Kurz hatte Ali sogar mit dem Gedanken gespielt, sich von seinen letzten Euros eine von ihnen zu kaufen. Gab es einen besseren Ort, um aus dem Blickfeld zu verschwinden?

Der Gedanke ließ ihn den Kopf schütteln. Er war noch immer Jungfrau, denn er hatte jene Passagen des Koran verinnerlicht, in denen Geschlechtsverkehr um seiner selbst willen als Sünde verdammt wurde.

Bei Sonnenuntergang war Ali in eine Bahn gestiegen, die ihn nach Hause bringen würde. Er setzte sich ganz hinten auf eine Bank, wo niemand ihn würde identifizieren können. Die Polizei suchte mit Sicherheit schon nach ihm. Vielleicht beobachteten sie auch sein Haus und die Koranschule.

Als Ali nun aus der Straßenbahn stieg, schaute er verstohlen die vertraute Straße hinauf. Alles wirkte wie immer, nur dass die Menschen in Gruppen unter den Laternen standen, redeten und trauerten. Einige von ihnen waren sicherlich Polizeispitzel. Hierherzukommen war ein Fehler gewesen. Jeden Augenblick würde jemand vorbeikommen und ihn identifizieren.

Aber wo sollte er hin?

Einem Impuls folgend trat Ali zur Tür von Hussein Amats Laden, doch sie war verschlossen. Verzweifelt klopfte er. Er wusste, dass der alte Mann direkt über seinem Geschäft wohnte. Wieder und wieder klopfte er und dachte sogar darüber nach, das Glas einzuschlagen, aber das würde vielleicht die Polizei auf den Plan rufen.

Allah, hilf mir.

Schließlich hörte Ali den alten Mann aus dem hinteren Teil des Ladens rufen: »Ich komme ja!«

Ali ließ sich gegen den Türrahmen fallen und schaute ängstlich die Straße hinauf und hinunter. Jeden Augenblick könnte ein Streifenwagen auftauchen.

Der alte Amat spähte durch das Glas, erkannte Ali und öffnete die Tür. »Ali?«

»Friede sei mit dir.« Ali schlüpfte in die tröstliche Dunkelheit und war dankbar für den Geruch von frischem Obst, Nudeln und Gewürzen.

»Und Friede sei auch mit dir. Was ist passiert, Ali?« Der alte Mann schaute ihn an.

»So viel ... Im Namen Allahs, ich wusste nicht, wo ich sonst hingehen sollte. Wie der Prophet, Friede sei mit ihm, einst in Mekka, so suche auch ich nun Zuflucht.«

»Wer ist denn hinter dir her?«

»Die Polizei, die Amerikaner, ich weiß es nicht. Die anderen sind tot. Nur Akbar und ich haben überlebt. Selbst die Hure ist verschwunden.«

Amat fingerte mit der verbliebenen Hand an seinem grauen Bart und musterte Ali von Kopf bis Fuß. »Komm«, sagte er schließlich. »Hier entlang.« Er drehte sich um und führte Ali in den hinteren Teil des Ladens, vorbei an Regalen voller Dosen und Kisten. Dann öffnete er die Hintertür und führte Ali eine Treppe hinauf. Oben angekommen, drehte er sich zu ihm um. »Würdest du bitte einen Moment warten?«

»Ja, sicher.«

Amat ging rasch durch die Tür. Ali konnte nicht an ihm vorbeischauen. Er hörte leise Stimmen. Dann schloss sich eine Tür, und Amat tauchte wieder auf und winkte Ali hinein.

Das Zimmer sah ordentlich aus mit einer Couch gegenüber dem Fernseher. Der Ton war ausgestellt, und das Bild zeigte Pilgermassen vor der großen Moschee in Mekka. Ein Tisch und Stühle trennten die kleine Küche vom Wohnzimmer. Die einzige andere Tür war geschlossen. Müde ging Ali zum Tisch, zog sich einen Stuhl heran und ließ sich darauf fallen. Er bemerkte die drei Becher auf dem Tisch. Misstrauisch schaute er zu der geschlossenen Tür. Amat hatte Gesellschaft.

Das ist ein Fehler. Erneut keimte Furcht in ihm auf.

»Und jetzt«, sagte Amat, ging zum Kühlschrank und holte eine Flasche Wasser heraus, »erzähl mir die ganze Geschichte, Ali. Lass nichts aus.«

Ali zögerte. Was sollte er sagen? Er hatte das Gefühl, im

Dunkeln über einen Klippenrand zu treten, ohne zu wissen, wie tief er fallen würde.

»Ich weiß, dass du zu den Leuten des Imam gehört hast«, erklärte Amat. »Ich habe mir Sorgen gemacht, als sie dich in den inneren Kreis berufen haben.« Er senkte die Stimme. »Hat er dich auf einen gefährlichen Pfad geführt?«

Ali nickte. Ihm wurde übel. »So wahr Allah mein Zeuge ist, ich weiß nicht, wohin ich mich wenden soll.«

»Hast du irgendetwas mit dem Bombenanschlag heute zu tun gehabt? Viele unserer Leute sind getötet worden. In vielen Familien herrscht Trauer, Ali.«

»Die Demonstranten vor dem Concertgebouw? Nein.« Ali schüttelte den Kopf. »Damit hatte ich nichts zu tun. Ich habe nur versucht, die Hure zu töten.«

Amats Gesicht nahm einen traurigen Ausdruck an. »Warum, Ali?«

»Sie ist die Stimme des Satans, eine Täuscherin.«

»Hast du gewusst, dass sie die Gräber von Muslimen ausgegraben hat, die von anderen Muslimen getötet worden sind? Dass sie schon seit Jahren auf der Seite der Gerechtigkeit kämpft, eine Sprecherin für jene, die vom Bösen ermordet worden sind? Ist das der Weg des Satans?«

Ali runzelte die Stirn. »Sie ist eine Täuscherin, Ältester. Sie verbreitet Lügen über den Islam.«

Amat lächelte wehmütig. »Nein, Ali. Sie verbreitet keine Lügen über den Islam, nur Wahrheiten über jene, die ihn für ihre eigenen Zwecke verdrehen. Die Täuscher sind weit teuflischer. Sie präsentieren sich uns als Freunde, als die Gerechten und Rechtschaffenen. Und sie nutzen ihre Autorität, um uns zum Bösen zu verführen. Auch dich haben sie zum Bösen verleitet.«

Ali blinzelte. »Du hast deinen Arm im Kampf für Allah verloren.«

Amat zuckte mit den Schultern. »Ja, das habe ich. Ich war ein Taliban … und dafür werde ich mich auf ewig schämen. Ich habe Muslime getötet, Ali.« Er hob seine unversehrte rechte Hand. »Hiermit habe ich einer Frau den Kopf vom Hals geschnitten. Und warum? Weil sie eine englische Zeitschrift in der Öffentlichkeit gelesen hat. Bei anderen Gelegenheiten habe ich hilflose Schiiten erschossen. Ich habe sie kaltblütig ermordet.« Reumütig starrte er auf seine Hand. »Ich habe den Koran vergewaltigt, Ali. Ich habe alles ignoriert, was Allah dem Propheten so sorgfältig diktiert hat. Und als dann später die Amerikaner gekommen sind, habe ich gegen sie gekämpft, bis eine Granate mir den Arm genommen hat. Ich hatte Glück, dass ich mit dem Leben davongekommen bin. So hat Allah mich gewarnt, dass ich auf direktem Weg in die Hölle war.«

Ali starrte ihn verlegen an. »Aber Ältester …«

»Es gibt kein ›Aber‹, Ali. Ich habe Böses getan. Dann hat ein Amerikaner mir das Leben gerettet. Nachdem man mich gefangen genommen hat, hat man mich wieder gesund gepflegt. Und niemand hat mir verboten zu beten, wie ich wollte. Anschließend gab man mir Gelegenheit, die Welt zu sehen, zu lernen und alles aus erster Hand zu erleben.«

»Dann bist du also ein *Dschahili?*« Kaum hatte Ali es gesagt, wünschte er sich, er hätte den Mund gehalten.

»Aber sicher, wie du an der schier unglaublichen Pracht meines Hauses erkennen kannst. Nein, ich bin kein *Dschahili*, und ich heiße die Exzesse nicht gut, die ich hier sehe. Toleranz und Vergebung jedoch heiße ich willkommen. Der Koran befiehlt mir, nach Gerechtigkeit, Mäßigung und Gnade zu suchen. Was ich aus dieser Suche mache, wird bestimmen, was nach dem Tod mit meiner Seele geschieht.«

»Wir sind im Krieg, Ältester.«

»In der Tat. Doch der einzige Krieg, den es sich zu kämpfen lohnt, ist der gegen die Unwissenheit, den Hass und das Böse. Und ich fürchte, du bist diesem Krieg zum Opfer gefallen, Ali ... genau wie ich als junger Mann.« Amat blinzelte und sah den Unglauben in Alis Augen. »Sag mir, Ali: Hast du den Mut, durch die Mauern hindurchzusehen, die der Imam um deine Seele errichtet hat? Ist dein Herz groß genug, Allahs Schöpfung zu umarmen und für dich selbst zu entdecken, wo die Wahrheit liegt? Oder wirst du zu einer hirnlosen Kreatur, die nur den Gehorsam kennt und Männern folgt, die das Denken für dich übernehmen?«

»Ich denke für mich selbst!«

»Dann *tu* es auch. Heute sind viele Muslime gestorben. Waren sie unschuldig? Vielleicht. Waren sie dumm? Ganz klar.«

»Ich verstehe nicht ...«

»Dann ist deine Seele vielleicht für immer verloren.« Amat schlug sich mit der gesunden Hand aufs Bein. »Nun ... Ich kann dir nicht helfen, solange ich nicht bis in jede Einzelheit weiß, was passiert ist. Fang ganz vorne an, Ali. Lass nichts aus.«

Ali trank einen Schluck Soda und begann. Er erklärte, wie er ein *Mujahid* wurde, erzählte von dem Unterschlupf und dann von Faisals Attentatsversuch auf die Hure. Er berichtete von seiner Bereitschaft, den Gürtel anzulegen und von seiner ersten Begegnung mit Akbar und dessen Warnungen vor einem Verräter. Schließlich erzählte er dann die Ereignisse des Tages bis hin zu seiner wundersamen Flucht aus dem grünen Lieferwagen.

»Du Narr«, sagte Amat leise.

»Wie bitte?«

»Du hast diesem Akbar geglaubt?«

»Er wusste von dem Verräter, Ältester.«

»*Du* warst der Verräter, Ali. Sie haben deine Computerkommunikation überwacht. Erst haben sie die Verbindung nach Amsterdam zurückverfolgt, dann deine Telefonleitungen überprüft und schließlich die Lage eures Unterschlupfs herausgefunden. Als dann alle tot waren, hat Akbar sich mit dir getroffen, dir seinen Plan dargelegt, die Hure zu ermorden, und schlussendlich Männer geschickt, die dafür sorgen sollten, dass auch du nicht überlebst.«

Alis Gedanken überschlugen sich. »Ich? Ich habe das getan?«

»Nein. Sie haben dich *benutzt*, genau wie Abu Salassi dich benutzt hat – Allah möge seine Seele verbrennen. Verstehst du, Junge? Sie alle sind *Täuscher*. Alle haben sie sich als Krieger Allahs verkleidet. Siehst du nun, was ich dir zu erklären versucht habe?«

Übelkeit stieg in Ali auf. »Aber ...«

Trauer erschien in den Augen des alten Mannes. »Aus Gründen, die nur er allein kennt, hat Allah dich heute verschont. Vielleicht wollte er ja, dass du wie ich folgende Lektion lernst: Du musst deinen eigenen Weg finden, Allah zu dienen – aber nicht durch Mord, Hass oder sinnlose Gewalt.«

Ali wurde von einer unermesslichen Leere erfüllt. *Der Imam hat mich getäuscht? Und auch Akbar?*

Mitgefühl spiegelte sich in Amats Augen. »Es tut mir leid, Ali. Aber dir bleibt noch der Rest deines Lebens, um Buße zu tun. Das wird nicht leicht sein, doch wie es im Koran so häufig steht: Allah ist barmherzig und gerecht.«

Sie sind alle tot? Wegen mir? Ali saß wie betäubt da, und Tränen trübten seinen Blick.

»Wenn du mich jetzt bitte entschuldigen würdest. Ich habe Leute hinten.« Amat hob die Stimme und rief auf Englisch: »Skip? Ihr könnt jetzt rauskommen. Ich glaube, ich habe neue Informationen für euch.«

Ali rieb sich die Augen. Als er sich umdrehte, traten ein Mann und eine Frau aus Amats Hinterzimmer. Ali blinzelte die Tränen weg und staunte über die Anwesenheit der Leute, die zu töten er nur wenige Stunden zuvor bereit gewesen war.

Skip lehnte sich auf seinem Stuhl zurück und trank den Rest von seinem Tee. Rechts von ihm beäugte Jenn weiterhin misstrauisch Amat und Ali. Es war ein unangenehmes Gefühl, seinem Feind Auge in Auge gegenüber zu sitzen.

Amat erzählte die Geschichte des Jungen, nur dann und wann unterbrochen, um eine Frage auf Arabisch zu stellen. Ali antwortete hölzern, die Augen voller Schmerz. Stück für Stück nahm das Puzzle Gestalt an.

Der Junge schaute drein wie ein Reh im Scheinwerferlicht.

Amat hob die Augenbraue. »Ali war in dem grünen Lieferwagen. Er sollte dich, Dr. Cole und Mrs. Royce erschießen. Ein Mann, den er über das Internet kennen gelernt hat, gab ihm die Instruktionen und die Kalaschnikow.«

»Ali?«, fragte Skip. »Du hast also gewusst, dass wir um halb vier in der Tiefgarage ankommen sollten?«

Der Junge nickte.

Jenn schüttelte langsam den Kopf. »Der Einzige, dem ich das gesagt habe, war Reeves. Dieser Akbar muss für ihn arbeiten.«

»Aber Faisal hat für den Imam gearbeitet«, überlegte Skip.

»Nun, jetzt haben wir zumindest eine Vorstellung von den Beteiligten.«

Jenn schüttelte den Kopf. »Ich verstehe das nicht. Ich meine, der Imam, ja ... Maureen stellt eine Bedrohung für die Radikalen dar. Jeder Aufruf zur Toleranz gefährdet ihre Machtposition. Aber Reeves?«

»Der Bastard hat schon immer vor Ehrgeiz gebrannt«, erwiderte Skip. »Deshalb hat er sich ja auch mit Box und dessen Bande verbündet. Das Feuer soll brennen und Hass und Gewalt schüren. Wenn die Muslime überall auf der Welt sich erheben, ihre Regierungen stürzen und ihre Märtyrer feiern, steigt Reeves weiter auf. Vielleicht würde er sogar Sicherheitsberater. Wer weiß? Er wird zum Messias, und die Mächtigen Washingtons beugen das Haupt vor ihm.«

»Und die Katastrophe der *White Star* hat ihm die perfekte Gelegenheit dazu gegeben«, sinnierte Amat. »Er hat die Reaktionen in der muslimischen Welt gesehen, die Freudentänze auf den Straßen. Einen besseren Zeitpunkt, um die Beziehungen zu belasten, gab es nicht.«

»Und Box hat ihm direkt in die Hände gespielt«, erklärte Jenn. »Der Kerl glaubt wirklich, dass die Offenbarung sich erfüllt. Reeves spielt mit ihm wie auf einer perfekt gestimmten Violine. Gleichzeitig lässt er Ex-Mitarbeiter des ›Dienstes‹ verdeckte Operationen durchführen. Ich bin sicher, dass er amerikanische Botschaften und Konsulate missbraucht, um Box' Attentäter mit Sprengstoff zu versorgen.« Jenn hielt kurz inne. Sie war wie benommen. »Ist euch eigentlich klar, gegen wie viele Regeln des Außenministeriums der Kerl verstoßen hat? Das muss ich dem Minister erzählen.«

»Mit Alis Geschichte haben wir alle Puzzleteile beisammen«, sagte Skip.

»Ihr seid in großer Gefahr, mein Freund.« Amat schaute Skip streng an. »Du weißt, was auf dem Spiel steht.«

Skip nickte. »Ja, aber wir haben noch ein Ass im Ärmel, mit dem Reeves nicht rechnet.«

»Und das wäre?« Neugierig hob Amat eine Augenbraue.

»Ein schnelles Motorrad.« Skip stand auf. »Sorg dafür, dass der Junge in Sicherheit ist. Lass ihn nicht aus den Augen, und zeichne seine Geschichte auf Band auf. Wenn du Hilfe brauchst, ruf Marc van Biesen an. Hier ist seine Nummer. Was Jenn und mich betrifft, sollten wir besser aus Amsterdam verschwinden.« Er blickte sie grimmig an. »Sofort.«

Ali stand oben an der Treppe hinter Amat und schaute zu, wie die Amerikaner die dunklen Stufen hinunterstiegen. »Ich verstehe das nicht, Ältester. Warum vertraust du ihnen?«

Amat schloss die Tür und sah Ali nachdenklich an. »Die Seele eines Menschen wahrhaft zu erkennen, ist der erste Schritt, um den Willen Allahs zu verstehen. Du musst eine sehr wichtige Lektion lernen: Nicht nur Muslime sind gute Menschen. Der Mann, der in Afghanistan meinen Arm weggesprengt und mich dann gerettet hat, war Skip Murphy.«

Als nur eine unter vielen ging Maureen durch die grauen kahlen Gänge des Pearson International Airport von Toronto. An der Passkontrolle stellte sie sich in die Schlange.

Zu Hause. Wie lange war sie schon nicht mehr hier gewesen? Tiefe Müdigkeit erfüllte sie. Zwar hatte sie vor Erschöpfung im Flugzeug geschlafen, doch ihre Muskeln und Nerven fühlten sich vollkommen ausgelaugt an.

Als sie schließlich die rote Linie erreichte, wurde sie herangewunken. Sie legte ihren Pass vor. Der uniformierte junge Mann überprüfte ihr Foto und schob den Pass in einen Datenleser. Dann hob er den Blick und fragte: »Sind Sie *die* Maureen Cole? Die aus den Nachrichten?«

Maureen seufzte. »Ich habe keine Nachrichten gesehen. Sagen wir so: Ich war sehr beschäftigt.«

»Das kann ich mir denken.« Der Mann strahlte. »Willkommen daheim, Dr. Cole.«

Maureen nickte, nahm ihren Pass und ging zum Zoll.

»Das passt«, murmelte sie vor sich hin. »Ich bin ohne mein Gepäck auf diese verdammte Reise gegangen, und es hängt mir immer noch hinterher.«

Da sie nichts beim Zoll anzumelden hatte, gab sie einfach das Formular ab und ging durch die Sicherheitstür in den packvollen Wartebereich.

»Und was jetzt, Maureen?« Kurz stand sie einfach nur da und erkannte, dass sie eine ganze Börse voller Euros, aber keinen einzigen kanadischen Cent hatte. In einer Wechselstube tauschte sie die Euros gegen Dollar. Mit Ausnahme der American Express waren ihre Kreditkarten während des Aufenthalts im Irak abgelaufen. Zu guter Letzt hatte sie sechsundneunzig kanadische Dollar in der Tasche.

Maureen setzte sich auf eine freie Bank und holte ihr Handy aus der Tasche. Natürlich bestand immer die Möglichkeit, einen ihrer Doktoranden anzurufen. Deren Lebenszweck war es schließlich, ihrem Professor jederzeit zur Verfügung zu stehen. Und dann war da noch Philip Morgan, ihr ewiger Freier an der McMaster. Phil wäre selbstverständlich außer sich vor Freude, mitten in der Nacht zum Flughafen fahren und sie retten zu dürfen.

Und er würde kommen, da war Maureen sicher. Zuerst würde Phil sie mit einer Flut von Fragen eindecken, ihr dann einen Vortrag halten, und zu guter Letzt würde sie ihm etwas schulden. Allein die Vorstellung reichte schon aus, dass sie dem Handy die Zunge rausstreckte.

Stattdessen überprüfte Jenn ihre Mailbox. Drei aufeinanderfolgende Nachrichten stammten von Dusty. Von Skip oder Jenn jedoch hatte sie nichts.

Dusty? Jenn griff auf ihren Anrufbeantworter zu.

»Maureen? Dusty. Ich warte auf deinen Rückruf.« Zögern. »Ich weiß, dass wir uns nicht gerade in Freundschaft getrennt haben. Darum geht es aber nicht. Du *musst* mich anrufen. Es geht um die *White Star*. Ich habe hier jemanden. Er weiß, was die Menschen getötet hat. Aber er ist ein wenig scheu. Nicht fürs Rampenlicht geboren.« Wieder ein Zögern. »Um Himmels willen, Maureen. Ruf mich an! Es ist wirklich wichtig.«

Die *White Star?* Was könnte Dusty über die *White Star* wissen? Maureen runzelte die Stirn, benommen vom Schlafmangel. Wie aus eigenem Antrieb gaben ihre Finger Dustys Nummer ein.

Maureen hob das Handy ans Ohr. Nach dem vierten Klingeln sagte Dustys vertraute Stimme: »Hallo?«

»Dusty? Ich bin es, Maureen. Ich weiß, es ist mitten in der Nacht, aber ich bin gerade in Toronto angekommen. Was ist das von wegen der *White Star?*«

Er zögerte kurz. »Kannst du ... Ich meine, kannst du hier runterkommen? Es ist ein bisschen kompliziert. Mehr kann ich dir am Telefon nicht sagen. Es ist der Schwefelwasserstoff. Ich weiß, wie er ins Schiff gekommen ist.«

»Dusty, ich ...«

»Ich meine es ernst, Maureen. Ich weiß, wie all diese Menschen gestorben sind. Du musst dir die Daten anschauen, dann wirst du es verstehen.«

Maureen kannte diesen Tonfall. Was immer es war, Dusty Stewart war sich seiner Sache vollkommen sicher.

Maureen dachte an ihre American-Express-Karte. Sie würde das Limit weit überziehen. »Ich will sehen, was ich tun kann. Wenn ich durch den amerikanischen Zoll komme, bin ich da. Ich geb dir den Flug durch.«

»Großartig! Ich hol dich dann am Flughafen in Albuquerque ab. Die Leute hier können es gar nicht erwarten, dich zu sehen.«

Maureen seufzte, klappte das Handy zu und rappelte sich müde wieder auf.

Selbst wenn ich nicht auf ihrer Beobachtungsliste stehe, in den USA kann Bill Reeves mich wie einen Hasen zur Strecke bringen.

Andererseits würde sie in New Mexico sein, und es gab keinen besseren Ort auf der Welt, wenn man spurlos verschwinden wollte. Wie ein zum Tode Verurteilter auf der Green Mile schleppte Maureen sich zum Aufzug, der sie zum Ticketschalter bringen würde.

»Jene, die geglaubt haben, und die Juden und die Sabäer und die Christen – wer da an Allah glaubt und an den Jüngsten Tag und gute Werke tut –, keine Furcht soll über sie kommen, noch sollen sie trauern.«

Koran, 5:69

41.

Jenn erwachte in einem Hotel unmittelbar südlich von Dortmund. Müde rollte sie sich herum, öffnete die Augen und sah helles Tageslicht durch die Tür der Suite. Sie wischte sich das Haar aus dem Gesicht und schaute auf ihre Uhr: zehn Uhr morgens. Sie ließ sich wieder zurücksinken und starrte zur Decke.

Skip hatte darauf bestanden, erst einmal tief nach Deutschland hineinzufahren, ehe sie anhielten. Erstaunt hatte Jenn beobachtet, wie er sie als Herr und Frau Bader eingecheckt und dabei eine Kreditkarte auf diesen Namen benutzt hatte. Zu dem Zeitpunkt war sie todmüde und vollkommen durchgefroren gewesen und hatte sich kaum noch auf den Beinen halten können.

»Okay, und wie sieht es mit unseren Finanzen aus?«, fragte Skip im angrenzenden Zimmer.

Jenn setzte sich mühsam auf. Neben ihr war die Bettdecke zurückgeschlagen. Als sie aufstand, fiel ihr wieder ein, dass sie sich die Kleider ausgezogen und sich einfach aufs Bett hatte fallen lassen, ohne Skip zu beachten. Nun war ihre Haut wund, wo der BH gescheuert hatte.

Jenn schlurfte ins Bad, schloss die Tür und genoss eine warme Dusche.

Als sie wieder herauskam, hatte Skip heißen Kaffee auf den Nachttisch gestellt. Jenn zog sich an, trank einen Schluck und holte dann einen Fön, um sich die Haare zu trocknen.

Als sie schließlich das Schlafzimmer verließ, schaute Skip sich gerade die BBC-Nachrichten an. »Kennst du die ›Wo in der Welt ist Carmen Sandiego‹-Bücher?«, fragte Skip.

»Ja. Ist aber schon Jahre her. Weshalb fragst du?«

»Die ganze Welt spielt ›Wo in der Welt ist Maureen?‹«

Jenn hockte sich auf Skips Sessellehne. »Was ist eigentlich zwischen euch passiert? Erst klimpert sie mit den Wimpern, und dann ist sie kalt wie Eis.«

»Sie hat herausgefunden, wer ich wirklich bin.«

»Und das heißt?«

»Ich tue meinen Job, und zwar auf die Art, wie man mich dafür ausgebildet hat. Ich bin kein Knuddelbär.«

Jenn betrachtete ihn, während er an seinem Bart zupfte und sich im Fernsehen einen Bericht über eine drohende Hungersnot in Indien anschaute. Aufgrund der warmen Strömungen im Indischen Ozean war der Monsun nach Norden über den Himalaja gewandert. In einem großen Teil Nordindiens herrschte Dürre, und die Getreidepreise an den Rohstoffbörsen schossen durch die Decke.

»Und durch die Klimaerwärmung und die veränderten Winde«, erklärte der Berichterstatter, *»wird die Situation in Indien nur noch schlimmer.«*

»Da fragt man sich glatt, ob Box nicht vielleicht doch recht hat«, sinnierte Jenn.

»Ich habe gerade mit Nancy gesprochen«, berichtete Skip. »Bastard-Bill hat ein paarmal angerufen. Offenbar will er dringend mit mir sprechen.«

»Und? Rufst du ihn an?«

»Himmel, nein! Und jetzt, glaube ich, sollten wir wieder raus auf die Straße. Ich nehme an, er hört meine Büroleitung ab. Ich habe Nancy gesagt, wir hätten Probleme mit dem Renault und wollten uns einen neuen Wagen leihen.«

Jenn schüttelte den Kopf. »Du und dieser verdammte Renault.«

Die BBC zeigte ein Interview mit FBI-Direktor Maury Snyder.

»Weder der Präsident noch ich selbst oder das amerikanische Volk werden den Einsatz christlicher Selbstmordattentäter tolerieren«, erklärte Snyder. *»Wir werden alle uns zur Verfügung stehenden Mittel einsetzen, um diese Leute zu jagen, selbst wenn andere Regierungsbehörden dadurch unter Beschuss geraten sollten. Das ist eine Monstrosität, und das FBI wird alles tun, um ihr ein Ende zu bereiten.«*

»Autsch«, sagte Jenn. »Ob er damit Bastard-Bill meint?«

»Wenn er es auf Bill abgesehen hat, sollte Direktor Snyder sich auf einen langwierigen Grabenkrieg gefasst machen. Komm, wir essen unterwegs.« Skip schaute nachdenklich drein, als er den Fernseher ausschaltete.

»Also, diese Sache zwischen dir und Maureen ...«, sagte Jenn. »Es wird also nicht passieren?«

Skip schaute sie seltsam an. »Für kurze Zeit war ich ihr Ritter in strahlender Rüstung. Dann habe ich es irgendwie vermasselt, als ich ihr das Leben rettete.«

»Wenn du meins rettest, würdest du vielleicht eine andere Reaktion bekommen.«

»Wie das?«

»Warte einfach ab ... vorausgesetzt natürlich, wir werden heute nicht umgebracht oder verhaftet.«

Maureen stieg in Albuquerque aus dem Flieger. Sie hatte auf beiden Strecken geschlafen, erst von Toronto und dann von Salt Lake City. Erst als sie bei der Landung mit dem Kopf gegen die Scheibe geschlagen war, war sie wieder aufgewacht.

Nun schnüffelte sie erst einmal an sich und war sich ihres Gestanks nur allzu bewusst; schließlich steckte sie schon seit Tagen in denselben Kleidern.

Zu ihrer Erleichterung standen keine Uniformierten am Gate, um sie zu verhaften. Andererseits knurrte ihr der Magen, und ihr war schwindlig.

Auf wackligen Beinen ging sie an den Souvenirläden vorbei, die vor allem indianische Mitbringsel verkauften. Kokopelli, der Flötenspieler – einst der Mittelpunkt eines Religionskrieges –, war noch immer ein Bestseller. Gleiches galt für getrockneten roten Pfeffer, bunte Indianerteppiche und Sandsteintabletts. Maureen ging durch die Sicherheitskontrolle und auf die Rolltreppe.

Und da war er, und er sah noch genauso aus, wie Maureen ihn in Erinnerung hatte, mit seinem weißen T-Shirt und dem Emblem des Bandelier National Park. Sein Bart war gestutzt, und er trug einen Stetson aus Stroh und mit Schweißflecken. Dusty lehnte an der Wand, und seine von der Sonne gebleichte Levis lag eng um seine muskulösen Beine. Seine Augen waren von einer Sonnenbrille verdeckt.

»Hallo, Maureen.« Dusty hielt kurz inne und musterte sie. »Meine Güte, du siehst echt Scheiße aus.«

»Spar dir das, Dusty.«

Dusty passte sich ihrem Schritt an und ging mit dem typischen Schwung eines Feldarchäologen neben ihr. »Weißt du eigentlich, dass die halbe Welt nach dir sucht?«

»Und ich will nicht, dass sie mich findet.«

Er schaute sie von der Seite an. »Sylvia und Maggie kommen runter. Sie wollen eine Riesenwillkommensparty für dich geben.«

Maureen sah ihn müde an. »Streich die bitte. Ich kippe gleich um, drehe fast durch von dem Starbucks-Kaffee in Salt Lake City, und hab während des gesamten Fluges geschlafen.«

»Wo ist dein Gepäck?«

»In Amsterdam ... glaube ich.«

»Denkst du darüber nach, ob du weitermachst?«

»Das ist eine lange Geschichte.«

Sie traten in den Sonnenschein hinaus, und Maureen blieb stehen. Sie schnüffelte, suchte nach den vertrauten Gerüchen des Südwestens, nahm aber nur den schwachen Gestank von verbranntem Kerosin wahr.

»Wo ist dein Truck?«

»Hier entlang.«

Maureen funkelte Dusty an, als er ihr die Beifahrertür seines großen Dodge Diesel öffnete. Der Sitz war voller Schokoladenpapier und Piniennadeln, und roter Staub wölkte auf, als sie ihn abklopfte.

»Mein Güte, Maureen, seit wann bist du denn so pingelig?«

»Ich trage einen Zwölfhundertdollar-Rock von Narcisco Rodriguez, Dusty.«

Dusty schaute sie an, als er sich hinters Lenkrad schob. »Tausendzweihundert Dollar? Für einen mexikanischen Rock?

Der Papa des alten Rodriguez muss wirklich stolz auf seinen Junior sein. Soll ich dich mal in die Altstadt fahren? Da bekommst du mexikanische Röcke für zwanzig Dollar.«

Maureen schloss die Augen und schüttelte den Kopf. »Das ist ein Designerlabel ... aus Mailand, du Trottel.«

»Nun ja, die alte Maureen hätte Jeans getragen. Spring rein. Soll ich dich erst zu einem Kleiderladen oder direkt zur Uni bringen? Sam brennt darauf, dich zu sehen.«

Maureen funkelte ihn weiter an. »Erst fahren wir zum Essen zu Garduno's. Der auf der Louisianna, gegenüber von deinem Büro. Dann suchen wir ein Motel für mich – und *nur* für mich. Irgendeinen Ort, wo niemand mich suchen wird. Wenn ich dann ein bisschen geschlafen habe, spreche ich mit deinem Paläoklimatologen.«

»Aber ich ...«

»In der Reihenfolge, Dusty.«

»Verdammt! Welche Laus ist dir heute Morgen über die Leber gelaufen?«

»He, in den letzten Tagen hat man versucht, mich in die Luft zu jagen, mich zu erstechen und mich zu erschießen. Da habe ich wohl das Recht, ein bisschen zickig zu sein.«

Dusty nickte. »Ja, ich hatte auch einen harten Tag. Ich musste heute Morgen fast zwanzig Minuten mit einem BLM-Archäologen verbringen.«

Als sie vom Flughafen wegfuhren, verliehen die Bilder und Geräusche Albuquerques Maureen neue Kraft. Die Sandia Mountains im Osten zu sehen war so, als würde sie nach Hause kommen. Sie erinnerte sich noch daran – so deutlich, als wäre es gestern gewesen –, wie sie Dales Asche auf einem Gipfel verstreut hatte.

Und dann ist alles aus dem Ruder gelaufen. Eine Schießerei draußen in Chaco; Dusty, der Dinge über seine Familie erfahren hatte, die er nie hatte erfahren wollen, und die üblen Nachwirkungen eines Mordes.

Also, was hat sich in meinem Leben verändert?

Maureen stieg auf dem Parkplatz von Garduno's aus. Der wundervolle Duft von mexikanischem Essen hing in der Luft.

Drinnen wurden sie zu einer Nische geführt. Maureen bestellte Kaffee, Dusty ein Negra Modelo Bier.

»Trinkst du noch immer zu viel?«, fragte Maureen.

»Nee.« Dusty schaute sie verstohlen an. »Dadurch habe ich viel zu viele Menschen vertrieben, die ich liebe.«

Maureen nickte und spielte mit ihrem Kaffeebecher. »Weißt du, ich brauche einen Ort, wo niemand mich finden kann. Nicht mal dein Außenministerium. Sie werden schon bald herausfinden, dass ich in Albuquerque bin. Vermutlich klopfen sie demnächst an deine Tür und fragen, ob du mich gesehen hast.«

Dusty setzte die Sonnenbrille auf und musterte Maureen wissend. »So schlimm?«

»Schlimmer.« Maureen seufzte, nachdem sie sich einen großen Teller Enchiladas bestellt hatte. Ihre Stimme hörte sich hölzern an, als sie Dusty von der *White Star* erzählte, von der Tour und den verschiedenen Schießereien, Messerstechereien und Bombenanschlägen. »Tatsache ist, dass eine Menge Leute mich tot sehen wollen«, schloss sie.

Dusty strich mit dem Finger über das feuchte Bierglas. »Wir könnten dich verstecken ...«

»Was ist mit diesem Paläoklimatologen?«

Dusty warf ihr einen seiner durchdringenden Blicke zu. »Er weiß, wie all diese Leute gestorben sind, Maureen. Und das ist nicht so passiert, wie die ganze Welt glaubt ...«

Auf einem der Fernseher in Bill Reeves' Büro sagte eine englische Stimme: *»Im Augenblick steht in Amsterdam alles auf Messers Schneide. Die muslimische Gemeinde befindet sich in einem Schockzustand. Viele trauern, andere haben Angst, und wieder andere sind wütend. Die Polizei hat sich aus den vorwiegend muslimischen Vierteln zurückgezogen, ist aber jederzeit auf den Ausbruch von Gewalt vorbereitet.«*

Das Bild zeigte Polizeitrupps in Schutzanzügen, die ihre Plexiglasschilde an die Wand gestellt hatten und auf den Einsatz warteten. Alle trugen Schlagstöcke.

»In der Zwischenzeit hat die Regierung alle Parteien zur Zurückhaltung aufgerufen, doch die Tatsache bleibt bestehen: Holland, einst das stolze Zentrum von Toleranz und Frieden, ist zu einem Pulverfass geworden, das nur noch auf den Funken wartet.« Auf dem Bildschirm erschien ein Foto von Maureen Cole. *»Gleichzeitig wurde bekannt, dass Dr. Maureen Cole, die renommierte Religionswissenschaftlerin, Holland gestern in Richtung Toronto verlassen hat. Die kanadischen Behörden wissen nicht, wo Dr. Cole sich aufhält.*

Kommen wir zu weiteren Nachrichten. Die Dürre in Indien verschlimmert sich. Die Regierung hat der Bevölkerung versichert, dass genug Vorräte vorhanden seien, und dass alles getan werde, um eine Hungerkatastrophe zu vermeiden.

In Südostasien wiederum haben die zunehmend warmen Temperaturen und ein Übermaß an Regen einen bis dato unbekannten Pilz gedeihen lassen. Die Regierungen von China, Thailand und Vietnam greifen zu radikalen Maßnahmen, um dieser neuen Plage Herr zu werden. Zur gleichen Zeit steigen die Reispreise weiter.«

Von seinem großen Lederstuhl aus schaltete Reeves den Ton auf stumm. Dann nahm er die neusten Berichte der Nachrichtendienste von seinem Schreibtisch und überflog den Abschnitt über Pakistan. Ihm fiel auf, dass die Regierung sich nur noch mit Mühe an der Macht hielt. In vielen Vierteln der Großstädte herrschte das nackte Chaos. Im Laufe der Nacht waren zwei Moscheen Bombenanschlägen zum Opfer gefallen.

Reeves hob den Blick, als Matt Richardson das Zimmer betrat. »Wir haben gerade Nachricht bekommen. Offenbar ist Maureen Cole nicht mehr in Amsterdam.«

»Ja«, murmelte Reeves. »Sie ist gestern nach Hause geflogen. Sie sind fast so gut wie die BBC.« Er warf den Bericht auf seinen Schreibtisch. »Sagen Sie mal, Matt, warum können Sie unsere Leute nicht im Auge behalten? Rufen Sie bei der NSA an und bitten Sie dort, Coles Handy zu überwachen. Sagen Sie ihnen, damit würden sie uns einen großen Gefallen tun.«

Richardson versteifte sich leicht, und seine Ohren wurden rot. Reeves gefiel das an dem Mann. So wusste er stets, wann er den richtigen Knopf bei Richardson gedrückt hatte.

»Sir, diese Verlegenheiten haben unsere Feldagenten zu verantworten. Niemand hat Murphy und Royce vor der geplanten Ankunftszeit in Schiphol erwartet. Wenn die Agenten vor Ort Fehler machen, ist das einzig und allein ihre eigene Schuld.«

»Um Smitty werde ich mich später kümmern. Ich mag es nicht, wenn jemand Scheiße baut; deshalb werde ich ihn mit eingekniffenem Schwanz wieder nach München schicken.«

»Niemand ist begieriger darauf als er, Murphy und Royce zu finden.« Matt rang nervös die Finger. »Auf unsere Bitte hin hat die niederländische Polizei nach den beiden gesucht. Dabei haben sie herausgefunden, dass Cole gestern durch die Passkontrolle gegangen ist, kurz bevor wir sie zur Beobachtung ausgeschrieben haben.«

»Ich will, dass jemand Maureen Coles Haus im Auge behält. Gleiches gilt für ihre Universität. Wenn ihr etwas zustößt, muss es so aussehen, als hätten die Extremisten sie doch noch erwischt. Dann wird Maureen Cole eine größere Märtyrerin denn je sein. Verständigen Sie den Zoll und die Einwanderungsbehörde. Ich will, dass sie Dr. Cole aufhalten, wenn sie US-amerikanischen Boden betritt.«

»Schon erledigt, Sir. Ich habe mir diese Freiheit genommen, kaum dass ich erfahren habe, dass Cole verschwunden ist.«

Reeves nickte. Sein Blick wurde hart. »Hier steht für uns verdammt viel auf dem Spiel.«

Matt nickte ebenfalls. »Übrigens, Sir, Senator Ripkin würde Sie heute Nachmittag gerne treffen, um vor der Sitzung des Nachrichtendienstkomitees die muslimische Situation mit Ihnen zu besprechen. In Mekka beginnt die Hadsch, und er will wissen, wie wahrscheinlich es ist, dass es infolge dieses Festes zu einem Aufruhr im Nahen Osten kommt. Seine genauen Worte waren: ›Wir wollen nicht noch einmal mit heruntergelassener Hose erwischt werden.‹«

»Weiß der Minister, dass Ripkin uns einen Besuch abstattet?«

»Nein, Sir. Soll ich ihn informieren?«

»Darum werde ich mich kümmern.« Reeves verbarg ein Lächeln. *Jetzt kommen sie schon direkt zu mir. Der Minister bekommt einen Anfall.* »Sorgen Sie nur dafür, dass offiziell festgehalten wird, dass der gute Senator um dieses Treffen gebeten hat. So hat der Minister keinen Grund, sich aufzuregen.«

Matt lächelte ihn verschlagen an. »Er würde sich ohnehin nicht beschweren, Sir. Dafür haben Sie mittlerweile viel zu oft Recht behalten.«

Reeves kniff die Augen zusammen und beobachtete, wie Richardsons Ohren dunkel anliefen. »Sagen Sie unseren Leuten in Europa, dass sie sich sofort um Royce und Murphy kümmern sollen, sollten die beiden auftauchen.« Er hielt kurz inne. »Ich will keine unerledigten Fälle, Matt. Wir können es uns nicht leisten, noch einmal in Verlegenheit gebracht zu werden – nicht, solange diese Primadonna Snyder bei uns herumschnüffelt.«

»Und der Reverend? Das FBI hat eine Untersuchungskommission zu der Gemeinde eingesetzt. Es ist nur eine Frage der Zeit, bis sie herausfinden, wie Box' Leute ihre Ziele gewählt haben.«

Reeves nickte. Box verfolgte mit seinen Bombenlegern noch immer ein größeres Ziel; aber was, wenn seine Allianz mit dem Außenministerium zu einer Last werden sollte? Direktor Snyder – verdammt sollte er sein – war nicht die Art von Bulldogge, die wieder losließ, wenn er einmal etwas zwischen den Zähnen hatte.

»Da wäre noch etwas ...«, sagte Matt zögernd.

»Ja?«

»Ali Hassan. Der Junge, den wir Bakr nennen. Er wird vermisst.«

»Was kann er schon ausrichten? Er ist ein Straßenschläger der al-Kaida – nicht gerade ein glaubwürdiger Zeuge. Wir haben der Polizei von Amsterdam die Einzelheiten übermittelt. Wenn er nicht schon längst nach Pakistan geflohen ist, wird die holländische Polizei ihn bald haben.«

42.

Skip zögerte über seinem Dunkelweizen und hob eine Augenbraue, während Jenn sich eine Gabel Schweinshaxe in den Mund schob. Sie kaute, und ein verzückter Ausdruck erschien auf ihrem Gesicht.

»Offenbar ist das himmlisch«, bemerkte Skip trocken und schnitt den letzten Rest Fleisch von dem Knochen auf seinem eigenen Teller.

»Nach diesen Snacks in den Autobahnraststätten? Es ist göttlich!«

»Vorsicht. Vergiss nicht die Leute, die versucht haben, uns umzubringen. Lass Gott außen vor, und wir werden es vielleicht überleben.«

Jenn grinste und schaute sich in der Nische um, die sie im hinteren Teil des Franziskanergartens besetzten. »Weißt du, es ist hier fast wie in alten Zeiten.«

Nun grinste auch Skip. »Wie geht es deinem Hintern?«

»Der ist vollkommen wund. Nach der Erfahrung auf der Moto Guzzi würde ich sagen, meine Harley ist wohl doch nicht so für längere Distanzen geeignet.«

»Jedenfalls nicht ohne ein bisschen Arbeit. Für Langstreckenfahrten muss man Sattel, Tank, Licht und anderes modifizieren.«

»Die meisten Männer hätten mich die Moto Guzzi auf dem letzten Stück Autobahn nicht fahren lassen.« Jenn warf Skip ein leichtes Lächeln zu, und ihre braunen Augen nahmen einen sanften Ausdruck an. »Weißt du, Murphy, wir sind ein gutes Team.«

Skip kaute auf einem Stück Knödel und genoss den Geschmack der Soße. »Um mal wieder zum Wesentlichen zurückzukommen ... Du hast ein Problem, Jenn: Dein Chef ist ziemlich unzufrieden mir dir. Er will dich tot sehen.«

Jenn nickte und verzog das Gesicht. »Unter der Voraussetzung ... Wie lautet der Plan?«

»Wie kann man Bastard-Bill zu Fall bringen?«

Jenn schaute ihm in die Augen und band ihr Haar zurück. »Wenn ich zum Außenminister durchkomme und ihm die ganze Geschichte erzähle, ist Bill vermutlich Geschichte.«

»Nur ist der Außenminister in den Staaten und du in Deutschland, wo du unter dem guten Namen Frau Bader lebst. Du kannst darauf wetten, dass Bill deinen Pass im System hat. Sobald du einen Flug auch nur buchst, hat er dich.«

Jenn nickte. »In Washington ist Samstagnachmittag. Da ist niemand in der Telefonzentrale, der mich direkt zum Minister durchstellen könnte. Normalerweise würde ich in so einem Fall den Umweg über Bills Büro gehen, doch ich wette, unter den gegebenen Umständen würde er das nicht so gerne sehen.«

Skip leerte sein Bierglas, bezahlte die Rechnung und stand auf. Jenn griff nach ihrer Jacke. Der Abend war endlich so kühl, wie man es so spät im Herbst für Nordeuropa erwarten würde.

Jenn und Skip gingen in die Nacht hinaus und schlenderten an den erhellten Fenstern vorbei.

»Und was wirst du sagen, wenn du endlich zum Minister durchgekommen bist?«

»Ich werde ihm eine Zusammenfassung dessen geben, was

Bill im Schilde führt und – das Beste von allem – uns beiden einen luxuriösen Trip nach Hause besorgen.« Jenn ging mit gesenktem Kopf. »Aber du kannst darauf wetten, dass Bill es in derselben Sekunde erfahren wird, da ich den Minister kontaktiere. Danach bleibt ihm nicht mehr viel Zeit, uns aufzuhalten.«

»Ja, ich weiß.«

Jenn warf Skip einen wissenden Blick aus den Augenwinkeln zu, und ein schüchternes Lächeln erschien auf ihren Lippen. »Es ist schon ein seltsames Gefühl zu wissen, dass du mir in Amsterdam das Leben gerettet hast.«

»Mag sein. Andererseits wäre dir vermutlich nichts passiert, hättest du weiter den Teamplayer gespielt.«

»Dann wären Maureen und du jetzt wahrscheinlich tot.«

»So spielt Bill nun mal.«

»Wenn du das gewusst hast, warum hast du dich dann überhaupt erst von ihm anheuern lassen?«

»Zu Anfang ging es nur darum, ein Problem für Ocean Star zu lösen. Dann durfte Maureen nichts passieren.« Skip zuckte leicht mit den Schultern. »Ich weiß es nicht ... Nach dem Messerstecher in Mailand ist das Ganze irgendwie persönlich geworden. Ich musste Bill in seinem eigenen Spiel schlagen, Maureen beschützen und vielleicht auch dich.«

»Nur vielleicht?«

Der Blick, den sie ihm zuwarf, provozierte ihn zu einem Lächeln. »Bevor ich mich mit einer Frau einlasse, die für Bastard-Bill arbeitet, muss ich wissen, auf wessen Seite sie steht.«

»Heißt das, wir gehen jetzt miteinander?«

Skip nahm Jenns Hand, als sie am Max-Joseph-Platz vorbeigingen. »Ich weiß es nicht. Als du mich das letzte Mal geküsst hast, warst du noch sehr zurückhaltend – nicht dass das nicht zu Platzmangel in meiner Hose geführt hätte.« Er drückte ihre Hand. »Aber der entscheidende Umstand war die Fahrt hier runter. Ich habe nicht einen Fluch oder ein Stöhnen von dir gehört.«

Jenn war nachdenklich, als sie auf die Neuturmstraße einbogen und die exotische Lobby des Mandarin Oriental betraten. Sie schwieg, während sie zum Lift gingen und in den dritten Stock fuhren.

Skip öffnete die Zimmertür und hielt sie für Jenn auf. Drinnen blieb Jenn kurz stehen und ließ den Blick durch den großen Raum schweifen. »Wir haben vielleicht nur sechsunddreißig Stunden.« Sie zog die Jacke aus und ließ sie auf den Boden fallen. Dann drehte sie sich um, ging zu Skip und zog ihm sanft die Jacke von den Schultern. »Irgendeine Idee, wie wir uns die Zeit vertreiben sollen?«

»Bist du dir dessen sicher, Jenn?«

»Oh ja.« Sie zog ihm das Hemd aus und ließ es auf die Jacken fallen. »Willst du mir helfen, oder muss ich das alles alleine machen?«

Jenn lag in dem dunklen Raum auf der Seite, die Knie zur Brust hochgezogen. Der Rumpf war gegen Skips Lenden gedrückt, der ihr wiederum den linken Arm um die Schulter gelegt hatte. Jenn spürte seinen Atem im Nacken, während er mit der rechten Hand an ihrem Haar spielte.

Kann es überhaupt noch besser werden? Die meisten Männer waren miserable Liebhaber. Das erste Mal war immer schnell: rein damit, abspritzen, einschlafen. Aber Skip war perfekt gewesen. Er hatte sich Zeit gelassen und das Vorspiel tatsächlich genossen. Er hatte ihr Feuer geschürt, bis sie ihn schließlich verzweifelt an sich gezogen hatte; ihre Lenden waren förmlich explodiert, als er in sie eingedrungen war. Dann war er langsamer geworden, gefühlvoller, und Explosionen der Lust hatten ihren Körper noch zweimal durchgeschüttelt, ehe Skip sich dem Unvermeidlichen hatte ergeben müssen.

Jenns Gedanken wanderten zu der langen Fahrt zurück, die sie gerade hinter sich gebracht hatten. Wie wäre es wohl, alle Vorsicht zu vergessen und ein paar Wochen mit Skip Murphy auf der Straße zu verbringen? Sie hatte die USA noch nie per Motorrad erkundet.

»Mir gefällt die Moto Guzzi wirklich«, sagte sie nun zu ihm. »Sie vermittelt ein unglaubliches Fahrgefühl.«

»Ganz anders als eine Harley, stimmt's?«

»Ja. Es ist eine vollkommen andere Motorrad-Philosophie. Die Harleys sind fürs Ankommen gebaut, die Moto Guzzi zum Losfahren. Meine Güte, ich kann gar nicht glauben, wie das Ding sich angefühlt hat.«

»Moto Guzzi kann auf eine lange Geschichte als Rennstall zurückblicken. Die Italiener denken zuerst an Handling und Leistung und mischen das dann mit Style.«

»Skip? Wenn das alles vorbei ist, tun wir's.«

»Ich dachte, wir hätten es gerade erst getan.«

Jenn schlug ihm auf den Arm. »Ich meine eine Fahrt, du Blödmann. Ich werde die Harley gegen eine Moto Guzzi eintauschen – genau wie die hier. Und dann fahren wir einfach los.«

»Wie schon gesagt, solltest du dann aber den Sattel austauschen. Rocky Mayer machte gute Sättel. Auch Corbin und Mike Bailey. Vor allem die Bailey-Sättel sind für perfekte Hintern wie deinen gemacht.« Er drückte die Hüfte gegen ihren Po. »Er verteilt Gel über den Schaum.«

»Oder ich fahre die ganze Strecke auf deinem Schoß mit. Das ist ziemlich bequem, solange du nicht *zu* aufgeregt wirst.« Sie lächelte. »Ich möchte den Deal's Gap fahren, diese Straßen im Südwesten, über den Highway 50 durch Nevada und die Rockies in Colorado. Und jeden Abend gehen wir in ein nettes Motel und haben die ganze Nacht leidenschaftlichen Sex.«

»Ich kenne da ein großartiges kleines Hotel in West-Texas«, flüsterte Skip ihr ins Ohr. »Das Gage. Es hat auch ein Superrestaurant. Wir werden mexikanisches Steak essen und dann auf unser Zimmer gehen. Die Zimmer sind perfekt, in einheimischem Stil dekoriert. Du kannst dann ein Feuer schüren, dich ins Bett legen und es beobachten, bis du einschläfst.«

»Ich möchte nicht wohin, wo du schon mit einer anderen Frau gewesen bist.«

Sie spürte, wie er mit den Schultern zuckte. »Ich war noch nie mit einer Frau dort. Ich bin immer allein gefahren. Aber ich hab auch noch nie eine Frau gefunden, die mit mir fahren will – jedenfalls nicht die Richtige.«

»Und? Bin ich die Richtige?«

»Ja. Ich glaub schon.« Er hielt kurz inne. »Du weißt, wer und was ich bin. Aber seien wir ehrlich, okay? Egal was auch geschieht, ich glaube nicht, dass man dich noch einmal in Bastard-Bills Stab willkommen heißen wird. Vielleicht auch nicht in der Regierung.«

Jenn verstärkte den Griff um seine Hand. »Wenn man weiß, dass der eigene Boss einen umbringen will, gibt das dem Leben eine radikale Wendung.« Sie ordnete ihre Gedanken. »Ja, Skip, ich glaube, ich bin bereit, meine Prioritäten neu zu setzen. Wenn wir das hier überleben, machen wir die Tour. Das Leben ist eine gefährliche Angelegenheit. Lass es uns versuchen, du und ich.«

Skip schwieg eine Zeitlang. »Jenn?«

»Ja?«

»Du bist in Ordnung.«

»Du auch.«

Gott, ich will diese Fahrt mit Skip wirklich machen. Ist das denn zu viel verlangt?

Die wunderbaren Klänge von Puccinis Tosca erfüllten A. P.s Büro. Von allen Produktionen, die er bis jetzt gehört hatte, mochte er immer noch die mit Maria Callas und di Stefano am liebsten. Sie waren gerade im zweiten Akt. Scarpia quälte Caverdossi, und Tosca schrie entsetzt.

Als Scarpia zu wissen verlangte: *»Donde es Angelotti?«*, konnte A. P. sich nicht mehr zurückhalten. »Er ist im Brunnen!«, rief er und lachte. Das war einmal ein Running Gag in seiner Familie gewesen, der von seinem Vater stammte, als A. P., Ang, Robbie und Sewell noch klein gewesen waren.

Natürlich war es dann irgendwann so gekommen, wie es hatte kommen müssen: A. P. hatte den Spruch lauthals in der Met gerufen, was ihm jede Menge böse Blicke und mindestens ein »Pssst!« eingebracht hatte.

A. P. wandte sich wieder der Korrespondenz zu, den Berichten, Anfragen und anderem, was ihm nun als Erbe der Gemeinde oblag.

»Ich werde nie verstehen, Vater, wie du all das geschafft und dann auch noch Zeit gefunden hast, uns so gut zu erziehen.«

A. P. hob den Blick und sah das große Foto der *White Star* seinem Tisch gegenüber.

So viele Träume sind mit dir gestorben.

Doch seitdem war auch sehr viel erreicht worden. A. P. war in vorderster Front der Schlacht um das Armageddon. Eine nach der anderen vernichteten er und seine Kämpfer die bigotten Kräfte des Bösen. So waren zwei seiner Krieger gerade auf dem Weg nach Pakistan, um den Kampf zum Feind zu bringen. Innerhalb der nächsten achtundvierzig Stunden würden ein böser Imam, seine Mörder und ein al-Kaida-Führer eliminiert werden, und zwei leidende, christliche Seelen konnten vor Gottes Thron treten und dort durch ihre Taten vielleicht Vergebung für ihre Sünden erlangen.

Das Telefon klingelte. »A. P.«

»A. P.? Ich bin es, Tom Stone.«

»Wo bist du?«

»In Riad. Im Hilton. Du glaubst es nicht. Die Hadsch fängt ja eigentlich erst in einer Woche an, und trotzdem musste ich schon eine Stunde in der Warteschleife fliegen. Sie erwarten fast sechs Millionen Menschen. Hätte ACC keine Dauerreservierung, wir würden im Büro schlafen. Aber so voll es hier auch ist, Mekka und Medina quellen bereits über. Die Saudis setzen alles in Bewegung, um die Pilger mit ausreichend Wasser und Nahrung zu versorgen, damit es nicht zu Unruhen kommt.«

»Ich dachte, sie hätten die Zahl der Pilger begrenzt«, bemerkte A. P.

»Sie haben es versucht.« Stone hielt kurz inne. »Wie ich gehört habe, glauben viele Muslime, das Jüngste Gericht stünde kurz bevor, deshalb wollen sie noch schnell die Hadsch erledigen. Mindestens sechs Millionen von ihnen glauben, dass dies hier ihre letzte Gelegenheit dazu ist. Die Saudis mussten angesichts der Nachfrage nachgeben. Zu viele ausländische Regierungen haben verlangt, ihren Leuten Zugang zur Großen Moschee zu gewähren. Das wird übel.«

A. P. lehnte sich zurück. »Besser so ein Chaos bei ihnen als bei uns. Den meisten Amerikanern ist immer noch nicht klar, wie schlimm es um unseren Planeten wirklich steht. Vermutlich liegt es daran, dass die naturwissenschaftliche Schulausbildung in den USA ein Witz ist. Die meisten Menschen glauben den Politikern. Sie hören gerne, dass alles noch in weiter Ferne liegt.«

»Hast du eigentlich schon mit Amy gesprochen?« A. P. hörte die Verzweiflung in Stones Stimme.

»Ja, mein Freund.« A. P. verzog das Gesicht. »Ich habe fast zehn Minuten mit ihr geredet. Sie will im Scheidungsprozess keinen Zoll nachgeben. Sie hat sogar aus einer alten Predigt meines Vaters zum Thema Ehebruch zitiert.« Er zögerte. »Und es tut mir leid, aber es wird noch schlimmer. Sie hat Verbindung zu deinen Eltern aufgenommen. Laut Amy sind sie bereit, dich zu enterben.«

Schweigen breitete sich aus. Schließlich sagte Stone: »Das sollte mich wohl nicht überraschen.«

»Es sind deine Eltern, Tom. Was ist passiert?«

»Ich habe sie nicht angerufen, nachdem Amy mich mit Tana erwischt hat. Sie hätten mir ohnehin nur einen Vortrag gehalten, und den wollte ich mir nicht anhören.«

»Du darfst nicht verzweifeln. Die Zeit heilt ...«

»Ach ja? Du hast nicht gehört, was sie hier auf den Straßen denken. Das ist das Ende der Welt, A. P. Du sagst es, und die Muslime sagen es auch. Was für eine Zukunft bleibt uns da noch?«

»Wenn du eine Möglichkeit findest, fünf Milliarden Menschen von der Erde zu bringen, haben wir vielleicht noch eine Chance.«

»Und was bräuchte es dafür, A. P.?«

»Einen Kataklysmus, fürchte ich«, flüsterte A. P.

»Ja, nun ... Ich bin ganz gut, was Katastrophen betrifft. Mal sehen, was ich tun kann.«

»Moment, Tom ... Tom?« Die Verbindung war tot.

A. P. legte den Hörer auf und starrte darauf, während Tosca im Hintergrund »Ich habe für die Liebe gelebt« sang.

Dann klingelte das Telefon erneut. A. P. griff danach und rief: »Tom? Sag mir, dass es nur eine Leitungsstörung war.«

»Reverend«, meldete sich der Nachtportier, »da ist ein Mann, der Sie sprechen will. Er hat mich gebeten, Ihnen zu sagen, er sei Joshua.«

»Schicken Sie ihn rein.« A. P. legte auf und schaute gedankenverloren auf das Poster der *White Star*. Ein persönlicher Besuch von Reeves? Um diese Uhrzeit?

Jede Sorge um Tom Stone verschwand, als Unterstaatssekretär Reeves den Raum betrat. A. P. stand auf und schüttelte dem Mann die Hand. »Schön, Sie zu sehen, Bill. Kann ich Ihnen etwas anbieten?«

»Nein, danke.« Reeves musterte ihn abschätzend, ging dann zum Tisch und ließ sich auf einen Stuhl fallen. »Wie geht es Ihnen so?«

»Ich bin beschäftigt. Das FBI hat noch weitere Kisten voller Dokumente beschlagnahmt. Direktor Snyder ist fest entschlossen, eine noch rauchende Waffe zu finden, die Sie mit mir in Verbindung bringt und uns beide zu Märtyrern zu machen.«

»Ich nehme an, der Buchhalter, den ich Ihnen geschickt habe, hat getan, wozu diese Leute ausgebildet sind.«

A. P. zuckte mit den Schultern. »Bis jetzt ja. Was mich betrifft, sind diese Fragen eher akademischer Natur. Es heißt, ein Senatsausschuss werde einberufen. Hailwood, mein Anwalt, macht sich Sorgen. Wenn man mich vorlädt, muss ich erscheinen. Tatsache ist: Ich diene einer höheren Macht als dem Staat – Punkt!«

Auf Reeves' Gesicht erschien ein Grinsen. »Ist das wirklich so einfach, Reverend?«

»Seltsamerweise ja, Herr Unterstaatssekretär. Meine Zukunft gehört Gott. Was Sie mit Ihrer machen, liegt an Ihnen. Da Sie aber gerade erst mit dem Präsidenten zu Mittag gegessen haben, wie mir zu Ohren gekommen ist, sind Sie vermutlich zufrieden.«

Reeves verlagerte sein Gewicht auf dem Stuhl. »Wir haben eine weitere Entdeckung gemacht. Offenbar gibt es in den USA eine neue al-Kaida-Zelle. Seltsamerweise haben sie sich diesmal New Mexico ausgesucht.«

»New Mexico?« Irgendetwas an Reeves' Verhalten stimmte nicht. »Was verschweigen Sie mir, Bill?«

Reeves mied A. P.s Blick. »Vertrauen Sie mir, Reverend. Habe ich Sie bisher je betrogen?«

»Nein, aber sollte ich herausfinden, dass Sie meine Leute für irgendetwas anderes als die Vernichtung des Bösen missbrauchen, würde das unsere Beziehung nachhaltig verändern.«

43.

Maureen wachte blinzelnd auf. Ihre Blase war bis zum Platzen gefüllt; trotzdem fühlte sie sich so ausgeruht wie schon seit Wochen nicht mehr. Sie streckte sich, ließ ihren Blick durch die Schlafkabine des Trailers schweifen und schlug die Decke zurück. Dann stand sie auf und suchte ihre Klamotten zusammen, die sie einfach auf den alten braunen Navahoteppich hatte fallen lassen. Das Bett war an die Wand des Trailers gebaut, und durch die Vorhänge konnte sie das Tageslicht sehen.

Maureen schob die dünne Tür auf, trat in die Duschkabine und schaute sich in dem kleinen Spiegel an. Nachdem sie den Druck auf ihrer Blase gemindert hatte, nahm sie eine Dusche, bis das heiße Wasser aufgebraucht war, trocknete sich mit einem Handtuch ab, kaum größer als ein Waschlappen, und ging hinaus.

Sie fand Dusty Stewart in seinem alten Stroh-Stetson und Steve Sanders an einem kleinen Frühstückstisch vor der Tür zur Küche des Trailers.

»Hey, Maureen!« Steve stand auf und nahm sie in seine muskulösen Arme. Ein Lächeln erschien auf seinem dunklen Gesicht, und er küsste sie auf die Wange. »Gott, ist das schön, dich zu sehen.«

»Dich auch, *Doktor* Sanders. Tut mir leid, dass ich bei deiner Promotionsfeier nicht dabei sein konnte.«

»Wenigstens warst du in der Prüfungskommission, was es

mir deutlich erleichtert hat.« Er trat einen Schritt zurück, und das Lächeln verschwand. »Wir haben Neuigkeiten.«

Dusty, der noch immer seinen Kaffeebecher in den Händen hielt, sagte: »Sie wissen, dass du in New Mexico bist. Irgendein Kerl ist heute ins Büro gekommen und hat nach mir gefragt. Sylvia hat ihn sofort enttarnt. Er wollte uns anheuern, wusste aber nicht das Mindeste über Archäologie. Er hat erklärt, nur mit mir sprechen zu wollen, und Sylvia regelrecht bedroht.«

Steve grinste. »Der Blödmann! Sylvia schläft noch immer mit ihrem Baseballschläger. Bedroh sie, und sie benutzt das Ding.«

Maureen lief ein kalter Schauder über den Rücken. »Können sie uns finden?«

Dusty grinste. »Hey, Maureen, wir reden hier über mich.«

»Genau. Und das bedeutet, dass Jungs mit Gewehren deinen Trailer bereits ins Visier genommen haben.« Maureen ging in die kleine Küche, öffnete einen Schrank, suchte sicherheitshalber nach Mäusekot und nahm sich dann einen Becher heraus. Anschließend schenkte sie sich Kaffee aus der alten, zerbeulten Kanne ein, an die sie sich so gut erinnerte. »Also, wann kann ich mit deinem Paläoklimatologen reden?«

»Sobald Maggie ihn hergebracht hat.« Dusty lehnte sich zurück und legte die Hände in den Nacken, sodass sein Bizeps anschwoll. »Und was die Frage betrifft, dass jemand sich an dich anschleichen könnte ... Du bist in der Reservation der Acoma, Doc. Wenn hier ein Fremder auftaucht, wird Maggie sofort von einem ihrer Leute angerufen.«

Maureen ließ ihren Blick über das Land schweifen und sah Wacholder, Salbei und Kakteen. In der Ferne erhoben sich Mesas aus Sandstein. Sie atmete tief durch und sog die aromatischen Düfte ein. Unmittelbar hinter dem Trailer bemerkte sie die Überreste eines Pueblos. Dusty hatte sie offenbar zu einer archäologischen Ausgrabungsstätte gebracht. Das Wunder war, dass er sie noch nicht gebeten hatte, ein Skelett auszugraben.

Maureen hörte das Heulen eines Fahrzeugmotors. Sie schaute an Dustys rotem Truck vorbei und sah einen weißen Pick-up auf dem schmalen Feldweg näherkommen.

»Gesellschaft!«, rief sie.

»Ein weißer Chevy?«, fragte Dusty hinter ihr, seine gewohnte Smith & Wesson in der Hand. Einst hätte allein der Anblick der Waffe Maureen zittern lassen. Nach allem, was sie in den letzten Jahren erlebt hatte, war sie jedoch einfach nur eine Pistole und wirkte seltsam beruhigend.

Heißt das jetzt, ich habe überwunden, was Skip mit Faisal gemacht hat?

Maureen schaute zu Dusty zurück und verglich ihn mit Skip Murphy. Im Vergleich zu Skip wirkte Dusty geradezu zahm.

Man stelle sich das einmal vor: Ich kann Dusty tatsächlich als zahm betrachten.

Sie musste lächeln. Dann schaute sie wieder mit zusammengekniffenen Augen zu dem Truck, der inzwischen nahe genug war, dass sie Magpie Walking Hawk Taylor hinter dem Steuer erkennen konnte. Eine zweite Person saß auf dem Beifahrersitz und ließ sich vom Pick-up durchschütteln. Maggie winkte, und ihre weißen Zähne waren durch die Windschutzscheibe zu sehen.

Maureen ging ihr entgegen, als Maggie in den Salbei fuhr, ihn zerquetschte und so einen betörenden Duft freisetzte. »Hey, Maggie!«

»Maureen! Himmel, eine echte Berühmtheit! Willkommen daheim, alter Freund.« Dann ergoss sich eine Flut der Keres-Sprache aus ihrem Mund. »Ich habe dich gerade auf dem Land meines Volkes willkommen geheißen und die Geister gebeten, dich in ihre Liebe einzuhüllen und zu beschützen.«

Maureen umarmte sie und trat dann zurück. Maggie war Mitte dreißig und hatte langes, glänzendes schwarzes Haar. Sie trug ein Baumwollhemd und eine enge Levis, die ihre Hüften und die schlanken Beine betonte. Ein auffälliger Medizinbeutel hing über ihrer Brust.

»Es ist schön, wieder daheim zu sein.« Maureen lächelte. »Und es ist schön, wieder an einem Ort zu sein, wo jedermanns Götter und Geister freundlich und voller Vergebung sind.«

Die Wagentür wurde zugeschlagen, und Maureen drehte sich um. Der Mann, der gerade ausgestiegen war, schien Mitte fünfzig zu sein, trug einen sorgfältig gestutzten grauen Bart und hatte ein verwittertes Gesicht und durchdringende blaue Augen. Er trug eine Levisjacke, eine Cordhose und schwere Wanderstiefel. Er besaß das typische Aussehen eines erfahrenen Feldwissenschaftlers.

»Sie müssen Dr. Cole sein«, sagte der Mann. »Ich bin Sam Brewster, Institut für Geowissenschaften. Ich habe Ihre Tour verfolgt und mich schon gefragt, ob ich wohl je Gelegenheit bekommen würde, mit Ihnen zu sprechen.«

»Dusty hat mir gesagt, Sie glauben, die *White Star* sei nicht Opfer eines Terroranschlags geworden.«

Brewster zwinkerte ihr zu. »Sie haben die Ursache doch nie gefunden, oder?«

»Nein.«

»Und Sie haben alles bedacht, nicht wahr? Gaskanister?

Flugzeuge? Raketen? Ich habe sogar Spekulationen über ein U-Boot gehört.«

»Und Sie wissen, was passiert ist?«

»Oh ja.«

»Warum sind Sie damit nicht an die Öffentlichkeit gegangen?«

Brewster kniff die Augen zusammen. »Ich bin nur ein verrückter Paläoklimatologe, der zwei Jahre in der Antarktis verbracht und mutterseelenallein in einer Hütte auf dem Filchner-Ronne-Schelfeis gehaust hat, um dort seismische Daten aufzuzeichnen. Selbst in meinem eigenen Institut hält man mich für ein bisschen überdreht, und ... na ja ... wer will schon hören, dass die Welt stirbt?«

Das Studiogebäude von KALB wurde von Flutlichtern erhellt, die das Studiologo und die Wände bestrahlten. Dusty lenkte seinen Dodge zu dem Sicherheitstor mit dem Touchpad. Hinter dem Tor standen nur ein paar Vans und andere Wagen auf dem weitgehend leeren Parkplatz.

»Hast du die Nummer?«, fragte Maureen, als Dusty das Fenster herunterließ. Auf dem Sitz hinter ihm murmelte Sylvia: »Klar. 36–22–36: die einzigen Zahlen, die ein männliches Hirn sich merken kann.«

»Ich werde deine altmodischen sexistischen Kommentare einfach mal ignorieren, Sylvia«, erwiderte Dusty über das Grummeln des Dieselmotors hinweg. »Tatsache ist: Ich bin ein hoch geschätzter Informant der Vierten Gewalt.« Er gab den Zahlencode ein, und zu Maureens Überraschung schwang das schwere Tor tatsächlich auf.

Dusty drehte sich grinsend zu ihr um. »Siehst du? Genau

wie ich gesagt habe.« Er legte den Gang wieder ein, und der Truck rollte aufs Gelände. Dusty parkte neben einem der Vans mit Senderlogo.

Maureen stieg mit den anderen aus und half Sam Brewster dann mit dessen zusammengerollten Karten. Der Mann wirkte nervös, und sein Blick huschte ständig hin und her. »Stimmt etwas nicht?«, fragte Maureen.

Seine Hände zitterten, als er über die Karten strich. »Ich weiß nicht, ob ich das kann. Im Fernsehen reden, meine ich. Da wird mich jeder sehen.«

»Das ist ja der Sinn des Ganzen«, erinnerte ihn Dusty.

»Vergessen Sie's«, sagte Maureen müde. »Sie müssen nicht. Seien Sie einfach da und verbessern Sie mich, wenn ich einen Fehler mache. Das können Sie doch, oder?«

Brewster atmete auf. »Danke. Ich werde sogar schon nervös, wenn ich eine Vorlesung vor Studenten halten soll.«

»Kommen Sie.« Maureen nahm seine verschwitzte Hand und zog ihn hinter sich her. »Nach dem Angriff auf die *White Star* steht die halbe Welt in Flammen. Sagen wir ihnen, was für Narren sie sind.«

Dusty hatte inzwischen die Klingel an der Sicherheitstür gedrückt und schaute auf die Uhr. Sein Kontaktmann hatte ihnen gesagt, sie sollten um 22.30 Uhr erscheinen, kurz nach den Abendnachrichten.

Als die Tür sich öffnete, spähte ein dünner Mann von vielleicht dreißig Jahren und mit dicker Brille und braunem Schnurrbart heraus. Er schaute Maureen an und dann das Foto in seiner Hand. »Da will ich doch verdammt sein! Sie sind es *wirklich!* Wissen Sie, dass die ganze Welt Sie sucht?« Er streckte die Hand aus. »Jerry Reed. Ich bin hier für die Features verantwortlich.«

Maureen zog Brewster hinter sich her und drängte sich an dem Mann vorbei. »Ja, ich weiß. Larry King, Oprah und all die anderen werden warten müssen. Sie hingegen bekommen den Exklusivbericht Ihres Lebens. Und wenn Sie wissen, was gut für Sie ist, geben Sie das sofort an jeden Sender auf diesem Planeten weiter. Das schließt al-Jazeera und al-Arabia ausdrücklich mit ein.«

Maureen ließ den Mann vorausgehen, vorbei an Büros und abgedunkelten Studios. Reeds Stimme überschlug sich förmlich vor Aufregung. »Dusty hat gesagt, Sie hätten eine richtige Bombe für uns. Ich meine, wir sind überglücklich, Sie interviewen zu dürfen, Dr. Cole, aber was ist das für eine Bombe?«

»Erst habe ich da ein paar Bedingungen, Jerry«, antwortete Maureen.

Der Mann versteifte sich, und sein Schnurrbart zuckte. »Wir sind nur ein kleiner Sender, Dr. Cole. Wir können nichts bezahlen.«

»Ich rede nicht von Geld. Ich brauche nur ein bisschen Zeit, um aus der Stadt zu verschwinden, ehe Sie das ausstrahlen. Haben Sie verstanden?«

Reed runzelte die Stirn. »Nein. Ich meine, warum ...?«

»Es gibt da draußen Leute, die versuchen, mich umzubringen. Haben Sie das verstanden? Unterstaatssekretär Reeves weiß, dass ich in Albuquerque gelandet bin. Er lässt bereits nach mir suchen. Können Sie mir versprechen, dass ich mindestens eine Stunde hier raus bin, bevor Sie etwas davon senden?«

Jerry führte sie zu einer kleinen Lounge, die dem Sender offenbar als Green Room diente. »Sie meinen das nicht als Scherz, oder? Unterstaatssekretär Reeves ist inzwischen ziemlich groß in den Medien. Eine Menge Leute sehen ihn bereits im Kabinett. Das wissen wir sogar hier in New Mexico. Und Sie sagen, er ist hinter Ihnen her?«

»Sagen wir einfach, er glaubt, dass ich seinen Zwecken als Märtyrerin dienlicher bin.«

Jerrys Schnurrbart zuckte erneut. »Warten Sie. Ich muss meinen Produzenten anrufen und einen Kameramann besorgen.« Er lief im Kreis und klatschte immer wieder in die Hände. »Verdammt, das ist die größte Story für diesen Sender, seit Gouverneur Richardson für das Amt des Präsidenten kandidiert hat.« Er griff nach seinem Handy.

»Einen Moment!«, rief Maureen und hob die Hand. »Mir ist egal, wen oder was Sie brauchen, aber Sie holen alles heimlich hierher, und ohne meinen Namen zu erwähnen, haben Sie kapiert? Ansonsten ist von Ihrem Sender morgen früh nur noch ein rauchender Krater übrig.«

»Es wird die Erde mit Krachen zerbrechen,
zerfallen und zerbersten.
Die Erde wird taumeln wie ein Trunkener und
wird hin und her geworfen wie eine schwankende
Hütte; denn ihre Missetat drückt sie,
dass sie fallen muss und nicht wieder
aufstehen kann.«

Die Bibel, Jesaja 24:19–20

44.

Als Rodriguez hereinkam, schaute A. P. von seinem Exemplar des *Richmond Herald* auf. »Ja?«

»Reverend, ich wollte Sie nur wissen lassen, dass unser Märtyrer gestern Abend in Albuquerque eingetroffen ist. Ursprünglich sollte er sich mit Reeves' Leuten um acht Uhr früh treffen. Sie sollten ihm den Gürtel geben und ihm sagen, wo er hin muss. Aber er hat einen Anruf bekommen, in dem es hieß, er solle warten.«

A. P. nickte und runzelte die Stirn. »Das ist ihr Land da draußen, Mario. Haben Sie je von muslimischen Aktivitäten dort gehört? Von einer al-Kaida-Zelle?«

Rodriguez hob skeptisch die Augenbraue. »Als ich meine Heimat verlassen habe und zur Army gegangen bin, hatten wir weniger als hundert Muslime im gesamten Staat, und von denen waren die meisten an der Universität. Wenn ich nach Ärger in den USA suchen müsste, würde ich in New York,

Michigan und New Jersey nachschauen. Aber New Mexico? Glauben Sie, sie sind wegen des guten Essens hingegangen?«

»Es ist schon seltsam, nicht wahr?« Das Telefon klingelte.

»Reverend? Sie sollten mal in den Medienraum kommen. Da läuft etwas, das Sie mit Sicherheit sehen wollen.«

A. P. legte auf, schnappte sich seinen Kaffee und rief: »Kommen Sie, Mario. Es ist etwas los.«

Als er in den Medienraum kam, sah er das Gesicht von Maureen Cole. Es war gleichzeitig auf CNN, Fox, ABC und CBS zu sehen, wenn auch leicht zeitversetzt.

»Suchen Sie einen Sender aus«, befahl A. P. und stellte sich vor die Monitorwand.

Der Ton kam von Fox. »Was mit der *White Star* geschehen ist, wurde oft mit Terrorismus in Verbindung gebracht.« Nachdenklich schaute Maureen Cole in die Kamera. »Doch niemandem ist es gelungen, das *Wie* zu klären. Um so viele Menschen durch einen Gasangriff zu töten, braucht man eine schier unglaubliche Menge an Gift, aber nirgends fand man Hinweise auf ein entsprechendes Trägersystem. Basierend auf den Untersuchungen von Dr. Sam Brewster, einem Paläoklimatologen von der University of New Mexico, glaube ich nun die Antwort gefunden zu haben. Wie jede wissenschaftliche These wird auch diese von anderen Wissenschaftlern überprüft werden müssen.«

»Sie hat herausgefunden, was passiert ist?«, fragte A. P., und sein Herz schlug schneller.

Auf dem Fernseher erschien ein Bild der Antarktis. Cole erklärte dazu: »Die Geschichte beginnt vor über einem Jahr in der Antarktis. Zu diesem Zeitpunkt war Dr. Brewster der einzige Bewohner einer Forschungsstation auf einem Gletscher, der das Filchner-Ronne-Schelfeis speist. Auf dem Höhepunkt des Sommers – Mitte Januar für uns auf der nördlichen Hemisphäre – beobachtete Dr. Brewster den Zusammenbruch eines mit Eis bedeckten Frischwassersees. Von diesem Wasserreservoir, das ungefähr so groß war wie der Lake Superior und der Lake Huron zusammen, floss Wasser ins Schelf und von dort in die Weddell-See.«

»Was hat das mit der *White Star* zu tun, verdammt noch mal?«, fragte Rodriguez.

A. P. runzelte die Stirn. »Geduld, Mario, nur Geduld.«

Auf dem Fernseher erschien eine schlecht animierte Computergrafik, die den Weg des Wassers unter dem Schelf und durch die Weddell-See nachzeichnete.

»Die Gletscheroberfläche«, fuhr Maureen fort, »und die umliegenden Eisschichten sind um mehr als dreißig Meter abgesunken. Riesige Mengen Frischwasser, das nicht so dicht ist wie Meerwasser, flossen an der antarktischen Halbinsel entlang und in die Drake-Passage, wo es die Polarströmung unterbrochen hat.«

In der Grafik war ein dunkelblau markierter Wulst kalten Wassers zu sehen, der sich in Richtung Norden auf Feuerland zu bewegte.

»Durch die Unterbrechung der Polarströmung wurde der Brasilstrom verlangsamt, der warmes Wasser nach Süden transportiert, wodurch schweres, warmes Seewasser abgekühlt ist. Dabei wurde es dichter und sank.«

Pfeile veranschaulichten den Vorgang.

»Der kumulative Effekt war eine Richtungsänderung des Südäquatorialstroms, den man auch das ›globale Förderband‹ nennt – eine Tiefseeströmung aus kaltem Wasser. Wen es interessiert, der kann im Internet unter dem Stichwort ›thermohaline Zirkulation‹ nachsehen.«

Das Bild wechselte zur nördlichen Hemisphäre, wo eine Reihe von Pfeilen den Kaltwasserstrom markierten, der von der Arktis in Richtung Süden durch den Atlantik und dann um das Kap der Guten Hoffnung herum in den Indischen Ozean und den Pazifik floss, bevor er Südamerika schließlich bei Kap Hoorn umrundete.

»Infolge dieser Unterbrechung«, erklärte Maureen weiter, »und des Abkühlens des Brasilstroms begann das kalte Tiefseewasser nach Norden zu fließen.«

Pfeile, die die südliche Strömung markierten, trafen aus Pfeile aus dem Norden.

»Im Laufe der letzten Jahrzehnte ist das globale Förderband immer langsamer geworden. Manchmal hat es sogar angehalten, und kaltes Schmelzwasser aus Grönland und der Arktis ist in den Nordatlantik geflossen. Als Folge davon wurde diese globale Strömung immer schwächer. Dass der Brasilstrom abgekühlt ist und die Strömungen aus dem Süden sich umgekehrt haben, ist in etwa damit zu vergleichen, wenn man zwei Gartenschläuche gegeneinander hält. Die Tiefseeströmungen haben sich vermischt und umgekehrt.«

»Das ist doch verrückt«, murmelte Rodriguez. »Die Frau hat den Verstand verloren.«

»Nein, keineswegs«, widersprach A. P. steif. »Bis jetzt hat sie die Wahrheit gesagt. Ich habe die thermohaline Zirkulation studiert, die das globale Förderband antreibt.« Dann setzte sein Herz einen Schlag lang aus, als er erkannte, worauf Maureen hinauswollte. »Mein Gott ...«

»Was ist?« Rodriguez versuchte A. P.s benommenen Gesichtsausdruck zu deuten.

»Als Nächstes müssen wir erst einmal die Chemie des Meeres verstehen«, fuhr Maureen im Fernsehen fort. »In vielen Tiefseegebieten herrscht Sauerstoffmangel; sie sind anoxisch. Dies gilt besonders für die Tiefseegräben und Gebiete mit vulkanischer Aktivität. Dort existieren spezielle Spezies anaerober Bakterien, die sich von Schwefel ernähren. Wir wissen, dass der Sauerstoffgehalt in den Meeren gesunken ist, während sich der Kohlendioxidgehalt in der Atmosphäre erhöht hat. Grüne und blaue Schwefelbakterien sind in den Tiefen des Atlantik gediehen. Solche Bakterien erzeugen Schwefelwasserstoff als Nebenprodukt ihres auf Schwefel basierenden Metabolismus. Wenn der Schwefelwasserstoff aufsteigt, trifft er auf Sauerstoff von der Oberfläche, und gemeinsam bilden sie das, was man die Chemokline nennt: den Scheidepunkt zwischen sauerstoffhaltigem und anoxischem Wasser.«

A. P. ließ sich auf einen der Stühle sinken. Ihm waren plötzlich die Knie weich geworden.

»Kehren wir noch einmal zu dem Bild der beiden gegeneinander gerichteten Gartenschläuche zurück. Dort, wo sie aufeinandertreffen, herrscht das reinste Chaos; alles vermischt sich. Stellen Sie sich nun einmal vor, welche Kräfte tief im Atlantik walten.«

Das Bild kehrte wieder zu Maureens Gesicht zurück. »Was hat das nun mit der *White Star* zu tun? Dazu muss man mehrere bedeutende Faktoren in Betracht ziehen: Zunächst einmal wurde die Chemokline von aufwallendem Wasser aus der Tiefsee durchbrochen. Zweitens war die *White Star* genau über diesem Phänomen positioniert. Drittens hat der Hurrikan Itrice das Ganze mit seinem niedrigen Druck und den hohen Windgeschwindigkeiten auch noch verstärkt. Das aufsteigende Wasser war kalt genug, um den Hurrikan von einem Sturm der Klasse fünf zu einem der Klasse eins abzuschwächen, und das innerhalb von nur vierundzwanzig Stunden.«

A. P. hatte die Augen geschlossen, und tief in seinem Innern schrie eine Stimme: *Nein! Sag mir, dass das nicht sein kann!*

»Ich war an der Untersuchung der *White Star* beteiligt«, erklärte Maureen. »Ich habe die Ingenieure und Chemiker dabei beobachtet, wie sie versucht haben, die Quelle für den Schwefelwasserstoff zu finden, der jedes Lebewesen an Bord der *White Star* getötet hat. Wir haben Beweise dafür, dass weder ein Flugzeug noch ein Schiff einen solch verheerenden Gasangriff auf die *White Star* hätte unternehmen können. Selbst die Suche der Navy nach einem U-Boot wurde behindert: Das Sonar konnte nicht durch das enorm dichte, kalte Wasser dringen.«

Sie hielt kurz inne. »Zum ersten Mal habe ich das Gefühl, dass der Fall der *White Star* sich langsam seiner Aufklärung nähert. Die Katastrophe hatte einen natürlichen Ursprung. Sie war eine Folge der Erderwärmung, des abnehmenden Sauerstoffgehalts, der Zunahme von grünen und blauen Schwefelbakterien und willkürlicher Strömungswechsel. Jene von Ihnen, die diese These gerechtfertigterweise infrage stellen müssen, verweise ich auf den Aufsatz von Kump, Pavlov und Arthur in *Geology*, 33, Seite 397 bis 400.«

»Glauben Sie das wirklich?«, fragte Rodriguez.

Maureen Cole schien ihm zu antworten. »Nach wie vor ist das natürlich nur eine Hypothese, aber sie beantwortet viele Fragen. Dr. Brewster und ich fordern die wissenschaftliche Gemeinde auf, unsere Erkenntnisse entweder zu bestätigen oder zu verwerfen. In jedem Fall haben wir hiermit zum ersten Mal eine logische Erklärung für die Toten auf der *White Star*. Und wir haben auch eine neue Warnung bekommen. Die Chemokline wird zusammenbrechen, wenn die Schwefelwasserstoffkonzentration in der Tiefsee einen Wert von zweihundert zu einer Million übersteigt. Bei der gegenwärtigen Zunahme von Kohlenwasserstoff in der Atmosphäre könnte es innerhalb der nächsten fünfzig Jahre so weit sein.«

Maureen starrte in die Kamera. »Das war kein einmaliger Zwischenfall. Es ist nicht das erste Mal, dass Schwefelwasserstoff aus der Tiefe an die Oberfläche gedrungen ist. Diesmal hat es jedoch vielen Menschen das Leben gekostet, und das sollte uns alle warnen, dass diese Gase eine Realität darstellen.«

Niedergeschlagen kauerte A. P. auf seinem Stuhl, während der Sender Werbung einspielte. »Eine Naturkatastrophe?«

»Das hat nichts zu bedeuten!«, rief Rodriguez und schlug die Faust in die Hand. »Wir sind noch immer im Krieg.«

»Ja, aber wen bestrafen wir?«, fragte A. P. »Wenn es ein natürliches Phänomen war, was mit der *White Star* passiert ist, und nicht die Schuld radikaler Muslime, stehen wir dann noch auf der Seite des Rechts?«

»Natürlich. Wir sind die Krieger des Armageddon.«

A. P. starrte Mario mit schmerzerfüllten Augen an. »Wohin haben wir unseren letzten Attentäter geschickt, Mario?«

»Nach New Mexico. Albuquerque.« Dann schaute Rodriguez misstrauisch auf die Credits für Maureens Beitrag und sah das Logo von KALB. »Glauben Sie, Reeves …?«

A. P. schüttelte langsam den Kopf, und in seiner Brust breitete sich eine kalte Gewissheit aus. Er glaubte, wie aus weiter Ferne das Weinen seines Vaters zu hören.

Jenn saß im Schneidersitz auf dem Bett und hielt sich den Hörer ans Ohr. Sie schaute zu Skip und dann auf die Uhr.

»Ich bin jetzt schon seit fünfzehn Minuten in der Warteschleife.«

»Der Außenminister hat offenbar gut zu tun. Die halbe muslimische Welt ist in Aufruhr wegen dieser Selbstmordanschläge, und die andere Hälfte versucht, den Deckel draufzuhalten. Die Radikalen toben in den Straßen und rufen zum Dschihad gegen den Westen auf. Die Gemäßigten wiederum sind sich noch nicht einig, in welche Richtung sie springen sollen. Indien hat die Hälfte seiner Armee an der pakistanischen Grenze aufmarschieren lassen für den Fall, dass die Regierung dort stürzt, und die andere Hälfte sichert angesichts des Hungers die öffentliche Ordnung. Saudi-Arabien wiederum wird von der größten Hadsch aller Zeiten überrollt, und jede europäische Nation versucht, die im eigenen Land lebenden Muslime zu beschwichtigen. In den Niederlanden zum Beispiel hängt seit dem Bombenanschlag bei Maureens Vorlesung alles an einem seidenen Faden. Es ist, als würde die halbe Welt auseinanderfallen.«

Jenn sah sich in ihrem Hotelzimmer um. »Und ich habe Antworten. Trotzdem sitze ich hier und schaue zu, wie sich der Zeiger auf meiner Uhr bewegt.«

Skip ging zum Fenster und blickte auf die Straße hinaus. »Wir haben nur noch wenige Minuten, bis wir auschecken müssen.«

»Vielleicht sollten wir verlängern, noch eine Nacht bleiben. Was meinst du?«

Skip schüttelte den Kopf. »Wenn wir in fünf Minuten nicht durchgekommen sind, versuchen wir es morgen noch einmal von anderswo.«

Jenn wollte gerade etwas darauf erwidern, als eine Stimme sagte: »Einen Moment, bitte.« Dann hörte sie ein Klicken, und Reeves meldete sich. »Hallo, Jenn. Ich dachte schon, Sie wären vom Rand der Welt gefallen. München, ja?«

Jenn knallte den Hörer auf die Gabel. Sie zitterte bis auf die Knochen. »Das war Reeves. Wie hat er meinen Anruf abfangen können, verdammt?«

»Gehen wir.« Skip war bereits auf dem Weg zur Tür.

Jenn schnappte sich ihren Helm und die Jacke. »Dieser hinterhältige, dreckige Scheiß-Bastard!«

»Ja, und er hatte eine direkte Verbindung zu uns. Verdammt! Diese fünfzehn Minuten, die er dich hat warten lassen? Wetten, dass er in der Zeit seine Leute in Position gebracht hat? Sobald er im Hotel anruft, wird er den Namen Bader haben ... wenn er ihn nicht längst schon hat.«

Sie warteten nicht auf den Aufzug, sondern nahmen stattdessen die Treppe, drei Stufen auf einmal. Jenn hatte kaum die Jacke angezogen, als sie völlig außer Atem die Anlage durch einen Nebenausgang verließen und zur Parkgarage gingen.

Skip hatte den Helm schon aufgesetzt und lief zur Moto Guzzi. Als Jenn ihn einholte, röhrte das Motorrad bereits. Sie sprang auf den Sozius. Skip legte den ersten Gang ein, und sie waren unterwegs.

»Wie schlimm ist es?«, fragte sie.

»Er wird unsere Namen kennen und wissen, dass wir ein Motorrad hier geparkt haben. Wetten werden keine mehr angenommen.«

Dann waren sie auf der Straße, und Skip beschleunigte in Richtung Maximilianstraße. An der Ecke bremste er kaum ab, bog nach rechts und drängte sich zwischen einen PKW und einen Laster. Hupen ertönten, doch da war er schon vorbei und raste davon.

Jenn flüsterte ein verzweifeltes Gebet und klammerte sich

mit aller Kraft an Skip, als der rechts auf den Thomas-Wimmer-Ring einbog. Die Isar blitzte unter ihnen auf, als die Moto Guzzi über die Brücke flog; dann schlängelten sie sich durch einen Stau und machten so Zeit gut.

»Siehst du jemanden hinter uns?«, rief Skip über das Brüllen des Motors hinweg.

Jenn drehte den Kopf. »Nichts außer angepissten Autofahrern.«

»Dann haben wir's wohl geschafft!«, rief Skip zurück und verlangsamte auf eine nur noch verrückte Geschwindigkeit.

»Ein weiterer Punkt für uns«, pflichtete Jenn ihm bei und drückte sich an seine Hüfte. Dann hob sie den Kopf. »Skip?«

»Ja?«

»Wir haben ein Problem.«

»Und welches?«

»Ein Helikopter. Auf zwei Uhr. Er scheint mit uns Schritt zu halten.«

Skip drehte den Kopf. »Scheiße!«

Der weiße Helikopter folgte ihnen.

»Und was jetzt?«, fragte Jenn.

»Nun, der Tank ist voll, und wir haben all unseren weltlichen Besitz und die Pistole vom guten alten Smitty. Solange die da oben kein Gewehr haben, besitzen wir noch immer eine Chance.«

Bill Reeves lauschte auf den Wählton, nachdem Jenn aufgelegt hatte. Bedächtig legte er den Hörer wieder auf die Gabel und schaute zu Matt Richardson hinauf. »Das war gute Arbeit, die Vermittlung anzuzapfen. Sie könnten es in diesem Job tatsächlich schaffen.«

Richardson stand auf der anderen Seite des Schreibtisches und hielt sich ein Satellitentelefon ans Ohr. »Wir haben sie so lange in die Warteschleife getan, bis wir den Hubschrauber bekommen haben. Jetzt können sie uns unmöglich noch entkommen. Unser Vogel schwebt über dem Hotel Oriental. Sie werden laufen. Wir werden ihnen folgen. Egal, was für einen Wagen sie fahren, sie werden den Helikopter nicht sehen, wenn der Pilot den richtigen Winkel beibehält.«

»Gut.« Reeves lehnte sich zurück und schaute sich in seinem Büro um. »Jetzt muss ich nur noch herausfinden, was Coles kleine Fernsehshow zu bedeuten hat. Schwefelwasserstoff aus dem Meer? Chemokline? Strömungen? Was ist das denn für eine Scheiße?« *Und genauer gefragt: Was bedeutet das für die morgige Präsentation vor dem Präsidenten?*

»Sir?« Matt riss Bill aus seinen Gedanken. »Jemand ist gerade wie ein Verrückter aus dem Parkhaus des Hotels gerast. Zwei Leute ... auf einem Motorrad.«

Reeves ballte die Faust. »Ein Motorrad? Wir haben die Hälfte aller alten Renaults in Europa angehalten und überprüft, und die sind auf einem *Motorrad* unterwegs?« Er hielt kurz inne. »Murphy ist leidenschaftlicher Biker. Jenn ebenfalls. Warum haben wir bis jetzt nicht daran gedacht?«

Matt lauschte dem Telefon. »Mein Mann vermutet, dass sie den Helikopter entdeckt haben. Beide schauen immer wieder nach oben.«

»Sie können nicht mehr entkommen. Rufen Sie ein paar Wagen ran.« Reeves grinste. »Sie müssen nur nahe genug herankommen und das Bike über den Haufen fahren. Der Rest ist Geschichte.«

»Jawohl, Sir.«

Reeves' Direktverbindung klingelte. Er schaute auf die Nummer im Display und hob ab. »Hallo, Reverend. Was kann ich für Sie tun?«

»Es hat sich etwas ergeben.« Box' Stimme klang angespannt.

»Ja, Coles kleine Bombe. Ich habe es schon gehört. Glauben Sie, da ist was dran?«

»Vieles wird mit einem Mal klar«, erwiderte A. P. »Ich muss Sie sprechen. So schnell wie möglich. Ach ja, und da ist noch die kleine Sache mit Direktor Snyders Gerichtsbeschluss. Offenbar will er mich nächste Woche vor einem Ausschuss sehen.«

»Wie wäre es heute Abend? Halb sechs? In meinem Büro? Ich werde fünfzehn Minuten für Sie freimachen.«

»Ich glaube nicht, dass mir das passt«, antwortete A. P. »Es gibt vieles, worum ich mich kümmern muss. Wie wäre es mit morgen, am späten Abend, in der Gemeinde?«

»Da habe ich einen Termin mit Senator Bastrop. Er will zur Lage in Pakistan gebrieft werden. Worum geht es überhaupt?«

»Darüber will ich am Telefon nicht reden. Sie treffen sich morgen mit dem Präsidenten zum Lunch. Ich komme rauf. Wie wäre es um elf Uhr dreißig? Ich werde mir ein Zimmer im Washington Hotel nehmen. Das Weiße Haus liegt fast gegenüber. Was ich Ihnen mitzuteilen habe, ist sehr wichtig.«

»Einverstanden. Rufen Sie Matt an, und geben Sie ihm die Zimmernummer.«

»Bis dann.«

Reeves legte auf und schaute zu Matt hinauf. »Was gibt es Neues?«

»Sie sind auf der Autobahn und fahren nach Westen über den Ring.«

»Was ist mit unseren Jungs? Haben wir jemanden in der Nähe?«

Matt nickte. »Es ist schon ironisch. Sie haben Smitty wieder nach München geschickt. Er sitzt in seinem Audi und ist auf dem Weg. Er sagt, der Wagen fährt zweihundertachtzig Spitze. Wie es scheint, hat er mit Royce und Murphy noch eine Rechnung zu begleichen.«

»Perfekt.«

45.

Skip liess den schweren V-Motor brüllen, als er nach links auf die A8 abbog. Jenn kauerte hinter ihm. Er spürte, wie sie immer wieder einen Blick hinauf zum Helikopter warf.

»Können wir ihn abschießen?«, rief Jenn über den Fahrtwind hinweg.

»Mit einer Pistole?«, erwiderte Skip.

»Im Film hab ich das schon gesehen!«

»Komm mal wieder runter!«

Skip fuhr rechts rüber, als ein BMW hinter ihm mit der Lichthupe drängte. Er ließ den schnellen Wagen vorbei und hing sich dann an dessen Stoßstange, um den Windschatten auszunutzen. So holte er weitere zehn Stundenkilometer aus der hart kämpfenden Moto Guzzi heraus.

Gott, ich hoffe nur, die Reifen sind in Ordnung. Dieser Gedanke war der erste von vielen, die ihm durch den Kopf gingen, als er sich ausmalte, was alles schiefgehen konnte. Waren die Felgenschrauben festgezogen? Und wenn irgendwo etwas auf der Straße lag …?

Vergiss es. Wenn sie ein Gewehr in dem Heli haben, ist das ohnehin rein akademisch.

Außerdem würde er irgendwann anhalten müssen, um nachzutanken.

Aber warum folgte der Helikopter ihnen? Sie waren auf offener Straße, ein leichtes Ziel. Der Hubschrauber musste nur parallel zu ihnen fliegen, etwas tiefer gehen, und der Schütze hätte freie Sicht. Natürlich war es nicht leicht, aus einem fliegenden Helikopter ein sich bewegendes Ziel zu treffen, aber trotzdem …

Sie haben kein Gewehr, sonst hätten sie es längst versucht.

Was dann?

Plötzlich fiel es ihm ein. »Jenn!«, rief er. »Schau nach hinten. Der Heli ist nur ein Kundschafter. Sie werden einen Wagen haben. Einen schnellen.«

»Alles klar.«

Und was dann?, fragte sich Skip. *Wenn der Wagen wirklich so viel schneller ist, können sie sich neben uns setzen und uns mit einer Pistole ausschalten.*

Skip überdachte ihre Optionen und schaute zwischen Außenspiegel und Straße hin und her. Ja, das ergab Sinn. Skip duckte sich hinter die Verkleidung und wünschte, die Moto Guzzi hätte noch mehr PS.

Kurz sah er einen Wagen, der sich auf der anderen Fahrbahn überschlagen hatte; dann folgte eine lange Fahrzeugschlange. Ein Stau. Schade, dass er nicht auf ihrer Seite war. In einem Stau hätte er jedem vierrädrigen Fahrzeug entkommen können. Aus dem Augenwinkel sah er die Ausfahrt Nr. 78. Hätte er die nehmen sollen?

»Skip!« Er hörte Jenns Warnung kaum, schaute in den Spiegel und sah einen schwarzen Audi hinter sich heranrasen. Der Fahrer betätigte die Lichthupe als klassische Aufforderung, den Weg freizumachen.

Skip verspannte sich und beobachtete, wie der Audi im Spiegel immer größer wurde. Im letzten Augenblick fuhr er rechts rüber. Der Audi stieß in die Lücke vor, die sie gerade freigemacht hatten.

Skip bremste ab und schlängelte sich durch den langsameren Verkehr auf den beiden rechten Spuren. Der Audi hatte ebenfalls abgebremst und versuchte, sich ihrer Geschwindigkeit anzupassen.

Die Jagd erforderte Skips ganze Konzentration. Er versuchte, die aus Rennen geborene Manövrierfähigkeit der Moto Guzzi gegen die brutale Kraft des Audi auszuspielen.

Skip schaltete einen Gang runter, beschleunigte und raste zwischen zwei Lastwagen auf den rechten Spuren durch. Dann betätigte er wieder die Bremse und schoss in eine Lücke zwischen einem Alfa und einem Honda. Wütendes Hupen ertönte. Skip zog an dem Honda vorbei und scherte direkt vor ihm wieder ein. Dann fuhr er an einen schweren Volvo-LKW heran.

Der Audi war auf gleicher Höhe. Der Fahrer warf ihnen immer wieder Blicke zu.

»Festhalten!«, rief Skip. Dann drehte er am Gashebel, hörte den V-Motor der Moto Guzzi aufbrüllen und raste an dem LKW vorbei und über den Standstreifen. Als der Drehzahlmesser den roten Bereich erreichte, schaltete Skip in den sechsten Gang.

Es dauerte einen Moment, bis er den Helikopter zu seiner Rechten wieder sah.

Wenige Augenblicke später erschien auch der Audi auf dem Standstreifen, und seine aerodynamische Form wuchs im Rückspiegel immer mehr an.

Als er eine Lücke sah, bremste Skip hart ab und spürte den Druck auf der Frontgabel. Fast wäre das Hinterrad ausgebrochen, als er zwischen einen Lieferwagen und einen Mercedes einscherte, die Fahrspuren schnitt und zwischen den Fahrzeugen mit weniger als einem Fuß Abstand hindurchraste.

»Er zieht mit uns gleich!«, rief Jenn.

Skip lenkte die Moto Guzzi auf die linke Fahrbahn und drehte am Gas. Er spürte, wie sich Schweiß in seinem Helm sammelte. Irgendwo hatte er den Audi verloren. Aber wo? Skip spürte, wie Jenn immer wieder den Kopf drehte, während das Bike sich durch den Verkehr wand.

»Da ist er!« Ihre Worte waren im Rauschen des Fahrtwinds und dem Brüllen des Motors kaum zu hören.

Nur ganz kurz sah Skip den Audi zu seiner Rechten. Er bremste, und der Audi raste quer vor ihnen über die Fahrbahn, nur wenige Zoll von ihrem Vorderreifen entfernt. Er wollte sie rammen! Skip lenkte nach links, schnitt einen schweren weißen LKW und hörte wieder dröhnendes Hupen. Fast hätte er auf der Fahrbahnmarkierung die Kontrolle verloren und wäre in einen Lieferwagen gekracht. Erneut drehte er am Gas und versuchte, Abstand zwischen sich und den Audi zu bringen.

Als er den Blick hob, sah er den Helikopter, der ihnen wie ein Geier folgte.

Wo ist der verdammte Audi?

Die Manövrierfähigkeit der Moto Guzzi ausnutzend, fuhr Skip wieder auf den Standstreifen und gab Gas.

Du kannst nicht gewinnen. Egal wo du hinfährst, der verdammte Helikopter wird deine Verfolger direkt zu dir führen.

Wie sollte ein Motorrad ein so schnelles Auto abhängen?

»Skip!«, kreischte Jenn.

Der Audi fuhr hinter ihnen auf den Standstreifen. »Komm schon, meine Süße«, redete Skip auf die dahinfliegende Moto Guzzi ein, schoss nach links und wäre dabei fast im Kofferraum eines alten VW gelandet. Er dankte Gott für die Rennfahrerahnen des italienischen Bikes, als er eine Vollbremsung machte, um einen Zusammenstoß zu vermeiden. Dann schaltete er in den fünften Gang und drehte das Gas runter. Genau wie er gehofft hatte, schoss der Audi abermals vor ihm über die Fahrbahn.

»Ha! Jetzt hab ich dich!«, rief er.

Durch das Rückfenster des Audi konnte er den Fahrer sehen. Der Mann hielt sich ein Handy ans Ohr. »Mit einer Hand fahren? Bei dieser Geschwindigkeit? Tststs. Das ist gefährlich.«

Skip schaute dem Fahrer in die Augen, als dieser in den Rückspiegel blickte. Fast hätte er die Gedanken des Mannes lesen können. Er lehnte sich schon nach links und schoss an dem Audi vorbei, als der Fahrer voll auf die Bremsen trat.

Über das Brüllen des Motorradmotors hinweg glaubte Skip, einen Aufprall und dann gellendes Hupen zu hören.

Er schlängelte sich wieder auf die linke Fahrspur, schaltete in den sechsten Gang und hatte freie Fahrt.

»Bitte sag mir, dass der Unfall schwer genug war, dass der Kerl uns nicht mehr folgt.«

Nein, das war wohl zu schön, um wahr zu sein. Der Audi schoss von hinten heran, tödlich wie eh und je …

Auf der Gegenfahrbahn floss der Verkehr wieder. Der Stau war vorbei.

Dann sah Skip, was er gesucht hatte. Ein Schild zeigte ihm, dass Ausfahrt Nr. 77 nur noch einen Kilometer entfernt war. Der Audi kam näher.

Skip schoss rechts in eine Lücke und donnerte zwischen zwei LKWs hindurch. Kurz schaute er nach links und erkannte Smitty hinter dem Lenkrad des Audis. Smitty schaute ihm in die Augen und fluchte offenbar vor sich hin. Anstelle des Handys hielt er nun eine schwarze halbautomatische Pistole in der Hand.

Skip zeigte Smitty den Mittelfinger. Dann packte er die Lenkstange, so fest er konnte, und riss die Moto Guzzi nach rechts herum. Ihm blieb gerade genug Platz, um nicht auf der Stoßstange eines LKWs zu landen. Jenn klammerte sich so fest an ihn, dass er kaum noch atmen konnte. Langsam bremste er ab, als er die Ausfahrt hinunterfuhr.

Bremslichter leuchteten auf der A8 auf, und der Verkehr staute sich, als der Audi etwas sehr Dummes tat: Als Skip langsamer wurde, hörte er ein wiederholtes, unverkennbares metallisches Krachen: Mehrere Fahrzeuge waren ineinandergefahren. Der Audi drängte auf den Standstreifen, die Schnauze nach unten, und blieb stehen. Zu Skips Freude war der gesamte Kofferraum zerstört. Blauer Rauch stieg von den Reifen auf, als Smitty den Rückwärtsgang einlegte und wie ein Irrer rückwärts über den Standstreifen schoss. Skip legte den zweiten Gang ein, schaltete die Scheinwerfer ein und bog nach links über die Autobahnbrücke ab. Über ihm wendete der Helikopter.

»Wie geht es dir?«, rief Skip nach hinten.

»Ich glaube, ich hab mir vor Angst in die Hose gemacht«, antwortete Jenn. »Meine Güte, wie haben wir das überlebt?«

»Es ist noch nicht vorbei, Süße.«

Skip drehte am Gas und wechselte die Gänge, während er wieder zurück auf die A8 raste. Auf der anderen Seite bretterte der Audi soeben die Ausfahrt hinunter. Fahrspuren kümmerten Skip nicht mehr. Er flog über den Standstreifen und machte so viel Zeit gut, wie er konnte.

Nach wenigen Augenblicken sah er wieder den Audi im Rückspiegel, der dank seiner überlegenen Geschwindigkeit schnell wieder aufschloss.

Das Timing war entscheidend.

Skip nahm ein wenig Gas weg. Bald. Sehr bald. Er sah die Bremslichter in der Ferne. Im Rückspiegel wurde der Audi rasend schnell größer.

Skip verspannte sich, als er die Finger um die Vorderradbremse legte, den Fuß auf der Hinterradbremse. Er machte eine Frontbremse, lenkte in die nächstbeste Lücke und wurde langsamer. Der Audi rollte hinter ihnen heran.

Vorsichtig, vorsichtig ...

Bei einem weißen LKW vor ihnen flackerten die Bremslichter auf. Skip schaltete zwei Gänge hinunter und drehte am Gas. Der Audi füllte schon fast den gesamten Rückspiegel.

Plötzlich flog die Moto Guzzi nach vorn. Skip lenkte nach links, schnitt die Fahrspuren. Der Audi folgte ihnen. Smitty trat aufs Gas, holte alles aus dem Wagen heraus.

Dann bremsten die LKWs vor ihnen, als der Verkehr immer langsamer wurde. Skip sah den Audi im Spiegel. Der Fahrer beschleunigte noch immer und versuchte, sie einzuholen.

Skip sah, dass der große blaue LKW zu seiner Linken – ein Volvo – weder ausweichen noch sonst wie reagieren konnte. Der Audi, der nach wie vor beschleunigte, prallte gegen die Stoßstange des weißen LKWs und schleuderte in den Weg des großen blauen Volvo. Der schwarze Wagen überschlug sich und geriet dabei unter die Vorderräder des schweren Volvo. Dann kippte der LKW auf die Seite und zertrümmerte dabei die Front eines BMW auf der linken Spur.

Skip bremste zu einer vernünftigeren Geschwindigkeit ab und schlängelte sich durch den zäh fließenden Verkehr, wobei er die LKWs als Deckung nutzte.

»Wo ist der Heli?«, rief er.

»Ich kann ihn nicht sehen.«

Skip entdeckte eine Lücke, durch die er auf den Standstreifen fahren konnte. Dort gab er wieder Gas und raste zur Ausfahrt Nr. 78. Dabei sah er, wie der Hubschrauber über dem Wrack kreiste.

»Offenbar sind sie abgelenkt.«

Er schaltete durch die Gänge, und die Moto Guzzi schoss davon. Fünf Minuten später hielten sie an einer Tankstelle in Fürstenfeldbruck.

Jenn war kreidebleich. »Du bist wirklich irre«, stieß sie schwer atmend hervor. Dann grinst sie Skip an. »Ich *liebe* dich.«

»Ich hab eine Idee.«

»Gott steh mir bei.«

»Ich weiß, wie wir wieder in die USA kommen. Wir fahren nach Amsterdam.«

»Schon wieder?«

»Ja. Da suchen sie uns bestimmt nicht.«

46.

Die 727 von Ocean Star setzte auf, wurde langsamer und rollte an den Dulles International Airport heran. Skip und Jenn hatten den größten Teil des Fluges nebeneinander gesessen. Um den Stress zu mildern, hatten sie die meiste Zeit von Straßen und von Zielen geredet, die sie auf ihrem Motorradtrip anfahren wollten.

»Dann ist es also abgemacht.« Skip drückte Jenn die Hand. »Wenn wir das hier überleben, machen wir die ›vier Ecken‹, von Maine nach Key West und von da nach San Diego und Seattle.«

Jenn lächelte ihn vertraut an. »Das ist schon seltsam, nicht wahr? Vor zwei Wochen erst konnte ich mir nichts anderes vorstellen, als irgendwann in Bill Reeves' Fußstapfen zu treten, und jetzt kann ich mir nicht einmal vorstellen, was nach einer neuen Moto Guzzi und einem Monat mit dir auf der Straße kommt.«

»Es wird sogar noch besser, als du glaubst. Vertrau mir.«

Ihre Augen funkelten. »Ja, da möchte ich drauf wetten. Und danach … Wer weiß? Vielleicht verschwinden wir ja an einen Ort, wo niemand uns finden kann. Dort könnten wir dann einfach wir selbst sein.« Sie schaute ihn schmerzerfüllt an. »Aber es könnte noch so viel schiefgehen, Skip.«

»Es gibt eine Zukunft da draußen, Jenn, und wir finden sie.«

Jenn schaute zu Jupiter Adams. »Gott sei Dank hat er sich bereiterklärt, uns zu helfen. Wir schulden ihm was.«

»Ja. Wo wir gerade davon reden ... Du solltest dich besser ans Telefon klemmen. Versuch noch einmal, zum Minister durchzukommen. Ich muss mal mit Jupiter reden.«

Skip schnallte sich ab, ging den Gang hinunter und setzte sich neben Adams. Dieser blickte ihn neugierig an und fragte: »Und? Wie sehen Sie Ihre Chancen, mit dem Leben davonzukommen?«

»Ich nehme an, das werden wir herausfinden. Jenn hat den Außenminister noch immer nicht erreichen können. Was mich betrifft, so habe ich von Amsterdam aus einen Anruf getätigt. Es gibt da einen Mann, der sehr daran interessiert ist, was wir zu sagen haben. Angeblich wartet ein Wagen auf uns.«

Adams nickte, und sein weiß-blondes Haar schimmerte im Licht der Kabinenbeleuchtung. »Wenn Dr. Cole recht hat, und wenn es wirklich eine Naturkatastrophe war, können wir die Reederei vielleicht noch retten. Die Banken jedenfalls sind bereits spürbar freundlicher und kooperationsbereiter. Morgen habe ich entsprechende Meetings in New York.«

»Ein dummer Unfall«, sinnierte Skip. »Und ich dachte schon, meine U-Boot-Theorie wäre weit hergeholt.«

»Sollten wir in Zukunft je wieder einen Sicherheitsberater brauchen«, Adams schüttelte Skip fest die Hand, »dann wissen Sie ja, dass Sie ganz oben auf unserer Liste stehen.«

»Danke.« Skip schaute an Jenn vorbei zu den Sitzen hinten. Amat hatte sich zurückgelehnt und seinen verbliebenen Arm in den Schoß gelegt. Ali hingegen klebte förmlich am Fenster und beobachtete, wie sie sich über die Rollbahn dem Hangar näherten.

»Was wird mit dem Jungen passieren?«, fragte Adams.

»Ich kann ihm im Tausch für seine Zusammenarbeit Immunität versprechen – zumindest in Amerika. Aber sollten wir das hier überleben, wird man vermutlich auch in Holland und England die Anklagen fallen lassen.« Skip schaute erneut zu Ali. »Er ist ein kluger Junge, und er hat einen höllischen Schrecken bekommen. Ich habe gehört, er will Religionswissenschaften studieren. Offenbar hat Amat ihm mehrere von Maureens Reden zu lesen gegeben. Ich habe den Eindruck, er lernt jetzt eine andere Seite des Islam kennen.«

Kurz darauf hielt die 727, und die Turbinen wurden heruntergefahren. Skip stand auf, drehte sich um und lächelte Amat an. »Und? Wieder bereit für Amerika?«

»Ich nehme es an. In jedem Fall wird es diesmal besser sein als in den Zellen, in denen ich meinen letzten Aufenthalt hier verbringen musste.« Amat stand auf, streckte sich und sagte Ali auf Arabisch, dass alles in Ordnung sei.

Jenn trat hinter Skip. »Es ist schon komisch. Dieses Telefon funktioniert nicht mehr. Wie erstaunlich.«

Als die Flugzeugtür sich öffnete, wurde eine Gangway herangerollt. Skip stieg als Erster zu der langen schwarzen Stretchlimousine herunter, die gerade vorgefahren war.

»Ah, endlich scheint jemand meinen Wert anzuerkennen«, bemerkte Skip.

Ein Special Agent im Anzug stieg aus der Limousine und zeigte seine Dienstmarke. Er schaute erst zu Amat und Ali, dann zu Skip und Jenn. »Ich bin Special Agent Thompson. Ich soll Sie sofort zu Direktor Snyder bringen.«

»Danke«, erwiderte Jenn und ging voraus.

Skip setzte sich in den geräumigen Fond und teilte sich den Sitz mit Jenn und Ali. Amat setzte sich ihnen gegenüber. Ali strich mit den Fingern über das Polster und schaute sich staunend um.

»Kein Vergleich zu Pakistan, was?«, bemerkte Skip.

»Und ich dachte, Holland sei ein Musterbeispiel für die *Dschahiliyya*«, erwiderte Ali.

»Oh, du hast die *Dschahiliyya* nicht gesehen, bevor du nicht zur Weihnachtszeit in Amerika warst.«

Tom Stone hatte das Gefühl, als hätte man ihm das Herz bei lebendigem Leib aus der Brust gerissen. Sein Copilot, Rudi Martin, schaute ihn den ganzen Morgen schon sorgenvoll an.

Ich bin nur noch ein lebender Toter. Ich habe versagt – gegenüber meiner Frau, meinen kleinen Mädchen, gegenüber meiner Familie und vor allen Dingen gegenüber mir selbst.

Er saß im Cockpit und ging die Preflight-Checkliste durch, doch in Gedanken war er nur halb bei dem Papierkram. Gleichzeitig dachte er an die Nachrichten, die er heute Morgen in seinem Hotelzimmer in Riad gesehen hatte. Beim Kaffee hatte er auf der Bettkante gesessen und ungläubig BBC geschaut.

»Im Zusammenhang mit einer Reihe christlicher Selbstmordattentate in der muslimischen Welt wurde Anklage gegen Reverend A. P. Box erhoben«, sagte der Nachrichtensprecher. »FBI-Direktor Maury Snyder hat angesichts der Situation für morgen früh eine Pressekonferenz einberufen.

Während das Weiße Haus und das amerikanische Außenministerium das Geschehen nicht kommentieren, hat eine Reihe von Kongressabgeordneten eine rasche Aufklärung gefordert.

In der muslimischen Welt wurde die Nachricht von Box' Anklage mit Jubel auf den Straßen begrüßt, gleichzeitig wurde jedoch wieder ›Tod für Amerika‹ gefordert. Die Regierungen im Nahen Osten haben ihre Armeen in Alarmbereitschaft versetzt, da befürchtet wird, die Demonstrationen könnten außer Kontrolle geraten. Mehrere amerikanische Botschaften in muslimischen Ländern wurden geschlossen. Die meisten werden auf Bitten der amerikanischen Regierung von Militär und Polizei geschützt.«

Bilder der Hadsch wurden eingespielt. »Zur gleichen Zeit hat die Hadsch, mit über sechs Millionen Menschen die größte Versammlung von Muslimen in der Geschichte, ihren Höhepunkt erreicht. Um die Ordnung zu wahren, hat das saudische Militär mehrere Demonstrationen gegen Reverend Box gewaltsam aufgelöst. Trotzdem ist überall der Widerstand gegen Box und seinen Kreuzzug zu sehen.« Ein Film zeigte tanzende und singende Pilger in ihren weißen Gewändern, gefolgt von Schildern und Bannern, auf denen »Lob sei Allah, Tod dem Teufel Box!« zu lesen stand, oder »Tod Amerika!«.

Stone schüttelte den Kopf und versuchte zu verstehen. »A. P. hat geglaubt, das Ende der Welt sei gekommen.« *Und jetzt sorgt das FBI dafür, dass es sein Ende ist.*

»Was ist das?«, fragte Rudi.

»Nichts.«

»Alles in Ordnung mit dir, Tom? Du bist den ganzen Morgen schon so komisch.«

Stone beendete den Check und gab Jussuf sein Klemmbrett, damit der es wieder ins Büro zurückbringen konnte. Dann saß er einfach nur da und lauschte Jussufs Schritten, als dieser die Leiter hinunterstieg und auf den Tarmac kletterte.

Schließlich drehte Stone sich zu Martin um. »Ich möchte dir hinten etwas zeigen. Es geht um die Kisten im Frachtraum.«

Martin schaute ihn verunsichert an; dennoch nahm er sein Headset ab. »Na gut, wenn du dich dann besser fühlst.«

Stone stand auf und folgte Martin durch die Tür in den Frachtraum. »Es macht dich nervös, mit mir zu fliegen, nicht wahr?«

»Ich weiß nicht, ob du nicht plötzlich durchdrehst. Deine Frau hat dich verlassen; Tana ist mit einem anderen Kerl zusammen, und die Araber versuchen, dich vom Himmel zu blasen.«

Stone ging zu einem der Frachtcontainer aus Aluminium. Auf der Seite stand *Verderbliche Ware* und *Nahrungsmittel.* »Hier. Ich will dir was zeigen.« Stone klappte den Deckel auf. In dem Container befanden sich Kisten mit Datteln. Eine nach der anderen hob Stone sie heraus und stellte sie auf den Boden.

Martin schaute ihn verwirrt an. »Datteln. Wo liegt das Problem?«

»Schau mal hier rein.«

Martin schob sich an Stone vorbei und spähte in den hüfthohen Container. Blitzschnell packte Stone ihn an Gürtel und Kragen und warf ihn kopfüber in den Container.

»He, verdammt, was soll der Scheiß!«, brüllte Martin und schlug um sich, als Stone den Deckel fallen ließ und verriegelte. Dann öffnete Tom die Ladeluke.

Jussuf stand neben dem Flugzeug und hob erstaunt den Blick.

»Ich hab ein paar Kilo Fracht zu viel«, sagte Stone. »Besorg einen Gabelstapler, und bring den Container hier wieder zurück. Das sind nur Datteln, also keine Terminfracht. Stell sie wegen der Hitze aber trotzdem in eine Lagerhalle.«

Jussuf hob den Daumen und lief los, um einen Gabelstapler zu holen.

Stone hörte Martins gedämpfte Schreie und das leise Hämmern. »Schon gut, Rudi, dir wird schon nichts passieren. Irgendjemand wird dich gleich rauslassen. Versprochen.«

»Du Bastard!«, lautete die kaum hörbare Antwort.

Stone löste die Halteriemen von dem Container und schob ihn zur Ladeluke. Mit Handzeichen dirigierte er Jussuf, bis die Gabel sich exakt unter dem Container befand. Als Jussuf den Container heraushob, schlug Stone die Ladeluke zu. Dann ging er nach vorne zur Einstiegsluke und winkte der Bodenmannschaft, die Leiter wegzuholen, ehe er auch diese Luke verschloss. Wenige Augenblicke später saß er auf seinem Platz und begann mit der Startsequenz.

Stone schaute auf den leeren Sitz zu seiner Rechten, wo noch immer Rudis Headset lag. Seltsamerweise empfand er gar nichts: keine Panik, keine Furcht vor Entdeckung, keine Besorgnis.

Die Bilder der vor Freude tanzenden Muslime waren in seinem Kopf wie eingebrannt, als er die Starterlaubnis erhielt und den Gashebel nach vorne schob. Vor seinem geistigen Auge sah er noch einmal, wie die Rakete aus der Wüste auf ihn zugeflogen war.

Es war unheimlich, aber irgendwie schien er sich von seinem Körper gelöst zu haben, und so hörte er seine eigenen Antworten auf die Freigabe des Towers wie aus weiter Ferne. An der Rollbahn ließ er einem jordanischen Airliner die Vorfahrt; dann löste er die Bremsen und rollte zum Start. Einer alten Gewohnheit folgend überprüfte er noch einmal die Anzeigen und gab Gas.

Tana sollte auf dem Platz neben mir sein. Er lächelte. Ihm hatte das Fliegen nie so viel Spaß gemacht wie mit Tana. Tatsächlich war es seine beste fliegerische Leistung gewesen, als er der Rakete ausgewichen war.

Stone zog den Steuerknüppel zurück und spürte die Schwerkraft, als die große 767 abhob. Er legte einen Schalter um, und das Fahrwerk fuhr ein.

»Es war diese verdammte Rakete«, sagte er zu sich selbst. »Erst haben sie versucht, mich umzubringen, stattdessen haben sie mein Leben ruiniert. Und sie sind alle fast wahnsinnig vor Hass auf die USA.«

Der Tower dirigierte ihn leicht nach Süden, weg von den Warteschleifen der hereinkommenden Maschinen. Stone fuhr die Landeklappen ein, und der Bordcomputer richtete das Flugzeug auf den entsprechenden Kurs aus. Stone blickte auf den Höhenmesser, während er immer höher stieg und nach Westen abbog, über die gewaltige Einöde, die Saudi-Arabien hieß.

Stone sah Medina mehrere Grad rechts vom Bug. In der Ferne konnte er eine graue Masse am Horizont erkennen: Mekka. Er steuerte nach links. Wenige Sekunden später hörte er einen erschrockenen Schrei von der Bodenkontrolle.

»ACC 246«, sagte Tom ins Funkgerät. »Ich habe ein mechanisches Problem. Ich muss eine Weile vom Kurs abweichen: 2–3–0 Grad. Ach ja ... und könnten Sie meine Gesellschaft bitte informieren, dass ein Mann in einer Dattelkiste eingesperrt ist? Er würde vermutlich gerne wieder da raus.« Tom nahm sein Headset ab und fragte sich, ob die Saudis ihn wohl rechtzeitig durchschauen würden, um Abfangjäger zu starten.

Doch erst einmal gab er Gas. Der Highway 40 erschien als dünne, dunkle Linie mitten in der Wüste. Stone folgte ihm. An der Kreuzung von Zalim glaubte er, die richtige Höhe erreicht zu haben. Er senkte die Nase der Maschine.

Das Gebiet überraschte ihn. Aus irgendeinem Grund hatte

er immer geglaubt, Mekka sei eine kleine Wüstenoase, keine ausufernde Stadt. Auch staunte er beim Abstieg darüber, wie zerklüftet das Land war. Von Häusern übersäte Hügel wichen einer Vorstadt unmittelbar vor ihm. Ein Meer aus hohen Gebäuden umgab die Große Moschee; er konnte sie gar nicht verfehlen. Aus irgendeinem Grund erinnerte sie ihn an das Pentagon, nur mit vier statt fünf Seiten und einem großen Außenflügel, der dem Buchstaben »Q« glich.

Stone korrigierte leicht den Kurs und zielte zwischen die beiden Minarette am Fatahtor, benutzte sie wie ein Visier für die Kaaba im Zentrum des Hofes. Deutlich konnte er das Menschenmeer um die Kaaba sehen. Pilger drängten sich Schulter an Schulter im Hof.

Seine Geschwindigkeit betrug 525 Meilen die Stunde.

Eine Sekunde später schoss er zwischen den Minaretten hindurch. Die Flügel rissen sie in Stücke, und die Benzintanks platzten. Die Wucht des Aufpralls auf die reich geschmückten Fassaden ließ das Cockpit erzittern. Stone war so benommen, dass er den endgültigen Aufschlag der 767 gar nicht mehr spürte, als diese im Hof explodierte. Wie auf einer Rutschbahn aus zerquetschten Menschen raste der Rumpf in die uralte Kaaba.

47.

Jenn war überrascht, als die Wagen die Straße nach Foggy Bottom verließen und links nach Downtown abbogen.

»Wo fahren wir hin?«, fragte sie.

»Der Direktor hat gesagt, wir sollen dem Außenminister direkt alles auf den Tisch legen.« Skip hatte sich zurückgelehnt und schaute durch die abgedunkelten Fenster. »Vielleicht fahren wir jetzt stattdessen ja zur FBI-Zentrale.«

Zehn Minuten später waren sie auf der Pennsylvania Avenue, und Jenn beobachtete ungläubig, wie sie am Weißen Haus vorfuhren. Am Tor bremste der Wagen ab. Ein Agent des Secret Service trat an sie heran, und der Fahrer ließ das Fenster herunter. Einen Augenblick später öffnete sich das Tor.

»O Gott«, murmelte Skip. »Das Weiße Haus?«

Als der Wagen an einer Veranda hielt, kamen zwei Agenten des Secret Service heraus. Einer trat an die Tür des Fonds. Skip stieg als Erster aus und half dann Jenn. Ali und Amat machten den Eindruck, als wären sie am liebsten weggerannt.

Sie wurden zu einer Sicherheitskontrolle im Innern geführt. Skip trat vor und reichte Smittys Pistole dem diensthabenden Agent. »Das ist nicht meine«, erklärte er. »Ich habe sie einem von Unterstaatssekretär Reeves' Agenten in Amsterdam abgenommen.« Er grinste den Wachmann schelmisch an. »Bekomme ich sie wieder zurück, wenn wir gehen?«

Jenn gab ihre Handtasche ab, während die Männer Schlüssel, Münzen, Gürtel und Schuhe ablegten und durch einen Detektor gingen. Anschließend führte man sie in einen kleinen Konferenzraum. Ein Beamter betrat den Raum und sagte: »Wie Sie sich denken können, geht es hier im Moment ziemlich hektisch zu. Man wird sich gleich um Sie kümmern. Kann ich Ihnen in der Zwischenzeit irgendetwas bringen? Kaffee? Etwas zu essen?«

»Schweinshaxe und Dunkelweizen, bitte«, sagte Skip auf Deutsch. Als der Mann ihn daraufhin verwirrt anschaute, sagte Skip: »Wie wär's mit ein paar Cheeseburgern, Pommes und Soda?«

»Jawohl, Sir.« Der Mann verschwand.

Ali ging in dem Raum umher, schaute sich die Porträts toter Präsidenten an und murmelte vor sich hin.

»Dein Leben lang hat man dir erzählt, wir würden unsere Führer als Götter anbeten«, sagte Skip zu ihm. »Das tun wir aber nicht. Das waren Menschen. Wir respektieren sie, aber sie stehen weit, weit unter Gott.«

»Ihr betet sie nicht an?«, fragte Ali. »Warum hängen dann ihre Bilder hier?«

»Um sie zu ehren für das, was sie für unsere Gesellschaft getan haben.« Skip deutete auf das Foto von Bill Clinton. »Nehmen wir zum Beispiel diesen Burschen hier. Er mag ja Präsident gewesen sein; trotzdem hat der Kongress wegen seines unangemessenen Verhaltens gegen ihn verhandelt. Das hier waren einfach nur Männer. Einige waren groß, andere nicht so sehr.«

Jenn schüttelte den Kopf. »Wir stehen auf Messers Schneide.«

»Das trifft es sehr genau«, sagte eine Stimme, als die Tür

sich öffnete. Jenn sprang auf, als der Außenminister den Raum betrat, gefolgt von Direktor Snyder. Der Minister schaute auf die Uhr. »Ich habe nicht viel Zeit. In Saudi-Arabien ist etwas passiert. Der Direktor hat mir schon ein paar Einzelheiten mitgeteilt, sofern er sie kennt, aber Sie müssen mir die ganze Geschichte erzählen.«

Jenn nickte. »Jawohl, Sir. Bill Reeves zieht seine eigene Show durch. Er hat die *White Star* benutzt, um einen Keil zwischen die Muslime und den Westen zu treiben. Die meisten seiner Agenten sind alte Kollegen vom ›Dienst‹. Ich hatte die Verantwortung für die Vortragsreise von Dr. Maureen Cole. Das war ein Versuch, Gegenargumente zum islamischen Fundamentalismus aufzubauen. Reeves will Cole tot sehen. Er will eine Märtyrerin, die er der Welt als Beispiel für muslimische Intoleranz vor Augen halten kann. Als ich den Plan des Herrn Unterstaatssekretärs durchschaut habe, hat er sein Bestes getan, mich, Cole und Skip Murphy hier töten zu lassen. Wir sind ihm nur knapp entkommen.«

Der Minister schaute zu Skip. »Und Sie sind?«

»Skip Murphy, Sir. Ich war für die Sicherheit von Dr. Cole verantwortlich. Diese beiden Herrn hier sind Hussein Amat, ein Ex-Taliban, und Ali Hassan, ein al-Kaida-Mitglied der Zelle von Abu Salassi in Amsterdam.«

Skip genoss den entsetzten Gesichtsausdruck des Ministers.

»Um das noch mal klarzustellen …«, sagte Direktor Snyder. »Sie haben einen al-Kaida-Terroristen ins Weiße Haus gebracht?«

»Nein, Sir«, konterte Skip, »das waren Sie.«

Jenn fügte rasch hinzu: »Auf Abu Salassis Befehl hin hat Ali die Bombe, die Dr. Cole in England hätte töten sollen, bei der Post aufgegeben. Nachdem Reeves Abu Salassis Unterschlupf in die Luft gejagt hat, wurde Ali von einem von Reeves' Agenten kontaktiert, der unter dem Namen Akbar gearbeitet hat. Reeves hat Ali angeheuert, um uns in Schiphol zu töten. Reeves hat ihm Zeit und Ort genannt.«

Direktor Snyder grinste. »Ich glaube, mir gefällt, wie sich das hier entwickelt.« Wie Skip es ausdrücken würde, sammelte er im Geiste schon Gummipunkte für eine Ehrentafel an der grauen Betonwand des FBI.

Der Minister jedoch war gar nicht erheitert. »Mrs. Royce, sind Sie sich der Gesetze und Vorschriften bewusst, gegen die der Unterstaatssekretär damit verstoßen hat?«

»Ja, Sir. Deshalb hat Skip ja auch Direktor Snyder angerufen, als wir einen Weg zurück nach Hause gefunden haben. Ich habe wiederholt versucht, Sie anzurufen, aber offenbar hört Unterstaatssekretär Reeves die Vermittlungsstelle ab. Jedes Mal, wenn ich meinen Namen genannt habe, wurde ich zu seinem Büro umgeleitet.«

»Das ist eine Tatsache«, bestätigte Skip.

Amat strich nervös über seinen leeren Ärmel, während er die beiden hochrangigen Regierungsvertreter mit zusammengekniffenen Augen beäugte, während Ali aussah, als würde er jeden Moment losrennen.

»Was ist Ihr Interesse an dem Ganzen, Murphy?« Snyder deutete auf Amat und Ali. »Und was deren?«

»Amat ist ein alter Freund. Er ist hier, um Ali vor Schwierigkeiten zu bewahren. Und Ali ... Nun, er hat seine Überzeugung geändert. Im Tausch für Immunität wird er Ihnen so viel Informationen geben, wie er kann. Er hat es satt, bloß eine Figur auf irgendjemandes Spielbrett zu sein – wie viele von uns, Direktor.«

Jenn fügte hinzu: »Sir, ein Teil der Schuld liegt auch bei mir. Ich habe an Bill Reeves geglaubt. Bis ich herausfand, was er im Schilde führt, habe ich für ihn gearbeitet.«

»Ich weiß nicht, ob ich Sie verhaften oder für die Medal of Freedom vorschlagen soll.«

»Also, ich hätte gerne Letzteres«, sagte Skip. »Da bekommt man doch auch ein Hotelzimmer und ein Essen umsonst, und ein Trip zum Weißen Haus ist auch noch drin, oder?«

»Halt den Mund, Skip«, murmelte Jenn.

Der Direktor schaute Skip hart an. »Ich habe Ihre Akte gelesen. Ziemlich bunte Lebensgeschichte, Captain Murphy.«

»Außer Dienst«, erwiderte Skip. »Man hat mich angeheuert, um für die Sicherheit von Dr. Cole zu sorgen und dann auch für Jenn. Übrigens ... Wissen wir, wo Dr. Cole sich aufhält?«

»Nein, das wissen wir nicht.« Der Direktor funkelte ihn weiterhin an. »Irgendwo in New Mexico, aber offenbar können wir sie dort trotz unserer Bemühungen nicht finden.«

Jenn zuckte unwillkürlich zusammen, als Skip hinzufügte: »Äh ... Herr Minister, während meiner Arbeit für das Außenministerium haben sich eine Reihe von Spesen bei mir aufgehäuft. Natürlich hat Reeves mich gefeuert, als ich herausfand, was er im Schilde führt. Kann ich meine Abrechnung direkt in Ihr Büro schicken?«

Der Hauch eines Lächelns erschien auf dem Gesicht des Ministers. »Aber sicher, Mr. Murphy.«

Jenn trat vor den Minister. »Sie werden fragen, wie Reeves das direkt vor Ihrer Nase hat durchziehen können, nicht wahr? Ich meine, es geschah unter Ihrer Verantwortung.«

»Ja, das werden sie.« Der Minister schaute sie kalt an.

Jenn legte den Kopf auf die Seite und erwiderte den Blick. »Es ist wirklich schade um das Satellitentelefon, das sie mir gegeben haben. Sie wissen schon ... das ich in Amsterdam in meinem Gepäck hatte, wie ich bezeugen werde. Das Reeves' Leute entdeckt und zerstört haben müssen. Es tut mir sehr leid, dass ich Sie nicht informieren konnte, nachdem wir von Bills Plan erfahren haben.«

Skip beobachtete, wie der Minister Jenns Einladung verdaute. »Warum sollten Sie das bezeugen, Mrs. Royce?«

»Weil ich Sie für einen guten Außenminister halte, Sir. Und weil ich es in der gegenwärtigen Situation nicht für förderlich hielte, wenn plötzlich ein neuer Mann auf Ihrem Stuhl sitzt.«

Der Minister schaute zu Snyder, der nur mit den Schultern zuckte. »Da könnten Sie durchaus recht haben, Mrs. Royce. Und was erwarten Sie als Gegenleistung?«

»Ich möchte einen Monat bezahlten Urlaub, wenn das alles vorbei ist. Sie wissen schon ... Zeit, um eine Entscheidung zu treffen, was ich mit dem Rest meines Lebens anfangen soll.«

Eine junge Frau stürmte zur Tür herein, schaute sich um, sah den Minister und platzte hervor: »Sir, Sie werden gebraucht! Die Lage in Mekka ist weit schlimmer, als wir erwartet haben!«

Der Minister wurde aschfahl. »Ich freue mich schon, Ihren Bericht zu sehen und später Ihre Aussage zu hören.« Dann drehte er sich um und verließ im selben Augenblick den Raum, da eine Bedienstete des Weißen Hauses die Cheeseburger brachte.

Der Direktor blieb noch einen Moment. »Ich bin im Augenblick ein sehr beschäftigter Mann. Aber ich komme zurück. Nicht dass einer von Ihnen glaubt, rasch wohin zu müssen. Wir müssen reden.« Dann war auch er zur Tür hinaus.

Jenn runzelte die Stirn. »Was ist denn in Mekka passiert?«

»Aber das Tier wurde gepackt und mit ihm der falsche Prophet; er hatte vor seinen Augen Zeichen getan und dadurch alle verführt, die das Kennzeichen des Tieres angenommen und sein Standbild angebetet hatten. Bei lebendigem Leib wurden beide in den See von brennendem Schwefel geworfen.«

Die Bibel, Offenbarung, 19:20

48.

In der privaten Atmosphäre des väterlichen Hauses schaute A. P. die Nachrichten. Bilder von Tom Stones Flugzeug waren aus verschiedenen Blickwinkeln aufgenommen worden und heiß begehrt. Die Bilder waren der reinste Albtraum. Mehrere Kameras hatten die 767 eingefangen, als sie aus dem bewölkten Himmel geschossen war, die Minaretts eingerissen hatte und den gesamten Innenhof der Großen Moschee in einen riesigen Feuerball hüllte. Doch niemand hatte gefilmt, wie es anschließend dort ausgesehen hatte. Stattdessen gab es nur Bilder des Feuers, der gewaltigen Rauchsäule und panisch fliehender Menschen.

Die amerikanischen Nachrichten hatten den Piloten bereits als Tom Stone identifiziert, einen Frachtpiloten von ACC. Bilder von ihm wurden gezeigt; ebenso von seinem Haus, das von der Presse belagert wurde. Auch seine wahrscheinliche Verbindung zu Box' Gemeinde wurde erwähnt.

Sie werden mich holen kommen.

Es war eine Sache, radikale Muslime zu töten, doch es war etwas vollkommen anderes, Zehntausende Unschuldige zu ermorden.

A. P. senkte den Kopf. »Habe ich dir wirklich keinen Ausweg mehr gelassen?«

Tränen traten ihm in die Augen und strömten ihm über die Wangen. Alles fiel auseinander. Die *White Star* war Opfer einer Naturkatastrophe geworden. Doch bevor dies bekannt geworden war, hatte er, A. P., Ereignisse in Gang gesetzt, die in zehntausendfachem Massenmord geendet hatten.

Reeves hatte neue Instruktionen geschickt. A. P. sollte zwei weitere Märtyrer nach Karachi schicken. Die Visa seien bereits unterwegs. Diesmal sollten sie sich zwei Koranschulen vornehmen, in denen der Dschihad gepredigt wurde.

A. P. dachte an die beiden jungen Männer, die darauf brannten, für ein Leben voller Sünde Buße zu tun. Und er dachte wieder an seinen Mann in Albuquerque – den, von dem er sicher war, dass er Maureen Cole für Reeves töten sollte.

Gütiger Herr im Himmel, ich verstehe das nicht. Ich wollte dir doch nur in der letzten Schlacht zu Diensten sein.

Tom Stones Flugzeugattentat hatte alles verändert. Reeves konnte A. P. jetzt unmöglich noch decken. Reeves war ein Überlebenskämpfer. Alle Schuld würde der Gemeinde zufallen.

»Was soll ich tun, o Herr? Wie werde ich gerichtet?«

Die Welt stürzte ins Chaos. Sie starb, und es gab keinen Ausweg mehr.

Wer stand noch auf der Seite der Gerechten? Und wo war Satans Hand?

»Das ist das i-Tüpfelchen des Ganzen«, sagte Special Agent Arlo Hansen, den Blick auf Jenn gerichtet, während die beiden anderen Agenten das Equipment auspackten. Sie schaute immer wieder zu ihnen und ihren elektronischen Geräten hinüber.

Skip lehnte an der Wand, die Arme vor der Brust verschränkt. Jenn konnte ihm ansehen, wie besorgt er war.

Das Zimmer war adrett. Es gab hübsche Vorhänge und eine seidene Steppdecke auf dem riesigen Bett mit den sechs übergroßen Kissen. Der Schreibtisch aus dunklem Holz war bereits voller Aluminiumkisten. Durch das Fenster waren schwach Verkehrsgeräusche zu hören.

Hansen fuhr fort: »Box hat Richmond vor einer Stunde verlassen. Er hat zwei Etagen unter uns eine Suite gemietet. Einer von Reeves Helferlein weiß, in welche Richtung der Wind wehen wird, und hat uns deshalb mit den entsprechenden Informationen versorgt. So wissen wir zum Beispiel auch, dass Reeves und Box sich für Punkt elf Uhr dreißig verabredet haben.«

»Ich halte das für eine wirklich schlechte Idee«, murmelte Skip.

»Mir bleibt keine Wahl«, erwiderte Jenn. »Ich habe dieses Spiel gespielt, obwohl ich es hätte besser wissen müssen. Wenn ich den letzten Nagel in seinen Sarg schlagen kann, ist es die Sache wert. Stimmt's?«

Skip kniff die Lippen zusammen.

Jenn trank den letzten Rest ihres Kaffees. »Okay … Ich komme also uneingeladen und klopfe an die Tür. Was, wenn Reeves mich nicht reinlässt?«

Agent Hansen reichte ihr eine Schlüsselkarte. »Damit können Sie die Tür einfach aufschließen. Das macht die Überraschung noch größer. Sie sind der Letzte, mit dem er in diesem Raum rechnet. Wir hoffen, dass ihn das so sehr aus dem Gleichgewicht bringt, dass er sich verplappert.«

»Entweder das, oder er schweigt wie immer, während er sich überlegt, was da wohl schiefgelaufen ist.«

Hansen rieb sich die Hände. »Oder er sagt vielleicht so etwas wie: ›Royce, warum liegen Sie nicht tot in Deutschland?‹ Das wäre perfekt für uns.«

»Und Box?«, fragte Skip von der Seite.

»Wenn Jenn ihn und Reeves gemeinsam mit den Selbstmordattentaten in Verbindung bringen kann, umso besser. Wir sind ziemlich sicher, Box ohnehin zu haben, aber handfeste Beweise für eine Verschwörung wären noch besser.«

»Ich werde mein Bestes tun.« Jenn schaute wieder zu den Agenten, die die Ausrüstung überprüften. Einer von ihnen trug einen Knopf im Ohr.

Hansen nickte. »Das wäre es dann wohl. Wir werden Leute im Gang postieren. Sollte etwas schiefgehen, sagen Sie einfach das Stichwort. Die Kavallerie ist nur zwei Türen entfernt.«

»Er überlässt das Töten gerne anderen.« Jenn hörte die Bitterkeit in ihrer Stimme.

»Box ist die einzige Unbekannte«, fügte Hansen hinzu. »Aber bei dem geringsten Anzeichen von Ärger stürmen zehn Special Agents herein.«

»Ja, ich weiß.« Jenn schaute auf ihre Uhr: zehn nach elf.

»Machen Sie sich Sorgen?«, fragte Hansen.

»Nein, ich habe gerade nur an Maureen gedacht. Sie ist noch immer ein Ziel, selbst in New Mexico.«

»Wenn wir Dr. Cole nicht finden können, kann Reeves es erst recht nicht.« Hansen lehnte sich auf dem Bett zurück.

»Ich kann Cole finden«, sagte Skip leichthin. »Jenn, wir ziehen das zusammen durch. Das schulden wir ihr. Wenn wir Bill erledigen können, muss sie sich um eine Sache weniger sorgen.«

Jenn nickte. Sie fühlte sich seltsam nervös.

»Jenn«, sagte Skip leise, als er ihren Gesichtsausdruck sah. »Du musst das nicht tun.«

Sie erwiderte seinen flehentlichen Blick. »Es ist Bastard-Bill, Skip. Der Kerl, der dich im Iran im Stich gelassen hat. Er hat Befehl gegeben, uns zu töten, und beinahe hätte er es geschafft. Skip, wir wissen beide, dass er das Feuer geschürt hat, bis schließlich ein Flugzeug in die Pilger bei der Hadsch geknallt ist.« Sie hielt kurz inne, als sie die Sorge in seinen Augen sah. »Wenn du an meiner Stelle wärst, was würdest du tun?«

»Ihm eine Handgranate ins Hemd stecken.«

Sie lächelten einander an, doch eine dunkle Vorahnung nagte an Jenn.

»Wir sind gleich so weit«, sagte einer der Special Agents. »Mrs. Royce? Wir müssen Sie verkabeln.«

Jenn nickte und zog den Mantel aus, damit die Männer das kleine Mikrofon anbringen konnten. »Vergiss nicht, Skip: Ich werde die Harley gegen eine Moto Guzzi Norge tauschen, und dann gehen wir auf unseren Trip.«

Skip beugte sich zu ihr, nahm ihre Hand und lächelte. »Nur wir zwei und die Bikes.« Er küsste sie auf den Scheitel. »Und danach gehen wir gemeinsam auf eine lange, wundervolle Reise.«

»Oh ja«, flüsterte sie.

Während er im Fond seiner Limousine saß, konnte Bill Reeves sich nicht entscheiden, ob er sich freuen oder totärgern sollte. Die muslimische Welt war nach den Nachrichten aus Mekka wie vor den Kopf geschlagen. Die Menschen wandten sich gegen ihre Regierungen und verlangten Maßnahmen gegen Amerika als Vergeltung für die Grausamkeiten während der Hadsch. Zwischen den Muslimen und dem Westen war nun eine klare Linie gezogen worden. Und wenn es darum ging, Muslime zu bekämpfen, gab es in Washington niemand Besseren als Bill Reeves.

Er ahnte schon, mit welchen Fragen der Präsident ihn bombardieren würde, und so hatte er die Antworten fast die ganze Nacht eingeprobt.

Und dann war da noch die Sache, die ihm die Galle überlaufen ließ: *Wie haben Smitty und seine Jungs nur einen derartigen Mist bauen können?* Es war doch ein ganz einfacher Auftrag gewesen: Folgt Murphys Motorrad, tötet ihn und Royce, und nennt das Ganze einen Verkehrsunfall. Alles kein Problem.

Doch jetzt lag Smitty im Krankenhaus; der Helikopter war von der deutschen Polizei registriert worden, und halb wahnsinnig vor Schmerzen und vollgepumpt mit Medikamenten hatte Smitty nicht den Mund halten können. Deutsche Regierungsstellen hatten bereits entsprechende Anfragen in Washington gestellt. Aber zum Glück ging das im muslimischen Zorn auf den Straßen unter.

Denk nicht dran, ermahnte Reeves sich selbst. *Konzentrier dich auf das Wesentliche – auf A. P., der die Hadsch aufmischt, ein paar Zehntausend Menschen killt, und darauf, dass überall auf der Welt Amerikaner sich in Zielscheiben für Muslime verwandeln.* Der Präsident würde als Erstes fragen, was die USA nun unternehmen sollten.

Reeves klopfte auf den Aktenkoffer neben ihm auf dem Sitz. Er würde dem Präsidenten einen detailliert ausgearbeiteten Handlungsplan vorlegen. Nach dem heutigen Tag würde er einer der wichtigsten Männer in Washington sein. Und von da an ... Wer konnte das schon sagen? Nationaler Sicherheitsberater? Der nächste Außenminister? Sein Stern stieg unaufhaltsam.

Reeves schaute aus dem Fenster seiner Limousine, als sie am Washington Hotel vorfuhr.

»Zimmer 315«, erinnerte ihn Matt. Er sah bedrückt und nervös aus. Matt wusste sehr genau, dass der misslungene Job in München die Abteilung in Verlegenheit gebracht hatte.

Reeves betrat die Lobby und ging an der Rezeption vorbei direkt zu den Aufzügen. Auf dem Weg nach oben fragte er sich, warum der Reverend so aufgebracht war. Offenbar hatte sein Junge Stone das Unerwartete getan, als er mit seinem Flugzeug auf der Großen Moschee gelandet war. Den Nachrichtenbildern zufolge war sie nur noch eine qualmende Ruine. Damit hatte Stone einen neuen Rekord für Terroranschläge aufgestellt.

Und Maureen Coles Spekulationen über die Katastrophe auf der *White Star* hatten mit Sicherheit ebenfalls Wirkung gezeigt. Aber was sie behauptete, waren nur Thesen – und noch dazu weit hergeholt. Tiefseegase, die ihren Ursprung im Schmelzen des Polareises hatten? Du meine Güte. Vielleicht hatte sie bei dem ganzen Stress ja endgültig den Verstand verloren. Sobald sie erst einmal gefunden war, würde ihr Tod nach der Hadsch-Katastrophe zu einem noch machtvolleren Symbol werden.

Schlussendlich haben sie doch noch die große Stimme der

Toleranz getötet. Oh, welche Propagandamöglichkeiten sich daraus ergaben!

Auf Reeves' Klopfen hin ließ Box ihn herein. Die Suite hatte einen dicken Teppich, eine geschmackvolle Tapete und einen Schreibtisch sowie eine Couch und Stühle. Auf dem großen Fernseher in der Ecke liefen die BBC-Nachrichten. Natürlich war die Topstory der Anschlag auf die Große Moschee. Die meisten Aufnahmen stammten von Helikoptern, da das Innere der Moschee aus Sicherheitsgründen noch nicht erkundet werden konnte.

Reeves blieb einen Moment stehen. Selbst aus diesem ungünstigen Kamerawinkel – die Helikopter mussten immer wieder Rauchwolken ausweichen – konnte er Leichen über Leichen erkennen, alle bis auf die Knochen verbrannt.

»Herr Unterstaatssekretär.« Box streckte ihm die Hand entgegen. »Danke, dass Sie so kurzfristig gekommen sind.«

Reeves deutete auf den Fernseher. »Und? Waren Sie das?«

Box, dessen Anzug eine Nummer zu groß zu sein schien, schaute ihn nachdenklich an. Auch wirkte er irgendwie gehetzt. »Dr. Cole hat recht, wissen Sie? Es war alles da: das aufsteigende Kohlendioxid, die Hitzewelle in Europa ... Die meisten Menschen wissen nicht, dass unser Wetter von den Meeresströmungen bestimmt wird. Nun wandert der Monsun nach Norden, und Indien trocknet aus. Auch am Amazonas herrscht Dürre. Das ist wirklich das Ende der Welt.«

»Ihr alter Kumpel Stone hat soeben die Welt verändert, und Sie denken an Maureen Coles verrückte Theorien? Ich bitte Sie, Reverend ... Ein Schwefelwasserstoffrülpser im Ozean?« Er trat ans Fenster und blickte auf Washington hinaus.

»Ich frage mich, ob Gott uns nicht schon gerichtet hat«, bemerkte Box.

»Menschen, die Hass und Mord säen, sind ihrer gerechten Strafe zugeführt worden: Hamas, al-Kaida, Hisbollah, radikale Sunniten und Schiiten.« Reeves breitete die Hände aus. »Sie alle haben Mord und Zerstörung gepredigt, Unschuldige getötet und Böses zu verbreiten versucht.«

Box schaute ihn mit leerem Blick an. »Ich habe den Mann zurückgerufen, den wir nach Albuquerque geschickt haben.«

Reeves runzelte die Stirn. »Warum?«

»Dr. Cole ist nicht böse.«

Reeves atmete tief durch. »Cole war ja auch nicht das Ziel. Wir waren hinter den Leuten her, die sie umbringen wollen.«

»Natürlich. Ihr Tod wäre dann wohl unter Kollateralschaden gefallen.«

»Worauf wollen Sie hinaus?«

»Ich bin traurig, Herr Unterstaatssekretär.« Box strich mit den Fingern über eine Stuhllehne, als genieße er das Gefühl des Stoffs. »Tom Stone hat getan, was er getan hat, weil ich getan habe, was ich getan habe. Damit bin ich für Zehntausende von Toten verantwortlich ... und noch für Millionen in der Zukunft.« Box legte die Stirn in Falten, als hätte irgendetwas ihn überrascht. »Wie oft in der menschlichen Geschichte hat *ein* Mann schon einmal so viel Tod, Leid und Elend verursacht? Und wie hässlich und unpassend ist es, dass ausgerechnet ich, der ich nur das Böse bekämpfen wollte, dieser Mann bin?« Er lächelte gedankenverloren. »Aber ich hatte ja auch Hilfe, nicht wahr?«

»Sie können sich nicht die Schuld an Tom Stones Taten geben.« Reeves zögerte. »Ich meine, Sie haben ihm ja nicht *befohlen*, dieses Flugzeug in die Menge der Pilger zu fliegen, oder?«

»Nein. Sie aber sollten sich freuen. Sie haben die Welt genau da, wo Sie sie haben wollten, nicht wahr? Chaos, Unruhen, der Islam vor der Zerreißprobe, die Christenheit voller Wut ... Das ist genau die Art von Krise, in der ein Mann der Tat sehr weit nach oben steigen kann.«

Reeves wandte seine Aufmerksamkeit wieder dem Fenster zu. »Uns gehen die Ressourcen aus, Reverend. Es wird ein ziemlich enges Rennen sein, bis wir wissen, wer als Erster durchs Ziel geht.«

»Sie verstehen es immer noch nicht, oder?« Aus Box' Gesicht war jeglicher Ausdruck gewichen. »Es *gibt* keine Zukunft. Was mit der *White Star* passiert ist, war erst der erste größere Schluckauf im System. Je mehr der ph-Wert der Meere fällt, desto häufiger wird es dazu kommen. Wenn das Wasser einen Wert von zweihundert zu einer Million an Schwefelwasserstoff übersteigt, wird es erst anoxisch, dann toxisch. Das nennt man ein Canfield-Meer. Das Einzige, was darin noch gedeiht, sind blaue und grüne Schwefelbakterien. Es wird ganze Ozeane voll von diesen Bakterien geben, und sie alle pumpen mehr und mehr Schwefelwasserstoff in die Atmosphäre.«

»Menschen können sich anpassen.«

Box schaute ihm in die Augen. »An was sollen sie sich denn anpassen? Wenn die Pflanzen sterben, erodiert der Boden und wird in die Meere gespült, und die Gase werden den Himmel grün färben.«

»Grün?« Reeves schaute zum Fenster hinaus in den blauen Himmel. *Jetzt ist der Kerl total übergeschnappt.*

Box flüsterte vor sich hin: »Ein krankes, blasses Grün und hoch hängende Wolken.«

»Und wie, glauben Sie, könnte man das aufhalten?«

»Wenn vier, fünf Milliarden Menschen in den nächsten paar Jahren sterben, dann vielleicht ...«

»Vier oder fünf *Milliarden*?«

»Als Spezies sind wir nicht klug genug, um uns selbst zu retten. Dafür gibt es viel zu viele Menschen wie Sie.«

»Jetzt sind Sie definitiv einen Schritt zu weit gegangen, Reverend.«

»Vergessen Sie die Drohungen, Herr Unterstaatssekretär. Ich weiß, was kommt. Gott hat mich für meinen Stolz mit einer Vision dessen gestraft, was sein wird. Ich werde nicht mehr lange genug leben, um den grünen Himmel zu sehen, aber er kommt. Die Toten der *White Star* waren die ersten Zeugen dafür. Nein, mein Weg ist der Kampf gegen das Böse.«

Reeves schaute auf die Uhr. »Wie Sie meinen. Nun, mir läuft die Zeit davon, und ...«

»Uns allen läuft die Zeit davon, Reeves.« Nun lag Verzweiflung in Box' Augen. Tränen waren darin zu sehen, und seine Lippen zitterten.

Beide drehten sich um, als plötzlich Jenn Royce entschlossen in den Raum marschierte. Ihr Gesicht sah hager und verhärmt aus, und ihr Haar musste dringend gewaschen werden. Reeves kannte die entschlossene Miene, als sie zu ihm trat.

»Was, zum Teufel ... *Jenn*? Aber Sie sind ...«

»Und der Himmel wird grün werden«, flüsterte Box und steckte die Hand in die Hosentasche. »Und in seiner Rechtschaffenheit richtet er und führt Krieg.«

»Nein!« Reeves wirbelte wieder zu Box herum, sprang vor und versuchte verzweifelt ...

Die Explosion warf Reeves nach hinten und schleuderte

ihn durchs Fenster. Er sah noch, wie die Welt sich wie verrückt drehte, während er fiel und fiel …

Reeves schlug mit dem Gesicht voran auf die harte Straße drei Stockwerke tiefer.

»Darum haben Wir ihn (den Koran) leicht gemacht in deiner Sprache, damit du durch ihn den Gottesfürchtigen frohe Botschaft verkündest und die Streitsüchtigen warnest.
Und wie so manches Geschlecht haben Wir vor ihnen vernichtet! Kannst du auch nur einen von ihnen entdecken oder auch nur ein Flüstern von ihnen vernehmen?«

Der Koran, 19:97–98

49.

Ein kühler Wind wehte von Süden heran, zog über die Hügelkämme und rüttelte am Wacholder und den Pinien. Im Westen spiegelte sich das Sonnenlicht auf den zerklüfteten Hügeln New Mexicos, und im Süden erhob sich der Taylor Peak wie eine uralte Pyramide. Dusty Stewart schaute von dem Raum auf, den er gerade ausgrub, und zu den Jemez Mountains mit ihren dunkelgrünen, von Pinien bewachsenen Hängen. Er lächelte; dann schlug er mit den schwieligen Händen auf seine Jeans und bückte sich, um einen weiteren viereckigen Sandsteinbrocken in eine Schubkarre zu werfen.

Die Ausgrabung war ein Pueblo mit sechs Räumen, das auf einer kleinen Landspitze am Ausgang des Canyons errichtet worden war. Anhand der gefundenen Tonscherben hatte Dusty die Besiedlung auf die späte P III-Periode datiert – also auf Mitte des 13. Jahrhunderts.

Als das kleine Pueblo noch besiedelt gewesen war, musste der flache Talboden voller Korn-, Bohnen- und Kürbisfelder gewesen sein, die über Gräben von dem inzwischen ausgetrockneten Fluss bewässert worden waren, der einst durch den Canyon geflossen war. Im Augenblick stand auf dem trockenen Boden jedoch nur Dustys Trailer. Daneben befanden sich zwei große, flache Siebe, mit denen die Archäologen Artefakte aus dem Sand siebten. Teilweise unter dem Trailer war eine blau-weiße Kühlbox, und nicht weit davon entfernt stand Dustys blau-weiße BMW GS, die er sich wegen des geringen Benzinverbrauchs gekauft hatte.

Als er das Geräusch eines Motors hörte, stand Dusty auf und ging zwischen den Salbeisträuchern hindurch den Hang hinunter. Er hatte fast den Talboden erreicht, als der rote Dodge neben dem Trailer hielt.

Maureen stieg aus und winkte ihm. Dusty sah ihr an, dass sie in düsterer Stimmung war. Er schob sich seinen Strohhut in den Nacken und wartete vor dem Trailer.

»Und? Hast du deine Nacht im Hotel genossen?«, fragte er. Sie hatte geduscht, sah ausgeruht aus und trug ein sauberes gelbes Hemd. Die neue Levis saß, als wäre sie für ihre schlanken Beine maßgeschneidert. Der warme Wind spielte mit ihrem langen schwarzen Haar.

»Ich habe noch was zu essen geholt«, sagte sie. »Dann hab ich in Cuba gehalten und Eis gekauft. Ich dachte, du hättest vielleicht keins mehr.«

Dusty ging zu ihr und griff hinten in den Pick-up, um Maureen beim Tragen der Plastiktüten zu helfen.

»Wie geht es mit der Grabung voran?«, fragte Maureen.

»Ich bin heute wieder mit einem Abschnitt fertig geworden. Es ist nicht viel, nur ein paar von Feuern geplatzte Steine und ein paar Tonscherben.« Er schaute sie von der Seite her an. »Und dann ist da noch die Begräbnisstätte in der Ecke. Ich habe schon genug davon freigelegt, um sagen zu können, dass es sich um einen Mann von vielleicht Mitte zwanzig handelt. Ich dachte, du würdest es dir mal ansehen wollen. Das ist ja dein Ding.«

Maureen erwiderte seinen Blick. »Du hast selbst schon genug Gräber ausgegraben.«

»Der Mann muss uns verraten, wer er war und wie er gelebt hat. Ohne dich ist er nur ein Haufen Knochen. Du machst ihn wieder zu einem Menschen, Maureen.«

Ein schwaches Lächeln erschien auf ihren Lippen, verschwand aber sofort wieder. Dann nahm sie die Tüten und ging zum Trailer.

Dusty folgte ihr. »Und?«, fragte er. »Hat die Welt dich schon vergessen?«

»Ich wünschte, es wäre so. Aber ich bin heute nur vier Mal in den Nachrichten erwähnt worden.« Sie öffnete die Tür. »Hast du von der Großen Moschee gehört?«

Dusty nickte, stieg in den Trailer und deutete auf das Radio. »Ich habe mal reingehört. Überall nur noch Katastrophen.«

Maureen deutete mit dem Daumen zum Dodge zurück. »Ja, und um dem Ganzen die Krone aufzusetzen, habe ich gerade zehn Dollar die Gallone bezahlt. Der Ölpreis ist durch die Decke gegangen. Ägypten hat heute die diplomatischen Beziehungen zu den USA abgebrochen. Helikopter der Marines evakuieren das Botschaftspersonal unter Feuer.«

»Gibt es was Neues in Sachen Große Moschee?«

»Bis jetzt geht man von fünfzig- bis sechzigtausend Toten aus. Schätzungen gehen bis zu zweihunderttausend Opfer. Sie haben aufgehört zu zählen.« Maureen schüttelte den

Kopf. »Die Moschee war bis obenhin voller Menschen. Al-Jazeera hat ein Video. Als der Jet reinkam, ist er in einem Feuerball explodiert, und brennendes Kerosin hat sich überall verteilt. Die Menschen, die nicht sofort verbrannt oder zermalmt wurden, sind erstickt. Am schlimmsten aber war die Panik. Sechs Millionen Menschen wollten in die Moschee. Im daraufhin einsetzenden Chaos wurden Zehntausende totgetreten.« Sie verzog das Gesicht. »Das muslimische Gesetz befiehlt, dass die Toten binnen achtundvierzig Stunden bestattet werden müssen.« Sie hielt kurz inne. »Die Gräben, Dusty ... Sie schieben die Toten mit Bulldozern zusammen und werfen sie in Kipplader ... Sie füllen einen Graben nach dem anderen.«

Dusty knotete die Plastiktüten auf. »Und? Fliegst du hin, dich um die Leichen zu kümmern?«

»Sie waren sehr nachdrücklich – keine Hilfe aus dem Westen.« Maureen schaute ihn besorgt an. »Die Nachrichtenbilder sind furchtbar. In Mekka und Medina herrscht Chaos. Überall kommt es zu Unruhen. Riad ist eine Kriegszone. Niemand weiß, wer das Sagen hat. Alle geben den saudischen Prinzen die Schuld daran, dass dieser Kerl, dieser Stone, in die Hadsch geflogen ist.«

»Und was sonst noch?« Dusty räumte die Lebensmittel in den Schrank.

»Der Iran hat Truppen in den Südirak geschickt. Angeblich, um die Schiiten zu beschützen. Aber die sind Perser, und die irakischen Schiiten sind Araber. Bei Basra haben sie aufeinander geschossen.«

»Und Pakistan?«, fragte Dusty.

»Straßenkämpfe.« Maureen setzte sich in die kleine Essnische und stützte die Ellbogen auf den Tisch.

Beim Geräusch eines näherkommenden Fahrzeugs sprangen beide zur Tür. Dusty zögerte, blieb kurz stehen und zog eine Schublade auf. Darin lag seine gute alte Smith & Wesson. Er schob sich die Waffe hinten in den Hosenbund.

Dann wartete er draußen mit Maureen und schaute zu dem sich nähernden Truck. Ein weißer Dodge Dakota rumpelte über den steinigen Boden. Das Sonnenlicht spiegelte sich auf der Windschutzscheibe.

Dusty hörte die Anspannung in Maureens Stimme, als sie fragte: »Kennst du den Wagen?«

»Nope.«

Der weiße Pick-up hielt neben Dustys rotem Dodge. Als die Tür sich öffnete, legte Dusty die Finger um die Pistole in seinem Rücken.

Der Mann, der ausstieg, war breitschultrig, mit sorgfältig gestutztem schwarzem Bart. Die Krempe eines braunen Huts beschattete seine Augen, und seine braune Jacke stand offen. Eine weite Arbeitshose mit offensichtlich vollen Taschen steckte in Trekkingstiefeln.

»Da will ich doch verdammt sein!« Maureen streckte die Hand aus, um Dusty zurückzuhalten, und lief zu dem Neuankömmling. »Skip?«

»Hallo, Maureen.« Der Mann trat ihr entgegen, und ein schiefes Grinsen erschien auf seinem Gesicht. Er legte den Kopf zur Seite und musterte Dusty mit harten Augen. »Ich weiß ja nicht, was deine Hand da hinter deinem Rücken macht, aber nimm sie ganz vorsichtig nach vorne.«

Dusty kniff ein Auge zusammen. »Du bist also der berühmte Skip Murphy, ja?«

Skip richtete seine Aufmerksamkeit wieder auf Maureen. »Ich habe dich im Laden knapp verpasst. Du bist gerade losgefahren, als ich ankam. Zuerst wollte ich dich anhalten, hab mich dann aber anders entschieden. Zum einen hatte ich so eine lange, einsame Straße, um hinter mich zu schauen … Du weißt schon, nur für den Fall.«

Dusty bemerkte, dass der Blick des Mannes zur BMW wanderte.

Maureen seufzte. »Wie hast du mich gefunden?«

Als Skip daraufhin grinste, verspürte Dusty das dringende Bedürfnis, ihm eine reinzuhauen. »Ich habe ein paar indianische Freunde angerufen, mit denen ich drüben in der Wüste gedient habe. Die wiederum haben ihre Freunde angerufen, und siehe da, ich hatte eine Spur.«

Maureen nickte. »Das passt.«

Dusty hatte das Gefühl, als schaue Skip ihn an, wie er eine Kakerlake in der Küche anschauen würde.

»Dusty, Skip … Skip, Dusty.« Maureen stellte die Männer einander vor. Ihr fiel auf, dass die beiden sich nicht die Hand schüttelten. »Himmel, bevor ich mich versehe, pinkelt ihr wohl gleich an den nächstbesten Strauch, um euer Revier zu markieren.«

Skip grinste und deutete auf die BMW. »Na ja, so übel kann der Kerl nicht sein. Er hat 'ne Smith & Wesson, fährt 'ne BMW und trinkt Guinness.«

Maureen legte den Kopf auf die Seite. »Warum bist du hier, Skip?«

Er schürzte die Lippen und schaute sich in dem kleinen Tal um. »Hast du das von Bastard-Bill gehört?«

Maureen runzelte die Stirn. »Nein.«

»Bill hatte gestern ein Meeting mit Reverend Box. Box hat einen Gürtel getragen.« Skips Kiefer arbeitete. »Jenn ist tot. Sie war da. Sie hatte ein Mikrofon des FBI. Sie … Sie ist im Krankenwagen gestorben. Es ist wohl besser so. Hätte sie überlebt …« Skip schüttelte den Kopf und starrte in die Ferne.

Dusty streckte die Hand aus, um die schwankende Maureen festzuhalten. Sie winkte ab und senkte den Kopf. »Das kann ich nicht glauben …«

»Die Jungs vom FBI glaubten, Bill würde was ausspucken, das sie vor Gericht gegen ihn und Box verwenden könnten.«

Dusty sah, wie Skip mit dem Stiefel im Sand scharrte. *Verdammt, der Kerl ist wirklich schwer getroffen.*

»Sie hat sich doch noch als in Ordnung erwiesen, Maureen. Sie hat alles getan, um Bill zu Fall zu bringen.« Skip drehte sich um und schaute wieder in die Landschaft hinaus. »Ich habe Gott einmal gesagt, ich würde alles dafür geben, Bastard-Bill tot zu sehen. Warum hat er mir ausgerechnet dieses eine Mal zugehört?«

Maureen las etwas in Skip, das Dusty nicht erkennen konnte. »Es tut mir leid.«

Skip schaute Dusty wieder auf diese durchdringende Art an. »Hast du ein Guinness in der Kühlbox da drüben?«

»Jep.«

»Warum holst du dann nicht eins? Dann bin ich wieder weg.«

Dusty ging zur Kühlbox, fischte im Eis, zog eine Flasche heraus und brachte sie zu Skip. Der nahm sie, nickte und sagte: »Danke.«

»Du und Jenn …«, begann Maureen.

»Manchmal läuft es halt beschissen«, erwiderte Skip gedankenverloren. »Ich dachte, du solltest es von mir erfahren. Bills Leute sind auf der Flucht. Du bist also in Sicherheit …

zumindest vor ihnen. Was du jetzt tust, ist deine Entscheidung. Was mich betrifft, werde ich wohl eine Zeitlang unter dem Radar bleiben. Du hast ja meine Nummer.«

»Bills Leute waren nicht die Einzigen. Erinnerst du dich an Faisal?«

»Was in Mekka passiert ist ... Die islamische Welt zerreißt sich selbst. So wie ich es sehe, könnten wir morgen früh den dritten Weltkrieg haben. Die haben größere Probleme als dich.« Skip schaute zur Sonne hinauf und kniff die Augen zusammen. Dann grinste er Maureen auf eine unverschämte Art an, die Dusty mit den Zähnen knirschen ließ. »Pass auf dich auf, Maureen. Solltest du je ...«

Maureens Lächeln regte Dusty sogar noch mehr auf. »Ja. Danke, Skip. Für alles.« Sie hielt kurz inne. »Und um das klarzustellen ... wegen Amsterdam ... Das war die einzige Möglichkeit, ich weiß.«

»Hey, wir sind, was wir sind, Frau Doktor.« Skip tippte sich mit dem Finger an den Hut. »Danke für das Bier. Und du solltest lieber gut auf sie aufpassen, Stewart.«

Skip machte auf dem Absatz kehrt. Dusty beobachtete, wie er in den Truck einstieg und die Bierflasche auf die Ablage stellte. Der Motor erwachte zum Leben, und Skip setzte zurück und fuhr davon.

Maureen schaute Dusty verärgert an. »Du hättest ruhig ein bisschen freundlicher zu ihm sein können.«

»Ich mag ihn nicht.«

»Na, wer hätte das gedacht?« Maureen trat dicht an ihn heran und legte ihm die Hand auf die Schulter. »Es ist in Ordnung, Dusty. Außerdem ist er nicht mein Typ.«

Beide gingen zum Trailer zurück. »Was war das von wegen Amsterdam?«, fragte Dusty.

»Er hat mir das Leben gerettet. Und wegen Amsterdam solltest du dir nicht den Kopf zerbrechen.«

»Ach?«

»Ja, München war eher der entscheidende Moment.«

»Und das heißt?«

Maureen trat dicht an ihn heran und küsste ihn auf den Mund. »Du schuldest ihm verdammt viel.«

»Tue ich das?« Dusty bot ihr seine Hand an. »Komm. Ich will dich jemandem vorstellen. Er ist da oben auf dem Hügel in der Ecke eines eingestürzten Raums. Seinen Namen kenne ich zwar nicht, aber er braucht jemanden, der seine Geschichte erzählt.«

»Du weißt wirklich, was einem Mädchen gefällt, Dusty Stewart.«

Maureen ließ sich von Dusty den Hügel hinaufziehen. Dusty weigerte sich, ihre Hand loszulassen; er genoss das Gefühl ihrer Haut. »Hey, ich würde alles für dich tun.«

Dusty spürte den leichten Druck, den sie ihm als Antwort darauf gab. Das war genug. Maureen mochte verletzt sein, aber sie würde sich wieder erholen, wie sie es immer getan hatte. Und er war hier, lebendig. Am Leben zu sein, hatte seine Vorteile: Er konnte heute bei Maureen sein, und morgen, und nächste Woche und all die Monate und Jahre, die ihnen noch blieben.

»Betrachten Sie einmal die Kette von Ereignissen, die auf die Katastrophe der *White Star* gefolgt sind. Bobby Box hat davon geträumt, dass alle Religionen auf dem Tempelberg zusammenkommen, um dort mit ihm zu beten. Wütend über muslimische Freudentänze nach dem Tod seines Vaters hat A. P. Box dann zurückgeschlagen, und das wiederum ist bis zu dem Punkt eskaliert, da ein depressiver Pilot ein Flugzeug in die Hadsch geflogen ist und dabei die heiligste Stätte des Islam zerstört hat. Mehrere Zehntausend Menschen sind dabei gestorben, vielleicht sogar Hunderttausend. Wie sind wir von Punkt A zu Punkt Z gekommen? Tatsache ist, dass wir von unserem Hass aufeinander derart verblendet waren, dass wir die Warnungen übersehen haben, die die Erde uns gesandt hat. Unsere Welt stirbt. Die *White Star* ist als direkte Folge der Vergiftung unserer Atmosphäre zerstört worden. Die Zerstörung der Kaaba wiederum war das Ergebnis der Vergiftung unseres Geistes. Letzten Endes aber ist das alles egal. Uns bleibt weniger als ein Jahrzehnt, bis die CO_2-Emissionen uns den Garaus machen. Das sind zehn Jahre, um Frieden mit Gott zu schließen – vorausgesetzt, dass wir ihm überhaupt noch etwas bedeuten, nach allem, was wir in seinem Namen getan haben.«

Maureen Cole, aus einer Vorlesung an der University of New Mexico

Epilog

Skip fuhr die BMW RT in den Carport des Gonzo Inn in Moab, Utah. Seine Finger fühlten sich taub an, als er den Motor abstellte, und seine Beine waren steif, als er den Ständer ausklappte. Er schwang sich aus dem Sattel, nahm den Helm ab und hing ihn an den Lenker.

Müde ging Skip durch die Glastür in die Lobby und roch frischen Kaffee. Rechts befand sich ein kleiner Souvenirladen, der Gonzo-Sweatshirts, Hüte und anderes Zeug verkaufte.

Skip schlurfte zur Rezeption, wo eine junge blonde Frau ein Taschenbuch beiseitelegte und den Blick hob. »Willkommen im Gonzo.«

»Haben Sie ein Zimmer? Großes Bett mit einem dieser Balkone hinten?«

»Ja, haben wir.« Sie nannte ihm den Preis.

»Ich nehme es. Ach ja … Können Sie dieses Formular für mich ausfüllen? Es belegt, dass ich um genau achtzehn Uhr zweiundfünfzig hier war. Bitte, tragen Sie auch Telefonnummer und Adresse des Hotels ein. Sie wollen das vielleicht überprüfen.«

Die Frau runzelte die Stirn. »Wofür ist das?«

»Iron Butt Association. Ich bin gerade fünftausend Meilen in fünf Tagen gefahren.«

Die Frau schaute auf Skips von toten Mücken übersäte Motorradjacke und dann zu der BMW draußen. »Fünftausend Meilen in fünf Tagen? *Auf einem Motorrad?*«

Skip grinste. »Cool, was?«

»Sie sind verrückt.«

»Das habe ich schon öfter gehört.«

Skip schaute zu, wie sie das Formular ausfüllte und dann seine Kreditkarte nahm. »Scheint hier draußen ziemlich ruhig zu sein«, bemerkte er.

Die Frau nickte. »Bei zehn Dollar die Gallone verirren sich kaum noch Touristen hierher. Die meisten Leute hier sind Bohrtechniker und Seismologen.« Sie verzog das Gesicht. »Juggies! Wenn Sie mal hinter denen haben aufräumen müssen, wissen Sie, was Ärger ist.«

»Juggies?«

»Ja, die Jungs, die Geophone an den seismischen Linien anbringen. Die sind allesamt verrückt, saufen wie die Löcher, prügeln sich und hauen dann ab. Aber sie haben Geld. Ich habe selbst schon daran gedacht, es zu versuchen.«

Skip nickte. Die Straßen waren größtenteils leer gewesen. Die Wirtschaft war den Bach runtergegangen, und im ganzen Land waren mehr und mehr Menschen arbeitslos. Vor einer Woche hatte das FBI mit knapper Not einen Anschlag mit einer Schmutzigen Bombe in New York verhindert. Menschen, die sich das Reisen noch leisten konnten, waren verdächtig.

Die Frau schaute ihn aus zusammengekniffenen Augen an. »Hey, ich kenne Sie.«

»Ich war aber noch nie hier.«

»Sie sind doch der Mann, der vor dem Kongress wegen der Reeves-Verschwörung ausgesagt hat.«

»Da verwechseln Sie mich.«

Sie schaute Skip misstrauisch an. »Ja, der sah mir auch nicht wie ein Biker aus. Aber Sie sehen ihm wirklich ähnlich.«

»Der arme Kerl.«

»Wie kommen Sie denn da drauf?«

»Ich höre immer wieder, ich sei der hässlichste Bastard der Welt.«

»Also, ich finde Sie niedlich.«

Skip grinste. Er nahm seinen Schlüssel, ging hinaus und fuhr die BMW auf den Parkplatz. Dort schloss er sie ab und nahm die Tank- und Satteltaschen.

Das Zimmer im zweiten Stock war genau das, worauf er gehofft hatte. Skip warf sein Gepäck aufs Bett, schälte sich aus seiner Motorradkluft und ging unter die Dusche. Nachdem er das heiße Wasser genossen hatte, holte er eine Levis und ein T-Shirt aus der Satteltasche, zog beides an und suchte sich ein Wasserglas. Schließlich nahm er eine kleine, eckige Flasche aus der Tanktasche, brach das Siegel und goss die bernsteinfarbene Flüssigkeit ins Glas.

Der Sonnenuntergang färbte die Sandsteinklippen hinter Moab scharlachrot und ocker. Cirruswolken zogen hoch am blauen Wüstenhimmel entlang, und eine warme Brise ließ die Pappeln im Flusstal ein Stück weiter nördlich rauschen.

Skip sog den delikaten Duft des Richard Hennessy ein, trank einen winzigen Schluck und genoss den sündhaft teuren Cognac. Die ganze lange Fahrt über war Jenn in Gedanken bei ihm gewesen. Das war die Tour, die er ihr versprochen hatte, und er wollte verdammt sein, hätte er ihre Gegenwart nicht gefühlt. Sie war in den langen Nächten hinter ihm auf dem Sattel gewesen und hatte ihn angetrieben, wenn die Müdigkeit ihn zu überwältigen drohte und die Straße schier endlos erschien.

Was, wenn ich an jenem Tag in D. C. schlicht und ergreifend Nein gesagt hätte?

Hätte das einen Unterschied gemacht? Hätte er ihr dann ausreden können, in jenen Raum mit Reeves zu gehen? Würde sie dann jetzt neben ihm sitzen, müde bis auf die Knochen, doch zutiefst zufrieden?

Skip schloss die Augen und stellte sich ihr wunderbares, schiefes Lächeln vor. So würde sie auch jetzt lächeln und mit ihm anstoßen.

Ich habe mich in dich verliebt. Doch all die Träume, Hoffnungen, Pläne ... Sie waren tot. Das Einzige, was ihm noch von Jenn geblieben war, war die Erinnerung an eine goldene Zeit in München.

»Auf dich, Jenn. Auf alles, was hätte sein können.« Skip hob das Glas in den Abendhimmel. »Wenn es im Himmel Motorräder gibt, dann hoffe ich, Gott hat dir eine silberne Moto Guzzi gegeben.«

Die biblische Geschichte ist voller Geheimnisse. Manche davon blieben besser unberührt …

Gear & Gear
DAS LETZTE GEBET
Thriller
480 Seiten
ISBN 978-3-404-15748-8

Ägypten im 5. Jahrhundert. Bruder Cyrus fertigt Abschriften heiliger Schriftrollen an. Der Mönch ist fasziniert von dem radikalen und ketzerischen Bild Jesu, das sich vor seinen Augen entfaltet. Als Papst Leo der Große die Schriften verurteilt und Anweisung gibt, sie zu verbrennen, versteckt Cyrus seine Abschriften in Tongefäßen, versiegelt diese und vergräbt sie auf dem Klosterfriedhof. Er weiß, dass die Informationen aus den Schriftrollen unvollständig sind. Um den heiligsten Ort auf Erden zu finden, muss Cyrus die restlichen Fragmente aufspüren. Er ahnt nicht, dass seine Suche beobachtet wird – und dass die Kirche alles tut, um zu verhindern, dass er ans Ziel gelangt …

Bastei Lübbe Taschenbuch

»Wer dieses Buch überlebt, hat ein starkes Herz.«

LOS ANGELES TIMES

John J. Nance
BEBEN
Thriller
480 Seiten
ISBN 978-3-404-15988-8

Die Insel Cascadia ist ein heimtückisches Idyll. Der Architekt Mick Walter hat in der unberührten Natur ein Luxusressort für Superreiche gebaut. Die Eröffnungsfeier ist ein Mega-Event. Hunderte Prominente reisen an. Doch niemand weiß von der Bedrohung, die tief unter der Erde lauert. Niemand ahnt, wie hoch der Preis für das Eindringen in die Natur ist.

»Haarsträubende Achterbahnfahrt – atemberaubend!«
Publishers Weekly
»Bleiben Sie solange angeschnallt, bis Sie die letzte Seite gelesen haben« *People*

Bastei Lübbe Taschenbuch

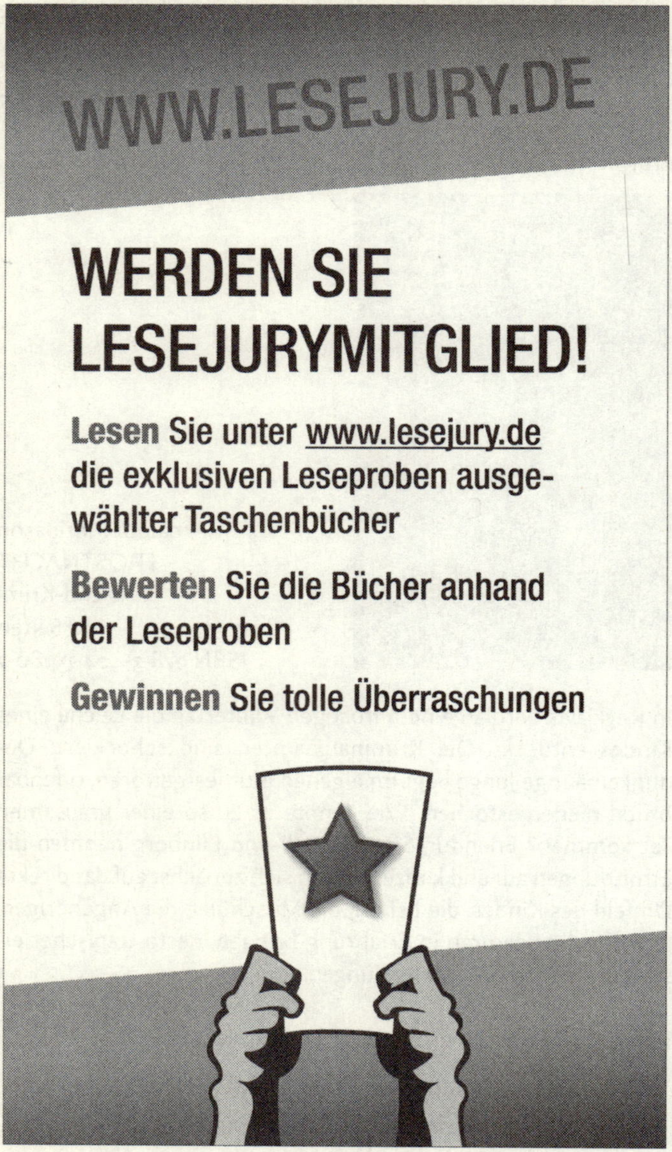
WWW.LESEJURY.DE
WERDEN SIE LESEJURYMITGLIED!
Lesen Sie unter www.lesejury.de die exklusiven Leseproben ausgewählter Taschenbücher
Bewerten Sie die Bücher anhand der Leseproben
Gewinnen Sie tolle Überraschungen